HELLICONIA SPRING

海利科尼亚 I

春

[英] 布赖恩 · W. 奥尔迪斯 著
华 龙 译

人民文学出版社

著作权合同登记号　图字 01-2019-6373

图书在版编目(CIP)数据

海利科尼亚. 1, 春/(英)布赖恩 · W. 奥尔迪斯著；华龙译. —北京：人民文学出版社,2021
(光分科幻文库)
ISBN 978-7-02-016071-6

Ⅰ. ①黑海… Ⅱ. ①布…②华… Ⅲ. ①幻想小说—英国—现代 Ⅳ. ①I561.45

中国版本图书馆 CIP 数据核字(2020)第 019463 号

责任编辑　赵　萍　秦雪莹
责任印制　王重艺

出版发行　人民文学出版社
社　　址　北京市朝内大街 166 号
邮政编码　100705

印　　刷　三河市鑫金马印装有限公司
经　　销　全国新华书店等

字　　数　447 千字
开　　本　880 毫米×1230 毫米　1/32
印　　张　17.125　插页 2
印　　数　1—8000
版　　次　2021 年 8 月北京第 1 版
印　　次　2021 年 8 月第 1 次印刷

书　　号　978-7-02-016071-6
定　　价　62.00 元

作者前言

一位出版商朋友想约我写本书，我最初不太感兴趣。为了打发他，我写了一封信，表示自己想写点不太一样的东西。我心里想象着一颗与地球很相似的行星，但一年很长，我打算让它那漫长的一年迥异于咱们这微不足道的三百六十五天。

“就把这颗行星叫作海利科尼亚吧。”我不假思索地写道。

这个词儿就这么蹦了出来。海利科尼亚！然后，就有了这本书。

这些年，科学领域充斥着众多让人惊叹的概念，惊奇程度堪比科幻；那些远离太阳系时空的风云变迁，人们也愈发习以为常。如今提到科学的新进展时，宇宙学家们甚至会说：“这事儿听起来就像是科幻小说。”这是一个完美而又恰当的比喻，反映了科幻小说与科学之间确实存在着的种种联系。

这一联系没法精确定义，因为科学渗入我们生活中的方方面面，而科学家却和作家一样反复无常。但有一点很明确：科幻小说具有预言或讲述的作用，这让它或领先于科学去预见未来的发展和消亡，或将最前沿的发展戏剧化，把已经确凿的（某种程度上也是很枯燥的）科学事实更广泛地普及给读者。

前者的例子（“等着瞧”式的例证），可以参考格里高利·本福德的小说《时间逃逸》，在这本书中，他以一种十几年后科学家才有的方式讲述时间的错综复杂；而后者的例子（“填鸭式”的例证），可以参考H. G.威尔斯的《时间机器》，他在书中讨论了太阳消亡的可能——当威尔斯写这本书的时候，太阳毁灭还是个会让人大吃一惊的点子。

《海利科尼亚》就采用了“填鸭式”的写法。1979年，这本书还只有一个轮廓，它才刚在那片异星天空扎下根须，恰在这时，詹姆斯·洛夫洛克[1]出版了一本小册子，名为《盖娅：新视角看地球生命》。盖娅本是希腊神话中的大地女神，而洛夫洛克则将其塑造成一种无情而客观的、更高级的大一统。洛夫洛克指出，地球生命能持续存在，实在不可思议。生命存活的条件只在一个狭窄的阈值区间内，对化学和物理参数的要求极为苛刻——而且这些参数还极易波动。

在很久以前，地球的气温为何不像我们的姊妹行星金星那样升

1. 詹姆斯·洛夫洛克（1919—　），英国科学家，被誉为世界环境科学宗师。“盖亚假说”的提出者。在他的假说中，地球被视为一个“超级有机体”。

高？海水的盐度为何不曾变得比死海更高？大气中的氧气怎么没随氧化作用而持续降低？氢气若是没从高层大气逃逸又会怎样？洛夫洛克的答案就是他的“盖娅假说”了：地球上所有的一切，所有有机质的总合，会形成一种单体的自组织形态——生命，当然了，这一切的发生都是无意识的。“盖娅”没有特定的中枢，没有首相或是议会，没有元首，也没有希腊女神；它通过自身无目的的复杂性来发生作用，经过数百万年的时间才大功告成。这表明，是细菌与其他各方势力建立起了这个我们所知的鲜活世界，并维持至今，而且完美地适应着自身——在这一过程中，人类只出场了一小会儿。

最终，我全盘接受了詹姆斯·洛夫洛克第一本书和其他续作的观点，就像我曾经全身心沉浸在托马斯·哈代[1]的小说中一样。

有趣的是，洛夫洛克是一位老派生物学家，他不寻求大学或其他机构的资助，他的假说都建立在近距离观察和调研之上，常常能够领悟普通人看不到的规律，颇具查尔斯·达尔文的风范。洛夫洛克指出，他称之为“城市智慧”的东西，其核心焦点完全是人类关系；相较而言，在传统的自然部落或群体之中，智慧还要兼顾其他关系，

1. 托马斯·哈代（1840—1928），英国著名诗人、小说家，代表作《德伯家的苔丝》。

不论是和生物界的还是和非生物界的关系。

他说："以我个人经验来说，那些愿意扬帆远航、驶向遥远他乡的人总是极少数，而大多数人则选择在城市中的机构和大学工作。"

通过在旅行中的调查和分析，洛夫洛克建立起了他的假说体系。我对此十分欣喜。不管它是真是假，我都觉得它很有说服力，也期待它有一天能够得到研究和证实。这毕竟是一个全新的生命假说。

洛夫洛克著书时正值冷战时期，所有人都生活在核战争的阴影之下，生活在核毁灭以及随之而来的核冬天的恐惧之中。而核冬天一旦降临，那将是对大自然的终极亵渎，也是对"盖娅"的无情蹂躏与杀戮。

每当我坐下来，进行长达七年的《海利科尼亚》的创作时，这些充满智慧且感性的想法就不断地在我的头脑中激荡。我希望这部作品能够以更大的尺度、更加戏剧化地展现洛夫洛克的生命假说。

这三部曲中的每一个故事都属于科幻罗曼史。它描述了那些生活在一个不可靠的自然系统中的脆弱的普通人，就像我们自己，以及与我们有着共通之处的异星人。话虽如此，可我其实并没打算在这篇简介中突出科学要素。科幻小说，这个文学中的异类，重点不是“科”，而是“小说”，它必须遵循所有小说的基本规律，可能会多一个想象的维度——因为没有证据表明银河系中哪里有生命的存在。

怀着对国际事务的浓厚兴趣，我写过一部叫《西方的生活》的小说，涉及政经、宗教、意识形态等诸多方面，而作为作者，我退位于旁观者的角度。那部小说获得了极大的成功，而我希望《海利科尼亚》能够在更大的尺度上做类似的事情。

所以我一开始预想的是一个寓言故事，三个势力集团代表了海利科尼亚的三块大陆。幸运的是，这个构思很快就瓦解了——但三块大陆保留了下来：坎普安莱特、赫斯帕戈尔特和锡伯纳尔。

随着创作灵感涌动，更多的刻板设定自动消亡。随之而来的是位于脑海深处的种种冲突，它们浮现出来，自行构筑生长，又仿佛凝聚为一体，披起华丽的外衣，从黑暗中缓缓踱步而出。整个创作过程惊心动魄，似乎自有其意志，而这无疑是写作中最快乐的时刻。

当然了，我必须编织一个故事。实际上是三个故事。

我一旦意识到自己要组织起一大群人物角色，便有了一个大概的想法。而让我抓不住要领以至于无法动笔的难题，其实是海利科尼亚的植物会是什么样子。

我卡壳了。我最有用的三个智囊，汤姆·希比[1]、伊恩·尼克尔森[2]和彼得·卡特摩尔[3]，已经成功地把他们的哲学观和宇宙观灌输进了我的大脑。可我仍无法想象海利科尼亚的树会是什么样子。如果想象不出树，我告诉自己，我就无法绘制出整个由我——由我们——构想出的双星系统。

1980年的一个傍晚，我从牛津坐火车去伦敦，到不列颠议会参加一个活动。当时正值日落，火车正驶过迪德考特发电站。我和妻子曾经常议论发电站的冷却塔，它们远远望去不漂亮吗？代表工业形象的地平线剪影不美丽吗？约翰·济慈[4]是否发现过这种“让人永远沉醉”的景致？

冷却塔高高矗立着，低斜的太阳此时正在它身后。冷却塔喷吐出厚厚的蒸汽升上宁静的天空，塔和蒸汽融为一体，在明亮的天空中勾勒出黑色的轮廓。

没错！这就是海利科尼亚的树！

---

1. 汤姆·希比（1943—　），英国中世纪文学学者、语言学者，以研究托尔金的作品见长。
2. 伊恩·尼克尔森（1945—　），英国作家和演说家，专注于科普和天文学领域。
3. 彼得·卡特摩尔，生于1939年，英国地质学家。
4. 约翰·济慈（1795—1821），英国著名浪漫派诗人。

冷却塔，这些有着维多利亚式束腰的圆柱体就是树干。参差不齐、波浪翻滚的蒸汽就是叶子。叶片只会在一年中的特定时间从树干上头冒出来。

这正是我所需要的革命性时刻。我开始动笔写我的科幻罗曼史。在那些我投射了情感的角色中，我对沙耶·泰尔情有独钟，她在鱼湖无比坚定；还有可爱的夏季王后——梅尔黛伽拉；年轻的卢特林；特别是冰船长芒特拉斯，他做的那种买卖在地球上也曾盛极一时，在冷藏装置出现之前，他卖的东西有时价值连城，有时一文不值。

整部作品似乎就是从一个词——“海利科尼亚”开始，然后层层铺开，就像我们认为整个宇宙是从一个原初粒子爆发而来一样。原理是类似的。这个原理也象征性地蕴含在小说的第二部里。一位失败的将军徒步穿行在兰杜楠森林里，那是一片巨大的生机勃勃的雨林，貌似永存于世。然而，它不过是由一撮偶然出现的坚果种子形成的，仅仅在几代人之前。

当小说的第三部，也就是最后一部出版时，我那位热情的出版商，汤姆·玛什勒，边喝酒边问我：“对于海利科尼亚的现实意义，你怎么看？”

我耸耸肩，“一种气候变化……”我说。

大多数名义上称为当代小说的作品都充满了怀旧色彩，而科幻小说则不受“怀旧”的束缚，这一点有人欣赏，有人厌弃。科幻小说从来都是放眼未来，甚至带着预测的眼光去直视未来。

科幻小说在二十世纪获得了巨大发展。它从廉价杂志和平装书演变成各种形式，不管你接受与否，它都已经从大众流行走进了歌剧殿堂。不可思议的是，科幻小说中有相当一部分故事发生在地球之外，有时还非常遥远。有一天，精明的评论家会揭开其中的奥秘。

说到这儿，这里就有一个故事，发生在距离地球一千光年之外，却又仿佛就在你身边。

布赖恩·W. 奥尔迪斯，1996

电子版作者前言

在动手写这个遥远星系的三部曲之前，我花了两年时间做准备。我用这段时间搜罗材料，构思各种想象的事物。一方面，在科学方面，我需要一种无法过滤也无法提纯的病毒；另一方面，我感觉我们还需要一个观测点——一个能够对这颗怪异行星进行观测的完美观测点，它会让读者与我们自己的世界保持适度联系。

对于地球来说，一年的时间自然会有些许变化。然而，海利科尼亚上的时间却全然是一种宏大的力量。与我们地球一年微不足道的三百六十五天截然不同，那颗行星一年的循环需要经历五千年之久。

在诺森镇的街道上，一位作家朋友和我讨论着在我们日常生活中几乎被漠视的“时间”。这位朋友是鲍勃·肖[1]，他创作了能够让时间陷住的“慢化玻璃”。我跟我那个漫长无比的海利科尼亚大周期年较着劲儿，同时又在牛津和其他地方讨论着各个学科的问题。

如何让这漫长的一年成为现实，是一个天文学问题。

最终，我让海利科尼亚围绕着一颗跟我们的太阳相似的普通恒

1. 鲍勃·肖(1931—1996)，英国科幻作家。下文的慢化玻璃是他在名作《昔日之光》里创造的，构想光线通过四分之一英寸厚的玻璃需要花费十年时间。

星运行，但这个星系又被一个更为巨大的星体俘获了，它可是恒星中的巨人（即弗雷耶）；这颗行星与它的主星就围绕着这颗巨大的太阳运行着。

在那个时代，一些天文学家认为这种天体结构不可能存在。然而在2011年，NASA望远镜就观测到了这样的一个星体。再说牛津，我曾与墨顿学堂[1]院长约翰·罗伯茨教授共进午餐，他是一位历史学家，那时已经出版了一部幻想作品《西方的胜利》。就是他回答了我的问题：在海利科尼亚那漫长的冬季，人类文明会发生什么？能够维系下去吗？

我离开墨顿学堂的时候，获取到的知识已经超出了预期，但随即又发现了另一个问题：随着海利科尼亚那漫长的冬夏季节变化，会产生两个全然相互隔绝的生命系统，这有说服力吗？看上去确实没有什么说服力。

于是，人类与法良浮出了脑海。哦，法良，剑族！我永远站在法良这边！

《春》这部小说以春季即将到来之际，人类与法良之间的争斗作

1. 牛津大学最古老的学堂之一，创立于1264年，以悠久的历史、出色的学术著称。

为开端。

还有个问题一直困扰着我，这么一个地方看上去应该像什么样子？所有海利科尼亚的动植物都会适应那种极端的温度条件。后来成为我朋友的詹姆斯·洛夫洛克教授发展出一种理论，即令人眼前一亮的“盖娅假说”，这一假说阐述了地球生理机能系统，那是一种全新的思路。而我绞尽脑汁也找不到任何可行的办法：两英里[1]高的巨杉树？足球大的萝卜？西葫芦一般的巨型葡萄？

这样当然不行。

一次，我从牛津乘坐火车去伦敦。我们正好经过迪德考特发电站，有四座冷却塔正在冒着滚滚蒸汽。太阳悬在塔后，让蒸汽映成一团阴影，于是，那蒸汽看上去更像是挂在树顶的叶子。海利科尼亚的树！于是我想到，当冬季来临，叶片不会掉落在地上；相反，它们会缩回去，与枝条一起缩回空心的树干里。在里边，枝叶融合成一种蜡质的囊体免受严冬之苦，直到春天来临它们才重新冒出来。

太妙了！我开始文思泉涌地描绘起这个故事。

这样看似漫无边际的幻想又蕴藏着什么意义呢？难道它们不正

1. 1英里=1.609344千米。

是我们内心意识的放大吗？再次引用一段荣格的话："人……乃是世界的第二个创造者，他以自身独有的方式赋予这世界真实客观的存在——没有这个，便充耳不闻，视而不见，只知道吃喝拉撒，只知道繁殖与死亡，只知道在亿万年中不住点头罢了。而这一切又会在最为浓重的无知无识的黑夜里，持续到那未知的终结。"

具有想象力的小说难道不会有助于放大意识并且丰富意识吗？在我看来，这是毫无疑问的。

布赖恩·W. 奥尔迪斯，2012

目　录

为什么许多的英雄事迹常常埋没，不再铭刻于光荣而永恒的碑石之上？事实上，我想，是因为这世界还年轻，乃是新近的产物，不久之前才获得自己的开端。

因此，就现在，还有一些技艺仍在完善：发展仍在进行。是的，并且在不久以前，这万物的本性才第一次被揭示出来，而我也是现在才被人发现是第一个能用自己祖国的语言把它讲述出来的人……

卢克莱修：《物性论》，公元前55年[1]

1. 提图斯·卢克莱修·卡鲁斯（约公元前99年~约公元前55年），罗马共和国末期的诗人和哲学家，以哲理长诗《物性论》著称于世。作者此处引用的是企鹅经典1959年罗纳德·莱姆瑟的缩略译本。

序　幕

玉　理

玉理，阿列豪之子，他就是这样来到了这片被称作奥多兰都的地方，在后来的好日子里，他的子嗣在这片土地上繁衍生息。

玉理九岁的时候，说起来已经是大人了，他和父亲蜷缩在兽皮帐子里，向下俯瞰着无边的荒凉大地。就算是在这个世代，这片大地也早已以坎普安莱特之名为世人所知。他打了个小盹儿，当父亲用胳膊肘捅了捅他肋下时惊醒了过来。父亲用粗哑的声音说："风暴在减退。"

从西方袭来的风暴已经肆虐了三天，风暴里夹杂着大雪，以及从拜里尔斯裹挟而来的冰碴。它狂暴的力量犹如无人能够承受的巨声鼓荡于天地之间，将眼前的一切都染成一片阴暗的灰白色。在最猛烈的狂风中，搭着帐篷的这道山脊实在挡不住多少风；父子二人什么都做不了，只能躺在兽皮帐子下面的这片小小空间里，打打盹儿，时不时嚼上一片熏鱼，任凭风暴从他们的头顶席卷而过。

大风将逝，雪片铺天盖地飘洒而来，从这了无生机的大地横扫而过。尽管弗雷耶高悬当空——对于身处两条回归线之间的猎人来说确实是高悬当空——它却似乎被冻在了天上，仅有微薄的光晕宛如金色轻纱在空中起伏，那流苏一直垂到远方大地的尽头，而轻纱泛起的层层叠叠的波浪则向天顶飘涌，最终杳然消失于天穹。这缥缈的光芒并没带来多少光亮，更没有什么暖意可言。

父子二人不约而同地直起了身子，舒展着，跺着脚，胳膊用力拍打着粗壮的身体。两人都没说话。也没有什么可说的。风暴走了。可他们还得等。他们知道，耶尔克很快就会来了。他们的守夜行动即将结束。

尽管大地起伏不平，但覆盖了厚厚一层冰雪后却也变得毫无特征可言。两人身后是更高的高地，也覆盖着雪白的一层。只有北方映出一抹阴沉沉的灰色，犹如一条瘀紫的手臂从天空伸到了海面上。然而，两个人的目光都一动不动地盯着东方。跺着脚拍打了一会儿之后，他们周围弥漫起了呼吸带出的水汽，他们重又窝到兽皮帐子下面等着。

阿列豪把裹着皮袄的胳膊肘支在大石上，撑起身子，正好把拇指架在左颊的凹陷处，将整个脑袋的重量都压在了颧骨上。他戴着手套的四根手指微微曲起，在眼睛上方搭起凉棚。

他的儿子却有点不耐烦了。玉理的身子在那身用兽皮缝缀起来的衣服下面不停地蠕动着。他和父亲生来都不是这种猎手，他们祖祖辈辈都在拜里尔斯靠猎熊谋生。但是，拜里尔斯的飓风越来越凶猛，严寒驱赶着他们，他们只得和生病的奥妮萨一起到这片气候更为温和的平原地带来。玉理既忧心忡忡，又暗自兴奋不已。

他那位身体欠佳的母亲带着姐姐跟她的娘家人在一起，就在几里地之外。舅舅们之前甘冒风险，满怀希望地向着冰封的大海进发，他们乘着雪橇，手持象牙长矛。可玉理想不出他们怎么受得了这连日的风暴。他们是不是正在大快朵颐，用他母亲的青铜锅烹着鱼，或者是大块大块的海豹肉？他痴痴地幻想着嘴里满是香喷喷的肉，吞咽下肚的时候都能感觉到那裹在唾液里的筋道，那美味……他空空如也的肚腹随着这些念头蠢蠢欲动起来。

“那边，看！”父亲用胳膊肘猛地一捅他的手臂。

一团铁灰色的云头在空中迅速升起，弗雷耶模糊了，一片阴影随即笼罩了大地。天地间的一切都蒙上了一层模糊的白色，无边无际。他们驻扎的岩壁下面有一条封冻的大河向远方伸展出去——瓦尔克河，玉理听说过它。但它被大雪覆盖着，没人知道这里是一条河，除非走到上面去。细粉般的积雪已经没过了他们膝盖，他们能听到脚下传来轻微的汩汩声；阿列豪一阵摸索，把长矛的尖探向冰面，再把耳朵贴在矛杆上，仔细倾听着脚下暗河的流水声。对面模糊难辨的土丘就是瓦尔克河的堤岸，不时会看到几处黑洞洞的豁口，那里有倒下的断木，掩映在厚厚的积雪之中。再往远处去就是令人生厌的平原，绵延不绝，无穷无尽，直至东方遥远的天际。空中郁郁地悬垂着那缥缈的轻纱，然而就在光晕尽处，出现了一条清晰的褐色细线。

玉理眨了眨眼睛，打量着那条线，继而凝神望去。父亲当然不会错。父亲什么都知道。他胸中涌起一股骄傲，他就是玉理，阿列豪之子。耶尔克就要来啦！

几分钟之后，领头的动物已清晰可辨，无数野兽一线排开，坚定地迈步向前，它们那优雅步伐踢起的雪花犹如一道弧形冲击波。它们垂着头一路向前，后面跟着更多的同类，越来越多，望不到头。在玉理看来，它们好像已经发现了他和他父亲，并且朝着他们直冲而来。他急切地望向父亲，而父亲伸出一根手指，小心翼翼地做了个手势。

“等。”

玉理在他的熊皮衣里颤抖起来。食物在向他们逼近，足够养活弗雷耶和巴塔利克斯照耀下的每一个部落里的每一个人，或是乌特拉所青睐的所有人。

兽群迫近了，就像是一个男人迈着坚定的步伐飞奔向前，玉理绞尽脑汁想象着这是多么大的一群牲畜。此刻，整个大地上有一半的土地都铺满了奔走的野兽，铺满了夹杂着棕黄色花纹的白色皮毛，而更多的动物还在源源不断地从东方的地平线上涌出来。谁能想象那有多么恢宏、多么神秘、多么令人惊骇？不过话说回来，也没什么比拜里尔斯的苦寒更糟糕的了，而玉理曾目睹过那烟云缭绕的红色巨口，把熔岩喷吐到冒着烟的山坡上……

现在能看清了，兽群中不只是耶尔克，尽管它们的确是兽群的主力军。在兽群中间成群结队的还有更大型的动物，就像在平原上矗立着的一堆堆会移动的砾石。这种更大型的动物跟耶尔克颇为相似，同样狭长的头颅两侧是极具保护性的犄角，蜷曲着优雅地向外伸展开；同样过分浓密的绒毛纠结成一层厚重的外套；同样的驼峰从背上隆起，朝尾部倾斜而去。但这种动物要比它们周围的耶尔克高出一倍，它们就是身形巨大的倍耶尔克兽，这种令人生畏的动物能驮两个人——这是玉理的舅舅告诉他的。

还有第三种动物混杂在兽群之中——冈纳鸵兽。玉理看到它们的脖子沿着兽群边缘高高挺起。当耶尔克大军满不在乎地前进时，冈纳鸵则兴奋地跑在两边侧翼，小小的脑袋在细长的脖子上不停地起伏着。它们最显眼的特征是一对硕大无朋的耳朵，不停地转来转去，搜寻着可能会不期而至的危险。玉理是第一次见到两条腿的野兽；那两条长腿迅捷无比地一伸一缩，驮着浑身长毛、圆墩墩的身子快速前进。冈纳鸵跑起来有耶尔克和倍耶尔克两倍那么快，它们本可以跑得更前面，然而每种动物在兽群之中都始终保持着相对固定的位置。

一阵隆隆的滚雷声渐渐响起，兽群越来越近。玉理倚着父亲趴着，从这里看去，若不是他清晰无误地知道自己要找什么，那这三种动物几乎很难区分开来，它们已经在阴沉斑驳的光线中融为一体。赶在兽群之前飘来的那团黑色云头，现在已经完全遮住了巴塔利克斯：几天之内都不会再看到这个勇敢的哨兵了。这张由无数野兽织成的巨毯在大地上缓缓铺开，一头头野兽宛如奔腾汹涌的大河里飞溅的水花，谁想要盯着一只不放的话，那准会看花了眼。

兽群上空悬着一层雾气始终聚而不散，那是由汗水、热气以及只能在蹄类畜群所产生的热气之中繁衍生息的嗜血飞虫组成的。

玉理的呼吸急促起来，他又看了看——瞧呀！——先头部队已经接近被大雪封盖的瓦尔克河岸边。它们很近了，更近了——整个世界都变成了一条由猛兽汇成的洪流。他转头恳切地看着父亲。尽管看到了儿子的手势，阿列豪仍然一动不动地望着前方，牙关紧咬，他用力挤挤眼睛，润了润快要冻僵的眼珠子。

“继续等。”他下令道。

生灵的大潮涌向河岸，犹如决堤般一泻而下，奔流在白雪覆盖的冰层上。伏倒的树干掩埋在积雪里，一些家伙猝不及防纷纷绊倒在地，有笨手笨脚的成年兽，也有活蹦乱跳的双蹄兽。这些牲畜的灵巧蹄子使劲踢腾着，然而不等它们反应过来，就被毫不停歇的大部队一踩而过。

现在能分辨出一只一只的动物了。它们的脑袋压得很低，眼睛使劲瞪着，露出一圈白眼珠，嘴里垂下黏糊糊的绿色唾涎。寒风把它们鼻孔里流出的黏液冻成了冰溜儿，还有成绺的冰碴冻在它们脑袋上的斑驳绒毛里。大部分牲畜早已经拼尽全力，疲惫不堪，它们的皮毛上满是泥土、排泄物和血迹。还有些动物身上垂着一缕一缕的皮肉，那是被旁边的犄角刺破扯开的。

倍耶尔克被跟随的兽群簇拥着大步前进，显得很特别。它们的肩头隆起一团硕大的灰色绒毛，以一种看上去很拘谨的步态行走着。当它们听到那些摔倒的家伙叫叫嚷嚷时，眼珠就一阵滴溜溜乱转，心里明白那叫声代表着某种危险，而它们不得不迎面而上。

规模庞大的兽群踏上封冻的河流，搅起了一层雪雾。兽群发出的嘈杂声毫无遮掩地朝两位旁观者扑面袭来，不单单是它们的蹄踏声，还有喘粗气的声音、此起彼伏的咕噜声、咳嗽声、哼哧声、犄角咔咔相撞声，以及用耳朵不停驱赶那驱之不散的飞虫发出的扑棱棱的声音。

三头倍耶尔克在封冻的河面上肩并着肩开路。随着一记清脆而响亮的破碎声，冰面裂开了。笨重的身躯向前扑倒时，近一米厚的冰层瞬间被压断、直立起来。恐慌蔓延到了耶尔克中间，已经踏上冰面的纷纷想要四散而逃。但很多都绊倒了，继而被拥上来的更多动物踩在下面，瞬间消失不见。裂缝扩散开来，灰色的河水恶狠狠地喷射到了空中——凶猛而冰冷，大河仍在奔流。河面喷涌着、激荡着，泛着泡沫，就像是因为得到了自由而无比欢畅；野兽们则大张着嘴号叫着落入水中。

什么都挡不住源源拥来的兽群。它们像大河一样汹涌澎湃。它们不断地向前奔涌，忘记了那些绊倒的同伴，也忘记了瓦尔克河上凶残的冰缝，它们把绊倒的躯体当作垫脚石继续前行，一股脑儿拥上了河对岸。

这时，玉理挺起身子跪在地上，拿起了他的象牙长矛，他的眼睛里燃起熊熊火焰。父亲抓住他的胳膊，将他一把拉倒在地。

“看，有法艮，你这傻瓜！”说着，他恼怒地乜斜了儿子一眼，同时把长矛往前一探，指明那里有危险。

玉理一哆嗦又伏下了身子，与其说是被父亲的震怒所吓，不如说是被法艮的传说吓的。

成群的耶尔克开始往他们所在的岩脊上拥来，但坡顶的碎石不断滑落，难以攀爬，它们的队伍顺势从两侧分流而过。铺天盖地的蚊蝇飞虫引得这些野兽的脊背不停地抽搐，现在这些蚊蝇扑到了玉理和阿列豪身上，玉理透过飞虫形成的云雾瞪眼看着，他很想看一眼法艮究竟是什么样子。一开始他根本辨不出他们。

最前面排山倒海而来的全是粗毛野兽，被一种人类无法理解的冲动驱使着一路向前。群兽的大潮覆盖了冰封的河流，覆盖了大河两岸，覆盖了这片灰色大地，一直涌向地平线，塞进浓云与大地的夹缝之间，好似一张巨毯压到了云团形成的枕头下面。数十万、数百万的动物裹挟其中，悬在它们头顶的飞虫无休无止，犹如汩汩喷涌的黑色烟雾。

阿列豪一把拉低儿子的脑袋，浓黑的眉毛一挑，示意他看向左边。玉理把身子掩藏在兽皮帐子下面，紧紧盯着远处。两头巨大的倍耶尔克迈着沉重的步伐，朝着他们占据的这处有利地形迫近了。它们的肩背上高高隆起一大团厚重的白色绒毛，几乎与岩脊一般高矮。玉理吹开眼前的蚊虫，这才发现那大团白色绒毛其实是法艮——总共有四个，每头倍耶尔克上都骑着两个，紧紧抓着坐骑的鬃毛。

他想不通为什么之前自己没看到他们。尽管他们跟胯下的坐骑几乎融为一体，可在这么一大群徒步跋涉的动物中间骑乘，也十分惹眼。

他们紧挨着骑在倍耶尔克肩上，貌若牛头的阴郁面孔迎向远方的高地，兽群将会在那里停下脚步进食。他们的头顶生着一对朝天空弯曲的犄角，犄角下面的那双眼睛望着远方。时不时地，他们会向上甩些白色的黏液粘到粗壮的鼻吻槽上，驱赶恼人的飞虫。

他们粗犷的脑袋安放在壮硕的身子上面，全身披着长长的白色绒毛。这种生物除了一双眼睛是绯红色，通体雪白。他们骑着阔步向前的倍耶尔克，就仿佛长在上面一般。在他们身后，一个制作粗糙的皮革鞍子上捆着粗大的棒子和其他武器，随着队伍的前进摆来摆去。

玉理此刻已经警惕起来，他知道这里还有其他法艮。乘着坐骑的只能是特权阶级，族类中的普通士兵与平民都是步行，行进时与动物的步伐完全一致。玉理观察法艮的时候很紧张，甚至不敢去扫他们眼皮上的飞蝇。他看到有一队四个法艮就从距离他和父亲几米远的地方走了过去。要是阿列豪下令，他抬手就能把长矛刺进那个首领的肩胛骨中央。

玉理饶有兴趣地看着眼前一对对法艮犄角。昏暗的光线下，那些犄角显得异常光滑，每只犄角内外两侧的边缘从根部到梢头都很锋锐。

他想要得到这样一只犄角。在遥远的拜里尔斯旷野上，死去的法艮犄角会被用来制成武器。由于法艮长着这样的犄角，那些远方城镇的饱学之士——那些蜷居于远离风暴的洞穴里的人——将法艮称为剑族：长着双锋利刃的种族。

领头的剑族无所畏惧地大踏步前进。他的膝盖跟人类的膝关节很不一样，这让他的步伐看上去很不寻常。他机械地迈着步子，显然已经这样走了很远的路。但对他而言，长途跋涉绝不是障碍。

他那颀长的头颅以典型的法艮姿态往前探着，沉在双肩之间；两侧的手臂上套着兽皮带子，系在朝外伸开的犄角上。他手上握着尖锐的金属，用来驱刺距离自己太近的动物。除了这些东西，他全身上下再没什么武器了，但他身旁的一头耶尔克身上绑着一大捆行李，上面就有长矛和猎叉。他的近旁还有几只动物，身不由己地驮着同行队伍中其他法艮的行李。

首领后面还有两个雄性法艮——玉理猜测——再后面跟着一个雌性法艮，她的身型更加纤细，腰间系着包袱。在她长长的白色绒毛下面，粉色的乳房晃来晃去。一个幼小的法艮骑在她的肩头，小手揪着母亲脖子上的绒毛，看上去很不舒服。他的小脑袋也紧紧贴在母亲的头上，双眼紧闭。女法艮一脸漠然，机械地迈着步子。她和同伴一起走了多少天，走了多少路，只能去猜测了。

还有更多的法艮，疏疏落落地分布在不断移动的兽群周边。这些动物对他们视而不见，仿佛把他们也当作无处不在的飞蝇一般——实在没有别的东西可以用来打比方了。

鼓点般的蹄踏声中不时传来粗重的喘气声、咳嗽声和风声。紧接着，另一种声音出现了。这支小队的领头法艮发出了一种低哼和号叫，那是振动的舌头所发出的一种音调不住变化的粗嘎吼声，也许是想让跟在身后的那三位振作一下。这声音把玉理吓了一跳。然后声音消失了，那几个法艮也看不到了。更多的动物汹涌而过，然后是更多的法艮，无穷无尽，源源不绝。玉理和父亲趴在地上一动不动，偶尔从嘴里吐出几只飞虫，等待着发力的时机，收获渴望已久的肉食。

日落之前，风又猛了起来，就像之前从拜里尔斯冰盖上吹来的大风一样，卷到了迁徙大军的脸上。随行的法艮低头往前迈着步子，眯着眼睛，唾涎从嘴角垂下，在胸口丝丝缕缕冻成一片，如同落到冰面上冻结的油脂。

天色铁青。乌特拉，天空之神，撤去了天空中那缕散发着辉光的轻纱，给他的国度罩上了一层阴云。也许他又在一场战斗中失利了。

在这层阴暗的帘幕之下，弗雷耶只有落到地平线的时候才能一露真容。厚重的云毯卷了回来，金色的镶边辉映着这个倏忽不定的哨兵，它在荒原尽头熠熠闪烁——渺小却很明亮，弗雷耶看上去还没有它的伴星巴塔利克斯三分之一大，但它的光辉更明亮，也更暴烈。

转眼，弗雷耶便沉入大地之灵中，消失不见了。

现在正是暮昏时节，这种天色在夏秋两季实属寻常，而且这种天色让这两季与更加残酷的季节截然不同。在暮昏之季，入夜后的天空笼罩在一种不明不暗的极昼之中——巴塔利克斯和弗雷耶只有在岁末年初之际才会紧紧依偎，一齐升上天空再一同日落；而现在，它们各自为政，又时常躲在云层后面，那是乌特拉战争带来的阵阵硝烟。

玉理读过天象预言，知道在即将进入暮昏之季时，强风很快就会夹杂着大片雪花扑面而来。他回想着老人用老奥洛奈茨语唱颂的韵诗，那歌调咏唱着魔法、往昔之事、烈火的废墟，咏唱着灾祸、贤淑的女子、巨人、丰饶的食物，那是一个无法寻回的昨日。那首韵诗在拜里尔斯吟唱不绝的洞穴中回响着：

乌特拉伤透了心，
将弗雷耶送入坟茔，
把我们推进滔天巨浪。

仿佛是在回应光线变化，耶尔克兽群纷纷颤抖起来，随即停下了。它们哼哧着，在踩踏得一塌糊涂的地面上卧倒，把腿蜷缩在身子下面。体型庞大的倍耶尔克可摆不出这样的姿势。它们就站在原地睡觉，耳朵耷拉下来遮住眼睛。法艮的队伍三三两两聚在一起相互做伴，大多数就地一躺睡了过去，后背挤靠在卧倒的耶尔克的肚子上。

全都睡着了。蜷缩在岩脊上的两条人影把隐蔽藏身的兽皮盖过头顶，也进入了梦乡。他们饥肠辘辘，把脸埋进了蜷缩的手臂里。

全都睡着了，只剩下无休无止的蚊虫永不停息地叮咬着。

那些会做梦的生灵同暮昏时节里那些令人不安的幻象较着劲。

简单来说，由于天光始终不明不暗，没有光影，再加上驱之不散的令人难耐的各种折磨，这番景象可能会让任何一个第一次用心审视这片天地的人觉得，这不太可能是一个万物即将生长的世界。

在这万籁俱寂的时候，天空比先前极光高悬之时更加宁静。从大海的方向飞来一只孤独无伴的梦鹫，掠过卧倒一片的生灵乘风而去。远远望去，只能看见它的一只巨大翅膀，那红色的羽翼懒洋洋地拍打着，犹如将熄的炭火。当它掠过鹿群时，那些动物抽动着发出一阵鼓噪。它又掠过躺着两个人的那块岩石，玉理和父亲扭了扭身子，喘了几口粗气，那模样与那些在梦境里被诡异图景惊吓到的耶尔克别无二致。然后，这个孤寂的幽灵飞走了，孤独地飞向南方的大山，它在身后留下一道红色火花形成的尾迹，犹如激荡的回声在大气层里缓缓消散。

过了些时候，动物们纷纷醒转起身。它们扑棱着被小虫叮得血淋淋的耳朵，再次出发。倍耶尔克和冈纳鸵随着它们一起动身，到处都是一片喧嚣。法艮也跟着它们一起动身了。那两个人类抬起身来，注视着它们离去。

又是整整一天，这壮阔的场面持续着。风雪大作，给这些动物身上披了一层雪。夜幕将至，大风撕扯着天上的流云，裹着刺骨之寒呼啸而过。就在这时，阿列豪看到了兽群的尽头。

兽群的尾部不像先头队伍那么密集。畜群中掉队的成员被甩出好几千米，有一些跛了，有一些咳嗽起来很吓人。在兽群的前后左右，急急惶惶追赶着一种浑身长着长毛、肚皮几乎贴到地面的动物。它们一有机会就咬住一只脚踵，撕扯着这个牺牲品把它撂倒在地。

跟在最后的法艮不慌不忙地走过岩脊。他们并没有紧跟在大部队后面——要么是出于对那种肚子贴着地面的肉食动物的尊重，要么是因为在这被踏如稀泥的地上行走太困难了，更何况地上还堆积着厚厚一层粪便。

这时，阿列豪站起身来，示意儿子一起。他们站定，手中握好武器，然后顺着岩坡溜到了下面。

“很好!”阿列豪说。

雪花洒落在死去的动物身上，在瓦尔克河的堤岸周围尤为显眼。冰上的裂缝里插着淹死的尸体。很多动物在被拥挤踩踏倒下之后，只能陷在原地喘息着直至冻僵，到现在则早已冻成了冰。暴风雪之后，最惨烈的中心地带上，那些由尸骸堆积而成的小丘已经被踏得难以辨识。

终于能活动活动了，年轻的玉理兴奋极了，他又是跑又是跳又是大声喊叫。他冲到封冻的河面上，惊险万分地从一个小丘跳上另一个小丘，挥舞着双手大声笑着。他的父亲厉声呵斥着让他跟紧。

阿列豪朝下指了指冰面。底下隐隐约约能看到有黑色的东西在游动，一串串的气泡犹如尾巴一般，暴露了它们的行迹。它们在夹杂着绯红色的浑浊水流中游动着，勾勒出杂乱的水纹，从冰层下猛冲上来围剿这丰盛的美食。

别的猎食者也从空中赶来了。巨大的白色禽鸟从东方和阴沉的北方而来，拍打着翅膀从天而降，它们嚣张地炫耀着自己的喙，啄穿冰面叨食下方的鲜肉。狼吞虎咽的时候，这些禽鸟一直死盯着猎人和他的儿子。

但是，阿列豪没在它们身上浪费时间。他指挥玉理跟上，自己则先行走到兽群越过倒伏的树木时被绊倒的地方，一边走一边叫喊着挥舞手中的长矛，好吓跑猎食的动物。这里，死去的动物唾手可得。尽管尸身几乎被踩得稀烂，但它们身体的一部分仍然保持着解剖学意义上的完整性，头颅也完好无缺。阿列豪的注意力都放在了这上面。他用刀子切开死去动物的下巴，熟练地割下肥厚的舌头，鲜血涌到他的手腕上，又流向雪地。

与此同时，玉理爬到树干之间收集碎木头。他把雪从伏倒的树干上踢开，清理出一块背风的地方，好让他能生起一堆火。他把弓弦卷在一根削尖的木条上，前后来回拉动。细碎的木屑开始冒烟闷烧。他轻轻吹气，一小股火苗蹿了出来，就跟他常常看到的、奥妮萨吹出的魔法气息一样。当火焰熊熊燃起之后，他把铜锅放到火上，把雪堆在里边融开，从兽皮大衣下面的皮囊里找出盐巴撒了一点进去。当他父亲抱着七条黏糊糊的舌头回来时，他把一切都准备好了。舌头下了锅。

四条舌头归阿列豪，三条给玉理。他们风卷残云大快朵颐。玉理想方设法让父亲注意到自己在笑，表示自己很满意，可是阿列豪大嚼特嚼的时候依旧眉头紧皱，他的目光低垂，盯着那片狼藉的大地。

还有活儿要干。甚至没等他们吃完，阿列豪就站起身来把未熄的灰烬踢到了一边。一旁的食腐鸟吓得飞了起来，转身又落下来继续享用它们的美食。玉理倒干净铜锅，把它妥妥地挂在了腰带上。

他们所在的地方差不多就是这庞大兽群迁徙的最西端了。就是在这里，在这片地势更高的平原上，它们从雪地下面翻出地衣，啃吃丛生于落叶松森林里的绿色苔藓。也是在这里，在这片低海拔的高原上，一些动物到了它们的分娩期，即将生育幼崽。而那片高原，不到一英里远，就是阿列豪和他的儿子在这灰蒙蒙天光下长途跋涉的目的地。远远地，他们看到有别的狩猎队伍，顺着同样的方向一路向前；每支小队都有意识地不去关注别的队伍。玉理注意到，那些队伍没有哪支是两人一队的，除了他们——他们一家并非长期生活在这片平原之上，而是来自拜里尔斯，这一不利因素，让他们的一切都更为艰难。

他们弓着腰登上了斜坡，脚下的路遍布砾石。古时候，这里曾经是一片大海，然而大海在迫近的严寒中退走了——这些事他们有所耳闻，但毫不关心。对于阿列豪和他儿子来说，只有眼前的事情才是要紧的。

他们站在高地的边缘，把手遮在眼前挡住刺骨的寒风，然后眺望着远方。兽群的大部分都不见了，如今唯一还活跃着的是那些时不时聚成一团的飞虫，以及现场的刺鼻气味。高原上那些被大部队留在身后的动物都是即将生育的。

那些注定留在此地的不只是耶尔克，还有娇弱的冈纳鸵和体型硕大的倍耶尔克。它们毫无生气地倒在地上，各种形状的身躯密密麻麻铺了好大一片地方，有的已经死了，有的快要死了，身体有时候会随着喘息起伏一下。其他的狩猎队伍从死去的动物中间走来，离他们越来越近。阿列豪哼了一声，冲一旁做了个手势，他和玉理朝着一片支离碎裂的松树林走了过去，那里有几头耶尔克倒在地上。玉理站在其中一头身上，看着父亲杀死这无助的野兽，它已经去往那永恒的灰色世界了。

耶尔克跟它那些怪兽般的表亲倍耶尔克以及冈纳鸵一样，都是尸生生物，只能通过死亡来繁育后代。这种动物是雌雄同体的，它们有时候是雄性，有时候则是雌性。大自然将它们设计得太过粗糙，无法生长出哺乳动物的器官，比如卵巢和子宫。它们交配之后，射出的精液在温暖的体内生长为小小的蛆状幼体，通过吞食母体宿主的腹腔组织来生长。

当蛆状耶尔克到达主动脉的时候，关键时刻到来了。它们像种子在风中传播一样扩散开来，遍布宿主的身体，很快就会导致宿主死亡。在铺天盖地的兽群一路行进到这趟旅程最西端的这片高原的途中，这个过程持续不断地进行着。没人数得清它们已经如此繁衍了多少代。

甚至当阿列豪和玉理站在这头野兽身上时，眼睁睁看着它的肚子就像破麻袋一样塌瘪了下去。它甩了一下脑袋，然后就死了。阿列豪颇有仪式感地将长矛刺了进去。两个人跪倒在雪地上，用匕首割开了这头动物的肚腹。

它的体内满是蛆状的耶尔克，比手指甲盖大不了多少——小得几乎看不清，但绝对美味异常，而且极富营养。这东西对奥妮萨的病体有帮助。它们暴露在寒冷的空气中很快就死了。

要是不受惊扰，蛆状耶尔克会在宿主的皮囊里安全地生长。在它们那个小小的黑暗宇宙里，它们会毫不客气地互相吞食，在主动脉和肠系膜动脉里展开血腥的争斗。幸存者将持续不断发生形变，长大，它们在数量锐减的过程中体型愈加庞大。末了，两个，也许有三个灵活的小耶尔克会从喉咙或是肛门钻出来，开始直面这个对它们虎视眈眈的世界。这种状态到来的时机恰到好处，兽群大部队已经缓缓迁移到了高原上，在那里为返程迁徙做准备，届时它们将动身前往东北方遥远的查奥斯地区，现在这段时间正好让幼体避免因踩踏而导致的死亡。

高原上点缀着无数粗大的石柱，就竖立在那些将死亡与繁衍共存的动物之间。那些柱子是更早期的某个人类种族安置在那里的。每一根石柱上都雕刻着一个简单的图案：一个圆圈或是一只轮子，中间还有一个更小的圆。有两条弧线从内圆射出，沿着相对方向伸到外圆上。然而在这片经受过大海侵蚀的高原上，没有人、动物或是猎手会对这些经过修饰的石柱哪怕有一丝一毫的在意。

玉理全神贯注于他们的猎物，他把兽皮撕成条，编成一只粗糙的麻袋，把死掉的蛆状耶尔克刮出来装到袋子里；同时，他父亲把尸体切成小块。尸体的每一部分都会派上用场：最长的骨头可以做雪橇，只需用兽皮带子捆扎在一起就行；犄角可以用来做滑板，这样一来，他们拖着雪橇回家会更为轻松——到了那时，小小的拖车上会载满蹄髈、排骨、后腿，用剩下的兽皮盖得严严实实。

两人一起忙碌着，累得呼哧带喘，他们双手冻得通红，呼出的热气在头顶成了一团雾，引来成群的飞虫聚而不散。

突然，阿列豪惊恐地大叫起来，向后一跌，连滚带爬想要逃跑。

玉理一时间惊慌失措，四下张望。三个身形巨大、浑身雪白的法艮从松树丛间的一处隐蔽地方钻了出来，就立于他们上方。阿列豪站起身的时候，其中两个朝着他猛扑过去，把他扑倒在雪地上。另一个法艮扑向了玉理。玉理滚到一边，怒吼起来。

他们完全忘记了法艮的威胁，忽视了必要的警戒！

玉理打着滚儿到处乱跳，躲避着挥动的棍棒，同时他看到附近还有别的猎手，可他们若无其事地在耶尔克的尸体上忙活着，继续做着他和父亲刚才做的事情。他们镇定自若地忙着自己的活儿，造着自己的雪橇准备出发——吃饱肚子才要紧——他们只顾忙碌，顶多抬眼瞅一下不远处的搏斗。他们要是阿列豪和玉理的亲戚，事情肯定就不是这样了。但这些人是平原居民，不友好的人。玉理朝着他们大声呼救，没有用，只有附近的一个男人朝法艮投了一根血淋淋的骨头。仅此而已。

玉理躲避着挥舞的大棒，四下乱跑，一不留神脚下一滑，跌了出去。法艮如炸雷般的吼声从他的头顶传来。玉理跌出去的时候本能地做出防御姿势，最终单膝着地。当法艮向他扑来时，他擎起匕首自下而上捅进了攻击者宽厚的腹部。他惊恐地看着手臂消失在了擀毡般僵硬的毛皮里，浓浓的金色血浆随即从皮毛中涌出，溅得到处都是。然后，那硕大的身躯向他压了下来，他一骨碌滚了出去——凭着本能的意志，滚出了会被压到的范围，喘着气躲进一头死掉的耶尔克耸起的肩膀后面，他从那里向外张望，看着这个突然之间充满敌意的世界。

攻击他的那个家伙跌倒了。他努力让自己站起来，用锋利的巨大手爪护着肚腹上那片金色的斑迹，下意识地蹒跚着，叫喊着："嗷，嗷，嗷呜，嗷呜……"然后一头栽倒，再也不动了。

在这具跌倒的尸体后面，阿列豪被打倒在地。他躺在地上缩成一团，而那两个法艮立刻捉住他，其中一个把他扛在了肩上。这两位四下看了看，回头瞅瞅他们那个倒在地上的同伴，又相互对视了一下，呼噜呼噜说着什么，随即转过身去背对着玉理迈步离开。

玉理站了起来。他发现自己裹在裘皮裤子里的两条腿似乎僵住了，只剩下哆嗦。他脑子里一片空白，不知该怎么办。他心慌意乱地绕过被他杀死的法艮——他没法去向母亲和舅舅开口炫耀这事儿了——又回到刚才混战的地方。他捡起自己的长矛，犹豫了一下，又绰起了父亲的长矛，然后动身跟上法艮。

法艮在前面一路跋涉，负着重物上了一座小山，简直不费吹灰之力。他们很快就感觉到那个男孩跟着自己，不时转过身来漫不经心地吓他一吓。他们显然觉得不值得用长矛来对付他。

阿列豪恢复神智之后，两个法艮把他放下地来让他走在他们中间，推推搡搡驱赶着他。玉理发出一连串的呼哨，让父亲知道自己就在附近，但不管什么时候这个男人想要回头张望，就会招来法艮的一顿揍，打得他晕头转向。

法艮慢慢赶上了他们的族人——一个女的和两个男的。其中一个男的很老，拄着一根同他一般高的手杖，上山的时候几乎把全身重量都倚在了上面。他时不时还会被耶尔克的排泄物绊一下。

最终，散落一地的粪便从脚下消失了，刺鼻的气味也不再萦绕在鼻端。他们沿着一条迁徙兽群不曾走过的小路向上攀登。风已经止了，山坡上长着云杉木。现在，有好几伙法艮爬上了山麓，他们之中不少都弓着背，驮着死去的耶尔克。在他们后面，跟着一个九岁大的人类男孩。男孩心中充满了恐惧，却尽力让父亲始终保持在自己的视线里。

空气变得凝重起来，就像是施了魔法。队伍的步伐更慢了，落叶松林更密了，法艮们被迫聚得更紧。他们粗犷的歌声异常洪亮刺耳，他们的舌头仿佛跟犄角一样粗硬，哼唱的歌声时不时扬起沸腾的高潮，然后又落下。玉理吓坏了，落得更远了，他从一棵树后蹿到另一棵树后，躲躲藏藏地往前挪。

他不理解为什么阿列豪不试着从捉他的那两个家伙手中逃走。只要跑下山去，他就可以抓起自己的长矛，他俩就能聚在一起并肩而战，杀死所有浑身粗毛的法艮。相反，他父亲乖乖地被押着走了一路，现在，他那副愈显瘦弱的身影混杂在昏暗树丛下那片拥挤的法艮大军中，消失不见了。

哼唱的歌声猛地高昂起来又落了下去。一团烟气腾腾的绿色光芒在前面闪烁，预示着又有新麻烦了。玉理蹑足向前，快步跑到一棵树后面。前方矗立着一座建筑，两扇大门矗立于眼前，门缝微合。建筑里透出微弱的火光。法艮们在那里大喊着，门缝开大了些。他们挤了进去。里面的光随着一支火炬涌泄出来，火把高举在一个法艮手里。

“父亲！父亲！”玉理尖叫起来，“快跑呀！父亲！我在这里！”

没有回应。在昏暗的光线中，火把显得更加模糊，根本看不到阿列豪是不是已经被推进了门里。一两个法艮在叫喊声中冷漠地转回身，毫无敌意地驱赶玉理。

“起开，对着风喊去！”一个法艮操着奥洛奈茨语喊叫着。他们只需要成年的人类作奴隶。

最后一个魁梧的身影也进了那座建筑。在叫喊声中，大门关上了。玉理大吼着跑到门前，他听到里面上门闩的声音，便用力撞着粗糙的木头门。

过了很久，他依然用额头抵着门上的木纹站在那里，无法接受这一切。

大门安然竖立在石头堡垒上，大石块粗糙地垒在一起，长尾苔藓点缀其间。这座碉楼，据玉理所知，不过是法艮地下世界的一个入口而已。他们是十分懒惰的生物，特别喜欢让人类为他们打点一切。

有好一会儿，他都在门前转来转去，随后又爬上陡峭的山坡，直到发现自己要找的东西。那是一根烟囱，比他高三倍，粗得惊人。他轻轻松松就能爬上去，因为越往上烟囱越细，而石块也砌筑得越粗糙，足够下脚。石头不像想象的那么冰冷，而且上面没有结霜。

到了烟囱顶上，他鲁莽地把头探了进去，立刻又缩了回来，这下可好，他身子一歪跌了下来，右肩着地滚到了雪堆里。

烟囱口有一股热气腾空涌起，混杂着恶臭、木头燃烧的烟熏气味，以及陈腐的味道，直扑他的口鼻。烟囱是为了给簇拥在地底的法艮通风的。他知道，没法从那条路爬进去了。他被隔在了外面，而父亲就这样永远离开了他。

他凄苦地坐在雪堆里。脚上裹着兽皮，用带子缚在小腿上。他的裤子和上衣是用熊皮做的，他母亲把绒毛缝在了贴身的那面。为了保暖，他还裹了一件带帽兜的裘皮大衣。奥妮萨在身体好些的时候，就用冰兔那白色的短尾巴装饰这件大衣的肩膀，每侧肩头缀上三条尾巴，颈部缀了几颗红色和蓝色的小珠子。而此时，玉理一个人孤苦伶仃，大衣上沾着食物的残渣和凝结的油脂，还有脏东西粘在衣服的绒毛上。这一切让玉理浑身散发出浓重的气味。他的那张小脸，干净的时候是淡淡的米黄色，现在脏成了黑褐色；他的头发油腻腻的，凌乱地贴在额头两鬓和衣服领子上。他揉了揉自己的塌鼻子。他长着一张阔口，看起来却很敏感脆弱，此时他嘴巴一皱，开始捶打着积雪大哭起来，露出满口白牙，而那颗断掉的门牙格外显眼。

哭了一会儿，他绝望地站起身在落叶松林里漫无目的地走起来，把父亲的长矛拖在身后。他没有选择了，只得循着脚印折返，回到生病的母亲那里——如果他能找到穿越雪原回去的路的话。

他还意识到自己肚子饿了。

玉理被抛弃在了绝望之中，他冲着那道大门狠狠发泄了一通。没有任何反应。雪又开始下了，很缓，却毫不停歇。他高举双拳站在那里，又冲着大门恨恨啐了一口。这是给父亲的。他痛恨那个男人居然如此软弱。他回忆起了父亲揍他的每一下——为什么父亲不去揍法艮？

最后，他转身离开，满心憎恶地走进扑簌簌的大雪，朝着山下走去。

他把父亲的长矛甩进了灌木丛。

饥饿终究战胜了疲劳，把他带回了瓦尔克河边。他的希望旋即再度破灭了。能当作食物的耶尔克尸体一点都没剩下。食肉动物从四面八方蜂拥而来撕扯掉了每一块肉，只为他在河边剩下一堆堆的残骸。

他愤怒而又绝望地大嚎起来。

河水又冻上了一层冰，冰面又覆盖上了一层雪。他用脚扫开一片雪往下面看，一些淹死的动物尸体仍在冰里，他还看到一头耶尔克的脑袋悬在黑黝黝的水中，一条大鱼正在啃食它的眼睛。

玉理用长矛和一根尖锐的犄角费了半天劲，在冰面上凿开一个洞，把它一点点扩大，然后站在洞口一动不动地举着长矛等着。鱼鳍在水中一闪。他挥臂一刺。是一条蓝斑鱼，鱼嘴惊恐地一开一合，他用力一抖把鱼甩下来，矛尖上闪着晶莹的水珠。那条鱼刚好有两个并排的手掌那么长。他生起一小堆火炙烤起来，味道很不错。他打了个嗝，钻到横七竖八的木头中间睡了一个多钟头。然后他开始向着南方跋涉，沿着迁徙动物留下的几乎已经消失的足迹，一路走去。

弗雷耶和巴塔利克斯在天空中换了岗，他仍在走，他是这片荒原上唯一移动着的东西。

“老婆子！”老哈塞尔还没走到他的棚屋跟前就冲着妻子喊叫起来，“老娘们儿，看看我在三丑石那儿弄到什么了？”

他那位又老又丑的妻子，劳蕾尔，自幼跛足，一跛一跛地去迎门。她把鼻子探到刺骨的寒风之中，说：“先别管你弄到什么了。有帕诺威尔来的绅士等着跟你做点生意呢。”

“帕诺威尔？嗯？等着，让他们看看我在三丑石那儿弄到了什么。我需要搭把手，老娘们儿。过来，这儿又不冷。你窝在屋子里简直就是浪费生命。”

这栋房子不管从哪个方面来说，都粗糙到了极点。建造它的材料包括比人还高的砾石、厚木板和原木，顶上盖着兽皮，上面还长着草皮。砾石的缝隙用苔藓和泥土塞满，以保证屋里不透风，而大屋里面遍布原木和整根整根的树干作为柱子，在各个方位上做支撑，让整栋屋子看起来像是一头拔了刺的豪猪。依附着主结构，一间又一间的小屋随意而搭，颇有原始风貌。古铜色的烟囱直插沉闷的天空，冒着青烟；一些屋子用来风干毛皮和皮革，另一些屋子里囤着待售的货物。哈塞尔是个生意人，也是一个陷阱猎人，这辈子给自己攒足了本钱，于是现在，在他步入暮年的时候，供养得起一个老婆和一架由三条狗拉的雪橇。

哈塞尔的房子架在一道低低的峭壁上，这道峭壁向东方划出一条弧线，蜿蜒出好几千米，上面满是砾石和裂缝，还有些地方石头摞着石头。这些砾石为小动物提供了庇护所，也为设置陷阱的老猎手提供了好去处，他不再奢望像年轻时跑那么远了。他给一些颇为巨大又别具一格的石块起了名字，三丑石就是其中之一。他从三丑石上掘下沉积的盐矿粒来打理和加工兽皮。

斜坡上遍布碎石，每一块石头的东侧都积着雪，小小的雪锥依着石头的尺寸大小各异，锥尖精确地指示着从远方拜里尔斯吹来的西风的去向。这里曾经是海滩，属于一片消失已久的海滨，位于坎普安莱特大陆的北方海岸，那个世代的此处更讨人喜爱。

三丑石东边长着一丛荆棘，在花岗岩后避风的地方伸出零零星星的绿叶。老哈塞尔小心翼翼地把这些翠绿的叶子装进罐子里，在荆棘从周围设下陷阱防止动物侵扰。就在满是尖刺的细枝间，躺着那个昏迷不醒的小家伙，现在，在劳蕾尔的帮助下，这个小伙子被搬进了哈塞尔那间烟熏火燎的棚屋里。

“他可不是野人。”劳蕾尔欣喜地说，“看这儿，他的袍子上有蓝色和红色的小珠子做装饰。多可爱呀，对吧?”

“别操那个心了。给他一口汤，老娘们儿。”

她依言而行，揉着小伙子的喉咙让汤吞咽下去，就在她快要失去耐心的时候，他咳嗽着坐了起来，咕哝着说还要。劳蕾尔喂给他吃，抿着嘴低头看他，目光落在他那肿胀的腮帮子、眼睛和耳朵上，这些地方被无数蝇虫叮咬过，滴落的血全都抹在了领子上。他又喝了些汤，然后呻吟一声倒了下去，继续昏迷不醒。她把他搂起来，一条手臂伸到他腋下，轻轻晃着他，心中涌起一股陌生而亲切的幸福感。

她有些内疚地回头看向哈塞尔，发现他已经走开了，忙着去跟帕诺威尔来的绅士做生意。

她把小伙子满头黑发的脑袋放下来，叹了口气，又去找丈夫。他正在跟那两个大块头商人啜饮烈酒，他们的大衣在暖烘烘的屋子里冒着白汽。劳蕾尔用力扯了扯哈塞尔的袖子。

“也许这两位绅士会带上你找到的这个生病的孩子，跟他们回帕诺威尔去。我们这儿可没法养活他。说实在的，咱们也是吃了上顿没下顿。帕诺威尔可是富足得很啊。”

“别烦我们，老娘们儿。我们在谈生意呢。”哈塞尔用一家之主的口吻说。

她蹒跚着去了屋子后面，看了看他们俘获的那个法艮，他正拖着链子安稳地待在他们养狗的雪窝里。她佝偻着身子，抬眼望向遍布沙砾的灰色大地，那里只有一望无际的孤寂渐渐隐没在远方的寂寥天空下。那个年轻人就是从那片荒野中的什么地方来的。一年里大概有那么一两次，会有孤身一人，或是结伴而行的人类，迷失于那片冰原命丧九泉。劳蕾尔从来都搞不清楚他们来自哪里，在那片荒原的远方只能看到酷寒的群山。有一次，一个语无伦次的逃难者说可以跨越那片冰封的大海。想到这里，她在干瘪的胸口前画了一个圣环符。

在她年轻的日子里，说这种胡话可是会招人嘲笑的啊。然后，她裹紧衣服站到峭壁上朝北方望去。几只梦鹭飞在头顶上空，寂寞地拍打着独翅，一个令人眩晕的画面让她跌坐着跪在地上——画面中有一群壮硕而神圣的人，划动着一只巨轮去往一个雪不会下个不停、风不会永远怒吼的地方，那巨轮便是整个世界。她哭泣着回到屋里，憎恶那梦鹭带给她的希望。

尽管老哈塞尔用做主的语气支开她，可他对她的话上心了，他一贯如此。在他跟那两位帕诺威尔的绅士谈妥生意之后，一小堆珍贵的药草、香料、羊毛线和面粉会换成兽皮载满两位绅士的雪橇，哈塞尔又跟他们提起带上那个生病的孩子跟他们回到文明世界去。他提醒说那个年轻人穿着华丽的大衣，所以——没准儿，先生们——他可能是个大人物，或者至少是什么大人物的儿子。

出乎他的意料，两位绅士答应了，他们很愿意让孩子跟他们一起走。不过，他们额外索要了一张耶尔克兽皮作为小小的回报，为了盖在孩子身上保暖，也用于支付额外的花销。哈塞尔咕哝了几句，然后颇为大方地表示同意。如果这孩子活过来，他根本养不起，如果他死了——用人类的遗体喂狗可不会让他心里舒服，而且遵从本地风俗将遗体风干后风葬也不是他的做派。

“成交。”说着，他从手边翻出一张最次等的兽皮。

小伙子醒了。劳蕾尔给他留着吃喝，他喝下了更多的汤，又吃下了一条热乎乎的雪兔腿。他听到有人进来，立刻躺回床上闭上眼，一只手探进怀里。

他们漫不经心地看了看他，然后转身离开。他们的计划是要让雪橇上装满货物，在这里花几个小时享受哈塞尔和他妻子的盛情款待，大醉一场，睡一觉，然后启程朝南方的帕诺威尔进发。

这一切按部就班进行着，当哈塞尔的美酒被喝光之后，传来了阵阵妙音。那是两位绅士睡在一堆舒服的兽皮之上后，发出的雷鸣般的鼾声。劳蕾尔悄悄地照料着玉理，喂他吃，给他擦脸，抚摸他的一头浓发，搂着他。

暮昏时节的清晨，巴塔利克斯还低垂在空中，他便从她身边离开了。那两位绅士把他抬上雪橇时，他假装依旧人事不省。他们抽起鞭子，刚从宿醉之中醒来便冒着严寒上路让他们愁眉苦脸，然后他们出发了。

这两位绅士从哈塞尔和其他陷阱猎人手里最大程度地获利，而这些陷阱猎人则最大程度任由他们剥削；而从另一方面来说，陷阱猎人只有兽皮能拿来做交易，所以任由自己被剥削和欺骗其实也是蛮精明的。欺骗是他们生存的一部分，就像要在寒风中把衣服裹紧一样。而这二位的计划其实很简单，一等他们出了哈塞尔那栋摇摇欲坠的屋子的视线范围，就马上把那个病号的气管切开，把他的尸体丢到最近处的雪堆里——他们看中的只是那件华丽的大衣，也会尽量把短上衣和裤子一起弄下来——再返回安逸的帕诺威尔市场。

他们勒住狗停下雪橇。其中一人抽出一把闪亮的匕首，转身走向趴在那里的瘦小身躯。

趴着的身体却一跃而起，大吼一声，又把盖在身上的兽皮兜头扔到那位绅士头上，猛地一脚踹在他肚子上。然后他拔腿猛冲出去，跑着之字形路线，以防后面投来长矛。

等他自觉跑得够远了，这才转身缩在一块大石后面，看看是不是有人跟来。在昏沉的天色里，雪橇已经走出了视线。那两位绅士转眼便没了踪影。除了呼啸的西风，天地间再无活物。他在冰天雪地的荒野中孤身一人，此时距弗雷耶升起还有好几个小时。

一阵巨大的恐惧袭来。在法艮将他的父亲带到地下巢穴之后，他在荒野上徘徊了不知多少日子。寒冷和缺觉让他神志模糊，无数蝇虫让他几乎发疯。他已经全然迷失了方向，在他跌进那丛荆棘时，已经濒临死亡。

片刻的休息和一点点营养让他的身体很快恢复了。他任凭自己被抬上雪橇，不是因为他全然信任来自帕诺威尔的那两位绅士，他们身上散发出来的气味不对劲儿，主要是因为那个老太太总是用一种他很不习惯的方式抚慰他，这让他无法承受。

现在，在这段短暂的插曲之后，他到了这个地方，再次身处荒野，比冰还冷的风撕扯着他的耳朵。他又一次想起了母亲奥妮萨，想起了她那生病的身体。他最后一次见母亲时她在咳嗽，嘴里冒着血沫。在他和阿列豪动身离开之时，她抬起眼睛用一种透出死亡气息的苍白目光看着他。直到这一刻玉理才意识到那目光意味着什么：她并不觉得还能再见到他。想方设法回到母亲身边毫无意义，她现在肯定已经魂归他乡了。

现在怎么办？

如果想活下去，他就只有一条路。

他站起身来，迈着沉稳的步伐跟上了雪橇的踪迹。

雪橇由七条长着犄角的狗拉着，那种狗叫阿索金犬。领头的母狗名叫格里普赛。它们这群狗就叫格里普赛雪橇队。它们每小时休息十分钟；每次休息期间，主人会从一只麻袋里掏出臭干鱼来喂给它们。一路上，两名绅士一个跟在旁边走，一个躺在雪橇上，不时轮换着。

玉理很快就摸清了路线。他在后面保持着距离，甚至当雪橇出了视线，只要空气很宁静，他那灵敏的鼻子也能闻到前面那两个人和飞奔的狗散发出的臭味。有时候，他会逼近一点看看情况。他想搞清楚自己一个人要如何驾驭一支狗队。

连续跑了三天之后，阿索金犬必须得好好休息一下了，他们来到了另一户陷阱猎人的栈点。这里的陷阱猎人给自己建造了一座小小的木头堡垒，用野生动物的利角和枝角装饰着。成排的兽皮在微风中僵硬地飘来摆去。绅士们在这里停留的时间可不短，弗雷耶沉下地平线，苍白的巴塔利克斯也落下了，然后那个更为明亮的哨兵再次升上天空。那两位绅士和陷阱猎人在醺醉之时要么尖叫不止，要么沉睡不醒。玉理从雪橇上偷了一些硬饼，裹着一张兽皮在雪橇的背风处迷迷糊糊睡了一会儿。

他们继续前行。

在几天的旅途中，他们又停歇了两次。格里普赛小队一直坚定地向着南方进发。风变得不那么刺骨了。

最后，一切迹象都表明他们距离帕诺威尔越来越近。这支小队一直朝着远方的一团迷雾进发，后来他逐渐发现那不是雾，而是坚石。

一座山脉从前方的平原上渐渐隆起，山麓上积着厚厚的雪。平原也越来越高，他们正穿行于丘陵之间。到了这里，那两位绅士都改成步行了，有时还得推着雪橇走。路上有不少石塔，有些塔里还驻有哨兵对他们严加盘问。哨兵也查问了玉理。

他叫嚷着说："我跟着我父亲和叔叔走。"

"可你落在后面了。梦鹭会抓走你的。"

"我知道，我知道。父亲急着回家见母亲。我也是。"

他们挥手让他过去，一边笑话他幼稚。

终于，两位绅士停了下来。他们把干鱼扔给格里普赛和她的雪橇队，把狗拴好。他俩在山坡上找了个避风的地窝，把皮毛盖在身上，灌了一肚子美酒，然后沉入了梦乡。

玉理一听到他们打呼就立刻爬上前去。

必须同时把两个人都干掉。他可没法同时跟两个人搏斗，所以不能让他们警觉。他反复琢磨，是用匕首刺还是用石头砸他们的脑袋——两种方法都有风险。

他四下扫视了一圈，周围没人。他打算从雪橇上取下一条皮革带子，爬到两个人跟前，用皮带把一个人的右脚跟另一个人的左脚绑在一起，这样一来，不管谁先蹦起来，都会被同伴绊倒。两位绅士鼾声如雷。

还没等找出皮带，他发现雪橇上有一堆长矛。可能是用来做生意的，还没卖掉。他没去多想到底怎么回事，就从皮带捆着的长矛中间抽出来一根，掂了掂。这矛用来抛掷很不称手，不过矛头很锋利。

他回到洼坑旁边，蹑手蹑脚走向其中一位，等他打着呼噜翻了个身，仰面朝天。玉理举起长矛，就像是扎条鱼那样用力刺了下去，长矛刺入了这位绅士的大衣，刺穿了他的肋骨，也刺透了他的心脏。这位绅士惊惧地抽动了一下，他的样子一下子变得狰狞起来。他双眼圆睁坐起身来，一把抓住了矛杆，可身子朝前一弓，随即缓缓翻倒在地。他长长吐了一口气，咳嗽了一声便再也不动了。呕吐物混着鲜血从他嘴里冒了出来。而他的同伴只是哼唧了一声，哆嗦了一下。

玉理发现他刺得太猛，长矛不仅扎透了绅士，还钉在了地上。他回到雪橇旁，拿来另一支长矛对付第二个绅士，就跟对付第一个一样——也同样成功。雪橇是他的了，还有那支狗队。

他的额角突突直跳。他很可惜那两位绅士不是法艮。

他给吠成一团的阿索金犬套上挽具，驱使它们离开了这块地方。

朦胧的轻纱泛起微微的辉光笼罩着天空，给高山勾勒出一幅剪影。现在，脚下的路出现了清晰的印迹，随着一路向前，道路越来越宽，蜿蜒直达一块高高矗立的岩头。走到这块巨岩脚下，才发现它遮掩着一条幽深的峡谷，一座令人生畏的城堡把守着谷口。

这座城堡倚着那块巨岩凭险而建。它的挑檐很宽，好让雪从顶上远远崩落到下方的地面。城堡前面有一个岗哨，站着四名全副武装的卫兵，道路上横着木头栅栏，截住过往的行人车辆。

一名卫兵抬步上前，玉理停了下来，卫兵的裘皮衣上佩戴着闪光的铜饰。

“你是什么人？小家伙。”

“我跟两个朋友一起的。你也看到了，我们出去做生意。他们驾着另一架雪橇被我远远甩到了后面。”

“我没看到他们。”他的口音挺怪的，不是玉理听惯了的那种拜里尔斯地区的奥洛奈茨口音。

“他们落单了。你不认得格里普赛雪橇队吗？”他冲着那群狗甩了甩鞭子。

“我认得。当然了，我跟它们很熟。那条母狗只能是格里普赛，不会是别的狗。”他走到一边，抬起了壮实的右臂。

“放他们过去，那边的！”他喊着。栅栏升了起来，鞭子一抽，玉理吆喝一声，他们过去了。

当玉理第一次看到帕诺威尔时，他不由自主地深深吸了口气。

前面是一堵巨大的峭壁，十分陡峭，连雪都积存不住。峭壁上雕刻着一幅宏伟的巨像，正是那伟大的神灵阿克哈。阿克哈以传统的姿势蹲踞着，膝盖支在肩侧，双臂搂着膝盖，双手相叠，手心朝上，手里捧着一朵神圣的生命之火。他的头很大，头顶上盘着发髻。那张半人类的面孔令观者生畏，就连他的面颊都透出令人敬畏的气息。然而，他那双巨大的杏仁眼却十分有亲和力，那向上翘着的嘴和充满威严的眉头既透露出和善，也能看到一丝凶残。

在阿克哈左脚边的岩壁上，有一个尺寸比起来相形见绌的小洞。当雪橇走近，玉理发现这个洞口其实极为宏大，可能要比人高出三头。玉理能看到里边有光线，还有行为举止和谈吐口音都十分奇怪的卫兵，他们脑袋里的想法一定也很奇怪。

他挺直了年轻的肩膀，大踏步走上前去。

玉理就是这样到了帕诺威尔。

他永远都不会忘记自己是如何离开天空下的那个世界，进入了帕诺威尔。他心中一阵惶恐，驾着雪橇绕过卫兵，经过一丛稀疏的树林，脚下稍一停滞，随即钻进了面前那无比开阔的穹顶之下，那是一片有无数人生活其中的地下空间。当他把大门远远撇在身后，便看到团团迷雾缭绕在黑暗之中，让这世界里的事物朦朦胧胧、难辨轮廓。现在是夜晚，周围只有不多的几个人在走动。他们裹着厚厚的衣服，一转弯或一扭身，便会惊起缕缕雾气缠绕在他们周围，笼住他们的脑袋，在他们身后缓缓聚成旋涡，仿佛褴褛的长袍在风中旋转。到处都是石头，石头凿出的墙壁、隔间、房屋、围栏，还有一道道阶梯——巨大而神秘的洞穴向上延伸到山腹深处，历经若干世纪的劈凿，已经形成了一层又一层小小的广场，每一层都由边墙与相邻的平台隔开，但有台阶相通。

为了尽可能节约资源，帕诺威尔只在每一条阶梯尽头放置一支火把照明。火焰随着微弱的气流微微倾斜，暗淡的光芒根本无法照亮整座广场，只能照亮小小的一团雾气，而火把燃熏的烟霾让空气愈加混沌。

潺潺不息的水流历经无数岁月，在岩石间穿凿出许多相互贯通的洞穴，尺寸大小、高低远近各不相同。一些洞穴里住着人，在人们的辛勤改造下变得规整起来。这些洞穴都有名字，并按照多年来的生活需求进行改造，拥有了不同的功能。

这个外来的野蛮人驻足不前了。他无法继续深入这宏大的黑暗之中，除非他能找到与他为伴的人。那些为数不多拜访帕诺威尔的外来人，比如玉理，会发现自己此时身处一个尤为巨大的洞穴之中，居民称之为大市集。奥多兰都中的许多工作都要在这里完成。由于人的眼睛会逐渐适应昏暗，所以这里并没有多少人工照明，或者说根本就没有。白天，这里到处熙熙攘攘，各种工具有节奏的敲击声此起彼伏。玉理可以在大市集拿阿索金犬和雪橇上的货物做交易，换取他的生活所需。他只能留在这里，再没别的地方可去。渐渐地，他习惯了这里的昏暗，这里的烟雾，习惯了那些锐利的目光，还有人们无休止的咳嗽；他接受他们所有的一切，特别是那种可靠的安全感。

很幸运，他结识了一位跟父亲一样忠恳的商人，他叫凯亚勒，和妻子一起在名为大市集的这个广场上经营着一个小摊位。凯亚勒总是愁眉不展，被浓密的黑胡须遮盖着的嘴角总是耷拉着。他对玉理十分友善，他总是护着玉理，让骗子无机可乘，玉理也不知道这是为什么。他还不厌其烦地领着玉理见识这个崭新的世界。

大市集里某些噪音的回声源于一条名为瓦可科的溪流，它从大市集后方那道深深的裂隙中流过。这是玉理见过的第一条自由奔流的河，这也是让他决定定居下来的奇景之一。飞溅的水花让他十分愉快，而且由于他信仰万物有灵，他把瓦可科溪也看作是一种生命。

瓦可科上已经架起了桥梁，人们能到达大市集最里边的那片区域，那里陡升的地面需要走很多级台阶才能上去。最高处是一个宽阔的平台，上面供奉着一尊巨大的从岩石中雕凿出来的阿克哈塑像，即便从大市集的另一头也能看到它的身形。阿克哈的双肩从阴影中跃然耸出，他的双手捧着一团火焰，一位祭司会定时添加燃料，他从阿克哈肚皮上的一扇小门进出。阿克哈的子民总是会在固定时间拜倒在他们这位神灵的脚下，他们把各式各样的祭礼献给他，由披着黑白条纹长袍的谦逊祭司一一接下。祈祷者拜伏在地，一名见习祭司用羽毛掸子拂扫着地面，不等众人期待地望向那双阴影之中的乌黑石眼，便将大家赶到了神圣之地的外面。

这种仪式对于玉理来说无比神秘。他向凯亚勒打听这些事情，结果却让他更加迷惑。没人能给一个陌生人解释清楚自己的宗教。不过玉理有了一种强烈的印象，这个用石头雕刻出来的古老神灵，击败了来自外部世界的暴虐，尤其是来自乌特拉的——乌特拉统治着天空和所有与天空为伍的祸患。阿克哈对于人类没有多大兴趣，人类对他来说太渺小了。他想要的只是他们日常的贡品，好让他在与乌特拉的争斗中保持强大的力量。或许人们也需要有一个强大的阿克哈教廷存在于世，以确保阿克哈的期望能够得到加倍满足，以免他降灾于世。

祭司阶层与民军维持结盟，他们在这种结盟状态下拥有帕诺威尔的统治权。没有哪个人是完全意义上的统治者，除非有人将其推衍到阿克哈本身，人们通常认为阿克哈总是挥舞着天神的大棒潜出大山，去找寻乌特拉和他那些可怖的帮凶，比如蠕虫。

这让玉理十分惊讶。他知道乌特拉。乌特拉是伟大的精灵，他的父母，阿列豪和奥妮萨，在遇到危险时都会向乌特拉祈祷。他们将乌特拉描绘成仁慈、光明的使者，而且，就他记忆中而言，他们从来没提起过阿克哈。

在祭司的法律所容许的范围内，这里的通道能有多复杂就有多复杂。通道将大市集与各个洞室一一连接，一些洞厅可以随意出入，一些则禁止平民进入。在禁地周围，人们尽量不语。但他很快就注意到有做了错事的人被拖出来，倒剪着双臂捆住，顺着漆黑的阶梯送进晦暗的阴影中，有些去了圣地，有些则去了位于大市集后面那个叫特温克的地方，那是劳作惩戒的农场。

时机合适时，玉理常常穿过一条凿着台阶的狭窄通道，去到一个名叫莱科的极为齐整的巨大洞穴里。莱科里面也有一座阿克哈巨型雕塑，这尊雕塑的脖子上用链子悬着一只动物，标志着这里是用来做体育活动的——莱科是进行模拟战斗、表演、体育竞技以及角斗的场所。它的四壁用深红色的颜料和牛血绘着旋涡式的装饰图案。莱科在大多数时间里都是空荡荡的，声音在这巨大的空间里回荡时隆隆作响；到了举行活动、灯火辉煌的时候，洞穴里就会乐声四起，被人挤得水泄不通。

其他重要场所都有直通大市集的大门。在它东边，是一片密集的小广场或者说巨大的夹层区，台阶被粗重的扶手分段隔开，通向一片名为瓦可科的广阔洞穴住宅区，就在那条深嵌于沟壑之中潺潺而过的溪流后面。进入瓦可科的那巨大拱门上面饰有精致的雕刻，那花纹是水波之间缠绕着的球体和星星，但大部分已经在不知何时发生的坍塌中损毁了。

瓦可科是历史仅次于大市集的古老洞穴，久远的岁月让这里填满了“活物”——这里的居民就是被这样称呼的。对于一个站在它门槛上的外来人说，尽管目睹了——与其说是目睹不如说是猜测——那逐层升高、渐渐升入蒙眬晦暗之中的阶梯平台，却全然无法从那无边的阴影中辨出任何细节。恍惚光线中的瓦可科简直就是一个令人生怯的梦魇，让这个来自拜里尔斯的孩子感到心脏骤然缩紧。毫无疑问，任何踏足此地的人都会心生惊惧，恐怕只有阿克哈的力量才能将他唤醒，这简直是一片密密匝匝的墓地！

但是，他凭着少年人的机敏适应了下来。他看着瓦可科，就像看着一座慷慨的市镇。他游走于聚集在层层平台的喧嚣“活物”之中，不由自主地从一层被引到另一层，不时偶遇与他年纪相仿的行会学徒。小小的隔间四四方方地层层罗列，每间的家具都是固定的，因为它们是连同地板以及墙壁一起雕凿出来的，所有的隔间排列成行绵延而去。在这组织精密而拥挤的住宅区，关乎权利、关乎生活方式、关乎隐私的事情都很复杂，而这些总是关乎瓦可科的行会系统。当发生争执的时候，总是会由祭司做出裁决。

这些“活物”中的一个，图丝喀，就是凯亚勒那位和善的妻子，给玉理找到了一个小间，只跟她和凯亚勒的住处隔着三间。它没有屋顶，墙壁是弧形的；他觉得自己像是被放进了一朵石头花里。

瓦可科的坡度很陡，由昏黄的自然光照明——比大市集更加昏暗。空气被油脂灯熏得烟气缭绕，而教士对每一盏灯都要征税，灯的黏土底座上都盖着号码印戳，以此保证每一盏灯都善加利用。于是，那种折磨着大市集的雾气在瓦可科倒不那么浓烈了。

从瓦可科伸出一条长廊通向莱科。在更低的平台上，穿过一道道粗糙的拱门，通往一个穹顶很高的洞穴，叫格洛因。那里的空气异常清爽，尽管瓦可科的居民觉得格洛因的居民很不开化——主要因为他们从事很低级的行业，隶属于屠夫、鞣皮工、采石、黏土以及矿工等行会。

如同蜂窝的山岩中，毗邻着格洛因和莱科的是另一处宏大的洞穴，里边满是居民和牲口。那是普雷恩，很多人对那里避而远之。玉理发现这里的时候，这块地方正在由坑道工行会热火朝天地扩建。其他地方所有的粪便都汇集到普雷恩，用来喂食猪猡，或是当作肥料施给靠热气生长的夜生庄稼作物。普雷恩的一些农夫还养殖一种叫蒲丽雀的禽鸟作为副业，这种鸟的眼睛能照明，翅膀上还长着发光的斑纹。蒲丽雀作为玩赏的笼中鸟很流行，它们给住在瓦可科和格洛因里的人们增添了一点点光明——尽管它们依然是阿克哈祭司课税的对象。

“格洛因人粗鲁，普雷恩人强横。”这是当地流行的说法。不过，玉理发现其实所有人都有一个共通之处：死气沉沉，只有在搞活动的时候，他们才会兴高采烈起来。为数不多的例外，是住在大市集里属于商贩和陷阱猎人行会的人，他们在阿克哈的护佑下定期去到外面世界做生意，就和那两位跟他有过一面之缘的绅士一样。

所有的主洞穴，以及小一点的洞穴，都会有小径和隧道通往死胡同，有些是上坡，有些是下坡。帕诺威尔各处都有关于身赋魔法的野兽的传说，那些魔兽要么来自岩石中间那原始的黑暗之中，要么来自那些被诱骗着远离自己的生活、进入大山的人。最好是永远留在帕诺威尔，阿克哈会在这里用他的那双盲眼照看每个人。在帕诺威尔的黑暗中缴税，也好过去追求外面那酷寒的光明。

这些传说故事由说书人行会代代相传，他们站在每一层的阶梯上，或是等在平台上，编撰着美妙的故事。

在这个蒙昽晦暗的世界里，言语就像明灯。

帕诺威尔的另一个区是不允许玉理出入的，它常常会被人们的低语交谈描摹勾画出来，那就是圣地。从大市集经由长廊和阶梯就可以到达圣地，但它有民军守卫，平民不能通行。没人想要志愿穿过那迂回曲折的通道。圣地中驻扎着民军，永远守护帕诺威尔的法律和祭司阶层，永远守护着帕诺威尔的灵魂。

所有这些对于九岁的玉理来说都太过宏观和复杂了，以至于他无法看到隐藏在这一切背后的秘密。

不过，玉理没费多少时间就发现这里的统治有多么无懈可击。因为生来就在这样的系统中讨生活，这里的居民很少大惊小怪；而玉理一直生活在开放的空间，对于生存法则无师自通，他惊讶于这里每个人的每个动作都似乎受着种种约束。然而，他们却认为自己已经备受恩典了。

玉理打算靠他那一雪橇合法的兽皮货物订一个邻近凯亚勒的摊位，开一家小铺子。可他发现，看起来很简单的事情其实没那么简单。没有摊位他就没法做生意——除非他有特别许可——为此，他必须生来就是商贩行会的成员。他需要加入一个行会，需要一个学徒身份，获得认定的资格——要进行一种考核——只有祭司才能授予这种资格。他还需要一套民军发放的证书，包括保险和证明。要是他没法维持生计，就没法做生意。他也不能登记图丝喀为他租下的屋间，除非完全得到民军认可。他甚至没法得到最基本的认可：他没有能证明自己对于阿克哈的信仰以及对神灵按时进行献祭的证据。

“这很简单。首先，你作为野蛮人，必须侍奉一位祭司。”一位面容消瘦冷峻的民军队长对玉理说道，这是玉理首先要接受的考验。队长在一间小石屋里接见了玉理，小屋所处的台阶位于大市集平台上方一米左右，从这里可以俯瞰整片地区的熙来攘往。

队长在常见的兽皮衣上套着一件黑白相间的拖地长袍，头上戴着一顶青铜头盔，上面佩有阿克哈的圣符，一种只有两根辐条的轮子。他的皮靴高高套在小腿上，身后站着一个法艮，一条黑白相间的编织头箍勒在它雪白的、毛茸茸的额头上。

“看着我！”队长咆哮道。可是，玉理发现自己的目光总是不由自主地瞟向那个安静的法艮，思忖着它为什么会出现在这里。

那个剑族带着一种不苟言笑的镇定气质站在那里，笨拙的大脑袋往前探着。它的犄角很钝，还被锯短了一截，锋利的边刃也被挫钝了。玉理看见它的喉咙上套着一个皮革项圈，被白色的毛发遮着，这是它顺从人类的标志。然而，法艮对于帕诺威尔的居民来说，更是一种震慑。许多官员不论在哪里，都会带一只驯服的法艮在身边。法艮能在黑暗中视物，这种本事对于长官们很有价值。而普通人对这种蹒跚而行，却会讲基本奥洛奈茨语的动物则充满了恐惧。玉理不明白，这怎么可能，人们怎能跟这种囚禁了他父亲的野兽和平共处？每一个生活在荒野中的人天生就对这种野兽心存憎恶。

跟队长的这番对话让他沮丧极了，更糟的还在后面——要是他不能遵守这些繁缛的规矩，就不被允许在这里生活；除了屈从，别无他法，就跟凯亚勒对他说的一样："作为帕诺威尔的居民，你必须像帕诺威尔人那样去思考，去感受。"

于是，他被委派去服侍他所在生活区的祭司。这要求他花很大工夫去学习一门关于帕诺威尔宗教化历史的课程（"在永世不休的大雪中，诞生于伟大的阿克哈的荫庇之下……"），而且还必须学习许多经文奥义。他还必须完全听命于萨泰阿尔，包括没完没了的跑腿。萨泰阿尔就是那位祭司，他懒得出奇。尽管帕诺威尔那些比他还小的孩子也要接受这种教育，可这并没给玉理带来多大安慰。

萨泰阿尔体格结实，脸色苍白，耳朵略小，手却很粗大。他的头发修剪过，胡须依照大多数祭司的样式结成辫子，其中还有一缕是白色的。他穿着齐膝长、黑白相间的罩衣，脸上满是麻子。玉理花了好些时间才意识到，萨泰阿尔虽然长着些白头发，可他其实不到中年，还是青壮年呢。然而他走路的时候总是拢着双肩，做出一副年长和虔诚的样子。

当他召唤玉理的时候，说话总是很和善，但又有一种距离感，仿佛两人之间存在着一条不可逾越的鸿沟。这种态度反而让玉理感到心安，他似乎是在说，这些都是你我的工作，我不会去探查你的内心，把一切搞得很复杂。所以玉理保持着沉默，让自己全身心投入到记诵那些重要而又浮夸的经文之中。

“可这都是什么意思？”他带着迷惑问。

萨泰阿尔缓缓起身，在小屋里踱了几步，他的双肩隐没在远离灯光的阴暗中。当他把头冲着玉理斜过来时，一束微光在他脑袋上忽明忽暗，他语存告诫地说：“先记住，年轻人，然后再去领悟。记住之后，领悟就不会那么困难了。用心感受，别用脑袋思考。阿克哈从不需要他的子民理解他，只需服从。”

“你是说阿克哈不在意帕诺威尔的任何人？”

“玉理，重要的是帕诺威尔在意阿克哈。那么现在再诵读一遍：

> 不论谁舔舐弗雷耶的毒，
> 就像鱼儿吞食致命的饵：
> 当它沉积凝聚，
> 他将烧灼我们脆弱的骨。”

“可那是什么意思？”玉理又问，“要是我不理解，我怎么能学得会？”

“重复这段经文，孩子，”萨泰阿尔严厉地说，“‘不论谁舔舐……’”

玉理浸没于这黑暗的城市中。它那阴影重重的巨网网住了他的灵魂，就像他在外面的世界看到人们用网子捕捉冰面下的鱼。梦里，母亲来到了他的身边，鲜血从她口中飞溅而出。然后他就醒了过来，躺在那间逼仄的鸽子笼里凝视着高高的上空，目光远远投到他那花朵般的小屋之外，一直看到瓦可科的穹顶。有时候，当空气特别清澈的时候，他能看到很远处的细节，上面悬着蝙蝠，还有钟乳石，岩石表面闪着液体的光泽，却早已不再是液体了。他希望自己能够飞出幽困其内的陷阱，但却无处可去。

有一次，在午夜的绝望之中，他为了能舒服点，就爬到了凯亚勒的房间里。凯亚勒被惊醒了，挺不高兴，让他赶紧离开，但图丝喀对他很温和，好像玉理就是她的儿子。她拍着他的胳膊，拉住他的手。

过了一会儿，她轻声啜泣起来，对他说，她其实有个儿子的，一个好孩子，跟玉理差不多大，名叫尤斯尔克。但是尤斯尔克被抓走了，民军因为莫须有的罪名把他从她身边带走了。每天晚上她醒来的时候都会想念他，他被关在圣地之中某个可怕的地方，有法艮守卫，她不知道还能不能再见到他。

“这里的民军和祭司都太不公正了。”玉理低声对她说道，“我们的族人在荒野中没有多少生存必需品，但在严寒面前，人与人之间，一切都很平等。”

停了一会儿，图丝喀说：“帕诺威尔有些人，男女都有，他们不学经义，并且想要推翻统治。可要是没有统治者，我们会被阿克哈毁灭掉的。”

玉理在黑暗中凝视着她面庞的轮廓，“尤斯尔克被抓……是因为他想要推翻统治者？”

她紧紧抓着他的手，低声说：“你绝不能问这样的问题，否则会有麻烦的。尤斯尔克一直都挺叛逆……是的，他可能跟坏人混在了一起……”

“别聊了！”凯亚勒嚷起来，“回你自己床上去，妇人——玉理，你也回去。”

当玉理继续跟随萨泰阿尔学习课程时，这些事情始终萦绕在他心头。但表面上，他对祭司倒是十分顺从。

“你并不是个傻瓜，尽管你是个野蛮人——而这一点我们可以改变。”萨泰阿尔说，“你很快就可以进入下一阶段了。阿克哈是大地和大地之下的神灵，你应该懂得大地是如何存在的，而我们就活在它的脉络之中。这些脉络被称为大地的音阶，如果一个人没有因循他自己所属的大地音阶，他就不会快乐，不会健康。玉理，你慢慢就会获得神示。如果你足够出色，就有可能成为祭司，然后就能以更伟大的方式侍奉阿克哈。”

玉理沉默不语。他不知如何开口告诉祭司，他并不需要阿克哈的特别关注，因为他在帕诺威尔全新的生活就是一种神示。

日子一天天平静地过去。萨泰阿尔那一成不变的耐心给玉理留下了极为深刻的印象，也开始不那么讨厌课程了；甚至当他不在祭司身边时，他也会想着那些课程。一切都很新鲜、不可思议，令人兴奋。萨泰阿尔告诉过他，那些进行斋戒的真正祭司能够与死者交流，甚至是与历史上伟大的人物交流。玉理从没听说过这种事情，却不敢断言这是无稽之谈。

他有时会独自一人到城市外围游荡，直到那厚重的阴影在他眼中呈现出熟悉的色彩。他听着人们的交谈，常常是在谈论宗教，或是听着在街角闲谈的人用宗教编织自己的故事。

宗教在黑暗中充满了浪漫，正如恐惧之于拜里尔斯，拜里尔斯的部落用鼓声阻挡恶魔。慢慢地，玉理开始察觉这充满宗教意味的谈话并非言之无物，而是有着真理的核心：主宰着人们生死的那条路必须得到解释。只有野蛮人才不需要这种解释。这种洞悉就像是在雪地上发现了动物的踪迹。

有一次他走进充满恶臭的普雷恩，人类的粪便被倾入生长着夜生农作物的长长沟渠之中。这里的人们非常强悍——正如传言所说——他看到一个梳着凌乱短发的男人，显然不是祭司也不是说书人，猛地一冲，纵身跃上一辆装着粪便的小推车。

“朋友们，”他站在他们面前说道，“听我说句话，好吗？停一停你们手中的活儿，听听我要说的话。我不是为了我自己，而是替伟大的阿克哈说话，他的灵魂附在我体内。我不得不为他代言，尽管我这么做会将自己的生命置于危险之中，但祭司为了自己的目的歪曲了阿克哈的话。”

人们停下来听他讲。有两个人拿他漫无边际的信口胡诌开玩笑，但其他人则带着颇为谦恭的兴致站在那里，玉理也夹在其间。

“朋友们，祭司说我们必须向阿克哈献祭，仅此而已，然后阿克哈就会在大山深处保护我们的安全。我要说，那都是谎言。祭司们生活优渥，并不关心我们这些普通人遭着什么罪。阿克哈透过我的唇告诉大家，我们应该做更多的事情。我们应该让自己过得更好。我们的生活太低级了——除了献祭和赋税，就只有享乐或者游戏，其余的毫不挂心。你们总是听说阿克哈对他的子民漠不关心，他只在意与乌特拉的战斗。如今，我们必须去争取他的关心——我们必须值得他关心。我们必须重塑自己！是的，重塑！生活优渥的祭司也要重塑他们自己……”

有人叫嚷着民军马上就来。

年轻人顿了一下，“我的名字叫奈阿布。记住我所说的。我们在那场天空与大地之间的伟大战争中也有自己的角色。我会回来讲述，如果我能……把我的话传到整个帕诺威尔。重塑！重塑！在一切都太晚之前……”他纵身一跃跳到地上，汇聚的人群一阵纷乱。一只套着缰绳的巨大法艮冲上前来，缰绳的另一头牵在一名士兵手中。它冲到前面，伸出强有力的、长着厚厚一层茧子的手掌，一把抓住了奈阿布的手臂。奈阿布痛苦地叫了一声，但一只毛茸茸的白色手臂卡住了他的喉咙，把他带往大市集和圣地的方向。

“他不该说那种话。”人群散开的时候，一个灰蒙蒙的人影咕哝着。

玉理一时冲动，跟上这个人，一把扯住他的袖子。

“那个叫奈阿布的人没说什么反对阿克哈的话……为什么民军要带走他?”

那个人鬼鬼祟祟四下扫了一圈，“我认得你，你就是那个野蛮人，否则不会问出这种蠢问题。”

作为回应，玉理举起拳头，“我不蠢，否则我就不会提问题了。”

“如果你不蠢，你就应该缄默不语。你以为这里是谁掌权？当然是祭司阶层。如果你说反对他们的……”

“但那是阿克哈的权力……”

那个灰蒙蒙的人影一溜烟钻进了黑暗之中。在那片黑暗里，在那片充满戒备的黑暗中，可以感觉到有某种怪物隐藏其间。是阿克哈吗？

某一天，莱科举行了一场盛大的体育活动。那个时候，玉理已经适应了帕诺威尔，内心也发生了翻天覆地的变化。他紧紧跟随着凯亚勒和图丝喀去看体育比赛。油脂灯在壁龛里燃烧着，指引着从瓦可科到莱科的路，拥挤的人群在狭窄的岩石通道里攀爬，在磨损的台阶上前呼后拥，相互打着招呼，鱼贯进入了运动场。

玉理为人们的激情所感染，突然发现前面的莱科洞厅里呈现出一幅前所未见的画面。弧形的墙壁闪着辉光，洞厅仿佛横着切了一刀，在人们的必经之路上，纹饰繁杂的墙壁上有一道整齐的纹理，如切缝般隐藏在各色花纹之中。随着他探究的眼光不断深入，感觉在精心设计的尺度之下，高踞众人头顶的阿克哈巨像仿佛也在移动。

莱科里演奏着音乐，尖锐而让人兴奋。那是为阿克哈演奏的。

阿克哈矗立在那里，眉目宽阔可怖，石头雕凿的巨眼什么都看不见，却又能洞察一切，火光从下面照亮了它。它的双唇流露出蔑视。

荒野之中没有这样的东西。玉理感觉双膝发软。他心中响起一个强有力的声音，一个他简直无法认出是他自己的声音在惊叫着：噢，阿克哈，最终我信仰了你。你就是力量。宽恕我，让我成为你的奴仆吧。

然而与这个渴望受奴役的声音一起发出的，还有另一个声音。那个声音用更谨慎的态度说着：帕诺威尔人必然深谙一个伟大的真理，只有追随阿克哈去领悟，一切才会有意义。

他对于自己内心的混乱十分惊讶，当他进入洞厅时，当那尊石头神像愈发宏伟地呈现在眼前时，这场内心的争斗也没有缓和下来。奈阿布说过，在天空与大地之间的战争中，人类有着自己的角色。现在他能够感受到，那场战争就在他心里。

比赛紧张地进行着。赛跑和掷长矛比赛后，是人类与被截掉犄角的法艮摔跤。然后是射蝙蝠比赛。玉理从他内心虔信的混沌中醒过神来，投入了观看比赛的兴奋之中。他对蝙蝠很恐惧。就在人群头顶上，高高的上方，莱科穹顶的线条被那种毛茸茸的生物勾勒出来，它们扑动着皮膜翅膀悬垂于人们头顶。射手走上前来轮流用箭射蝙蝠，箭上系着丝线。蝙蝠被射中后会扑扇着翅膀跌落下来，届时，射手就可以赢得奖杯。

获胜者是一个姑娘。她穿着一件鲜红的衣服，衣服的颈部收紧，长可及地。她拉弓射箭比任何一个男人都要准。她的头发又黑又长。她的名字叫伊丝卡铎，人们疯狂地为她叫好喝彩，没人比玉理更兴奋了。

然后是角斗竞技，男人跟男人对抗，男人跟法艮对抗。竞技场充斥着鲜血与死亡。然而，在所有的时间里，甚至当伊丝卡铎张紧她的弓、绷紧她可爱的身躯时——甚至在那时，玉理心中也无比欢悦地在想，他找到了一种令人赞叹的信仰。他猜想，自己内心的迷茫会被更伟大的知识所驱散。

他回想起自己在父亲的火堆旁听的传说故事。老人们讲述天空中的两位哨兵，讲述大地上的人们曾经如何触怒名为乌特拉的天空之神。乌特拉因此将大地从他温暖的怀抱中驱逐了。现在，哨兵瞭望着乌特拉归来的日子，那时，乌特拉会再次以慈爱之情眷顾大地，看看人们是否做得更好。如果他发现他们做到了，他就会驱散严霜。

好吧，玉理不得不承认他的族人都是野蛮人，就如同萨泰阿尔所声称的那样。他父亲怎么会允许自己被法艮带走？然而传说中肯定孕育着真理。因为在这里，在帕诺威尔，故事有一个更合理的说法。乌特拉只是一个次要的天神，但他有复仇之心，他在天上放荡不羁，所以灾祸来自天空。阿克哈是伟大的大地之神，统治着地下世界，那里很安全。那两个哨兵并非善辈，它们高居天庭，是乌特拉的随从，它们可能倒戈与人类为敌。

现在，那些背诵的经文开始有了意义。画面从中闪现出来，之前那些让他头痛的字句，如今默诵起来却让玉理心怀喜悦。他抬头凝视着阿克哈的面庞，他念诵着：

天空赋予谬误的愿景，
将诸般极苦加诸吾等：
阿克哈的大地高悬头顶，
佑护众生抗御一切祸殃。

第二天，他恭顺地来到萨泰阿尔跟前，告诉他，自己被转变了。

祭司那张苍白厚重的脸端详着他，萨泰阿尔的手指敲打着膝盖。

“你是怎么被转变的？这些日子里，可是谎言满天飞。”

“我看着阿克哈的脸。我第一次如此清晰地看到它。现在我的心灵敞开了。”

“那天又有一个假先知被捕了。”

玉理轻捶自己的胸脯，“我心中感受到的东西绝不虚假，神父。”

“没那么容易。”祭司说。

“哦，很容易，这很容易……现在每件事都会容易了！”他扑倒在祭司脚下，因欢喜而高叫着。

“没有容易的事情。”

“师傅，我愿为您献出一切。帮帮我。我想成为祭司，成为您那样的人。”

接下来的几天里，他游走在街市小巷的众生之间，一切都有了新样貌。他不再觉得自己是被困在黑暗里、被埋葬在地底下。他是在一个超然卓世的地方，这里保护着人们远离一切严苛残酷的事物，正是那样的事物让他成为一个野蛮人。而如今，他看到那朦胧的灯光是多么的惹人喜爱。

他也看到帕诺威尔有多么美丽，所有的洞厅都是如此美丽。人类已经在此居住了不知多久，洞穴已经被艺术家们装点起来。所有的墙壁都被绘画和雕塑覆盖了，很多都描绘着阿克哈的生活和他进行的伟大战斗，以及当他再次聚集足够多的信仰后，将要投入的那些战斗。很多绘画因过于久远而模糊了，又被新的画作所覆盖。艺术家们仍在工作，常常攀上危险的脚手架，那些脚手架犹如神话中长颈动物的骨骸，直抵高高的穹顶。

“玉理，你怎么了？你对什么事都不上心。”凯亚勒说。

“我要成为祭司。我已经下定决心了。”

“他们永远不会让你……你是从外面来的。”

“我的祭司正在跟管事的人说这事儿。”

凯亚勒盯着玉理，搓了搓自己忧郁的鼻子，然后手缓缓往下沉，揪住胡须尖儿。玉理的眼睛早已适应了这里的昏暗，他这位朋友脸上每一个细微的表情如今在他看来都十分清晰。凯亚勒什么都没说，回到了自己的摊位上，玉理跟着他。

凯亚勒为了整理思路，又捋了捋自己的胡子，他把另一只手放到玉理肩上，“你是个好小伙子。你让我想起了尤斯尔克，但我们不该进入那个……听我说：帕诺威尔已经跟我小时候不一样了，那时我可以赤着脚在大市集里到处跑。我不知道发生了什么，但不再有和平了。所有关于这些变化的闲言碎语……在我看来毫无意义。甚至有疯子叫嚣着要重塑世界时，连祭司也在暗中支持。要让我说的话，尽量别提这些事。你懂我意思吗？”

“是的，我明白你的意思。”

“那么好吧。可能你觉得成为祭司的路更好走。可能是这样。但我现在可不推荐你这么做。这不像……不像是曾经那么有保障了，如果你肯听我的话。他们已经变得更加强权。我听说他们经常在圣地处决有异见的祭司。你在这里跟我订下学徒契约其实更好，有本事比什么都强。你明白吗？我这是为了你好，才跟你说这些话。”

玉理低头看着年久斑驳的地面。

“我无法解释我的感受，凯亚勒。一种充满希望的……我想事情应该发生变化。我想要改变自己，我不知道该怎么做。”

凯亚勒叹了口气，把手从玉理肩头放了下来，“好吧，小伙子，如果你是这种态度，可别怪我没警告过你……”

抛开凯亚勒的暴脾气，对于这个关心他的人，玉理极为感动。凯亚勒把玉理的打算告诉了妻子。那天晚上，玉理回到自己那间弧形小屋时，图丝喀出现在他门口。

“祭司可以去任何地方。如果你成为其中一员，你就会对这个地方的路线了如指掌。你将能在圣地来去自由。”

“我猜是这样。”

“那你就能知晓尤斯尔克出了什么事。去试一下吧，看在我的分儿上。告诉他，我还在想着他。如果你发现什么关于他的消息，也请来告诉我。”

她把手扶在他的手臂上。他对她笑着说：“你真好，图丝喀。那些想要扳倒帕诺威尔统治者的反叛者，没有任何你儿子的消息吗？”

她被吓到了，“玉理，你成为祭司之后身份就彻底变了。所以我不会再多说什么，我害怕自己会伤害我的家人。”

他垂下了目光，“如果我伤害了你，愿阿克哈惩罚我。”

当他又一次出现在祭司面前时，一名士兵也在场，就站在萨泰阿尔身后的阴影中，和一只系着绳子的法艮站在一起。祭司问玉理是否愿意放弃所拥有的一切，走上阿克哈之路。玉理说愿意。

“那就立即执行。”祭司拍了拍手，士兵走上前来。玉理明白，他现在已经失去了本就寥寥无几的财产；除了他穿着的衣服和他母亲雕刻出来的那把刀子，每件东西都会被民军拿走。萨泰阿尔没再说什么，转过身用一根手指示意了一下，便走向大市集后面。玉理除了跟上别无选择，心跳也不由得急促起来。

他们走到横跨裂谷的木桥，瓦可科溪在下面翻滚跳跃着，玉理回头看了一眼，目光越过繁忙的贸易市场，望向远远的入口门洞，瞥到了一抹白雪。

不知为什么，他想起了伊丝卡铎，那个披着乌黑长发的女孩。然后，他快步跟上了祭司。

他们登上敬拜神灵的平台。人们在阿克哈神像脚下摩肩接踵地留下祭礼。那背后是一面面影壁，上面是精雕细琢的画。萨泰阿尔步履不停，从旁边走过，领着玉理进入一条窄窄的通道，浅浅的台阶向上伸出。他们转过一个弯，灯光迅即变得更加暗淡。一口钟响了起来。玉理一阵紧张，脚下不由得磕磕绊绊。他进入了圣地，比预想的要早！

在拥挤的帕诺威尔，这还是头一次他的周围空无一人。他们的脚步荡起回声。玉理什么都看不到，只能想象祭司走在他前面。一片虚无，黑暗中只有黑暗。他不敢停下脚步，不敢伸手去摸，不敢出声……随之而来的盲视是他自愿经历的，他必须把降临的一切都当作对自己的考验。如果阿克哈爱这冥府般的黑暗，那他也必须爱。尽管如此，这突如其来的虚空依然肆虐蹂躏着他，令他所有感官失去了效用。

他们毫不停歇地往大地深处走去，仿佛会永远走下去。

柔和而又出其不意，光明乍现——一束光柱落在死水般的黑暗之上，光线出现的地方投下了一道光晕，浸没在黑暗中的两个活物朝它移动着。祭司那厚实的身形映出了剪影，黑白相间的衣服花纹缭乱地勾勒出人影的轮廓。这让玉理对他所在的这个地方有了一些感知。

这里没有墙壁。

这比彻底的黑暗更令人恐怖。他已经变得习惯居住于狭促的地方，有一面峭壁，有单独的隔间，看得到某个小伙子的后背，看得到某个女人的肩膀，总是挤挤挨挨。而现在，他被对虚空的恐惧攫住了。他伏倒在地往前爬，倒在地上的时候喘着粗气。

祭司不为所动。他走过光线投下的地方，继续坚定地迈步向前，鞋子嗒嗒作响，他的身影几乎立刻消失在了雾蒙蒙的光柱后面。

会被独自撇在这里的！一股绝望感让这个年轻人爬起来往前跑去。当光柱笼住他，他向上望去，上方是一个洞口，天光直射而下。上面是他出生伊始就习惯依靠的事物，为了黑暗之神，他决意抛弃那所有的一切。

他看到了碎裂的岩石。现在他似乎明白了，他是在一个比帕诺威尔其他洞厅都要更大更高的洞穴之中。随着一个信号——也许就是他听到的钟声——某个地方的某个人打开了一扇安在高处直通外界的门。警告？诱惑？抑或仅仅是一个戏剧性的恶作剧？

也许三者兼有，他想，因为他们比他聪明得多。他急匆匆追上那已经消失了的祭司的身影。有那么一刻，他觉得自己更愿意让身后的那束光消失。高处的门关上了。他又一次深陷于无边无际的黑暗中。

最后，他们到达了这巨大洞厅的另一端。玉理听到祭司的步子慢了下来。萨泰阿尔没有踌躇，径直走到一道门前，叩了叩门板。片刻之后，门开了。一盏油脂灯浮在空中，顶在一个上了年纪的女人头上，她不停地抽着鼻子。她带着他们进入一道石廊，然后关上了门。

地上铺着席子。他们面前有好几扇门。沿着两侧墙壁齐腰高的地方雕刻着一条细细的带子，玉理很想凑近了看看，但是不敢；除此以外，墙上没有任何装饰。那个不停抽鼻子的女人敲了敲其中一扇门。有了回应，萨泰阿尔把门推开，做了个让玉理进去的手势。玉理躬身顺着导师伸出的手臂迈步进了屋子。门在他身后关上了。这是他最后一次见到萨泰阿尔。

屋子里布置着可以挪动的石头家具，铺着彩色的毯子。铁制的灯架上亮着一组灯。两个男人坐在石桌旁，毫无笑容的面孔从一些资料前抬起来。一位是民军队长，他那顶带有轮形圣符的头盔放在桌上，就摆在手肘旁边。另一位是身形消瘦、一身灰色的祭司，长着一张不友好的脸，不停地眨着眼，好像玉理那张单纯的面孔晃了他的眼。

“外来者玉理？既然你已经走了这么远，你就已经向着成为一名伟大祭司迈出了第一步。”祭司说话的声音又尖又细，“我是神父希凡斯，首先，我必须问问你，是否有什么让你内心不安的原罪需要告解？”

玉理一时间仓皇不安，萨泰阿尔出其不意地把他撇下，甚至连悄悄的道别都没有，尽管他也明白，必须放弃那种普世的观念，比如爱和友情。

他闷声闷气地说：“没有什么要告解的。”他的目光避开了瘦祭司的眼睛。

祭司清了清喉咙。队长开口了：

“年轻人，看着我。我是北方卫队的埃卜伦队长。你进入帕诺威尔时，驾着一支名叫格里普赛小队的雪橇。那雪橇是从这座城市里两位颇有声誉的绅士手中偷走的，他俩是阿缀姆博和普拉斯特，都是瓦可科人。他们的尸体在距此不远的地方被发现，被长矛扎了个透心凉，好像是在睡觉时被干掉的。你对于这桩罪行有什么可说的？”

玉理盯着地板。

“我什么都不知道。”

“我们认为你什么都知道……这桩罪行出现在帕诺威尔领地内，要受到死刑的惩罚。你有什么要说的？”

他觉得自己在发抖。这可不是他所期望的。

“我没什么可说的。”

“非常好。你身负这桩罪行，不能成为祭司。你必须进行告解。你要被关起来，直到你开口。”

埃卜伦队长拍了拍手。两名士兵进来抓住了玉理。他挣扎了一阵，试探着他们的力气，又用力扭动着手臂，最后还是被带走了。

没错，他想，圣地中……到处都是祭司和士兵。他们完全控制了他。我可真够傻的，一个牺牲品。哦，父亲，你抛弃了我……

他甚至都已经忘记了那两位绅士的事情。可那两宗谋杀仍然沉甸甸地压在他心里，尽管他一直安慰自己事出有因，因为他们企图杀死他。可在许多个夜里，当他躺在瓦可科那间鸽子笼般的小屋里，盯着头顶上高高的穹顶时，他一次又一次看到那个绅士坐起来想要把长矛从身子里拔出来时的眼神。

单间狭小、潮湿，而且漆黑一团。

当他从孤身禁闭的惊恐中恢复过来时，他觉得自己太过于谨小慎微了。他的监舍没什么特别的，只有一张用来睡觉的低矮隔板，还能闻到一股臭水沟的味道。玉理坐在隔板上面，把脸埋在了手心里。

他有充足的时间来思考。他的思绪在这无法穿透的黑暗中有了自己的生命，仿佛谵妄的臆想。他认识的人，他从未见过的人，都在他身边来来往往，不知在做些什么神秘的事情。

“母亲啊！”他高声喊叫起来。奥妮萨就在那里，跟她生病前的样子一样，苗条而充满活力，她那张修长而严肃的面孔对儿子绽放出欣然的笑容——尽管她的双唇紧紧抿着，但也隐约可见克制的笑意。她的肩上背着一大捆树枝。一窝小小的、长着犄角的黑色小猪崽走在她前面。天空是一片灿烂的蔚蓝，巴塔利克斯和弗雷耶在空中闪耀。奥妮萨和玉理沿着小路走出落叶松林，被那蓝色刺得几乎睁不开眼。从未有过这样的蓝天，蓝得仿佛给那绵延的雪堆都染上了颜色，渲染了整个世界。

前头有一栋建筑的废墟。在很久很久以前它修筑得十分坚固，但如今已被风霜侵蚀破碎，就像长了真菌的老木头。它前面是一道浅浅的台阶，如今已经破败。奥妮萨卸下肩头的树枝，迫不及待地迈上台阶，几乎是一跃而上。她抬起戴手套的双手，在清冽的空气中哼出一阵歌声。

玉理几乎从未见过母亲有如此风采。为什么她会是这样？为什么不是日常所见的样子？他不敢直言相问，却渴望听到她的只言片语。他问道："是谁建造了这个地方？母亲。"

"哦，它一直都在这里。它和这座大山一样古老……"

"可是谁修了它？母亲。"

"我不知道……也许是我父亲的家族，在很久以前。他们是伟大的人物，那时粮丰物阜。"

母亲的家族十分伟大，它的传说玉理烂熟于胸，包括那些物阜粮丰的时节。他走上破败的台阶，去推一扇久未开启的门。当他靠肩膀用力把门撞开时，积雪如雾般撒落下来。里面是粮食，成堆成堆金色的粮食，足够他们所有人吃到永远。倾泻而下的粮食如一条大河涌来，如瀑布般落下，涌到了外面的台阶上。粮食下面露出两个死者的躯体，盲目地朝着光亮挣扎着。

他大叫一声坐起身来，一跃而起站到了地上，走向监舍的门前。他不明白这些警示的画面从何而来，它们似乎并非存在于他的内心。

他在心里自言自语着：*你可不是会做这种梦的人，骗子，你太无情了。你现在想着你的母亲，却从未向她袒露过你的爱。你太害*

怕你父亲的拳头。你知道的，我确实恨父亲。当法艮抓走他的时候，我其实很开心——不是吗？

不，不……就是经过那样的事情之后，我才变得坚强了。你很坚强，骗子，坚强而且残忍。你杀死了那两位绅士。你要怎么办？最好供认那宗谋杀，看看会发生什么！全心爱我，全心爱我……

我知道的太少。的确如此。整个世界……你都想要认知。阿克哈肯定知道。那双眼睛看得到每一件事物。除了我……你那么渺小，骗子……生活不过是梦鹫飞过头顶时制造的可笑幻觉罢了。

这些思绪让他自己惊异万分。最终，他哭喊着让卫兵来开门，这时他才发现，自己已经禁闭了三天。

玉理已经作为祭司学徒在圣地服侍一年零一天了。他被严禁离开这里的洞厅，只能住在不见天日的庙宇内，全然不知弗雷耶和巴塔利克斯是单独在天上游弋，还是并肩在天上巡行。那种想在白色原野上奔跑的愿望逐渐离他远去，被圣地那雄伟、庄严的黑暗抹去了。

他已经告解了自己对于两位绅士的谋杀。没有惩罚。

希凡斯神父身形消瘦，一身灰色衣袍，总是不停地眨着眼睛，他是玉理和其他学徒的主管神父。他双手一拍，对玉理说："令人不快的谋杀事件现在被永远封存在了往昔。尽管你必定不曾允许自己忘却，恐怕也已经在遗忘了。你开始相信这件事从未发生过，就像帕诺威尔的许多边缘地区一样，生活中所有的事情都交织在一起。你的原罪和你想要服侍阿克哈的愿望也已经交织在了一起。你以为是'神圣'引导一个人去服侍阿克哈吗？并非如此。'原罪'才是更强有力的推动力。拥抱黑暗吧——通过原罪，你才能带着自身的缺陷到达这样的位置。"

"原罪"，是希凡斯神父有段时期常常挂在嘴边的一个词。玉理饶有兴趣地观察着，投入了学生对导师的那种特有专注。他后来一直模仿着神父嘴唇的那种动作方式，用那样的动作重复着所有他不得不用心学习的东西。

神父在授课之后隐居在他的私人住处，玉理则与别的学徒住在大宿舍里，那是黑暗之中的黑暗巢穴。与神父不同，他们不允许享受快乐；歌曲、美酒、女人、娱乐都是禁止的，而他们的食物是最清苦的斯巴达式，都是从每日敬献给阿克哈的供品里挑出来的。

“我无法集中精神。我很饿。”有一次他对主管神父抱怨。

“饥饿很寻常。我们不能指望着阿克哈把我们养胖。他要保护我们对抗外部势力世世代代的敌意。”

“生存和个体，哪个更重要?”

“一个个体在他自己眼中自有其重要性，但最重要的作用是繁育后代。”

他正在学着用祭司的方式进行辩论，一步一步深入，“但繁育后代是由个体完成的。”

“但繁衍生息不只是个体的总和，还包含着进取、规划、历史、法律……首要的是延续。它包含着过去，正如它也包含着未来。阿克哈拒绝与单独的个体合作，所以个体必须被抑制……如果有必要，还可以被压制。”

神父通过诡诈的方式教会了玉理辩论。一方面，他必须掩藏住真理；另一方面，他这么做又需要有理由。在长久的岁月中，深藏地下的聚居区需要一切形式的防御，这既包括祷告，也包括理性。神圣的经文宣称在未来的某个时间，阿克哈可能会在他孤身的战斗中惨败，整个世界会有一段时期经受从天而降的烈火。个体必须被压制，以免遭烈火焚身。

玉理穿行在深藏地下的洞厅中，满脑子都是这些此消彼长的念头。它们颠覆了他对于这个世界的认知——但同时又蕴含着无尽的魅力，因为每一个颠覆性的顿悟，都让他意识到从前的无知。

在被剥夺了一切的情形之下，一种感官的快乐从困惑中浮现出来，安抚着他。祭司依靠读识墙壁就能在黑暗的迷径中通行无阻，这很神秘，而玉理很快就深谙此道。这还有另一个直接的导火索，那就是想要快乐的愿望。

有音乐。一开始，玉理天真地想象着他听到了头顶上空精灵的声音。他对于单弦维籁切琴发出的那种撩人心魄的乐声毫无概念。他从没见过维籁切。只以为那若不是精灵，难道还能是风穿过岩石上的裂隙发出的哀号吗？

他的快乐如此隐秘，这让他根本不想去探究任何关于这种声音的事情，甚至没有去问别的学徒同伴，直到有一天，他不经意间随着希凡斯进入一场宗教仪式。唱诗班十分重要，而独唱的挽歌更是如此，一个孤零零的嗓音刺入黑暗的虚空之中，而令玉理如痴如醉的则是那伴其左右却并非人声的旋律，那是由帕诺威尔的乐器所奏出的音律。

他在拜里尔斯从未听到过类似的东西。困居在那里的部落知晓的唯一音乐就是敲打蒙着兽皮的鼓，或是用兽骨击打碰撞，以及拍手迎合单调的吟唱声。现在，华丽纷繁的崭新音乐征服了玉理，这让他坚信自己的内心被唤醒了。一段伟大的旋律又以特别的方式暴风骤雨般涤荡着他——《奥多兰都》，这段曲子在整首乐曲声中异军突起，超然于其他所有旋律之上，然后又低潜下来与其他乐声融为一体，最终安然隐伏于旋律中杳然无踪。

音乐几乎成了玉理痴迷的另一个新宠。当他跟学徒同伴说起时，他发现他们对于他那种醍醐灌顶的感受莫名其妙。不过他也逐渐意识到，他们心中承载着的对阿克哈更伟大的责任感也远胜于他。大多数学徒生来就爱戴着阿克哈，或是憎恶着阿克哈。阿克哈对于他们来说习以为常，但玉理则不然。

当他在睡觉的时段与这类问题较劲时，玉理觉得很惭愧，因为他跟别的学徒不一样。他爱阿克哈的音乐。这是一种新的语言。但这不是人间创造的音乐，更像是……

甚至当他强迫自己对此不再纠结的时候，又会有另一个疑问蹦出来：宗教的语言是什么样子的？那不也是人类的发明吗？也许就是像希凡斯神父那样乐天而无所事事的人发明的。

“信仰不是和平，而是折磨；只有伟大之战才是和平。”至少这部分教义是真的。

同时，玉理维系着自己的小圈子，但只是表面上跟同伴很亲密。

他们聚在一起时大多是在上课，在一间名为克莱夫特的低矮、潮湿、雾气蒙蒙的洞厅里。有时候他们是在一团漆黑之中，有时候神父带着摇曳的灯光来。每一次授课，都以祭司把手按上学徒的额头、在他们脑门上做出手势作为结束。之后，学徒们会在宿舍里对这个动作捧腹不已。祭司的手指都很粗糙，因为他们要“识墙”，他们借此在圣地的迷径中来去自如，即便是最为黑暗的地方。

每名学徒都坐在一间造型奇特、用土砖搭建的小坞里，面对着自己的导师。每间小坞都用各不相同的独特浅浮雕修饰着，让它们在黑暗中也能轻易辨识出来。他们的导师坐在对面，居高临下，跨坐着黏土制的鞍座。

还有几星期见习就要结束了，希凡斯神父讲颂着关于异教的课题。他说话声音很低，不住地咳嗽。信仰谬误比没有信仰更可怕。玉理向前探着身子。他和希凡斯没有灯光，但邻座的主管神父有，雾蒙蒙的橙色光晕映在希凡斯的脑袋上，他的脸陷在阴影里。老人那身黑白相间的长袍与黑暗交融在一起。薄雾在他们周围翻腾，正学习识墙的人在身后划出一道道尾迹。咳嗽声和低语声充斥在低矮的洞穴里。水珠不停地滴答，犹如小小的铃铛。

“活人献祭，神父，你是说活人献祭？”

“身体很宝贵，灵魂可牺牲。一个反对祭司阶层的人说，祭司应该更加简朴，好去辅助阿克哈……对于如何侍奉他，你所学不过初窥门径……这仪式源自蒙昧时代……”

玉理的眼睛透露着不安，化作两颗橙色的小亮点，在黑暗中一眨一眨，仿佛遥远的信号灯。

当那一刻来临时，玉理走在阴郁的走廊里，用他的手指紧张不安地识墙。他们进入了圣地最大的洞穴，名为政务堂。这里不允许有光。当祭司们聚拢起来，空气中弥漫着低语声。玉理鬼鬼祟祟抓着希凡斯神父的袍边，以免走散。然后，一位祭司的声音响起，朗声诵读阿克哈与乌特拉之间那久远的战争史。夜晚属于阿克哈，祭司们被安排来保护他们的民众度过长夜之战。反对守护者的人必定要死。

“把囚犯带上来。”

圣地里有许多关于囚犯的议论，但这个囚房很特别。民军沉重的步伐由远及近，踢踢踏踏。然后有了光。

一束光柱投了下来。学徒们倒抽一口气。玉理认出来了，他们就站在当初萨泰阿尔引荐他的那间巨大洞厅里，那是好久之前的事了。不过这光源跟那时一样，高悬在人群的头顶上空，突然的光明让人眼前一晃。

光柱之下有一个人影，四肢分别捆在木架上。他竖直立着，裸着身子。

当那个囚犯喊叫的时候，玉理认出了那张愤懑的面孔：四方脸，剪得很短的平头。正是那个他曾在普雷恩见过的演讲的年轻人——奈阿布。

他的声音和说过的话仍在耳边：“祭司们，我不是你们的敌人，尽管你们如敌人般待我，但我是你们的朋友。一代又一代，你们陷于懒散，愿意做祭司的人越来越少，帕诺威尔正在死去。我们不只是阿克哈被动的信徒。不！我们必须与他并肩作战。我们还要遭受磨难。在天空与大地之间的那场伟大战争中，我们必然要有一席之地。我们必须重塑自己，净化自己！”

在这被缚的身躯后面是头盔闪亮的民军。又有人来了，拿着燃起青烟的木头。跟他们一起行进的还有法艮，用皮绳牵着。他们停下脚步，转过身来把炽热的燃木高举过头，青烟旋涡状地缓缓升腾而起。前面映出一位姿态僵硬的主教大人，一身黑白相间的装束，头戴精心打造的主教头冠，弓着身子。他用一把金色手杖击地三次，用祭司式的奥洛奈茨语尖声高呼："一切就绪，万事已备，万事已备……哦，伟大的阿克哈，我们的战神，现身吧！"钟声一响。

第二束雪亮的光柱出现了，光华四射的明柱衬得黑夜愈黑。在囚犯后面，在法艮与士兵后面，阿克哈出现了，高及洞顶。人群中传出一阵如期而至的低语。那是一幅层次分明的画面，民军和大块头的白色野兽似乎变成了透明的，阿克哈在光柱之下呈现出粉白色，从黑曜岩中赫然跃出。这尊雕像上，神灵那半人类的头颅向前探出，大张着嘴。眼睛和以往一样目不视物。

"摄去这条不得人心的生命吧，哦伟大的阿克哈，此为汝之祭品。"

行刑人员轻车熟路地行动起来。一个人开始转动固定囚犯的那个木架侧边的曲柄。固定架嘎吱作响，摇摇晃晃。囚犯轻轻喊了一声，身体向后折弯下去。当架子上的合页撑开，他的身体向后弯成了拱形，这让他的无助暴露无遗。

两名队长中间夹着一头法艮走上前来。这头巨兽那磨钝了的犄角上套着银套子，与士兵的眉毛差不多一边高。法艮以那种习惯性的特异姿势站立着，头和胸骨挺在前面，长长的白毛在政务堂的气流中微微摆动。

音乐又响了起来，鼓声、锣声、维籁切的声音淹没了奈阿布的叫声，然后是弗拉格尔乐器那婉转的曲调飘荡在人们的上空，不绝于耳。然后一切戛然而止。

那具身体现在几乎被弯成了对折，腿和脚扭到了看不见的地方，脑袋弯折到了身后，喉咙和胸脯暴露无遗，在光柱下闪着苍白的光。

“取走他吧，哦伟大的阿克哈！取走这归属于你的祭品！斩除他吧！”

在祭司的尖叫声中，法艮向前迈了一步，弓身俯首。它张开铲子一样的大嘴，露出两排钝齿伸向祭品的喉咙。它一口咬了下去！随着它昂起头颅，一大团鲜红的血肉扬了起来。它又往后一退，回到两名士兵中间，不动声色地吞了下去，一缕红色流淌在它白色的胸腹之间。后面的光柱不见了，阿克哈退回了浓浓的黑暗中。不少学徒都昏厥了过去。

当他们挤挤攘攘走出政务堂时，玉理问：“可是为什么要用那些邪恶的法艮？它们是人类的敌人。它们全都该被杀死。”

“它们是乌特拉创造的生物，正如它们的颜色所彰显的那样。留着它们是为了提醒我们，这世上还有敌人。”希凡斯说。

“那奈阿布的尸体……会怎样？”

“不会浪费的。每一部分都有一定的用处。整个尸体都可以用作燃料……也许给陶工，他们烧窑一直需要烧火。我真的不清楚。我更喜欢远离那些行政事物的细节。”

他不再敢去跟希凡斯神父多说什么，因为他听出老祭司声音里透露出的厌恶。至于他自己，他一遍又一遍地对自己说：“那些邪恶的畜生。那些邪恶的畜生。阿克哈不应该让它们存在于世。”但圣地里到处都有法艮，驯服地跟民军走在一起，它们那发光的眼睛在突兀的眉毛下面瞄来瞄去。

有一天，玉理竭力向他的主管神父讲述，他父亲是如何在荒原里被法艮抓走杀掉的。

“你并不确定它们是否杀了他。法艮并不总是邪恶的。有时候，阿克哈会让它们的灵魂驯服。”

“我确信他此时此刻已经死了。尽管没办法现场确证，也必定如此了，对吧？”

他听到神父迟疑地舔了舔嘴唇，然后在黑暗中朝玉理靠了过来。

“有一种方法可以去确证，我的孩子。”

“哦，是的，如果您安排一次伟大的远征，从帕诺威尔北面……”

“不不……别的方法，更加微妙。有一天，你会更全面地理解帕诺威尔的复杂性。也可能你根本无法做到，因为在祭司阶层中还有全然不同的另一种等级，武士奥秘派，而你对此一无所知。也许我最好别再说了……”

玉理满眼渴望地等他继续说下去，可祭司的声音愈发低沉，比咫尺外的水滴声还要低。

“是的，武士奥秘派，他们誓言摒弃依附于血肉之躯的快意，以此获得神秘的力量……”

“那就是奈阿布所鼓吹的，并因此而丧命。”

“那是审判后的行刑。上层的等级，行政管理等级，更喜欢让我们保持原本的样子……但他们……他们与死者交流。如果你是他们中的一员，你就能与你死去的父亲交谈了。”

玉理惊得张口结舌，要说的话全都融在了黑暗里。

“人与神的能力是有一定交叉的，也是可以训练出来的，我的孩子。我自己，在父亲去世时，曾悲恸欲绝，经过许多天的修习之后，我看到他清晰地悬浮在阿克哈的大地中，就像存身于另一种元素里，他的手捂在耳朵上，就像是听到了什么不喜欢的声音。死亡不是终止，而是我们在阿克哈之中的延续——你回想一下那些教导，我的孩子。”

“我仍然很生父亲的气。也许正因如此，我才命运多舛。在最后的时刻他很软弱。而我希望自己能更加强大。哪里有这些……这些您所说的武士奥秘派，神父？”

“如果你不相信我的话，那跟你说再多也毫无意义。”希凡斯的声音中带着一丝恰到好处的怒意。

“我很抱歉，神父。我是野蛮人，正如您所说……您认为祭司阶层要重塑自身，就像奈阿布所说，对吗?”

“我秉持中庸的态度。”希凡斯坐下来，身体紧绷地前倾。顿了片刻，他眨眨眼睛，仿佛还有话要说，玉理听到他那干涩的眼皮在眨巴。“圣地分裂为很多派系，玉理，如果你遵从于你的等级，你很快会看到的。事情不是那么简单，不像我还是孩子的时候那样了。有时候对于我来说似乎……”

水滴啪嗒啪嗒响着，远方传来咳嗽声。

“怎么了，神父?”

“哦……你有太多的异教徒思想，不能再给你灌输更多了。我想不通自己为什么要跟你谈论这些。今天的教导就到这里，孩子。”

玉理逐渐领悟了一些关于权力结构的东西，不是通过跟希凡斯交谈，而是通过跟同伴们讨论。希凡斯总是喜欢含糊其词，但正是他含糊其词的那些东西把帕诺威尔的奥多兰都凝聚在了一起。行政管理权在祭司手中，他们跟民军合作，彼此互为依靠。没有最终审判，没有大首领，没有荒野部落里那样的首领。每一个祭司等级之上都还有另一个等级。它们层层消隐在神秘而超自然的黑暗之中，在模糊的等级阶层中，没有哪个人对所有其他人拥有最终极的、至高无上的权力。

有传言说，一些高等级在山脉深处更为遥远的洞穴中延续着。在圣地，松懈已习以为常。祭司可以像士兵一样行事，反之亦然。女人在他们中间进进出出。在祷告和学习的表象之下是一片混乱。阿克哈早已去了别处，某个……某个更忠贞的地方。

玉理想，沿着政令链条越来越远的某个地方，肯定有希凡斯所说的武士奥秘派等级，他们能与死者交流，还能做出其他令人惊异的事情。有传言说——说实在的，听传言还不如去听水珠滴在墙上的声音——说在别的地方有一个等级，地位高于圣地的居民，要是有人提及他们，他们更喜欢被人叫作存续者。

存续者，据传言说，是一个宗派，要加入其中必须经过选举。他们兼具士兵与祭司的双重身份。他们存续的东西是知识。他们知道的事情连圣地都不知道，而知识给了他们力量。凭借着存续过去，他们宣称拥有着未来。

玉理问："那些存续者是什么人？我们能见到他们吗？"神秘的事物总是让他心驰神往，他一听说他们，就渴望成为这个神秘宗派的一员。

当课程差不多快要结束时，他又再次跟希凡斯神父说起此事。时间的历练让他成熟了；他不再为父母悲痛，而圣地也让他忙碌不堪。最近他发现，他的主管神父言谈之中出现和流言类似的话。他眼睛眨得更快了，嘴唇总是在哆嗦，不停嘟囔着某些只言片语。每天，当这两人一起在祈祷室做着他们的等级应该做的活计时，希凡斯神父就会透露一个小小的片段。

"存续者可能就混迹于我们中间。我们不知道他们是谁。从外表来看，他们跟我们没有差别。可能我也是存续者，至于所有你知道的……"

第二天，祈祷之后，希凡斯神父用一只戴着手套的手召唤玉理，说："过来，由于你的学徒课程就要结束了，我打算给你看些东西。你还记得我们昨天聊的事情吗？"

"当然记得。"

希凡斯神父抿住嘴，紧紧闭起眼睛，扬起他那只尖削的鼹鼠般的小鼻子伸向天花板，敏捷地点了十几下头。然后，他迈着僵硬而细碎的步子出发了，任由玉理自行跟上。

圣地的这片区域灯光少得可怜，因为灯光在某些位置是完全禁止的。他俩现在轻车熟路地在伸手不见五指的黑暗中行走着。玉理的右手指头一直张开，轻抚着走廊墙壁上雕刻的花纹丝穗。他们正穿行在沃尔堡，玉理正识墙而行。

前面指示有台阶。两只长着夜光眼的蒲丽雀在笼子里扑腾，为主通道标记出岔道，一只一侧。玉理和他的老主管神父毫不迟疑地往上走去，脚步声顺着台阶一路向上。他们在通道里一路经过了更多的台阶，他们一路上也习惯性地避开那些裹在石灰岩的黑暗中行走的人。

现在他们到了唐威尔德。岩石上的装饰花纹通过玉理的手指告诉他这些信息。那是一个绝不会重复的图案，缠绕的枝条上点缀着小动物，玉理猜那一定是某个死了很久的艺术家凭想象设计出来的东西——跳跃、游动、攀爬、翻滚的动物。不知什么原因，玉理想象它们都有着生动的色彩。雕刻出的花纹镶边往各个方向绵延数英里，从不超过手掌的宽度。这是圣地的秘密之一；一旦记下这些用来区分地域的各不相同的花纹和加密符号，就不会迷失在这漆黑一片的世界里。那些符号指明了转弯、台阶和走廊区域，所有这一切都编织在图案里。

他们转入一条低矮的走廊，里边的共鸣声告诉他们这里空无一人。在这里，墙上的花纹是怪异的人蹲在木头小屋中间，双手往外伸出去。这人肯定是住在外面的什么地方，玉理心想，他用手掌欣赏着这幅画面。

希凡斯猛地停下，玉理一下撞到他身上。在他道歉的时候，老人倚着墙歇息片刻。

“安静，让我好好喘口气。”他说。

过了一会儿，像是后悔自己的语调太严厉了，他说：“我老了。下一个生日我就应该有二十五岁了。但对于我们的主——阿克哈来说，个体的死亡无足轻重。”

玉理有点为他担心。

神父在墙上摸索着。潮气顺着岩石涌下，浸染了每一件事物。

"嘿，没错，是这儿……"

主管神父打开了一扇小门，明亮的光线涌了进来，照在他们身上。玉理不得不遮住眼睛适应了好一会儿。然后，他站在希凡斯神父身边望了出去。

他不由自主地惊呼起来。

他们下方躺着一个小小的镇子，建在一座小山上。弯弯曲曲的小径上下蜿蜒，有时会从非常大的房屋前面经过。小径与小巷交织在一起，色彩缤纷的建筑渲染成一片由住宅构成的迷宫。小镇的一侧，有一条河流进一道峡谷，很多建筑就建在危险的峡谷边。小得像蚂蚁一般的人在小巷里移动着，挤进没有屋顶的房子里。熙来攘往的人声传到站在高处注视着这一切的两个人耳中时，已经十分微弱了。

"我们在哪儿?"

希凡斯一挥手，"那是瓦可科。你已经忘记了，是吗?"

玉理吃惊地往下看着，他的鼻翼紧张地翕动，嘴大张着。

自己真是笨，他想。他应该认出这就是瓦可科，根本用不着问，真像个野蛮人。他能看到远处那条通往莱科的拱道，就像远处的冰雪一样不起眼。更近的地方，他眯着眼认出曾经熟悉的生活，那间他居住过的屋子和所处的小巷，还有凯亚勒和图丝喀住的屋子。他的心中带着思念记起了他们——还有美丽的长发女孩伊丝卡铎，但他的情感没有流露出来，因为怀念往昔的世界毫无意义。凯亚勒和图丝喀会忘记他，就像他会忘记他们一样。而最让他震撼的是，瓦可科竟然如此明亮。在他记忆中，那是一个晦暗无光的地方，色彩单调。而眼前这幅截然不同的画面表明，在圣地的这段日子里，他的视力有了多么巨大的变化。

"你记得吧，曾问我存续者是什么人，"希凡斯神父说，"你问我们是否能见到他们。这就是我的回应。"他指点着下面的世界，"下面的人看不到我们，就算他们向上看，也无法辨出我们。我们凌驾于他们之上。存续者就是这样凌驾于祭司阶层之上。在我们的堡垒之中还有一个隐秘的堡垒。”

“希凡斯神父，帮帮我。那座隐秘的城堡……对我们友好吗？隐秘的事物可不总是友好的。”

神父眨着眼，“这个问题可以更深刻些，那座隐秘的堡垒对于我们的生存是否必要？答案是肯定的，没错，不论代价是什么。你可能会发现这个答案从我嘴里说出来很奇怪。我对于任何事都秉持着中庸态度，除了这件事。引导我们同眼下极端的生活抗争，同那个阿克哈力所不及的外部世界去抗争，极端正是必须存在的。

“存续者保存着真理。根据教义，这个世界因为乌特拉的大火而撤离此处。很多世代之前，帕诺威尔人敢于藐视伟大的阿克哈，到圣山外面去生活。呈现在我们眼前的瓦可科，曾是修建在裸露天空下的市镇。然后我们遭到了大火的惩罚，那是由乌特拉和他的追随者撒下的。不多的幸存者回到了我们与生俱来的家园，就是这里。

“这不单纯是教义，玉理。请宽恕我用了‘不单纯’这个词。但这就是教义。这也是我们的人的历史。存续者在他们的堡垒中保存着那些历史，保存着那些我们在裸露天空下生活时，存留下来的许多东西。我相信他们能看到我们看不到的。”

“为什么在圣地中，我们不被允许去了解这些事情？”

“把这些当作教义就够了，当作一种隐喻。至于我自己，我知道那些直白的知识跟我们是隔离的，首先，那些有权力的人总是喜欢囤积知识，因为那是力量的象征；其次，他们相信，用知识武装起来的话，我们可能会在伟大的阿克哈扫除冰雪之后的日子重返外部世界，去到那裸露的天空下。”

玉理思绪翻涌。希凡斯神父的直截了当让他惊讶。如果知识是力量，忠贞又立于何处？不过现在发生的种种可能是对他的考验，而且他意识到，祭司正既警惕又饶有兴趣地等待他作答。要安全行事，他又一次搬出了阿克哈的名字。

“当然了，如果阿克哈扫除了冰雪，那就是在邀请人们返回天空下的世界，不是吗？男男女女在黑暗中生老病死，这可不是与生俱来的。”

希凡斯神父叹了口气，“所以你是说……不过你是在天空下出生的。”

“我也希望死在那里。”玉理话中透出的热切连自己都感到吃惊。他原本担心自己那未经深思熟虑的反应会激起他这位主管神父的怒火，没想到，老人只是把一只戴着手套的手放在了他的肩膀上。

“我们都渴望着自相矛盾的渴望……”他的内心深处似乎在挣扎——想要说些什么又想要保持缄默——最后平静地说，“来吧，我们要回去了，由你带路。你读识墙纹的本领已经很出色了。”

他关闭了瓦可科上方的窗扇。当黑夜重新降临时，他们在黑暗中相互对视着。然后，他们掠过廊道的黑暗侧翼走了回去。

玉理成为祭司的仪式是件大事。他斋戒了整整四天后，灯光引领他来到了拉索恩的大主教面前，和他一起的还有三个同龄的年轻人。他们要念出成为祭司的所有誓言，还要穿着僵挺的衣服站在那里，唱诵两个小时——两个小时无伴奏吟唱的乐曲。这仪式将被作为盛大的典礼记载下来。

他们的声音在宏大而漆黑的教堂里升起，显得十分单薄，就像身处巨大而空荡荡的水池一样。

黑暗，永远是我们的伪装，
刺痛其间的罪人并让他们歌唱。
我们开始放声歌唱，
祭司，祭司，伟大的力量，

古老阿克哈青睐的辉煌，
以古老的正义加以武装。

他们和大主教之间立着一支烛火。那位老人在整个庆典过程中一动不动，也许是睡着了。微风使火苗朝着他的方向微微倾斜。背景中站立着指导年轻人荣升祭司的那三位主管神父。玉理能模模糊糊看到希凡斯，他的鼻子像愉快的鼹鼠一样往上挺着，按着圣歌的节奏点着头。没有民军，也没有法艮。

在典礼末尾，那个僵硬而老迈的身影撑着黑白相间的衣袍、挂着及地的玫瑰金链挺身站起，那人影把手举到头上，为新成员吟咏起了祷辞：

“……终须认同，哦古老的阿克哈，我们可以向着您所想的更深的洞穴迁移，直到我们在内心深处找到那无际海洋的秘密。没有边界，没有尺度，那是召唤生命的世界，但我们中为数不多的人知道，那将成为一切超越生与死……”

弗拉格尔琴开始演奏了，澎湃的乐曲充盈了拉索恩，也充盈了玉理的心。

第二天，他被赋予了第一项任务，去到帕诺威尔的囚犯中间，倾听他们的烦恼。

新任祭司都要走某种特定程序。他们首先要在惩戒地服务，然后，在获得去普通人中间工作的资格前，要转到安保区。在这个磨炼的过程中，他们会缩短自己与授职典礼上那些大人物之间的差距。

惩戒地到处都是嘈杂声和燃烧的木块。牢狱的看守按一定比例配额，从民军中抽调，也会征用他们的法艮。这地方是一个特别潮湿的洞穴。大多时间都像有小雨落下一样。朝上望去，缕缕细流曲折地顺着岩壁流下，任由穿行在高处钟乳石之间的气流拨弄着。

看守们会给靴子套上一层厚厚的底子，走路时咯吱咯吱，仿佛踩在碎石上一般。一身白色的法艮无声无息地尾随着他们，什么都不穿，靠身体硬扛潮湿的寒气。

玉理与三名中尉之中的一位一起值勤，那是一个名叫德拉沃哥的粗壮汉子，走起路来就像是要碾死脚下的甲壳虫，说话就像是要嚼碎每一个字。他不停地用棍子敲打自己的绑腿，制造出烦人的鼓点声。每一件涉及囚犯的事情——包括囚犯本身——都意味着要敲打一番。所有的劳作都要执行到敲锣时，任何耽搁都要用棍棒实施惩罚。噪音就是日常的秩序。囚犯都极为愤懑而沉默。玉理不得不为每一起暴力执法找借口，尽量弥合分歧。

他很快就发现自己对于德拉沃哥那种没来由的暴行十分抵触，同时，囚犯那种无休止的敌意也在侵蚀着他的神经。跟希凡斯神父度过的日子很快乐，哪怕他那时并不总是对此怀有感激之情。当他身边充斥着这些残酷的时候，他便开始怀念那浓重的黑暗、寂静和虔诚，甚至带着审慎的友情怀念起希凡斯本人。友情可不是德拉沃哥会有的感情。

惩戒地中有一处叫特温克的洞穴。在特温克，一队队囚犯忙着开凿后墙，扩大工作空间。艰辛的日子简直无休无止。德拉沃哥则说："他们是奴隶，要让他们干活就得不停地揍他们。"这番话让玉理对历史有了极不舒服的一窥——也许帕诺威尔的大部分都是用这种方式开辟出来的。

开凿出来的碎石用粗笨的木推车运走，需要两人拼命推动。手推车走到圣地中一片杂乱拥挤的地方，瓦可科溪就从那里流入更深的地下，那里还有一个深坑在等着碎石倾下。

特温克里面还有一个囚犯劳作的农场。夜光生长的大麦收获之后可以做面包，池子里养着鱼，被岩石上泻下的流水滋养着。犯人每天都会捕捞个头比较大的鱼用于食物配给。生病的鱼则会被埋进长堤，那上面生长着大量可食用的真菌，刺鼻的气味让任何进入特温克的人都难以忍受。

附近，在别的洞穴里，有更多的农场，还有燧石矿。但玉理的活动范围跟这些囚犯一样受到限制；特温克就是他活动的范围。在看守们聊天时，玉理吃惊地听到德拉沃哥说，从特温克伸出的一条支路可以直接通往大市集。大市集！这个名字呈现出了一个不同的世界，那是一个已经被他抛诸脑后的拥挤世界，而他颇为怀旧地想起了凯亚勒和他的妻子。“你永远都不会成为一名合格的祭司。”他对自己这么说。

锣声响了，看守们叫喊着，囚犯挺直积愤的身体。法艮蹒跚着走来走去，把黏液甩到鼻吻槽中间，彼此不时呼噜着说些什么。玉理厌恶它们的存在。他正看着德拉沃哥手下的看守押着四名囚犯在鱼池里拖网。为了干这活儿，那几个人要下到齐腰深的刺骨冰水里，等网子满了才能获准爬出来，再把收获拖到岸上。

这种鱼味道鲜美，呈浅浅的稻草色，长着蓝色的盲眼。它们从天性所属之地里给拖出来，之后一直绝望地挣扎着。

两名囚犯推着装碎石的推车从一旁经过，一只轮子撞到了石头，其中一名囚犯用肩膀抵住一侧把手，摇摇晃晃地摔倒了。他跌倒时撞到了一名渔夫，那个年轻人正弯腰抓着渔网的一端，一撞之下一头扎进了水里。

看守开始叫喊着用棍棒打他。一旁的法艮向前一跃，一把抓住滑倒的囚犯，把他悬空拎了起来。那个年轻人正要从池子里爬出来时，德拉沃哥和另一名看守赶了过来，对着他脑袋就是一顿打。

玉理抓住了德拉沃哥的胳膊。

“别管他。是意外。帮他出来。”

“未经允许，他不能擅自下到池子里！”德拉沃哥狂吼着，一肘顶开玉理继续打。

血混着水从囚犯头上流下，他爬出了池子。另一名看守冲了上去，他的手里抓着燃着的木头，在雨中嗞嗞作响，他的法艮跟在身后，粉红的眼睛隐藏在阴影中。他因为错过了前半场热闹而遗憾地喊叫着，然后加入德拉沃哥和其他看守的行列，一起猛踹那个淹得半死的囚犯，让他回隔壁洞穴自己的单间去。

骚乱平息之后，人群散去，玉理小心翼翼地走到那个单间附近，正好听到毗邻的单间里有个囚犯在喊叫："你还好吗？尤斯尔克。"

玉理到德拉沃哥的办公室找到钥匙。他打开单间的门，从通道的壁龛里拿了一盏油脂灯走了进去。

囚犯趴在地上，满地是水。他用胳膊支撑着身子，肩胛骨耸着，把衣衫撑起老高，头上脸上全都是血。

他阴郁地朝玉理瞥了一眼，然后面无表情地垂下了头。

玉理低头看着被虐打过的湿淋淋的脑袋，强忍着内心的折磨蹲到那人身边，把灯放在肮脏的地面上。

"滚出去，和尚！"他咆哮着。

"我会尽我所能帮你。"

"你没法帮。滚蛋！"

他们各自保持着自己的姿势，一动不动，也不说话，血和水混成了泥。

"我猜，你的名字叫尤斯尔克？"

没有反应。瘦骨嶙峋的脸一直冲着地面。

"你的父亲是凯亚勒吗？住在瓦可科？"

"走开。"

"我跟他……我跟他很熟。还有你的母亲，她照顾过我。"

"你听到我说的话了……"随着一个爆起，这个囚犯扑向玉理，虚弱无力地攻击他。玉理一翻身挣脱出来，像阿索金犬一样蹦起身来。等他顿住身子便想要反击。但他如自己所期望的那样，奋力控制住自己，退了回去。没再多说什么，他拿起灯离开了单间。

“一个危险的家伙。”德拉沃哥对他说，看着祭司惊慌失措的样子，他暗中偷偷取笑着祭司所付出的代价。玉理回到祭司兄弟们的教堂，在黑暗中对着一尊不会应声的阿克哈祈祷。

玉理在大市集里听过一个故事，圣地的教士对这个故事也并非一无所知。故事说的是蠕虫。

蠕虫是那邪恶的天空之神乌特拉派来的。乌特拉把虫子放进阿克哈遍布迷径的圣山里。虫子十分巨大，体长无比，粗细跟通道相当。它浑身黏滑，在黑暗中悄无声息地游走，只能听到从它那松垂的嘴唇间喷息吐气的声音。它吃人。这一刻也许人们还很安全，下一刻也许就会听到那恶魔的呼吸，长长的绒须发出窸窸窣窣的声音，然后他们就被吞掉了。

现在有一种仿如乌特拉蠕虫的思绪，在玉理内心的迷径中漫无目的地冲撞着。在囚犯瘦弱的肩膀和触目的鲜血中，他无法回避那条横亘在阿克哈教义与现实之间的鸿沟。并不是说那些教义是多么虚无缥缈，它们其实很实际，有利于监督工作；也不是说现实有多么糟糕；让他心烦的是，如此林林总总的东西相互之间难以调和。

他回忆起希凡斯神父说的某些话：“引导一个人去服侍阿克哈并没有什么好处，也并不神圣。通常来说，这类事有着跟你一样的原罪。”这暗示着祭司阶层中有许多人都是谋杀犯和罪犯——比囚犯好不了多少。然而他们的地位高于囚犯。他们有权力。

他厌恶起自己的职责。他的笑容比以前更少了。作为一名祭司，他开始不觉得开心。夜晚他祈祷，白天他思考——而且一有可能，他就努力跟尤斯尔克拉近关系。

尤斯尔克则回避着他。

最后，玉理在惩戒地的日子结束了。他在去同安保警察共事之前，进行了一个阶段的冥想。当他在牢房工作时，“牢狱看守”这个民军的分支机构已经引起了他的注意，而且他在自己心中发现了某种危险思想的幽灵。

到安保组织干了几天之后，乌特拉蠕虫就在他心里更加活跃了。他的差使就是看着人挨打、审讯，并且给将死之人进行临终祷告。他变得越来越无情，直到上级下令让他自己处理一个案件。

审讯很简单，因为对于罪行的分类就很简单。人们犯的罪无非是欺诈、偷窃和异教徒思想，再不然就是他们去了禁地或是鼓动叛乱——尤斯尔克犯的就是这类罪行。有些人甚至想要逃走，去往天空下乌特拉的国度。正是在这时，玉理意识到有一种疾病正支配着黑暗世界——每一个掌权者都在疑心着叛乱。这种疾病在黑暗中滋生，这也解释了为什么会有大量掌管帕诺威尔生活的琐碎法律。包括祭司阶层在内，总数差不多有六千七百五十人的统治阶层中，每一个人都被迫秘密潜入某个行会或是某个等级。每一桩生计、每一个行会、等级、集体宿舍，都被密探渗透，他们对自己都不信任，而且他们也都被自己的行会渗透了。这种黑暗滋养着猜忌，某些牺牲品甚至会去玉理面前鬼鬼祟祟地炫耀一下。

尽管对自己的这一面无比厌恶，玉理却发现他其实很擅长这项工作。有时他会放松一下对那些受害者的监管，这已经够仁慈了吧；有时他又不得不撕下伪装，但自己也会感到内疚。抛开这些内心的想法，他在工作中建立了一种专业性的判断。而当他觉得一切都已稳妥之时，他才把尤斯尔克调到跟前。

每天工作收尾的时候，犯人要在名为拉索恩的洞穴里举行一个仪式。出席这个仪式是祭司的义务，而对民军则是非强制性的。拉索恩的声学结构很好：唱诗班和音乐家用激昂的乐曲充盈着黑暗的空间。最近，玉理操起了一件乐器。他正在变成弗拉格尔琴的行家，那是一件比手掌大不了多少的青铜乐器，最初他挺看不起这东西的，他看着其他音乐家大多在演奏琵蒂、维籁切、巴兰波耶姆和双勾琴。但小巧的弗拉格尔却能让他的呼吸变成跟梦鹭飞得一样高的音符，翱翔在拉索恩云雾缭绕的穹顶，高踞在所有旋律之上。玉理的心也随着它飞翔，一直飞进传统的曲目之中,《华服曲》《在他的黯影下》，还有他的最爱，曲调繁杂华丽的《奥多兰都》。

一天夜里，工作结束之后，玉理跟一个熟人离开了拉索恩，那人名叫博温，是玉理的同辈祭司兄弟。他们一起穿过坟墓般的圣地小径，他们的手指顺着吉兰达尔三兄弟新雕凿出来的花纹走着。碰巧的是，他们遇到了希凡斯神父，他也在溜达，正在小声吟诵一篇祷文。他们热情地相互问候。博温礼貌地自行离开，好让玉理和希凡斯神父一起散步聊天。

“我对于日常工作并不觉得享受，神父。而那个仪式我很喜欢。”

希凡斯像往常一样委婉地做出回应。

“玉理兄弟，我听到了很多对你工作成果的赞叹。你应该寻求更大的进步。当你这么做的时候，我会帮助你。”

“您真好，神父。我想起你告诉过我，”他压低声音说，“存续者，这个组织可以自愿加入，你说过吧?”

“不，我说的是要成为存续者得经过选举。”

“那我怎么才能让自己的名字排到前面?”

“如果有这必要的话，阿克哈会助你一臂之力。”希凡斯笑着抽了抽鼻子，“现在你是我们中的一员了，我不知道……你可曾听说过一个传言？有一个等级甚至在存续者之上。”

“没有，神父。你知道我从不听那些传言。”

“哈，你该听听。传言是盲人的眼睛。但如果你这么有道德，那我就不该再说什么关于收取者的事情了。”

“收取者？他们是什么人?”

“不，不，别急，我不会吊你胃口的。可你为什么要用那些秘密组织，或是那些永不结冰的神秘湖泊的传说让自己心烦意乱呢？说到底，那类事情可能是谎言。都是传说，就像乌特拉蠕虫。”

玉理大笑起来，“太好了，神父，你把我的兴趣彻底勾起来了。你可以告诉我所有的事情。”

希凡斯咂了咂薄薄的嘴唇。他放慢脚步，闪身进入一间凹龛。

“既然你强迫我，真令人遗憾……你可能还记得杂乱而居的瓦可科，那里的屋子都挤作一团，一间就修在另一间上面，毫无秩序可言。设想一下，在帕诺威尔之内都是以瓦可科的方式生活——说得更形象些，就像一具身体，有着不同的内部构造并相互连接在一起，脾脏、肺，各种器官，心脏。设想一下，在我们的洞穴上面和下面还有如此规模的洞穴。难道这不可能吗？”

“可能。”

“我也是这个意思。这是一个假说。我们可以这么说，在特温克之外的某个地方有一条瀑布，从我们上方的洞穴落下。那条瀑布通过某种方式落到我们下面那层，水随着自己的意愿去往它想要去的地方。我们假设它流入一口湖泊，它的水很纯净，而且十分温暖，不会结成冰……让我们想象一下，在那个极具吸引力而且十分安全的地方，生活着最有热情、最有力量的人，收取者。他们收取每一件最美好的事物、知识和力量，并为我们珍藏在那里，直到阿克哈胜利的那一天。”

“而且还将我们与那些事物隔绝……”

“什么？别在意，我没听清你说的话，兄弟。好了，这不过是我给你讲的一个引人入胜的故事。”

“那么一个人必须经过选举才能成为收取者？”

神父咂了咂舌头，“谁能渗透进那样的特权阶层？就假设它存在好了。不，我的孩子，要成为它的一员，必须生来就是它的一员——有权有势的家族，有美丽的女人给他们温暖，也许有密道出入往来，甚至远至阿克哈的领地之外……不，那可是需要——谁知道呢——需要一场革命才能接近那样一种假想的地方。”

他把鼻子探进空中呵呵笑了起来。

“神父，你取笑那些比你地位低的祭司。”

老祭司的头郑重地转向一边，“你真可怜，我年轻的朋友，而且看来是不会有什么改观了。你并不单纯——正因如此，你一直都会是一名有缺陷的祭司，终你一生都会如此。这就是我为什么这么爱你的原因。”

他们道别了。祭司的言语让玉理心烦。是的，他是一名有缺陷的祭司，正如希凡斯所说。一名音乐爱好者，仅此而已。

他的思绪愈燃愈烈，他用冰冷的水洗了把脸。所有这些祭司阶层的等级制度——如果它们确实存在——都只通向权力。它们并不通往阿克哈。即便借助言词的精确与音乐的精妙，忠贞也从来不能准确地解释虔诚如何能打动一尊石头塑像；忠贞的言辞只会把人引向那看似神圣实则虚无缥缈的神灵。这突如其来的认知就跟他擦脸的毛巾一样粗硬。

他躺在宿舍里，却毫无睡意。他看到希凡斯的生命力如何从这个老人的躯体中被剥离，爱的情感如何从他身上隔绝，直到他只剩下一副喜欢戏弄人的鬼心思。他确实不关心那些比他地位低的人是否忠贞——也许很久之前就不关心了。他的暗示和哑谜表露出内心深处对自己生活的不满。

一阵恐惧突然袭来，玉理告诉自己，一个人死在荒野里也好过在帕诺威尔这阴影重重的安乐窝里焦虑不安，哪怕这意味着要抛弃他的弗拉格尔琴和《奥多兰都》的旋律。

这种恐惧让他坐了起来，一把掀开毯子。宿舍里的那些同伴睡熟了也不安静，鼾声犹如黑暗之风吹过他的脑袋。他浑身一哆嗦。

忽然，他胸中涌起一股欢欣和喜悦，堪比很久之前进入莱科时的那种欢喜，他大声嘟囔起来：“我不相信，我什么都不信。”

他只相信控制着其他人的权力。他每天都看到权力在运行。权力只关乎于人。也许他已真的不再有信仰，早在政务堂那次人压迫人的仪式上就开始了。人们允许一头可憎的法艮咬掉奈阿布喉咙里的言语，但奈阿布说的话也许仍然会获得胜利——祭司们要重塑自己，直到他们的生命有意义。话语、祭司……这些都是真实的。唯有阿克哈一无是处。

他朝涌动的黑暗低声道："阿克哈，你一无是处！"

他并没有被阿克哈处死，风依旧吹拂着他的头发。

他跳起来跑了出去。伸开的手指抚在墙纹上，他跑呀跑，直到筋疲力尽，指尖蹭出了血，这才转过身，气喘吁吁。他想要的是权力，不是屈从。

他脑海中的斗争仍在继续。他钻回了毯子里。明天，他要行动，不再当这个劳什子的祭司。

刚打了个盹儿，他又突然惊坐起来。他回到了那个寒冷的山坡上。他父亲撇下他，甘心被法艮带走，他轻蔑地把父亲的长矛甩进灌木丛里。他回忆起了那时的情景，回忆起他手臂的动作，回忆起长矛扎进凋败枝丛中发出的嚓嚓声，回忆起胸中如刀割般的寒气。

为什么突然回忆起这无关紧要的细节？

既然没有能力自我剖析，他索性任由这问题困扰着自己重新沉入梦乡。

翌日，是他审讯尤斯尔克的最后一天。连续审讯只允许进行六天，然后受害者可以暂时休息。这方面的规矩很严格，民军对于祭司阶层在所有这些事务上的行动都严防死守。

尤斯尔克没说什么有用的东西，殴打和劝诱也无动于衷。

他站在玉理跟前，玉理坐在一把用整块原木雕刻而成的审讯官座椅上，这把椅子突显了两个人的地位差异。玉理看上去轻松自在，尤斯尔克则饥肠辘辘、衣衫褴褛——他双肩耷垂，面无血色，毫无表情。

“我们知道有一些威胁帕诺威尔安全的人与你走得很近。我们只是要你说出这些人的名字，然后你就自由了，随时可以回到瓦可科去。”

“我不认识他们。那只是传言。”

提问与回答都成了固定模式。

玉理从椅子上起身走到囚犯身边，没有流露出任何感情。

“尤斯尔克，听着，我对你没有敌意。我尊敬你的父母，就像我跟你说过的那样。这是我们能单独碰面的最后一点时间了。我们不应该再见面，而且你毫无疑问会死在这个悲惨的地方，无缘无故地。”

“我自有我的缘故，和尚。”

玉理很惊讶。他本没期望得到任何回应，于是放低了声音：

“我们都有缘故……我会把自己的生命交托于你。我不适合当一名祭司。我出生在天空下的茫茫雪原，在帕诺威尔遥远的北方，而且我希望回到原野中去。我会带上你，我会帮助你逃走。这是实话。”

尤斯尔克抬起眼盯着玉理，“滚蛋，和尚。这种伎俩对我没用。”

“这是实话。我要怎么才能证实呢？你希望我亵渎那个我曾宣誓效忠的神灵吗？你需要我低声说这些话吗？帕诺威尔塑造了我，但我的天性叛逆于它和它的制度。这些制度为民众带来了庇护和满足，但我不行，甚至连祭司这种颇受优待的身份也不能为我带来什么。为什么会这样，我说不准，我只能讲讲我是如何成长为……”

他止住了话头。

“我会付诸行动的。我可以再弄一件和尚袍给你。等过一会儿我们离开这个单间的时候，我会帮你溜到圣地，然后我们一起逃走。”

“去你的诡计。”

玉理恼羞成怒。他唯一能做的，就是尽量不让自己狠狠揍这家伙一顿。他恼怒地冲到墙边挂着的刑具跟前，绰起鞭子猛地抽在椅子上，又一把抓起立在桌上的油脂灯，往尤斯尔克的眼皮下面猛地一推……

他狠狠捶打着自己胸口。

“我为什么要骗你？为什么要背叛自己？说到底你又知道些什么？一无所知，一无是处。你只不过是从瓦可科抓来的东西，你这条命毫无意义，无足轻重。你注定要饱受折磨而死，因为这是你的宿命。好吧，走吧，随你的便，去一天接一天地享受等死的滋味吧——这就是你为傲慢、为自己宁愿当一个笨蛋所要付出的代价。想干什么就去干吧，去死一千次。我已经受够了。我承受不了这种折磨。我不管了。当你躺在自己的污物里时，想想我吧——我将会在外面，自由自在，在那片连阿克哈的力量也触及不到的天空下自由行走。”

他大喊着，全不在乎有没有人听到。他就在尤斯尔克那张饱受折磨的苍白面孔前，炽烈地释放出所有情绪。

“滚出去，和尚。”尤斯尔克依旧用六天来一般无二的阴郁语调说着。

玉理往后跳了一步，举起鞭子用鞭柄往尤斯尔克脸上抽，鞭柄划破了尤斯尔克的面颊。他所有的怒火与暴力又都消散了。借着摇曳的烛火，他凝视着尤斯尔克被鞭柄抽破的面颊和鼻梁，半举着鞭子站在那里。他看着尤斯尔克把手伸向伤口，看着他的膝盖缓缓跪下去，又摇摇晃晃跌倒在地，肘膝支撑着身子趴在了地上。

玉理仍然攥着鞭子，抬腿跨过那具身躯挤出了单间。

他心中一片迷茫混沌，全然没发觉周围的混乱。看守们和民军正往这边跑，乱哄哄的人群一反常态，惊慌失措，挤得到处都是——正常情况下，人们穿行于圣地中的黑暗时，都应该踩着葬礼般稳重的步伐。

一名队长快步上来，一只手举着熊熊火把，大声喊叫着下命令。

“你是祭司审判官？”他质问玉理。

“出什么事了？”

“我要把这些房间里的囚犯都清空，把他们带回单间。这里要放伤员。利索点儿!”

“伤员?什么伤员?”

队长大喊起来:“你聋了吗,兄弟?过去的一个小时里都吵翻天了,你以为是怎么回事?特温克新开凿的地方坍塌了,很多人被埋。下面就像战场。现在赶紧动起来,把你的囚犯带回自己的单间,快!我要这条走廊在两分钟内清空!”

他走了,叫骂着,亢奋着。

玉理转回身。尤斯尔克还趴在审讯室的地上。他俯身搀着尤斯尔克的腋窝把他支撑起来。尤斯尔克呻吟了一声,神志有些不清。玉理把囚犯的一条手臂搭在自己肩上,勉强让他跟自己同步往前走。走廊里,队长还在吼着,其他审判员正在挪动他们的囚犯,到处拥挤不堪。看上去没人对这突如其来的中断感到不开心。

他们一头冲进阴影重重的黑暗之中。现在是失踪的好机会吗?趁着这股乱劲,再带上尤斯尔克?

他的怒火消失了,继而感到一阵愧疚。他意识到自己很希望向尤斯尔克表明,先前他的提议是真诚的。

决心已下。他没有朝监狱的单间走,而是朝着自己的住处走去。他心中浮现出一个计划。首先,他必须让尤斯尔克清醒过来,让他为逃跑做好准备。把他带回兄弟宿舍根本行不通,在那里他们会被发现。有一个更安全的地方。

他识墙而行,在宿舍前面止步,然后带着尤斯尔克上了一道朝上蜿蜒而去的楼梯。走出楼梯之后,他们来到一片拥挤的小屋跟前,这里排列着神父们的小屋。尽管黑暗更加浓重,他手掌下面雕刻的花纹却足以明确地引导他去到要去的地方。黑暗中似乎有鲜红的幻影飘来荡去,像要淹没水中的杂芜。他来到希凡斯神父门前,拍了拍门,走了进去。

正如他所愿,里面没人。每天的这个时间,希凡斯都应该在别的地方忙着。他把尤斯尔克拉了进来。

他在这扇门外站过很多次，却从未进来过。他先是有些不知所措，随后帮着尤斯尔克靠墙壁坐下，然后摸索着找灯架。

他笨手笨脚地在家具上撞了几下，终于找到了灯，再飞转几下灯架上的燧石轮。火星一窜，一舔火苗冒了出来。他从架子上取下灯来，举着四下看了看。这就是希凡斯神父的所有财产，寥寥无几。一个角落里立着一尊阿克哈的小雕像，还有祭台，已经摩挲得十分光润。有一处洁身的地方。一个架子上摆着一两件物品，包括一件乐器，地上还有一张席子。再没别的了。没有桌椅。那团阴影是一个凹室，玉理不用看也知道里面有张小床，是老神父睡觉的地方。

他忙活起来。岩石上管道引来的水流进了水盆里，他给尤斯尔克洗了洗脸，想把他唤醒。这家伙饮了点水，又呕了出来。架子上有一只罐子，里边有一些软塌塌的大麦面包；玉理给尤斯尔克喂了一点，自己也吃了一块。

他轻轻晃着尤斯尔克的肩膀，“你要原谅我的急躁，是你挑的火。我的内心只是一个野蛮人，不适合当祭司。现在你看到了，我说的是实话——我们要逃出去。借着特温克岩石塌方这股乱劲儿，逃走很容易。”

尤斯尔克只是呜呜着。

“你说什么？你没那么糟。你必须要自己走。”

“你永远都别想诈我，和尚。”尤斯尔克透过细长的眼缝看着玉理。

玉理在他身边蹲下。这让尤斯尔克往后一缩。“看着，我们已经把自己逼上了绝路。我对自己犯下了罪行。尽力理解一下现在的状况吧，我对你什么要求都没有，尤斯尔克——我只想帮你从这里出去。咱们穿成和尚的样子，肯定有办法从北大门逃走。我认识一位老妇人，是个陷阱猎人，叫劳蕾尔，从这里向北，用不了几天就能到，她会容我们藏身的，同时我们会适应寒冷。”

“我没法走动，伙计。”

玉理在他额头拍了一记，说：“你必须走。我们藏在一个神父的房间里。我们不能留在这儿。他是个不坏的老男孩儿，但如果他发现了我们，也肯定会告发的。”

“并非如此，玉理兄弟。你那个不太坏的老男孩儿是埋藏秘密的坟墓。”

玉理大惊失色地跳了起来，一转身，正好跟希凡斯神父面对面。神父从凹室里静静地显出身来，他防御般地伸出一只跟纸片一样柔弱的手，担心受到攻击。

“神父……”

希凡斯神父在暗淡的烛火中冲他眨了眨眼睛，手势一变，示意他放下心来。

“我在休息。特温克顶部塌落的时候我正好在那里——真是一团糟！幸运的是我没什么大碍，不过一块石头落下来砸到了我的腿。我要给你一个忠告，你们没法从北大门逃走，守卫已经把它关闭了，宣布进入紧急状态，以防那些令人尊敬的公民做出一些不明智的事情。”

“你会告发我们吗，神父？”玉理仍保留着一件来自往昔岁月的物件，那时他还年少，他的母亲在她身体还康健的日子里用兽骨给他雕了一把小刀。问话的同时，他的手在袍子下面摸索着，抓住了刀子。

希凡斯抽了抽鼻子，“就像你一样，我也要蠢一把了。我打算告诉你一条离开这里最好的路线。我还打算给你一个忠告：不要带这个人跟你一起走。把他留在这里吧，我会看着他的。他已经不行了。”

“不，他很坚强，神父。当自由的憧憬深入他心里，他很快就会复原的。他关得太久了，是吧，尤斯尔克？”

囚犯抬眼看着他们，他的一只眼睛已经被肿起的脸蛋挤得只剩一条缝。

“再者说，他是你的敌人，玉理，而且这种关系会持续下去。提防着他点，把他留给我吧。”

“他与我为敌是我的错，我要赎罪。而且当我们安全之后，他会宽恕我的。”

神父说：“有些人不知宽恕为何物。”

当他们站在那里对视时，尤斯尔克笨拙地支撑着站起来，喘着粗气，用额头抵着墙。

“神父，我其实不该问你这个，”玉理说，“但据我所知，你是一个存续者。你会跟我们一起去外面的世界吗？”

神父的眼睛飞速眨动着，“在我入行之前，我觉得自己无法服侍阿克哈，有一次我还尝试着离开帕诺威尔，但很快被抓住了——我一直都是顺民中的一员，不像你那么有野性。”

“你从未忘记我的本源。”

“哦，我羡慕你的野性，现在仍然羡慕。但我被打垮了，被自己的天性所累。我被抓住，然后被处置——好吧，至于我是如何被处置的，只能说我也是一个不会宽恕的人。那是很久以前的事了。那之后，我获得了晋升。”

“跟我们走吧。”

“我要待在这里照料伤腿。玉理，我一直都有各种借口。”

神父从地上捡起一块石头，在墙上画起了草图，讲解着一条能逃出去的路线。“这是一趟漫长的旅程。你必须在奎金特山下穿行。你最后会发现自己不是在北边，而是去了更加温和的南方。好好待在那里，繁衍生息。”他在手上唾了一口，抹掉了墙上的印迹，把石头扔到角落里。

玉理发现没什么话可说了，于是搂了搂老人。老人那两条干枯的手臂被压在了身侧，然后也抱了抱他。

“我们这就得走了。别了。”

尤斯尔克说话还有些困难，却开口道："你必须杀掉这家伙，现在就杀了他。否则一等我们离开，他就会去告发。"

"我了解他，而且我信任他。"

"这是阴谋。"

"去你那该死的阴谋，尤斯尔克。我不会让你碰希凡斯神父的。"他的话语中带着一丝威胁。尤斯尔克走上前来时，玉理伸出一只手臂把他和老祭司隔开。尤斯尔克的攻击打在玉理手臂上，一时间两人扭在了一起，直到玉理尽可能轻地把他推开。

"来呀，尤斯尔克，要是你还有力气打架，咱们这就出发吧。"

"等等。我明白自己必须信任你，和尚。但要证明你自己，就去释放我的一个伙伴吧，他叫思科勒，跟我一起在鱼池干活。他关在六十五号单间。还有另一个我在瓦可科的朋友。"

猝不及防地，玉理在他下巴上揍了一记，说："你没有资格下命令。"每耽误一刻就多一分危险。然而他知道，如果要让他们达成一致，就有这个必要，他对尤斯尔克做了个安抚的手势。希凡斯的计划明明白白，这是一趟危险的旅程。

"好吧，思科勒。我记得那个人。在革命活动中你是他的接头人？"

"你还要审讯我？"

"好极了。神父，我去找思科勒的时候，尤斯尔克能在这里跟你待一会儿吗？好的。在瓦可科的那条汉子又是谁？"

一丝笑意从尤斯尔克伤痕累累的脸上一闪而过，"不是汉子，是女人。我的女人，和尚。名字叫伊丝卡铎，箭术女王。住在制弓厂，底层巷道。"

"伊丝卡铎……是的，是的，我知道她——我知道她，曾经见过一次。"

"把她带来。她跟思科勒的脾气都很硬。这次我们倒要看看你的表现了，和尚……”

神父在玉理的袖子上拽了一把，轻声对他说——几乎把鼻子都伸进了他的耳朵里：“我很抱歉，我改主意了。我不敢单独跟这个乖戾的蠢家伙待在一起。请让他跟你一起走吧……你能得到我的保证，我绝不会离开屋子。”说着，他使劲握了握玉理的手臂。

玉理把手一拍，“非常好。尤斯尔克，我们一起走。我会告诉你能从哪儿偷一件衣物，穿上它，你去找思科勒。我到下面的瓦可科去找你的姑娘伊丝卡铎。我们在特温克里头的角落碰面，那里有两条通道通往外面，如果有必要，足以让我们逃走。如果你和思科勒没来，我就不得不在没有你的情况下离开，就当你被抓住了。说得够明白吗?”

尤斯尔克哼了一声。

“听清楚了吗?”

“是的，咱们走吧。”

他们走了。他们离开希凡斯小屋的庇护，把自己投进了走廊那厚重的黑暗中。玉理领路，用手指抚着墙纹，兴奋之下甚至忘了跟他的导师道别。

这个时代的帕诺威尔人很实际。他们没有伟大的梦想，只想填饱自己的肚子。然而在某些故事里，他们会有些微的不同，这种差异时常被说书人拿来作糊口之资。

当一位拜访帕诺威尔的访客进入大市集平台的时候，在那个巨大的入口处，紧靠着守卫室旁边，会看到树木生长——稀疏零落而且发育不良，但确实是绿树。

它们因为稀罕而备受尊崇，而且它们的生长习性可以让人们时不时收获一些被称为箸缶的皱皮坚果。没有哪棵树每年都能有收获，但每年都会有那么一棵树抽出嫩枝，结出一些灰色的箸缶。大多数箸缶里边都有蛆虫，但在瓦可科、格洛因以及普雷恩，妇人和孩子都会把那些蛆虫和果肉一起吃下。

坚果裂开时，蛆虫有时会死掉。有些动人的小故事说，蛆虫是被吓死的。它们笃信那颗坚果的内部就是整个世界，皱巴巴的果壳就是天空。然而有一天，这一方世界裂开了，它们惊恐地看到这个世界之外还有一个更为巨大的世界，方方面面都比它们的世界更宏伟更明亮。对于蛆虫来说，这太惊世骇俗了，随着这惊人的发现，它们惊骇地死去了。

玉理一年多来第一次离开圣地那压抑的黑暗，他忽然想到了箬缶坚果中的蛆虫。他回到了平民习以为常的忙碌世界里，发现这里居然如此炫目。一开始，噪音、光线以及如潮人群的喧嚣甚至让他有些惊慌失措。

而伊丝卡铎则将这个世界所有的挑战与诱惑集于一身，美丽动人的伊丝卡铎。她的面容鲜活地浮现在他脑中，就像他昨天才见过她一样。当来到她面前时，他发现她其实更加美丽，在她面前，他甚至结结巴巴说不出话来。

她父亲的居住区有好几个隔间，是一家制弓小工厂的一部分。他是所属行会的弓箭大师。

虽然面带轻蔑，她还是让祭司进了门。他坐在地上喝了一杯水，条理清晰地把自己的故事告诉了她。

伊丝卡铎是一个身强体健的姑娘，不苟言笑。她的肌肤是乳白色的，同她飘逸的黑发和浅褐色的眼睛形成了鲜明对比。她长着一张方脸，高颧骨，嘴唇宽而苍白。她的一举一动都充满活力，听玉理说话时，她的双臂像谈生意似的抱在饱满的胸前。

“为什么尤斯尔克不亲自来跟我讲这些废话？”她问。

“他在找另一位一起上路的朋友。他不能来瓦可科——他的脸现在有伤，会招来不必要的关注。”

乌黑的长发垂在她脸庞两侧，构成双翼的形状。现在这两只翅膀随着她摇头的动作不耐烦地甩到了一边，伊丝卡铎说：“无论如何，我要在六天后参加一场射箭比赛，我想取胜。我不想离开帕诺威尔——我在这儿已经很开心了。一直是尤斯尔克在抱怨，我都不知道有多久没见过他了。现在我有别的男朋友。”

玉理站起身来，脸有些泛红。

“好吧，如果这就是你的想法，那就这样吧。只是别把我的话告诉别人。我这就走，我会把你的口信带给尤斯尔克。”他的紧张让他在她面前比预想的还要难堪。

“等等，”她说着，放开双臂走上前来，“和尚，我可没说让你走。你的这些话很让人兴奋。你是站在尤斯尔克的立场上来求我跟你走吗？”

“有两件事要搞清楚，伊丝卡铎小姐。我的名字是玉理，不是‘和尚’。还有，我为什么要站在尤斯尔克的立场上说话？他不是我的朋友，此外……”

他的声音沉了下去。他有些恼火地看着她，面颊飞红。

“此外什么？”她的话里夹着一丝笑意。

“喔，伊丝卡铎，你很美丽，这就是那个此外；而我自己很仰慕你，这也是那个此外。”

她的姿态有了变化。她抬手掩住了苍白的嘴唇。“两个‘此外’……两个都很重要。好吧，玉理，你这么说，情况就很不同了。你自己也并非无足轻重，现在我很有兴趣，你是怎么成为一名祭司的？”

察觉到她的态度有所变化，他一犹豫，随即大胆地说：“我杀了两个人。”

她的目光从长长的睫毛下面久久地注视着他。

最后她说：“等着，等我打包好行李，再找一把硬弓。”

顶部坍塌引发的不安与慌乱传遍了帕诺威尔。那些最可怕的幻想故事中发生的事，如今成真了。各种情绪交织在一起。但恐惧之中迎来了令人宽慰的消息：只有囚犯、看守和几个法艮被埋。也许这正是他们应得的下场，是阿克哈的一种恩赐。

民军在大市集后面拉起了栅栏，全副武装维持秩序。医疗行会的男男女女组成了救援队，还有工人，都在灾难现场来来去去。围观的人拥挤着，有些人很安静，有些人很紧张，也有些人很开心，一个杂技演员和一队音乐家在鼓舞着大家。玉理带着身后的姑娘挤进人潮，人们没有依着长久以来的习惯给祭司让路。

特温克，灾难发生的地方，如今已面目全非。民军不允许围观的人进入，拉起了一条闪光的火焰警戒线来协助救援人员。有囚犯不断把火药填进火焰中，让它持续照明。

眼前的景象触目惊心，囚犯们在挖掘，其他人在后面等着，有人累了就替班。法艮被拉去拖运装碎石的大车。时不时响起一阵呼喝，然后挖掘的人就会更加卖力，一具具躯体从土里挖出来，传递到等候在那里的医疗人员手中。

灾难的规模很大。随着岩壁塌方，主洞穴的部分穹顶也塌落了。已经有不止一处沉降。大部分地面都高高地堆积着岩石，鱼池和真菌农场大面积被毁。最初引发灾难的源头是一条地下暗河，现在水正汩汩涌出，给本来就困难重重的现场又增添了一道关卡。

塌落的岩石几乎掩住了后面的通道。玉理和伊丝卡铎不得不攀上一堆乱石才能过去。他们毫不停歇地爬了过去。尤斯尔克和他的同伴思科勒正等在阴影里。

“黑白相间的衣服跟你很配，尤斯尔克。”玉理挖苦地调侃着，那两个囚犯都是祭司装扮。尤斯尔克已经迫不及待地上来抓住伊丝卡铎。也许是被他那张挨过揍的脸弄得有些不自在，她跟他保持着距离，只是拉着他的手安慰他。

而思科勒这人，即便一身祭司打扮看着也像是囚犯。他又高又瘦，由于长年累月居住在过于狭小的单间里，他的双肩总是耷拉着。他的手很大，满是伤疤。他的目光总是闪闪烁烁避着人——至少在这次会面期间始终这样，而且一碰到玉理的目光就缩了回去。而当玉理的注意力转向别处时，他又会偷着瞄上一眼。玉理问他是否准备好进行一次艰苦的旅行，他只是点点头，鼻子哼了一声，耸了耸扛着行李的肩膀。

对于这样一场冒险来说，这开局可不怎么好，有一刻，玉理甚至后悔自己太冲动。他抛弃了太多东西，同伴又是尤斯尔克、思科勒这种人。首先，他觉得必须巩固一下自己的权威，否则他俩只能是一路麻烦。

尤斯尔克明显有同样的想法。

他往前一挪，整了整行李，“你迟到了，和尚。我们以为你退出了。我认为这又是你的一条诡计。”

“你和你的同伴准备好艰苦跋涉了吗？你看上去可不太好。”

“最好上路吧，别在这儿说个没完。”尤斯尔克说着，一挺肩膀，从伊丝卡铎和玉理中间闯了过去。

“我带路，你们跟从。”玉理说，“咱们先搞清楚这一点，然后才能同心协力。”

“是什么让你觉得你是带头的，和尚？”尤斯尔克嘲笑道，同时朝另外两位同伴点头寻求支持。他那半闭的眼睛，让他看上去既狡诈又充满威胁。现在看上去，逃亡的前景很不错，他不禁志得意满。

“这就是答案。”玉理说着，紧握右拳狠狠杵在尤斯尔克的肚子上。

尤斯尔克痛得弯下腰哼唧着，骂骂咧咧。

“去你的，你这混蛋……”

“直起身子，尤斯尔克，在还没被察觉前赶紧上路吧。”

再没有异议了。他们顺从地跟在他身后。特温克的微光消失在身后，而玉理用指尖抚着墙纹替代了他的视线，一串串激跃的珠子和小贝壳串成的链条就像弗拉格尔奏出的旋律绵延出去，把他们引向大山深处的雄伟寂静之中。

其他几个人并不知晓这属于祭司的秘密，依然需要亮光才能找路。他们开始恳求他走慢些，不然就给他们一盏灯，这两件事玉理都不会去做。他趁机拉起伊丝卡铎的手，而她很乐意让他牵着。她的身子靠着他，这让他很愉快。另外两位能拉着她的衣服就很满足了。

过了些时候，通道分岔了，墙壁变得愈加粗糙，重复的图案不见了。他们走到了帕诺威尔的尽头，这也意味着之后不再有人烟。他们休息片刻。其他人聊天时，玉理在脑海中清晰地勾勒着希凡斯神父画的草图。他开始后悔，自己临行时没能拥抱一下那位老人，向他正式道别。

神父，你对我是那么了解，而我深信这点。你所有的古怪行为都说明了这一点。你知道我的本质有多么愚钝。你知道我渴望变好，却无法超越那愚钝的天性。然而你没有出卖我。好吧，我也没拿刀子捅你，对吧？玉理，你必须让自己不断进步——毕竟你仍然是一名祭司。我还是祭司吗？好吧，当我们出去后，如果我们出去了……有这么一个好姑娘……不，不，我不是祭司，老神父，保佑你，我永远都不可能成为一名祭司，但我试过了，而你帮助了我。永别了，永远……

玉理叫道。“启程！”他随即一跃而起，又扶姑娘站起身来。出发前，在黑暗中，伊丝卡铎的一只手轻轻搭在了他肩上。在尤斯尔克和思科勒抱怨劳累的时候，她没有抱怨一丝一毫。

他们终于睡了一觉，在一片满是砾石的斜坡下挤作一团，姑娘就躺在尤斯尔克和玉理中间。噩梦袭来；黑暗中，他们似乎听到乌特拉蠕虫朝他们爬来的声音，它的颚口张开，黏糊糊的绒须拖着地。

玉理说："我们以后要生个火睡觉。"这里寒气逼人，他紧紧抱着姑娘，把脸贴着她的皮革外套睡着了。

他们醒来后，草草啃了点携带的食物。道路变得更加艰难。在通过一道逼仄的峭壁时，好几个小时里他们只能肚子贴着地面爬行，鼻子挨着脚趾头，彼此之间大声喊叫着，以便在这伸手不见五指的大地深处保持联系。一股寒风在他们不得不通过的狭缝里吹着，把他们的头发冻在了脑袋上。

"咱们回去吧。"当他们终于能站起来弯腰喘气时，思科勒哀求道，"我宁愿待在牢里。"没人搭理他，他也没再提这茬儿。他们的确已经回不去了，这座大山本身的尺度也让他们变得愈加沉默。

玉理在绝望中迷了路。崩塌的岩石让他的判断出了问题。他再也记不起老祭司画的地图，手指下也没了纹路重复的花纹，他与其他人一样无助。前面出现了一阵低低的声响，他全力循声走去，直到眼前出现了不祥的条纹和飘忽不定的色彩——他感觉自己硬生生撞上了一块坚硬的岩石，破碎的喘息从口中泄出，又急急收住。然后，大家一致同意休息一下。

这条路已经往下走了好几个小时。他们又摇摇晃晃站起身来，玉理的一只手在一旁摸索，一只胳膊护着头，以防像之前那样撞到岩石——已经撞过好几次了。他感觉到伊丝卡铎扯着他的衣服，以他现在的疲劳程度，这点接触已经成了一种累赘。

他的思绪开始涣散，他发现刚才那种控制呼吸的方式能让眼睛不再看到莫名其妙的色彩。然而这并不能彻底解决问题，因为他眼前又涌出一种发光的东西。他继续深一脚浅一脚往下走，紧紧闭着肿胀的眼皮，然后又睁开。失明的感觉出现了——他察觉到一片朦胧的白光。看看周围，他似乎看到了伊丝卡铎的脸，就像是在梦中——而且是在噩梦中，因为她的眼睛瞪着，嘴巴张着，脸上一副神游的表情。

在他的注视下，她的意识渐渐恢复。她停下脚步，抓住他支撑着自己，尤斯尔克和思科勒径直撞上了他们。

“前面有光。”玉理说。

“光！我又能看见了……”尤斯尔克抓住了玉理的肩膀，“你这该死的家伙，还是把我们带出来了！我们安全了，我们自由了！”

他放声大笑起来，往前冲去，张开双臂仿佛要拥抱光明。其他人欢快地跟着，磕磕绊绊下到坚实的地面，穿过一道以前从未见过的光芒，那是只有在北方的未知大海上才会有的光，冰山会在那里漂游碰撞。

路变得平整了，穹顶不见了。他们脚边有一摊一摊的水。他们径直踩水而过。道路再次陡然向上，把他们引到了一处绝险的平地。光线不再变强，四周到处都是轰鸣声。

突然之间，他们就走到了路的尽头，战战兢兢地站在一道裂隙的边沿上。光芒和轰鸣声包围了他们。

“阿克哈之眼！”思科勒倒抽一口气，把拳头抵在了牙齿之间。

这裂隙就像是喉管，深入大地的腹中。他们向上观望能看到张开的口，很有些距离。从喉咙边缘涌出一条河跃入裂隙。汹涌的水流落下，正好打在他们所站之处下方的岩石上。水流击打岩石，发出急促的鼓点声，那正是他们听到的轰鸣。接着，瀑布落入深处，到了视线所不及的地方。甚至在没有泡沫的地方水都显现出了白色，其中又裹挟着青灰色和蓝色奔流而去。尽管水散发出朦胧的光芒将他们笼罩其中，让他们倍感欢畅，可隐藏在水流后面的岩石似乎并没显得更为幽暗：上面勾勒出无数色彩绚丽的旋涡。

他们注视着这壮丽的奇观久久收不回目光，直到打量起彼此的影子。喷溅的水雾让他们浑身湿透。

“这不是出去的路。”伊丝卡铎说，“这是死路。现在是在哪儿，玉理？”

他镇定地指向他们所处岩脊的另一头。“我们从那座桥过去。”他说。

他们仔细地找寻着去往那座桥的路。地面满是拉着长丝、黏糊糊的绿色水藻。那座桥看上去是灰色的，很古老，是用附近岩石上凿下的石块筑成的。桥拱向上弯曲伸展，然后那道弧线戛然而止。他们看到，这座人工的建筑已经塌了，只剩下一段残桥。透过乳白色的光线，可以朦朦胧胧地看到残留在峡谷另一边的断桥。这里原本有一条通路，但不知何时已经不再有了。

好一会儿，他们只是站在那里，盯着深壑的对面，没有去看彼此。伊丝卡铎是最先行动起来的，她弯下腰打开行李，抽出了弓箭。她把一根丝绳系在一支箭上，就像很久以前玉理看到她赢得比赛时那样。她一语不发走到峡谷边，一只脚稳稳地踏在边沿上，抬弓拉弦，看似漫不经心地眯起眼睛瞄着，接着，手指一松。

那支箭划出一道弧线，先是穿过水沫四溅的光柱，到达最高点时越过了一块突出的岩石，擦过瀑布上方的石壁反弹了回来，接着，力道已尽的箭嗒的一声落回伊丝卡铎脚边。

尤斯尔克拍了拍她的肩膀，“漂亮。现在我们怎么办？”

她不回答，只是在丝绳末端又系了一条粗点的绳子，然后捡起箭拉动弓弦。很快，绳头就越过突出的岩石回到她手中。接着，她又取出一条绳索挽了一个扣儿，把它也拉过突出的岩石，待绳头再次回到手中后，套索已经紧紧套住了突出的岩石。

“既然你是我们的首领，你会第一个过去吧？”她把绳头递给了玉理。

他看着她那双深邃的眼睛，琢磨着她不露声色的城府。她不只是在告诉尤斯尔克，领头的并不是他；她也是在告诉玉理，要证明一下自己才行。他反复咀嚼她的这番话，感觉意味深长，然后他抓住绳子，摆好架势接受挑战。

他估摸了一下，这样的行动看着很吓人，却不算太危险。他能荡过裂隙，然后贴着垂直的岩壁向上攀爬，一直攀上泄下瀑布的那道崖壁边缘。就他们所能看到的，那里有足够的空间来攀爬，而且能避免被水冲走。之后的一切，就只有等他上去再看了。他自然不打算在两名囚犯面前流露出恐惧——抑或是在伊丝卡铎面前。

他几乎是迫不及待地荡过深渊，他的心思有一部分放在了姑娘身上。结果他笨拙地撞上了对面的岩壁，左脚又在软而黏的水藻中打滑，肩膀不断地撞向岩壁，在飞溅的水花里摇来荡去。他的手也没法继续抓住绳子，整个人直直地往深渊中跌落下去。

水声轰鸣中传来三人异口同声的惊叫——这是他们头一次齐心协力做同一件事。

玉理撞到了一块石头，他全身上下的每一块肌肉都拼尽全力紧紧贴在了上面。他屈起膝盖蜷伏着，脚趾头尽其所能扒住了岩石。

他只往下落了不到两米，可这也让他浑身上下每根骨头都被撞得格格作响，岩壁上突出的砾石险些撞断了这些骨头。不过他有了一个小小的落脚点，这就足够了。

他喘着粗气，蜷伏在那里，顾不上姿势有多笨拙，他一动也不敢动，下巴几乎贴到了靴子。

他那痛苦的目光瞥见了一块蓝色的石头，就在他眼皮底下。他的目光集中到了蓝石头上，怀疑自己是不是就要死了——石头不可能这么夺目。他感觉自己只要一探身就能够到它。可突然间，直觉告诉了他那到底是什么——他看着的不是一块近在咫尺的石头，那蓝色的东西其实位于遥远的下方！一阵眩晕猛然袭来，让他浑身僵硬；他习惯在平原上生活，对于这样的状况一点主意都没有。

他紧紧闭上眼睛挂在那里。直到听见尤斯尔克的叫声，才迫使自己再次睁眼。叫声好似远在天边。

遥远的下方有另一个世界，从他蹲伏的地方往下看，这道裂隙径直通向那里，好似一只能看过去的望远镜。透过比手掌大不了多少的一个角度，玉理看到了一处极为宏大的洞穴。那里不知因何光线很亮。他以为是蓝石头的东西，其实是一汪湖泊，或者可能是一片大海，因为他仅仅只是管窥到一斑，至于它的整体尺寸，他实在难以想象。在湖岸边上有一些粗犷的沙砾，现在看来应该是某种建筑群。他再也撑不住了，猝然瘫软，毫无知觉地往下看着那一切。

有什么东西在碰他。他无法动弹。有人在跟他说话，抓他的胳膊。他不自觉地顺着劲儿倚着岩壁努力坐了起来，同时一只手臂紧紧扣着救援者的肩膀。那是一张满是瘀伤的脸。破碎的鼻子，脸颊被打得伤痕累累，一只绿色的眼睛在他眼前晃来晃去，其中一只眼睛又青又肿，都睁不开了。

“抓紧，伙计。我们要上去了。”

他让自己紧紧靠在尤斯尔克身上，尤斯尔克小心翼翼地找着向上的路，最终费了好大力气才把他们拖上挂着瀑布的那道岩壁。尤斯尔克瘫倒在地，筋疲力尽，气喘吁吁。玉理往下看去，找寻伊丝卡铎和思科勒，他们正在裂隙对面仰头看着。他又往远远的下方望去，望向他失足的地方。但他刚才看到的另一个世界已经消失不见，似乎是被水雾遮住了。他的四肢在颤抖，但他还控制得住，连忙帮其他人过来跟他们会合。

在无声的寂静中，他们激动地抱在一起。

在无声的寂静中，他们在瀑布一侧的砾石中间寻找着出路。

在无声的寂静中，他们继续前行。玉理对他瞥见的另一个世界闭口不谈。但他不由得再次想起了希凡斯神父，那会不会是收取者修建的秘密要塞呢？在荒野的乱石中间，那个地方对他短暂地一现真容。但不管那是什么，他都把它埋藏在心里缄口不言。

山中的狭地似乎永无尽头。没有光线，四个人在令人恐惧的岩隙间行进。他们商量着，等到了夜晚就找一处适合的地方睡觉。为了取暖，也为了壮胆，他们挤作一团。

有一次，沿着一条遍布砾石的干涸河道攀爬了好几个小时后，他们在岩壁上齐肩高的地方找到了一个龛室般的凹洞，正好四个人都可以爬进去，避开整天不断吹在脸上的寒风。

玉理立刻就睡着了。不知过了多久，他被伊丝卡铎晃醒。其他人已坐起来，忧心忡忡地嘀咕着什么。

“听到了吗？”她问。

“你听到了吗？”尤斯尔克和思科勒也问。

他听到风声飒飒吹过道路，听到遥远的流水在淌，然后他就听到了惊扰他们的声音——是一种持续不断且刺耳的声音，就像有东西在蹭着岩壁快速移动。

“乌特拉蠕虫！”伊丝卡铎说道。

他紧紧抓着她，安慰说：“那不过是个故事。”但他已浑身冰凉，伸手握住了匕首。

“我们待在这个龛室里很安全。”思科勒说，“只要我们保持安静。”

他们只能希望他是对的。毫无疑问，有东西在接近。他们蹲在原地，紧张地盯着通道深处。思科勒和尤斯尔克抓着棍棒，那是他们从惩戒地的看守那里偷来的；伊丝卡铎则握着弓。

声音更响了。山谷狭地中的声音很有欺骗性，但他们认为那声音是从上风口传过来的。这时，声音里出现了刺耳的刮擦声，还有像是砾石被不经意推挤到一旁的隆隆声。风停了，也许是被挡住了。一股刺鼻的气味扑面而来。

那是一种陈年腐鱼的气味、粪便的气味和腐败奶酪的气味。一片绿色的雾气弥漫开来。据传说，乌特拉蠕虫无声无息，但现在来的不管是什么，它可是惊天动地而来。

玉理从藏身之处探头望出去，与其说是勇气驱使，不如说是因为恐惧。

就在那边，它正飞速而来。简直就是一道散发着绿光的长堤，无可名状，只管一路涌动着前进。它有四只眼睛，两两分布在长堤两侧，还长着巨大的尖牙和须毛。玉理惊恐地缩回头，几乎喘不上气。它一路向前，不可阻挡。

接下来的一刻，四个人都看到了它的侧脸。它一跃而过，眼睛疯狂地四下张望着。粗硬的须毛轻蔑地扫过他们穿着的毛皮衣。然后，他们的视线被长满鳞片的身体挡住了，巨大的身体犹如涟漪般涌过，泛着蓝绿色的光，把灰土扫得他们全身都是。污秽和恶臭让他们窒息。

它似乎有好几里长，好半天才过去。他们搂成一团，从藏身之处望着它的背影。遍布乱石的通道那头，是一个更加宽阔的洞穴，正是他们来时的那个洞口。那里突然又发出一阵抖动的光晕，仍然可以看到那个绿色的发光体，它不断像涟漪一样起伏着。

蠕虫已经察觉到了他们!

它正转回身来。至于他们，伊丝卡铎意识到要发生什么的时候，硬生生忍住了一声惊叫。

玉理说："石头，快!"周围应该有松动的石头可以让他们投掷。他进到凹洞里边的斜坡处。手却突然碰到了什么出乎意料的东西，毛茸茸的。他退了回来，开始旋转燧石轮。一股火星窜出来又熄了——不过这足以让他看清，陪伴着他们的是一具腐朽的尸体，只剩骨头和毛发了。另外还有一件像个武器的东西。

他又打出一串火星。

尤斯尔克惊叫起来："是个死掉的毛人!"囚犯把法艮叫毛人。

尤斯尔克说得没错。这东西长着修长的头颅，血肉已经干枯，犄角竖着。身旁放着一根大棒子，一端装着尖铁，上面还有弧形的刃。

阿克哈来援助这些受到乌特拉威胁的人了！尤斯尔克和玉理都去拿那件兵器。

“给我吧。我用过这种东西。”玉理说着，把它拿在了手里。突然间，往昔的生活又回到了脑海之中，他记起了在荒野里遭遇一只迎面冲来的耶尔克的情形。

乌特拉蠕虫正返身回来。又是一阵刮擦的声音。光更强了，泛着青灰色和绿色。玉理跟尤斯尔克冒险探身到凹洞外扫了一眼。那头怪物没动。他们能看到它那张模糊的面孔。它已经转过身，回头面对着他们的方向，但它并没有前进。

它在等。

他们趁机往另一头望了望。

第二条虫子正从第一条来时的方向朝他们这里逼近。两条蠕虫……突然，玉理的脑海中浮现出一幅画面：错综复杂的洞穴里到处爬满了蠕虫。

当光线变得更亮、声音变得更近的时候，他们惊恐万状，相互拥在一起。但那两头怪物似乎只关注彼此。

随着一阵恶臭的气浪，怪物的脑袋一闪而过，前进的时候四只眼睛往前瞪着。玉理把刚到手的那支长矛的下半段抵在凹洞的岩壁上，双手紧握，尖刺伸在外面。

蠕虫前行的时候，矛尖刺进了它不断翻涌的身侧。它的身体从侧面被撕开了一道长长的口子，浓酱一般的物质喷涌而出。怪物的须毛拖过四人藏身的洞口时渐渐慢了下来。

那两条蠕虫到底是要打架还是交配，永远都不得而知了。第二条蠕虫永远都无法抵达它的目的地了。它前行的动作渐渐停止。剧烈的疼痛引起了抽搐，它的身体不住地泛起涟漪，尾巴四下乱拍。最后，它不动了。

慢慢地，它发出的荧光也熄灭了。一切都静了下来，耳边只有飒飒的风声。

他们不敢动弹。他们几乎连手指头都不敢动一动。第一条蠕虫仍旧在黑暗中的某个地方，那一抹莹莹的绿光昭示着它的存在，但从死去的怪物身上望过去，几乎都辨不清楚。之后的这段时间是最难熬的。每一个人的心里都坚信那条虫子知道他们在哪儿，而死去的虫子是它的配偶，它只是在等待，等他们一动就一扑而上报仇雪恨。

最后，第一条蠕虫终于动了。他们听到它的须毛抵在岩石上滑动。它小心翼翼地往前滑行，就像是发觉有陷阱，直到它的脑袋赫然出现在死去的蠕虫身上。然后，它不顾一切大嚼大吃起来。

那四个人类再也待不住了。这声音实在太恐怖。他们奋力跳过溢满地面的腐液，一头冲进通道，仓皇逃进了黑暗之中。

他们穿越大山的旅程又继续了。不过现在他们时常会停下，听听黑暗中的声音。当他们必须要说话的时候，都会尽可能地压低声音。

他们不时能找到水喝，但食物吃光了。伊丝卡铎射下一些蝙蝠，但他们无法说服自己去吃这种生物。他们在石头的迷径中徘徊，越来越虚弱。时间在流逝，帕诺威尔的安全感被遗忘了：生命中似乎只剩无尽的黑暗要去跨越。

他们开始不时见到动物的遗骨。有一次，他们打亮燧石，发现有两具人骨蜷在一个凹洞里，一人的手臂搂着另一人；时间已经抹去了那种姿态中曾经蕴含的优雅，现在只剩下骨头蹭着骨头。他们在惊恐中强自镇定，挤出笑容回应着骷髅的微笑。

后来，在一个风吹得更加刺骨的地方，他们听到有动静，然后发现了两只红毛动物，他们立即将其猎杀了。旁边还有一只幼崽，呜呜啼叫着，用圆墩墩的鼻子拱他们。他们把这只幼崽撕开，趁着肉还温热一阵狼吞虎咽，接着，勾起的馋虫让他们把幼兽的双亲也送进了自己的肚腑。

岩壁上生长着发光的微型生物。他们发现了有人类居住过的痕迹。像是棚屋的残迹和某种类似小船的东西，上面都长出了真菌。附近的洞顶上有个烟囱，里边已经有一小群蒲丽雀安了家。百发百中的伊丝卡铎射下六只鸟，他们把锅架在火上，把鸟和菌子加了点盐炖了。那天晚上，他们一起睡下后，令人不快而又逼真的梦境造访了他们，他们认定这是菌子干的好事。第二天早晨动身之后，他们刚刚走了两个小时就到了一处宽阔的洞穴，里边有绿光泄出。

洞里的一个角落闷烧着一堆火。还有一圈粗糙的围栏，里边养着三只山羊，它们的眼睛映着火光闪闪发亮。旁边有三个女人坐在一堆兽皮上，一个是白发苍苍的丑老太婆，另外两个是年轻姑娘。当玉理、尤斯尔克、伊丝卡铎和思科勒出现的时候，两个姑娘惊叫着跑了出去。

思科勒一个箭步跳到山羊中间，拾起一只老旧的器皿接着，然后开始挤羊奶，全然不顾那个丑老太婆在唠叨什么，反正也听不懂。牲口的身上挤不出多少奶。他们在动身前把这点奶分着喝了，在这个部落的男人回来之前，慌忙丢下那只器皿离开。

他们又走进一条急弯陡转、障碍重重的通道。待他们走到尽头，发现远处卧着一个洞口，洞口外是开阔的原野，能看到山峦和峡谷，还有天空之神乌特拉统治的国度下，那灿烂夺目的光明。

一时间，他们心中涌起了前所未有的自豪和荣誉感，那是基于一路同行的磨难和友情。他们紧紧靠在一起，眺望着美好的前景。他们又相互对视，当看到彼此脸上都充满了喜悦与希望，更是止不住大喊大笑起来，继而欢欣雀跃地拥抱在了一起。等所有人的眼睛充分适应了那明亮的光芒，便望见淡橙色的巴塔利克斯闪耀在薄薄的云层中。

这是一年中接近春分的时节，是这天的正午时分。有两个现象可以证明这一点：巴塔利克斯正好在头顶正上方，弗雷耶则在她下面偏东方向。弗雷耶要明亮好几倍，它的光芒倾泻在白雪皑皑的山岭上。光线稍弱的哨兵巴塔利克斯总是运行得更快，弗雷耶仍在天顶徘徊的时候，它很快就会落下。

天空中的哨兵，这景象多漂亮呀！它们在天庭舞蹈的图案又鲜活地浮现在玉理心中，让他敞开了心怀，痛快地呼吸。他靠在那支精心打造的、杀死过一只蠕虫的长矛上，让阳光洒满全身。

这时，尤斯尔克把一只手按在了思科勒身上。他在洞口徘徊着，胆怯地向外张望，一边冲玉理叫着："我们待在洞里会更安全吧？我们怎能想要去在外边生活？生活在天空下？"

玉理的目光始终望着远方的那片美景，他感觉伊丝卡铎走到了自己和洞口那两个家伙之间的地方。他没有回头看，只是说：

"记不记得瓦可科的那个故事？坚果箸缶里边的蛆虫认为，它们那个糟朽的坚果就是整个世界，以至于坚果裂开的时候它们就给吓死了。你想当一条蛆虫吗，尤斯尔克？"

尤斯尔克没有回应，但是伊丝卡铎回应了。她来到玉理身后，把手伸进了他的臂弯。他笑了，心中在欢唱，但他那热切的目光一直望着远方。

他看到他们穿越而过的那座大山为南方提供了屏障。比人高不了多少的树木显然有点发育不良，稀稀落落的，笔直向上长，这表明拜里尔斯那寒冷的西风在这里微不足道。他还保留着旧日的技能，很久以前跟阿列豪学来的技能。群山之中自有其生存之道，而他们会在天空下自得其所地生活，就像神灵安排的那样。

一时间他豪情万丈，不由自主大大地张开了双臂。

"我们要在这个得到庇佑的地方生活，"玉理说，"我们四个人一起，不论发生什么。"在积雪覆盖的山峦之间，在那片渐渐融入夜色的远方，一缕青烟袅袅升起。他指着前方说道："人们生活在那里。我们要让他们接受我们。这里将属于我们。我们要统治他们，把我们的生活方式传授给他们。从现在开始，我们要按照我们的律法生活，而不是别人的律法。"

他一挺胸膛，往山坡下走去，走进了矮矮的树丛中。其他人跟着，伊丝卡铎骄傲地走在前头，然后才是其他人。

玉理的愿望有些实现了，有些没有。

在经历了许多挑战之后，在一道背风的山梁下，一个小小的聚居点接受了他们。这里人们的生活尚未开化，由于他们具备更高的知识，再加上他们的胆量，玉理和他的朋友能够把意愿强加给这片领地，统治它，并以此守护自己的律法。

然而他们从来都无法跟当地人融为一体，因为他们长得不一样，他们所说的奥洛奈茨语跟当地方言的语调节奏也不一样。而且他们发现，由于这片地域的一些优越之处，这个聚居地一直都生活在被吞并的恐惧之中。威胁来自一个更大的聚居地，那个聚居地位于不远处的一口冻湖岸边。确实，这种试图吞并的行动在后来的日子里不止一次发生，而且总是伴随着巨大的苦难和生命的逝去。

玉理和尤斯尔克显得更加富有智慧。他们是外来者，他们总得多长几个心眼，他们修建起坚固的防御工事，抵御来自朵岑——那个更大聚居地的入侵者。伊丝卡铎则教所有的年轻女子如何制造弓箭，如何射箭。她们练就了出色的技艺。当入侵者又一次从南方袭来时，很多人胸口中箭死去，然后，再也没有来自那边的攻击了。

可是，严酷的气候又来袭扰他们。风暴无休无止，雪崩让大片积雪从山上汹涌而下。他们只能在洞口种植一些总是生出病虫的庄稼，或是养一些长着疥癣的牲口，为他们提供肉和奶；所以他们总是挨饿，总是被病痛困扰，也很少添丁加口。这恐怕只能归罪于恶毒的神灵了。（至于阿克哈，玉理从来不允许提起他。）

玉理让美丽的伊丝卡铎成了自己的女人，并一直深爱着她。每天，他都无比惬意地看着她那张宽阔健康的脸庞。他们生了一个孩子，是个男孩，他们给他起名叫希，纪念玉理那位帕诺威尔的老祭司。老祭司拯救了他童年的苦难与危机，还保持了他的野性。尤斯尔克和思科勒也都结婚了，尤斯尔克娶了一个肤色棕褐的小个子女人，名叫伊丝克，跟他的名字简直是天生一对；伊丝克除了身材矮小一点外，跑起来完全像是一头小鹿，而且聪颖和善。思科勒娶了一个叫菲蒂的女孩，一位唱歌好听但也很任性的女士，她让他生活在了水深火热之中；他们生了一个女孩，一岁多就死了。

但是，玉理和尤斯尔克从未真正同心同德。尽管他们在面临危险的时候异常团结，可在其他时候，尤斯尔克对于玉理和玉理的计划向来不屑一顾，而且一有机会就会要花招。正如老祭司所说，有些人不知宽恕为何物。

不久之后，那个更大的聚居地朵岑派遣了一个使团过来，他们那里爆发了一场疾病，死伤惨重。在听说玉理的好名声之后，他们乞求他来接替他们那位死去的首领。玉理答应了，正好可以离开让人烦心的尤斯尔克，他和伊丝卡铎带着孩子来到了冻湖边居住，那里的考验更为艰巨，他们坚定地执行着自己的律法。

然而即便是在朵岑，也几乎没有什么艺术来缓解他们艰辛生活中的单调乏味。尽管人们在欢宴的日子里也会翩翩起舞，但除了拍手和敲钟，再也没有别的乐器了。也没有任何宗教，只有对恶魔一如既往的恐惧，还有对于严寒、对于病痛、对于死亡的淡然视之。于是，玉理最终成了一名真正的祭司，他尽力给人们灌输精神层面的力量，去充实他们的情感。尽管人们欢迎他的到来，但大多数人仍然排斥他的理论，因为他终究是个外来者；同时也因为人们的懒散，难得主动去学习新鲜事物。但他教导他们，要热爱天空带来的一切悲欢离合。

他和伊丝卡铎的生命力都很顽强，还有希，他们从来都不曾放弃那个希望，坚信更加美好的日子就要来临。他始终秉持着在大山里获得的梦想，始终坚信会有一种生活方式比现下更为美妙，更为安然，更加不迁就于偶然的幸运与自然之力。

然而，他和他美丽的伊丝卡铎为了这片沃土也逐渐衰老，随着年月的增长也越来越畏惧寒冷。

不过，他们始终热爱他们生活的这片湖滨之地。基于心中珍藏的另一种生活与另一种经历，他们把这片地方命名为奥多兰都。

这就是玉理的故事，阿列豪与奥妮萨的儿子，他的故事就讲这么多了。

他的那些子嗣后裔的故事，以及降临在他们身上的事情，那将是更伟大的传说。但他们不知道的是，弗雷耶正渐渐接近这个寒冷的世界：由于隐藏在那晦涩教义之中的真理为玉理所排斥，他也就无从知晓，这冰封的天空有朝一日会在预期的时间进程中变成烈火的天空。就在他们的儿子诞生的五十个海利科尼亚年之后，真正的春天将会造访，造访这个玉理和他美丽的伊丝卡铎所熟知的雪虐风饕的世界。

一个新世界行将诞生。

艾姆布鲁都克

而沙耶·泰尔说：

你们以为我们生活在宇宙的中心，我说我们不过是生活在农场的中心。我们的地位是如此地微不足道，你们甚至无法意识到这一点。

我这就告诉你们一切。过去，在久远的过去，发生过某种灾难。灾难毁灭了一切，以至于现在无人能告诉你们它到底是什么样子，或者它因何降临。我们只知道它带来了长久的黑暗与寒冷。

你们竭尽所能过上了最好的生活。很好，很好，好好生活，爱每一个人，为人要和善。但不要假装那灾难跟你们毫无关系。它可能发生在过去，却仍然影响着我们每一天的生活。它让我们衰老，让我们呕心沥血，它吞噬着我们，把孩子从我们身边夺走。它让我们不止变得愚昧，也变得对爱一无所知。我们被愚昧和无知所侵染。

我要发起一次寻宝行动——一次探寻，如果你们喜欢这么说，一次我们每个人都可以参与其中的探寻行动。我想要你们警惕自己的堕落，警惕堕落的本质和任何开始堕落的迹象。我们必须把曾经发生过的事情拼凑起来，看到底发生过什么，让我们沦落在这苦寒的农场里；然后，我们要去改变这种际遇，时刻盯防，以免这灾难再次降临在我们与后代的身上。

这就是我所能给予你们的宝藏。知识。真理。你们惧怕它，是的。但你们必须追寻它。你们必须爱上它。

I

一位祖父的逝去

天空一片黑暗，一行人举着火把从南大门来了。他们裹着厚厚的兽皮衣，迈着步子踩过巷子里厚厚的积雪。神父来了！神父来了！

年少的雷恩泰尔·阿耶躲在破败的庙宇门廊里，脸上闪着兴奋的光。他看着行进的队伍从古老的石塔楼中间艰难穿行，每一座塔楼的东墙都挂着一层这天早些时候落下的雪。他出神地看着火把末端光灿灿的火焰，那火焰在神父的鼻子上投下光芒，在拉着他的六条狗的舌头上鲜红地跳动。每件事物都被映得红彤彤的。浓云压顶——天空的哨兵巴塔利克斯早已被深埋其中——阴沉的天空漂净了所有色彩，只剩下一团幽暗的红。

邦多伦迦农神父是从遥远的博里恩而来，他本来就很胖，裹着裘皮衣则更显肥大。在奥多兰都，并没有这种皮毛的裘皮。他孤身一人来到奥多兰都——陪伴在他身边的都是本地猎人，每一位猎人雷恩泰尔·阿耶都认得。男孩的注意力全都集中在神父脸上，因为很少有陌生人来；上一次神父来的时候他年纪尚小，还不懂事。

神父的脸胖成了一个横放的椭圆，一道道水平的皱褶层层堆叠，他那双眼睛在一道肉褶里尽可能找了个合适的位置。褶子把他的嘴压成了一条长长的弧线，看上去有点残忍的样子。他坐在雪橇上，疑虑重重地四下打量。从他的姿态来看，对于重返奥多兰都他毫无欢喜之情。他的目光落在了破败的庙宇上；这次拜访之所以必要，是因为据他所知，奥多兰都早在若干世代之前就葬送了自己的祭司阶层。他那令人不太舒服的目光在那个站立于两根方柱之间的男孩身上停留了片刻。

雷恩泰尔·阿耶回望着他。在他看来，祭司的模样不仅残忍，而且很有心计；他不太想让这么一个人为他那行将就木的祖父举行临终仪式。

狗队经过的时候，他闻到了狗身上的味道，还有火把燃烧的松油味儿。队伍一转，上了主街道，离开了庙宇。雷恩泰尔·阿耶拿不定主意要不要跟上。他站在台阶上，双臂紧紧抱在怀里。看到雪橇到来，人们不顾寒冷，纷纷从自家塔楼里出来看热闹。

在小巷尽头的昏暗中，在雷恩泰尔·阿耶一家居住的大塔楼下面，队伍止住了脚步。有奴隶出来牵走狗队——它们被安置在塔楼底层的牲口圈里——同时，神父从他安坐的地方僵硬地爬起身来，钻进了避风的地方。

就在此时，一名猎人从南大门朝庙宇走来。那是一个蓄着黑须的汉子，名叫敖佐·卢恩，男孩一直对他那昂首阔步的气度很是仰慕。在他身后，一头年老的法艮奴隶蹒跚而行，覆盖着一层角质的脚踝上套着锁链夹具，他叫梅科。

“你好啊，雷恩泰尔，我看到神父已经从博里恩来了。你不打算去欢迎一下吗？”

“不。”

“为什么不？你还记得他，对吗？”

“如果他不来，我爷爷就不会死。”

敖佐·卢恩在他肩头一拍。

“你是个好小伙子，你会活下去的。有一天，你还会统治艾姆布在鲁都克。”他说的是奥多兰都以前的旧名字，在玉理的族人到来之前——就是现在这位玉理之前两代人的时候，而这位玉理现在正躺在那里，静候着祭司的仪式——这里一直都叫艾姆布鲁都克。

“我宁愿让祖父活着。我才不想当什么首领呢。”

敖佐·卢恩摇了摇头，“别这么说。只要有机会，任何人都想统治。是我就会。”

“你会是个好首领，敖佐·卢恩。我长大以后要像你一样，什么知识都了如指掌，而且什么都能杀死。”

敖佐·卢恩大笑起来。他的牙齿在满是胡须的嘴唇间闪动时，那样子多威风呀，雷恩泰尔·阿耶想。他看到了勇猛的气概，而不是祭司的那种狡诈。敖佐·卢恩怎么看都有一股英气。他有个私生女，叫奥耶莉，差不多跟雷恩泰尔·阿耶一样大。他穿的黑色裘皮外套与众不同，那是从一头巨大的山熊身上剥下来的，是他孤身一人杀死的。

敖佐·卢恩漫不经心地说："来吧，这种时候你母亲一定希望你在场的。爬到梅科身上来吧，他愿意让你骑着。"

巨大的白色法艮伸出覆着角质的手，让男孩攀着他的手臂爬上他弓着的肩膀。梅科在艾姆布鲁都克做这种苦役很久了，他的族类比人类的寿命更长。他用厚重且带着一丝喘息的声音说："上来吧，孩子。"

雷恩泰尔·阿耶纵身蹿了上去，为了保险，抓住了剑族的犄角。作为被奴役的标志，梅科犄角上的锋利边缘已经被锉钝了。

三条身影行在这条年久的老街上，走向前方的温暖。此时，黑暗已经笼罩了这个冬季的夜晚，这样的冬夜不知还有多少——而这个冬季已经笼罩这片热带大陆许多个世纪。风把山脊上的雪拂落下来，撒在他们身上。

神父和狗进入了一座巨大的塔楼，围观的人都散开了，匆匆回到各自的住处。梅科把雷恩泰尔·阿耶放在踩实了的雪地上。男孩愉快地冲敖佐·卢恩挥了挥手，然后飞奔着冲进了厚重的双扇大门里。

昏暗中，一股鱼腥味儿扑鼻而来。狗已经吃过从封冻的沃雷尔河钓来的皋特鱼。当男孩进来的时候，狗儿一阵欢蹦乱跳，挣着牵绳起劲儿地吠着，露出尖尖的牙齿。一个陪伴神父的人类奴隶徒劳地呵斥它们安静。雷恩泰尔·阿耶把手指头蜷在袖筒里，冲它们吼了回去，然后攀上木头楼梯。

灯光从上面漏了下来。牲口圈上面还有六层。他自己就在上面某层的角落里睡觉。他的母亲和祖父母则在顶层。中间几层住着祖父辖下的各色猎人，当男孩经过的时候，只看到他们宽厚的脊背，他们都在忙着收拾行李。当他爬到自己那层时，看到邦多伦迦农神父不多的几件物品已经放在了这里。看起来，那个人已经把自己安顿在了这里，就睡在他旁边。毫无疑问，他会打呼噜的。大人一般都会。在上楼去祖父那里之前，他站在这里低头看了看祭司的毯子，那花纹看上去很精致，也很陌生。

雷恩泰尔·阿耶在台阶上停下脚步，脑袋探出头顶的入口，刚好在上头那间屋子的地面上冒个头。这间屋子就是祖母劳伊·布莱的房间，是她自幼生活和居住的地方。从她父亲的时代起，这间屋子就属于她，她父亲沃尔·恩·丹，是丹部落的领主，也曾是艾姆布鲁都克的领主。眼下，这间屋子正被劳伊·布莱的影子填得满满的。她站在那里，背对着火焰熊熊的火盆，而她的孙子从旁边的入口越过火盆朝里看，刚好看到影子赫然映在墙壁和梁椽低矮的天花板上，有些吓人。祖母一直穿着的那件精致的织锦衣袍，在墙上投下一片不可名状的轮廓，尤其是袖子宛如一双翅膀。

屋里另外三个人被劳伊·布莱和她的影子笼罩着。角落里的一张卧榻上躺着小玉理，盖在身上的毛皮紧紧掖在他的下巴下面。他已经二十九岁高龄，油尽灯枯。老人在咕哝着什么。劳伊·阿楠，就是雷恩泰尔·阿耶的母亲，正坐在他身边，她的双手紧紧抱着臂肘，灰黄色的脸上愁眉不展。她还没注意到自己的儿子。而那个从博里恩来的人，邦多伦迦农神父，就坐在距离雷恩泰尔·阿耶最近的地方，他闭着眼睛，正大声祈祷着。

正是这祈祷的声音让雷恩泰尔·阿耶止住了脚步。过去他很喜欢待在这间屋子里，因为屋里充满了祖母的神秘气息。劳伊·布莱知道那么多迷人的故事，她一定程度上扮演了雷恩泰尔·阿耶父亲的角色。雷恩泰尔的父亲在一次猎杀刺囊兽的行动中送了命。

这屋里浓烈的蜜糖气味正是源于刺囊兽。不久前，猎人们才捕获了这么一头野兽，剖开后一块一块搬回家。这野兽后背的外壳碎片能够助燃，可以驱散寒气。这种仿如木头的燃料散发出黄色的火焰，燃起来滋滋作响。

雷恩泰尔·阿耶看着西墙。那里有一扇祖母的瓷窗。外面的暗淡光线渗透进来，呈现出一种阴沉沉的橙色，完全无法跟火焰的光芒相比。

“从这里看过去有点滑稽。”他终于开口道。

他又上了一层阶梯，火盆里的光亮忽明忽暗地映在他身上。

神父不紧不慢地结束了向乌特拉的祈祷，睁开了眼睛。那双眼睛被他脸上的肉褶子挤着，睁不了太大，他的目光轻轻落在男孩身上，毫不见外地说：“你最好过来，我的孩子。我从博里恩给你带了点东西。”

“是什么？”他把手背在身后。

“过来看看。”

“是一把匕首吗？”

“过来看喽。”他一动不动地坐着。劳伊·布莱在啜泣，将逝的人在呻吟，火焰在噼啪作响。

雷恩泰尔·阿耶小心翼翼地接近神父。他无法理解，怎么会有人能在奥多兰都之外的地方生活：这里可是宇宙的中心呀——其他地方都是荒野。冰雪的荒原无尽地伸展出去，偶尔还会爆发一次法艮的入侵。

邦多伦迦农神父掏出一只小猎犬雕像放在了男孩手掌里。它比手掌大不了多少。他认得出来，那是用铠骥的犄角雕刻的，栩栩如生的细节让他眼前一亮。猎犬的脊背裹着一层厚厚的卷毛，丁点儿大的爪子上甚至雕出了肉垫。他仔细端详了好一会儿才发现，那尾巴还会动，上下甩动的时候下巴随之一张一合。

雷恩泰尔·阿耶从没见过这样的玩具，他兴奋地在屋里转来转去，学着狗叫，他母亲跳起来冲他嘘声，一把将他拉进了怀里。

“总有一天，这小伙子会成为奥多兰都的领主。”劳伊·阿楠对神父说，好似在向他解释，“他将要继位。”

"他最好能够热爱知识，尽其所能地多多学习。"劳伊·布莱说着，似乎是在喃喃自语，"那正是我的玉理所倚重的。"她又抹了一把眼泪。

邦多伦迦农神父眨了眨眼睛，询问起雷恩泰尔·阿耶的年纪。

"六岁零一个季度。"只有外来人才会问这种问题。

"喔，你差不多快成年了。再有一年你就会成为猎手，所以你最好赶快决定，你更想要什么。是权力还是知识？"

他盯着地板。

"两个都要，先生……或者更容易的那个。"

神父大笑起来，一挥手让孩子自己去玩耍，他摇晃着转过身来继续处理刚刚的事。他让自己定下心来：现在，先干正事。他的耳朵对于死亡的痛苦有着丰富的经验，他听到了小玉理呼吸频率的变化。老人行将离世，片刻之间就要沿着他的大地音阶，沉入属于幽魂所属的黑曜石世界中去。在女人们的协助下，邦多伦迦农把这位首领的身子伸展开，让脑袋正对着西方躺在他的身边。

没人再问东问西，小男孩高兴地就地一趴，跟他手中那只用犄角雕刻的小狗打闹起来——它使劲甩着下巴，他则轻声吼了回去。就在这场历史上最残暴的人狗大战交战之际，他的祖父走了。

第二天，雷恩泰尔·阿耶总希望待在那位从博里恩来的神父身边，没准儿他的衣服里还藏着不少玩具。但是神父忙着拜访病人，而且劳伊·阿楠一直都牢牢地看着儿子。

雷恩泰尔·阿耶天性中的叛逆被母亲和祖母之间爆发的争吵给吓了回去。让他极为惊讶的是，祖父活着的时候，这两个女人明明相互关爱。玉理——这个名字是为了纪念那个和伊丝卡铎从大山里走出来的人——他的遗体已经运走了，走的时候好像一张冻住的皮子，那僵直的临终姿态仿佛一直在拒绝身边女人的爱抚。他的离去给房间留下了一个黑沉沉的角落，劳伊·布莱蹲在那里，转过身的时候只是为了骂女儿。

劳伊·布莱曾经的傲人身材如今依然风韵犹存，尽管她的头发已经灰白。她正佝偻着俯身打理男人那张冰冷的床。她大半辈子都挚爱着这个男人，自从她第一次见到他，见到那个身受重伤的入侵者。

劳伊·阿楠的身材就差多了。富有活力、充满爱和力量、宽脸庞、漆黑的瞳仁，这些优点都和劳伊·阿楠擦肩而过，直接从祖母那里遗传给了年少的雷恩泰尔·阿耶。劳伊·阿楠的肤色就像是干草般的灰黄色；自从丈夫英年早逝，她的步态就总是踌躇不安——这种踌躇也可能是在模仿她母亲那种雅致的知性气质。现在，劳伊·布莱在角落里哭个没完，她的心情不禁更加烦躁。

“母亲，歇会儿吧——你哭得我头疼。”

“是你太脆弱！你从没为自己的男人尽心尽力地悲痛过。而我要恸哭，我要晕厥，我要泣血。”

“要能那样就太好了。”她给母亲递了块面包，但被轻蔑地拒绝了。“是沙耶·泰尔做的。”

“我不吃。”

“我要吃，妈妈。”雷恩泰尔·阿耶说。

这时，敖佐·卢恩来到了塔楼外面，朝上面打着招呼。他手里牵着女儿奥耶莉。雷恩泰尔·阿耶比奥耶莉大一岁，当他和劳伊·阿楠把头探出窗口时，奥耶莉兴高采烈地冲他直挥手。

“上来看我的玩具狗吧，奥耶莉。它可是真正的斗士，跟你父亲一样。”

但母亲把他抱回了屋里，冲着劳伊·布莱厉声说道：“敖佐·卢恩来了，他想要陪我们去下葬的地方。我能答应他吗？”

老妇人身子微微一晃，并没有转身，“不要相信任何人，不要相信敖佐·卢恩……他既鲁莽又无耻。他和他的朋友们想要夺取统治权。”

“我们总得信任一些人。而你，母亲，现在必须统治这里。”

劳伊·布莱开始苦笑起来，而劳伊·阿楠则低头去看儿子，他正站在那里，抓着那只犄角雕的小狗自顾自地心满意足。“否则，就由我来，直到雷恩泰尔·阿耶长大，那时他将成为艾姆布鲁都克之主。”

“如果你认为他的叔叔纳赫科里会任由你这么做，那你就是个傻瓜。”老妇人说道。

劳伊·阿楠没再说什么，她的嘴苦涩地抿成一条线，目光从儿子那充满期盼的脸上落到了用来铺地板的兽皮上。她知道，那个女人是不会去争取统治权的。甚至在父亲失去知觉之前，她母亲就已经失去了对部落的掌控力。权力就像沃雷尔的河水，一旦流走便不知去向。她脚下一转，回过身来，毫不犹豫地冲着窗外喊道：“上来吧！”

雷恩泰尔·阿耶被母亲这么一看，有些不好意思，好像她察觉出他永远都无法跟祖父相比——更不用说那位更古老的、以玉理为名的先祖了——这让他很是扭捏，尤其当奥耶莉跟她父亲出现在屋里的时候。他都不敢跟她打招呼了。

敖佐·卢恩年纪十四岁，是个外貌英俊、气度不凡的年轻猎人。他冲着劳伊·阿楠同情的一笑，又揉了揉雷恩泰尔·阿耶的头发，最后去向那位老寡妇致哀。这是联盟后十九年，雷恩泰尔·阿耶已经能感受到一些历史了。历史就潜藏在这间老屋子那充满陈腐气味的角落里，跟那些潮斑、苔藓、蛛网交织在一起。那个词语，“历史”，让他想起塔楼之间的狼嚎，它们后腿蹬起的雪，还有某个年迈而瘦骨嶙峋的英雄吐出的最后一口气。

不只是祖父玉理死了，德莱赛尔也死了。德莱赛尔是玉理的表弟，雷恩泰尔·阿耶的叔祖，纳赫科里和克里厄斯的父亲。神父已经去祈祷过了，德莱赛尔也已然直挺挺地入土，归入了历史的尘土。

男孩还记得德莱赛尔的慈爱，但他惧怕那些好斗的叔叔，也就是德莱赛尔的两个儿子——纳赫科里和自负的克里厄斯。凭借他在当下年纪所领悟到的现实，他期望着——不管母亲怎么说——老传统会确保纳赫科里与克里厄斯继位。至少他们还都年轻。雷恩泰尔·阿耶的理想是成为一名好猎手，这样人们都会尊重他，而不是像现在这样无视他。敖佐·卢恩会帮忙的。

今天，猎人们不会离开村子。相反，他们都要去参加那位老领主的葬礼。神父仔细计算过墓穴应该在什么位置——就在一块造型怪异的石头旁边，那里的地面被附近的泉水浸润得很软，便于下葬。

敖佐·卢恩一路陪伴小玉理的遗孀和女儿到了下葬之所。雷恩泰尔·阿耶则和奥耶莉跟在后方，相互说着悄悄话，后面还跟着他们的奴隶，以及法艮梅科。雷恩泰尔·阿耶摆弄着他的小狗雕像，逗得奥耶莉咯咯直笑。

总的来说，这是个非常适合举行葬礼的地方，严寒和泉水为悲伤创造出了一个奇异的舞台。火山蒸汽、泉水和间歇泉自村落北边的地下喷涌而出，又从裸露的岩石上倾泻而过。大风中，几汪泉眼中喷出的水呈扇形朝西边落下，落地之前便已结成冰，层层叠叠地堆成精巧而又魔幻的形状，仿佛一股股绳子扭曲纠缠在一起。更温热些的泉水泼洒在这个由冰形成的结构体上，让它不断变换着形态，同时摇摇欲坠。于是，冰雕的枝枝杈杈不断碎裂，跌落在岩石上，渐渐被冲洗得无影无踪。

安放老英雄的墓穴已经挖好了，有两人正忙着用皮革提桶往外舀水，等着安葬这位艾姆布鲁都克的征服者。然后，小玉理裹在没有任何装饰的粗布里被放了下去。没有陪葬物。坎普安莱特的人——或者说那些费心去学习那门技艺的人——无比了解下界究竟是什么样子，就是那个幽魂的世界：一个人不论带着什么东西，到了那里都无济于事。

聚在墓穴周围的大都是奥多兰都人，男女老幼大约有一百七十人之众。

狗和鹅也夹杂在人群中间，人们都规规矩矩站着，时不时地改变一下身体的重心换换脚，牲畜们本能地慌张四望。天很冷。巴塔利克斯高悬头顶，但迷失在云雾之中；弗雷耶升起一个小时了，仍在东边徘徊。

艾姆布鲁都克人个个黝黑结实，水桶般的身子和四肢十分粗壮，这颗行星上的人在这个时期都是这个样子。目前，成年人的体重按照当地的重量单位计算，差不多有十二斯泰尼，男女差别不大，然而剧烈的变化不久后便会出现。人们聚集成数量相当的两群，呼出的水汽凝聚在他们周围，一群是猎人和他们的女人，另一群是匠人和他们的女人。猎人穿着由驯鹿皮制成的衣物，粗硬厚重的绒毛纠结在一起，就算是狂风大作也不会把绒毛吹散开。匠人穿着更为单薄的衣物，一般是泛红的鹿皮，穿上也就仅仅能保证不会冻死而已。有一两个猎人穿着法艮皮，这是为了炫耀；一般人都觉得这种皮毛太过于油腻、厚重，很不舒服。

两群人的头顶上方都浮起白色的雾，被微风裹挟而去。他们的外套上凝结了一层水汽，反着光。他们一动不动地站着，看着。几个女人想起古老的宗教习俗，便每人抛下一片大大的卜拉希米蒲树叶，可以说这是目前能找到的唯一的绿色植物。叶片漫无目的地飞舞、翻滚，其中一些滚落进了潮湿的墓穴里。

邦多伦迦农神父自顾自地进行着仪式，对周围的一切不闻不问。他紧闭的双眼宛如两颗裂缝的坚果，正向周围这些未开化的异教徒吟诵。土被填进坑里。

这些事务进行得很快，主要是考虑到严寒，尽量避免它影响到正常生活。坑填满之后，劳伊·布莱却突然号啕大哭着跑上前去，合身扑在了丈夫的墓穴上。敖佐·卢恩赶紧上前把她抱起来搂住，而纳赫科里则跟他的兄弟站在一边，他们冷眼抱着双臂，只当是在看热闹。

劳伊·布莱从敖佐·卢恩怀里挣脱出来，一俯身，又抓起两把泥抹在自己的脸上、头发上，还一边抹一边哭。雷恩泰尔·阿耶和奥耶莉饶有趣味地围观着，看大人做傻事真是很有意思。

尽管神父继续着仪式，就好像什么都没发生一样，可他的脸也厌恶地皱了起来。这个可怜可悲的地方，艾姆布鲁都克，以缺失宗教的教化闻名。好吧，他们的幽魂将遭受磨难，会沉陷到大地深处，直抵原初砾石。

小玉理的遗孀埋头冲进不断碎裂的冰雕之间，她苍老而高大的身躯继而穿过腾腾水汽一跃而下，跳到了封冻的沃雷尔河上。在她前面的鹅群惊得四散奔逃。这个已度过二十八个严冬，如今却发了疯的巫婆沿着河堤边哭边跑。别的孩子见状都笑了起来，他们的母亲窘迫地让他们安静下来。

倍受打击的老太婆在冰面上哭天抢地，就像摇摇晃晃的僵硬木偶。她深灰色的身影映衬在那点缀着灰色、蓝色和白色的荒野中，那里曾上演无数悲欢离合。跟劳伊·布莱一样，所有在场的人都处于混乱的边缘。孩子们的笑、悲伤、狂乱，甚至厌恶，都是一种宣泄，人类与严寒抗衡的战争永无休止，这种宣泄时有发生。但是还没有人意识到，这场战争的优势其实已缓缓向人类倾斜。小玉理，部落的缔造者，就像他那位伟大的先祖玉理祭司一样，已经从无尽的黑暗与寒冰中脱身。而年少的雷恩泰尔·阿耶即将看到光明时代来临的先兆。

劳伊·布莱在葬礼上的行为的确令人反感，不过也给葬礼后的宴会增加了一些谈资。所有人都在庆贺。小玉理是幸运的，或者说大家认为他是幸运的，因为他有一位神父迎接他去往幽魂的世界。他的前臣民们不只要哀悼他的离去，还要庆祝世俗间的一趟旅程——神父返回博里恩的旅程。为此，神父不得不用雷瑟尔酒和大麦酒把自己灌得肚满肠肥，好让他在回家的路上有能力抵御严寒。

奴隶们——他们也是博里恩人，但邦多伦迦农神父对此熟视无睹——被安排去装好雪橇，给狂吠的狗套好挽具。雷恩泰尔·阿耶和奥耶莉去了南大门，跟欢乐的人群一起目送神父出发。

与男孩分别的时候，神父的脸挤作一团，这在男孩看来似乎是一个微笑。他突然弯腰亲了亲雷恩泰尔·阿耶的嘴唇。

“权力和知识与你同在，孩子！”他说。

雷恩泰尔·阿耶受宠若惊，不知怎么才好，只是举着玩具狗行了个礼。

那晚，在那座塔楼里，大家喝光了最后一瓶酒，又一次讲起小玉理的故事，讲述着他和他的部落如何来到艾姆布鲁都克，还有他们是如何地不受欢迎。

返程的路上，邦多伦迦农神父酩酊大醉地穿行在博里恩的平原上。此时云净天朗，在他头顶上，无数星辰肆无忌惮地在夜空中闪烁。

在众多星座与恒定不动的星辰之间，有一个亮点在爬行。那不是彗星，而是地球观测站“阿佛纳斯号”。

从地面上看，那个观测站比一个亮点大不了多少，偶尔会有旅行者和陷阱猎人看到它掠过头顶。要是从近处看，它就像是一串由特殊单元聚合而成的、不规则的复杂结构体。

阿佛纳斯上面载着大约五千男女老少和仿生人，所有成年人都对下面那颗行星进行着特定领域的研究。那便是海利科尼亚。一颗类地行星，地球人对它有着非同寻常的兴趣。

II

如梦往昔

温暖和疲惫让雷恩泰尔·阿耶没了精神，庆祝会还没结束他就沉入了梦乡。故事在他沉睡的脑袋周围继续着，就好像寒风不知疲倦地纠缠着这颗星球。

故事讲的是男人的所作所为，讲述他所有的丰功伟绩，他如何杀死这样那样的怪物，如何击败敌人，还有——在这个葬礼之后的那个夜晚——特别要讲讲第一位玉理如何走出黑暗，创立了一种新的生活方式。

玉理占据着他们的幻想。他是一位祭司，然而他拒绝了那种会令人民狂热的宗教。他同神灵作战，并打败了神灵，而神灵的名字如今早已湮灭。

玉理人格中最根本的品质，某种介于冷酷与公正之间的品质，在部落中得到了认同。他的传奇如种子一般在他们心中滋生，以至于他的曾孙，另一位玉理，“小”玉理，在情况危急的时候总会问自己：“玉理会怎么办？”

他亲自命名的第一个地方，奥多兰都，就是他和伊丝卡铎一起从大山中走出来后曾到过的那个地方，并没有繁荣兴盛起来，它最多也就是个能够勉强生存的地方。在那片冻湖——朵岑湖的边上，它的地位并不稳固，只能屈服于冬天的严酷，而他却没意识到，严冬终有一天会将自己消耗殆尽。关于这一点，玉理终其一生都没条件体会到半点征兆。这也许就是住在艾姆布鲁都克石头塔楼里的人喜欢提起他的另一个原因：作为生活在隆冬之中的祖先，他的存在意义在于昭示现在的人能存活下去。他的传奇故事中也夹带着人们对于气候变化的最初觉醒。

许多市镇如蜂窝一般聚集在巨大的奎金特山区里，最先称为奥多兰都的那个毫无生气的镇子坐落在赤道附近，位于辽阔的坎普安莱特大陆中部。在玉理的时代，人们对于这块大陆一无所知，他们的世界局限于狩猎和宿营的领地。只有玉理自己对那片伸展到奎金特北部的苔原以及风吹蚀积雪形成的沟壑有些切身体会；只有玉理对构成了大陆西端那壮阔自然地貌的山麓丘陵有些许感受，那里名为拜里尔斯。在那里，在变化莫测的严霜之中，火山坐落于海拔四千米之上，给本就变化多端的天气抹上了不和谐的一笔，火山还在海利科尼亚远古撞击形成的岩层上铺开了一片熔岩形成的高原。

然而，他对恩克特莱赫克那片令人敬畏的地域却一无所知。

东域在坎普安莱特大陆的东部若隐若现。它隐藏在风暴与云层后面，这令玉理和其他所有人都难以窥见，这里的土地分布在广袤的山地后面，最高点是一个火山口，它成为一道屏障，重重冰川在上面自行碾出路径从一万四千米高的山巅一路直下。在这里，火、土、气诸般元素几乎都以最为纯粹的形式存在着，它们被极端的严寒所包围，这使得这些元素根本无法融合成为新物质。然而即便是这里，在不久后的日子里——就是小玉理逝世的年代——甚至在那几乎刺入平流层的冰层上都能看到有剑族在活动，他们爱生恶死，在冰雪风暴中显露出勃勃生机。

东部屏障那咆哮的白色荒野早就为法艮所熟知。他们将那片地方称为恩克特莱赫克，并且相信它会成为白巫师的宝座，而白巫师会把弗雷耶之子——即剑族欲除之而后快的人祸全都抛到世界之外去。

恩克特莱赫克自南向北绵延三千五百英里，把内陆与苦寒的东海分隔开来。那片大海无情地抽打着恩克特莱赫克海岸线的峭壁，峭壁在海面上陡然拔起，足有一千八百米高。汹涌澎湃冲天而起的浪涛在峭壁上结成冰，给峭壁挂上了须髯般的冰柱，这些冰柱又如冰雹般不停地落回永无休止的涌浪之中。而与此地隔绝的人类部落对此一无所知。

在那些世代，人们以狩猎为生。狩猎构成了大多数故事的主题。尽管猎人们一起狩猎相互帮助，但狩猎最终还是取决于一个人孤身面对野兽与其对峙时的勇气。他要么存活，要么死掉。如果他活下来，那其他人就可以活下来，女人和孩子就能衣食无忧安然无恙；如果他死了，部落也很可能就此消亡。

所以玉理的部族，在冻湖边的那一小群人，尽其所能地生活着，他们像动物一样坚定地维持着自己的生存模式。听故事的人听到湖边定居的好处便悠然神往。在那里，可以用各种方式捕鱼，其方法被描绘得细致入微，以至于人们在沃雷尔河上纷纷效仿。鹿头扔进河边融开的洞口，这样就能捉到美味的鳗鱼，就像玉理当年做的那样。

玉理的人还跟巨大的刺囊兽作战，杀死鹿和野猪，并且增强防御力量抵抗法艮的袭击。他们也按照季节变化，种下快速生长的大麦和黑麦，甚至连敌人的血他们都拿来饮用。

男人和女人很少能生孩子。在奥多兰都，孩子七岁就成熟，二十岁便开始衰老。甚至在他们欢笑时，霜就结在他们手肘上。

第一个玉理、冻湖、法艮、严寒，这些事物构成的往昔恍然若梦：每个人都对这些鲜活的传奇故事的方方面面烂熟于心，一讲再讲。栖身于艾姆布鲁都克的这一小群可怜人局限在自己的生活方式之中，而他们对这种局限性却因身处其中而不自知。到了青春期，他们每个人都被裹进兽皮衣里严严实实地缝起来；于是，他们与动物你中有我，我中有你。但是还有梦想，还有那如梦的往昔，给了他们一片额外的天地，让他们乐在其中。

小玉理的葬礼之后，人们聚集在纳赫科里和克里厄斯的塔楼里，所有人再一次沉浸于分享那如梦往昔的欢乐之中。为了让往昔更加逼真，也或许是为了让现实更加模糊，每个人都痛饮雷瑟尔酒，纳赫科里的奴隶把酒水分发给众人。在艾姆布鲁都克，雷瑟尔酒可是最名贵的饮品，仅次于鲜红的血浆。

小玉理的葬礼让他们那一成不变的生活暂时中断了一下，能在幻想中快活一会儿。于是，那个关于往昔的伟大传说，关于两个部落的联合，甚至就像是一对男女的结合，再一次被传颂起来。故事从一个人的口中接到另一个人的口中，就像盛满雷瑟尔的酒扎在人群中传递，一个人几乎不假思索就能接着另一个人所讲的故事继续讲下去。

部落里的孩子们也在，他们从父母的木头酒扎里啜上一小口雷瑟尔，眼中闪烁着火焰闷烧的光影。他们听到的故事被随口称为《伟大的传说》。在任何节日，不只是葬礼或是庆生日，也不只是双日齐落节那个黑暗笼罩大地的时刻，肯定都会有人高喊："咱们来讲讲《伟大的传说》吧！"

那是他们往昔岁月的历史，而且还不止于此。它是部落一切艺术形式。他们缺少音乐、绘画、文学，以及任何美好的东西。严寒已经吞噬了所有的一切。但还有如梦的往昔；只要族人生生不息，它便会代代相传。

听起传说，没有人会比雷恩泰尔·阿耶更加兴高采烈了，要是他能一直保持清醒的话。故事中的一个主题是对立双方的联合；过去的分裂被如今的联合掩埋了，部落的人必须将其作为忠诚的信条。按照他的理解，联合是——曾经是——他家族生活的一部分。只是后来，在他长大以后，他才发现实际上根本没有所谓的联合，只有令人窒息的分歧。但在这联合后的第十九年，这间闷热厅室里的述说者们倒是实实在在地作为一个整体，兴致盎然地共同讲述着《伟大的传说》。这就是他们的艺术。

述说者一个接一个蹦起来，带着不同的自豪感慷慨激昂地讲述着各自熟知的片段。第一个讲述者讲的是伟大的玉理，讲的是他如何从帕诺威尔北边的白色荒野到了名为朵岑的冻湖边。但即便是在传奇故事中，也会一代新人换旧人，很快就会有另一位讲述者站起身来，接着讲述那些玉理之后的、不那么伟大的小人物。这个片段的讲述者是萝尔·萨吉尔，一个产婆，她让自己的男人和自己那个可爱的女儿，朵儿，待在她身边；她为自己所讲的故事赋予了一种更加风趣的格调，让她的观众品得津津有味。

当雷恩泰尔·阿耶在暖洋洋的屋子里打起盹儿时，萝尔·萨吉尔正在讲希的故事，他是玉理和伊斯卡铎的儿子。希成了部落里首屈一指的猎人，所有人都惧怕他，因为他的双眼总是看着不同的方向。他娶了一个原部落的女人，名叫科丽莎，或者按她那个部落的叫法是科丽·莎·丹，她给希生了一个儿子，叫奥菲克；一个女儿，叫伊菲尔卡。奥菲克和伊菲尔卡都勇猛强悍，在那时，一家之中有两个孩子活下来很不寻常。伊菲尔卡嫁给了萨格特瑟，也就是萨·格特瑟·丹，他捕猎梅勒尔克的本事超人一等。梅勒尔克是生活在朵岑湖冰面下一种长着双臂的鱼。伊菲尔卡会一边唱着歌儿，一边砸开冰面。伊菲尔卡为萨·格特瑟生了一个儿子，他们叫他德莱赛尔·丹——传奇故事中又一个著名人物。德莱赛尔就是那对著名的兄弟——纳赫科里和克里厄斯的父亲。（众人一阵大笑。）德莱赛尔也正是雷恩泰尔·阿耶的叔祖。

“哦，我太喜欢你了，我的宝贝！”伊菲尔卡冲着她的孩子欢叫着，笑着抚摸他。但是那个时候，法艮部落乘着由铠骥牵引的雪橇在冰上到处乱闯，攻击人类的聚居区。招人喜欢的伊菲尔卡和萨·格特瑟在一次遇袭中沿着萧瑟的湖滨逃命，结果双双被杀。后来有些人责怪萨·格特瑟太懦弱，也不够警觉。

年幼的孤儿德莱赛尔跟着叔叔奥菲克一起生活，奥菲克已经有了一个儿子，叫玉理，或者应该叫小玉理，用的是他那位伟大的曾祖父的名字。尽管小玉理十分高大，可在他先祖的伟大余荫之下，他给人的感觉还是很“小”。德莱赛尔和小玉理成了形影不离的朋友，终其一生都是如此，不管后来发生了什么。两人年轻时都是伟大的斗士，精力充沛，总是在勾搭丹家的女人，由此引发了不少麻烦，但他们乐在其中。有些传说会以此为主线，当然了，不会是在场的各位。（众人又是一阵大笑。）

所有人都说这对表兄弟看上去就像是从一个模子里倒出来的，都长着威武的黑脸膛、鹰钩鼻，有着细密的卷须，眼睛雪亮；两人都虎虎生威、身强体健；都穿着一样的裘皮衣，配着装点整齐的兜帽。他们的对头预言他们将会遭受同样的命运，但事实证明并非如此，正如传奇故事所要讲的那样。

当然了，那些以为自家女儿处于危险之中的老头儿和老太太会预言说这一对瘟神不得善终——越早越好。只有那些伸开双腿躺在黑暗中与爱侣融为一体的女儿才知道这对表兄弟有多么出色，知道两人有多么不同；她们深知，德莱赛尔内心狂热而玉理天性温存，温存得就像一片羽毛，多愁善感。

当故事讲到这里，雷恩泰尔·阿耶站起来了。他睡眼惺忪地思忖着，他的老祖父，那么佝偻，那么迟钝，怎么可能去勾引姑娘。

一个匠人接着讲。

湖滨部落的长者和老萨满召开会议决定如何惩罚德莱赛尔和玉理的好色行为。一些人说起来就义愤填膺，他们心里其实是在妒忌。其他人，上年纪的人，好心地说既然他们只是一介匹夫，自然没法遵循常礼。（讲故事的人着力恭维这简单的至理，发出尖细的管笛声，引得观众大笑起来。）

谴责之语异口同声。尽管他们的人口总量被疾病和法艮的袭击耗得岌岌可危，而且每一个猎人都是必不可少的，老人们还是决定，应该将小玉理和德莱赛尔从聚居地驱逐出去。当然了，为了避免偏心，不允许女人发言。

消息传开了。玉理和德莱赛尔对此无能为力，只能离开。当他们正收拾自己的武器和行李时，一个奄奄一息的陷阱猎人来到了营地，他是从湖东的另一个部落来的。他说一大群法艮正在逼近，这时候已经有不少越过湖面了，他们所过之处把人类杀得一个不留。此时正是双日齐落之时。

恐惧中，男人带着女人和财物拔腿就跑，而且一把火烧了自己的房子。他们立刻朝南方逃去，小玉理和德莱赛尔也夹在他们中间。他们身后，金红色的烈焰舞动在漆黑的夜空中，众人一路仓皇逃窜，湖泊渐渐从视野中消失。他们顺着沃雷尔河日夜兼程，这时，弗雷耶高悬在夜空为他们照亮了道路。最厉害的猎人走在前头和大部队两翼，负责搜寻食物并保护安全。在这万分紧急的情况下，玉理和德莱赛尔的罪行被暂时原谅了。

队伍中有三十个男人，包括那五位老者，还有二十六个女人，以及十个不满七岁正值青春期的孩子。他们和那些由阿索金犬拉着的雪橇聚拢在一起。人群后面跟着大群的禽鸟和一群变种猎犬，这种猎犬跟狼或豺有几分相似，也许是两者杂交的产物，后来成了孩子们的玩物，给他们当宠物养着。

这趟行程持续了好几天。天气温和，却很少能打到猎物。在一个弗雷耶黎明，有两个外出侦察的猎人，他们分别叫巴鲁恩和斯凯里特，回来报告说前面有一个奇怪的镇子。

“就在那条河的水流与封冻处交会的地方，水迸射到天空中发出很大的声响。非同寻常的塔楼是用石头建成的，直插云天。”巴鲁恩是这样报告的，这就是对艾姆布鲁都克最初的描述。

他描绘着我们的塔楼是如何一排排修筑起来，如何用涂绘得色彩明艳的头骨进行装饰，以威慑入侵者。

他们站在一条满是沙砾的浅浅的峡谷里讨论该怎么办。又有两个猎人到了，他们捉住了一个正要返回艾姆布鲁都克的陷阱猎人，并把他拖了回来。他们把他丢在地上，踢他。陷阱猎人说丹部落住在艾姆布鲁都克，那里很平和。

听到有更多丹族在周围，五位老者立即说，他们应该在村子周围迂回而过。他们的主张遭到反对。年轻的男人说他们应该立即进攻，然后他们会被这个远亲部落以一种平等的地位予以接受。女人们吵嚷着表示同意，她们认为住在石头房子里会令人很快活。

群情激昂起来。陷阱猎人被大棒打死。所有人——男人、女人和孩子——用指头蘸着血啜饮，预祝他们当天就能取得胜利。

尸体扔给了那些狗和禽鸟。

小玉理说道："德莱赛尔和我打头阵去搅乱那片地方。"他挑战似的环视着周围的人，其他人垂下目光，什么都没说，"我们将为你们赢得胜利。如果我们做到了，那以后我们就是发号施令的人，不再忍受这些没用的糟老头子；如果我们失败了，那就把我们的尸体扔给那些动物吧。"

"还有，"下一个讲故事的人说，"在小玉理豪情万丈地演讲时，那些只顾着狼吞虎咽的狗从它们的美餐中抬起眼，吼叫着表示赞同。"观众们庄重地笑了笑，回想起那如梦往昔的点点滴滴。

现在，那个描述往日岁月的故事愈发紧张起来。当观众听到那对表兄弟——德莱赛尔和小玉理计划着如何夺取那座宁静的小镇时，不由自主地放慢了喝雷瑟尔酒的速度。跟他们一起上路的还有五位精挑细选的好汉，他们的名字仍叫人记忆犹新：巴鲁恩、斯凯里特、迈尔迪克、科尔韦恩，还有那天被一个女人杀死的大阿法德尔。

其他人都留在原地，以免猎犬的嘈杂声泄露了秘密。

冰封的河流对面没有积雪。草是绿的。温热的水喷向天空，散发出的水蒸气如帘幕般遮掩着那片地方。

"千真万确，"一个观众低声说道，"直到现在都还是这番景象，跟你说的一模一样。"

一个女人赶着一群黑毛小猪走上一条小路。两个孩子光着身子在水里玩耍。入侵者们看到的就是这么一番景象。

他们看到了我们的石头塔楼，坚实的塔楼，破败的塔楼，全都分布在街道旁边。老旧的城墙只剩残垣断壁。他们十分惊异。

德莱赛尔和玉理围着艾姆布鲁都克转了转。他们发现塔楼无比方正，墙壁都朝内倾斜着向上伸去，所以上层的房子总是比下面的小。他们看到我们如何把牲畜养在底层来保暖——上了楼就可以在沃雷尔的洪水中逃生。他们看到所有的动物头骨都被涂绘得十分鲜艳，面朝楼外，用来威吓入侵者。我们一直都有一位女巫，对吧，朋友们？目前来说，她就是劳伊·布莱。

好了，这对表兄弟还看到了大塔楼——就是这座塔楼呀，朋友们——楼顶上有两个上了年纪的哨兵，一眨眼他们就钻进去解决掉了须发灰白的老家伙。我不得不这么说，简直血流成河。

“有花朵！”有人叫道。

哦，是的。花朵可是很重要的。记不记得湖滨来的人如何说起这对表兄弟会经历同样的命运？然而，当德莱赛尔咧着嘴笑道：“我们会很好地统治这座城的，兄弟。”就在那一刻，玉理看到他脚边有一丛小花，盛开着苍白的花瓣——也许就是丝堪蒂花。

“多好的气候啊。”他惊叹着，摘掉花吃了下去。

当他们第一次听到钟啸的时候吓坏了，那是有名的间歇泉，所有人都知道的，可他们一无所知。等他们缓过神来，立刻着手安排手下做好准备，待两个哨兵落下之后，艾姆布鲁都克的猎人带着狩猎的战利品返回的时候，并没看到什么令人生疑的状况。

雷恩泰尔·阿耶这时候醒转过来。如梦的往昔中有精彩的战斗，看样子要开讲了。可是接着讲故事的人却说：“朋友们，我们的先祖都曾经历过接下来的那场战斗，而且全都在很久以前就离开我们去了幽魂的世界，即便他们没有在那次事件中过早地丢了性命。现在，我们只需要知道他们的英勇无畏也就够了。”

但是他，雷恩泰尔·阿耶，他还年少，不甘心让这么精彩的高潮部分就这么轻描淡写地过去，不由自主地要求继续讲下去，眼里闪着兴奋的光。

这些单纯而颇有英雄气概的猎人被玉理的安排所欺，战术凑效了。大火突然从堆草的塔楼上升起，灿烂的火焰直冲夜空。猎人们不由自主喊叫起来，发出警报，扔掉武器跑上去看自己能做些什么。

长矛和石块突然从邻近的塔楼顶上朝他们扔来。全副武装的入侵者从藏身处现身，号叫着朝毫无防护的身躯投出长矛。我们的猎人在自己的血泊中滑倒，却还要尽可能地杀戮入侵者。

镇子里能上阵杀敌的人比那对表兄弟预计的要多得多。那些人都是勇敢的匠人。他们从四面八方拥来。但入侵者藏在占领的房子里以死相拼。少年也被迫加入战斗，包括在座的一些人，现在你们已经是中坚力量了。

大火在蔓延。火苗在头顶乱窜，就像簸箕里翻飞的谷皮，好像能照亮整个天空。屠杀在街道和沟渠里蔓延。我们的女人从死者手中拿起宝剑力战至死。

所有的人都英勇无畏。但那天获胜的是玉理：他的智谋和豁出性命的无畏——更不用说他的领导才能了，那天他一定造访了幽魂的世界，让他的先祖附体。最终，防守者扔掉武器，尖叫着逃进越来越浓的夜色之中。

德莱赛尔杀得红了眼。复仇的怒火直冲脑门。他看到大阿法德尔被杀死，就在他身边——从身后被杀死——还是被一个女人。

“是我那位好样的老祖母！”敖佐·卢恩叫喊着大笑起来，引得众人一片喝彩。“我们家族一向都有勇武之气，我们的血统是艾姆布鲁都克，不是奥多兰都。”

德莱赛尔的怒火让他变得狰狞可怖，几乎让人认不出是他。他脸色铁青。他命令同伴对艾姆布鲁都克的男人穷追不舍赶尽杀绝。女人被集中到这座塔楼的牲口圈里，朋友们，就是这座塔楼啊。在我们的历史记录里，那是多么恐怖的一天哪……

但玉理带领的胜利者们拉住了德莱赛尔，对他说绝不能再有杀戮。杀戮会带来苦难。从第二天开始，所有人都要生活在和平之中，建立一个强大的部落，否则就没有足够的灵魂存活下去了。

这些至理对于德莱赛尔来说一文不值。他奋力挣扎，直到巴鲁恩取来一桶冷水给他迎头浇下。然后他倒下了，仿佛是陷入了昏迷，沉入了血战之后才有的那种无梦的酣眠之中。

巴鲁恩对玉理说：“你也睡吧，和德莱赛尔还有其他人一起。我来盯着，以防我们遭到反攻。”

但是小玉理无法入睡。他受伤了，可他什么都没对巴鲁恩说。他感觉头重脚轻，觉得自己就要死了，摇摇晃晃朝乌特拉的天空下走去，打算死在那里。他走向弗雷耶即将升起的方向，此时，弗雷耶已有大半升出地平线。他走上这里的主街道，绿色的小草在泥土缝里胡乱生长着。弗雷耶的黎明给万物抹上了一层泥土的颜色，玉理看到一只猎犬从一具他麾下猎人的尸体旁鬼鬼祟祟逃开，吃得肚子垂到地面上。他倚着一堵残墙，喘着粗气。

他的对面是一座庙宇——那时就跟现在一样破败了。他盯着石头上雕刻的装饰，全然不理解那描绘的是什么。要记得，在那个时候，在劳伊·布莱教化他之前，玉理还是个蒙昧的野蛮人。老鼠在门口留下了印迹。他朝庙宇走去，耳朵里满是波涛汹涌的声音。他攥着一柄从敌人手中夺来的剑——比他曾经用过的武器都要好，是用我们锻造炉中优良的黑色金属打造的。他一脚把门踹开，宝剑擎在身前。

里边拴着的产奶牝猪和山羊惊得一阵骚动。那些日子，种田的农具就存放在那里。看了看四周，玉理发现地板上有一个小门，听到里边有低低的说话声。

他拉住铁环掀起小门。脚下是一池黑暗，有一支冒着青烟的灯烛燃着小小的火苗。

“谁啊?”有人喊叫着，是男人的声音，我希望你们都知道那是谁。

没错，那就是沃尔·恩·丹，那时的艾姆布鲁都克领主，我们都对他记忆犹新，都能把他栩栩如生地描绘出来。尽管那时青春已逝，他的身姿依旧高峻挺拔，上唇留着一副又黑又长的髭须，颌下无髯。他的眼睛洞悉一切，放射出大无畏的光彩，他的面容已经枯槁，但它的英俊曾让女人流泪。这就是他，现在就是老领主和小玉理那历史性的会面。

小玉理缓步走下台阶，朝他走去，就像是认得他一般。一些匠人大师跟沃尔·恩领主在一起，但看到面色惨白的玉理手中握着宝剑一步步下来时，他们谁也不敢作声。

沃尔·恩领主说：“如果你是野蛮人，那么杀戮就是你应该做的，你最好有始有终。我命令你先杀掉我。”

“你藏在地窖里还想得到什么?”

“我们老了，无力战斗。曾经并非如此。”

他们彼此相视。没有人动。

玉理拼尽全力开口说话，但他感觉自己的声音仿佛是从远方传来：“老人家，你们这座城市为什么防守如此空虚?”

沃尔·恩领主带着他素日的威严说：“并非一向如此，否则，你和你的人就会得到截然不同的结局，你们还有你们那些可怜的武器不堪一击。许多世纪之前，艾姆布鲁都克之地非常伟大，向北延伸到奎金特群山，向南几乎直抵大海。那时由伟大的国王丹尼斯统治，但严寒袭来，摧毁了他铸就的一切。现在我们比历史上任何时候都要弱小，因为就在去年，在第一个季度，我们被那些白色的法艮袭击了，他们骑着巨大的坐骑来去如风。我们许多最好的勇士，包括我的儿子，都在守卫艾姆布鲁都克时被杀，如今他们正沉向原初砾石。”

他叹了口气，又道：“也许你读过刻在这栋建筑上的传说故事，如果你会阅读的话。它说：‘法艮至上，人居其次。’正是因为这样的传说再加上其他一些事情，在两代人之前，我们的祭司阶层被屠戮了。人肯定是第一位的，永远如此。然而在某些日子里，我怀疑那预言是不是真的不会降临了。”

小玉理听着领主的话，仿佛出了神。当他想要答话时，没有血色的嘴唇间却什么都说不出来，他感到精魄之中的力量淌尽了。

一位老人用介乎怜悯与嘲讽的声音说：“这小子身上有伤。”

玉理跌跌撞撞往前走去，众人纷纷退开。他们身后有一扇低矮的拱门，通道伸向远方，昏黄的灯光从头顶的格栅漏下。他无法收住脚步，拖着脚走下了通道。你们知道那种感觉，各位，就跟你喝醉了一样——比如现在这样。

通道里很潮湿，很暖和。他感到热气扑面而来。有一条石头阶梯通往一侧。他不明白自己在哪里，他的感官正在丧失。

一个年轻的女子出现在阶梯上，身前举着一支小蜡烛。她比天空还要淑雅。她的面孔在他眼前游移。

“那是我祖母！”雷恩泰尔·阿耶尖着嗓子骄傲地喊叫起来。他已经兴致勃勃地全情投入其中了，而周围人的大笑让他有些困惑。

在那时，这位女士还没有任何的心思想要把小雷恩泰尔·阿耶带到这个世上来。她注视着小玉理那双充满野性的眼睛，对他说了些他无法理解的话。

他打算回话，可话语陷在喉咙里吐不出来。他膝盖一软，跌坐在地。然后他完全瘫软了，那里所有的人都相信他就要死了。

在这揪心的紧要关头，讲故事的人让位给一位长者——一位猎人——他讲的不那么富有戏剧性。

乌特拉认为不需要玉理事事操心。于是，德莱赛尔控制大局发号施令，他的表兄卧床养伤。我相信德莱赛尔对于他当时嗜血的行为十分羞愧，现在他发现自己身处于我们这样的文明人中间，一言一行便依着更为文明的方式，谨小慎微。他的心中可能还留着他父亲的和善，那位被可恨的法艮畜生杀害的父亲萨·格特瑟，甚至残留着母亲伊菲尔卡的亲切。他接管了普拉斯特的塔楼，我们在那里存放盐巴，他就住在它的顶层，像个真正的头领一样发号施令，玉理则躺在下面房间的床上。

那时候有许多人不喜欢德莱赛尔，包括我自己，把他当作纯粹的入侵者。我们讨厌听命于人。然而当我们明白了他打算干什么之后，我们便开始合作，而且对他那些毋庸置疑的好点子十分欣赏。那时候，我们艾姆布鲁都克人正士气低落，德莱赛尔让我们重新鼓起了战斗的勇气，建立起防御措施。

“我父亲，他是个伟大的人，我会跟任何批评他的人拼命！”纳赫科里喊叫着，跳起来挥舞拳头。他太卖力了，差点向后跌倒，他兄弟不得不一把扶住他。

没有人跟德莱赛尔作对。他能从他的塔楼顶上统揽我们这片地域，北方是更高的高地，正是他来的地方；南方地势更低，分布着他那时还很陌生的间歇泉与温泉。特别是钟啸泉，让他大为震惊，那是我们这里神奇的定时间歇泉，喷发呼啸的时候仿佛会形成一股妖风。

我记得他问过我那些巨型圆柱是什么，他是这么称呼它们的，那些东西分布在整片大地上。他以前从未见过拉甲巴拉尔，对他来说，它们就像是魔塔。魔塔的顶部是平的，用一种奇怪的木材制成的。尽管他并不是傻瓜，可他也并不晓得那是木制品。

他想多做事，而不只是旁观。他下令让那些来自冻湖部落的人去各个地方居宿，把人们分配在不同的塔楼里。他在这时显露出一种我们全然无法企及的智慧，纳赫科里。尽管那时有许多人抱怨，可德莱赛尔特别留意让他们的人跟我们的人混居在一起。不允许有争斗，一切都公平分享。那种统治方式让我们渐渐变得融洽。

当他忙着安顿一个又一个家庭时，他把每一个人都考虑在内了。他不会书写，但我们的匠人为他备着一个账本。这里的老部落有四十一个男人、四十五个女人和十一个不满七岁的孩子，总共九十七人。从冻湖来的人有六十一个在战斗中幸存下来，这样就总共有一百五十八人了。一个不错的数字。当时作为一个孩子，我很高兴这片地方又能安定地生活了。我是说经历了死亡之后。

我对德莱赛尔说："你们变成艾姆布鲁都克人会很自豪的。"

他说："现在它叫奥多兰都了，孩子。"我至今都记得他看着我的样子。

"我们要再听些玉理的故事！"有人冒着触怒纳赫科里和克里厄斯的风险叫喊起来。猎人坐了下来，喘着气。一个年轻点的人接过他的故事继续讲。

小玉理的伤势恢复缓慢。当他勉强可以走路之后，便到外面跟着表弟一起察看自己所处的这片领地，看看如何在这地方进行最好的攻守。

在夜里，他们跟老领主谈心。老领主尽力向他们传授我们这片土地的历史，但他们并非总有兴趣。他谈起了许多个世纪的历史，远至严寒降临之前。他讲述在某个时期，塔楼如何用烘干的黏土和木头修筑起来，上古的人在炎热的年代里发展出这种技术。那时，石头被黏土取代，但看得出那种修筑形式同样可靠。塔楼屹立了很多个世纪。地下还有一些通道，在更好的年月里曾有更多。

他告诉他们艾姆布鲁都克的悲哀，我们如今只是一个小小的村落，但这里曾经屹立着一座高贵的城市，居住在这里的人统治着数千里的土地。人们说，那些日子里没有人会惧怕法艮。

玉理和他的表弟德莱赛尔在老领主的屋里踱来踱去，听着，皱眉，争论着，然而通常都是和平的讨论。他们问起间歇泉的事情，那些热泉为我们提供了温暖。我们的老领主告诉了他们关于钟啸泉的一切，对于我们来说，它是永不衰落的希望象征。

他讲述钟啸泉如何从时间起始之初，就严格依照每小时一次的间隔鸣啸。它就是我们的时钟，不是吗？我们不需要天空中的哨兵。

钟啸泉协助掌权者记录重要事件，就如同匠人大师专心致志做事般尽心尽责。那对表兄弟对我们的计时方式十分惊讶，我们把一个小时分成四十分钟，一分钟分为一百秒，一天包含二十五个小时，一年包含四百八十天。我们是坐在母亲的腿上学会这些的。而且，他们还不得不搞明白，那一年是领主历十八年；我们的老领主已经统治了十八个年头。他们的冻湖上从来没有如此先进的计时方式。

注意，我可没说什么对表兄弟不恭的话。尽管他们是未开化之人，但他俩很快就理解了我们的匠人制造者系统，一共有七个匠人行当，每个行当都掌握着不同的技艺——金属制造者是最棒的，我很骄傲地说我就是这一行的，一点都不是自吹自擂。每个匠人组织的大师在领主委员会都有一席之座，就跟现在一样。尽管依我来看，金属制造者匠人应该有两个席位，因为我们是最重要的，而且从来不出岔子。

随着铺天盖地的嘲讽和取笑，雷瑟尔酒又传了一圈，一个上了几分年纪的妇人继续讲述起来。

现在我要给你们讲一个比书写或守时有趣得多的传说。你们要问小玉理伤好之后发生了什么？好吧，我言简意赅地告诉你们：他坠入了爱河——事实证明这比他受的伤更糟，因为这个可怜的家伙一辈子都没能从中恢复过来。

我们的老领主沃尔·恩明智地看管着他的女儿——可怜的娇生惯养的劳伊·布莱·丹，今天她可是好好闹腾了一番——他要保证女儿免受伤害。他一直等着，直到确定入侵者并非大恶之人。劳伊·布莱那时非常可爱，身形窈窕，让男人垂涎，而且她走起路来自有一股派头，你们都记得的。所以有一天，我们的老领主把小玉理召至自己的房间，然后把女儿介绍给了他。

玉理曾经见过她。在那个可怕的战斗之夜，正如我们刚才听过的那样，就在他身受重伤几乎奄奄一息的时候。没错，就是那个黑眼睛的美人，长着象牙色的颧骨，还有鸟儿翅膀一般的嘴唇。我们的朋友会一再讲起，她是那个时代的绝色美人，因为在我看来，从朵岑来的女人太不起眼了。她的线条恰如其分地体现在她那柔美的肌肤上、饱满的嘴唇上以及修长的曲线上，肤色则是醉人的肉桂色。说真的，我年轻时就有几分那样的姿色。

玉理第一次见到劳伊·布莱时，她就是那样的。她是镇子里最出名的可人儿。一个难以相处的孤僻的姑娘——人们没多关心她，但我喜欢她的气质。玉理被她征服了。他总是找机会想要跟她单独在一起——要么在外面，要么的话嘛，那可就有好戏了，跟她一起在她居住的房间里幽会。那间房就在大塔楼里，她一直住到现在，房间里的那扇瓷窗远近闻名。在那些日子里，仿佛是她让小玉理有了热情，他在她出现的时候根本无法控制自己。他曾经在她面前自吹自擂，夸夸其谈地立誓赌咒，让自己成了一个真正的傻瓜。很多男人都是那副嘴脸，不过那副嘴脸自然是撑不了多久。

至于劳伊·布莱，她就乖巧地坐在那里，只管看着，笑意隐藏在高高的颧骨后面，双手叠放在大腿上。当然了，她鼓励他这么做，这毋须多言。她穿着一件长长的厚重的礼服，用小珠子装饰着，不像我们其他人都只穿着一身裘皮。我听说她把毛皮衣物穿在下面。不过那件礼服非常特别，与众不同，几乎都拖到地面了。我要是有那么一件礼服也会喜欢的……

她说话的方式，就像是夹杂着谜语的诗歌。玉理在朵岑湖从未听过这样的话。这让他困惑。他愈发自吹自擂了。她说——你们都知道她那如仙乐般的嗓音——“我们终其一生都生活在各种不同的黑暗中。我们是该无视它们，还是该去探索呢？”当她说起这些时，他正夸口说自己是一个多么厉害的猎人。

他只是瞪着大眼睛盯着她看，她穿着那身用布料做的外套坐在那里，看上去十分可爱。小珠子缀在上面，就像我说的，那是很可爱的小珠子。他问，她的房间里是否黑暗？她冲着他大笑起来。

“玉理，你认为宇宙中最黑暗的地方在哪里？”

这个可怜的傻瓜说：“我听说遥远的帕诺威尔很黑暗。我们伟大的先祖就来自帕诺威尔，我继承了他的名字，他说那里很黑。他说那是在大山下面，但我不相信。那只不过是那时的一种闲谈罢了。”

劳伊·布莱盯着自己的指尖，娇嫩的指尖搁在大腿上，犹如缀在那身漂亮衣物上的粉色珠子。

“我认为宇宙中最黑暗的地方是在人的头颅之中。”

他糊涂了。她恰到好处地戏耍了他。我必须注意对死者的用词，对吧？他有一点点软弱，尽管……

她曾用浪漫的谈吐让他茫然出神。你们知道她曾说过什么吗？

"人的所思永远多于口中所说。"确实如此，不对吗？"我渴望拥有某个人，"她会说，"某个我能向他诉说一切的人，跟他谈话感觉就像是在大海上行舟。然后，我就会扬起我黑暗的风帆……"我不知道她到底对他说了些什么。

玉理大睁着双眼躺下来，手搓着他的伤口或是别的什么东西，谁知道呢，心里想着这个充满魔力的女人，想着她的美丽，还有她那令人费解的话语。"……跟他谈话感觉就像是在大海上行舟……"似乎对他来说，劳伊·布莱甚至把她的话语都转化成了她自己独有的讲述方式，而不是其他人的方式。他渴望那片海，渴望与她同航，不管去哪里。

"真是受够你们这些无聊的女人了！"克里厄斯喊叫着，尽力站起身来，"她对他下了咒，我父亲就是这么说的。父亲还告诉了我们玉理叔叔先前做的好事，那是在她把他弄傻之前。"他继续给大家讲起来。

小玉理尚在恢复期间，就开始去了解奥多兰都的每一寸土地。他看到它如何铺展开去，大塔楼在主街道的一头，老庙宇在另一头；两者之间，女人屋、猎人的家在一边，匠人的塔楼在另一边。他探察远处的废墟，研究我们的塔楼如何利用石头管道从温泉引来热水形成加热系统——如今我们已经无法建造哪怕有此一半神妙的东西了。

他将眼前这片地方看在眼里时，也在思索这地方应该成为什么样子。在我父亲的协助下，玉理制订了恰当的设防计划，好让这里不再受到攻击——特别是不再受到法艮攻击。你们都听说过他如何安排每个人挖掘护堤，外侧修一圈壕沟，顶上筑起坚固的护栏。这是个好主意，尽管要在手上磨几个水泡。在四个角上安排定时的瞭望哨并加以严格训练，就像现在仍在做的那样。这就是玉理和我父亲的成果。瞭望哨都带着号角，在遇袭时吹响——与我们现今一般无二。

不单有合理的瞭望哨，还有合理的狩猎。在部落联合之前，人们总是挨饿。等到整个镇子都由围墙圈起来，德莱赛尔，我的父亲，就让猎人饲养一种善于打猎的狗，将其他动物阻拦在外。成群的猎狗可以捕捉猎物，而且比我们跑得更快。这件事做得不怎么成功，但我们有机会可以再试。

还有什么？各个行会可以补充自己的人员数量。颜料制造匠人从新来的人里边招募了一些孩子，利用他们了解的黏土矿给每个人制造了大杯子和盘子。更多的宝剑被打造出来。每个人都要劳作，制造日常的物品。没有人挨饿了。我父亲几乎一直忙碌到他去世。你们这些醉醺醺的家伙在追忆德莱赛尔的表哥的同时，也应该记得德莱赛尔。他可比另一位好多了。他就是这样，就是这样。

可怜的克里厄斯泪如雨下。其他人也开始哭，或是笑，或是打闹。敖佐·卢恩此时因为痛饮雷瑟尔有些头重脚轻，他抓起雷恩泰尔·阿耶和奥耶莉，带他们离开这喧嚣之地，让他们安然入睡去了。

他醉眼蒙眬地看着他们天真而又驽钝的面孔，尽力想要思考些什么。就在那如梦的往昔岁月传奇在众人之间娓娓道来时，奥多兰都未来统领权的归属已然敲定。

III

纵身一跃

在小玉理的葬礼以及为此举行的宴会过后第二天，所有人不得不回到平日的工作中去。往昔的荣耀和尴尬都随着时光流逝而被人遗忘，也许雷恩泰尔·阿耶和劳伊·阿楠例外；劳伊·布莱没完没了地跟他们讲述往昔的岁月，当她不再啜泣时，她特别喜欢回忆自己年轻时那更加欢乐的时光。

她的居室里仍然挂着古时的家族挂毯，一如既往。热水仍旧顺着沟渠管道在地板下面汩汩流动。瓷窗依然熠熠生辉。这里依旧是那个油腻腻、粉尘扑鼻、香气缭绕的地方。但现在没有了玉理，劳伊·布莱自己也已老迈年高。衣蛾啃噬着挂毯。她的孙子正在长大。

但是，在雷恩泰尔·阿耶尚未出世的年月里，在他祖父母浓情蜜意的日子里，有一件看似微不足道的事情发生了，这给雷恩泰尔·阿耶、给艾姆布鲁都克本身抹上了灾难性的一笔：一头法艮死了。

在小玉理的伤势恢复之后，他让劳伊·布莱成了自己的女人。为了庆祝两个部落象征性地联合在一起，举行了一场盛大的典礼，标志着艾姆布鲁都克翻天覆地的剧变。大伙儿一致同意实行三人执政，由老领主沃尔·恩、玉理和德莱赛尔一起统治奥多兰都。这种安排很好，因为每个人都会为了生存齐心协力。

德莱赛尔马不停蹄地忙碌开了。他娶了一个瘦瘦的姑娘，她父亲是铸剑师；她有银铃般的嗓音和懒散的目光。她的名字叫德莱·霍茵·丹。讲故事的人从来不会说起德莱赛尔很快就对她失望了；他们也不会讲她对于德莱赛尔最本质的吸引力，只因为她是一个可爱而不那么出名的人物，可以为他融入新部落带来一些方便。跟表哥玉理不同，他把团队精神看作生存下去至关重要的因素。他并非为了自己而忙碌，某种意义上来说，也不是为了德莱·霍茵。

德莱·霍茵给德莱赛尔生了两个儿子，先是纳赫科里，一年后又生了克里厄斯。尽管抽不出多少时间来陪他们，德莱赛尔对儿子们却十分溺爱，绝不吝啬，因为他自己过早地失去了双亲伊菲尔卡和萨·格特瑟。他给孩子、给他的朋友们灌输了很多传奇故事，尤其是他那位曾曾祖父玉理，帕诺威尔来的祭司，打败了那些名字早被忘却的神灵。而德莱·霍茵仅仅只能做些最基本的解说而已。在父亲的佑护下，两兄弟成了称职的猎手。他们的屋子里总是充满了嘈杂与惊叫。幸运的是，他们的性格中有一种鲁莽而滑稽的成分从未被溺爱他们的父亲所察觉——特别是纳赫科里。

预言说，这对表兄弟要经历同样的命运。好像是在跟那个预言针锋相对，德莱赛尔全身心投注于建设家园，而小玉理则以同样的精力投注于自我。

在劳伊·布莱的影响下，玉理变得越来越温和，狩猎的次数也越来越少。他感受到大家对特立独行的劳伊·布莱日益强烈的抵触，而他并不人云亦云。他坐在大塔楼里任凭外面风暴肆虐。他的女人和她的族父教给他许多神秘的事物，关于逝去的往昔，关于下界。

于是，玉理终于能徜徉在那片让劳伊·布莱自由扬帆的大海上了，眼中却再也见不到陆地。

说到下界，在某一年的第二个季度的某一天，劳伊·布莱那光彩照人的眼睛凝视着玉理，说："我的心上人啊，你的心沉迷于对你父母的回忆，有时候你看见他们，好像他们仍然行走在大地之上。你幻想有力量召唤出他们曾行走其间却已经遗失的岁月。然而在这里，在我们这个王国之中，我们有一种与已经离去的人进行直接沟通的方法。在下面那个世界，他们仍然活着，向原初砾石沉去，而我们能去到他们面前，就像一条鱼潜下河床吃食一样。"

他低声回应着："我想要跟我父亲奥菲克交谈，告诉他现在我已经够大了，有了自己存在的意义。我会向他说起你。"

"我们也很珍视我们的父母，还有他们的祖祖辈辈，他们有巨人的力量。你看看我们居住的石头塔楼，我们无力建造，但我们的先辈做到了。你看滚烫的地下水引入管道加热我们的塔楼，我们无力构筑那样的技艺，然而我们的先辈做到了。虽然他们从我们的目光中消失了，可他们仍旧以幽魂和亡魂的形式存在着。”

“把这些教给我，劳伊·布莱。”

“你是我的爱人，当我拥着你的身体时，我会教你如何直接与你父亲交谈，通过他，你甚至可以与你们部落所有曾经活着的人交谈。”

“可能吗？我甚至能与我的曾祖，帕诺威尔的玉理交谈？”

“等到我们的子辈成长起来，我们两个部落将会融合，我的爱人，就像德莱赛尔的孩子们那样融合，你应该就能学会与玉理对话，把他的智慧与我们的交融在一起。你是一个伟大的人，我的爱人，你并非像外面那些可怜的傻瓜一样只是一个部落民，你应该通过与第一个玉理直接对话变得更加伟大。”

尽管劳伊·布莱对小玉理倍加关爱，但这只是因为她需要一个人来建立起伟大的爱情，因为她预见到，如果她传授给他这独特的本事，他便会浸淫在她的力量之中越来越深，不能自拔；而她在他的保护之下，便能够继续无所事事却依旧生活奢靡，就像入侵发生之前那样。

尽管小玉理对于这种闲适的生活、对于聪慧的女人都感到十分惬意，可他也察觉到，她可能会借助那样的手段要自己对她俯首帖耳，于是决意尽己所能从她身上学到所有的本事而不受到诓骗。然而，他们性情之中或是他们处境里的某些东西让诓骗不请自来。

劳伊·布莱招来一个上了岁数深谙此术的女人和一个上了岁数精于此道的男人。在他们的辅助下，她传授玉理同父亲沟通的门法。玉理完全放弃了狩猎以求沉思；巴鲁恩和其他人给他们提供食物。他开始练习通灵术，他希望能在那种入定的状态下与父亲奥菲克的幽魂会面，并进而通过幽魂与亡魂交流，亡魂是更为古老的幽魂，身处更深层的下界沉向原初砾石，整个世界就发端于原初砾石。

在这段时间里，玉理几乎足不出户。这貌似怯懦的行为在奥多兰都成了一件神秘的事情。

劳伊·布莱在小女孩时曾遍游艾姆布鲁都克的乡野，就像她的孙子雷恩泰尔·阿耶后来那样。她希望玉理亲自去看看，那些以石头作为标记的大地音阶如何分布于整片大陆。

为此，她雇了一个肤色黑灰、貌如鹰隼的男子，他名叫阿苏尔·泰尔·丹。

阿苏尔·泰尔是沙耶·泰尔的祖父，而他后来成为许多事件中举足轻重的人物。劳伊·布莱命令阿苏尔·泰尔带着玉理去奥多兰都东北方。她曾于那里驻足，看着白昼变成黄昏，黄昏沉入黑夜，感受世界的脉搏在她体内涌动。

于是，阿苏尔·泰尔在一个温和的季节带着玉理徒步而去。那是初冬时节，当巴塔利克斯从东南方向升起，第二个哨兵尚未升起之前——其间的间隔一天比一天短——它会在天空中孤独地闪耀不到一个小时。一阵风吹过，天空始终像铜镜一般清澈。尽管阿苏尔·泰尔沉默寡言性情古怪，可他比玉理更善于对付遥远的路途，玉理对此疏于历练。他让玉理无视远方的那些狼群，并让他以一种秘传之法去研究眼前所看到的一切。阿苏尔·泰尔向他展示了那些石柱，跟朵岑湖边的那些柱子一样。石柱稳固地安放于荒野大地，每根柱子上都有一个中心带着圆环的轮形符号，有两条弧线把圆环和轮子连起来。他如吟唱般解说着它们的意义。

他说那两根辐条是一种符号，表示力量从中心向外层的圆周传播，就像力量从先祖传递到后裔，或是从亡魂通过幽魂传播到生者。这些石柱标记出了大地音阶。每一个男人和女人都出生在一个大地音阶或另一个大地音阶之中。大地音阶中的力量随着季节变化，决定着新生儿是男孩还是女孩。大地音阶向各个地方流淌，直抵遥远的海洋。当人与自己的大地音阶和谐一致时，他们的生活才是最愉快的。

只有当他们埋葬在与自己相一致的大地音阶中，他们才能作为幽魂与自己那些仍在世的孩子对话。等他们的孩子进入下界时，也应该葬在正确的大地音阶中。

老阿苏尔·泰尔的手虚握成拿砍刀的姿势，冲着山峦峡谷左劈右砍舞动了几下。

“记住这个简单的规律，你就能实现与父亲的交流。言语会变得越来越微弱，就像山谷中的回音，经亡者的国度从消逝的一代传到下一代，其数量远远超过生者，就好像虱子的数量远远超过人。”

小玉理凝视着荒凉的山峦，心中不由得对这些教导生出一股强烈的反感。不久之后，他的兴趣就只专注于生者，于是，他觉得自己又自由自在了。

“这种与死者对话的勾当要当心，”他沉重地说，“生者不该与死者沟通。我们的位置在这里，要在这片大地上驰骋。”

老人笑着毫不见外地抓住玉理的裘皮袖子，指向下面。

“你可以这么想，你可以这么想。不过很不幸，这就是我们存在的规则，我们既存在于这里，也存在于下面，沙砾下面。我们必须学会利用幽魂，就像我们为了自己的利益去利用动物。”

“死者应该待在他们所属的位置。”

“哦，好吧……关于这一点，终有一天，你，你本人，也会死去。此外，劳伊·布莱夫人也希望你学会这些，不是吗？”

玉理想要大喊：“我讨厌死人，而且不想要任何与他们有关的东西！”但他把这些话吞下肚去，静静地站着。于是，他就这样迷失了。

尽管小玉理学习了如何与父辈沟通的仪式，但他从未跟父亲成功沟通过，更不用说跟第一位玉理了。死者毫无回应。劳伊·布莱是这样解释的，她说他的父母埋葬在了不正确的大地音阶里。没人能完全理解下界的奥秘。在试图进行更加深入了解的过程中，他在自己女人的力量中陷得愈来愈深。

而在这期间所有的时间里，德莱赛尔都在为奥多兰都忙碌着，与老领主商讨事务。他从来没有放弃对于玉理的爱，他甚至让自己的两个儿子去学一些那个古怪婶婶所精通的知识，但从来不允许他们去很久，唯恐他们被施了魔法。

在纳赫科里出生两年之后，劳伊·布莱为玉理生了一个女儿。他们给她起名劳伊·阿楠。在产婆的帮助之下，劳伊·阿楠出生在塔楼的瓷窗下面。

劳伊·布莱在玉理的协助下，赐予他们女儿一件很特别的礼物。他们赐予了她一个历法，并且通过她向整个奥多兰都颁布了下去。

在若干世纪的分崩离析中，艾姆布鲁都克使用过不止一种历法。在三种旧历中，使用最普遍的就是被称为“领主历”的历法。领主历只从领主继位之时开始计算年份。另两种都已废弃，一种是剑族历，被视为不祥之物，它因此而被废弃，也因此并未从根本上消失；丹尼斯历得到极大的拥护，可自从祭司被驱逐出镇子之后，就无人能完全理解其含义了。

依照这些旧历，劳伊·阿楠的出生年份分别被记为二十一年、三百四十三年和四百二十三年。现在，她出生的日子被明确记为联盟后三年。从今以后，将以奥多兰都与艾姆布鲁都克合并的日子开始纪年。

人们平静地接受了这份礼物，带着同样平静的态度，他们收到了一个消息，一伙剑族劫匪就在左近。

一个巴塔利克斯黎明，浓稠的云层沉甸甸地压在头顶，保护着村落的古老胸墙上结着一层白霜，瞭望哨的号角在东边的塔楼吹响。人们立刻骚动呐喊起来。德莱赛尔命令把所有的女人都锁进女人塔楼，她们中许多人已经在那里忙着干活儿了。他召集人马，全副武装，到了寨墙跟前。他那两个年幼的儿子走到前面哆嗦着加入了他的队伍，遥望着冉冉升起的太阳。

在遥远的灰色晨曦中，无数犄角显现出来。

法艮全力进攻。他们中有两个骑着铠骥，这是只属于他们的动物——那种动物长着犄角，披着厚厚的红色皮毛，厚得足以抵御一切严寒。

当他们攻至寨墙，德莱赛尔派一名手下扒开早先修筑起来的一道小小土坝，土坝里积蓄着一汪间歇泉涌出的热水。法艮对于水的恐惧人尽皆知。一股滚烫的洪水朝他们扑去，在他们膝边脚旁打着漩儿，给队伍造成了巨大的混乱。一些猎人一跃而上，趁机扩大战果。

一头铠骥陷进了黄泥，奋力踢踏着，被一支抛来的长矛刺中心脏倒地身亡。恐慌中，另一头猛兽直立着腾空跃起，越过了寨墙。对于驯养已久的坐骑来说，那可真算得上是传奇性的一跃，没有多少人类有幸目睹过。这头猛兽蹿进了奥多兰都的勇士中间。

他们挥舞着大棒打死铠骥捉住了骑士。其他匪徒有许多被石头砸伤。进攻者最终撤退了，而守军只有一人阵亡。所有人都筋疲力尽。一些人任凭自己软倒在温泉里恢复体力。

德莱赛尔宣布，这是团结行动的一次伟大胜利。他迈着急促的步伐四下奔走，神色间隐隐带着凯旋的喜悦，朝着所有人大喊大叫，他们现在是一个统一的部落了，经历了共同的浴血奋战。从此以后，每个人的劳作都是为了所有人，所有人都会繁荣昌盛。女人们聚在一起听着，窃窃私语着，男人们躺在那里恢复着体力。那是纪元六年。

铠骥的肉很好吃。德莱赛尔下令欢宴庆贺，在两个哨兵落下之后就开始。铠骥尸体用地下水煮得半熟，然后在广场上生火搭架开始烧烤。他们还搬来了大麦酒和雷瑟尔庆贺胜利。

德莱赛尔发表了演说，就像老领主沃尔·恩那样。歌声唱起。负责管理奴隶的人把俘获的法艮押了上来。在纪元六年的那个夜晚，出席宴会的人没有谁的心头有一丝阴霾。人类又一次打败他们那个传奇性的宿敌，每个人都迫不及待地想为此大肆庆祝一番。庆祝内容包括处死俘虏。

奥多兰都的居民无从知晓他们的俘虏在剑族中究竟是什么样的人物，更不知他的死如同往一池静水投下了一块石头，令可怕的惩罚降临在他们及其子孙后代的身上。

当那怪物站到他们中间时，每个人都安静了下来，他大瞪着血红的眼睛怒视着他们。他的手臂拧在背后用皮绳勒住。他覆盖着角质的脚爪焦躁地扒着地面。在浓重的黑暗中，他的身形似乎十分巨大，就像他们午夜噩梦里的怪兽，仿佛是从令人不安的暮昏盹睡里钻出来的一般。他裹着粗硬的白色绒毛，被泥土和战斗弄得脏污不堪。他在俘获他的人类面前毫不示弱地站立着，散发出浓烈的气味，瘦骨嶙峋的脑袋顶着两根犄角，从双肩之间往前探出。浓稠的黏液一股接一股地向上甩到鼻吻槽里。

这头猛兽佩戴着奇怪的装备：一件用兽皮做的宽大的围裙式衣服，皮带从腰间横过；脚踝上套着靴刺，腕上扣着突出的尖钉；优雅而又如剃刀般锋利的犄角上包着金属；如同挽具般的饰物跟他硕大的脑袋十分贴合，在额头中央双眼之间分成两叉伸到耳朵后面，绕在硕大的、骨骼嶙峋的脑袋上，精心地扣于胲下。

巴鲁恩走上前来，说："看看我们同心协力得到了什么？我们抓住了一个头领。从他的头饰来看，这畜生统领着一个族群。好好看看，你们这些从来没有在这么近距离看过法艮蛮子的年轻人，他是我们世世代代的仇敌，不论在黑暗里，还是在光明中。"

许多年轻猎人举步上前剪下这生物身上纠结成团的毛发。他一动不动地站着，猛地放了一个霹雳般的响屁。人们纷纷后退，示意要小心。

"法艮蛮子把他们的群落联结成族群，"德莱赛尔解释着，"他们中许多都会说奥洛奈茨语。他们把人类劫走当作奴隶，而且惨无人道地吃掉他们的俘虏。作为头领，这头畜生完全明白我们在说什么，对吗?”他用力打了一下那个坚硬的肩膀。那头怪物冷冷地盯着他。

站在德莱赛尔身边的老领主开口了：

“据我所知，雄性的法艮和雌性法艮总是一起攻击、一起战斗，看上去别无二致。他们是冰雪与黑暗中的生物。你们伟大的先祖玉理警告我们要与他们抗争。他们是疾病与死亡的使者。”

这时，法艮说话了，用嘶哑而颤抖的嗓音说着奥洛奈茨语：

“你们这些低贱的弗雷耶之子，全都会被末日风暴卷走！这个世界，这座城镇，属于我们，属于剑族。”

女人吓坏了，挤成一团。她们朝站在众人中间说话的丑恶生物扔去石块，并且叫喊着：“杀了他，杀了他！”

德莱赛尔举起手臂一指。

“把他拉到牲口塔楼的顶上去，朋友们！把他拉到顶上扔下去！”

“扔啊！扔！”人群吼叫着，立刻就有胆大的猎人跑上前来，抓住这个强硬倔强的大块头，以武力相逼，把他朝着近处的那座塔楼推去。巨大的喜悦和喧嚣立刻淹没了一切，孩子们尖叫着跟在大人身边。

德莱赛尔的两个儿子，纳赫科里和克里厄斯就在那群顽童里，两人刚过了蹒跚学步的年龄。他们个子很小，可以晃晃悠悠地在成年人乱糟糟的大腿间穿梭，不一会儿就钻到了法艮右腿边，在他们眼里，那就像是一根拔地而起的长满了毛的大柱子。

“你摸它。”

“不，你摸。”

“你不敢，胆小鬼！”

“你才是胆小鬼！”

两人一起伸出胖乎乎的小手在那条腿上摸了摸。

粗壮的肌肉在厚实的绒毛下面搏动着。这条腿往前一抬，三趾的足迈出一步又踩在泥地里。

尽管这怪物能够掌握奥洛奈茨语的发音，他们跟人类还是相去甚远。他们牛头里的想法邪得厉害。上年纪的猎人知道，他们那个大桶般的身子里，肠子在肺的上面。从他们机械般的步态看得出来，他们四肢的连接方式跟人类全然不同；本该是肘和膝的地方，法艮能够把手臂和腿以一种似乎完全不可能的方式反方向弯折。这种差异会让小孩子毛骨悚然。

那两个男孩跟这未知的事物有了片刻的接触。随即，他们就像被烫着一样缩回了手——说实在的，剑族的身体温度要比人类低——两个小淘气立刻呆若木鸡，面面相觑，不知所措。

然后，他们惊恐地哭号起来。德莱·霍茵赶紧把两个孩子揽进怀里。这时候，德莱赛尔和其他人已经把那怪物推上了塔楼。

尽管这头绳索加身的巨兽一直在奋力挣扎，可还是被捶打着推上塔楼。广场上焦躁不安的人群听着里边的动静一路向上而去。当第一名猎人在顶上出现时，浓稠的空气里响起一片喝彩声。铠骥在火上烧烤着，无人照看，因为每个人都看着塔楼；它的香气混合着木头燃烧的烟气充塞了广场的洼地，而广场又填满了仰面朝天的面孔。法艮头领被拖出来的那一刻，底下爆发出更加热烈的喝彩声，他巨大的身影映衬着漆黑的天空。

“把它扔下来!”人群尖叫起来，因憎恨而异口同声。

那怪物首领跟挤在一起的人们挣扎搏斗着。当人们用匕首刺戳时，他大声吼叫。然后，仿佛意识到游戏该结束了，他向上一跃，跳到胸墙上，看着下方密密麻麻的人群。

随着最后的狂怒，他身躯一震，挣断了身上的绳索，随即纵身一跃，大大伸开双臂，从塔顶飞身而起跃入空中。人们甚至来不及散开。巨大的身躯狠狠砸下来，砸到了三个人，一个男人，一个女人，和一个孩子。那孩子当场丧命。人群中立刻爆发出恐惧与惊愕的哀号。

此时，那头巨兽还没死掉。他用断掉的腿支撑起身子面对猎人复仇的利刃。每个人都用力刺向他，刺穿厚重的皮毛，刺透了紧绷的血肉之躯。他奋力挣扎，直到黄色的鲜血流淌凝结在踩踏如泥的土地上。

当这些可怕的事情发生时，小玉理和劳伊·布莱一直待在他们的屋子里，还有他们的小女儿。当他披挂整齐想要加入战斗时，劳伊·布莱大叫着说自己感觉不舒服，要让他陪。她紧紧依偎着他，用苍白的嘴吻着他的唇，不让他去。

在这之后，德莱赛尔便对他的表兄十分轻蔑了。但他并没有依着自己的想法杀了表兄，尽管那还是残暴的蛮荒时代。因为他记得教训，意识到杀戮会让部落分裂。而等到他的儿子们统治时，这事儿已经被遗忘了。

德莱赛尔的这种容忍——基于源自童年的友情，那可是一起光屁股长大的友情——让整个奥多兰都受益匪浅，而且也让他赢得了尊重。而玉理通过牺牲自己的战斗所换来的学识，在紧随其后的日子里，终于派上了用场。

就在这个法艮头领所引发的震动之后不久，奥多兰都遭受了另一场磨难，有一半人感染了一种神秘的疾病，得病的人伴有发烧、痉挛和皮疹。最先得病的是那些推着法艮走上塔楼顶端的猎人。好一段时间里，几乎都无人去狩猎，人们不得不吃掉饲养的猪和鹅。接着，一个女人连同她的孩子一起死于发烧，整个村落因为两条宝贵的生命去了下界而悲痛不已。玉理、劳伊·布莱跟他们的女儿一起逃离了疫区。

很快，流行的疫情就被净化了，生活又如常进行。但是，关于屠杀法艮的各种消息却从奥多兰都流传开去。

有一段时间，气候十分恶劣。寒风在那些缝制欠佳的衣物面前简直无孔不入。

守卫着光明的两位哨兵，弗雷耶和巴塔利克斯，一如既往恪守己任，钟啸泉按部就班准点喷发。

一年中有半年时间，两位哨兵在天空中渐渐拉近，犹如一体闪耀着光芒。然后，它们在天空中的位置又渐渐拉得越来越远，直到弗雷耶统治了白昼的天空，而巴塔利克斯统治夜晚；这时，夜晚就不像是夜晚了，白昼也几乎没有足够的光明能称之为白昼。再然后，两位哨兵再度交会：白昼在两盏明灯的照耀下变得明亮起来，而黑夜一片漆黑。

在一个凄冷的季节，当天空中只有炫目的星辰俯视奥多兰都的大地，当寒冷和黑暗最浓之时，老领主沃尔·恩·丹死了；他去了下界，让自己化作幽魂沉向原初砾石。

一年又一年过去。一代人成长起来，另一代人老去。在德莱赛尔的和平统治下，人口数量缓慢增长，同时，那两颗太阳在他们头顶上履行着自己的职守。

尽管巴塔利克斯的日轮看上去更大，弗雷耶却总是散发出更多的光和热。巴塔利克斯是一个老哨兵，弗雷耶年轻且精力充沛。在一代又一代人中间，没有谁敢信誓旦旦地断言尚未成年的弗雷耶正在成长，但传说故事就是这么讲的。人类一代又一代经受着灾难或是欢乐，他们心中有着美好的希望，乌特拉会在天界取胜，并永远辅佐弗雷耶。

这些传说中蕴含着事实，就像一株花的球茎中蕴含着鲜花。人类就是这样，对于自己早已知晓的事物却又并不了解。

至于飞禽走兽，仍然是数量众多却种类稀少，它们的感官与星球磁场波动的联系比人类更为紧密。而它们对自己早已知晓的事物也并不了解。它们感知到，不可避免的变化已近在咫尺——正实实在在地从地底升腾而起，变化就发生在血液中、空气里、平流层上，在生物圈所有的一切之中。

在平流层上，一个小小的自给自足的世界巡行着，它是用从群星之中富含金属元素的地方收集的材料建造起来的。从海利科尼亚表面看，这个世界只是夜空中的一颗从头顶快速划过的星星。

那就是地球观测站“阿佛纳斯号”。

“阿佛纳斯号”密切观测着弗雷耶和它的伴星巴塔利克斯构成的双星系统。特别要说的是，观测站上的各个家族正在研究着海利科尼亚，迄今为止，研究时间已经超过了弗雷耶的一个缓慢的大周期年——或者说是A星，观测站是这样称呼弗雷耶的。

地球人对海利科尼亚有着特别的兴趣，而且对目前这个阶段格外感兴趣。海利科尼亚本身环绕着巴塔利克斯旋转——在观测站上称之为B星。现在，这颗恒星和它的行星正一起沿着轨道加速。它们距离弗雷耶的距离依旧比地球到太阳的距离远六百倍，但这距离一周比一周缩小着。

这颗行星现在已经越过远星点好几个世纪了，那是轨道上最为寒冷的一段。观测站的通道里现在有了新任务，每一个人都能读懂那不断升高的、好转的气温梯度有什么意义。

IV

好转的气温梯度

有些孩子随父母，有些则与父母有着天壤之别。雷恩泰尔·阿耶长大后发现自己的母亲是一个安静的女人，就像她的母亲与父亲一样过着隐居生活。但在被生活击垮之前，劳伊·阿楠并不是这样的。

青春年少时，她十分排斥劳伊·布莱和小玉理那种和风细雨般的管束。她冲着他们尖叫，说自己讨厌他们房间里那种与世隔绝的气氛——他们年老之后，就愈发不愿离开房间了。在一次激烈的争吵过后，她离开了他们，住到另一座塔楼的亲戚家去了。

这里有大量的工作等着人来做。劳伊·阿楠在鞣制皮革方面成了一把好手。一次，她在做一双猎人皮靴时，遇到了这双靴子未来的主人，并与他坠入了爱河。她几乎还没有完全成年。在那些天光明亮、无人能够入眠的夜晚，她经常跟猎人一起跑出去。她头一次发现周围的这个世界美得如此令人惊叹。她成了他的女人。她愿意为他去死。

奥多兰都的习俗在变化。一次猎鹿的时候，他带上了劳伊·阿楠。以前德莱赛尔从不允许女人跟他们一起去，但是在他年老以后，命令就不那么严格了。这帮猎鹿人在一处狭窄谷地遇到了刺囊兽。

就在劳伊·阿楠眼前，她的男人被甩倒在地，并被那头猛兽的一根犄角扎了个透心凉，还没抬到家就断了气。

肝肠寸断的劳伊·阿楠回到了父母身边。他们接受了她的归来，安详地接纳了她，安慰她。当她躺在香气缭绕的阴影中，新的生命开始在她的子宫里孕育。她怀孕了。她一直都记得生下儿子时的雀跃心情。她管他叫雷恩泰尔·阿耶，而且她的父母也安详地接受了他。那是联盟后十三年春，或是老领主历的三十一年。

劳伊·布莱对女儿说："他会在一个更美好的世界里成长。"同时她注视着婴儿，"按照历史的记载，有一个时代即将到来，那时拉甲巴拉尔树就会盛放，大地的热力将会使空气变得暖和起来。食物将十分充盈，冰雪将消失，人们可以赤裸着彼此相见。在我年轻的时候，我是多么渴望那个时代啊。雷恩泰尔·阿耶可以目睹它的到来。我多么希望他是一个女孩——女孩能比男孩感觉到更多，看到更多。”

这个孩子喜欢看祖母的瓷窗。那在奥多兰都独一无二，尽管小玉理坚称以前有很多，只是如今全都破碎了。年复一年，雷恩泰尔·阿耶的祖父母从先祖留下的资料中抬起头，就会看到窗户变成粉红色、橙黄色，还有弗雷耶或者巴塔利克斯日落时那如火的晚霞映出的绯红。然而，那抹色彩终究会消失。夜晚会把瓷窗染成黑色。

旧年间，梦鹭会来，在奥多兰都的塔楼间振翅飞翔，第一位玉理跟随父亲跋涉在白雪茫茫的荒野时，曾经见过与这全然一样的幻景。

梦鹭只在夜里来。只要羽毛般的火花在瓷窗后面闪烁，那就是梦鹭来了，缓缓地盘旋着，拍打着独翅。或者，那本来就只是一只翅膀？当人们跑出去看时，它们的轮廓模糊不清，从来都辨不清楚。

梦鹭在人类的脑海中激发了奇异的画面。玉理和劳伊·布莱躺在毯子和兽皮上感悟脑海中同时出现的栩栩如生的一幕。他们会看到早已被遗忘的画面，还有自己从来都不曾知晓的画面。劳伊·布莱常常惊叫着捂住双眼。她说那就像是同时跟一群亡魂交流。之后，她渴望再次体验某些意想不到的画面，然而它们一旦消失就再也不会被唤起了；它们那迷乱的美丽犹如一阵香气消散了。

梦鹭继续翱翔着。没有人能揣摩出它们何时来何时去。

它们最惬意的栖息地是在对流层上层。偶尔，电压会迫使它们落到接近星球表面的地方。人和动物大脑中的神经电流会对它们产生短暂的吸引效应，导致它们会在某处短暂停留、盘旋不去，就好像它们也是智慧生物一样。然后，它们重新升入高空飘然飞走。凭借扫过海利科尼亚星系的那股强大磁场风暴在当地产生的异常变化，梦鹭可以向任何方向飞行，欲前则前，欲上则上，顺着磁场的潮汐掠过，一直盘旋，不事休憩，或者说根本就不需要休息。

然而它终究不会永远翱翔，因为那种被人类称为梦鹭的事物，其本质只是电子的聚集，这本质是绝不会变的。所以在环境变化时，没有什么东西比它们更脆弱了。

坎普安莱特这片热带大陆的气温在某一个时间发生了巨大变化。在夏季的一个温和日子里，劳伊·阿楠坐在那里无精打采地跟她小儿子玩耍，奥多兰都地面的温度攀升到了零上好几度。只有在偏北几英里的地方，在朵岑湖边，可能还有零下十度的严寒。夏季，在两个哨兵日夜轮流职守的日子里，即便在阴影处都根本不会结霜，谷物庄稼伺机生长起来。

在距离奥多兰都三千英里的恩克特莱赫克，每日的温差显示出极为剧烈的波动，从零下十二摄氏度到零下一百五十摄氏度，这种极寒下，氪元素都会变成液体。

变化在积累，起先，那样的变化被称为潜在变化。之后，当对流层上层的气温梯度对日渐增强的弗雷耶辐射做出反应时，它造成的影响变得极为明显。这个过程不可逆转地进行着，却是量子化的。有一次，地球观测站“阿佛纳斯号”在海拔十六点六英里的赤道上空记录到了一小时内十二度的温度升幅。

随着温度升高，平流层的循环愈发剧烈，风暴掠过星球表面。在恩克特莱赫克上空，能观测到时速超二百七十五英里的喷流呼啸而过。

突然之间，梦鹭消失得无影无踪。

这是引发人类与动物复苏的开端，而对于梦鹭来说，则是灭顶之灾。造就它们的环境在不到一年的时间里土崩瓦解了。形成它们的压电尘埃旋涡和带电尘粒太过脆弱，无法在一个剧烈变化的动态环境系统中幸存下来。它们不见了，它们在稀薄的上层大气中残留下一串串火花形成的尾迹，也随风消散。那些火花很快都熄了。

玉理和劳伊·布莱徒劳地寻觅着梦鹭。而雷恩泰尔·阿耶很快就忘记了自己曾见过那种东西。

一队队法艮出现在泛着绿色的天空下，在那个海拔上这景色很寻常，那两位哨兵——如果没有被云层遮盖住——会直接把它们的光束刺入密密匝匝的冰晶之中。雄性法艮和雌性法艮别无二致，正以他们那种非人类的诡异步态朝着一个地方走去。很多法艮肩上栖着鸟儿，或是盘旋在他们头上。鸟和法艮都是白色的，雪白大地夹杂着棕褐色和干燥的黑色，遥远的天空是青绿色。在赫尔莱格特冰川的映衬下，无数生灵的轮廓显现出来。

冰川前进的路线在一个地方分岔了，那是一处由火成岩形成的山岩，就像是冥府的堡垒，好些个世纪一直抵抗着冰川的围攻。冰已经削蚀了它的墙壁，不过它挺了过来，满是褶皱的高塔直插云霄。冰河流下去的地方是一片被冰川雪覆盖的高原。剑族的领袖站在这里，岿然不动，他那圣战的追随者正在集结。

这是隶属于赫尔的可赞王的族群，这个家族是最先决心要把生活在远方平原上的弗雷耶之子毁灭掉的家族。那个年轻的可赞王叫赫尔－布拉亥尔·耶普利特。他将领导圣战。被远方的弗雷耶之子毁灭的那位伟大的可赞王，赫尔－特赖赫克·赫拉斯特，就是他的祖父。在赫尔－布拉亥尔·耶普利特的带领下，骑士兵团将在复仇行动中冲锋在前。

赫尔－布拉亥尔·耶普利特的族群已经羽翼丰满，在上一轮这个世界被弗雷耶焚烧之后他们所失去的力量正在恢复。如潮的大军怀着坚定的决心，迫不及待地从高地的营寨开始了这次规模庞大的行动。

复仇的信念在他们的牛头里蠢蠢欲动，而平流层逐渐爬升的气温引爆了大军的行动。五千英里长的冰川从空气稀薄的恩克特莱赫克高原溢流而下，直至奥多兰都平原东部那削蚀的峡谷之中，热量带来的影响让整条冰川躁动起来，把剑族从藏身的裂隙岩檐下驱赶出来。

赫尔－布拉亥尔·耶普利特静静地等着，一动不动。他也听到热气袭来越过他的大气音阶。

气候变化的先兆让这片地区的其他生命活跃了起来，那也是法艮获取蛋白质的部分来源。那种名为玛第的低智能生物的部落，也盘踞在遍布砾石的冰川大地之上。他们身形枯槁，永远都营养不良，也已经重新开始游牧生活。他们在前面驱赶着山羊和艾羚，后者是一种依靠地衣和岩虱生存的四足动物。玛第要去地势更低的地方寻觅牧草。但是，他们在法艮圣战之路经过这里之前是不会动身的。

年轻的赫尔－布拉亥尔·耶普利特呼吼一声，纵身跃上坐骑。只有他手下最高级的军官配有铠骥坐骑。命令一下，军官们立即跨上锈红色的坐骑，安坐在隆起的肉峰后面。

按照劳伊·布莱的最新历法来算，这道命令是新历十三年的年末下达的。按照剑族历法，“年”被称为“大气回转”，今年是大灾变以来5634000大周期年度的小盛世后353大气回转。要是按照更为流行的纪年来算，现在正是433年的年末。

那时，雷恩泰尔·阿耶还是个顽童，正在他那位寡居母亲的膝上嬉闹。

他终将面对赫尔－布拉亥尔·耶普利特的圣战威势，这个时刻即将到来。

可赞王的铠骥旁边站着一个战士，一位年轻的雄性法艮，他擎着一杆大旗。

赫尔－布拉亥尔·耶普利特的身高跟一个身材魁梧的人类相当，而体重还要重一倍半。他角质层极厚的三趾足稳稳支撑着厚实的肋腹、粗壮的筋肉，以及比任何人类都要宽厚的胸膛。

他的头楔在壮硕的双肩之间，异常醒目。他的脑袋又窄又长，瘦骨嶙峋，长长的睫毛泛着霜花笼着他的目光，眼睛上面突出的骨脊为目光增添了一抹神采。他的犄角从耳后长出，往前伸展之后又拧着劲儿向上伸去，突显出了他的威严。角上生着灰色的纹络，就像是由大理石雕凿而成，边沿的锋刃足以致命。这武器只在跟其他法艮格斗时用过，还从未对抗过其他族类；他们的尖刃从未被弗雷耶之子那鲜红的血玷污。

赫尔-布拉亥尔·耶普利特那突兀修长的口鼻部自鼻头往后都是黑色的，就跟他祖父一样。这让他目光中的领袖气质愈发突出，那种残忍的霸气在他一举一动中呼之欲出。

王冠由武器铸造师特意为这次圣战精心打造。王冠形如鸢尾花，贴合在这位年轻的可赞王修长的鼻子上，又顺着犄角根部弧线打造出的两只锐利的铁犄角自侧面伸出。

威吓部下的时候，可赞王噘起嘴唇龇出两排钝齿，宽大的牙面上生着一道道棱脊，两侧是长长的切齿。

他披挂着铠甲：最为突显身份的就是那件用坚韧的铠骥皮做的坎肩，配有三层披肩和一条腰带，这条大腰带在肚腹的位置加宽加大，就像围裙一样垂下，护住了腰胯下面在纠结的粗毛里摆动的生殖器。

他的铠骥名叫赤风。跨上赤风之后，年轻的可赞王一抬手，一个人类奴隶吹响了一支巨大的弧形乐器，那是由刺囊兽的犄角钻孔制成的号角。雄浑的号角回荡在灰色的荒原上空。

随着这悲壮的号角声，又有奴隶从地府般的山丘洞穴中出现了，他们之中有人带着赫尔-布拉亥尔·耶普利特父亲和曾祖的尊骸。

这些辉煌的先祖处于幽闭状态，正缓缓沉入虚无的终世旋涡之中。这触目的生命衰败过程已经令他们的身躯收缩变小。曾祖现在几乎完全转化成了角质蛋白。

当这些图腾物出现时，集结的大军中出现了一阵悸动，雄性与雌性难分彼此。大军在冰冻的大地上一望无际，许多法艮站在附近的岩脊或是碎石堆上，衬着天空的背景格外显眼，他们的轮廓与远方天空堆积的云团杂糅在一起，壮阔磅礴。他们倚着长矛，任凭自己的牛鹂在头顶盘旋。所有人都纹丝不动，却令天地间杀气弥漫，只有偶尔扑棱一下的耳朵表明他们是活物。然后他们换了一下姿势，看向年轻的领袖和曾经的领袖们。

图腾尊骸被呈给可赞王。人类奴隶在他面前卑微地跪下。

赫尔－布拉亥尔·耶普利特下了坐骑，站在先祖和他的铠骥之间。躬身施礼之后，他谦卑地把脸埋在了赤风肋腹边赤褐色的绒毛里。他的感知离开了他的牛头。在一种恍惚的入定状态下，他召唤着父亲和曾祖的灵魂重新化作活生生的形态。

灵魂来到了他的面前。他们都是一副小小的身形，比雪兔大不了多少，正发出急促的尖叫声向他发出问候。他们跑着的时候四肢着地，在他们真实的生命历程中从未如此。

“噢，我神圣的祖先，现在已与大地结合的祖先。”年轻的可赞王用他所在族类的那种厚重语调高声诵念着，“最终我要为他复仇，他，现在本应站立在你们中间，我那勇武的祖父，伟大的可赞王，赫尔－特赖赫克·赫拉斯特，他被那些不生皮毛的弗雷耶之子杀害了。今后的几年我们将历经磨难。请让我的手臂充满力量，请为我们警示艰险，让利角高昂！”

他的曾祖上前一步，仿佛站立在赤风的躯体内。那完全角质化的幻象说：“去吧，高昂利角，记住仇恨。提防弗雷耶之子的伪善。”

这番话对赫尔－布拉亥尔·耶普利特没什么用。他认为自己对世敌除了仇恨外，别无他想。那些幽闭之中的人并不总是比大气之中的人更明智。

他父亲的幻象比曾祖的大些，因为他进入幽闭的时间更晚。这尊幻象对儿子一躬身，为他儿子在内心描绘出一系列画面。

赫尔－昂格尔·贺罗特为他的儿子展示出一幅画面，年轻的可赞王只能理解其中的一部分。对于人类来说，那是全然难以理解的。依照剑族的理解方式，那描绘的是已知宇宙，那画面极大程度地决定着他们对于生命的态度。

一个仿如内脏器官的东西不住地强力搏动着，不停地舒张收缩。它包含了三个部分，每一个都跟人类握紧的拳头相仿。各个部分相互依存，有着不同的颜色。灰色的那三分之一就是这个已知的世界，耀眼白色的那三分之一是巴塔利克斯，带着斑纹的黑色是弗雷耶。弗雷耶扩大的时候，另外两部分会缩小；当巴塔利克斯变大的时候，已知世界也随之变大。

重重氤氲环绕着这个忙碌不息的器官。有黄色的丝带在氤氲中穿行运转，那便是大气音阶。大气音阶摇曳着，仿佛是从弗雷耶中往外逃逸，然而却在某个距离上开始弯曲，进而环绕着它运行。代表弗雷耶的那三分之一探出黑色的触手，拖曳着大气音阶，让它距离已知世界越来越近。它不住地涌起泡沫。它不住地变大。

这些画面对于年轻的可赞王来说很熟悉，而且能帮助他在动身之前静下心来。他也理解那画面中传递出的警示：圣战所必须追随的大气音阶正变得越来越混沌，他和他的族人所拥有的完美的方向感会被彻底扰乱。圣战的进展将极为缓慢，将耗费许多个大气回转的时间，或者说很多年。

他喉咙深处发出一阵颤音，感激这副尊骸带来的画面。

赫尔-昂格尔·贺罗特展示出更多的画面。这些画面带有远古的气息——它们是从智慧的记忆深井中汲取出来的，那是英雄世纪，那时的弗雷耶还微不足道。一支由角质体先祖结成的天使般的军队出现了，让这画面的意义更加确切。

赫尔-昂格尔·贺罗特昭示出，当大气回转的次数大致等于一副手指与脚趾数的总和后会发生什么，这一切都通过这三位一体的器官表现了出来。缓缓地，黑色而斑驳的弗雷耶把自己移动到巴塔利克斯身后隐藏了起来。在之后的二十次大气回转中它都会这样。这时看到了一个惊人的悖论：尽管弗雷耶那部分逐渐变大，它还是能够将自己隐藏在不断缩小的巴塔利克斯后面。

二十次隐藏标记着弗雷耶残酷的统治期拉开帷幕。从第二十次隐藏开始，剑族的国土将陷落于弗雷耶之子的力量。

这就是警示——但其中蕴含着希望。

弗雷耶藏身不见时，由它产下的那些可怜而无知的弗雷耶之子将会陷入恐慌。第三次隐藏将会使他们的情绪陷入谷底。那就是反击的时刻，那就是抵达那个小镇的时刻，伟大的可赞王，赫尔-特赖赫克·赫拉斯特正是在那个小镇遭受毁灭。那就是复仇的时刻。那就是焚烧与杀戮的时刻。

记住。要勇武。高昂利角。战争开始了！

赫尔-布拉亥尔·耶普利特虔诚得好像是他第一次接受这智慧的洪流。其实他早已接受过很多次了。它恒久不变。它帮助他思考。他的整个族群随同幽闭之中的先祖在之前很多个季度里一次次接受同样的画面。画面来自已知世界，来自大气，来自逝者。它们是无可辩驳的。

族群所做的一切决定都取决于角质化先祖的智慧洪流。创造往昔辉煌的逝者们远超生者。那些远古英雄生活在那个弗雷耶刚刚开始丰盈的英雄世纪。

年轻的可赞王从他的幽闭状态中醒了过来。周围的人群一阵躁动，不住地扑棱着耳朵。他们头顶的鸟儿依旧安然翱翔。喧阗的号角声再次吹响，玩偶般的尊骸被带走了，送回他们原本所在的洞穴，送回天然的堡垒之中。

出发的时刻到了。

赫尔-布拉亥尔·耶普利特翻身跨上赤风高高的鞍鞯。这动静吓得白羽腾空而起，那是他养的白色牛鹂。它盘旋着升到空中，然后再次安落在赫尔-布拉亥尔·耶普利特的肩头。很多法艮都有自己的牛鹂。牛鹂鸟那聒噪刺耳的叫声在法艮听来清脆悦耳。牛鹂在法艮的生活中扮演着重要角色，法艮身上生有嗜食血肉的蜱虱，牛鹂正是以此为食。

这种蜱虱是一种看似不值一哂的生物，却在这个世界的复杂生态结构中有着不可或缺的作用——它让两个死敌之间产生了一种无法言说的紧密联系。

当年轻的可赞王在幽闭状态下与先祖沟通时，乌青的云笼罩了茫茫雪原。光线漫射在大地与云层之间。弥散漫射的光线不会投下影子，生灵仿若鬼魅般的幻影。人类在这种环境中会迷失方向，看不到地平线。天地之间只有一片珍珠般的灰色光芒。

这种白茫茫的天象对于剑族军队的影响微乎其微，他们只需跟随大气音阶行动。现在，与先祖交流的仪式结束了，步行的奴仆牵着四头铠骥驹在白茫茫的天色中迈开了步伐。这种动物背上的单峰几乎没多少肉；它们坚韧的皮毛上还缀着斑点。骑着小驹的是可赞王的四位剑族少女，每一位少女都把鹰羽或是淡白色的蝶岩花编在头发上作为饰物。这四位年轻貌美的女性，是由可赞王，赫尔－布拉亥尔·耶普利特的族群挑选出来，在圣战的年月里服侍首领的。

从高高的冰川吹来一阵零下四十度的凉风，向着东方吹去，弄皱了剑族少女那娇嫩的细绒。在这层细绒下面裹着法艮那粗厚的皮毛，寒气几乎完全无法侵入，除非是浸湿了水。

风让云层波澜起伏，就像打开了一扇百叶窗，这已知世界的形貌浮现出来。无数整装待发的生灵跃然眼前，赫尔莱格特冰川陡峭的侧壁映衬在他们身后，那四位如鬼魅般苍白的美女走在最前面。白茫茫的天色淡了。前方，可以看到那条萧瑟的隘道，它通往那片高悬海面之上一万两千米的天命之地。

赫尔的大旗高高飘扬。

年轻的可赞王举起一只手，向前一挥，发出了信号。

他把角状的足趾扎进赤风的肋下。这头猛兽抬起硕大的脑袋，踩着一触即碎的冰碴在冰原上迈步向前。一众人马迈着那种诡异的步态蹒跚行进。板岩被轧得咯咯作响，冰凌发出清脆的撞击声。牛鹂在上升气流中高高飞起。圣战开始了。

当弗雷耶第三次将自己隐藏在巴塔利克斯身后时，终点就会像祖先昭示的画面所预言的那样到来了。到那时，可赞王的军队会向生活在那个被诅咒小镇里的弗雷耶之子发起攻击，赫尔－布拉亥尔·耶普利特那位高贵的祖父就在是那里遇害的。伟大的老可赞王被迫从一座塔楼的顶上纵身一跃，死在塔下。

复仇已经开始：那个镇子要被铲平。

怪不得顽皮的雷恩泰尔·阿耶在母亲的膝上哭闹不休。

年复一年，圣战步步逼近。奥多兰都的居民始终对那远在天边的复仇者浑然不觉。他们忙着创造自己的历史。

德莱赛尔不再像以前那样做一个精力充沛的领袖。他待在镇子里的时间越来越长，对着各个工坊指指点点，其实在他干涉之前，它们早已平稳地运行着了。他的儿子们接替他去狩猎。

变化的气息让每个人都躁动不安。年轻的匠人想离开本行去狩猎，想要去设置陷阱。年轻的猎人则不想去干这些事情了。德莱赛尔手下就有一个猎人跟一位长者的妻子生了一个女儿。这种行为正变得习以为常起来，并常常引发争斗。

“当我还是小孩子时，我们的民风更好。”德莱赛尔对敖佐·卢恩抱怨着，却忘了自己年轻时的胡作非为，“接下来，我们就会相互谋杀了，就像奎金特的野蛮人一样。”

德莱赛尔拿不定主意，是应该用强硬手腕压制敖佐·卢恩，还是通过褒奖来让他顺从。他倾向于后者，因为敖佐·卢恩作为一个有头脑的猎人越来越有威望，但这些褒奖让德莱赛尔的儿子纳赫科里很生气，他对敖佐·卢恩产生了敌意，至于原因嘛，只有少不更事的毛头小子才明白个中缘由。

德莱·霍茵，德莱赛尔那位不尽人意的妻子，一病不起，最终在联盟后十七年离世而去。邦多伦迦农神父来了，依其所愿，将她葬于所属的大地音阶。她离去之后，德莱赛尔的生命中就有了裂痕，他平生第一次感觉到爱她。自此以后，他的心就充满了愧疚。

不顾年事已高，为了再次与阴阳相隔的德莱·霍茵交谈，他学习了与父辈沟通的技艺，并且进行了通灵。他与她那浮在下界的幽魂会面了。她责备他缺少爱意，浪费他们的生命，责备他喜怒无常的冷酷，还有许许多多的事情，令他无比哀伤。在她的咒骂声中，在她的恶语相向中，他仓皇逃去，从此以后更加沉默寡言。

有时，他会跟雷恩泰尔·阿耶聊聊。这个男孩比纳赫科里和克里厄斯聪明。但是，德莱赛尔始终远远避开他的老表哥，小玉理。因为以前他蔑视玉理，如今却觉得羡慕，有一个活着的女人爱着玉理，而且为他带来快乐。

玉理和劳伊·布莱一直待在他们的塔楼里，尽力不去注意他们渐渐花白的头发。劳伊·阿楠则紧盯着雷恩泰尔·阿耶，当他越来越热心参与新一代所热衷的那些粗俗嬉乐之事的时候，她时时刻刻留意着他。

遥远的奎金特大山下面生活着一个被称为收取者的教派。第一位玉理曾瞥见过他们一眼。这个教派安处于一所宏大的洞穴之中，地底的热量使其温暖如春，实际上，上层大气的气温梯变是无法被这里所感知的。但他们与帕诺威尔保持着隐秘的联络，从这座拥挤不堪的巢穴中发展出一种观念，并以自己的方式引发了一场足以与气温梯变相媲美的剧变。

尽管这种观念刚愎自用，但对收取者的刻板思想来说，这里边包含着一种美感，而这美感之中似乎又蕴含着真理。

收取者，不论男女，都穿着一种面料精致的衣物，从面颊一直裹到脚面。这衣物令他们的轮廓仿如倒悬的半开的花骨朵儿。只是这名为绸襦的衣物穿得太久，磨损得很厉害。

绸襦可以看作是收取者思想的象征。他们所领悟的东西经过许多世代后很有条理地编纂起来，演化成为他们神学理论的多样性衍生物。他们在淫乱的同时禁欲，甚至就连他们宗教之中被压制的层面都包含着自身的悖论，而且已经朝着一种神经质的享乐主义发展。

信仰伟大的阿克哈，有组织地进行淫欲，这两者并非格格不入，而且有一个基本的逻辑：伟大的阿克哈对于人类漠不关心。他只专注地同那个极具破坏力的光明之神乌特拉战斗，这确实会让人类受益；但那战斗并非是为了人类而战，只是为了阿克哈自己。至于人类做什么，则是无关紧要的。这种幸福哲学源自人类的无能为力。

而那位名叫纳巴的先知的死亡，让一切发生了改变。纳巴的言论最终从帕诺威尔流传到了收取者的洞穴里。先知承诺，如果男人和女人誓言摒弃肉欲，能够心无波澜地与另一个人躺在一起，那么伟大的天父，阿克哈，就会对他们另眼相待，就会允许他们作为战士加入对抗乌特拉的战争中。这场战争就会更早结束。纳巴话语中蕴含的实质在于——人类并非无能为力，只要去做出这样的选择。

人类并非无能为力。对于深藏地下的收取者来说，这个论调可谓振聋发聩，可这对帕诺威尔来说毫不稀奇，在那里，人们向来认为人类能够有所作为。于是，在收取者的洞穴深处，绸襦开始被烧毁。贞洁开始盛行。

不到一年的时间，收取者们就性情大变。以岩石之神的名义，古老而刻板的教义被引向了极具局限性的贞德。那些不认同新道德的人要么死于利剑之下，要么在利剑挥下之前落荒而逃。

在激烈的对抗下，对于收取者来说，仅仅自身产生转变是不够的。

从来都不够。狂热分子必须一路前进去改变其他人。他们发起了“阿克哈的纳巴的忠贞之旅”。在深埋地下的通道中行走上百英里，他们一路传播自己的思想。第一站便是帕诺威尔。

帕诺威尔对于自己那位先知所引发的回应不置可否，因为他早就被处决而且早已被遗忘。帕诺威尔激烈地反对这些狂热分子的入侵。

民军以武力进行驱逐，战斗接踵而来。狂热分子早就做好了战斗的准备。为大业而死，他们死而无憾。如果有其他人陪着一起死，那就更好了。他们的幽魂在大地音阶下怒吼，煽动他们要去征服。他们奋不顾身前仆后继。民军拼尽全力度过了漫长而又血腥的一天，然后，逃之夭夭。

帕诺威尔就这样屈从于强权者的话语，屈从于新的社会制度。绸襦之所以草草织就，就是为了立即烧掉。那些不愿苟同的人，不是逃走，便是被杀。

逃走的那些人寻着路去到了乌特拉掌管的那个开阔的世界，去到北方那无尽的平原。他们去的时候，冰雪正悄然消退，草木正生长起来。两个哨兵更好地守卫着天空，而乌特拉本身似乎并没有那么暴烈。他们活了下来。

年复一年，他们向北扩散搜寻食物，在大地上寻找一处庇护之地。他们沿着拉斯沃尔特河扩散到了大平原的东边。他们劫掠那些迁徙的耶尔克和冈纳鸵兽群，一路朝着查奥斯地峡进发。

与此同时，正在好转的气温为酷寒的锡伯纳尔大陆上的人们带来了活力。一波又一波艰辛的开拓者朝着南方迁移，经查奥斯地峡进入坎普安莱特大陆。

终有一天，当弗雷耶称霸天空时，来自帕诺威尔的、现处最北边的部落，会遇到来自锡伯纳尔的、目前身处最南部的流亡者。接下来会发生的事情以前已经发生过很多次了——而且命中注定要再次发生。

乌特拉与阿克哈必然对此翘首以盼。

小玉理离开这个世界的时候，世界就是这个样子。从奎金特来的盐贩子到了奥多兰都，带来了关于雪崩和其他反常情况的消息。如今早已作古的小玉理当时急匆匆地去观望他们的到来，结果一个不慎在几级台阶上滑倒，摔断了腿。一星期之后，来自博里恩的祭司呼唤着、祈祷着，雷恩泰尔·阿耶开心地玩着那个下巴可以活动的小狗雕像。

一个纪元结束了。纳赫科里和克里厄斯的统治行将开始。

V

双日齐落

纳赫科里和克里厄斯待在豢养牲口那座塔楼上的一间屋子里。别人以为他们是在整理鹿皮，其实不然，他们正从窗户往外张望，对于看到的事情大摇其头。

“我不敢相信。”纳赫科里说。

“我也不敢相信。”克里厄斯说，“我压根儿不相信。”他大笑起来，直到哥哥在他后背拍了一巴掌。

他们正看着一个高挑的老迈身影沿着沃雷尔河堤岸疯狂地跑着。附近的塔楼时不时遮住那个身影，皮包骨的手臂和长腿不停地舞动。那身影停下过一次，绰起一把泥灰抹在头上脸上，然后又拖着踉跄的步子继续跑。

“她傻了。”纳赫科里一边说，一边开心地捋着胡须。

“要是你问我的看法，我看更糟，彻底疯了。”

那个不停奔跑的身影后面跟着一个较为稳重的人影，一个即将成为男人的男孩。堤岸上的人影正是雷恩泰尔·阿耶和他的祖母，他要照看着母亲别让她受伤。她跑在前面，大呼小叫。他跟在后面，闷闷不乐，一声不吭，一丝不苟。

纳赫科里和克里厄斯的脑袋一边摇着，一边凑在了一起。“我搞不懂劳伊·布莱为什么会成那个样子。”克里厄斯说，“你记得父亲跟我们说过的话吗？”

“不记得。”

“他告诉我们，劳伊·布莱只是假装爱玉理叔叔。他说，她压根儿不爱他。”

“啊，我想起来了。要是那样，她为什么现在还要装模作样呢？他都死了，这毫无意义嘛。”

“她懂那么多，背后肯定有高明的计策，你明白的。这就是个把戏。”

纳赫科里走向地板上敞开的翻板门。女人正在下面干活。他把门踢上，转过脸去对着弟弟。

“劳伊·布莱要干什么不重要，没人明白那女人做的事情。重要的是玉理叔叔死了，而你我现在要统领艾姆布鲁都克。”

克里厄斯看上去被吓到了，“劳伊·阿楠呢？雷恩泰尔·阿耶……他怎么办？”

“他还是个孩子。”

“不会太久。他就要七岁了，而且再过两个季度他就是真正的猎手了。”

“这时间够久了，这可是我们的机会。我们很有力量……至少，我有。人们会接受我们的。他们可不想让一个小孩子做统领，而且他们对他的祖父心怀蔑视，他所有的时间都躺在那个疯女人身边。我们必须好好琢磨琢磨，怎么跟大家说，怎么向他们承诺。时代在变。”

“这倒是，纳赫科里。告诉他们时代变了。”

“我们需要那些匠人大师的支持。我现在要去跟他们谈谈……你最好回避，因为我碰巧知道委员会认为你是个会制造麻烦的傻瓜。然后我们争取几位领头的猎人，像敖佐·卢恩那样的，还有其他人，然后就万事大吉了。”

“雷恩泰尔·阿耶怎么办？”

纳赫科里捅了弟弟一把，“别老说这事儿。如果他惹什么麻烦的话，我们就灭掉他。”

纳赫科里在那天夜里召集了一次会议，这时，第一位哨兵已经离开了天空，弗雷耶的黄昏也已暗淡无光。狩猎的队伍都在家里，陷阱猎人大都回来了。他下令把城门关上。

等人们都在广场上聚了起来，纳赫科里出现在大塔楼的基座上。他在鹿皮衣外面披了一件红黄相间的、用粗糙的斯塔獏毛织就的无袖外套，这能让自己显得高贵一点。他中等身材，腿很粗壮。他的面孔平淡无奇，耳朵很大。他傲然地把下巴往前挺着，这给他的形象附上了一种不祥的头重脚轻的感觉。

他郑重其事地向众人发表演说，向他们提起老一辈的三位头领——沃尔·恩、他父亲德莱赛尔，还有他叔叔玉理，提起他们的伟大人格。他们兼备勇武与智慧。现在部落联合起来了，勇武与智慧成了寻常的品质。他将会继承传统，但要有新时代的新风貌。他和弟弟将会与委员会一起统领这里，而且不论任何人想要说什么，他们都会仔细倾听。

他提醒所有人，法艮的袭击是持续不断的威胁，奎金特来的盐商说起过帕诺威尔的宗教战争。奥多兰都必须保持团结并持续壮大，此外也要有新气象。每个人都要更加努力地工作，女人必须更卖力地干活。

一个女人的声音打断了他：

“从那个高台上下来吧，你自己先工作起来吧！”

纳赫科里的沉着一下子不见了。他对着下面的众人大张着嘴，想不出要怎么回应。

劳伊·阿楠在人群里开口了。雷恩泰尔·阿耶站在她身边，盯着地面。恐惧和愤怒让她浑身发抖。

“你没有权力站在那上面，你和你醉醺醺的兄弟一个样！”她叫道，“我是玉理的后代，我是他的女儿。我的儿子就站在这里，雷恩泰尔·阿耶，你们都认得他，两个季度之后他就是真正的男子汉了。我跟男人一样拥有智慧和知识——是从我父母那里承袭的。继续保持三人执政，就像你父亲德莱赛尔期望你们的那样，他可深受所有人的尊敬。我提议由我与你们共同统领——应该有女人的声音——我爱我们的家族。各位，大胆地为我说句话吧，亲眼见证我得到应得的权利。然后，当雷恩泰尔·阿耶到了年纪，他将接替我进行统领。我将对他严加训导。”

雷恩泰尔·阿耶感到脸上跟火烧一样，低垂着目光四下张望。奥耶莉正同情地看着他，冲着他做了个安慰的手势。

几个女人和不多的几个男人开始叫嚷，但是纳赫科里恢复了镇定。他让他们住嘴。

“没有人想要一个女人来统领，我对此无能为力。有谁听说过这种事吗？劳伊·阿楠，你的内心肯定跟你的母亲所认为的一样软弱。我们都知道你的运气不好，因为你的男人早早就丧了命，每个人对此都很遗憾，但你说的话毫无意义。”

所有人都转头去看满脸通红、局促不安的劳伊·阿楠。她毫不畏缩地回击道：“时代变了，纳赫科里，头脑和肌肉一样重要。老实说，我们中有许多人并不是多么信任你和你那个蠢兄弟。”

许多人都咕哝着赞同劳伊·阿楠，但是，有一个名叫法拉林·弗德的猎人硬邦邦地说：“她不能统领我们……她只是一个女人。我宁愿推举那两个无赖。”

纳赫科里对此报以会心一笑，大势已成。在众人莞尔之间，劳伊·阿楠推开人群流着眼泪走了。雷恩泰尔·阿耶不情不愿地跟着她。他为母亲感到难过，他钦佩她；他的心里还在想着，一个女人要统领奥多兰都是多么的不合情理。从没有人听说过这种事情，正如纳赫科里叔叔所说的那样。

他走出人群的时候脚下稍一停，一个名叫沙耶·泰尔的女人走到身边拉住了他的袖子。她是母亲的一位年轻朋友，肤色很好，美貌出众，貌如鹰隼。他一直觉得她特立独行而且人很好，因为她时常来看望他的祖母，给她带来面包。

“我跟你一起去安慰你的母亲，如果你不介意的话。”沙耶·泰尔说，“她让你难堪了，我知道的……但是当人们说心里话的时候，都会让我们难堪。我钦佩你的母亲，就像我钦佩你充满智慧的祖父母。”

“是的，她很勇敢。但人们还是笑话她。”

沙耶·泰尔看着他，正色道："人们还是笑话她，没错。但那些笑她的人有很多都钦佩她。他们被吓住了。大多数人总是怕这怕那。记住这点。我们必须尽力去改变他们的想法。"

雷恩泰尔·阿耶跟随着她，听到这里突然一阵激动，望着她那张严峻的面孔笑了笑。

幸运眷顾了纳赫科里和克里厄斯。那天晚上，一阵狂风从南方袭来，就像钟啸泉一样在塔楼间不停地咆哮着。第二天，捕鱼的陷阱猎人报告说河里挤满了鱼，女人们带着篮子下去捞起那些银光闪闪的鱼。这不期而至的丰收被视为一个吉兆。大量的鱼被腌制起来，剩下的还足够为那天晚上举行一场盛宴，宴会上的人们痛饮着大麦酒，庆贺纳赫科里和克里厄斯上任。

但是，克里厄斯笨拙懵愣，纳赫科里胸无点墨。更糟的是，他们两人跟自己的手下都没有什么感情。狩猎的时候，他们比一般人好不了多少。他们常常为了该做什么事而相互争吵，而且他们对自己的这些毛病还朦朦胧胧有那么一点自知之明，他们只好借酒消愁，越喝越多，于是越吵越凶。

然而，幸运伴随着他们。天气持续好转，有时候会有更多的鹿，而且没有疾病侵害。法艮的袭击中止了，尽管在几英里外的地方还时不时会看到一些那种怪兽。

奥多兰都的生活就是这么单调乏味。

两兄弟的统治并没有让所有人都开心，一些猎手就不怎么高兴；一些女人也不高兴；雷恩泰尔·阿耶也不高兴。

猎人中有一支队伍是由血气方刚的小伙子组成的，他们抵制着纳赫科里要把这支队伍拆散的企图。当然了，带头的就是敖佐·卢恩·丹，现在的他正值男人最年富力强的阶段。他块头很大，有着坦诚率直的面孔，两条腿跑起来跟四条腿的野猪一样快。他的身影与众不同；他穿的是黑熊皮衣，那身皮毛隔老远就能认出来。

那头熊是他拼命搏斗杀死的。带着成功的骄傲，他不要别人帮忙，自己把那头野兽从山里扛了回来，把它扔在赞不绝口的朋友们脚下，就在他们居住的塔楼里。一场雷瑟尔酒会之后，他叫来戴特尼尔·斯卡尔大师处理这头野兽的皮毛。

敖佐·卢恩进入这座塔楼的经历非同一般。他是沃尔·恩的叔叔那一支的后嗣，那位老人曾是卜拉希米蒲的领主。卜拉希米蒲是一个地名，也是当地一种很重要的经济作物的名字；卜拉希米蒲树出产喂养牝猪的饲料，牝猪产出的奶可以用来酿造雷瑟尔酒。但是，敖佐·卢恩发现他的家族专制暴虐，于是很小的时候就背叛了它。他在一座遥远的塔楼里自立门户，跟他气味相投的都是年纪相仿的同伴，有乐天的伊莱恩·泰尔、好色的法拉林·弗德、踏实的谭瑟·恩。他们为纳赫科里和他兄弟的愚蠢干杯。他们的酒会声名远播。

在其他方面，敖佐·卢恩也很有名。在一个把勇力视为寻常事物的社会里，他竟以勇力而享有盛誉。在部落欢庆的舞蹈中，他能把一个大车轮在空中耍得飞转。而且他坚定地相信部落应该团结。

他的私生女奥耶莉的出现也无法阻止女人对他的倾慕。他吸引着劳伊·阿楠那位密友沙耶·泰尔的目光，而且他也对她那不同寻常的美貌做出了热情的回应；但他不对任何人倾心。他看得出，纳赫科里和克里厄斯迟早会倒大霉并一败涂地。自从他理解了什么东西对部落有好处——或者说他自以为理解了，他就希望自己能去统治。他也不允许任何女人统治他的心。

到头来，仗义豪爽的敖佐·卢恩培养了一些自己的亲信，同时也关注着雷恩泰尔·阿耶，当这个男孩到了公认的猎手年纪时，便鼓励他在巡猎中跟自己在一起。

有一次去奥多兰都西南方猎鹿，由于发大水，他和雷恩泰尔·阿耶跟其他人分开了。他们不得不绕远路走过一片巨大的拉甲巴拉尔圆柱密布的地方。他们走到了一群商人附近，有十个人，这些人围着篝火，醉得不省人事。敖佐·卢恩趁着他们睡觉干掉了两个，没有惊醒其他人。他和雷恩泰尔·阿耶抓着动物的头骨遮挡住自己，从藏身之处冲出来不住地嚎叫。剩下的八个商人由于迷信而感到恐惧，因此投降了。这段故事在奥多兰都被当作笑话讲了很多年。

那八个人贩卖武器、谷物、皮毛，以及任何能搞到手的东西。他们从博里恩来，那里的人自古以来就被认为是胆小鬼。他们从南方的大海一直游历到北方的奎金特。他们的名声在奥多兰都无人不知——地地道道的骗子。敖佐·卢恩和雷恩泰尔·阿耶把他们当作奴隶带了回去，把财物分给了大家。敖佐·卢恩留下一个名叫卡拉瑞的年轻人做自己的奴隶，他比雷恩泰尔·阿耶大不了多少。

这段经历给敖佐·卢恩带来了更多的威望。他很快就有了能挑战纳赫科里和克里厄斯的地位。不过他收住了势头，还跟以往一样，只是跟他的那帮兄弟打成一片。

匠人中间滋生出一种不安分的情绪。特别是有一个名叫达斯卡的年轻人打算脱离金属匠人的工作，拒绝继续那漫长的学徒生活。他被带到两兄弟面前。他们无法让他顺服。达斯卡在所有人的面前消失了两天。一个女人报告说他躺在一间不常用的房间里，被捆着，满脸是伤。

这时候，敖佐·卢恩走到纳赫科里的面前说，可以让达斯卡加入猎人行列。他说："狩猎不是轻松活儿。各种技巧自不必讲，更不用说长满牧草的大地在过去几年里，已经被古怪的天气搞得面目全非。我们干得很艰苦，你知道的。所以如果达斯卡愿意，让他加入我们好了。为什么不？如果他不够好，我们就把他踢走，那时再让他好好想想。他跟雷恩泰尔·阿耶差不多一般年纪，可以跟他一队。"

纳赫科里站立的地方光线暗淡，他正在监督奴隶给雷瑟尔牝猪挤奶。空气中弥漫着尘土。天花板很低，这使得纳赫科里要微微驼着背，看上去好像在敖佐·卢恩的挑战面前有些卑躬屈膝。

纳赫科里说："达斯卡应该服从规矩。"敖佐·卢恩不经意间提起的雷恩泰尔·阿耶触怒了他。

"让他狩猎，他就会守规矩。你施加在他脸上的鞭痕愈合之前，我们就会让他争取到自己的地位。"

纳赫科里啐了一口，"他没有接受过猎人训练。他是制造者。而你肯定是受过这些训练的。"纳赫科里担心金属制造者所掌握的诸多秘密泄露出去。匠人们的手艺被严格保密，以此增强统治者的权力。

"如果他不去工作，那咱们就让他过一过我们那种艰苦生活，看看他如何活下去。"敖佐·卢恩争辩道。

"他是个沉默寡言、阴郁乖戾的家伙。"

"沉默寡言在辽阔的平原上是件好事。"

最终纳赫科里释放了达斯卡。达斯卡跟雷恩泰尔·阿耶结队，就像敖佐·卢恩说的那样。他成了一名好猎手，捕猎的时候很机灵。

尽管达斯卡沉默寡言，不过他被雷恩泰尔·阿耶当作亲兄弟。他俩的个头相差不过一寸，岁数相差不到一年。只是雷恩泰尔·阿耶的脸宽一些，而且还有点幽默感。

达斯卡的脸型修长，他的目光永远朝下。他俩作为一支小队所显现的优势，在狩猎队伍中成为一段传奇。

因为他俩常常在一起，许多老妇人说他们终有一天会面对同样的命运，就像早些年间德莱赛尔和小玉理被预言的那样。不过以前是那样，现在也如此：他俩的命运有着天壤之别。在年轻的岁月里，他们只是看上去很相像，达斯卡的出色表现让自负的纳赫科里都为他骄傲，后者居然还以给他施过恩惠而自居，时不时提起当初把这个年轻人从匠人的束缚下释放出来是自己的远见。但每当纳赫科里从他面前走过，达斯卡总是沉默不语，垂目盯着地面。他从没忘记是谁打了他。有些人从不懂宽恕。

劳伊·布莱在她男人死后就判若两人了。以前她总是待在那间香气缭绕的小屋里，现在，她年老体弱，却选择在奥多兰都那蓬勃的绿色荒野中整日游荡，自己跟自己说话，自己给自己唱歌。许多人都很为她担心，但没有人敢靠近她，除了雷恩泰尔·阿耶和沙耶·泰尔。

有一天，一只受山上雪崩惊扰而来的熊攻击了她。独自一人的她被拖行，受了伤，又被野狗扑咬，最终要了她的命，尸身被吃掉了一半。当她血肉模糊的遗体被发现之后，女人们把残骸收集起来，哭着回了家。

随后，不可一世的劳伊·布莱按照传统方式下葬了。很多女人号啕痛哭：她们对她的孤傲无比尊崇。劳伊·布莱出生在大雪纷飞的年代，决意生活在众人中间，却过着与世隔绝的生活。这种孤傲之中寄托着众人的一种心愿：她们自己无法承受的生活通过她得以实现。

每个人都知晓劳伊·布莱的博学。纳赫科里和克里厄斯前来表达他们对老婶婶的敬意，然而并没有费心去请邦多伦迦农神父亲临主持她的葬礼。他们站在哀悼的人群边上，凑在一起窃窃私语。沙耶·泰尔和雷恩泰尔·阿耶一起照顾着劳伊·阿楠，当她的母亲葬入潮湿的泥土中时，她既不哭泣也不说话。

随后，当他们离开这个地方时，沙耶·泰尔听到克里厄斯窃笑着对他哥哥说："哥哥，她终究只是一个女人……"

沙耶·泰尔脸胀得通红，脚下一绊，要是没有雷恩泰尔·阿耶扶住她的腰，差点要摔倒。她径直回到四面通风的家里，家里还有年老的母亲，她把额头抵在墙上站在那里。

她有一副好身材，尽管人人都说她没有一副适合生育的体型。她出众的外形体现在浓密的黑发、窈窕的身段，以及举手投足的姿态上。那种凛傲的姿态吸引着不少男人，但更多的男人是反感。沙耶·泰尔已经拒绝了一个跟她关系亲密的同族男人伊莱恩·泰尔的表白。当然，她也注意到已经有相当长的时间没有其他求婚者上门了——除了敖佐·卢恩。可即便是和他在一起，她也没法让自己的灵魂屈从。

现在，当她站在那里抵着那堵潮湿的墙壁，灰色的地衣攀在墙上，草草开着几朵皮包骨的小花，她领悟到劳伊·布莱的独立和孤寂应该是她的一条出路。自己终究不会只是一个普通女人，不论人们会在她的墓地上说些什么话。

每一个黎明，女人们都要聚集在那个叫作女人屋的地方。那是工坊。借着天空的第一缕光线，从塔楼里出来的一条又一条身影渐渐清晰起来，蜷缩在她们的裘皮里面，常常还额外裹上一层抵御寒冷，她们陆陆续续上路，到这个地方开始干活。

浓重的雾气充塞清晨，被暗影幢幢的塔楼切成一块一块的。一群群雪白的鸟儿像云团一样飞过。石头上湿漉漉的，脚下的泥土一踩就会渗出水来。女人屋矗立在主街道尽头，离大塔楼不远。在它后面下一道坡的地方就是流淌的沃雷尔河，堤岸上垒着破碎的石块。当女人们四处坐下开始干活时，鹅——艾姆布鲁都克的家禽——就上前讨食，嘎嘎叫着闹成一片。每个女人都会给它们扔些吃的。

当厚重的大门吱吱呀呀关上，屋里的女人就开始了无休止的劳作：粉碎谷物磨成面粉、熬煮、焙烤、缝制衣物和靴子、鞣制皮子。鞣制工作特别辛苦，而且由一个男人监督着——他是戴特尼尔·斯卡尔，硝制和鞣制皮革的匠人大师。鞣制过程要用到盐，因此，按照传统，盐由鞣皮匠人掌管。相关的工作还包括把兽皮浸泡在鹅粪里，这工作对男人来说太不体面了，无法去做。但辛苦的工作借着闲谈而变得生机勃勃，母亲们和女儿们谈论着男人和邻居的各种毛病。

劳伊·阿楠被迫在这里跟其他女人一起干活。她变得非常消瘦，脸色也日渐蜡黄。对纳赫科里的恨意吞噬了她的活力，她甚至不愿意跟雷恩泰尔·阿耶说话，而他现在被允许以自己的方式去做事了。她不跟任何人交往，除了沙耶·泰尔。沙耶·泰尔富有一种超脱的气质，一种与艾姆布鲁都克的女人所固有的沉默寡言与忍气吞声截然不同的性情。

在一个寒冷的黎明，塔楼下传来敲门声的时候，沙耶·泰尔才刚刚从床上爬起来。雾气早已透进了塔楼，给她和母亲睡觉的屋子里的每一件事物都滚上了一层露珠。她坐在泛着珍珠色微光的黑暗中拉上靴子时，又响起了敲门声。劳伊·阿楠索性一把推开了下面的门，穿过牲口圈，越过几层房间，最终攀到上面来到了沙耶·泰尔的房间里。当劳伊·阿楠摸索着走在吱吱作响的楼梯上时，家里的猪在黑暗中走来走去，暖洋洋地哼哼着。沙耶·泰尔在她爬进屋子时迎了上去，抓住了她冰冷的手。她冲屋子里最暗的角落做了个保持安静的手势，她母亲还躺在那里睡觉呢。她父亲已经跟别的猎人一起出去了。

房间里的气味浑浊不堪，她们暗淡的身形轮廓勉强能辨识出来，但是，沙耶·泰尔察觉到对方那佝偻着的身影中有什么不对劲。她的不期而至说明有什么麻烦了。

“劳伊·阿楠？你病了吗？”她低声问道。

“疲倦，只是疲倦。沙耶·泰尔，这一整晚我都在跟我母亲的幽魂谈话。”

“你跟劳伊·布莱说话！她已经……她说什么了？”

“他们全都在那里，哪怕是现在，成千上万，就在我的脚下，等着我们去……想起他们都觉得吓人。”劳伊·阿楠一直在哆嗦。沙耶·泰尔伸出一只手臂搂住这个年长的妇人，把她引到地铺边，她俩挤在一起坐下。外面的鹅在叫唤。两个女人转过脸来，面对着面，希望看到对方并没有什么不安。

“自从她死后，这不是我第一次通灵了。”劳伊·阿楠说，“之前我从没找到过她——她应该在的地方只有一片空白——只有空荡荡的……我祖母的亡魂为了引人注意在号啕恸哭。下面那里那么的孤独……”

“雷恩泰尔·阿耶在哪儿呢?”

“哦，他出去狩猎了。”她轻蔑地说了一句，立刻转回她的话题，“他们有那么多，飘浮着，我不相信他们会彼此交谈。为什么死者会相互憎恨？沙耶·泰尔？我们并不彼此憎恨……对吗?”

“你思虑太重了。来吧，我们要去干活了，再弄点东西吃。”

透进塔楼的光线灰蒙蒙的，这让劳伊·阿楠看上去跟她的母亲很像。“可能他们之间没有什么话可说吧。但他们却那么渴望与生者谈话。我那个可怜的母亲也是。”

她开始哭泣。沙耶·泰尔抱了抱她，同时查看旁边睡觉的人是不是被惊醒了。

“我们该走了，劳伊·阿楠。我们要迟到了。”

“母亲出现的时候完全不一样……太不一样了，可怜的幽灵。她活着的时候那些可爱庄重的气质都不见了。她的体态也开始……蜷缩起来。哦，沙耶·泰尔，一想到永远都要待在下界我就恐惧……”

说到最后，她的声音不由自主地越来越大。沙耶·泰尔的母亲翻过身子哼哼着。下面的猪也哼哼着。

钟啸泉吼了起来，到开工的时间了。她俩相互搀扶着磕磕绊绊地下了楼梯。沙耶·泰尔轻轻唤着猪的名字让它们安静下来。当她们倚着门板推动大门合拢时，空气中腾起一团白汽，门板上的霜花在她们的手指下面扑簌簌落下。在清晨的朦胧和泥泞中，许多身影朝着女人屋赶去，她们的肩上裹着毯子，好似没了手臂。

她俩走在无名无形的影子中间，劳伊·阿楠对她的同伴说：“劳伊·布莱告诉了我她对我父亲那长久的爱。她说了许多我无法理解的关于男人和女人以及男女之情。她还说了一些我那个早已死去的男人的伤心事。”

“你从来都没有跟他谈过话吗?”

劳伊·阿楠回避了这个问题，“母亲几乎不让我插一句嘴。死者怎么还会这么情绪化？这不可怕吗？她恨我。一切都消失了，除了情感，就像得了一种疾病。她说一个男人和一个女人在一起才会是一个完整的人——我不懂。我告诉她我不懂。我不得不阻止她说话。”

“你让你母亲的幽魂住嘴？”

“别那么震惊。我的男人曾经打我。我听到他的事吓坏了……”

她喘着气，说不出话了。一进屋，暖烘烘的热气让她们不禁长出了一口气。鞣皮的池子冒着热腾腾的水汽。壁龛里燃着鹅脂做的蜡烛，火苗噼啪作响，就像从皮子上扯掉绒毛的声音。二十来个女人聚在这里，打着哈欠，抓挠着自己的身子。

沙耶·泰尔和劳伊·阿楠一起吃了几块面包，喝了些为她们配发的雷瑟尔，或是猪乳酿，然后才去了她们的研磨杵那里。现在天色更亮了，看得出那位年长些的妇人脸色很吓人，而且眼窝凹陷，头发纠结成了一团。

“幽魂没跟你说什么有用的东西吗？任何有帮助的事情？她有没有说起任何有关雷恩泰尔·阿耶的事情？”

“她说我们必须收集知识，尊重知识。她鄙视我。”话语从她塞满面包的嘴透了出来，“她说知识比食物更重要。好吧，她说知识就是食粮。也许她搞混了——还不习惯下界那里。很难理解所有他们所说的……”

监督者出现的时候，她们去了谷物那边。

沙耶·泰尔斜眼看她的这位朋友，她凹陷的两腮被从东边窗户照射进来的灰白色光线填满了。“知识不可能是食粮。尽管我们懂得很多，我们仍旧要为村子磨谷子。”

“母亲活着的时候，她给我看过一幅画，是一个由风驱动的机器。她说它是用来磨谷子的，而女人们不用动一根手指头。风做了女人的活儿。”

“男人可不关心这个。”沙耶·泰尔莞尔一笑。

尽管谨小慎微，沙耶·泰尔还是坚定了自己的决心；对于那些不经思考只是被动接受的事物，她是女人中反对最为激烈的。

她的专项工作是烹煮。在这里，面粉、动物油脂和盐揉在一起，地下的热水从水渠流过，送来的蒸汽可以用来烹煮。深褐色的面包做好后，等它们晾凉了，一个名叫芙芮的瘦瘦的女孩再把它们分给奥多兰都的每一个人。沙耶·泰尔是干这活儿的行家，她做的面包声名远播，味道比其他人都要好。

现在，她看到了一种比面包更有意义的神秘思想。她不再满足于日常的琐事，她的言谈举止变得更加与众不同。当劳伊·阿楠患上了一种慢性的绝症后，沙耶·泰尔把她和雷恩泰尔·阿耶带到了自己家，不顾父亲的反对，耐心照料那位老妇人。她们一聊就是几个小时。有时候雷恩泰尔·阿耶听着；更多的时候他觉得不耐烦，只管出去做自己的事。

沙耶·泰尔开始向那些做烹煮工作的妇人传递一些想法。她特别喜欢对芙芮讲述，对方正值可塑性最强的年纪。她说起人类在谎言与真理间更偏爱真理，就像在黑暗之中更需要光明。女人们听着，不自在地嘀咕着。

不只是对女人，沙耶·泰尔那身深色的裘皮中也裹藏着一种对男人来说难以言说的庄重气质，雷恩泰尔·阿耶有这种感觉，其他男人也有。伴随那冷傲的风度而来的是冷傲的话语，而那容貌与话语都深深吸引着敖佐·卢恩。他会去听，并且会争论。他对沙耶·泰尔频频示爱，而她则正色相对。她赞成他为了支持达斯卡而反对纳赫科里，但她不允许他有过分亲昵的举动。要想得到她的亲昵，他必须老老实实才行。

日子一周周过去，凶猛的风暴在艾姆布鲁都克的塔楼上空怒吼。劳伊·阿楠的声音一天比一天虚弱，终于在一个下午死去了。病中，她将劳伊·布莱的一些知识传授给了沙耶·泰尔和其他一些来看她的女人。她让往昔真实地浮现在她们眼前，而她所说的一切又被沙耶·泰尔那黑暗无比的想象力重新渲染了一番。

劳伊·阿楠在生命凋谢之时，帮助沙耶·泰尔发现了那个被她们称为学堂的事物。学堂是为女人预备的；在那里，她们会一起探索奥秘，成为某种远比劳碌苦工更有用的人。许多劳碌的苦工站在她临终的床前号啕大哭，直到沙耶·泰尔不耐烦地把她们轰走。

“我们能观察星空。”芙芮说着，扬起瘦弱的脸，“你可曾研究过它们在有规律的路径上如何运行？相较于碌碌生活，我更想了解星空。”

“每一件有价值的东西都埋葬在过去的时间里。”沙耶·泰尔说着，低头看向她那位死去朋友的面容，“这个地方欺骗了劳伊·阿楠，也欺骗了我们。幽魂等候着我们。我们的生活受到了极大的局限！我们需要让人们变得更好，就像我们要做出更好的面包。”

她起身一把推开了破旧的窗扇。

她的机敏才智让她立即看出，学堂会受到艾姆布鲁都克男人的质疑，首当其冲的就是纳赫科里和克里厄斯。只有乳臭味干的雷恩泰尔·阿耶会支持她，尽管她希望能争取到敖佐·卢恩和伊莱恩·泰尔。她明白，不论学堂遭到什么样的反对，她都要抗争——要想让所有人拥有新的灵魂，这种抗争是必须的。她将公然反对习见的懒散，已经到了必须进步的时候了。

启迪的灵感激励着沙耶·泰尔。当她那位可怜的朋友下葬之后，她一只手搭在雷恩泰尔·阿耶的肩上，站在那里，捕捉到了敖佐·卢恩的目光。她出其不意地开口了。她的话中带着几分狂傲，即使在间歇泉的喷发声中也清晰可闻：

“这个女人被迫孤立于世。她所了解的事物令她如此。我们中的一些人并不像奴隶那样归属他人。我们总是想象更加美好的事物。听听我所说的。万事万物即将天翻地覆。”他们盯着她，被她勃发的气势所感染。

“你们以为我们生活在宇宙的中心。我说我们不过是生活在农场的中心。我们的处境如此晦涩难解，以至于你们意识不到那有多么晦涩难解。

“我这就告诉你们一切。过去，久远的过去，发生过某种灾难。灾难是如此彻底，以至于如今无人能向你们解释它到底是什么样子，以及它如何降临。我们只知道它带来了黑暗和寒冷。

“你们尽你们所能去过最好的生活。很好，很好，好好生活，爱上一个人，为人要和善。但不要假装那灾难于你无关紧要。它可能是在很久很久以前发生的，然而它影响着我们每一天的生活。它让我们衰老，它让我们身心俱疲，它吞食我们，它把我们的孩子从我们身边夺走，就像它夺走劳伊·阿楠。它让我们不仅变得愚昧，也让我们对爱无知。我们被愚昧无知所侵染。

“我要发起一次寻宝行动——一次探索，如果你们喜欢这么说的话。我们每个人都可以参与其中的一次探索行动。我想要你们意识到我们到底有多么堕落，还要对堕落的本质和证据保持警觉。我们必须要把发生过的事情拼凑起来，看看到底发生过什么，竟让我们沦落在这苦寒的农场；然后，我们就能改变我们的际遇，并且小心谨慎，不让这灾难重新降临到我们与我们孩子的身上。

“这就是我所赋予你们的宝藏。知识。真理。你们惧怕它，是的。但你们必须寻取它。你们必须爱上它。

“去寻得光明！”

还是孩子的时候，奥耶莉和雷恩泰尔·阿耶就经常到寨墙外去探险。荒野上的无数圆点其实是石柱，远古道路的标记，大鸟将它们当作领地上放哨歇脚的地方。他们一起攀爬着穿过破败的废墟，骷髅般的聚居点遗迹，古老墙壁的支柱，那里的霜雪侵蚀了门楼，岁月吞噬了每一件事物。孩子们对一切浑不在意。他们的笑声回荡在这些孑立的遗骸中间。

然而如今，笑声不再那么欢快，外出探险也越来越短暂。雷恩泰尔·阿耶到了青春期，他迎来了饮血典礼，正式被狩猎队伍接纳。奥耶莉变得愈发任性，走起路来步伐更加富有弹性。他们之间的玩耍显得拘谨起来；古老的猜谜游戏和他们常去的那些建筑一样，不再被提及了。

他们之间的纯真友谊，在奥耶莉坚持要带父亲的奴隶卡拉瑞一起远足时画上了句号。这个变化标志着那是他们最后一次共同旅行，尽管两人当时都没有意识到这点；他们就像以前一样假装是去寻宝。

他们来到一堆砖石瓦砾的废墟上，那里所有的木料早都被偷光了。卜拉希米蒲的叶子生在残骸的缝隙之间，古老的建筑被掩埋在厚厚的泥土中。有一次，还是孩子的时候，他们把这里当作自己的城堡：他们要在这里带领一群人对付法艮，还想象着模仿出战斗的声音，十分欢乐。

雷恩泰尔·阿耶的注意力全被脑海中一连串恼人的画面占据了。在这一连串画面中——那画面上薄薄地笼着一层云雾，还有像沙耶·泰尔所宣扬的，也许是刻在岩石上的某种古老宣言——他和奥耶莉还有那个勉强跟来的奴隶，以及奥多兰都，甚至是法艮等一些荒野中未知的生物，都被卷入了一场大事件中……但他的灵光一闪即逝，只剩下自己徘徊在既危险又有诱惑力的危境边缘。他对自己不知晓的事情依然一无所知。

他站在一座废墟的高处，向下望着奥耶莉。她正蹲在地上，查看着什么他全然不在意的东西。

“有没有可能这里曾经是一座巨大的城市？有没有人能在即将到来的日子里重建它？像我们一样的人，富有的人？”

没人回答，他骑在墙头上，朝下盯着她的脊背，又问出了更多问题：“所有这些人吃什么？你有没有觉得沙耶·泰尔知道这些事情？她的宝藏在这里吗？”

她弯着腰，裹在裘皮里，从高处看更像是动物而非女孩。她正在朝石头中间的一个壁龛祈祷，并没有真正注意他。

“来自博里恩的祭司说，博里恩曾经是一个伟大的国家，统治着整个奥多兰都，地方大得连老鹰都飞不到头。”

他那渴望的目光越过乡野，厚厚的云层层叠叠，暗影堆垒。“可这话毫无道理。”

他觉得，也许奥耶莉根本不懂，老鹰的领地比人类的领地还要受到更多局限。沙耶·泰尔的话已经让他对生活有了其他想法，就像现在，他就是毫无意义地嚼着舌头，同时低头看着脚下的身影。他对奥耶莉有些恼火，但又说不出为什么，他渴望以某种方式探寻她的内心，寻出沉默之中到底藏着什么话语。

“来看我发现了什么！雷恩泰尔·阿耶！”她扬起明艳的脸看着他。最近她的身形越来越有女人味儿了。他忘记了心中的烦恼，从陡墙上溜下来落在她身边。

她从那个壁龛里捧出一只小小的赤裸的活物，像一只粉红色的老鼠。那张面孔因恐惧而扭曲着，不停地在她手掌之中扭动着身子。

当他低头看着这个新降生于世界上的事物时，他的头发扫在她的头发上。他把壮实的双手拢在她的手上，让他们的手指扣在一起握住手心那不住挣扎的小东西。

她抬起目光迎上他的眼睛，她的双唇微启，轻轻笑着。他闻到她的气息。他一把搂住了她的腰际。

但是，在他们身边站着那个奴隶，他的脸在他们彼此心动时显出一丝愠怒。奥耶莉挪开一步，然后把这个幼小的哺乳动物漫不经心地放回它的窝里。她怒冲冲地瞪着地面。

“你那位高贵的沙耶·泰尔并不知道所有的事情。父亲很自信地告诉我，他认为沙耶·泰尔实在很奇怪。现在咱们回家吧。”

雷恩泰尔·阿耶和沙耶·泰尔一起住了段日子。随着他的父母和祖父母离世，他的童年结束了，但他和达斯卡现在已经完全是合格的猎人了。由于叔叔们剥夺了他的继承权，他决心要让他们刮目相看。他迅速成长，很快就长大成人。他长着一张和蔼的面孔，下巴轮廓刚毅，体型健硕。他的力量和速度很快就惹人注目了。很多姑娘都对他投去微笑的目光，但他的目光只落在敖佐·卢恩的女儿身上。

尽管他受人喜爱，一些与他有关的事情却总是让人们对他敬而远之。他开始对沙耶·泰尔的大胆言论忧心忡忡。有人说他太过关注自己身上流淌着伟大的玉理的血脉。他总是孤身一人，甚至在队伍中也是如此。他有一个亲近的朋友，达斯卡·丹，是从匠人改行做猎人的，达斯卡不怎么爱说话，甚至跟雷恩泰尔·阿耶也是一样。就像有些人说的，达斯卡永远都不会招人待见。

雷恩泰尔·阿耶最终在大塔楼里与一些猎人住在一起，就在纳赫科里和克里厄斯的小屋上面。在那里，他听着老故事一遍又一遍讲起，学会了唱古代猎人的歌。但他最中意的事情是带上食物和雪鞋，徜徉在那片新近有了绿色的原野中。在那样的探险里，他不再渴求奥耶莉的陪伴。

这段时间，其他人都不会独自外出冒险。猎人们一同去狩猎，猪倌和树农也都在固定的路线上搭伴而行，树农是结队照料卜拉希米蒲树田的人。危险和死亡常常与孤独为伴。雷恩泰尔·阿耶因为孤僻而闻名，但他的好名声并没有被毁掉，因为他给奥多兰都的寨墙上增添了不少用作装饰的动物头骨。

暴风呼啸。他走得很远，没有因为冷酷无情的大自然而遇到麻烦。他发现脚下的路把他带到了一个不常去的谷地，到了一座破败的古老市镇遗址，居民早已离开了这里，把家园留给了野狼和风雪。

到了双日齐落节的时候，雷恩泰尔·阿耶一举成名，这个成就足以与当初和敖佐·卢恩一起捕获博里恩商人的事迹相提并论。他独自一人去往奥多兰都东北方的高地，踩着深深的积雪往前走着，突然脚下塌陷露出一个洞口，他跌了进去，落到底的时候，正好坐到了一头刺囊兽身上，它正等着美味自己送上门来。

刺囊兽跟任何动物都不像，它就像是破烂的木板屋，铺着临时凑合的茅草顶子。它们的身体会长得很长很长，除了人类没有什么天敌，它们几乎不怎么吃东西，挪动身子时慢得不像话。这头刺囊兽在它的陷阱底部蜷成一团，雷恩泰尔·阿耶只看到它那长着不对称犄角的大脑袋和张着的大嘴，嘴里的牙齿就像大木钉。当那个硕大的下巴在他腿上合拢时，他一脚踢出滚到了一边。

他奋力扑开周围的雪，举起长矛刺进了刺囊兽的嘴巴深处颌关节的地方。这头怪物的身子有节奏地挣扎起来，很慢，却很有力。它又一次击倒了雷恩泰尔·阿耶，但却没法把嘴合拢。他从触探的犄角跟前跳开，纵身跃上那头猛兽的后背，紧紧扒住从两片八边形鳞甲壳间支棱出来的硬挺挺的长毛，然后从腰间拔出刀子。一手抓着长毛，一手用力劈砍那些让鳞甲壳附着在身上的纤维状肌腱。

刺囊兽疯狂地尖叫起来。它被雪墙阻碍无法攻击到雷恩泰尔·阿耶。他设法把那片鳞甲从它背上割了下来。鳞甲很容易碎，纹理像是木头。他把这片鳞甲塞进野兽的喉咙里，然后把它那颗粗笨的大脑袋切了下来。

脑袋跌落在地。没有血喷涌而出，只有淡白色的黏液往外渗。这头刺囊兽有四只眼睛——较小的品种只有两只眼，其中一对盯着前方，长在头颅上面；另一对盯着后面，长在头颅后部像犄角一样的触突上。那两对眼睛滚进雪里，拼命眨着，对眼前的这番情景大惑不解。

被斩首的身体开始往藏身的地洞里退缩，以它最快的速度从雪里穿过。雷恩泰尔·阿耶死死抓着，如蛆附骨，拼命挡开大块落下的雪团，直到他和它出现在天光之下。

刺囊兽的命硬是出了名的。在摔得粉身碎骨之前，这一头还会走好长一段路。

雷恩泰尔·阿耶兴奋地高喊起来。他取出燧石，跳上这头猛兽的脖子，在它的粗毛上打起火来，粗毛立刻吱吱作响地烧起来。难闻的气味裹着浓烟滚滚升上天空。靠烧身体一侧或是另一侧，他能控制前进的方向。于是，这头怪兽转道朝奥多兰都去了。

高塔上传来号角声。他看到了喷发的间歇泉。寨墙隐隐就在前方，上面用色彩鲜艳的头骨装饰着。女人和猎人跑出来迎接他。

他挥舞皮帽子回应着。这只大毛虫就像是冒着烟的大木头，倒退着穿过奥多兰都的小巷，他骑在上面犹如凯旋的将军。

每个人都放声大笑。但那股恶臭过了好些天才从沿途的房屋中散尽。

雷恩泰尔·阿耶的刺囊兽未燃尽的残余部分，用在了双日齐落节上。这个节日里甚至还要用到奴隶——他们之中的一个将被作为祭品献给乌特拉。

在奥多兰都，双日齐落的日子与新年的元旦是同一天。这是新历二十一年，庆祝会早已就绪。不管大自然要怎样，生活都是美好的，而且要举行祭祀保佑平安。

一连几周，巴塔利克斯都能赶超天空中它那个行动迟缓的同伴。冬季过半时，它们彼此接近，白昼和夜晚几乎等长，没有暮昏的天象。

芙芮问沙耶·泰尔：“为什么它们要像这样运行？”

沙耶·泰尔说：“它们一直以来都是如此运行。”

芙芮说：“你没有回答我的问题，夫人。”

首先，要举行祭祀，然后是盛大的宴会，在庆祝日落的典礼上狂欢。庆典开始之前，要围着广场上熊熊的篝火起舞；音乐是由手鼓、管器和弗拉格尔演奏的——最后那种乐器有人说是伟大的玉理亲手发明的。雷瑟尔源源不断供给舞者，所有人都转移到寨墙外面，裹着兽皮的身子已经大汗淋漓。

一块祭石摆在金字塔东边。居民们聚集在它周围，怀着尊敬与它隔开一些距离，就像大师们命令的那样。

奴隶们进行了抽签。当作祭品的这份荣耀落在了卡拉瑞身上，就是属于敖佐·卢恩的那个年轻的博里恩奴隶。他被带到前面，双手反绑着，人们热血偾张地跟在后面。突然，一阵冰冷的宁静仿佛让空气都冻结了。头顶滚动着条纹状的乌云。西边，两个哨兵正沉向地平线。

每人都带着用刺囊兽的皮壳做的火把。雷恩泰尔·阿耶带着他那位沉默寡言的朋友达斯卡跟敖佐·卢恩在一起，因为敖佐·卢恩的漂亮女儿在那边。

“你肯定对卡拉瑞有些歉意，敖佐·卢恩。”雷恩泰尔·阿耶对那个上了些年纪的男人说着话，眼睛却望着奥耶莉。

敖佐·卢恩拍了拍他的肩膀，“我的生活原则是从不后悔。后悔对于一名猎人来说就意味着死亡，就像它对德莱赛尔做的那样。明年，我们将捕获更多的奴隶。别在意卡拉瑞了。”雷恩泰尔·阿耶不止一次对他这位朋友的热忱感到怀疑。敖佐·卢恩看着伊莱恩·泰尔，两人一起大笑起来，浑身散发着雷瑟尔酒气。

所有人都挤在一起大笑着，除了卡拉瑞。趁着人群拥挤，雷恩泰尔·阿耶抓住奥耶莉的手紧紧握住。她也握住了他的手，嫣然一笑，却不敢直视他。他喜不自胜。生活真的很美好。

在庆典越来越热闹时，雷恩泰尔·阿耶的傻笑怎么都止不住。巴塔利克斯和弗雷耶会同时从乌特拉的国度消失，就像幽魂一般沉入大地之下。明天，如果祭祀被接受，它们就会一起升空，而且一段时间里它们会交叠在一起巡游于天上。两颗太阳都在白昼照耀，夜晚只有一片黑暗。到了春季，它们会再次分道扬镳；巴塔利克斯将开启暮昏之季。

每个人都说气候更温和了。好转的迹象比比皆是，鹅更肥了。然而，当他们面对西方影子被拉长时，一阵寂静笼罩了人群。两个哨兵正离开这光明的国度。这预示着疾病和反常的事物会降临人间。必须献祭一条生命，以免哨兵永远离去。

当双重的日影拉长，尽管这乌央央的人群犹如巨兽般拖着脚蠢蠢而行，众人却已经全然静了下来。欢乐的情绪消散了。高举的火把腾起一片烟雾，遮挡住了面孔。阴影越扩越大。火把无力驱散的那团巨大灰影笼罩了这片地方。人们淹没在了黑夜之中，只想随众聚在一起。

委员会中的长者们形容枯槁，弯腰驼背，他们排成一行走上前来，用颤抖的歌声发出祈祷。四个奴隶把卡拉瑞带上来。他在他们中间跌跌撞撞，耷拉着脑袋，下巴上印着一串红色的斑痕。一大群鸟在头顶上空盘旋而过，扇动翅膀的声音就像是在下雨，它们朝西方那片金色的余晖飞去。

生祭被放倒在菱形的祭石上，他的头正对着西方，正好放在布满麻点的石面上一个凿出的凹坑里。他的脚夹在木枷里，正对着两个哨兵下一次升起的方向——现在那里已经显现出夜晚的暗蓝色——希望哨兵能够熬过它们危险的旅程。因此，这场祭祀借助这名奴隶的身体以及他体内的洞隙与孔道，引导了人类生命与宇宙生命这两种最为宏大而神秘的事物之间所进行的融合统一：宇宙将危，人类以血祭之。

祭祀的牺牲品已经完全没有了它作为人的个性。尽管它的眼珠滚动着，但却发不出声音，仿佛已被乌特拉的出现所震慑。

四个奴隶退到后面，纳赫科里和克里厄斯现身了。他们的裘皮衣上罩着斯塔獏大氅，染成了红色。他们的女人伴着他们走到人群边，然后他俩自行向前。他们脸上肆意龇张的鼠须给他们平添了几分庄重；他们灰白的脸色确实跟那个祭品很配，纳赫科里在祭品上方弯下腰，拾起斧头。他掂了掂这把令人生畏的武器。一声锣响。

纳赫科里站在那里，双手掂量着斧头，他弟弟略显单薄的身子立在他身后。在这短暂的停顿开始变得越来越长时，人群中传来阵阵私语。有一个时刻是至关重要的分割点，斧头那时必须落下：要是错过那一刻，谁也不知道那两个哨兵会怎样。窃窃私语无疑是在对作为统领的两兄弟表达出无言的不信任。

“砍呀！”密集的人群中爆发出喊叫声。钟啸泉鸣响了。

“我不能这么做。”纳赫科里说着，垂下了斧头，“我不会这么做的。要是法艮蛮子，没问题。但人类不行，哪怕是博里恩人。我不能这么做。”

他弟弟蹒跚上前抓住那柄武器，“你这个懦夫……让我们在众人面前像个傻瓜。我会在你眼前亲手做到，好好羞辱你一番。我要向你表明谁是更棒的，你这个没种的混蛋！”

他龇着牙，把斧头抡到肩头，盯着祭品那僵硬的面孔——他正向上毫无生气地望着，就像是从坟墓里往上看。

克里厄斯的肌肉一颤，却并不听从他的意志。斧头的利刃映着落日的余晖。然后斧头落下，击在了石头上，与此同时，克里厄斯倚在斧柄上呻吟起来。

“我应该再喝点雷瑟尔……”

仿佛是在回应他，人群中也传来一阵呻吟声。现在哨兵们的日轮已经与纷杂的地平线纠结在了一起。

有些人的声音清晰可闻：

“他们真是一对孬种……”

“要让我说，他们听了太多劳伊·布莱说的话。”

“就是他们的父亲给他们灌输了满脑袋的知识——让肌肉虚弱无力。”

“你在窝里待得太久了吧，克里厄斯？”这粗鲁的叫声引来一阵大笑，沉闷的情绪被打破了。当克里厄斯让斧头滑到踩得稀烂的泥地里时，大家围拢上来。

敖佐·卢恩跑上前去，从他的伙伴中冲出来，抓起那件武器。他像猎犬一般号叫一声，那两兄弟从他身边摔开，无力地抗议着。他们磕磕绊绊退到远处，抗议地举起手臂，此时，敖佐·卢恩将斧头高举过顶用力一挥。

两颗太阳正在落下，有一半已经沉入了壮丽的黑暗之海。它们犹如两颗鹅蛋黄，溢出死气沉沉的金色光芒，就像是法艮和人类的血液在一潭死水中混合在了一起。蝙蝠乱舞。猎人们举起拳头冲着敖佐·卢恩高声喝彩。

太阳的光芒聚在大塔楼的塔尖上，被分成了许多道光柱。四散的光芒沿着祭品躺着的石头精准地照在祭石饱经风霜的各个面上，用一抹金色勾勒出它的轮廓。那件祭品则沉入了黑影之中。

用以处决的利刃在最后的阳光中一闪，劈进了黑影。

干脆利落的一击之后，人群爆发出整齐的呼喊声，仿佛肺里不约而同地因那一击产生了回音，就像是一起撒手放弃了那条灵魂。

祭品的头颅猛地跌到一旁，好像是去亲吻卡着它的那块石头。头颅逐渐浸没在血泊里，鲜血从断口中喷涌四散，淌进泥土之中。这一切发生时，哨兵的最后一抹残影也沉入了地平线。

庆典上的血就是这样一种事物，是与无生命的事物相抗衡的带有魔力的液体，是最为宝贵的液体，这就是人类的血液。它会整夜不停地滴淌，在原初砾石的洞隙与孔道中点燃那两个哨兵，让它们在第二天的黎明安然升起。

人们心满意足，高举着火把各自寻路返回寨墙中间那些古老的塔楼，塔楼现在映衬在云层下面，只剩一片沉闷的黑色，当火把距离它们更近时，那缥缈的光影映出了斑驳的色彩。

达斯卡走到刚刚受到众人敬仰的敖佐·卢恩身边。“你怎么能忍受失去自己的奴隶?”他问。

那个年长的男人投来倨傲的目光，“有的时候必须做出决定。”

“但是卡拉瑞……”奥耶莉抗议道，“这太可怕了。”

敖佐·卢恩把女儿的抗议撇在一边，“女孩是无法理解的。我在庆典前给卡拉瑞灌足了朗格拜尔酒和雷瑟尔酒。他什么感觉都没有。也许他还以为自己躺在某个博里恩少女的怀里呢。”说着，他大笑起来。

庄重肃穆的时刻结束了。现在没有几个人会去想弗雷耶和巴塔利克斯会不会在明天升起。他们开始庆祝，除了痛饮还有其他乐子，因为他们有了一件丑闻可以大肆嚼舌根儿了，关于他们统治者心慈手软的丑闻。在猪乳酿的酒札上，在《伟大的传说》被再次讲起前，再没有比这更让人开心的事情了。

但雷恩泰尔·阿耶正拉着奥耶莉在黑暗中说悄悄话：“当你看到我骑着捕获的刺囊兽时，你是不是爱上我了?”

她冲他嚷道：“别狂了！我觉得你看上去很蠢。”

刹那间，多么欢庆热闹的场面在他眼里都索然无味了。

VI

“当我还是个贝福都克佬……”

大地抬升翘起，在雷恩泰尔·阿耶眼前不远处形成了一条弧形的地平线。脚下那些细碎而柔韧的植物蔓延到那条地平线上，又越过去一路向下，一直延伸到峡谷里。雷恩泰尔·阿耶停下脚步，双手支在一边的膝盖上休息片刻，他喘着粗气，回头望去。奥多兰都已经远在六天的路程之外了。

峡谷的对岸沐浴在清澈的蓝色天光里，能清晰分辨出各种细节。头顶的天空是深邃的蓝紫色，预示着即将到来的暴风雪。他站立的地方已全然处于阴影之中。

他继续往上攀爬。越来越多的大地景象从那条弧形地平线后一点点浮现出来。黑色，还是黑色，一切浑然一体。他从没到过那里。眼前的这条地平线随着他的前进渐渐落到脚下，远处有座塔楼逐渐浮现出来：石头建造的，废弃已久，在很久之前依着奥多兰都的样式建的，有着同样内倾的墙壁，窗户置于每一层的四个角上。塔楼只剩残破的四层还矗立着。

最后，雷恩泰尔·阿耶奋力登上坡顶。巨大的灰鸟在塔楼外叨食着什么，塔楼四周都是墙体残骸。后面是浑然一体的山岭，漆黑而庞大，潜伏在暗蓝色的天空下。一排拉甲巴拉尔树横在他和无尽的远方之间。刺骨的寒风让他的牙齿直打战，他不由得抿紧了嘴唇。

那些塔楼是干什么用的？在距离奥多兰都这么远的地方？

如果你是一只鸟，就没多远了，一点都不远；如果你是骑着铠骥的法艮，也没多远；如果你是神灵，这点距离转瞬即至。

好像是为了印证他的想法，一群鸟儿腾空而起，扇着翅膀从荒野上空低低飞过。他注视着它们，直到它们飞出视野，只剩他独自一人站在这辽阔的荒野大地上。

哦，沙耶·泰尔肯定是对的。这个世界曾经大不一样。他跟敖佐·卢恩谈起过她的这个观点，敖佐·卢恩说这种事情不重要，也无法改变，重要的是让部落生存下去，让部落团结。如果以沙耶·泰尔的方式来处理，那部落就会失去团结。因为沙耶·泰尔说，与真理相比，那种团结不值一提。

他的脑袋里有各种念头左冲右突，如同掠过大地上空的云影，他走进塔楼向上望去，建筑早已成了空壳般的废墟。木地板早就被拆掉做燃料。他把行李和长矛放到角落里，攀上坚实的石墙，每一次落脚都小心翼翼，一直登上墙顶。他环顾四周。第一件事是寻找法艮的影子——这里可是法艮的地盘——但目力所及之处，只是一片死寂的不毛之地。

沙耶·泰尔从未离开过那个村子。也许她的时间要花在发明神秘理论上。然而，这里就有一件实实在在的神秘事物。他眺望着辽远的旷野，充满敬畏地问着自己，是谁创造了它们？为什么而创造？

在他身后高高的圜丘上——那甚至算不上恩克特莱赫克山脚的山脚——他看到有灌木丛在动弹。那些像灌木一样的东西极其低矮，在雪亮的光芒下显出病态的绿色。他凝神观察，辨出那其实是低智能族类，一身粗毛，攀爬的时候曲着身子。他们在身前驱赶着一群山羊或是艾羚。

他有意识地耗着时间，眺望着远方的生灵，仿佛他们有他或是沙耶·泰尔所惑问题的答案。那些人很可能是楠第人，他们是游牧部落，说着一种与奥洛奈茨语相去甚远的语言。在他观察的这段时间里，他们艰难地穿行于那片小小的地带，似乎压根儿没前进。

更靠近奥多兰都的地方有鹿群，这为村子提供了大量食物。猎人们有好几种方法捕杀野鹿，而有一种方法是纳赫科里与克里厄斯最喜欢的。

用五头驯服的母鹿当作诱饵。猎人给这些动物套上皮子做的缰绳，牵到鹿群吃草的地方。他们蹲在鹿后面，灵活地操纵它们作为掩护，以此接近鹿群。然后猎人们猛冲上去，借助投矛器投出长矛，尽可能多地杀掉那些野鹿。

之后，他们就把猎物的尸体拖回家，那些作诱饵的鹿也要驮着它们同类的尸体。

这次狩猎时下雪了。暮昏时节，微融的积雪让行动有些困难。野鹿比以往更难见到。猎人们牵着诱饵鹿在崎岖的路面上坚定地往东走了三天，然后才看到一小群鹿。

总共有二十名猎手。纳赫科里和他弟弟在双日齐落那晚向众人慷慨奉上雷瑟尔酒，让他俩赢回了一些人心。雷恩泰尔·阿耶和达斯卡跟在敖佐·卢恩身边。他们在狩猎时几乎一语不发——信任一旦建立，语言也就没那么必要了。敖佐·卢恩穿着他那件黑熊裘皮，在荒野中孑然而立，如同勇武的化身，两个年轻人始终跟随左右，就跟他那条忠诚的大狗克尔德一样。

鹿群在一道微微隆起的山脊上吃草，就在前面，还有一段距离，正好在人们的上风口。必须要绕到右边才能下手，那边地势高，而且人的气味也不会被它们闻到。

两个人留在后面看住猎狗。其他人踩着足有两寸厚的半融积雪，往坡上移动。山脊的坡面上断断续续地有一排树桩，还有一两堆残破的瓦砾，已经被数百年的风雪磨没了棱角。他们进入了视野死角——他们现在手膝着地，拖着长矛和投矛器往前挪——要走到坡顶俯瞰旷野时，才望得到那群野鹿。

鹿群中有二十二头母鹿和三头公鹿。公鹿将母鹿隔成了三群，不时冲对方怒吼两声。它们是一身厚毛、性情暴躁的野兽，两肋暴露在外，红色的鬃毛一缕缕拖得很长。母鹿们悠然自得地搜寻着草料，大部分时间都低着脑袋把雪拱到一旁啃食牧草。它们在风中啃吃着草梗，当猎人接近时，这风正好迎面吹过来。黑色的大鸟在它们的蹄子旁趾高气扬地走来走去。

纳赫科里发出信号。

他和他弟弟牵出两头母鹿，让它们走在鹿群左翼，让这两头牲口始终隔在他们和鹿群之间，那些母鹿已经停止了吃食，看着突如其来的变化。敖佐·卢恩、达斯卡和雷恩泰尔·阿耶牵出另外三头母鹿往右翼去了。

敖佐·卢恩赶着母鹿，让它一直往前走。有时候，情况并不同期望的全然一致。要是鹿群逃开时逃离了猎人的战线，那可就一无所获了。所以，如果是他来掌控大局，他会花更多时间来布局——但是纳赫科里耐不住性子。那片长着牧草的地方在他左侧，右面是片乱糟糟的丹尼斯树根，把那片草地和碎石岩地隔开了。远方矗立着嶙峋的峭壁，倚着山岭，延绵不绝，一直绵延到远方的山脉，紫色的云絮深处雷声隆隆。

丹尼斯树为接近目标的猎人提供了一些隐蔽。碎裂的枝干上树皮已经剥落，露出银白色。上端的枝条都在早些时候的风暴中被扯掉了，眼下大多平趴在地上，尖梢指向顺风的方向。一些枝条相互纠缠着倒伏在地，就像陷入了无休止的争斗中；所有这些都被岁月与环境侵蚀，好像形成了一幅微缩的山脉地形图，又被隆起的地壳扯得粉碎。

当敖佐·卢恩借着鹿的掩护推进时，这场景中的每一个细节都被他纳入眼底。他以前常到这里来，那时雪更瓷实，路更好走；这片地方很隐蔽，而且有着广阔的视野，兽群很喜欢。这次他注意到了丹尼斯树，因为它们本是一派枯槁，甚至已经变得跟化石一样，此时却正抽出绿色的嫩枝，从树干里卷曲着伸出来，顺着风扒在地面上。

继续往前。一头离群的公鹿突然蹿进视野，出现在树丛中。敖佐·卢恩嗅到了它的气味——那股酸臭味儿他当时没有立即辨认出来。

新出现的这头公鹿呆头呆脑地闯入鹿群近旁，那三头本地公鹿中离它最近的那头立刻发起了挑战。那头公鹿快步上前，刨着地面，吼叫着亮出鹿角。新来的那头就地摆出防守的架势。

本地的公鹿伏低身子，把鹿角对准了入侵者。当双方抵在一起时，敖佐·卢恩注意到新来那头鹿的鹿角上拴着一条皮带。他赶忙把自己的那头母鹿交给雷恩泰尔·阿耶，随即消失在最近的树丛后面。他一离开这片伏倒在地的树丛，立刻朝下一棵树迅速跑过去。

那棵丹尼斯树已经发黑，死了。越过它断裂的枝干，敖佐·卢恩瞅到一丛黄色的毛发从远处的树丛间露了出来。他右手握紧长矛，弯起胳膊准备投掷，他尽可能助跑了几步。他能感觉到靴子底下那片融化的积雪之下隐藏着尖锐的石子，他也能听到那两头纠缠在一起的动物发出的咆哮，枯死的树干也在视野中越来越清晰了——在所有这一切发生的时候，他尽可能悄无声息地加速。有一点轻微声响也顾不得了。

那一丛毛发动了，紧接着露出了法艮的肩膀。那怪物一转身，就看到他巨大的眼睛闪着红光。他低垂着犄角，大大地张开双臂迎接攻击。敖佐·卢恩的长矛刺进了他的肋下。

身形巨大的剑族颤抖着大吼一声，仰面跌倒，被敖佐·卢恩的力量掀翻在地。敖佐·卢恩也被拽倒了。法艮的双臂勒住了敖佐·卢恩，它那犄角般尖锐的双手抠住了他的后背。他们在泥水里滚在一起。

原本黑白分明的两个生物转眼变成了一只动物，一只在粗犷大地上跟自己搏斗的动物，拼着命要把自己撕开。它撞到了一条银白色的树根，被撞得分开了，黑色的那团被压在了下面。

法艮仰起脑袋，张开嘴巴，准备致命一击。两排焦黄的牙齿好似两排小铲子立在灰白色的牙床上，正对着敖佐·卢恩。大嘴朝他咬来时，敖佐·卢恩奋力挣出一只手臂，抓住了一块石头，用力砸到那两片厚厚的嘴唇和牙齿之间。然后他奋力直起身子，摸到那支仍然扎在怪物身上的长矛，把全身的重量都压在长柄上。随着一阵粗重的喘气声，法艮放弃了自己的灵魂，黄色的血液从伤口里喷涌而出，双臂松垮垮地耷拉下来。敖佐·卢恩气喘吁吁地爬了起来。一只牛鹂从近旁的地面飞起，使劲拍着翅膀朝东方飞去。

他转头一望，正好看到雷恩泰尔·阿耶也解决掉了一个法艮。另外两个法艮藏身于横卧在地的丹尼斯树后，看此情形已经准备逃跑了。它俩共同骑着一头铠骥，径直朝着峭壁的方向疾驰而去。白鸟拍打着翅膀跟着他们，鸟儿的尖叫声在荒野上荡起阵阵回声，却又引得它们自己愈发惊恐地叫唤起来。

达斯卡赶上来，一把抓住敖佐·卢恩的肩膀，什么都没说。他们相视一笑。敖佐·卢恩露出一口白牙，浑不在意身上的疼痛。达斯卡则紧闭着双唇。

雷恩泰尔·阿耶欢欣雀跃地跑过来。“我杀了它！它死了！”他说，“它们的肠子在胸口里，肺却在肚子里……”

敖佐·卢恩把法艮的尸体踢到一旁，自己则走到旁边倚在一棵树桩上。他大口大口呼着气，把敌人身上那黏稠的恶臭用力呼出去。他的手在颤抖。

“叫伊莱恩·泰尔过来。”他说。

“我杀了它，敖佐·卢恩！”雷恩泰尔·阿耶没完没了地喊着，指着身后躺在雪地上的尸体。

“把伊莱恩·泰尔叫过来！”敖佐·卢恩喝道。

达斯卡走向那两头仍在缠斗的公鹿，它们低着头，抵着角，蹄子把雪地踩成了烂泥。他抽出刀子割断了它们的喉咙，手法纯熟。那两只动物依然立着，黄色的血液流淌下来。直到它们再也站不住，摔倒在地死掉时，它们的犄角仍然勾在一起。

“鹿角上的皮带……那是法艮蛮子捕猎时一种古老的把戏。”敖佐·卢恩说，“我看见的时候就知道他们肯定在附近……”

伊莱恩·泰尔、法拉林·弗德还有谭瑟·恩跑了上来。他们把年轻人推到一旁，扶住了敖佐·卢恩，打趣道：“你是来杀死这些祸害的，而不是跟它们拥抱。”伊莱恩·泰尔说。

那群鹿已经跑了好一会儿了。两兄弟杀死了其中三头母鹿，洋洋得意。其余猎人赶来看出了什么岔子。五头猎物，不错的收获；等他们回家之后，奥多兰都就有好吃的了。法艮的尸体就丢在那里任其腐烂。没有人想要它们的皮。

伊莱恩·泰尔和其他人查看敖佐·卢恩的伤势时，雷恩泰尔·阿耶和达斯卡看守着饵鹿。敖佐·卢恩咒骂着甩开其他人伸来扶他的手。

“赶紧走，”他痛苦地抚着身侧，“那四个祸害的老巢里可能还有更多的家伙。”

他们把打死的母鹿堆在饵鹿身上，拖着公鹿，动身回家。

但是，纳赫科里对敖佐·卢恩很不满。

“那些公鹿饿得身体虚弱。它们的肉就像皮条。”

敖佐·卢恩什么都没说。

“只有兀鹫才不喜欢母鹿而喜欢吃公鹿。”克里厄斯说。

“安静，克里厄斯。”雷恩泰尔·阿耶喝道，“你没看见敖佐·卢恩受伤了吗？去练习挥斧头吧。”

敖佐·卢恩始终盯着地面，什么都没说——这让两兄弟中的大哥愈发不忿。永世不变的大地景观静静地矗立在他们周围。

最终，当奥多兰都和它那雾气昭昭的温泉出现在视线里时，塔楼上的瞭望哨吹响了号角。瞭望塔由那些年岁太大，或是生了病没法去打猎的人值守。纳赫科里给他们安排的活儿很轻松，但如果狩猎队伍在远方出现的时候没有人吹响号角，他就会停发他们的雷瑟尔酒。吹响号角是为了给年轻的女人发信号，让她们放下工作，到寨墙外边迎接她们的男人。很多人都对自己的男人牵肠挂肚，担心接到死讯——寡妇会被安排去干更为粗重的活儿，分不到多少财物，还会早早死去。这一次，她们数着人头一片欣喜。所有的猎人都回来了。今晚会有庆祝会。她们中的一些人还会怀上孩子。

伊莱恩·泰尔、谭瑟·恩还有法拉林·弗德招呼着他们的女人，享受着随之而来的爱意和牢骚。敖佐·卢恩独自一人跛着往前走，什么都没说，只是挑着浓眉暗自寻找着沙耶·泰尔。可她没来。

也没有女人迎候达斯卡。他穿过欢迎的人群，那张年轻的脸拉得老长，因为他盼着沙耶·泰尔那位谦逊的朋友芙芮会露面。敖佐·卢恩在内心深处鄙视着达斯卡，因为没有女人跑上来搂住他的胳膊，尽管他自己也是这副德行。

在那双浓黑的眉毛下，他的眼睛看到一个猎人抓住了朵儿·萨吉尔的手，朵儿是产婆的女儿。他还看到自己的女儿奥耶莉跑上去抓住了雷恩泰尔·阿耶的手。他心中琢磨着，他们俩很般配，而且这桩婚事会带来好处。

当然了，这姑娘很任性，跟她比起来，雷恩泰尔·阿耶可是相当温和的。答应成为他的女人之前，她少不了让他头痛。奥耶莉身上的那种高贵风度与沙耶·泰尔神似——深不可测，楚楚动人，有自己的思想。

他瘸着腿穿过宽阔的大门，垂着头，捂着肋下。纳赫科里和克里厄斯正走在附近，他俩没搭理家里那两位聒噪不止的女人，而是向他投来威胁的目光，纳赫科里说："站住别动，敖佐·卢恩。"

敖佐·卢恩把目光别到一旁，耸起肩膀撞了过去，并且咆哮说："我曾挥起斧头，拜乌特拉所赐，就算挑衅我的是自己人，我也会再次挥起的。"

他爬到与同伴共享的那个窝里，狂饮一扎雷瑟尔酒和水。整个世界在他眼中颤抖起来，但病痛还是缠着他。杀死敌手的故事被别人抢了先，他也浑不在意。他一进屋就倒下了。但是，他不会容许女奴解开他的衣物，或是察看他的伤口。他捂着伤口歇了歇。一个小时后，他独自一人去找沙耶·泰尔。

此时已近日落，她正带着面包皮去沃雷尔河边喂鹅。河水很宽。它白天不再上冻了，层层冰凌为潺潺黑水镶着花边，鹅正鸣叫着穿过河水而来。他俩年轻的时候，这条河从这边到对岸永远都结着冰。

她说："你们猎人要走那么远去狩猎，而我今天早晨在河对岸看到了另一些猎物。我相信是骅骊和野马。"

敖佐·卢恩阴沉着脸闷闷不乐，轻蔑地一把抓住她的手臂，"你总是有不一样的想法，沙耶·泰尔。你是不是认为你比猎人知道的东西还多？你为什么不在号角吹响的时候出来？"

"我很忙。"她抽出手臂，在大鹅围上来的时候，揉碎面包皮喂给它们。敖佐·卢恩把它们一脚踢开，又抓住了她的手臂。

"我今天杀了一个法艮蛮子。我很强壮。它打伤了我，可是我杀了那臭东西。所有的猎人都仰视我，还有所有的未婚少女。但我想要的是你，沙耶·泰尔。为什么你不想要我？"

她转过脸，锐利的眼神望着他。她没有生气，但显然克制着某种情绪，"我也想要你，但如果我不顺从你，你就会折断我的手臂——而且我们会一直争吵。你从来不对我施以温存。你能大笑，你能恼怒，但是你不会柔声细语。没错，就是这样！"

"我不是那种柔声细语的人。我也不会折断你可爱的手臂。我会让你去操心那些真正值得思考的事情！"

她什么都没回答，只是喂着家禽。巴塔利克斯将自己缓缓埋进积雪，在她那松散的发丝间抹上一层金色。一时间，仿佛只有晶莹冰凌间那潺潺的黑水是唯一的活物。

他傻乎乎地站在那里凝视了她好一会儿，把身子的重量从一只脚换到另一只脚，好半天才说："你早些时候在忙什么呢？"

她没有回应他的目光，认真地说："你听到我说的话了，就是在埋葬劳伊·阿楠的那个令人悲伤的日子里，我所说的话。那些话其实就是对你说的。我们生活在这里这个农场之中，可我想要知道这片土地之外的世界发生着什么。我想学习。我需要你的帮助，但你并不是那个能给予我帮助的男人。所以我有时间的时候就会去教导其他女人，因为那是教导我自己的唯一途径。”

“那样做有什么好？你只会搅起麻烦。”

她什么都没说，只是望着河对岸，那里映着白昼的最后一抹金色。

“我应该把你放到膝盖上，狠狠揍你的屁股。”他站在河堤下，抬头仰望着她。

她先是恼怒地看了他一眼。接着又大笑起来，露出了皓齿和粉色的上腭，随即伸手掩住嘴巴，“你确实不理解我呀！”

趁着这个工夫，他强行把她搂在了怀里，“我会尽力对你柔声细语，而且会做得更好，沙耶·泰尔。你有可爱的灵魂，还有跟水花一样明亮的眼睛。忘记学堂和那些学问吧，没有它，所有人一样活着，做我的女人吧。”

他抱起她打了个转，她的双脚离了地，鹅愤愤地四散而逃，长长地抻着脖子。

当她重新落回到地上，她说：“请用正常的方式跟我说话，敖佐·卢恩，我求你了。我的生命十分宝贵，而我只能把自己奉献一次。知识对我很重要——对任何人都很重要。不要让我在你和学堂间做选择。”

“我爱你很久了，沙耶·泰尔。我知道你挺烦奥耶莉，但是你不应该对我说不。我警告你，立即成为我的女人吧，不然我就去找其他女人了。我是个血气方刚的男人。跟我一起生活，你会忘掉所有关于学堂的东西。”

“哦，你只是在自说自话。如果你爱我，那就试着听听我说的话。”她转过身，朝着坡上自己住的塔楼走去。但是，敖佐·卢恩跑着跟了上来。

“沙耶·泰尔，在我说完所有这些之后，你就打算这么撇下我？”他的态度再次变得温顺了，几乎有些哀求，他又道，“如果我是这里的统治者，你会怎样想？艾姆布鲁都克的领主？这并非不可能。那时候你将不得不成为我的女人。”

看着她注视自己的目光，他终于明白自己为什么如此纠缠她。就在这一瞬间，他感受到了她的内心，她柔声道：“所以，敖佐·卢恩，那就是你的梦想？好吧，知识和智慧是另一种梦想，我们命中注定要各自追寻自己的梦想。我爱你，但也不仅仅爱你，我不想让任何人有权力凌驾于我和我的梦想之上。”

他沉默了。她知道，他终于理解她无法妥协——或者说她认为他理解了。但是他另找了一个理由，而且目光坚定。他说：“你恨纳赫科里，不是吗？”

“他与我并无冲突。”

“啊，但是他与我有冲突。”

跟往常一样，狩猎返回后举行了一场宴会，酒馔丰盛，直到深夜。除了照例有雷瑟尔酒之外，还有酿造工匠新酿制的黑大麦酒。烈酒送上时，歌声四起，舞步翩翩。醉意上来后，大多数男人都聚在俯瞰主街道的大塔楼里畅饮。最底下那层已经清扫干净了，那儿生起了一堆火，一股股烟气撩着金属椽子。敖佐·卢恩依然闷闷不乐，便从歌声中脱出身来。雷恩泰尔·阿耶看到他离开，但他忙着追逐奥耶莉，也就顾不得她父亲了。敖佐·卢恩爬上楼梯，往上爬了一层又一层，上到屋顶，大口呼吸着冰冷的空气。

达斯卡，这个没什么音乐天赋的人，跟他进入了黑暗之中。与往日一样，达斯卡一言不发。他站在那里，双手藏在腋窝底下，眺望着朦胧的夜色。天空中垂着一挂死气沉沉、绿莹莹的幕帘，如火焰般飘荡着，泛起层层涟漪，缓缓涌入平流层。

敖佐·卢恩大吼一声直直往后仰去。达斯卡一把抓住他稳住身子，但那个上了些岁数的男人把他掀到了一旁。

“你哪里不舒服？喝醉了，是吗？”

“那里！”敖佐·卢恩指着空无一物的黑暗，“她现在走了，该死的娘们儿，一个长着猪头的女人。大地之灵啊，看看她那眼神！”

“啊，你看见了什么？你醉了。”

敖佐·卢恩怒冲冲转过身来，“你这小子，别叫唤我醉了！我告诉你，我看到她了。浑身赤裸，长得很高，小腿很瘦，从屁股到下巴长满了毛，有十四个奶头——冲着我过来了。”他在屋顶上跑跳，舞动着手臂。

克里厄斯从翻板门下面出来了，身子微微有些晃悠，手里抓着一只鹿的大腿骨啃着。“这不是你们俩该待的地方。这是大塔楼。统治奥多兰都的人才能来这里。”

“你这混蛋。”敖佐·卢恩说着走上前去，“你把斧头扔了。”

克里厄斯恶狠狠地用鹿骨砸他脖子。敖佐·卢恩大吼一声，抓住克里厄斯的喉咙想要把他掐死。但是克里厄斯踢到他的脚踝，出拳击打在他的心口下面，把他逼得靠在了屋顶边缘的胸墙上，胸墙上碎裂的砖石簌簌落下。敖佐·卢恩趴在那里，脑袋悬在空中。

“达斯卡！”他叫道，“帮我！”

达斯卡一语不发，上前来到了克里厄斯身后，用力抓住他的双膝，把他的两条腿拎了起来。他把那个人的身子拎着，悬到了墙外，这是在七层高的塔楼顶上。

“不，不！”克里厄斯叫喊起来，拼命挣扎，双臂紧紧扣住敖佐·卢恩的脖子。三人在漫天幽绿的黑暗中扭打着，下面传来阵阵歌声，他们两个都灌饱了雷瑟尔，头晕脑涨，一起对抗孱弱的克里厄斯。最终，他们俩制伏了他，撬开了他求生的手臂。随着最后一声惨叫，他跌落下去。他们听到了身体砸在地面上的声音。

敖佐·卢恩和达斯卡坐在胸墙上喘着气。“我们除掉他了。”敖佐·卢恩最后说。他痛苦地捂着肋骨，“我很感激你，达斯卡。”

达斯卡什么都没说。

最终，敖佐·卢恩说："他们会为此杀了我们，该死。纳赫科里会想方设法让他们杀了我们。人们已经在讨厌我了。"稍一停顿，他的怒火爆发了，"都是愚蠢的克里厄斯的错。他先攻击我。是他的错。"

达斯卡仍在沉默，敖佐·卢恩一跃而起，在屋顶踱起步来，自言自语着，他一把抓起啃过的大腿骨，远远扔进了朦胧的黑暗之中。

他转身对无动于衷的达斯卡说："这样，你下去告诉奥耶莉，让她把纳赫科里带到这里来。只要她发话，他就会觍着脸赶着来的——我早注意到那双盯着她的贼眼睛了。"

达斯卡耸耸肩，什么都没说，走了。奥耶莉最近一直在纳赫科里那边干活，这事儿特别让雷恩泰尔·阿耶心烦；她还受到特别优待，干的活比其他女人轻松些。

敖佐·卢恩抱着身子哆嗦着，在屋顶来回踱步，对着黑暗不停地咒骂，然后达斯卡回来了。

"她带他来了。"他简短地说，"但这主意不怎么高明，不管你心里怎么想，我都与此无关。"

"你保持安静就好。"这是头一次有人向达斯卡提出这种要求。当有人穿过翻板门走上来时，达斯卡缩身走进了最黑的阴影里——三条人影，第一个是奥耶莉。她后面跟着纳赫科里，手里端着一扎酒，然后是雷恩泰尔·阿耶，他铁了心跟奥耶莉寸步不离。他看上去有些生气，即使看到敖佐·卢恩的时候表情也没有软下来。敖佐·卢恩满面怒容。

"你到楼下去，雷恩泰尔·阿耶。你不需要牵扯进来。"敖佐·卢恩粗暴地说。

雷恩泰尔·阿耶答道："奥耶莉在这里。"这仿佛是最正当的理由，他绝不让步。

奥耶莉说："他在照顾我，父亲。"敖佐·卢恩把她推到一边，面对着纳赫科里说："现在听我说，你一直都跟我有争执，纳赫科里。准备好跟我一决雌雄吧，男人对男人。"

"从我的屋顶上滚下去！"纳赫科里命令道，"我不会让你待在这儿的。下面才是你应该待的地方。"

"准备战斗吧！"

"你是愈发无礼了，敖佐·卢恩，而且你胆敢在狩猎失败后还这么放肆。你猪乳酿喝多了！"因为喝了烈酒和雷瑟尔，纳赫科里的舌头都大了。

"我敢无礼，我敢放肆，而且我敢付诸行动。"敖佐·卢恩叫喊着，合身朝纳赫科里扑去。

纳赫科里把酒扎扔到他脸上。奥耶莉和雷恩泰尔·阿耶上前拉住敖佐·卢恩的胳膊，但他挣脱出来，一拳打在纳赫科里脸上。

纳赫科里跌倒在地，就地一滚，从腰带上拔出了匕首。这里唯一的光是从下面那层透上来的油脂灯映出来的。光线映在刀刃上。天空中绿色的涟漪则给人间的事物蒙上了一层暗绿色。敖佐·卢恩往刀上踢去，没踢中，他重重扑上去，使劲摇晃纳赫科里的身子。纳赫科里呻吟着开始呕吐，敖佐·卢恩只得从他身上翻下来，滚到一边去。两个人都站了起来，喘着粗气。

"够了！你们俩！"奥耶莉叫起来，又抓住了父亲。

"争什么？"雷恩泰尔·阿耶问，"你这是在无事生非，敖佐·卢恩。他占着理呢，尽管他是个傻瓜。"

"如果你想要我女儿，就别吱声！"敖佐·卢恩吼着，又攻上前去。纳赫科里仍在喘气，没有防备。他的匕首掉落了。随着一阵雨点般的拳头，他被打到胸墙边沿。奥耶莉尖叫起来。他在那里蹬了会儿腿，然后膝盖一软，不见了人影。

他们都听到了纳赫科里的身体砸在地面发出的声音。大家呆住了，不安地相互对视着。醉醺醺的歌声从塔楼里飘上来：

“当我还是个贝福都克佬，
转眼又变成艾姆布鲁都克佬，
我看到一头猪跳着吉格舞，
到头来我沦为布都克佬……”

敖佐·卢恩悬在胸墙边上，“这就是你应得的，纳赫科里领主。”他的声音十分清醒。他捂住肋骨喘着气，然后转身，凶狠的目光瞪着每一个人。

雷恩泰尔·阿耶和奥耶莉不声不响地搂在一起。奥耶莉呜咽着。

达斯卡走上前来，对着他俩不带一丝感情地说：“你们要对此保持沉默，雷恩泰尔·阿耶，还有你，奥耶莉。如果你们在乎自己的性命——你们看到了，生命有多么脆弱。我应该放出话去，就说我目睹了纳赫科里和克里厄斯的争执。他们打了起来，一起从边缘摔了下去。我们没法阻止他们。记住我说的话，看看这场景。保持沉默。敖佐·卢恩将会成为艾姆布鲁都克和奥多兰都的领主。”

“我会的，我会比那些傻瓜治理得更好。”敖佐·卢恩说，身子不住地摇晃着。

“你明白自己该怎么做，”达斯卡平静地说，“我们三个人都知道这场双重谋杀的真相，但记住，我们与此无关：这是你自己干的，所有这一切。好好对待我们。”

奥多兰都在敖佐·卢恩统治下与之前一样，按部就班地过着日子；生活本身具有一种统治者无法触及的本质。但天气变得更加反常了，这事儿跟许多其他事情一样，任何领主都无能为力。

平流层的气温梯度发生了变化，对流层暖和了起来，地面温度开始攀升。大雨在一段时间里一下就是好几个星期。雪从热带地区消失了。冰川退到了更高的地方。大地笼上了一层绿色。高大的植物生长起来。从未见过的鸟兽蹦出来，越过古老村落的围障。所有的生命图案都在重塑着自己。一切迥异于以往。

对许多上了岁数的人来说，这些变化可不受欢迎。他们回忆起年轻时那无拘无束的冰天雪地。中年人欢迎这些变化，但是他们都摇着头说，这也太好了，肯定不会持久。而年轻人从没见过与此不同的气候。新的生活自他们开始，就像新的生命在天空下绽放。他们有了极为不同的、丰富多样的东西可以吃；他们生下更多的孩子，而那些孩子不再轻易死去。

至于那两个哨兵，巴塔利克斯的出现一如既往。而弗雷耶呢，每一个星期，每一天，每一个小时，都变得更加明亮，更加炽热。

在这场气候变化的大戏中间，上演着人类的好戏，每一个活生生的灵魂都会出演其中的角色，表达自己的满足与失意。对于大多数人来说，这微小的环境波动是天底下最为重要的事情，而自己则是舞台中央最关键的角色。在整个海利科尼亚上，不论在哪里，只要有一群奋力生存的男男女女，都是如此。

而地球观测站会记录下这每一桩、每一件。

当敖佐·卢恩成为奥多兰都的领主之后，他失去了那种一向乐观率性的风度。他变得郁郁寡欢，有一段时间，他甚至有意避开他那桩罪行的目击者和帮凶。但那些与他维持一定程度亲密关系的人，也没有察觉他那强加给自己的孤僻，有多少是因为那桩罪行在他心中无休止地发酵而产生的；人们从不费心去了解别人。

在这样一个小小的、所有人都相互熟识的聚落里，无论关系亲疏，每个有知觉的个体都十分珍贵，哪怕是死者也无法完全被他的同伴所舍弃。

事实上，克里厄斯和纳赫科里都没有跟他们的女人生儿育女，因此，只有她们跟自己男人的幽魂去交流。两个女人从灵魂世界回来后，都说他们只是异常狂躁。要容忍幽魂的愤怒很痛苦，因为那种狂躁永远都无法消除。这种愤怒被归结于两兄弟的坏脾气，这脾气自然会因为醉酒之后狂性大作亲手杀死亲兄弟而爆发；两个女人获准去做更深入的沟通。两兄弟和他们那骇人的结局不再成为日常闲谈的话题。谋杀的秘密暂时守住了。

但是，敖佐·卢恩从未忘记。在杀人之后的那个黎明，他困倦地爬起身来，用冰冷的水洗了洗脸。刺骨的寒冷让他压抑在心中的烦躁更甚。他的整个身体都因疼痛而不安，那疼痛无休止地碾压着五脏六腑。

疼痛让他不住地颤抖，他不敢跟同伴们说起，而是急匆匆从他的塔楼里跑了出去，只有猎犬克尔德跟在身边。他钻进小巷，在那里，清晨的第一缕光照亮了幽灵般的迷雾，只能看到浑身上下裹得紧紧的女人身影，正缓缓向前挪着去上工。敖佐·卢恩避开她们，跌跌撞撞往北大门走去。他不得不经过大塔楼。在他意识到自己看到了什么之前，他已经面对着纳赫科里那残肢断臂的尸体了。它就趴在他的脚边。那双眼睛仍然惊恐地瞪着。他还找到了克里厄斯那令人恶心的尸骸，躺在塔楼底下的另一侧。还没人发现尸体而警报。克尔德呜呜叫着，在克里厄斯一塌糊涂的尸体上来回直跳。

在一片迷茫中，他心中凌乱的思绪拼凑起来。要是他们躺在塔楼两边的样子被人发现，那可就没人相信是两兄弟相互杀死了对方。他抓起克里厄斯的手臂试着挪动尸体。尸体已经冻得僵硬，无法挪动，就好像在地下扎了根。他迫不得已只好弯下腰——他的脸几乎扎进了那透着腐烂气息的头发里——从克里厄斯的手臂下面伸过手去抱起尸体。又是一阵急喘，他那身所向无敌的力气仿佛消失了。克里厄斯一动不动。他只得又走到尸体的另一头，使劲拖起克里厄斯的两条腿。鹅在远处叫唤起来，嘲笑着他吃力的蠢相。

最后他终于挪动了尸体。克里厄斯是脸朝下摔到了地上，他的双手和一侧的脸都冻在了泥里。身体是结结实实地砸在了地面上，现在终于脱开了。他把那具尸体扔到了它哥哥身边——这些不过是一动不动的东西，一件他要费力从心底抹除掉的、毫无意义的事物。然后，他向北大门跑去。

寨墙外有不少塔楼废墟，通常都有拉甲巴拉尔树环绕四周——或者说废墟就是被它们摧毁的——拉甲巴拉尔树总是出现在废墟里。在这众多的时间纪念碑中，他找到了一个藏身之所，这里正遥望着冰凌起伏的沃雷尔河。有一间塔楼的二层房间完好无损。尽管木头楼梯早已消失，他还是能顺着一堆瓦砾爬到上面的石头屋里去。他立在那里喘着，一只手扶着墙歇息。然后他取出匕首，发狂似的把自己的身体从兽皮中间解脱出来。

山里一头大熊死掉后，成了敖佐·卢恩的衣服。没人穿着同样的黑色裘皮。他浑不在意地把它扯碎。

最后，他赤身裸体地站在那里。这一幕甚至在他自己看来，都异常羞耻。

在他们的文化之中，全然没有裸体的一席之地。猎犬坐下，呼哧着，注视着，呜呜叫着。

他的身体，空瘪的肚腹和发达的肌肉上，长了一层惹眼的皮疹，那花纹就像被火舌舔舐过一样。从膝盖一直到喉头，他仿佛被一团火焰裹了起来。

他痛苦地抓着阴茎，在屋里狂奔着，肆无忌惮地号叫起来。

对于敖佐·卢恩来说，他身上的火焰是罪恶的印记。谋杀！这就是报应；他的阴暗心理只会想到这个因由上去。他从没把自己长皮疹的原因联想到狩猎时发生的意外上，那时他跟巨大的白色法艮发生了亲密接触。他从没想到那种折磨着毛人族的虱子，会传染到他的身上来。他没有足够的知识把这些事情联系在一起。

地球观测站高悬当空，进行着观测。

观测站上有许多仪器，能够让观测者了解下面那颗行星上很多连那里的居民都不知晓的东西。他们熟知蜱虱的生命周期，它们已经让自己适于在法艮和人类身上寄生了。观测者分析了海利科尼亚的安山岩壳层的成分。从最微小的到最宏大的，那里所有的因素都被收集起来进行分析，并将载有这些信息的信号发回地球。就像把海利科尼亚层层拆解，一个原子一个原子地拆解开，并使其穿越银河系，送到外星球的目的地。而这些信息在地球上，在百科全书和娱乐教育媒体中，被重新构建起来。

从“阿佛纳斯号”上看，当两个太阳从东方大陆恩克特莱赫克的肩头升起时，灿烂的光芒就会从那直插平流层的山峰上迸发出来，缕缕光柱刺透厚厚的大气层，神秘莫测。这时，观测站上也会萌发出浪漫的情怀，他们忘记了自己的使命，只期望自己能亲临下方那片大气之海的海床，亲历那原始的运动。

抱怨着，咒骂着，浑身上下裹得严严实实的身影出现在朦胧昏暗之中，从四面八方往大塔楼走去。一阵寒风从东方猛袭而来，在古老的塔楼间呼啸盘旋，狂暴地抽打在他们脸上，在覆盖着他们嘴唇的胡须上如施魔法般抹上了一层白霜。春夜的七点钟有着最黑暗的夜晚。

他们一进入塔楼，就立即把身后那摇摇欲坠的大木门关上，然后直起身子大呼小叫。随后，他们登上通往敖佐·卢恩房间的石头台阶。这间屋子由穿过地基的石头管道送来的热水加热。上面那些距顶层越近的房间离热源越远，所以更冷一些，那是敖佐·卢恩的奴隶和他手下猎人睡觉的地方。但今晚的风从无处不在的裂缝中钻进来，让每一件事物都冰凉异常。

敖佐·卢恩正在召集他作为奥多兰都领主的第一次委员会会议。

最后到达的是年迈的戴特尼尔·斯卡尔大师，鞣皮和硝皮匠人的头领。他也是在场岁数最大的人。他缓步上来，走到了灯光里，看上去谨小慎微，那样子就像担心这是个陷阱。老年人对于统治者的变化总是心怀疑虑。地板中央的罐子里燃着两支蜡烛，地板奢华地铺着兽皮。凌乱的火苗朝西方歪着，拖出两缕青烟。

借着摇曳的烛火，戴特尼尔大师看到了坐在木椅上的敖佐·卢恩，还有其他九个人踞坐在兽皮上，他们中有六个人是另外六类制作匠人的大师。他给敖佐·卢恩施礼之后，分别向他们一一躬身施礼；还有两个男人是猎人达斯卡和雷恩泰尔·阿耶，他俩颇为戒备地坐在一起。戴特尼尔·斯卡尔并不喜欢达斯卡，纯粹是因为这小子为了过猎人那种无聊的生活退出了他所属的匠人队伍。戴特尼尔·斯卡尔的看法就是这样，而且他也不喜欢达斯卡的沉默寡言。

在场唯一的女性是奥耶莉，她幽暗的目光始终盯着地板，颇不自然。她坐在父亲的椅子后面，让自己笼罩在飘忽不定的阴影里。

年迈的大师对所有这些面孔都很熟悉，就跟梁椽下面那些鬼魅般的物件一样——那里挂着法艮和别的与这个村庄为敌的家伙的头骨。

戴特尼尔大师安坐在地毯上，与匠人同伴紧挨在一起。敖佐·卢恩拍了拍手，上面那层下来一个女奴，端着托盘，上面放着一个罐子和十一只木雕杯子；当一杯雷瑟尔酒端到面前时，戴特尼尔大师意识到，那些杯子曾经属于沃尔·恩。

“欢迎到来。”敖佐·卢恩大声说着，举起了杯子。所有人一仰头，饮下了甜甜的浑浊的酒水。

敖佐·卢恩发声了。他说，他打算比前任们更加坚定地进行统治。他不会容忍任何违反律法的行为。他会像从前那样，跟委员会进行商议，委员会也和以前一样，由七类制造者匠人的大师组成。他会让奥多兰都抵挡住一切敌人的侵袭。他不会让女人或是奴隶干涉体面的生活。他保证不会让人挨饿。他允许人们跟幽魂会面商讨。他认为当女人有活儿要干时，学习就是浪费时间。

他的话大都没什么意义，或者只是在说他要进行统治。他在用特别的方式说话，没有人会注意不到，就好像他是在跟恶魔进行着搏斗。他的眼神总是直勾勾的，他用力抓着椅子扶手，好像有什么东西在体内折磨着他，而他正奋力挣扎，以至于尽管他的言语本身琐碎凌乱，可这番演讲中那种令人毛骨悚然的气质却令人印象深刻。风呼啸着，他的声音也一起一落。

“雷恩泰尔·阿耶和达斯卡是我的亲兵队长，直接传达发布我的命令。他们年轻而且有头脑。好了，该死，说得够多了。”

但酿造大师以坚定的声音打断了他，说道：“我的领主，对于那些头脑没那么灵光的人来说，你行动太快。我们中的一些人可能要思量思量，为什么你要把那两个毛头小伙任命为你的亲兵队长呢？那些意志刚强坚毅的人会做得更好。”

“我做了自己的选择。”敖佐·卢恩说着，身子靠在椅背上不停地耸动。

“但你也许安排得太仓促了，大人。考虑一下吧，我们中有多少好样的……你自己的同辈怎么办？比如伊莱恩·泰尔和谭瑟·恩？”

敖佐·卢恩把拳头抵在扶手上，“我们需要年轻人，需要行动。这是我的选择。现在你们可以走了，全都走。”

戴特尼尔·斯卡尔缓缓起身，说：“我的领主，原谅我，但如此仓促的任免毁掉的将是你的荣耀，而不是我们的。你生病了？很痛苦吗？”

“大地之灵啊，各位，难道你们不能赶紧走吗，什么时候问不行？奥耶莉……”

“按照习俗，您的大师委员会要为您的统治举杯庆贺，大人。”

艾姆布鲁都克领主的眼珠一翻，望了望头顶的房梁，又垂下了目光。

“戴特尼尔大师，我知道你们这些老人家气短话长。别为我费心了。走吧，好吗？趁我没把你换掉之前。离开这里，你们全都走，对于你们的庆贺我十分感谢，但是走吧，到那鬼天气下面去吧。”

“但是……”

“走！”他呻吟着搂住自己的身子。

一次独断专行的任免。委员会的老人们咕哝着纷纷离去，没有牙齿的腮帮子气得胀鼓鼓的。不是好兆头……雷恩泰尔·阿耶和达斯卡也离开了，不住地摇头。

一等到只剩下他跟女儿，敖佐·卢恩就跌坐在地打起滚儿来，他呻吟着，踢打着，抓挠着自己的身子。

他问女儿：“闺女，你从戴特尼尔夫人那里拿来鹅脂药膏了吗？”

“拿来了，父亲。”奥耶莉取出一个装着成块软油脂的皮囊。

“把它涂到我身上。”

“我不能那么做，父亲。”

“你当然能，而且你必须做。”

她眼睛一忽闪，“我不会做的。你听到我说的话了。让你的女奴干吧。那是她们应该做的，不是吗？或者我去找萝尔·萨吉尔。”

他跳了起来，号叫着一把抓住她，“你得做。我受不了别人看到我这副样子，否则就会有流言传出去。他们会发现真相，你不明白吗？你必须得做，该死的，否则我就扭断你的脖子。你跟沙耶·泰尔一样难缠。”

她呜咽起来，他不由得怒火中烧，说：“如果你觉得恶心，就闭上眼睛，擦的时候把眼睛闭上。你不必看。但动作要快，我快要发疯了。”

他开始撕扯自己身上的兽皮，那样子狰狞可怖。他说道：“你会跟雷恩泰尔·阿耶成婚的。我不想吵架。我注意到他看你的眼神了。终有一日你会统治奥多兰都。”

他脱掉了裤子，赤裸着站在她面前。她紧闭双眼，转过脸去，因羞怯而几欲作呕。然而她无法忘记那触目惊心的画面，那是一具健壮、消瘦、没有毛发的身体，可皮肤下面似乎有什么东西在不停地蠕动着。绯红的火焰状斑纹覆盖了父亲的身体，直至喉头。

“快点，你这个愚蠢的死丫头！我很痛苦，该死的，我要死了！”

她伸出一只手，开始在他的胸口和肚子上涂抹黏糊糊的油脂。

完事后，奥耶莉飞快地从他身边逃开了。她唾弃着咒骂着，跑出了塔楼，扬起脸迎着寒风站着，一阵阵反胃，干呕起来。

这就是她父亲刚刚开始统治的日子。

一小队玛第族穿着不成形的衣服躺在那里，极不自在地睡着。他们在距离奥多兰都很远的一处遍地碎石的峡谷中休息。他们的哨兵正在打盹儿。

在他们周围，环绕着层层片岩形成的峭壁。在浓重的寒霜下，岩石碎裂成薄薄的岩片层，一踩便咯咯作响。这里没有植被，只偶尔有一小丛发育不良的冬青灌木，那叶子太苦了，连艾羚这种杂食的牲口都不吃。

经常降临在这片高地的浓雾笼罩着玛第。夜晚降临时，他们一直无精打采地待在原地。巴塔利克斯的日出已经照亮了这个世界，但黑暗和迷雾始终笼罩着寒冷的裂谷，这些初具灵智的低智能生物依然酣睡不醒。

可赞王远征军中有一位年轻的指挥官，尤赫尔－哈尔·威利耶克，就站在他们上方数英尺的平台上，当雄性法艮和雌性法艮混成的战士队伍依照命令，朝着那队毫无防备的玛第悄悄逼近时，他在后面观察着。

这群玛第中有十个成年人，正蜷缩在昏暗之中。

跟它们一起的还有一个婴儿和三个小孩。他们身边有十七只艾羚，这动物外形酷似健壮的山羊，长着厚厚的绒毛，能为游牧族提供大部分的基本生活所需。

玛第家族有着男女混杂乱交的习俗。他们生存的濒危状态使得他们对于交配十分随意，也没有任何反对乱伦的禁忌。他们相互挤着，躺在一起保持热量，同时他们那些长着犄角的牲口匍匐在一旁紧挨他们，正好可以围在外边抵御刺骨的寒冷。在牲口圈外边只有那名岗哨了，而他正毫不警惕地枕着一只艾羚歇着。这些低智能生物没有武器。他们唯一的防守形式就是逃跑。

他们依靠迷雾来藏身。但是，法艮敏锐的眼睛发现了他们。极端恶劣的地形暂时把尤赫尔－哈尔·威利耶克与赫尔－布拉亥尔·耶普利特的大队人马隔开了。他手下的武士跟那群原始的人类一样饥肠辘辘，此时正朝着那些玛第族围拢过去。

他们带着大棒和长矛。他们接近时，踩在板岩上发出的咯咯声被玛第的呼噜声和抽鼻声掩住了；又走了几步，哨兵从梦中惊醒，坐起身来，无比惊恐。诡异的身影如幽灵般透过阴冷的迷雾浮现出来，他大叫一声，他的同伴们一哆嗦。但太迟了。随着狂野的吼叫，法艮开始攻击，一动手便毫不留情。

几乎就在一瞬间，这些玛第族全都死了，他们的畜群也落得跟他们一样的下场。他们为年轻的可赞王大军提供了一些蛋白质。尤赫尔－哈尔·威利耶克从岩石上爬下来，下令进行分配。

巴塔利克斯初升的光芒穿透了迷雾，犹如一颗死气沉沉的红色圆球，凝视着荒凉的峡谷。

这是大灾变以来5634000大周期年度的小盛世后361年。法艮的行军现在已经进入了第八个年头。再过五年，这支军队就会到达弗雷耶之子所在的城市，那就是它的目的地。但迄今为止，还没有哪个人类的眼睛能看到奥多兰都的命运与这遥远不毛之地的峡谷中发生的事情有什么关系。

VII

冷若冰霜地迎接法艮

“不管他是不是领主，都必定要来见我。”在暮昏时节一个无法入眠的夜晚，沙耶·泰尔傲慢地对芙芮如此说道。

但是，艾姆布鲁都克的新领主也有自己的傲气，并没有屈尊前来。

在众人看来，他的统治比起前任既算不上更好，也算不上更糟。他为了某个缘由与委员会起了争执；而为了另一个缘由，他与那两位年轻的亲兵队长也有争执。

委员会和领主为了营造安宁的生活状态，会尽量满足每个人的要求，但在其中一件事情上大家取得了一致，就是禁止那个恼人的学堂。不满情绪绝不能无视。但由于需要女人为大家进行劳作，也就无法禁止她们聚在一起，于是禁令也就成了一纸空文。然而他们并没有撤销这道禁令——这让女人们愤愤不平。

沙耶·泰尔和芙芮私下里与雷恩泰尔·阿耶和达斯卡碰了面。

“你们明白我们要做什么，”沙耶·泰尔说，“你们劝说一下那个倔强的男人，让他改变想法。你们比我更能接近他。”

自这次会面后，达斯卡开始对矜持的芙芮发起攻势，而沙耶·泰尔则变得更加高傲冷漠了。

后来有一次，雷恩泰尔·阿耶孤身外出探险返回之后找到沙耶·泰尔。他浑身泥土，蹲在女人屋外，一直等她从烹煮间出来。

她出现的时候，她和她的两个奴隶端着一盘盘新鲜面包。芙芮顺从地跟在奴隶后面。奥多兰都的面包又一次做好了，芙芮要跟着监督分发——当然是在沙耶·泰尔抽出一条面包递给雷恩泰尔·阿耶之后。她把面包塞给他，笑着甩了甩自己那头不驯的长发。

他津津有味地嚼着，十分感激，跺着脚让身子暖和起来。

天气就像新领主一样，变得更加温和了，由此产生的变化远比天气本身的变化更为剧烈。现在又开始冷了，沙耶·泰尔黑色的睫毛上挂着露珠，又冻成了冰珠。天地之间，宁静的白色覆盖了一切。宽阔的河岸间，颜色暗淡的河水仍在流淌，但两边的堤岸都挂满了利齿般的冰凌。

“我年轻的队长怎么了？这些天很少见到你。”

他咽下最后一口面包，这是他三天里的头一顿饭。

“狩猎早就开始变得艰难了，我们不得不走到很远的地方。现在天气又冷了下来，鹿可能会迁移到离巢穴更近的地方。”

他警惕地站在那里，打量着她，她穿着不太合身的裘皮站在他面前。她处变不惊的气质既让人倾慕，也让人敬而远之。他察觉到她在开口之前就看出自己另有所图。

“我为你想了很多，雷恩泰尔·阿耶，就像我为你母亲所做的一样。记住你母亲的智慧，记住她的风范，不要像你的一些朋友那样站到学堂的对立面去。”

“你知道敖佐·卢恩有多倾慕你。”他脱口而出。

“我很清楚他是如何表达的。”

看到他因此有些窘迫，她的态度和缓了下来，挽着他的胳膊带他一路走，问他去了什么地方。他一边对她讲起在荒野中见到的废弃市镇，一边时不时瞥眼她的侧影。那些市镇半埋在沙石里，荒弃的街道就像是干涸的河床，两边点缀着没有屋顶的房子。房子里的所有木头要么被拆掉，要么烂掉了。石头楼梯通往消失已久的上层房间，窗户洞开，能眺望到一片乱石。门廊里生着草菌，随风吹来的积雪堆满了壁炉，鸟在浅浅的壁龛里筑起巢穴。

“大灾难的一部分。”沙耶·泰尔说。

“只不过是发生过的一些事情罢了。”他坦率地说，然后继续讲着他偶遇的一小队法艮——不是军队，是等级很低的真菌贩子，它们见到他时受到的惊吓恐怕更甚于他。

“你完全没必要拿生命去冒险。”

“我需要……我需要离开这里。”

“我从未离开过奥多兰都。我必须，我必须……我想要像你那样离开。我被囚禁了。但我告诉自己，其实我们所有人都是囚徒。”

“我不明白，沙耶·泰尔。”

“你会明白的。首先，是命运塑造了我们的人格，然后人格又塑造着我们的命运。当这些足够……你还太年轻了。”

“我不是小孩子了，我能帮上你。你知道学堂为什么会让人觉得恐惧吗？因为它让平稳的生活躁动不安。但你告诉我们说，知识会带来广泛的益处，难道不是吗？”

他微笑中带着些许嘲讽，凝视着她，而她回应着他的目光，心里想：是的，知识还让我了解奥耶莉对你有什么样的感觉。然后她优雅地一歪脖子，点了点头表示赞同，报之一笑。

“那你需要证明自己的说法。”

她扬起一条动人的眉毛，什么都没说。他把脏乎乎的手伸到她眼前，摊开了手掌。他的手掌里放着两株草穗，一株上面的种子攒在一起，仿佛一串娇嫩的小钟；另一株状如缩微的绒刺果。

“好吧，夫人，学堂能不能对此发表一下看法，并为它们起个名字？”

她稍一迟疑，说道：“它们是燕麦和黑麦，不是吗？”她在心灵的宝库里搜寻着源自民间的智慧，“它们曾经是……农耕作物的一部分。”

“我在废弃的村庄里捡来的，像野草般生长。那里也许曾经是农田——在你所说的大灾变之前……那里还有其他陌生的植物，在那片废墟中不为人知的地方蔓延生长着。你能用这些作物做出很好的面包。鹿喜欢这些东西——在牧草丰盛的时候，雌鹿会专挑燕麦吃而把黑麦剩下。”

然后他把这绿色的东西递到她手中，她感觉硬硬的黑麦须扎在皮肤上，“那你为什么要把它们给我带回来？”

“为了请你给我们做更好吃的面包。你做糕点有一手。改良一下面包吧，向每个人证明知识会带来广泛的益处。然后，学堂的禁令就会撤销了。”

“你真聪明。”她说，“是个不同寻常的人。”

这赞许让他有些发窘，“哦，荒野中生长着许多植物，可以让我们善加利用。”

他动身要走，她又道：“这些日子奥耶莉情绪不太好，她怎么了？”

“你那么有智慧……我想你会知道的。”

她握着那绿色的种子，拉紧裹在身上的兽皮衣，温和地说：“常来跟我聊聊。不要漠视我对你的爱。”

他有些羞怯地笑了笑，转身走了。他没法向沙耶·泰尔或是任何人诉说，他所目睹的谋杀和死亡给生活带来了何种阴影。尽管纳赫科里和克里厄斯两人的确是傻瓜，可他俩也是他的叔叔，而且十分热爱生活。尽管两年过去了，可那种恐惧无法消失。他还胡思乱想着，认为他和奥耶莉之间的坎坷多多少少与这件事不无干系。对于敖佐·卢恩来说，他的情绪尤其紧张而矛盾。谋杀甚至让这位强大的部族保护者同自己的女儿都日渐疏远了。

雷恩泰尔·阿耶深陷敖佐·卢恩的罪恶之中。他变得几乎跟达斯卡一样寡言少语。曾几何时，当他孤身一人踏上探险之旅时，总是神采奕奕，充满了冒险的兴奋感觉；现在则是内疚与不安驱使着他前去。

“雷恩泰尔·阿耶！”在沙耶·泰尔的喊声中，他转回身来。

“先别走，进来陪我坐坐，等到芙芮回来。”

这召唤让他很开心，也让他不好意思。他快步走到她身边，一起走进了她那间位于猪圈上的老旧坚固的小屋，心里盼着他那些猎人朋友最好没看到他进来。从寒冷的室外进来，室内闷浊的热气让他昏昏欲睡。沙耶·泰尔那位年迈苍苍的老母亲倚着橱柜坐在角落里，上面滴淌下来的水旋即落入下面的牲口圈里。钟啸泉报时了，屋里已经暗了下来。

雷恩泰尔·阿耶问候了老妇人，然后坐在沙耶·泰尔身边的兽皮上。

她说：“我们要收集更多的种子，开始小片小片地种植黑麦与燕麦。”从她的语调中，他知道她很高兴。

过了一会儿，芙芮回来了，带着另一个女人，艾敏·理穆，一个体态丰满的年轻女子，她已经自封为沙耶·泰尔的首席追随者。艾敏·理穆径直走到房间后墙，靠着墙盘腿坐下；对她而言，只要能旁听就足够了，而且她始终待在沙耶·泰尔的视线之内。

芙芮也退在一旁。她的身型更苗条，胸脯小巧得就像在她那身银灰色的裘皮下面放了两只洋葱。她脸蛋修长，眼睛深陷，但丝毫无损美貌，在白皙皮肤的衬托下显得格外璀璨。雷恩泰尔·阿耶不是第一次觉得芙芮和达斯卡是天生一对了，也许正是这种感觉，让达斯卡对她情有独钟。

芙芮的秀发勾勒出她窈窕的身段。那又黑又厚的一头长发，在阳光下泼洒开来，就像是黑色的瀑布，与奥多兰都人那种墨蓝色的头发迥然不同。芙芮的头发透露出她拥有外族血统，她的母亲曾经是来自博里恩南方的女奴，头发和皮肤的颜色都很浅，但在监禁时死去了。

芙芮那时还很小，对俘虏她的人没什么憎恨之情，奥多兰都的每一件事物对她都有巨大的吸引力。特别是石塔楼和热水管道系统，让她那幼小的心灵无比震撼，无比崇敬。她抛出问题，然后把一颗心寄托在回答问题的沙耶·泰尔身上。沙耶·泰尔欣赏她那孩子气的活跃思维，一直照顾她长大。

在沙耶·泰尔的教导之下，芙芮学会了读书写字。她是学堂里最有热情的成员之一。最近这些年，有更多的孩子出生，现在轮到芙芮来教导一些孩子学习奥洛奈茨字母表。

芙芮和沙耶·泰尔开始给雷恩泰尔·阿耶讲述一些事情，讲她们如何发现镇子下面有一套地道系统。借助通往东西南北各个方向的通道网络，系统地把所有的塔楼连接了起来，或者说曾经起着这样的作用；地震、洪水，还有其他灾难阻断了一些通道。沙耶·泰尔希望能进到祭祀场旁边那个被泥土掩埋了一半的金字塔里去，因为她相信那个建筑里隐藏着各种宝物，但通道里的淤泥埋到了顶。

“许多有联系的事物我们都不了解，雷恩泰尔·阿耶。”她说道，“我们居住在大地表面，但我听说在帕诺威尔，人们舒适地居住在地下，在南方的奥塔索尔也是，这是听一些商人说的。也许这些地道连接着下界，那里居住着幽魂和亡魂。如果我们能找到一条通往他们的路，以血肉之躯而不是以灵魂与他们相会，那我们应该能拥有更多早已被埋葬的知识，而这会让敖佐·卢恩高兴的。”

雷恩泰尔·阿耶被热烘烘的空气搞得昏昏沉沉，只是点了点头。

“知识不只是像植物那样被埋在土里的东西，”芙芮说，“通过观察也能产生知识。我相信有某种通道能够穿行在空气中，就像我们地下的通道一样。在夜里，我看着星辰有规律地升起落下、穿越天际。有些星星走着不同的通道……”

“它们太远了，无法影响到我们。”沙耶·泰尔说。

“不尽然。一切都是乌特拉的。他在那里所做的事情必然会影响到我们。”

“你害怕地下。”沙耶·泰尔说。

“可我相信星空更会让你害怕，夫人。”芙芮反唇相讥。

雷恩泰尔·阿耶很惊讶，这个娇滴滴的年轻女子，比他大不了多少，一改往日毕恭毕敬的模样，居然敢这样对沙耶·泰尔说话；她就和这天气一样，变化太大了。而从沙耶·泰尔的样子来看，她并不在意。

“地下通道有什么用?”他问，“它们预示着什么?”

“它们只是一些古老的、被遗忘了的往昔岁月的遗迹。”芙芮说，

"而未来在天庭之下。"

但沙耶·泰尔坚定地说:"它们证实了敖佐·卢恩所否定的东西,我们所生活的这个地方现在看起来充其量不过是一片农场,曾经却是一个伟大的地方,充满了艺术和科学,还有比我们优秀得多的人。人口更多——现在他们都化作了亡魂——他们一定都衣着华丽,就像劳伊·布莱的穿着一样。而且他们都有很多思想,就好像他们的脑海中飞翔着许多艳丽的鸟儿。遗存下来的只剩下了我们,我们啊,还有我们头脑中淤积的泥土。"

在所有这些对话中,沙耶·泰尔总时不时提起敖佐·卢恩,说话时,她总是紧张地盯着屋子里的黑暗角落。

寒冷走了,雨来了,然后又冷了,天气仿佛在这个时期专门跟艾姆布鲁都克的人找麻烦。女人们手中干着自己的活儿,心里却梦想着别的地方。

平原地带被东西走向的山脊沟壑割裂成一道一道的。残存的积雪仍然覆盖着山脊北侧的斜坡——那茫茫雪原曾覆盖整片大地,如今却支离破碎。星星点点的绿色点缀在雪地中间,每一棵草木都霸占着一小片圆形地盘,统治着那一小片自己的领地,

与雪地形成鲜明对照的是横卧其间的巨大水塘,这是最具代表性的新景观。这些湖泊宛如一条条大鱼,平行着把整片大地分割成一块一块的,每一片湖水都倒映着阴云密布的天空。

这片地区曾是猎物丰富的狩猎地。可原始的狩猎活动随着雪一起消失了,转移到了山地之间更为干燥的草地上。这些地方聚集了成群的黑鸟,懒散地在新生的湖泊边缘踱着步子。

达斯卡和雷恩泰尔·阿耶趴在山脊上,观察着一些移动的身影。这两位年轻的猎人浑身湿透,情绪低落。达斯卡修长而硬朗的面孔密

布愁容，连眼睛都挤进了愁纹里。他们的手指摁进泥土就会渗出一小洼水。他们周围到处都是吱吱的冒水声。在他们身后，还有六名无精打采的猎人蹲坐着，借着这道山脊隐藏行迹。在心不在焉地等着头领下命令的这段时间里，他们无聊地盯着头顶飞翔的鸟儿，不住地在潮湿的大拇指上轻轻地吹着气。

那些人影正沿着山脊排成一列朝东方走去，在细雨之中垂头丧气。队伍后面是宽阔的沃雷尔河画出的弧线。三条小船紧靠着沃雷尔河岸停泊，正是它们载着那些猎人来到了奥多兰都的这片传统狩猎场。

入侵者穿着沉重的皮靴，戴着铲斗形状的帽子，这些暴露了他们来自何方。

“他们是从博里恩来的。”雷恩泰尔·阿耶说，“他们在追赶着什么猎物。咱们必须把他们赶走。”

“怎么做？他们人太多了。”达斯卡目不转睛地盯着远处的人影说，“这里是我们的地盘，不是他们的。但那边有不止二十个家伙……”

“有件事我们可以做：烧了他们的船。这些傻瓜只留下两个人守着。我们能解决掉。”

没有猎物可打，打博里恩人也一样。

从他们最近俘获的一个南方人口中得知，博里恩正处于动荡之中。那里的人居住在泥土建造的房屋里，一般两层高，牲口在下层，人住上层。可近些日子里那史无前例的雨水把小屋冲得一塌糊涂，所有人都无家可归了。

雷恩泰尔·阿耶的小队往沃雷尔河寻路而去，还要避免被小船上的人看到，雨越来越大了。这雨是从南方来的，预示着冬天的开始。变幻莫测的雨狂乱地飘着，浇在前行的人身上，然后大雨如注，在他们的背上有节奏地敲打着。雨水顺着面颊流淌而下，他们不停地把鼻尖儿上悬着的水珠吹走。几年前他们才头一次见到雨，因而对雨水几乎毫无经验。队伍中没人不想过他们小时候那种干爽的日子，脚下是雪，奔跑的鹿群蔓延到天边。现在，天边都被乌沉沉的云雾遮掩着，大地到处都在渗水。

当他们到达河边时，天色也如愿黑了下来。这里茂盛的草地有膝盖那么高，但除了近日的寒霜，倾盆大雨也让草无精打采地耷拉着，泛着懒懒的光泽。刚刚他们一路往前跑，眼前只有起伏的草地，只看到头顶沉甸甸的云，以及脚下那与乌云一般颜色的泥水。河里有一条鱼在使劲扑腾着，享受着它那正在膨胀的生存空间。

那两个博里恩人守卫蜷缩在小船里躲藏着，没有丝毫反抗就被宰了；也许他们觉得死了也比淋雨强。他们的尸体被扔进河里。尸体漂着撞在船上，血水四散。狩猎队的人想要生火，可试了几次都徒劳无功；这段河流很浅，就算他们用船桨捅，尸体也不会漂走。随着尸体裘皮衣里面的空气被挤出来，他们只是沉到了雨点涟涟的水面之下，一动不动地浮在那里。

“行了行了，”达斯卡不耐烦地说，“别瞎忙着生火了。把船砸漏好了，伙计们。”

“我们可以自己用。”雷恩泰尔·阿耶建议道，“咱们把它划回奥多兰都去。”

其他人站在那里，无动于衷地看着两个年轻人争论。

“敖佐·卢恩会怎么说？我们空着手回去，没带一块肉。”

“我们把船拿给他看。”

“就算是敖佐·卢恩也不吃船。”达斯卡说完不禁大笑起来。

他们爬进船里，用桨尽力稳住。死者被撇在了身后。他们设法把船划回奥多兰都，雨点不停地落在他们脸上。

敖佐·卢恩接见这帮手下的时候面色阴沉。他虽然默不作声地盯着雷恩泰尔·阿耶和其他猎人，但他们却感觉到了更大的威慑，因为他根本没有给他们任何辩驳的机会。最后，他从他们身边走开，站在窗口前望着屋外的大雨。

“我们得挨饿了，在此之前其实已经开始挨饿了。但我们还有别的麻烦。法拉林·弗德的那队人马从北方围猎的地方回来，他们看到一队法艮蛮子就在远处，骑着铠骥朝这边来了。他们说那远远看去像一支战队。”

猎人们面面相觑。

“有多少法艮蛮子？”一个人问道。

敖佐·卢恩耸了耸肩膀。

“它们是从朵岑湖来的吗？”雷恩泰尔·阿耶问。

敖佐·卢恩再次耸了耸肩，似乎这问题无关紧要。

他转身面对着手下，用沉重地目光注视着他们，“你们认为在这种处境之下，我们最好的办法是什么？”

见无人应答，他自己给出了答案：“我们不是懦夫。在它们到达奥多兰都并烧毁这里之前，不管那些牛头怎么想的，我们要主动出击，去攻击它们。”

“它们在这种天气里是不会进攻的。”一个年老的猎人说，“法艮蛮子讨厌水。除非是发了疯，否则别想把它们赶进水里。水会毁了它们的皮毛。”

“这年月太极端了。”敖佐·卢恩不住地踱着步子，“整个世界都会淹没在这场大雨里。作为大地之灵的雪什么时候才能回来啊？”

他让人们散了，踩着泥泞去见沙耶·泰尔。芙芮和她的另一位密友艾敏·理穆正跟她坐在一起，誊抄着一幅图。他让她们回避。

他和沙耶·泰尔小心翼翼地相互对视着。她看着他湿漉漉的面容，还有他那欲言又止的模样；他则看着她眼睛下面的皱纹，还有她黑发中显出的第一缕白发。

“这雨什么时候能停？”

“天气变得更糟了。我想要种植黑麦和燕麦。”

"人们都认为你，还有追随你的女人们，都很聪慧……你告诉我，会发生什么事情?"

"我不知道。冬天正在降临。也许会变得更冷一些。"

"下雪?我是多么想让该死的雪回来，让雨离开。"他做了个愤怒的手势，举起拳头又放下。

"如果天气变冷，雨就会变成雪。"

"见鬼的乌特拉，这真是个娘儿们的废话！就不能给我个确凿的答案吗，沙耶·泰尔?在这个一切都捉摸不定的该死的世界上，就没有什么东西是明确无误的吗?"

"你也给不了我确凿的答案。"

他转身就走，走到门口又停住了，"如果你的女人不干活，她们就没饭吃。我们不能让人无所事事——你明白这点。"

他没再说什么，走了。她跟上去走到门边又驻足了，只是皱着眉。她很恼火，他没给她留下一个再次向他说"不"的机会；那会为她的目标赋予新的意义。但是她意识到了，敖佐·卢恩的心思其实并没有放在她身上，而是有更重要的事情。

她拉紧身上的衣服走到床边坐下。她一直保持着这个姿势，直到芙芮回来。一看到芙芮，她便在这位年轻朋友的眼前纵身站了起来。

"一直以来，我们都过于乐观了，"她说，"如果我是一个女术士，我会为了敖佐·卢恩把雪送回来。"

"你就是女术士。"芙芮真心地说。

法艮来袭的消息传得很快。那些仍然记得上一次法艮袭击镇子的人都不再聊别的话题了。男人们在夜里灌饱了雷瑟尔之后跌跌撞撞倒在床上时议论着；女人们则在黎明借着鹅脂灯的亮光磨面时议论着。

"我们不能只是闲聊。"沙耶·泰尔告诉她们，"你们有着勇敢的心，女人们，也有一根巧舌。我们要向敖佐·卢恩证明女人能干什么。我想让你们听听我的办法。"

她们最终认定，学堂必须要在男人那里证明自己的价值，学堂要提出一个让奥多兰都免遭涂炭的进攻计划。找一处合适的地点，女人在那里安全地暴露给法艮。一旦法艮接近，它们就会遭到伏击，猎人将埋伏在两翼等着杀退它们。女人们在商讨这条计策时，一想到那场面就热血地尖叫。

这条计策一直讨论到大家满意为止，她们选了女人中最可爱的一个女孩前往敖佐·卢恩那里去做特使。这姑娘和芙芮年岁相当；她叫朵儿·萨吉尔，是老产婆萝尔·萨吉尔的女儿。奥耶莉陪同朵儿去往她父亲的塔楼，这个姑娘要在那里献上沙耶·泰尔对首领的赞美之词并请他到女人屋来：那里会有防御计划呈献给他。

“他不会太注意我的，对吧？”朵儿说。奥耶莉笑着推了她一把。

女人们等着。外面，大雨倾盆而下。

奥耶莉回来时，已近晌午。她是独自回来的，满面怒色。最终她气冲冲地道出了实情：她父亲拒绝了邀请——却留下了朵儿·萨吉尔。他把她视为学堂的礼物。朵儿从今以后与他一起生活。

听到这消息，沙耶·泰尔勃然大怒。她跳到地板上，狂怒地挥身颤抖。她尖叫着撕扯头发，发誓要向所有白痴的男人进行报复。她预言当男人们那位自以为是的首领躺在床上与一个无知的孩子交媾时，他们全都会被法艮生吞了。她还说了很多难听的话。周围她的同伴无法让她平静下来，只得惊恐地逃开。芙芮和奥耶莉也被赶走了。

“这是让人恼火，”萝尔·萨吉尔说，“可这对朵儿是件好事。”

然后，沙耶·泰尔裹紧身上的衣服，狂奔着跑到巷子里，站在了敖佐·卢恩居住的大塔楼前。她大声痛斥他的丑行，逼他露面，雨水泼洒在她身上。

她责备的声音很大，匠人和猎人们纷纷出来看热闹。他们靠在废弃的建筑旁躲着，抱着双臂窃笑。温泉冒出来的蒸汽贴着地面，让一切都影影绰绰的，他们靴子之间的泥地不停地冒着泡。

敖佐·卢恩来到塔楼的窗口前。他向下看着，冲沙耶·泰尔嚷嚷让她走开。她冲他挥舞着拳头，大声咒骂他的丑行，声称他的所作所为会让整个艾姆布鲁都克陷入灾难。

在这个关头，雷恩泰尔·阿耶赶到了，他一把拉住沙耶·泰尔的手臂，对她温言相劝。她终于止住了叫骂，听他在说什么。他让她绝不要绝望。猎人们知道如何对付法艮。敖佐·卢恩也知道。等天气好的时候他们就会出去战斗。

“还要等?！雷恩泰尔·阿耶，谁会为你改变天气？你们男人太软弱了！”她朝云层举起双拳，“你要按我的计划行事，否则灾难会毁掉你——还有你，敖佐·卢恩，你听到了吗？我的慧眼看得一清二楚。”

“是的，是的。”雷恩泰尔·阿耶尽力安抚着她。

“别碰我！按照计划行事就好。执行计划，或者去死！如果那个愚蠢的、名义上的首领希望保有他的领导权，他绝不能把朵儿·萨吉尔留在他的窝里。强奸孩子的男人！终要毁灭！毁灭！”

这些底气十足的宣言很快被传开。沙耶·泰尔也还在继续着她的高谈阔论，咒骂所有愚昧而充满兽性的男人，每个人都留下了深刻的印象。大雨下得更猛了。塔楼上的雨水成串滴下。猎人们相互之间鬼鬼祟祟地撇嘴一笑。更多的围观者来到了巷子里，想要看一场好戏。

雷恩泰尔·阿耶朝着敖佐·卢恩高叫起来，说自己被沙耶·泰尔的话说服了。他劝敖佐·卢恩依从这些预言，女人们的计划听上去不错。

敖佐·卢恩又一次出现在窗口。他的脸跟他的裘皮一样黑。他看上去很愤怒，但也很克制。他同意遵照女人的计划，不过要在天气好转之后。他不会在此之前行事，理所当然不应在此之前。还有，他要留下朵儿·萨吉尔，她爱上他了，而且需要他的保护。

“野蛮人！愚昧的野蛮人！你们都是野蛮人，只配住在这个充满恶臭的农场里。恶习和愚昧已让我们变得卑贱！”

沙耶·泰尔踩着泥泞走在巷子里，一路诅咒着。那个彻头彻尾的野蛮人是一个粗野的强奸犯，她拒绝提起他的名字。他们只不过生活在泥塘里，已经忘记了艾姆布鲁都克曾经的辉煌。所有那些倒伏在蹩脚寨墙外的废墟都曾是漂亮的塔楼，裹着金子，所有那些如今一片泥泞污秽的地方都曾铺着精美的大理石。这个村子曾经有现在的四倍那么大，每一件事物都精美绝伦——洁净而美丽。女人的圣洁也曾得到尊重。她抓住裹在身上的那件裘皮呜咽哭泣起来。

她将不再生活在这个污秽的地方。她要去远方生活，寨墙之外的远方。如果法艮或狡猾的博里恩人夜里来，并且抓走了她，她又有什么好在意的？她活着是为了什么？他们不过是灾难的遗子，他们所有人都是。

“消消气，消消气，夫人。”雷恩泰尔·阿耶说道，他一路踩着泥水跟在她身边。

她轻蔑地拒绝安慰。她只是一个上了年纪的女人，没有人爱。她独自一人看到了真理。在她离开后，他们会后悔的。

沙耶·泰尔言出必行，开始把她为数不多的几件物品搬去一座矗立在拉甲巴拉尔树丛中的废弃塔楼，就在城外东南方。芙芮和其他女人也来帮忙，在雨中来回奔波，搬运她那可怜的财物。

第二天雨停了。两件大事发生了。一群不知名的小鸟飞过奥多兰都，在塔楼间盘旋。空中满是叽叽喳喳的叫声。这群鸟儿没在村子里安身。它们落到了远处那些茕茕孑立的塔楼上，特别是沙耶·泰尔安身的那座。鸟儿们在那里发出令人心悸的鸣叫。它们长着小小的喙、红色的脑袋，翅膀上的羽毛呈红白两色，飞起来很敏捷。一些猎人拿着网子想捉些鸟，却徒劳无获。

这件事被看作是一种征兆。

第二件事则更具警示。

沃雷尔河洪水暴发。

大雨让河水上涨。钟啸泉在正午响起时，一股巨大的潮头从上游逼近，那个方向正是遥远的朵岑湖方向。一位名叫莫莱丝·弗德的老妇人在河堤下收集鹅粪时看到了潮头。她竭尽其所能站直身子，惊骇地等着那一道水墙压在她身上。鹅和鸭子吓坏了，纷纷跳上寨墙。但老妇人莫莱丝·弗德还站在原地，手里攥着铲子，大张着嘴盯着大水。大水扑到她身上，把她卷到了女人屋的侧墙边。

洪水淹没了村子，冲走了谷物，冲进人们住的屋子，淹死了牝猪。莫莱丝·弗德则死在了大水的冲击之下。

村子成了沼泽。只有沙耶·泰尔现居的塔楼所在的那片地方免受泥水侵袭之苦。

自此，以这场变故为标志，沙耶·泰尔真正拥有了女术士的声望。所有听过她叫嚷着对抗敖佐·卢恩的人，都在屋里坐立不安地窃窃私语。

那天晚上，弗雷耶紧随着巴塔利克斯从西方依次落下，映着夕阳的洪水宛如血水，气温骤然下降。村子里遍地都是薄薄的冰碴。

第二天的弗雷耶黎明，整座镇子都被敖佐·卢恩愤怒的叫喊声惊醒了。女人们正要急慌慌蹬上靴子去干活，听见这动静，错愕异常，连忙叫醒了自己的男人。敖佐·卢恩正在大志叫嚷着沙耶·泰尔的那一套：

“你们全都出来！所有该死的人！你们今天要去跟法艮打仗，你们每一个人！我用我的方法来治治你们的无所事事。起来起来，所有人，爬起来去打仗！如果发现了法艮，你们就要跟它们拼命。我一只手就能跟它们斗，你们这些贱种就一起上吧！今天将是历史性的伟大的一天，你们听见我的话了，伟大的一天，哪怕你们全都死绝！”

黎明的云从头顶掠过，他那条裹着黑裘皮的巨大身影站在塔楼顶上，挥舞着拳头。他另一只手抓着朵儿·萨吉尔，她拼命挣扎叫喊着，想要从寒风中逃走。伊莱恩·泰尔出现在他们身后，勉强露出一副笑脸。

“没错，我们要按女人的计策灭掉那帮没奶喝的法艮。你们听见了，你们这些没种的混蛋、学堂里的狗娘养的，严格按照女人的计划去做。原初砾石保佑，我们会看到将发生什么，我们会看到沙耶·泰尔是否言而有信，我们会看到她的预言到底多有价值！”

几条身影出现在巷子里，咯咯吱吱踩过薄冰，仰头望向他们的领主。很多人胆怯地相互拉扯在一起，除了老萝尔·萨吉尔，就是朵儿的母亲，她咯咯直笑，说：“他准是长能耐了，吼起来就像是……就像我们朵儿说的那样，就像一头公牛！”

他走到胸墙边向下望着他们，拖着朵儿，仍在叫嚷：

“没错，我们会看到她的话多有价值，我们要验证她的能耐。既然你们都挺认同沙耶·泰尔，那我们就在战斗中证明她。你听到我说的话了吗，沙耶·泰尔？我们要么成功要么失败，鲜血一定会流淌，不是红的就是黄的。”

他朝下啐了一口，然后撤了回去。他爬回塔楼，翻板门在他身后砰地闭上。

之后，他们吃了点黑面包，在猎人的极力主张下，所有人都出发了。每一个人都很安静，甚至敖佐·卢恩也是。他疾风骤雨般发表演讲时的情绪已然褪去。天色尚早，双日隐在云中。地面硬实，冰在脚下嘎嘎作响。

沙耶·泰尔也动身了，她紧紧抿着嘴，始终和女人们在一起，裘皮衣挂在她瘦削的身体上随风飘起。

行进很慢，因为女人不习惯走远路，这对男人不在话下。他们来到了平原的断层地带，在沃雷尔河发洪水的两天前，雷恩泰尔·阿耶的狩猎队伍就是在这里遇到了博里恩人。这里横卧着一道道矮矮的山脊，山脊间分布着浅浅的积水湖，波光粼粼，犹如搁浅的鱼。可以在这里设置埋伏。寒冷时法艮会上路，如果它们在这里的话。巴塔利克斯已然落下，不见踪影。

他们一路走下平原，男人在前，女人在后，队伍七零八落。铅灰的天空下，所有人都忧心忡忡。

在第一个浅水湖边，女人们停下了脚步，大伙儿都看着沙耶·泰尔，谁都没有好脸色。她们意识到，如果有法艮到来——特别是如果它们都有坐骑——那自己就完全处于危险境地中了。她们甚至没法焦虑地环顾四周来安慰自己，因为山脊挡住了她们的视线。

她们暴露在危险和大自然的严酷之中，气温保持在冰点以下两三度。周围一片寂静，连空气都凝结了。浅湖静静地躺在她们面前。湖面有四十米宽、一百米长，让人生厌的形状占据了两道山脊之间的洼地。湖水没有一丝波纹，仍未上冻，如明镜般倒映着天空。它那死气沉沉的样子莫名带来一种超自然的恐怖，当女人们看到猎人消失在山脊上时，这种恐惧彻底浸染了她们。甚至她们脚下被寒霜击打得十分脆弱的小草都仿佛受到了诅咒，四下里听不到一声鸟鸣。

男人心里挺不高兴，他们不希望自己的女人在附近。他们站在一片相邻的洼地中，在另一片湖水旁，抱怨着他们的头领。

“我们已经看到了，没有法艮的踪迹。”谭瑟·恩边说话边冲指甲哈着气，“咱们回去吧。假设一下，他们会不会趁着我们离开奥多兰都去偷袭，把它给毁掉了？有这种可能吧？那可就撞大运了。”

呼出的雾气在他们脑袋周围凝聚起来连成一片，他们倚着长矛用责怪的眼神望着敖佐·卢恩。而他正四下走动着，让自己跟他们保持距离，始终都黑着脸。

“回去？你说起话来就像娘们儿。我们是来打仗的，而且一定要打，哪怕把性命都丢给乌特拉。如果附近有法艮，我就要把他们招过来。站到你们该站的地方去。”

他一路小跑上了身后的山脊，女人们再次出现在他的视线中，他打算放开喉咙，用最大的声音喊叫，在荒野上激起一些回声。

不过敌人已经出现！现在，太迟了，他终于明白为什么看不到游荡的博里恩人——他们都被赶走了。就像站在洪水前的老莫莱丝·弗德，他站在那里呆若木鸡，面对着人类的宿敌。

女人们在鱼形湖泊的一头已经乱成一团，剑族在湖水另一端集结起来。女人们吓得不知所措，剑族则凝立不动。惊慌失措之下，女人们只是各顾各的，而对面的法艮小队始终是一个整体。

要想辨出敌人的数量很困难。随着雾气在暮色中弥漫大地，随着天空渐渐变得灰蓝斑驳，他们出现了。他们中的一个发出一声重重的、拖着长音的咳嗽，若非如此，他们真会被当作泥胎木雕。

与他们随行的白鸟落在他们身后的山脊上，先是挤作一团，随后有规律地排列开来，脑袋统一地往一边歪着，就像离世的幽灵。

从法艮那结着霜的轮廓来看，可以断定有三个骑着铠骥——看上去是首领。他们坐在上面，习惯性地将脑袋往前凑，贴在坐骑的脑袋上，就像是在进行交流。其他法艮则聚在铠骥两侧，双肩隆起。他们就像旁边的砾石一样静止不动。

刚才咳嗽的那个法艮又咳嗽了一声。敖佐·卢恩立刻回过神来，冲着他们的人叫喊起来。

他们沿着山脊顶部攀爬过来，惊愕地注视着敌人。

与此同时，法艮猛然动了起来。他们那怪异的腿部关节让他们从静止状态毫无征兆地飞奔起来。浅湖对他们是一大考验。众所周知，法艮极其厌水，但这一次，他们那颗牛头里在说“前进”。前面有三十个人类男性，这画面支配了他们的思想。他们开始进攻了。

其中一个骑着蛮兽的法艮在头顶挥舞着宝剑。随着一声颤抖的嘶吼，他一踢铠骥，坐骑跃冲向前。其余的蛮兽，不管是骑乘的还是徒步的，都一窝蜂跟了上来，他们猛冲而上——踏进了浅湖的水里。

女人们惊得四散奔逃。敌人现在几乎撵上了她们，她们在山脊间跑得到处都是，有些跑上这边的山坡，有些跑上那边的，连绝望的叫喊声都显得十分微弱，仿佛是受到折磨的鸟儿。

只有沙耶·泰尔站在原地，她面对进攻纹丝不动，芙芮和艾敏·理穆惊恐地拉着她，把脸藏在她身后。

“快跑！你这蠢女人！”敖佐·卢恩吼叫着跑下了山脊。

在尖叫声和令人不安的水花四溅声中，沙耶·泰尔听不到他的喊叫。她在鱼湖尾端坚定地站着，突然猛地往前一挥手臂，好像在用手势让那群法艮匪徒止步。

然后，剧变发生了。随之而来的这一刻，从此以后在奥多兰都的编年史中被称为“鱼湖奇迹”。

一些人后来声称，有一阵刺耳的声音刺透了寒冷的空气。有人说是音调很高的人声，有人则发誓说那是乌特拉的一击。

劫匪的整支队伍，十六个法艮，全都跑进了湖水里，由三个骑着铠貘的雄性法艮领头。他们胸中涌起疯狂的念头，驱赶着他们进入了异样的自然元素之中，跑进了齐腿深的水里。他们凶猛的攻势剧烈地搅动着湖水，然后，没有任何征兆地，整片湖水冻结了起来。

片刻之前，那还是平静得没有一丝波纹的液体，静静地躺在那里，虽然低至冰点之下三度，却并没有结冰，因为没有受到扰动。刹那间，扰动来了，它转瞬之间成了固体。铠貘和法艮都被冻在了里边。一头铠貘摔倒了，再也没爬起来。另两头铠貘被冻在原地，跟它们的骑士冻结在一起，在冰中苟延残喘。后面的雄性法艮狂舞着手臂——全都被困住了，牢牢地陷在他们踏足其中却又将他们擒住的元素里。谁都没能再动一步。谁都没法挣脱出来，平安无事地回到岸上去。尽管那种金色血液的古老生物系统能保护他们抵御严寒，可就在转瞬之间，他们的血管还是在体内冻结了。他们粗厚的白色绒毛变成了一层布满寒霜的硬鞘，他们瞪得溜圆的眼珠也结上了一层白霜。

有机体就这样变成了巨大无机世界中的一分子。

突如其来的死亡构成了一幅极其生动的画面，巨细无遗地用冰雕塑了出来。

在这片冰雕的上空，白色的鸟儿盘旋落下，大张着喙尖叫着，最终朝东方凄凉地飞走了。

第二天一早，三人早早地从兽皮营帐里爬了起来。细密的雪粉下了一夜，荒野大地就像是撒了一层胡椒面。弗雷耶从地平线冉冉升起，在平原上投下稀薄的紫色阴影。几分钟之后，第二个忠诚的哨兵也奋力跃入乌特拉的国度。

这时，敖佐·卢恩、雷恩泰尔·阿耶和奥耶莉站起身来，在身上拍打着，不住地跺脚，让肢体里的血液循环起来。他们咳嗽着。除此以外，一片寂静。他们一语不发地相互看了看，然后动身向前。敖佐·卢恩迈步到了封冻的湖面上，冰在他脚下发出清脆的响声。他们面前是一组纪念性的雕塑，每个细节都十分精美，构图尤为狂野。一头铠骥几乎躺在另外两头的蹄子下面，它的大半个身子都淹没在脆弱的波浪水纹之中，它的脑袋惊恐地竖起，鼻孔大张。它的骑手挣扎着想努力驾驭住它，几乎从背上跌落下来，那惊恐的瞬间也凝固了。

所有的法艮都保持着当时的动作被定住，有许多手里还举着武器，眼睛盯着前方那片他们永远都无法抵达的彼岸。所有这一切都冻在了冰里。他们成了野蛮残暴的纪念碑。

最后，敖佐·卢恩点了点头，开口了。他的声音十分抑郁：

“确实发生了。现在我信了。咱们回去吧。”

纪元24年的奇迹得到了公认。

他在头天夜里就让其他人回奥多兰都了，达斯卡领队。一直到睡下以后他才相信，这整件事并不是他在做梦。

其他人什么都没说。他们被一个奇迹拯救了，这个想法让他们心中错愕茫然，让他们的舌头没有了语言。他们离开了这令人心惊的塑像群，一言不发。

一回到奥多兰都，敖佐·卢恩就命令两个猎人把他的一个奴隶带到鱼湖，去奇迹发生的地方。那奴隶亲眼看到这真切的画面后，他被反绑着双手，面朝南，一步步走了下去。回到博里恩的时候，他会告诉自己的同胞，有一个伟大的女术士眷顾着奥多兰都。

VIII

黑曜之中

沙耶·泰尔笔直地站在这间连她都无法想象有多么古老的屋子里。她已尽己所能把它布置起来：一张古老的挂毯，曾属劳伊·布莱所有，也曾属劳伊·阿楠所有——那支杰出女性的血脉已经逝去；她自己那张简陋的床铺摆在角落，用博里恩进口的蕨类编织而成（这种蕨类能挡住老鼠）；她的书写材料放在一张小石桌上；地上铺着一些兽皮，十三个女人在上面或坐或蹲。学堂正在授课。

房间的墙壁上密密麻麻地点缀着黄色、白色的地衣，它们从那扇唯一的窄窄的窗口开始蔓延，年深日久，已经爬满了整栋石头建筑。角落里张着蛛网，网上的值守者大都已经饿死很久了。

在那十三位女子身后，坐着雷恩泰尔·阿耶，他盘着双腿，胳膊肘支在膝盖上，拳头支着下巴。他始终盯着地板。大部分女人都一脸茫然地看着沙耶·泰尔。芙芮和艾敏·理穆认真地听着；其他人，她不敢确定。

“在我们这个世界中，各种关系相互影响十分复杂。我们可以假设这一切都是由那个在天庭征战不休的乌特拉心中生发而出的产物，但这样解读太单纯了。为了解决自己的问题，我们应该做得更好。为了理解这一切，我们还需要其他线索。乌特拉在意吗？也许我们确实能独立主宰自己的行为……”

她停下来，理了理自己都讲了些什么。她已经提出了这个永恒的命题。每一个曾经活过的人类都不得不直面这个问题，她以自己的方式做出了回答：我们是否独立主宰自己的行为？而她无法依照自己的思绪阐述答案。因此，她感觉自己完全不适合教学。

然而她们都静静地听着。她知道她们为什么听，哪怕她们听的时候并不理解。她们听，是因为她被当作一位伟大的女术士看待。可正是由于鱼湖奇迹，由于她们对她的尊崇，她被孤立了。就连敖佐·卢恩本人也比以前对她更加敬而远之。

她透过破朽的窗户看着外面那个极具生态韵律的世界，那个世界正从不久前才开始消散的严寒中挣脱出来，它在泥泞和积雪之间嵌上了绿色，河流从她从未造访过的远方夹带着泥土流淌而来。这个世界有许多奇迹。非凡的事物就展现在她的窗外。然而……她自己不是也创造了一个奇迹吗，就像所有人以为的那样？

沙耶·泰尔话说了一半顿住了。她灵机一动，有一种方法可以测试一下自己是否具有神性。

在鱼湖发起进攻的法艮变成了冰块，是由于她的某种神性……还是它们体内的某种东西？她回忆着关于法艮怕水的传说，也许那恐惧的根源就是它们变成冰的原因。这个可以测试一下，奥多兰都有一两个年老的法艮奴隶。她要让一个法艮下到沃雷尔河里，看看会发生什么。到时候不论怎样，她都会知道答案。

十三个女人盯着她，等着她继续宣讲。雷恩泰尔·阿耶看上去十分困惑。她对于自己正在讲的东西也毫无头绪。她意识到必须进行一次试验，才能让自己的心绪平静下来。

地板上的一个女人说："我们不得不按照训诫去做……"她的语速缓慢，充满不解，像是在重复着从前的某次课程。

沙耶·泰尔站在那里，听到有人从下面拾级而上。她可没法对一个自从钟啸泉上次鸣响之后就一直在讲解的问题心平气和地进行回答，所以这时有任何人来打搅都是受欢迎的。有些女人确实蠢得无药可救。

地板上的门掀开了。敖佐·卢恩出现在屋里，看上去就像是一头巨大的黑熊，后面跟着他的狗。达斯卡紧跟着他，面无表情地站在后面，甚至没往雷恩泰尔·阿耶投去一眼。雷恩泰尔·阿耶尴尬地站起来候命，背靠着冰冷的墙壁。女人们瞪大双眼看着这两位不速之客，一些人神经质地傻笑起来。

敖佐·卢恩的身影似乎塞满了这低矮的房间。尽管女人们不自然地朝他抻着脖子，可他全然无视，只是朝着沙耶·泰尔打了个招呼。

她回到窗前，面对着他，让那泥泞的村庄、喷着热气的温泉以及绵延到天边的斑驳大地成为她的背景。

她问道："你想在这儿干什么？"当她注视着他时，她的心跳加速了，她因此而诅咒着自己新加于身的名望。他不再欺凌她，不再抓她的手臂，甚至不再追求她。他的态度表明，这是一次正式而不甚友好的拜访。

"我希望你回到寨墙的保护中来，夫人。"他说，"你住在这废墟里不安全。在这里，我没法保护你不受袭击。"

"芙芮和我更喜欢住在这里。"

"你在我的管辖之下，为了你的声望，为了你和芙芮，我必须尽己所能保护你。而所有其他女人——你们不应该在这里。寨墙外面太危险了，如果有突然袭击……好吧，你们能猜到会有什么事情落在你们身上。沙耶·泰尔，作为奥多兰都强大的女术士，她拥有完全的自由。而你们其余人则必须听我的命令。我禁止你们到这儿来。太危险了。你们明白吗？"

所有人都在回避他的目光，除了老产婆萝尔·萨吉尔，"这毫无意义，敖佐·卢恩。这座塔楼相当安全。沙耶·泰尔已经吓退了法艮蛮子，我们都知道这事儿。此外，就算是你自己，有时候也会到这种地方来，现在你不就在这里吗？"

最后这话带着些戏谑，而敖佐·卢恩毫不理会。

"我是在说现实问题。现在天气在变化，没有什么是安全的。你们之中不许再有人来这里，否则会有麻烦。"

他转过身，抬起一根手指点唤雷恩泰尔·阿耶。

"你跟我走。"他没有道别，径直下了楼梯，雷恩泰尔·阿耶和达斯卡跟在后面。

到了外面，他停了一下，捋了捋自己的胡须，抬头看了看上面的窗口。

"我仍旧是艾姆布鲁都克的领主，你最好别忘了这一点。"

她在里面听到了他的喊话，但没去窗边。相反，她站在原地——虽然身处众人之间却倍显孤寂——用足够让他听到的声音大声说："一个微不足道的农场领主。"

直到听见三双靴子走远，她才屈尊瞥了一眼窗外。当他带着两位亲兵队长朝北大门跋涉时，她望着他宽厚的脊背，克尔德在他脚边一路小跑。她懂得他的孤独。没有人比她更懂。

若是当他的女人，她自然不会失去自己高高在上的姿态，或是任何让她保持高贵的东西。而现在太迟了，无法考虑那些事情了。他俩之间存在着罅隙，而且还有一个脑袋空空的玩偶在给他暖床。

她说："你们最好回家吧。"她不敢看那些女人。

一回到主广场，敖佐·卢恩就命令雷恩泰尔·阿耶离学堂远一点儿。

雷恩泰尔·阿耶脸一红，"这难道不正是你和委员会放弃对于学堂偏见的好时机吗？鉴于鱼湖的奇迹，我希望你能更充分地考虑一下。为什么要让女人不高兴？她们会因此而恨你。学堂最起码能让女人有满足感。"

"它会让女人无所事事。它会引发分歧。"

雷恩泰尔·阿耶望着达斯卡，想寻求他的支持，但达斯卡只是盯着靴子。"看上去更像是你的态度引发了分歧，敖佐·卢恩。知识从不伤害任何人，我们需要知识。"

"知识是慢性毒药……你太年轻，不明白。我们需要纪律。我们正是凭此活着，也凭此才能一直存活下来。你离沙耶·泰尔远一点……她会在人的身上施加一种超自然力量。在奥多兰都不干活的人得不到食物，这始终是规矩。沙耶·泰尔和芙芮已经不再干烹煮的活儿了，所以在未来的日子里她们没饭吃。我倒要看看她们是有多喜欢饿肚子。"

“她们会挨饿的。”

敖佐·卢恩的两条眉毛拧到了一起，他盯着雷恩泰尔·阿耶，“如果我们不齐心协力，全都会挨饿。必须随时盯着那些女人才行，我不会容忍你跟她们站在一边。再跟我顶嘴，我就给你教训。”

敖佐·卢恩走后，雷恩泰尔·阿耶抓着达斯卡的肩头说：“他变得越来越糟了，这是他跟沙耶·泰尔的个人恩怨。你怎么看？”

达斯卡摇摇头，“我不看。我只奉命行事。”

雷恩泰尔·阿耶嘲讽地盯着他这位朋友，“那他现在命令你去干什么？”

“我要去卜拉希米蒲田那边。我们刚杀了一只刺囊兽。”他摊开一只血淋淋的手掌。

“我过会儿就去。”

在跟朋友去田里之前，雷恩泰尔·阿耶沿着沃雷尔河走着，懒洋洋地看着鹅游水漫步。他心想，他理解敖佐·卢恩和沙耶·泰尔的分歧。为了生活，所有人都要齐心协力，然而只要齐心协力就是生活的全部吗？这疑惑压得他喘不上气，让他想要远离村子——只要奥耶莉愿意跟他一起走，他也许就能义无反顾。他感觉自己太年轻，无法预见这种争论、这种日渐增多的分歧如何能自行消解。看看四周无人，他偷偷摸摸地从口袋里取出很久以前那位来自博里恩的老祭司送的小狗玩偶。他把玩偶拿在眼前拨弄着它的尾巴，小狗开始冲旁边的鹅狂吠起来。

一个女人朝卜拉希米蒲田走去，正好听到了狗叫。是芙芮，她从两座塔楼间看到了雷恩泰尔·阿耶的背影。她没去打扰他，因为他不在她要经过的路上。

她绕过温泉和钟啸泉。东边吹来的一股微风，裹着从地下涌出的热气，翻滚着飘过湿漉漉的岩石。芙芮裘皮衣的每一根绒毛尖儿上都挂着一颗小小的水珠。

泉水汩汩，岩缝间的泉眼显出不住滚动的黄色和粉白色，呈现出某种极富感染力的狂野力量。她在一块岩石上蹲下身子，心不在焉地把手浸在泉水中。热水顺着她的手指舔着掌心。

芙芮抬起手舔了舔指头上的泉水。她从小就熟知那种硫化物的味道。现在正有一群孩子在这里玩耍，相互叫喊着，在湿滑的石头上来去自如地跑着，像艾羚一样敏捷。更爱冒险的孩子干脆裸着身子在寒风中奔跑，把尚未发育的身子探进岩石间的裂缝。泛着泡沫的水涌过他们的肚皮，没过他们的肩膀。

“呜啸要来了！”他们冲着芙芮喊叫起来，“看着点儿，夫人，不然你就要湿透了。”他们一想到那个场面，不由得大笑起来。

芙芮接受了他们的警告，赶紧走开了。她心想，一个陌生人的出现激起了孩子们的第六感，让他们能够准确预报钟啸泉何时喷发。

泉水喷出来了，好大一股水柱，起先还挟带着一些泥土，然后就是纯净的水了。它不断升高，音调也不断升高——一直升到某个固有的音调，持续了一个固定的时间段。在水落下前，水柱足有三倍人高。风把水柱吹得往西歪成弧线，正好落在芙芮刚才蹲着的那块石头上。

呜啸停了。水柱落回了大地，落回了那张把它喷射而出的漆黑口唇之中。

芙芮冲着孩子们挥了挥手，继续往卜拉希米蒲田走去。她知道他们是如何知晓温泉就要喷发的。她仍然记得小时候在赭色的岩石间裸着身子游来扭去的那种兴奋，把身子探进地下的水流之中，脚趾踩在热腾腾的软泥里，迸发的气泡在身上滚来滚去弄得人痒痒的。当时刻将近，地面会有一阵颤抖，把身体塞进岩石缝隙的人会感觉到大地诸神绷紧身子、兴奋地喷射出炽热液体时产生的每一丝力量的变化。

她正走在一条小径上，这条路基本上就是由女人和猪踩出来的。它朝各个方向蜿蜒出去，不像猎人踩出的道路那么笔直，因为它的路线是依着那种任性的牲口——长着黑毛的艾姆布鲁都克牝猪——的喜好划定的。顺着它一路走下去，最终会走到朵岑湖，但是，这条小径在远未抵达那里之前就终止在了卜拉希米蒲田里。再往前走，就是遍布沼泽与寒霜的荒野了。

在一路向上走时，她思忖着，是否所有的事物都渴望成为最高的等级，是否有一种竞争的压力迫使它们回到最低点。人向往着星空，却又以地下的幽魂、亡魂作为终了。钟啸泉正是将这两种截然相反的力量集于一身：它喷向天空的水总是落回大地。她以一种谦卑的方式期盼着自己能翱翔天空，因为得不到沙耶·泰尔的帮助，那是一片她将独自面对的疆域，那里发生的运动令人敬畏，那是一个充满了星辰与太阳的地方，一个谜一般的地方，一个与身体一样遍布神秘通道的地方。

两个男人朝她走来。她不太认得出他们，只能看到他们的腿和胳膊肘，还有头顶的轮廓，因为他们正扛着重物从山上蹒跚而下。看着其中两条瘦长的腿，她认出了斯帕莱特·理穆。那两个男人扛着刺囊兽的鳞板。他们后面跟着达斯卡，而他只拎着长矛。

达斯卡冲她友好地笑了笑，站到路边，一双乌溜溜的眼睛打量着她。他的右手血淋淋的，长矛柄上挂着一道血线。

他说:“我们杀了一只刺囊兽。”也就说了这么多。跟平时一样，芙芮对他的寡言既不满又暗喜。让人高兴的是他从不夸夸其谈，不像很多年轻猎人；令人不快的是他从不袒露自己的心思。她试探着吸引他的注意。

她犹豫了一下，说：“那肯定是好大的一只。”

“我可以带你去看看，”他说道，“如果你允许的话。”

他返身上路又往回走，她跟了上去，不知道是不是该说些什么。她心中暗道，这太傻了。她十分明白达斯卡巴不得跟自己多聊一会儿。

于是，她想到什么就不假思索地脱口而出了：

“你如何理解世界上的人类，达斯卡？”

他没回头，“我们源自原初砾石。”他不假思索地说，而她却希望能与他郑重其事地探讨一番。对话由此变得无聊起来。

她很懊恼，奥多兰都没有祭司，她本可以跟他们交流。传奇故事与歌曲中描述着艾姆布鲁都克曾经与祭司有着千丝万缕的联系，他们掌管着一个精细而繁杂的宗教，通过这个世界的生灵与下界的亡魂将乌特拉联合起来。在沃尔·恩·丹进行统领之前的一个黑暗的季节，在那个人们呼出的气会在嘴唇上冻成冰的时代，众人愤起消灭了祭司阶层。从那以后普通的祭祀就停止了，只在节日进行。古老的神灵阿克哈再也无人敬拜。毫无疑问，拥有知识的人也随即离去。庙宇被废弃，现在那里养着动物。也许知识的对手早已来到了身边，就在动物比祭司更受人欢迎的时候。

她大起胆朝一路向上的那条背影又问了一个问题：

“你希望自己理解这个世界吗？”

“是的。”那背影说。

这简洁的回答让她的思绪纠结起来，她问自己，这是说他已经理解了，还是希望去理解呢？

让奎金特山脉隆起的力量使得大地往各个方向隆起了道道褶皱，让依附其上的岩壁变得像是支撑山体的支壁，仿如大树的根，从山脉向外延伸出去很远。在两道这样的岩石山脊间，生长着一排卜拉希米蒲树，不知生长了多少年，早已是当地生活的重要组成部分。今天，这片地方呈现出一片温暖的气象，洋溢着热情，几个女人围聚在卜拉希米蒲树顶的开口周围，享受着暖暖的热气，放牧她们的猪，同时欣赏着正在进行的工作。

达斯卡指了指杀死刺囊兽的地方。

他的示意几乎毫无必要。一大堆遗骸就摆在那里，一直蔓延到荒芜的山麓上。顺着它的尾巴看去，敖佐·卢恩正在那边查看，他那只黄色的猎犬在脚边打着转。庞大的尸骸向着天空伸出粗短的腿，上面布满了黑色的硬毛和鳞刺。

有一队男人围着尸体在等待，正笑着聊天。高邑甲·辛监督着奴隶干活，其中既有人类奴隶，也有法艮，他们正挥着斧头忙活。奴隶们把纤维状的肌肉组织劈开，砍成厚片，好让人扛到村里去。他们用膝盖抵着刺囊兽身上的粗纤维和木板一样的外壳，劈剁残骸的时候，碎渣四下乱飞。

两个上了岁数的女人拎着桶子穿梭其间，收集海绵状的白色内脏。她们晚些时候要把这些乱七八糟的东西进行烹煮，从中蒸馏出粗糖。粗纤维用来做绳子和席子，肉体组织给各类匠人用作燃料。

刺囊兽那船桨般的挖掘爪上能萃取出油料，进而酿制成能让人晕晕乎乎的朗格拜尔酒。

老妇人们正跟站在山坡上漫不经心地咧着大嘴嬉笑的男人们斗嘴。刺囊兽如此冒险接近人类的聚居地很不寻常。这种野兽很容易被杀死，对于人类脆弱的生产活动来说，它们身体的每一部分都很有用。现在杀死的这头足有三十米长，足以让奥多兰都过上挺长一段好日子了。

猪叫唤着在芙芮脚边转来转去，拱着散落的纤维状蛋白碎片。看管它们的猪倌正在卜拉希米蒲深处忙活着。这种巨树在地面之上的部分只能看到厚实的真菌般的叶片，鳞次栉比地生长出来，佑护着周围的土地。叶片仿佛大象耳朵一样晃动着，不是因为有微风吹拂，而是有暖热的空气上升，鼓荡着树冠。

十几株卜拉希米蒲树形成了这片田地。这种树木很少单独生长。每一株周围的地面土壤都布满了向上隆起的裂纹，表明下面有大量的植物体在生长。树木本身从地下将热气虹吸上来输送到叶片系统，确保这种植物能够融开封冻的地面，甚至能让它们在永冻土上持续不断地生长。

伽丝葛兰花就生长在那些皮革般的叶片下面。它们充分利用遮蔽其间的热气，羞怯地绽放出蓝褐色的花朵。当芙芮俯身摘下一朵时，达斯卡回到她身边开口说话了：

“我要到树里面去。”

她认为这话是在请自己一起走，于是跟了上去。一个奴隶正从树里拉起一只皮桶，再把里边装着的碎片扔去喂猪。在黑暗年代，卜拉希米蒲那浆状的木质纤维在艾姆布鲁都克就是用来喂猪的。

芙芮说：“就是这东西招引来了刺囊兽。”那种怪兽跟猪一样喜欢卜拉希米蒲。

树里埋着一架木梯。她跟着达斯卡踏梯往下走去，她的眼睛逐渐降到了地面的高度。那感觉就像是埋在土里往外看，她看到皮革般的叶子在周围晃动着。越过猪身毛茸茸的脊背能看到远处的男人，他们站立在刺囊兽巨大的残骸中间。高处遍布残雪，满天幽蓝。她向下一沉，进入了树的内部。

暖暖的空气扑面而来，让她的眼睛不由得一眨，空气里那种夹杂着腐败气息的香味既让她不爽，又让她着迷。这股气流来自下面一条长长的通路，卜拉希米蒲的根在地壳中钻得很深。年深日久，树的核心开始发酵，生长出一种类似于角蛋白的硬邦邦的物质，在树的中心形成了一条贯通的管道。于是，天然热气泵就这样形成了，大自然利用地层深处的热量给叶片和生长在地下的枝干加温。

这种舒适的环境为好几种动物提供了避难所，因此有些肮脏。

达斯卡向沉静的芙芮伸出一只手。她爬下梯子来到他身边，站在一个自然形成的气泡形小室里。有三个看上去一身脏污的女人正在这里干活。她们向芙芮打了个招呼，然后继续从树墙上刮取卜拉希米蒲的碎片，把它们装进桶里。

卜拉希米蒲树有一种类似于防风草或是芜菁的香味，但是味道更苦些。人类只在饥荒时才会吃，一般只用作猪食——特别是喂给牝猪吃，它们产的奶可以酿造雷瑟尔酒，那是奥多兰都冬季主要的饮料。

小室一侧有条窄窄的走廊，它通向这棵树最末端的那条枝干。枝干上面的叶子从远处一簇一簇地伸出地面。成熟的卜拉希米蒲有六条枝干。最末端的通常都被留着不受干预地生长。它距离地面最近，也成为多种肮脏之物的藏身之所。

达斯卡向下指了指通往黑暗之中的中央管道。他爬了下去。芙芮犹豫了一下，跟上了。那些女人看她离去，手中的活儿不由停了下来会心一笑，神色间带着些赞许，又带着些嘲弄。她径直进入了管道，里边一片漆黑。下面只有大地深处的那种永恒黑夜。她觉得自己就像是沙耶·泰尔，正陷入亡魂的世界去搜寻知识，全然不顾别人的劝诫。

这根管道中生长着层层突出的年轮。一层层年轮的突脊正好可以用作台阶。管道的粗细恰好可以让人上上下下时，把脊背安稳地靠在后面。

上升气流在耳边发出微弱的声音。有一个蛛网般的东西，就像活生生的幽灵扫过芙芮的面颊。她差点尖叫起来，但克制住了。

他们向下爬到一个地方，第二条枝干在那里从主干分岔出去。这间气泡形状的小室比上面的那间更小，他们紧贴着站在一起。芙芮能闻到达斯卡的气息，能感觉到他紧贴着她的身体。她的身体中有种东西涌动起来。

“看到光了吗？”达斯卡说。

他的声音有些紧张。她在心里跟自己搏斗着，被突如其来的潮水般的欲望吓到了。这个沉静的男人，他是不是应该把手放在她身上呢？她会坠入他的怀抱，会褪下她的外衣，让自己赤裸着身子，在黑暗中，在这隐秘于地下的床铺上与他交媾。充满淫欲刺激的画面充斥了她的脑海。

“我想上去。”她努力从喉咙里挤出这句话。

“别怕。看那光。”

迷乱之中，她往周围看了看，依旧捕捉着他的气息。她正盯着从地面往下数的第二根枝干。那里有微弱的亮光，像是星光——由红色星星构成的银河囚禁在大树里。

他用脚蹭着地走在她前面，他的肩头遮蚀了星光，然后把一个枕头般的东西塞进她怀里。它就是那亮光，浑身覆盖着一层粗纤维般的东西，像刺囊兽的刺毛一样硬。它那星星般的眼睛一眨不眨地盯着她。迷惑之中，她没认出它是什么。

“这是什么？”

作为回应——也许他终于感受到了她的迫切，但他却并没有更进一步——达斯卡温柔地拍了拍她的脸蛋。

“哦，达斯卡。”她一声娇喘。一阵战抖从她的五脏六腑扩散到了她的灵魂。她几乎要把持不住了。

“我们把它带上去。别害怕。”

他们回到天光之下，黑毛猪在卜拉希米蒲的叶丛中急匆匆地奔来跑去。这个世界似乎亮得刺眼，斧头劈砍的声音刺耳难忍，伽丝葛兰花朵的气味浓得熏人。

芙芮垂下目光，倦怠地端详着怀抱中那个小小的水晶般的动物。它仿佛处于法艮的幽闭状态，蜷曲成一个球形，尾巴卷在鼻子上，四肢圆润地蜷在肚子下面。它一动不动，感觉就像是用玻璃做的。她没法让它展开。它的眼神仿佛是从遥远的地方凝视着她，眼皮一眨都不眨。透过它灰突突的毛皮，显现出一层褪了色的条纹。

从某种方面说，她挺厌恶这东西，就像厌恶达斯卡一样——因为他误解了一个女人的感觉，以为她的战抖源于恐惧。然而，她也感激他的愚钝让她没有失态，感激中又有怨恨。

达斯卡蹲在她身边说：“它是一只幽闭兽。”他歪头看着她的脸，就像是有些不解。

“油兽？”有那么一会儿，她怀疑他是不是在不动声色地逗乐子。

“是幽闭兽。它们在卜拉希米蒲树里冬眠，那里很暖和。把它带回家吧。”

“沙耶·泰尔和我在河西岸见过它们。就是骅骊。它们从冬眠中醒来后就叫这个。”但沙耶·泰尔又会怎么想呢？如果……

“带走吧。”他又说了一遍，“这是我给你的礼物。”

“谢谢。”说着，她耻辱地站起身来，又恢复了往日的神态。

她发现自己脸颊有些发烧，就在他拍过的地方。

奴隶们仍在劈砍怪物的尸骸。雷恩泰尔·阿耶已经来了，正跟谭瑟·恩和敖佐·卢恩说话。敖佐·卢恩兴致勃勃地招呼达斯卡过去，用手在头顶一挥就像在发号施令。达斯卡无奈地看了一眼芙芮向她道别，抬脚迎着艾姆布鲁都克的领主走去。

男人们正在忙碌的事情对她来说无足轻重。她用双臂把幽闭兽搂在胸口，转身走向山下远处的塔楼。

当听到有人追过来时，她心中暗道，好吧，他现在说什么都太迟了。不过，赶来的其实是雷恩泰尔·阿耶。

他说：“我跟你一起下去，芙芮。”她这才察觉到是他，他看上去一副无所事事的样子。

“我想你跟敖佐·卢恩闹别扭了。”

“哦，他在跟沙耶·泰尔发生了小冲突之后总是有点敏感。他是个了不起的人，真的。我也很高兴猎到这么一只刺囊兽。现在天气暖和了，很难找到它们。”

孩子们还在温泉边嬉闹。雷恩泰尔·阿耶夸赞着她的幽闭兽，突然放声唱起一首猎人之歌的片段：

大雪飘飘深又深，
幽闭兽沉沉入睡眠。

大雨如注它醒来，
骅骊遍地奔。
高抬腿迈大步，
迈步越过大平原，
越过那鲜花颤颤的大平原。

“你心情真够好的！奥耶莉待你好吗？”

“奥耶莉总是那么好。”

他们各自上了路，芙芮朝破败的塔楼走去，到了那里，她向沙耶·泰尔展示她收到的礼物。沙耶·泰尔细细查看那水晶般的小小动物。

“在它生命的这个阶段可不好吃。肉里可能有毒。”

“我可不打算吃它。我要守着它一直到它醒来。”

“生活是很艰难的，我亲爱的。如果敖佐·卢恩顽固地跟我们作对，我们可能会挨饿。”她凝视着芙芮，好一会儿都没说话，这好像渐渐成了她的习惯，“我应该通过禁食来对抗他。我不需要物质上的东西。我能够严酷地对待自己，就像他对我那样。”

“但他真的……”芙芮无言以对。她对这位老妇人说不出什么安慰的话，她总是很坚决。

“正像我告诉你的，当前我有两个打算。首先，我要进行一次科学试验来确认自己的力量。然后我应该沉降到幽魂的世界里去，与劳伊·阿楠见上一面。她现在肯定知道很多我所不知道的东西。根据我们的交谈，我可以判断自己是否要离开奥多兰都。”

“哦，别离开，求你了，夫人。你确定必须这么做吗？如果你走，我就跟着你，我发誓！”

“我们要看看形势。现在让我自己待会儿，请吧。”

芙芮感觉有些气馁。她沿着梯子爬上自己那间破败的小屋，合身倒在卧榻上。

“我想要一个爱人，这就是我想要的。一个爱人……生活如此空虚。”

但过了一会儿，她又站起身来，看着窗外的天空，云和鸟儿在天空翱翔。最起码这里比下界好，比沙耶·泰尔打算去的那个地方好。

她记起雷恩泰尔·阿耶刚才唱的歌。写这首歌的女人——如果是女人——她知晓雪会消失，知晓花朵和动物会出现。也许这一切确实会发生。

根据夜里进行的观察，她知道天空在不断变化。星辰不是亡魂，而是火焰，是在天空中熊熊燃烧的火焰，而不是在岩石中的幽魂。想象一下，一片大火在外层空间的黑暗中燃烧。当它距离更近时，就能感觉到它的温暖。也许那两个哨兵现在跑到了更近的地方，所以让这个世界温暖了起来。

然后，幽闭兽会苏醒过来，变成骅骊，昂首阔步，就像歌中所唱的那样。

她决定集中全部精力在天文学上，因为星辰知道的比幽魂更多，尽管沙耶·泰尔不这么说，尽管对这位尊贵的人所说的话持有异议着实令人不安。

她把幽闭兽拢在卧榻的温暖角落里，用皮毛裹住可怜的小东西，只露出它的小脸。日复一日，她盼着它活过来。她对它说着悄悄话，鼓励它。她期望着看到它长大，在屋里蹦蹦跳跳。但若干天之后，幽闭兽眼里的辉光暗淡了，熄灭了；这只生物再也没有了光彩，它失去了生气。

绝望中，芙芮把它带到破败的塔楼顶上，连同包裹甩了出去。它仍旧裹在皮毛里，就像死去的婴儿。

沙耶·泰尔心烦意乱。她的讲话越来越像讲道。尽管其他女人给她带来了食物，可她宁愿饿着肚子，准备深入通灵与辉煌的死者进行对话。如果在下界也找不到智慧，那她就会眺望更加遥远的地方，远在这小小农场之外的地方。

首先，她要测试一下自己作为女术士的力量。东边几英里外就是鱼湖，她的"奇迹"发生之地。当她面对真相自嘲的时候，奥多兰都的普通人则对她的力量深信不疑。在整个寒冷的春天，他们络绎不绝地去朝觐那冰中的奇观，他们亲眼看见的时候浑身战抖，恐惧之中也夹杂着一股自豪。朝觐者遇到过从博里恩赶来观看这奇迹的人。还有一次，有人看到两个法艮静静地站在对岸，牛鹂拢着双翅栖在他们肩上，他们一动不动凝视着水晶般的逝者。

大地回暖的时候，天地之间万物复苏，世界喧嚣了起来。原本令人敬畏的事物变得很是怪诞。一天早上，冰消失了，雕像变成了一堆腐肉。前来观看的人只看到水面上漂浮的眼球或是一摊烂掉的毛皮。鱼湖本身也干涸了，消失的速度和形成时一样迅速。那个奇迹所遗留下来的标志，只剩一堆骨头和弯曲的铠骥犄角。但记忆保留着，透过回忆的放大镜不断夸张放大。沙耶·泰尔心中的疑虑愈加挥之不去。

一天下午，她来到广场，每天的这段时间，温和的天气都诱使着人们去户外散步、聊天。在以前，这种生活方式跟他们绝不相干——女人们和女儿们、男人们和儿子们、猎人们和匠人们、年轻人和老年人，漫步度过一天时间。几乎任何人都会在沙耶·泰尔的召唤中前来，但几乎没有一个人想跟她聊天。

雷恩泰尔·阿耶和达斯卡正跟他们的朋友一起谈笑着。雷恩泰尔·阿耶捕捉到了沙耶·泰尔的目光，当她勾手招呼他时，他不情愿地抽身朝她走去。

"我打算进行一次试验，雷恩泰尔·阿耶。我想让你跟我一起，当一个可靠的目击者。我不会在你跟敖佐·卢恩之间制造更大的麻烦。"

"我跟他的关系很好。"

她解释说试验要在沃雷尔河边进行，但首先她想要去探访一下那座古庙。他们一起穿过人群，雷恩泰尔·阿耶什么都没说。

“你跟我在一起是不是有些不自在？”

“跟你在一起时我总是愉快的，沙耶·泰尔。”

“不用拘礼。你觉得我是女术士吗？”

“你是个不同寻常的女人。我因此而崇拜你。”

“你爱我吗？”

说到这点，他有点发窘。他没有直接回答，目光垂到了泥地上，低声咕哝着说：“自从我的母亲死后，你就像母亲般待我。怎么问这样的问题？”

“我希望自己是你的母亲。那样我就太骄傲了。雷恩泰尔·阿耶，你的天性里有一种灵性。我能感觉到。那种灵性会让你苦恼，然而正是它给了你生命，它就是生命。别忽视它，要好好培养它。而这些簇拥在我们周围的人大都没有什么灵性。”

“所以灵性与分歧是一个意思？”

她尖声大笑起来，紧紧抱住了自己的身体。

“听着，我们沉陷在这个卑微村落里这贫瘠的人性中间，而别的地方可能正在发生一系列更伟大的事情。有那么多事情要做。我可能要离开奥多兰都。”

“你要去哪里？”

她摇了摇头，“有时候我感觉大众的无知会导致我们的人口爆发，我们所有人会从这里扩散出去，跨越世界。你应该注意到了这些年有多少婴儿诞生。”

他四下看了看小巷里所有那些熟悉的面孔，思忖着她是不是有些夸张，尽管孩子确实更多了。

他用肩膀抵在古老的庙门上把它顶开。他们走了进去，静静地站着。一只鸟困在里面。它一圈圈地飞着，朝他们猛冲过来，就像是要好好打量打量他们，然后往上一冲，从屋顶的一个破洞飞走了。

光线透过缝隙渗进来，微光在飞旋的尘土中投射出一道道光柱。近些日子猪都被转移到了外面的猪圈，但它们的气味仍盘踞在这里。沙耶·泰尔不停地来回走动着，而雷恩泰尔·阿耶则站在门边向外看着街道，回忆着自己小时候在这里玩耍的情景。

墙壁上装饰着风格硬朗的绘画，很多都已损坏了。她抬头看着高处的壁龛，上面摆放着祭祀的圣坛，雕刻成圣坛的石头颜色很深，上面还带着好像是血迹的痕迹。那东西对于想要搞破坏的人来说太高了，里头还高高摆着一尊乌特拉神像。沙耶·泰尔站在那里，把拳头抵在腰上抬眼望着它。

这尊乌特拉的雕像披着裘皮大氅，头和肩膀露在外面。他的眼睛瞪着下方，脸很长，就像是动物，那表情可以被认为是种怜悯。他的脸孔是蓝色的，代表天空的原色，他就居住在天庭上。几乎跟人一样蓬乱的白发覆盖在头顶，但他那最令人惊异之处与人类不同，他的头顶有一对犄角向上探出，末端挂着银色的小钟。

乌特拉身后还挤着其他被遗忘的神话中的雕像，形象都十分恐怖。在他左右肩膀上栖着他的两位哨兵：巴塔利克斯被雕刻成牛形，长着胡须，形貌苍老，它的长矛上放射出道道光芒；弗雷耶体型更大，是一只脖子上挂着沙漏的雄性绿猴子。它的长矛比巴塔利克斯的更巨，放射出的光芒也更多。

她看罢，转身就走，简短地说："现在我要去试验了，希望高邑甲·辛准备好了。"

"你看到想要看的东西了吗？"她出其不意的动作让他有些不解。

"我不知道。过些时候可能就知道了。我打算进入通灵。要是能问问老祭司我会很高兴，人们是否认为乌特拉统辖着整个下界，就像他统辖大地与天空……那么多的记忆断层。"

与此同时，高邑甲·辛带着梅科从大塔楼的牲口圈出来。高邑甲·辛是管理奴隶的大师，这种人总是在展示他这个行当的阴暗面。他很矮，但很壮实，胳膊和腿都粗壮有力。粗拙的体型跟他那张粗俗的面孔很配，脸上留着一小撮须髯，肆意乱长。他穿着皮革外套，不论是醒着还是睡着，一条皮鞭总是不离手。每一个人都认识高邑甲·辛，一个对任何事情都不动声色的人。

“过来，梅科，你这畜生，是时候让你派点用场了。”他用低沉的声音咆哮道。

梅科不敢怠慢，迈步向前，他生来就是奴隶。他是在奥多兰都做奴隶最久的法艮，他甚至记得高邑甲·辛的前任，一个样貌更加可怕的男人。他身上的皮毛仿佛打着补丁般生出一坨坨黑色的毛发，他的脸已经枯皱了，眼睛下面深陷的眼窝里满是眼屎。

他总是很驯服。这会儿，奥耶莉一直在旁边抚慰着他。奥耶莉拍着他弓起的肩膀，而高邑甲·辛则用棒子戳着他。

奥耶莉为沙耶·泰尔当了一回中间人，请求父亲允许沙耶·泰尔使用一个法艮来做试验。敖佐·卢恩浑不在意地告诉她，带梅科去，因为他老了。

两人带着梅科来到了沃雷尔河的一个转弯处，这里水深流急。沙耶·泰尔那座破败的塔楼就在不远处。他们三个到达的时候，沙耶·泰尔和雷恩泰尔·阿耶已经等在这里了。沙耶·泰尔站在那里凝视着水流深处，仿佛是在破解其中的奥秘，她面颊深陷，神情淡然。

当这头野兽靠近时，她鼓励道：“好了，那么该梅科上场了。”她盯着他，心中暗暗盘算。他胸脯的皮肉干瘪，耷拉下来。高邑甲·辛把他的手绑在了背后。他那颗在双肩上隆起的脑袋疑惧地摆动着。看到沃雷尔河时，他焦虑地把黏液连连甩在鼻吻槽上，发出了恐惧的叫声。水会把他变成雕像吗？

高邑甲·辛给沙耶·泰尔草草施了个礼。

“把他的腿绑起来。”沙耶·泰尔命令道。

“别太伤着他了。”奥耶莉说，“我从小就认识梅科了，他十分驯服，还给我当过坐骑，对不对，雷恩泰尔·阿耶？”

在这样的恳求之下，雷恩泰尔·阿耶走上前来。“沙耶·泰尔不会伤害他的。”他笑着对奥耶莉说，而她极不放心地看着他。

即将发生的事情可能挺刺激的，几个女人和男孩被吸引过来想要看看热闹，他们三五成群地站在堤岸上。

转弯处的河水挺深，冲击着这一侧的河岸，水面只比他们站立的地面低几寸。在河对岸，那一侧河水更浅，残存的薄冰悬在那里正好避开了阳光。这层薄冰向河水这边伸展出来，水流在冰面上冲刷出层层精致的旋涡状花纹，犹如玻璃雕塑。

高邑甲·辛绑住了梅科的双腿，把他推向河边。梅科长长的脑袋探向空中，下嘴唇使劲往回缩卷到长满短髭的下巴上，惊恐万分地号叫起来。

奥耶莉抓着他的毛皮，求沙耶·泰尔不要伤害他。

沙耶·泰尔喝道：“站回去。”她给高邑甲·辛发出信号，把法艮推下水。

高邑甲·辛用壮实的肩膀一顶梅科的肋下，法艮一个趔趄扎进了河水中，水花四溅。沙耶·泰尔抬起手臂猛力一挥，做出了一个颇有气势的手势。

围观的女人惊呼一声往前冲来，萝尔·萨吉尔也在其中。沙耶·泰尔示意她们退后。

她低头往水中看去，只见梅科在水下挣扎着。他的绒毛随着翻滚的水流一缕缕搅动着，就像一丛丛黄色的水草。

水仍是水。法艮仍活着。

“把他拉上来。”她命令道。

高邑甲·辛拉住梅科的皮带往上拖，雷恩泰尔·阿耶在一旁帮忙。老法艮的脑袋和肩膀刺破水面露了出来，发出乞求的哭声：

“别淹杀可怜的我！”

他们把他拖上岸，他在沙耶·泰尔的脚下喘着气。她咬着嘴唇，面朝沃雷尔河皱着眉头。魔法没有生效。

“把他再扔进去一次！”一个围观者叫喊着。

“不要水了，否则我就完了。”梅科用粗重的声音求饶。

“再把他放进去一次。”沙耶·泰尔命令道。

梅科第二次下了水，然后是第三次。但水仍是水，没有奇迹发生，沙耶·泰尔不得不隐藏起失望之情。

“够了。”她说，“高邑甲·辛，把梅科带走吧，给他加加餐。”

奥耶莉怜悯地跪在梅科脖子旁边，一边哭一边轻轻拍打他。黑水从法艮嘴里流出来，他开始咳嗽。雷恩泰尔·阿耶跪下，伸手搂住了奥耶莉的肩膀。

沙耶·泰尔倨傲地转身离开了。试验表明法艮下水不会变成冰。这个过程不是必然的。那么在鱼湖究竟发生了什么？同样地，她也没能像事先计划的那样让沃雷尔河结冰。所以试验并没有证明她是女术士。当然，也没有证明她不是女术士，而唯一能证明的她只是把鱼湖那里的法艮变成了冰——除非还有别的她没有考虑到的因素。

她在自己的塔楼门口停下脚步，手放在门旁的坚石上，手心感知着石头上的粗糙地衣。她终于想到了另一个解决之道，她要用其他人对待她的方式来对待自己，也就是把自己看作女术士。她越是挨饿，就越尊重自己。当然，作为女术士，她命中注定要保持处女之身，性爱会毁掉她的魔力。她把裘皮衣紧紧裹在瘦削的身体上，攀上了破败的楼梯。

河堤上的女人们看着差点淹死的梅科，它身上不断滴下的水越积越多，又转眼看着沙耶·泰尔回去的身影。

“现在她又要做什么？为什么这么做？”老萝尔·萨吉尔问同伴，“既然她想这么做，怎么不彻底淹死这个蠢东西？”

委员会又一次召开会议时，雷恩泰尔·阿耶站起身来发言。他说，他听过沙耶·泰尔的讲话。所有人都知晓她在鱼湖的奇迹，那次奇迹拯救了很多人。她做的事情与奥多兰都的灾病无关。他提议她的学堂应该得到承认和支持。

雷恩泰尔·阿耶讲话的时候，敖佐·卢恩看上去十分生气，达斯卡则僵硬沉默地坐着，一动不动。委员会的老人们眼眉低垂、面面相觑，不自然地咕哝着。伊莱恩·泰尔则满脸笑意。

“你想要让我们支持这个学堂?”敖佐·卢恩问道。

“庙宇是空的，把它给沙耶·泰尔好了，让她用每天下午的闲暇时间在那里举行集会。咱们就把它作为一个讲坛，任何人都能在那里发言。寒冷已经消退，人们更自由了。把庙宇当作学堂对所有人开放，男人、女人，还有孩子。”

他洪亮的话语消散在寂静之中，然后敖佐·卢恩开口了：

“她不能用庙宇。我们不想要新的祭司。我们要在庙里养猪。”

“庙已经空了。”

“从现在起，猪就养在庙里。”

“从你把猪置于奥多兰都之上的那一天起，日子就会变得越来越糟。”

最终，会议在一片嘈杂声中随着敖佐·卢恩大步出门不欢而散。雷恩泰尔·阿耶转向达斯卡，面红耳赤。

“为什么你不支持我?”

达斯卡不自在地一笑，抹了抹小胡子，低头看着桌子，“就算整个奥多兰都都支持你，你也没法取胜。他已经对学堂下了禁令。你是在浪费你的呼吸，我的朋友。”

雷恩泰尔·阿耶离开这栋建筑的时候感到气愤而厌倦，这时，戴特尼尔·斯卡尔，就是那位鞣皮与硝皮大师，拉住他的袖子叫住了他：

“你说得很好，年轻的雷恩泰尔·阿耶，不过敖佐·卢恩的话也没错；或者说，即便不对，也不是毫无道理的。如果沙耶·泰尔在庙里讲道，她就会变成女祭司，而且会受到尊崇。我们不想那样——我们的祖先在几代人之前就消灭了祭司阶层。”

雷恩泰尔·阿耶觉得戴特尼尔大师是一个和善谦逊的人。他抑制着怒气，垂目看着对方那苍老的面容，问：“为什么要跟我说这些？”

戴特尼尔大师四下看了看，发现没有旁人。

“尊崇源自愚昧。信仰一个一成不变的东西就是愚昧的标志。把事实塞进人的脑袋里，我很尊重这种尝试。我想要说的是，我很遗憾你失败了，尽管我并不赞同你的主张。我愿意在沙耶·泰尔的学堂里发言，如果她邀请我的话。”

他摘下绒皮帽子放在长着苔藓的石头上，理了理稀稀落落的灰发，清了清干渴的喉咙，又往四周看了看，他有些紧张地笑了。尽管自从出生以来他就认识这屋里的每一个人，他还是不习惯作为一个发言者。随着双脚不安地挪动，他身上僵硬的衣物不住地轻声作响。

“别害怕，戴特尼尔大师。”沙耶·泰尔说。

他在她的声音中察觉到了一丝不耐烦。他答道：“我唯一害怕的就是您不能容忍，夫人。”蹲坐在地上的一些女人掩口而笑。

“你们知道我们这类匠人是做什么的，因为你们中的一些人为我工作。”戴特尼尔·斯卡尔说，“匠人的成员只能是男人，当然了，这是为了让我们专业的秘密能一代代保守下去。在特别的情况下，一位大师会把他一切的手艺和学识传授给他的学徒或首席弟子。当一位大师死去或是退休，这个首席弟子就接班成为大师，就像雷尼尔·莱延，他很快就会取代我的位子……”

“女人可以干得跟男人一样好。”一个叫作琪姆·法尔的女人说，“我跟你干了那么久，戴特尼尔·斯卡尔，我知道你咸水池里所有的秘密。我能自己腌卤，如果有这个必要的话。”

“啊，但我们必须遵循严格的秩序和延续性，琪姆·法尔。”大师温和地说。

“我能完美地遵循秩序进行操作。”琪姆·法尔说着，朝沙耶·泰尔看了一眼，每个人都笑了。

“跟我们说说那种延续性，”沙耶·泰尔说，“我们知道，就像劳伊·阿楠教给我们的，我们中的一些人是从玉理祭司的血脉延续下来的，他来自北方，从帕诺威尔和朵岑湖而来。那就是一种延续。匠人之中是怎样延续的，戴特尼尔大师？”

“我们匠人之中的所有成员生来就在艾姆布鲁都克，生于斯长于斯，甚至远在奥多兰都之前就是如此。有很多世代了。”

“有多少世代？”

“啊，那可太多了……”

“告诉我们，你是怎么知道的。”

他在裤子上蹭了蹭手。

“我们有一份记录。每一位大师都保藏着一份记录。”

“手写的？”

“没错，写在一本书里。技艺代代流传，但记录并不会让其他人知晓。”

“为什么这么做？”

“他们不想让女人接替他们的工作并干得更好！”有人叫嚷着，随即响起一片笑声。戴特尼尔·斯卡尔尴尬地笑了笑，没再说什么。

“我相信在某个时代，保守秘密起着保护秘密的作用。”沙耶·泰尔说，“实实在在的技艺，比如金属锻造、鞣制皮革，在恶劣的年月里也要保持运作，不管是饥荒，还是法艮侵袭。也许过去有过很糟糕的年月，一些技艺失传了。我们再也无法造纸了，也许曾经有过造纸的匠人；还有玻璃，我们不会造玻璃，然而周围到处都有玻璃碎片……

你们都知道玻璃是什么。我们怎么会比祖先更愚蠢？难道我们是在某种我们无法透彻理解的恶劣环境中生活、忙碌？这可是我们必须牢记的重大问题之一。”

她顿了一下。没有人说话，这种情况总是让她苦恼。她总盼着有人能发表发表评论，让谈话进行下去，不管说什么都行。

戴特尼尔·斯卡尔说：“圣母沙耶，在我看来，你的确道出了实情。你很理解，作为大师，我发过誓不向任何人透露我这种技艺的秘密，这是我对乌特拉和艾姆布鲁都克所发的誓言。但我知道曾经有过一段很糟糕的日子，我不应该谈论那些……”

当他陷入沉默时，她鼓励地对他笑了笑，“你是否相信曾经的奥多兰都要比现在大得多？”

他歪头看着她，“我知道你把这个镇子叫作农场，但它延续了生命……它就是宇宙的中心。好吧，这不是你问题的答案。我的朋友们，你们发现了黑麦和燕麦生长在北边，那咱们就说说这个。按照我的推测，那个地方曾经精心种植着农田，而且封闭起来阻止野兽侵害。那片田野属于艾姆布鲁都克。许多其他种类的谷物都在那里耕种。现在，你们又一次对这些谷物进行耕种了，这很明智。

“你们知道，鞣制皮子需要树皮。我们有一项工作就是去弄树皮。我确信……好吧，我知道……”他沉默片刻，然后平静地说，“在西方与北方，有生长着各种树木的巨大森林，那里出产树皮和木材。那地方叫作恺斯。那时候很炎热，并没有如此寒冷的天气。”

有人质疑说：“炎热的时代……那不过是从祭司阶层流传下来的一个故事。学堂从不承认这一点。因为我们知道，以前比现在更加寒冷。问我的祖母好了。”

“我说的都是我坚信不疑的东西，在变冷之前，曾十分炎热。”戴特尼尔·斯卡尔一边说着话，一边缓缓地挠了挠长着灰发的后脑勺，“你们应该试着去理解这些事情。很多生命逝去了，很多年月逝去了，大量的历史消失了。我知道你们女人认为男人反对你们学习，也许是这样；但是，当我说不管有什么困难你们都应该支持沙耶·泰尔的时候，我是真诚的。作为一名匠人大师，我知道知识有多么宝贵。而它似乎从奥多兰都底下流走了，就像水流出袜子。”

当他起身离去时，她们站起身来，毕恭毕敬地在他身上拍了拍。

两天后的弗雷耶日落时分，沙耶·泰尔百无聊赖地在她那座孤寂塔楼上的房间里来回踱着步子，下面突然传来几声呼喊。她立刻想到准是敖佐·卢恩，尽管那声音并不是他的。

她想不出谁会在天色渐暗的时候还冒险到寨墙外边来。她把头伸出窗外，看到是戴特尼尔·斯卡尔，他的身影在昏暗中若隐若现。

她喊道：“哦，上来吧，我的朋友。”她下去接他上来。他随身带着一个匣子，有些紧张地笑着。他们面对面地坐在石头地板上，她给他斟了一杯雷瑟尔酒。

闲谈几句之后，话入正题，他说：“我想，你知道我很快就要从鞣皮与硝皮匠人大师的位子上退休了。我的首席弟子会接我的班。我老了，而他很久以前就已经熟知我所传授的一切了。”

“你就是为此而来？”

他笑着摇摇头，“我来这里，圣母沙耶，是因为我……我尽管已经老朽，却对你钦佩有加，对你个人以及你的价值……不，就让我这么说吧。我一直都在为这个奥多兰都服务并深爱着奥多兰都，我相信你也一样，尽管你跟许多男人处于对立面。所以，我想在我还能有所作为的时候，尽我所能地帮助你研究。”

“你是个好人，戴特尼尔·斯卡尔。奥多兰都知道的。这里需要好人。”

他叹了口气，点点头，道：“我生命的每一天都在为艾姆布鲁都克——或者就像我们说的，奥多兰都——都在为它服务，而且从未离开过。然而，几乎还不到一天……”他有些不好意思地停下来，笑了笑又说，“我相信自己正在跟自己志趣相投的人讲话，我刚才要说的是，光阴如梭，从我还是个毛头小子，却对外面的天地产生了兴趣那天起，对我来说，似乎还不到一天时间。”

他顿了顿，清了清喉咙，然后更为急促地说：“我要给你讲一个故事，内容很简短。那是一个可怕的冬天，我还是小孩子，法艮来袭，紧接着又来了一场疾病和饥荒。许多人死了，很多法艮也死了，尽管那时候我们并没有意识到这点。那时的天色是那样昏暗，我发誓现在的白天更加明亮……不管怎么说，在法艮的屠杀中有一个人类男孩幸存了下来。他的名字……我很惭愧，记不清了，但据我想来好像叫克林德雷沙德，一个挺长的名字。我曾经记得清清楚楚。岁月让我把它遗忘了。

“克林德雷沙德从一个极遥远的北方国度来到这里，那个国度叫锡伯纳尔。他说，锡伯纳尔的大地永远都覆盖着冰川。我在我的匠人组织中被选为首席弟子，而他要在锡伯纳尔成为一名祭司，我们俩都是将自己献身给事业的人。他——克林德雷沙德，不管他叫什么名字——认为我们的生活很是舒适，因为有温泉让奥多兰都保持温暖。

“作为祭司阶层的年轻一员，我的朋友隶属于一些往南迁移逃离严寒的移民。他们就这样来到了一条河边，一片更为舒适的地方。在那里，他们不得不与当地的居民争夺生存的权利，那片国度被称为……哦，过了这么些年，那个名字已经消失了。于是爆发了一场伟大的战争，克林德雷沙德不幸受了伤。幸存的人想要逃走，却被侵袭的法艮捉去。纯粹是因为走运，他逃出来到了这里。也或许是因为他受了伤，他们才撇下了他。

“我们竭尽所能救助这个孩子，但他一个月后还是死了。我为他恸哭。我只是一个年轻人。然而，甚至在那个时候，我也因为他曾见识过更广大的世界而羡慕他。他告诉我，在锡伯纳尔，冰雪色彩斑斓，异常美丽。”

当戴特尼尔大师讲完故事，客客气气坐在沙耶·泰尔身边时，芙芮进到了屋里，她正要回到楼上自己的房间里去。

他和善地冲她笑了笑，对沙耶·泰尔说：“别支开芙芮。我知道她是你的首席弟子，而且你信任她，就像我希望我能信任自己的首席弟子一样。让她也听听我必须要讲的事情。”他把手中的木匣放在面前的地板上，“我带来了我们这个匠人组织的《大师之书》给你们看。”

沙耶·泰尔差点晕倒。她知道，如果这件事被人发现，制造者匠人组织会毫不犹豫地处死大师……她猜这位老人在把它拿来之前，已经在心里反反复复地考虑了无数遍，思考了方方面面的利弊。她伸出纤细的手臂抱住他，吻了吻他布满皱纹的额头。

芙芮连忙上前跪在他身边，一脸兴奋。

“咱们瞧瞧吧！”她叫嚷着伸出一只手，全然忘了自己的羞怯。

他伸出一只手制止般地压在她手上。

“首先注意一下制作这个匣子的木头。它不是拉甲巴拉尔树，纹理太漂亮了。注意它是如何雕刻的。看看这包裹在四角的金属镂刻，金属丝纤细如发。今天我们的金属制造匠人还能造出这样的作品吗？”

她们欣赏着这些细节时，他打开了匣子。从中取出一大册书，装订在厚实的皮革封皮里，上面压制着精美的图案。

“这是我自己做的，圣母。我重新装订了这本书。里边的书页则是古物。”

里边的书页是由许多不同的手仔仔细细、异常精心地书写的。戴特尼尔·斯卡尔快速翻动着，哪怕是现在，他也不愿呈现太多内容。但那两个女人清晰地看到书里有日期、名字、明细和各种记录与图表。

他抬头看着她们的面孔，露出凝重的笑容，“这卷书以它的方式展现出艾姆布鲁都克无数年的历史。而且我很确定，每一个存留至今的匠人组织都有一份类似的书卷。”

“往昔已逝。我们现在正试图放眼未来。”芙芮说，“我们不想被过去钉死。我们想要走出……”

她怯生生打住了话头，因为兴奋不自觉地使自己置于他们的关注之下，这让她有点不好意思。看着两位长者的面容，她看到他们更为老派的一面，他们永远不会赞同她的话。尽管他们的目标是一致的，但却依然有着永远无法沟通的隔阂。

“未来的端倪就存在于往昔之中。”沙耶·泰尔安慰着说，语气却十分坚决，因为在此之前，她就已经明确地向芙芮表达过这种态度。她又转向老人，“戴特尼尔大师，我们十分感激你的勇气，感谢您让我们看到这本秘籍。也许有一天我们可以更为全面地查阅它。你能否告诉我们，从记录开始之日起，你的匠人组织有过多少位大师？”

他合上书把它装进匣子，老迈的嘴角渗出一丝唾涎，他的手抖得很厉害。

“老鼠都会知道奥多兰都的秘密……书和这些秘密都将让我身处险境。我只不过是一个老傻瓜……听着，亲爱的，古时候有一位伟大的国王统治着整个坎普安莱特大陆，他被称为丹尼斯王。他预见这个世界将会失去温暖，就像你拎着一桶水走在巷子里，水会不断洒出来一样。所以他设立了我们匠人组织，用铁的法律予以捍卫。所有的制造者匠人都是为了在黑暗年代保存智慧，直至温暖重回世间。”

他就像是在吟唱着记忆中的画面。

“我们这个匠人组织从贤王盛世就有了，尽管有一段时期没有足够的资源来鞣皮。根据这里边的记录，一度只剩下一位大师和一个学徒，他们在遥远的地方生活在地下……那真是可怕的年代，但我们幸存了下来。”

他擦了擦嘴，沙耶·泰尔问他所说的是什么年代。

戴特尼尔·斯卡尔呆呆地望着漆黑的窗洞，就像是想得出神。

“我并不完全理解书中的标记符号。你知道我们的历法有多混乱。当我们按照自己的日子去加以理解时，新历法又会造成相当的混乱……艾姆布鲁都克——原谅我，我担心告诉你们的东西太多了——这地方并非一直归……我们的族人所有。”

他摇了摇头，紧张地扫视着屋子。两个女人等着，就像老牲口屋里的法艮一样一动不动。他又开口了：

“许多人死了。一场大瘟疫，肥死症。大侵袭……七盲日之灾……灾难的传说。我们希望我们现今的领主……”他又在屋子里扫视了一圈，“将会与丹尼斯王一样贤明。贤王在纳迪尔前二百四十九年建立了我们的匠人组织。我们不知道纳迪尔是谁。我们所知的是——考虑到记录有过中断——我是第六十八位鞣皮硝皮匠人大师。第六十八位……”他眼神飘忽地看着沙耶·泰尔。

“六十八位……”她竭力掩饰错愕之情，摆出优雅的姿态拉了拉身上的裘皮衣，“那可是很多世代，可以回溯到远古时期。”

“没错没错，回溯到过去。”戴特尼尔大师满意地点了点头，就像是亲身体验了那巨大的时间跨度一般，“从我们这些匠人组织建立以来，几乎已过去七个世纪了。七个世纪，而这个世界仍如黑夜般苦寒。”

艾姆布鲁都克犹如一条靠岸的船停泊在这片荒野之中。尽管它不再航行，但仍然为船员提供庇护。

时光如此彻底地撕去了那曾经令人骄傲的城市的华衣，住在这里的人谁都不曾想到这个镇子只不过是一隅残存的宫殿废墟，它曾矗立于文明的中心，却随着气候的变化，随着愚昧的滋生，随着岁月更迭，渺然无迹。

天气好转的时候，猎人被迫去往更远的地方搜寻猎物。奴隶们耕种着田地，梦想着遥不可及的自由。女人们待在家里变得神经过敏。

沙耶·泰尔禁食期间变得越来越孤僻，而这时，芙芮心中被压抑的能量却越来越充盈，与奥耶莉的友情也越来越深。她向奥耶莉说起戴特尼尔大师讲的每一句话，她找到了一个富有同情心的倾听者。她们对于历史中那令人不解的谜题有着同样的认识，但奥耶莉稍持怀疑态度。

“戴特尼尔·斯卡尔是个老头子了，而且有点老糊涂——父亲总是这么说。”她说话的时候在屋里跛着脚走来走去，模仿着大师的步态，学着那种浑厚的声音吼叫着，“‘我们匠人是很排外的，就算是丹尼斯王也不能加入……’”

芙芮大笑起来，奥耶莉一本正经地说：“戴特尼尔大师可能会被处死，因为他泄露了匠人组织的《大师之书》……这足以证明他老糊涂了。”

“即便那样，他也不让我们尽情阅读。”芙芮一直很沉静，这时却突然激动起来，“如果我们把所有的因素放在一起……沙耶·泰尔只是在收集，并把它们记下来，一定有种方法可以制造一种——为它们制造一种结构体系。有那么多东西已经遗失了……这一点戴特尼尔大师说得没错。曾有一度，寒冷是如此彻骨，几乎每一件可以燃烧的东西都被烧掉了——木头、纸张，所有的记录。你想象得到我们甚至都无法确知那是哪一年——尽管星辰会告诉我们。劳伊·布莱的历法很蠢，日历应该以年份作为基础，而不是以人作为基础。人太容易出错……我也是。哦，我要疯了，我发誓！”

奥耶莉爆发出一阵大笑，抱了抱芙芮。

“你是我认识的人里最疯的，你这傻瓜。”她们又开始讨论星辰，在光秃秃的地板上紧靠着坐在一起。奥耶莉已经跟着雷恩泰尔·阿耶在古庙里看了壁画，“很明显，那上面雕刻的是哨兵，巴塔利克斯跟常见的一样在弗雷耶上面，但它们几乎贴在一起，就在乌特拉头上。”

“每一年，两个太阳都会渐渐靠近，”芙芮肯定地说，“上个月当巴塔利克斯越过弗雷耶时，它们差不多挨在了一起，可没人注意这事情。下一年，它们会碰撞，然后呢？……或者一个会跑到另一个后面。”

“也许那就是戴特尼尔大师所说的盲日之灾？如果有一个哨兵消失了，天色会突然变得昏暗，不是吗？也许就像以前一样，会出现七盲日。”她看上去有些恐惧，跟身边的朋友靠得更紧了，“那将是世界末日。乌特拉会出现，怒火冲天，肯定是这样。”

芙芮大笑着跳了起来，“上一次世界没有毁灭，这次也不会。不，它也许标志着一个新的开端。”她的脸上绽放出光彩，“这就是天气变暖的原因。一等沙耶·泰尔做完可怕的通灵，我们要再一次着手解决这个问题。我应该好好在数学上下下功夫。让那些盲灾降临吧——我敞开怀抱等着它们！”

她们在屋里翩翩起舞，放声大笑。

“我渴望亲身经历一些伟大的事情！”芙芮叫喊着。

与此同时，沙耶·泰尔皮肉下的纤细骨骼比以往更加清晰可见，她灰暗无光的皮肤愈发松垂。女人们把食物带到她身边，可她碰都不碰。

她说：“禁食合乎我灵魂的渴求。”芙芮和奥耶莉劝慰她时，她在自己那间寒气逼人的房间里踱来踱去，艾敏·理穆则温顺地站在一旁。“明天我将进入通灵。你们三个和萝尔·萨吉尔可以陪着我。我要从往昔的深井之中汲取远古的知识。通过亡魂，我可以触及建造了我们的塔楼和地道的那一代人。如果有必要，我要下沉许多世纪，直面丹尼斯王本人。”

“太妙了！”艾敏·理穆叫道。

鸟儿飞来，栖在残破的窗框上，叨食着那些沙耶·泰尔不碰的面包。

“不要沉陷到往昔之中，夫人。”芙芮劝慰道，“那是老人的方式。要往前看，往外看。讯问死者毫无意义。”

但与沙耶·泰尔争论毫无用处，她几乎无法克制训斥她的首席追随者的冲动。她看了看芙芮，禁不住有些惊诧，她发现那个羞怯的小东西如今已经变成了一个真正的女人。她面无血色，眼圈发黑，奥耶莉也是。

“你俩怎么这么没精神？你们病了吗？”

芙芮摇了摇头。

“今晚在进入暮昏天色之前会有一个小时的黑暗，到时候我要向你展示一下我和奥耶莉所做的事情。在这个世界已经睡了的时候，我们还在工作。”

弗雷耶日落后的夜晚很清澈。当两个年轻女子陪着沙耶·泰尔登上破败的塔楼顶时，暖意已经散去。一团幽灵般的光芒从弗雷耶落下的地平线向天空隆起，蔓延到了天穹半腰的高度。微微有一点云遮掩着天庭，等眼睛适应了黑暗，头顶的星辰放射出璀璨的光芒。天空中某些区域的星星相对稀疏一些，另一些区域却又簇拥在一起。头顶上，有一条宽阔的不规则的光带，从地平线的一边一直拖曳到另一边，其间繁星如雾气般浓稠，不时迸发出一星亮光。

“那是世界上最动人的景象，”奥耶莉说，“你不这么想吗？夫人。”

沙耶·泰尔说：“下界悬浮着星辰般的亡魂。它们是死者的灵魂。你们在这里看到的是未生者的灵魂。上有所示，下有所存。”

“我认为，我们肯定会找到一种全然不同的法则来解释天空。”芙芮坚定地说，“那里所有的运动都是有规律的。那边那颗星星，所有的星星都围着它运行。我们把它叫作极星。”她指着一颗高悬的星星，“在一天的二十五个小时中，星辰围绕着它旋转一次，东升西落，就像那两个哨兵一样。这岂不是恰好证明它们跟两个哨兵其实是一样的，只不过距离我们更远吗？”

年轻的姑娘向沙耶·泰尔展示她们正在绘制的星图，按照星星的相对位置标记在羊皮纸上。可她并没有表现出多大兴趣，而是说："星辰无法像幽魂那样影响我们。你们的这些爱好对于增长知识有何益处？你们晚上最好去睡觉。"

芙芮叹了口气，"天空是有生命的。它不是坟墓，和下界不同。奥耶莉和我在这里看到彗星闪耀，落于大地。看到有四颗亮星的运动与其他所有星星都不一样，就是那些巡游者，古老的歌谣里唱着它们。有时候那些巡游者反向跑在它们穿越天空的通道中，而且有一个跑得非常快。我们马上就会看到它了。因为它速度很快，我们认为它距离我们很近，我们称它为铠骥。"

沙耶·泰尔的双手搓在一起，看上去有些忧虑。

"好吧，那上面一定很冷。"

"躺着幽魂的下界更冷。"奥耶莉反驳道。

"你要小心自己那张嘴，小丫头。如果你把芙芮诱离她应做的工作，你在学堂里就没有朋友了。"

沙耶·泰尔的脸变得冷酷起来，犹如鹰隼；她迅速转身离开，就像是要躲开芙芮和奥耶莉的目光，没再说一个字，顺着楼梯下去了。

"哦，我的错。"芙芮说，"我的言行举止应该再谦恭些，不然不会搞成这样。"

"你就是太谦恭了，芙芮，而她太目中无人。她这要命的学堂啊。她被天空吓坏了，跟大多数人一样。女术士这个头衔让她困扰。她宁愿容忍像艾敏·理穆那样的无知女人，因为她们迎合她那种目中无人的姿态。"

她愤愤地拉着芙芮，开始历数她所认识的每一个人的无知。

"让我沮丧的是，我们没有机会让她通过我们的望远镜来看看。"芙芮说道。

望远镜让芙芮对天文学的兴趣有了翻天覆地的变化。敖佐·卢恩成为领主之后，他便住进了大塔楼里，奥耶莉可以随意挖掘藏在箱子里的各种朽败的宝藏。望远镜收藏在一个长满蛾虫的布包里，包袱早已朽败，一碰就碎成了一堆尘土。这架望远镜造得很简单——也许是由消逝已久的玻璃匠人制作的——看上去不过是根皮革制成的管子，两头嵌着透镜；但当把它对准巡游的星星时，望远镜就有了改变芙芮认知的力量。巡游者从亮点变成了圆盘。这一点，它们跟哨兵很相似，尽管它们没有那么强烈的光芒。

根据这个发现，芙芮和奥耶莉推断出巡游者距离大地很近，而星辰则距离遥远——有些甚至极其遥远。那些在星空下干活的陷阱猎人早已给巡游者起了名字：艾珀克里恩、阿伽尼普、考裴斯，还有一个跑得很快，她们将其命名为铠骥。现在，她们盼望着能证明它们与自己生活的这个世界是一样的，上面甚至可能也有人。

芙芮盯着她的朋友，看到那张俏脸的轮廓和壮实的头颅，她看得出奥耶莉与敖佐·卢恩有多么相像。奥耶莉和她父亲一样似乎总是精力充沛——而且奥耶莉是私生女。芙芮无意中不禁思忖——她莫名地冒出一个念头——奥耶莉曾经与一个男人一起，在卜拉希米蒲树下或是其他什么地方的黑暗中共处过。然后，她抛开这顽皮的念头把目光转向星空。

她们十分专注地待在塔楼顶上，直到钟啸泉再次响起。几分钟之后，巡游者铠骥升了起来，向天顶掠去。

地球观测站“阿佛纳斯号”——就是芙芮命名的铠骥——高悬在海利科尼亚上空，此时，坎普安莱特大陆移动到了它的正下方。站上人员把大部分注意力都集中到了下面的世界，这个双星系的另外三颗行星依然始终处于自动装置的观测之下。

所有这四颗行星的气温都在上升。整体变化十分稳定，只有从地面上那些敏感的生命体身上能观测到异常的变化。

海利科尼亚一代又一代艰辛生活的大戏轮番上演，几乎不被这本该起着决定性作用的环境变化所影响。这颗行星围绕巴塔利克斯运行——就是阿佛纳斯的学者所说的B星——一年是480天（也被称为“小周期年”）。但海利科尼亚还有一个大周期年，这一点，艾姆布鲁都克的人目前还一无所知。大周期年是B星连同它的行星一起环绕弗雷耶的轨道运行一周的时间，弗雷耶就是学者们所说的A星。

大周期年相当于1825个海利科尼亚的小周期年。由于海利科尼亚的一个小周期年相当于1.42个地球年，这便意味着一个大周期年相当于2592个地球年——这段时期中，有许多世代繁衍生息，各显其能。

大周期年意味着有一个巨大的椭圆形轨道。海利科尼亚比地球稍大，质量是地球的1.28倍；在许多方面来看，它就是地球的姊妹星。然而在这条跨越数千年的椭圆形轨道上，变化中的它几乎就像是两颗全然不同的行星——在距离弗雷耶最远的远星点，它冰天雪地；到了距离弗雷耶最近的近星点时，它又炽热难当。

现在，每过一个小周期年，海利科尼亚就更接近弗雷耶，春天将要以其特有的方式宣告它的来临。

就在高悬天空循路而行的星辰与缓缓沉入原初砾石的亡魂之间，有两个女人坐在蕨草床的两边。窗扇紧闭的房间十分昏暗，几乎看不清她们的身影。榻上平卧着一个人，她俩分坐两侧，房间的昏暗朦胧给她们笼上了一层哀痛之情。唯一能确定的是，其中一个人身形丰满却不再青春年少，而另一个身形已经被岁月消磨得干瘪枯皱。

萝尔·萨吉尔·丹摇了摇满头灰发的脑袋，带着悲哀的同情低头看着面前那条身影。

“可怜的小东西，她曾是那么可爱漂亮，她没有权利这样折磨自己。”

“要我说，她应该享用自己那份面包。”另一个女人表示赞同。

“看看她有多瘦吧。摸摸她的腰。她真变得太诡异了。”

萝尔·萨吉尔自己就跟木乃伊一样瘦，她的身子深受关节炎折磨。在她年老体衰之前，曾是奥多兰都里的产婆。现在她仍然照料着那些进入通灵的人。现在朵儿她已经管不了了，她与学堂混在一起，随时准备发表批评意见，但几乎从不认真思考。

“她这么消瘦，子宫都生不出孩子了，她也从不想着要有个宝宝。子宫必须得到呵护——那可是女人最要紧的部分。”

“她有太多事情要考虑，顾不上宝宝。”艾敏·理穆说。

“哦，我和这个人一样尊重知识，但如果知识干涉到了自然交媾的器官，那知识就应该让路。”

“说到这个，”艾敏·理穆在床的另一侧嗤了一声说道，“她的自然器官在你的朵儿把自己安置在敖佐·卢恩的床上时就被抛弃了。她对他很在意呢，谁又不是呢？一个真正的男人，敖佐·卢恩，且不说他还是艾姆布鲁都克的领主。”

萝尔·萨吉尔哼了一声，“她没有理由完全不去享受性爱。她总能在别的男人那儿受到滋养。可是，他不会再来敲她的门了，你记住我的话。他已经在我的朵儿身上腾不出手来了。”

老妇人勾手让艾敏·理穆靠近些以示对她的信任，她俩的脑袋在躺着的沙耶·泰尔上方凑到一起。“朵儿一直让他乐此不疲——既是因为倾慕，也是一种策略。这可是我向所有女人推荐的方法，也包括你，艾敏·理穆。我提醒你时不时要好好享受一番——人类在你这个年纪理应如此。问问你的男人好了。”

“哦，我觉得没有一个女人不曾幻想过敖佐·卢恩，就为了他那股子性情。”

沙耶·泰尔在通灵中叹了口气。萝尔·萨吉尔把她的手放在自己干枯的手掌中，仍然用一种自信的神态说：“我的朵儿告诉我说，他睡觉的时候咕哝着吓人的话。我告诉她那可能是犯罪意识的征兆。”

“那他牵扯进什么罪行了呢？”艾敏·理穆问。

“现在，好吧……我可以给你讲个故事……那天早晨，在痛饮狂欢之后，我起得很早，岁数大了嘛。我出去的时候天气很冷，我裹得严严实实，看到黑暗中躺着一条人影。我对自己说：‘这儿怎么有个傻瓜醉得不省人事躺在地上就睡着了？’他就躺在那里，在大塔楼基座旁边。”

她停了一下，观察自己的故事对艾敏·理穆有什么影响，没什么别的状况，她正紧张地听着。当萝尔·萨吉尔继续讲时，她的小眼睛几乎挤进了皱纹里。

“我从没想过会是别的情形——我自己也喜欢来点猪乳酿。但转到塔楼另一边的时候，居然发现还有一个人躺在那里。‘两个醉得不省人事的傻瓜，躺在地上睡着了。’我对自己这么说，而且我一丁点儿都没有多想。但等消息传开，说年轻的克里厄斯和他哥哥纳赫科里被人发现死在一起，倒在他们塔楼的底下，为什么会这样？那就是另外一码事了……”她哼了一声。

“每个人都说他们就是在那里被发现的。”

“是，不过是我先发现的他们，可他们不在一起。所以他们没打成一团，对吧？这很可疑，艾敏·理穆，难道不是吗？所以我对自己说，‘有人把他们两兄弟从塔楼上推下来了。’那可能是谁呢？他俩死了，谁从中获利最大？好了，姑娘，那种问题是我留给别人去评判的。不过我对朵儿说：‘你过分夸大了你的恐惧，朵儿。和敖佐·卢恩在一起的时候你不要靠近塔楼边缘。’我说：‘绝对不要靠近塔楼边缘，你就不会有事儿……’我就是这么说的。”

艾敏·理穆摇摇头，“如果他做过这种事，沙耶·泰尔是不会爱上敖佐·卢恩的，而且她会知道的。她很有智慧，她会知道得一清二楚。”

萝尔·萨吉尔站起身来，不安地在屋里蹒跚踱步，疑虑重重地晃着脑袋，“在涉及男人的时候，沙耶·泰尔跟我们其实没什么不同。她并不总是用理智思考——有时候她是用两腿间的那玩意儿思考的。”

“哦，你少说两句吧。”艾敏·理穆同情地低头看着她那位良师益友。出于私心，她希望沙耶·泰尔的生活就像萝尔·萨吉尔说的那样：那样她可能更快活。

沙耶·泰尔以通灵的姿态僵硬地朝左侧卧在床上。她的眼睛似闭非闭，呼吸几不可闻，不时夹杂着拖着长音的叹息。看着那张线条分明的面孔，艾敏·理穆心想，她正镇定自若地看着那些死者。只有那张嘴，时不时变得紧绷，这说明身处下界所带来的那种惊骇是无法完全克制的。

尽管艾敏·理穆自己也曾在引导之下进入过通灵，可再一次见到父亲时所带来的那种恐惧可是够她受的了。异度的空间已经关闭，她永远都不会再去拜访那个世界，直到终了的日子召唤她亲临其间。

“可怜的小东西，可怜的小东西。”她一边轻轻拍打着那位朋友的脑袋一边说着，充满慈爱地抚顺她的灰发，希望这能让她穿越横亘在生命之下的黑暗国度时轻松些。

灵魂没有眼睛，却仍然能以恐惧为介质看到视野之外的事物。

当往下坠落的时候它向下望去，望向下方那个比夜空更为宏大的地方。那片空间，乌特拉永远不会光临。这个地域是永生者乌特拉一无所知的地域。他蓝色的面孔，他无畏的目光，他纤细的犄角，都属于寒霜所在的遥远的地方。这个地方是地狱，而他不属于地狱。每一颗闪烁的星星都是一个死者。

这里只嗅得到恐惧。每一个死者都有它永恒的位置。这里没有流星闪着光华坠落，而是一个全然混沌的国度，没有变化，只有宇宙的死寂，生命只会对此感到恐惧。

就像沙耶·泰尔的灵魂现在的样子。

大地音阶在真实的大地之上蜿蜒着。若不是它那更像是墙壁的形态，几乎可以把它们比作道路，无穷无尽地划分着世界，只有它的顶部露出地面。它们真正的实体深陷在平滑无缝的大地之中，向下穿透直抵原初砾石，圆盘一般的世界承载其上。

在原初砾石之中，在相应的大地音阶底部，幽魂和亡魂重重堆垒，仿佛成千上万如朽条腐索般的飞蝇。

沙耶·泰尔那憔悴的灵魂依着它注定所属的大地音阶下沉，在亡魂之间循路穿插而过。它们就像是木乃伊，它们的肚腹和眼窝空洞洞的，它们瘦骨嶙峋的脚悬荡着；它们的皮肤粗糙如旧麻袋，却又是透明的，五脏六腑闪着微光透了出来。它们的嘴像鱼一样张着，好像仍在回忆它们呼吸空气的日子。不那么古老的幽魂嘴里填满了萤火虫一样的东西，随着如烟尘埃翻腾着往外涌流。所有这些古老的被埋葬的东西都静止不动，然而那个游荡的灵魂能感觉到它们的狂怒——在黑曜夺走它们之前，它们从未经历如此暴烈的狂怒。

沙耶·泰尔的灵魂在它们的层阶之间安稳下来时，看到它们有规律地排列着，一直延伸到她无法抵达的远方，延伸到博里恩，到大海，到帕诺威尔，到遥远的锡伯纳尔，甚至到东方那冰封的荒野。所有那一切，在这里都归于一个巨大的本体单元集合体之中，在它们各自所属的大地音阶中各归其位。

对于生命体的感官来说，那里没有四通八达的方位，但却有一个特定的方向。灵魂有着它自己的航向。它必须警觉。一个亡魂的意志力比尘埃强不了多少，但禁锢在精魂中所产生的狂怒给了它力量。亡魂能够吞噬掉任何靠得足够近的灵魂，以此让自己重获自由再度回到地面上去，在它重新出现的地方引发恐惧与灾病。

这个灵魂明显意识到了危险，于是往下沉了下去，穿行在黑曜的世界，穿行在劳伊·阿楠称之为虚无之地的空间里。最终，它来到了沙耶·泰尔母亲的幽魂面前。那毫无生气的事物就像是由绳索与细枝缠绕而成的，仿佛是用束缚野兽的干枯缰绳与突出的髋骨构成的一幅图像。它盯着女儿的灵魂。它松弛的下巴上露出陈腐的褐色牙齿。它本身就是一团褐色的污迹。然而它所有的细节都能看得清清楚楚，就像墙壁上的苔藓能完美地勾勒出一个人或是一片墓地的样子。

幽魂散发出一种无休止的哀怨嘈杂。幽魂是活人的阴阳相对之物，并且因此而坚信生命的结果毫无益处。没有哪个幽魂认为它在大地之上的生命已经足够久了，或是认为它在那里占有一席之地时曾获得了应有的快乐。它也无法相信它已这样湮灭。它热切地盼望着生者的灵魂。只有生者的灵魂能倾听它那无休无止的怨言。

“母亲，我尽责地再次来到你面前倾听你的抱怨。”

“你这不忠的孩子，你上次来，已经那么久了，那么勉强，哦，总是那么勉强，永远都是那么勉强，就跟那忘恩负义的日子一样——我早该知道的，我早该知道的——当我从我那可怜的痛苦的子宫里把你挤出来生养你而不想再有另外的子女时就应该知道的……”

“我会倾听你的唠叨……”

“呸，没错，就是勉强，就像你父亲，什么都不关心，对于我的痛苦全然不在意，一无所知，什么都没做，就像所有那些男人一样，除了那些说孩子从你身上吸取你的生命的人……哦，我早该知道……我跟你说，我藐视那个愚蠢的男人，总是在提要求，要求着每一件事，比我所能给予的多得多，从不知足，悲伤的夜晚，还有白昼，陷在那牢笼里，就是那样，而你来到这里，一个榨干了我的青春与美丽的牢笼，是的是的，我曾经很可爱，那场该死的疾病——现在我看到你对着我笑，你几乎毫不关心……”

“我关心，我关心的，母亲，我连望着你都是一种折磨！”

“没错，可是你和他，你们欺骗我付出，付出我所有的一切。他带着他的欲望，那头肮脏的猪猡。如果男人能知道什么是憎恶，那他们在压着我们的时候，在无法容忍的黑暗中践踏我们的时候，他们就会发抖。而你带着那微不足道的软弱，带着那张永远都在吮吸的嘴——那张嘴就像他的老二一般对欲望无穷无尽，而你总有屎尿需要擦净，你愚蠢，哭嚎，总是想要些什么东西，日复一日，年复一年，那么多年，耗干了我的精力，啊，我的精力，我那令人愉快的精力，全都被偷走了，我曾经是那么的可爱动人。我的生命中没有留下快乐，我早该知道，我母亲没有向我承诺用她的乳房养育我，而她也不比其他死鬼更好，那个被诅咒的、卑鄙的、生养了我的没有奶水的婊子，在我需要她的时候却死掉了……”

这小幽魂的声音撞击刮擦着黑曜，想方设法触碰那个灵魂。

“我为你感到悲伤，母亲。现在我要问你一个问题来帮你摆脱悲伤。我要让你把这个问题传递给你的母亲，以及她的母亲，还有她的母亲的母亲，并且一直沿着这条线传递到遥远的深处。你必须给我的问题找到一个答案，那样我会为你感到骄傲。我希望知道乌特拉是否真的存在。乌特拉存在吗？他到底是什么，或者是谁？你必须把这个问题一层层传递下去，直到某个遥远的亡魂有一个答案。那个答案必须是完满的。我希望理解这世界是如何运行的。那个答案必须要回到我这里。你明白吗？”

不等她说完，回应的尖叫声就传来了：

“我为什么要在你破坏了我的生活之后还为你做任何事？为什么为什么为什么我在下面这里要为你任何愚蠢的问题卖力？这跟我又有什么关系你那微不足道的愚蠢的问题？在下面这里是永远延续的，你听到了，我的悲伤也永远……”

那个灵魂自顾自地唱着独角戏，滔滔不绝。

“你听到我的要求了，母亲。如果你不把这个信息传出去，我就永远不来下界看你了。再也没有人来与你谈心。”

幽魂朝着沙耶·泰尔的灵魂快速地吸吮了几下。那灵魂恰到好处地待在安全距离之外，看着那尘埃般的火花从那没有呼吸的嘴里喷涌而出。

没再说什么，幽魂开始传递沙耶·泰尔的问题，下面的亡魂纷纷议论起那个问题，怒不可遏。

所有的一切都悬浮在黑曜之中。

沙耶·泰尔的灵魂意识到有其他亡魂就在近旁，就悬在那里，仿佛午夜大厅里挂在钉子上的破衣服。劳伊·阿楠在那边，还有劳伊·布莱、小玉理，甚至伟大的玉理也悬在这里的某个地方，远远地缩成了一团暴躁的虚影。父亲的幽魂就在附近，甚至比母亲的幽魂更加可怕，它的愤慨如潮水冲她汹涌而来。

她父亲幽魂的声音就像是用指甲刮擦窗板：

“……还有一件事，忘恩负义的姑娘，为什么你不是个男孩？你这可悲的错误你知道我需要一个男孩想要个男孩一个好儿子来承担我们这支血脉那痛苦的灾难，所以我在我的朋友中间被视为笑柄而并非那伙我认为是可悲的懦夫的家伙，他们遇险就逃，听见狼嗥就跑，而我随着他们一起跑不知道还能不能活命……还能不能活命哦是的还能不能活该死的命……风把新鲜空气吹到肺里和每一个运动的关节里山下的小径有鹿在自由自在跳来跳去它们白色的短尾巴轻快地跃动着……哦，能再活命……与那个你在这里称为母亲的没有情欲的被囚禁在不会呼吸的石头里的丑老太婆毫无关系我恨她恨她也恨你你在这里要命的唠叨终有一天你自己很快也会在这里的永远在这里在这坟墓之中你会看到……”

其他那些干枯的嘴巴里传出别的声音，刺耳的呻吟扎进了她的肉体，就像古老的动物骨头从土壤中刺出来，被土地、岁月、精魂、嫉妒和触手可及的毒素抹上了一层绿锈。

沙耶·泰尔的灵魂在恶毒的怨恨中等待着，颤抖地游荡着，等待她要的答案。终于有一条信息传了上来，从一张干枯的毫无生气的嘴里，穿过黑曜传到另一张同样的嘴里，仿佛那个问题的回复穿越在晶格般的时间记忆之中：

“……我们所有那些朽烂的秘密为什么要与你这不知羞耻的想要窥伺的荡妇分享为什么你认为就该分享它们？我们在这里在这远离太阳的贫瘠之地并没有多少东西。那曾经被称为知识的事物已经丢失了，从桶子底下漏走了。尽管一切都曾承诺过，保留下来的是你无法理解的你无法理解你这娼妇什么都无法理解除了那为了你所有的自负而屈服导致的最终的心痛还有乌特拉他的事情他并没有在我们活着的时候帮助我们这些遥远的亡魂。在旧时酷寒的日子里白色的法艮从黑暗中出来了风暴降临在城市里让人类成为他们的奴隶人类以乌特拉之名仰慕着他们的新主人因为寒风之神统治着……”

“停下停下，我不想再听了……”灵魂不知所措地叫着。

但是恶毒的狂风扑在她身上，“你问你问你这无法坚持真理你这凡世的灵魂，当你来到这里的时候你就会看到了。为了找到你那无用的智慧包含的希望你应该远行去那遥远的锡伯纳尔去那里寻觅巨轮那里一切都已经就绪都已经知晓所有的东西都被理解为附属存在于你那苦涩的墓穴，然而好与不好会让你这个死人的女儿窥伺徒劳无获婊子的失败只为了什么是真实的或者什么是真切的或者什么是验证过的或者什么是能让时间验证的甚至乌特拉本身除了这个令我们发现自己毫无价值的牢笼……”

那灵魂畏缩着，腾身而起向上浮升而去，穿过这昏暗的华厦，越过一阶又一阶无数不停尖叫的嘴。

那话语，带着毒素的话语，从远方的亡魂那里传过来了。锡伯纳尔必定是她的目标，还有一个巨轮。亡魂都是骗子，它们永无休止的疯狂让它们毫无节制地怨恨，但它们在这方面的力量是有限度的。有句话似乎是真的，乌特拉不单单舍弃了生者，也一视同仁地抛弃了死者。

沙耶·泰尔的灵魂在极度的悲苦中向上飞逃，它察觉到远远的上方有一张床，上面躺着一具毫无血色的躯体，一动不动。

地面上，变化的进程，无休止的剧变，通过诸如动物、人类以及法艮这样的生物体表现出来。

从北方大陆锡伯纳尔来的人仍在向南迁移，穿过暗藏凶险的查奥斯地峡，在那不断好转的气候的推动下，寻觅着更为宜人的土地。帕诺威尔的居民向北扩张，越过大平原。在其他地方，在数以千计的栖居地中，人们开始纷纷现身。坎普安莱特大陆的南边，在诸如奥塔索尔之类的滨海堡垒，人口大量增长，在富饶的大海滋养之下日渐丰腴。

在生命的港湾里，在大海之中，还有很多东西都在活动。没有脸孔的人形生物爬上了海岸，或是被风暴吹到了遥远的内陆。

法艮也是。这些钟爱寒冷的生灵，他们也被变化所驱策，沿着舒适的大气音阶寻觅着新的聚居地。遍及海利科尼亚那三块辽阔的大陆，法艮的每一个族群都警醒着，准备再次上演反抗弗雷耶之子的战争。

拉斯特耶普利特家族年轻的可赞王，赫尔－布拉亥尔·耶普利特率领的大军从高高的恩克特莱赫克山肩上缓缓而下，穿越山脉一路行进，始终依循着大气音阶。可赞王和他的谏官们知道弗雷耶正缓缓凌驾于巴塔利克斯之上，而这种运动与他们的习性相悖；虽明知如此，却无法令他们的脚步加快。他们常常停下来突袭一番，袭扰那些赤着脚温顺地跨越雪原的初具灵智的生物，或是骚扰他们自己种族中那些怀有敌意的族群。他们那颗苍白的牛头里没有一触即发的紧迫感，只有命中注定的认知。

赫尔－布拉亥尔·耶普利特骑着赤风，他的牛鹂大部分时间都栖在他肩上。有时候它会拍着双翅飞走，在队伍上空盘旋翱翔，它那双充满死亡气息的眼睛在上空可以看到这支由雄性法艮和雌性法艮组成的长长的队伍，他们大多是步行，拖行的队伍绵延到更高处的峡谷隘口之中。白羽迎着风头滑翔着，气流让他能够在主人上方一悬就是几个小时，他双翅展开，只有脑袋不时左右摆动，警惕着有没有别的牛鹂滑翔到附近。

到处都有一小群一小群的初灵族，通常是玛第，打算赶着他们的山羊去往下一片荆棘丛或是冰地灌木，他们老远就看到了白鸟。他们会相互叫喊着指指点点。所有人都知道远方出现牛鹂意味着什么。他们趁着还有机会拼命逃跑，免得被杀死或是被捕获。因此，那些寄生在法艮身上看似无足轻重、在法艮的毛皮中横行的虱子，牛鹂的美味，不知不觉成了一种拯救那些初灵生物的工具。

玛第自己身上也寄生着虫子。他们怕水，常年豢养山羊带来的辛劳让他们骨瘦如柴，无暇顾及那些寄生虫，但他们身上的虫子在历史中扮演的角色却不值一提。

赫尔－布拉亥尔·耶普利特傲气十足，他修长的头颅顶着王冠，抬头看了看那只高高飞翔的吉祥物，他又望向了前方，警惕着可能发生的危险。他的脑袋里浮现出那个由三个拳头般的物体构成的世界，还有他们最终要抵达的地方，住在那里的弗雷耶之子杀害了他的祖父，伟大的可赞王，赫尔－特赖赫克·赫拉斯特，他为了消灭那难以计数的敌人献出了生命。伟大的可赞王在艾姆布鲁都克被弗雷耶之子杀害，因而失去了蜕缩进入幽闭状态的机会；他因而被永远毁灭了。年轻的可赞王不得不承认，他的族人并没有他们应有的斗志去杀戮弗雷耶之子，相反，他们一味去寻觅来自恩克特莱赫克高地的尊贵的冰雪风暴，他们黄色的血液就是为严寒而生的。

现在，大势渐成。在弗雷耶变得更强大之前，艾姆布鲁都克的弗雷耶之子就会被消灭掉。然后，他就能让自己隐退在永恒的幽闭的平和之中，心灵不再有任何污点。

沙耶·泰尔的身体刚一恢复，她就倚着芙芮的肩膀去往那条通向古庙的小巷。

庙门已经被栅栏取代了。幽暗的室内，饲养在这里的猪不停地哼哼着拱来拱去。敖佐·卢恩说到做到。

两个女人挤过那些牲口，站在泥泞的地面中央，沙耶·泰尔抬头望着伟大的乌特拉神像，它披着白发，一副动物般的面孔，有着长长的犄角。

“那么说是真的了。”她低语道，“亡魂说的是真的，芙芮。乌特拉就是法艮。人类崇拜法艮由来已久。我们的阴暗面比我们猜想的更糟糕。”

但芙芮正抬头看着那些绘在上面的星辰，眼中充满希望。

IX

骅骊兽皮衣

令人陶醉的荒野大地开始用短茎的多肉植物给河水两岸增色添彩，潺潺溪流腾起层层雾霭。

坎普安莱特这片巨大的大陆有一万四千英里长，五千英里宽。它在海利科尼亚半颗星球的表面占据了大部分的赤道区域。在它的上面，温度、高度、深度、宁静以及暴烈都会以最为极端的形式表现出来。现在，它正焕发出勃勃生机。

时间的流逝正让这片大陆一点点淹没到浑浊的海水之下，一座山接着一座山，都变成了缀在海岸线上的穗边。类似的趋势正使得能量等级逐渐增强，这残酷的过程毫不停歇，影响深远。气候变化引发新陈代谢加速，而两颗太阳的躁动又引发星球深处的压力开始向外释放：地震、火山喷发、地面沉降，以及火山周围的喷气孔、巨大的熔岩泡，此起彼伏。整个大陆变成了一张嘎嘎作响的大床。

这些地下的压力在行星表面自有其平衡点，在这些地方，古老的冰原绽放出缤纷的色彩，绿色的嫩芽在残雪融入泥土之前探出了头，弗雷耶急不可待地把它们召唤出来。而种子将自己严实地包裹着，精确地等待着某个时刻萌发。花朵辉映着星空。

花落之后，又结出种子。这些种子为巡游在新草原上的新生动物提供了能量。这些动物也一直被裹藏着，等待这一刻的到来。之前没有多少种生物的地方，现在各个物种繁衍生息。脆弱的冰晶在悠闲的蹄踏下荡然无存。褪毛时节，它们甩掉了冬季厚厚的绒毛，鸟儿随即将其衔去筑巢，而它们的粪便又为昆虫提供了食物养料。

弥漫的雾气萦绕在来去迅疾的鸟儿左右。

这些生灵扑闪着翅膀，成群掠过不久之前还是不毛之地的冰原。在生命的躁动中，哺乳动物伸展开肢体向着夏天奔去。

在陆地上发生的所有多样性变化是那样复杂，与一成不变的天文现象大为不同，以至于没有哪个男人或是女人能够领悟其中的奥秘。但人类的灵魂对此做出了回应。他们大睁双眼，目睹着新生。从坎普安莱特的此端到彼端，所有人类的生命之中都有了新的活力和热情。

人们更健康了，然而疾病也扩散开了。情况变得更好，情况也变得更糟。更多人死去，也有更多的人活下来。有更多的东西吃，也有更多的人挨饿。由于所有这些矛盾的存在，激励也无处不在。弗雷耶在召唤，就连聋子都能听见。

芙芮和奥耶莉预测的日食发生了。在艾姆布鲁都克只有她俩预见到了这个事实，这给她们带来了一种满足感。尽管如此，日食的影响仍令人惊恐。她们察觉到这个事件对于没有经验的人来说有多么可怕，就连沙耶·泰尔都躲在床上捂住了双眼。那些胆大的猎人也全都待在屋里不敢出门。老人们更是心惊肉跳。

然而这还并非是日全食。

弗雷耶的日轮在下午时分开始被慢慢吞蚀。也许正是这拖沓与漫长的过程让人不安。一个小时接一个小时过去，弗雷耶的日食在渐渐扩大。日落时分，两颗太阳仍紧紧胶着在一起。没有什么能保证它们会再次出现，或再次完整出现。许多人跑到开阔地观赏这史无前例的日落。在死灰般的寂静中，残缺不全的哨兵跌出了视野。

“这是世界的灭亡！”一个商人说，“明天冰雪将会回来！”

夜幕降临，骚乱爆发了。人们举着火把疯狂地乱蹿。一栋新建的木建筑被烧了。

多亏敖佐·卢恩立即做出反应，伊莱恩·泰尔和那些孔武有力的朋友挽救了一次更大规模的暴乱。一个男人死于大火，那栋建筑毁了，但后半夜一直都平安无事。第二天早晨，巴塔利克斯照常升起，然后是弗雷耶，完整无缺。一切都很好——只是艾姆布鲁都克的鹅整整一个星期都烦躁不安。

“明年会怎样？”奥耶莉和芙芮相互问道。她们没法打扰沙耶·泰尔，于是开始独立地研究这个问题。

在地球观测站上看来，日食只不过是A星与B星的黄道相互交叉这种运行模式中的一个组成部分，两个黄道面的夹角为十度。按照地球年计算，黄道的两个交叉点是在远星点过后的644年和1428年。要是按照海利科尼亚的年份计算，是在远星点过后的453年和1005年。交叉点前后这些年，每年必不可少地会发生日食；在453年前后，共计会有二十次日食出现，极为壮观。

在632年发生的这次日偏食，预示着那二十次日食正式拉开帷幕，观测站上的学者会以科学的态度进行观测。至于穿行在艾姆布鲁都克街巷里的狂躁人群，那些高高在上的神灵只能对他们报以同情的一笑。

大雾消散，日食过去，洪水来了。是什么引发的？会造成什么影响？那些在残留的淤泥里举步维艰的人根本说不清楚。奥多兰都东边的大地，远至鱼湖，甚至更远，鹿群杳然无踪，食物变得稀缺起来。大涨的沃雷尔河成了西方的屏障，那里常常可以看见很多动物。

敖佐·卢恩这时候展现出了领袖的天赋。他和雷恩泰尔·阿耶还有达斯卡言归于好，在他们的协助下，大家同心协力修起了一座跨河大桥。

在人们的记忆中，这样的工程还从未出现过。木材很稀缺，拉甲巴拉尔树必须切成合适的长度。金属匠人打造出两把长锯，用它可以把适用的树木锯开。女人屋与河道之间修起了一间临时工作坊。那两条从博里恩匪徒手里偷来的船被小心破开，重新组装成上层构件。拉甲巴拉尔树被做成了形状各异的挡块、楔子、支撑板、栏杆、支柱和桩子。一连好几个星期，整片地方都变成了木料场：卷曲的刨花在鹅群中顺流而下；奥多兰都洒满了锯末，到处都飞动着劳动者勤快的手指。厚厚的木料被艰难地拖运到河床。奴隶们站在齐颈的水流中，为了安全彼此拴在一起——居然没有人丧命。

大桥渐渐成形了。敖佐·卢恩站在那里，喊着号子。第一排桥墩在暴风雨中被吹走了。工作重新开始。木头挨着木头拼凑起来。硕大的锤头划出弧形，一下下重重击在巨大的木头楔子上，楔子顶端在一遍遍捶打下成了一团绒毛。一架窄窄的平台跨过水面伸了出去，结实而可靠。敖佐·卢恩裹着熊皮在那里掌控着工作进度，他挥动着双臂，舞动着大锤或是皮鞭，给大伙鼓着劲儿或是一顿臭骂，他总是精力充沛。很久之后，人们还会饮着雷瑟尔酒，带着赞誉之情说："他真是一个恶魔！"

工作很繁忙。工人们都很开心。桥面有四张木板那么宽，一侧有栏杆，如一道飞虹跃过沃雷尔河的黑水。很多女人拒绝过桥，她们不喜欢从桥板间的缝隙看那飞速流动的河水，不喜欢水流冲击木料那不绝于耳的哗哗声。但是，往西边去的道路打通了。那里猎物充足，饥荒得到了缓解。敖佐·卢恩有理由高兴。

随着夏季到来，弗雷耶和巴塔利克斯彼此愈行愈远，在不同的时间升起落下。白天不怎么明亮，夜晚不怎么黑。在不断变长的白昼中，万物生长。

有一段时间，学堂也在扩大。在史无前例的修建桥梁期间，所有人都在一起工作。肉类的短缺第一次让人们意识到了谷物的重要性。雷恩泰尔·阿耶交给沙耶·泰尔的那把种子变成了一小块田地，大麦、燕麦、黑麦在那里茁壮成长，而且作为丹部落的宝贵财富受到严密守护。

现在，已经有几个女人能够进行计算和书写了。将收割下来的谷物称重、存贮，并公平分配；所有带回来的猎物都记录到账；鱼的产量也被记录下来。镇子里的每一头猪每一只鹅都列进了账本。农业和会计工作自有其回报。每个人都很忙碌。

芙芮和奥耶莉管理着粮田，也管理着在那里工作的奴隶。从近处的田地里，隔着起伏的麦浪，她们远远地看到大塔楼上，有一名哨兵在放哨。她们仍然在研究星座；她们的星图尽其所能地完成了。当她们在草丛中徘徊时，谈论的话题常常是星星。

“这些星星一直在运动，就像鱼在清澈的湖水中游动，”芙芮说，“所有的鱼总是聚在一起。但星星不是鱼。我不明白它们是什么，它们在什么中游动。”

奥耶莉捏起一根草梗放到那个让雷恩泰尔·阿耶心动的俏鼻子前面，先闭上一只眼，又闭上另一只眼。

“草梗好像在我的视线中来回移动，不过我知道它始终都是静止不动的。也许星星都是静止的，移动的是我们……”

芙芮接受了这个说法，默不作声。之后，她小声说道：“奥耶莉，我的美人，也许确实是这样。也许是大地一直在运动。但要是这样的话……”

“哨兵又是怎么回事？”

“为什么，要是它们也不运动……没错，是我们在动，我们一圈一圈运动着，就像河水里的旋涡。而且它们也很远，就像星星……”

“……但它们越来越近了，芙芮，因为天气正变得越来越暖……”

她俩对视着，大张着嘴，扬起了眉毛，轻轻地急促地呼吸着。美貌与智慧都眷顾着她们。

有了桥，猎人们可以去西边了，他们可不费心思去想什么旋转的天空。草原已经敞开了怀抱，任他们劫掠。绿色在各处冒了出来，绿草扫过他们奔跑的双脚，扫过他们飞奔的身体。花朵绽放。昆虫在不比人高的空中飞舞着，在娇嫩的花瓣间来回穿梭。充足的猎物近在咫尺，打倒，拖回镇子里，在新修的桥上洒下暗淡的血迹。

随着敖佐·卢恩的威望日隆，沙耶·泰尔的声望则黯然失色。女人们转而去参加劳动，不是修桥就是务农，这削弱了她所坚持的让部族知识化的生活。沙耶·泰尔几乎没有表现出烦恼的样子；自从她去过下界，她逐渐开始回避在众人面前露面。她避开敖佐·卢恩，小巷中，她憔悴的身影越来越少。只有她和老戴特尼尔大师之间的友谊日渐深厚。

尽管戴特尼尔大师再也没有让她看上一眼匠人秘籍，但他的心思常常萦绕在往昔之中。她十分满足于倾听他解开往昔岁月的线团，回忆早已逝去的人；她想，也许拜访亡魂并没有那么令人厌恶。在她看来似乎是阴暗的东西，在他面前却散发着光明。

“按我所想，就是现在，艾姆布鲁都克又一次变得复杂起来了。之后，它会遭受灾难性的毁灭，如你所知……曾经有过石瓦匠的匠人组织，但早在几个世纪之前就不复存在了。匠人组织的大师都深谋远虑。”

沙耶·泰尔越来越喜欢他那种富有魅力的讲话习惯，就好像他亲身经历过所谈论的事件一样。她猜，他正在回想从秘籍中读到过的一些东西。

“怎么会有这么多石头修筑的建筑物？”她问他，“我们只知道用木头做。”

他们坐在大师那间昏暗的屋子里。沙耶·泰尔蹲坐在他面前的地板上。戴特尼尔大师由于年事已高，为了起身方便，坐在一块紧靠墙壁的石头上。他的老伙伴和他的首席弟子雷尼尔·莱延——留着分叉形的络腮胡，是一个看上去有些虚伪的成熟男人——在屋里进进出出；大师不得不让自己的话有所保留。

他随着沙耶·泰尔的问题说：“咱们下去走走，在阳光下散散步，圣母沙耶。我发现温暖的阳光对我这把老骨头有好处。”

到了外面，他把手臂搭在她的臂弯里，他们走在小巷子中，长着卷毛的猪在那里吃食。周围没有人，猎人去了西边的草原，很多女人一直都在田里跟奴隶一起干活。癞皮狗在弗雷耶的阳光下打着盹儿。

“猎人现在走得太远了，”戴特尼尔大师说，“以至于他们不在的时候，女人的行为开始变得不检点。那些博里恩男奴收获女人就像是收获庄稼。我不知道这个世界要变成什么样子。”

“人们像动物一样交媾。寒冷带来智慧，温暖带来淫欲。”她看了看头顶上方，嬉闹的小鸟窜进塔楼石头结构的孔洞里为幼仔找虫子。

他拍了拍她的手臂，看着她那张苍白消瘦的脸，“你别烦躁。你梦想着要去锡伯纳尔，那会让你得到满足。我们所有人肯定都各司其职。”

“各司其职？什么意思？”她向他皱起了眉头。

“一些要坚守的事情。一个画面，一个希望，一个梦想。我们无法只靠着面包生活，即便是我们中最卑微的人。总是有某种内在的生命……那就是我们变成幽魂时存留下来的东西。”

“喔，内在的生命……它会被饿死，不是吗？”

他在牲口塔楼边停下，她站在他身边。他们凝视着建塔楼的石块。任凭岁月侵蚀，塔楼仍高高地矗立着。石块严丝合缝地砌合在一起，令人难解的问题浮现出来：石头是怎么采掘并进行切割的？它又是怎么修筑起来变成一座能矗立九个世纪的塔楼的？

蜜蜂在他们脚边嗡嗡飞舞。一群鸟儿飞过天空，消失在一座塔楼后面。她感觉岁月从耳边流过，渴望停留在某种伟大而包罗万象的事物中。

“也许我们能用泥土建造一座小塔楼。泥土干燥后很结实。先是一座小小的土坯塔楼，然后是石头塔楼。敖佐·卢恩应该围着奥多兰都修建土坯围墙。目前，镇子完全没有防御。所有人都出去了。谁会吹响警报的号角？我们的大门向入侵者敞开着，不论是人类还是非人类。

“我曾经读到过这么一个故事，我们这个匠人组织中有一个极富学识的人制作了一个世界的模型，是球形的，能旋转着展示出上面的陆地——哪里是艾姆布鲁都克，哪里是锡伯纳尔，等等。它收藏在金字塔里，跟许多其他东西在一起。

“丹尼斯王所担心的不只是寒冷。他还担心入侵者。戴特尼尔大师，出于对自己心中那些秘密思绪的慎重，我已经保持沉默有段时间了。但它们一直折磨着我，我必须说说……我从亡魂之中知道了艾姆布鲁都克……”在说完这句话之前她停了下来，她深知自己的话有多么惊人，“……艾姆布鲁都克曾经被法艮所统治。”

过了好一会儿，老人家带着商榷的口吻轻轻地说：“晒够太阳了。我们回去吧。”

在登上房间的半道上，他停在了塔楼的第三层。这里是他手下匠人进行制作的作坊，充满了浓浓的皮革味道。他站在那里谛听。一片寂静。

“我要确定首席弟子没在。到这边来。”

旁边有一间小室。戴特尼尔大师从口袋里掏出一把钥匙打开门，又紧张地看了看四周，然后他注视着沙耶·泰尔的目光，说：“我不想让任何人打扰。我打算做的事情是与你分享我们匠人的秘密，我会因此受到极刑，你明白这点。尽管我可能老了，可我还想过几年安宁日子。”

她跟着他离开工作室步入小门洞的时候，也四下看了一圈。尽管他俩小心翼翼，却都没发觉雷尼尔·莱延就在近旁——匠人的首席弟子，戴特尼尔大师退休后他就会继承大师的衣钵。他站在阴影里，就在一根支撑木头楼梯的立柱后面。雷尼尔·莱延是一个谨小慎微的人，他的一举一动总是如履薄冰；现在，这一刻，他僵硬地站在那里，敛容屏气，让那根柱子挡住他的身形。

当大师和沙耶·泰尔走进小门洞关上门后，雷尼尔·莱延敏捷地行动起来，对于他这么一个壮汉来说，那步伐简直轻盈得不可思议。他把眼睛贴在两块板子的裂缝上，这是他老早以前就做的手脚，那个老人所做的事情他看到的越多，他就越有把握接位子。

那张留着树杈形胡须的脸夸张地扭曲着——这种神经质的习惯总是被他的对头模仿——他看到戴特尼尔·斯卡尔把鞣皮硝皮匠人的秘密记录从匣子里取了出来。老者把它摊开在那个女人眼前。当这个消息摆到敖佐·卢恩面前时，就是这位老大师退位的日子了——而且也是新领导的开始。雷尼尔·莱延一步一停，轻手轻脚地下了楼梯，悄无声息地走了。

戴特尼尔大师用颤抖的手指指着这本巨著书页上一片空白的地方，"这是一个压抑了我多年的秘密，圣母沙耶，我相信你的肩膀能承担得起。在更早的纪元中那个最为黑暗、最为寒冷的时代，艾姆布鲁都克曾被令人憎恶的法艮蹂躏，这个地名的发音其实来自剑族语言……那时候，我们的匠人组织被赶进荒野中的洞穴里。但这里还是有很多男男女女。我们这个种族被奴役着，被法艮统治着……难道这还不够耻辱吗？"

她心中想着庙里供奉的法艮形象的神灵乌特拉。

"耻辱尚未离去。他们统治着我们，"她说，"而且仍被供奉着。正是这种状况让我们变成了奴隶种族，直到今天。"

一只绿头苍蝇从满是尘土的角落里嗡嗡飞了出来，这是最近才出现的一种飞虫，它落到了书页上。

戴特尼尔大师突然有些惊恐地望着沙耶·泰尔，"我应该克制住让你知晓这些事情的冲动。你不该知道这些。"他形容枯槁，"乌特拉会因此而惩罚我。"

"你宁愿相信乌特拉，而不相信证据？"

老人颤抖着，就好像听到外边有脚步声在昭示着他的厄运，"他关系到我们所有人……我们是他的奴隶……"

他挥手驱赶苍蝇，但它闪躲盘旋着飞了起来，给自己另找了个落脚的地方。

猎人们以专业的眼光惊讶地观察着骅骊。在所有侵入西方平原的生物中，骅骊因其生气勃勃成为最引人注目的一种。聚居地的外面就是那座桥，桥的另一头就是骅骊。

弗雷耶已经把幽闭兽从长眠中唤醒了。太阳激活了腺体中的信号；生命的活力注入了它们的精魂之中，它们舒展身体活了过来，爬出那幽暗舒适的休眠地，伸着懒腰，欢蹦乱跳——雀跃着变成了骅骊。骅骊成群成群地出现了，它们像清风一样无所挂怀，长着漂亮的条纹，没有犄角，就像小毛驴或小铠驥，飞奔跳跃着一头扎进没腿深的草丛中，一旦它们跑起来，几乎能把所有会跑的东西都远远甩在身后。

每一头骅骊身上都生着两色条纹，从鼻根到尾巴尖水平分布。一头骅骊身上的条纹要么是朱红和黑色，要么是朱红与黄色，要么就是黑色与黄色、绿色与黄色、绿色和天蓝色、天蓝色与白色、白色与樱桃红，再不就是樱桃红与朱红。当这些飞奔的野兽停下脚步，它们就像猫一样趴在地上，它们的腿漫不经心地伸着，斑斓的条纹让它们隐身于美景之中，这给新的季节带来了新的风景。当骅骊从幽闭兽状态苏醒过来的时候，“鲜花颤颤的平原”也把自己从歌声中带到了现实里。

最初，骅骊对猎人毫无惧意。

它们在人群中蹿来跳去，欣喜地打着响鼻，甩着鬃毛，晃着脑袋，露出嚼过葛兰、蕤芷和猩红的犬绒蓟后变得鲜红的大板牙。猎人们茫然无措地站着，在快乐的心情与狩猎的欲望间有些不知所措了，对着那群欢蹦乱跳的野兽大笑不止，凡是有哨兵之光照耀之处就会有它们踢踏着翩翩起舞。这些野兽给整个平原带来了新的黎明。在初次相会的那种令人着迷的欢愉中，他们似乎不忍下手捕杀。

然后，它们不停地放屁，就像令人厌恶的电离风，在爬满了蚂蚁的钝圆褐色土堆之间轰鸣着，到处打着转，淘气地蹦来蹦去，抖着鬃毛，嘶叫着，时不时掉头冲回来嬉闹一番。或者，当它们厌倦了这样，厌倦了用柔软的鼻子在地面上蹭来蹭去，雄性就会卧倒在地，在高高的白色澳凌花中兴奋地打滚儿，用平和的声调嘶叫着，就像是在笑，它们挺起布满条纹的雄根刺进雌兽那盼望已久的阴部，然后，在猎人的喝彩声中雀跃而起，把黏液滴得到处都是。

轻松的气氛感染了人们。他们不再那么强烈地想要回到石头屋子里。他们打来动物之后，开开心心地躺在火堆边烧烤，谈论着女人，吹着牛皮，唱着歌，闻着周围盛开的鼠尾草、犬绒蓟、丝堪蒂，这些花花草草被他们的身子碾压着散发出令人愉快的芳香。

他们的聊天通常都很惬意。当雷尼尔・莱延出现时，欢快的气氛中断了片刻——匠人出现在猎场可不寻常。敖佐・卢恩走出人群跟雷尼尔・莱延交谈起来，他们面对着远方的地平线。返回的时候，他面色狰狞，他不会告诉雷恩泰尔・阿耶和达斯卡刚才都听说了些什么。

当不那么漆黑的夜晚降临在奥多兰都，两个哨兵中的一个在西方的天空洒下余烬，骅骊兽群嗅到了熟悉的威胁。它们冲着通红的天空扬起鼻孔，警惕着舌剑兽。

它们的天敌也色彩斑斓。舌剑兽的条纹很像它们要捕捉的猎物，一般都是黑色和另一种颜色的条纹，像是血色，一般是绯红或酱紫色。舌剑兽跟骅骊很相似，只是它们的腿更粗更短，头更圆一些，由于没有支棱出来的耳朵，脑袋看上去特别圆。它们的头长在壮硕的脖子上，头上长着舌剑兽的主要武器：在疾如闪电的短距离冲刺时，舌剑兽会从喉咙里弹射出跟剑一样锋利的舌头缠住奔逃的骅骊的腿。

猎人们目睹过这种猎食者的行动，对此十分敬畏。舌剑兽既不怕人也不伤人；人类从来都不在它们的菜单上，而且，好像在它们看来，它们也不在人类的食谱中。

火焰似乎会引来动物。舌剑兽仿佛养成了一种习性，一雄一雌成对地往篝火那里爬，或是干脆就卧在那里。它们用白色的剑舌相互舔舐，吞食人们丢来的肉块。可它们从来不让人碰，一有手伸过去就嗥叫着退开。这种嗥叫声对猎人来说就足够有警告性了；他们可见识过这可怕的舌头在发怒时能造成怎样的伤害。

周围风景如画，一丛长着棘刺的树木和犬绒蓟绽放着鲜花。在那沉甸甸的枝条下，人们酣睡着。他们在芳香四溢的花丛中安下身来，四周净是以前从未见过从未闻过的花朵，只有那些早已逝去的亡魂见识过。在犬绒蓟的花丛中，他们发现了野蜂巢，有些正淌着蜜汁。蜂蜜很容易发酵成蜜瑟尔酒。黏稠的蜜瑟尔会让男人醉醺醺的，在草地上追着另一个家伙疯跑，笑着，喊叫着，摔跤角力，甚至吸引好奇的骅骊来看出了什么事。骅骊也不允许人碰，尽管在被蜜瑟尔灌醉了之后有不少人试过，他们追着飞奔的动物在大草原上狂奔，直直醉倒在地昏睡不醒。

在旧时的岁月里，返回家园会让猎人无比喜悦。严寒的茫茫雪原所带来的挑战被温暖和酣睡的安逸取代了。这就是改变。狩猎成了游戏。他们的肌肉不再紧张，鲜花遍布的原野上温暖宜人。

而且，奥多兰都对于猎人的吸引力也小多了。因为有更多的孩子在出生头一年的危险阶段存活了下来，村子里逐渐变得拥挤不堪。男人们更喜欢在草原上畅饮蜜瑟尔，而不愿听那些总是盼着他们回家的唠叨声。

所以他们不再像过去那样趾高气扬地列着队返回，而是三三两两信步由缰地回家。

带回家的这些新花样至少给了女人从前未有的兴奋感。男人如果失去了责任心，女人也就有了虚荣心。

“看看你给我带什么回来了？”

随着这些变化，女人抱着孩子出去见她们的男人时，这种话也就越来越寻常。她们到新修的大桥那里等着，站在沃雷尔河东岸不耐烦地等着男人带着肉和兽皮回来，孩子们则朝鹅和鸭子扔石头。

肉是必须有的，那是他们的必需品，猎人回来没带肉可不是好事。

但让女人大喜过望的东西是兽皮，漂亮的骅骊兽皮。在他们以前的生活中，还从没想过服饰的变化。以前鞣皮匠人也从来没有接到过这样的要求。以前也从来没有哪个男人被赶出去打猎，纯粹只是为了杀死一头动物。每个女人都希望拥有一件骅骊兽皮的衣服——最好不止一件——她们的儿女也要穿上。

她们相互比拼着谁的皮衣更为靓丽。蓝色、品红、水绿、樱桃红，不一而足。她们用让男人享受的方式威逼着男人。她们精心打扮着自己，她们给自己的嘴唇涂上了色彩。她们招摇过市。她们梳理自己的秀发。她们甚至养成了洗澡的习惯。

通过合适的穿着，借助紧贴身体线条的令人惊艳的条纹，骅骊兽皮甚至能让一个邋遢的丑女人变得优雅起来。皮子必须进行妥帖地剪裁。一个新的行当在奥多兰都兴旺起来：裁缝。破败塔楼间的小巷里绽放出鲜艳的花朵、花穗，开着花的藤蔓在塔楼上蔓延，女人也更像鲜花了。她们把鲜艳的色彩抹在眼睛上修饰着自己的容颜，这是她们的母亲从未想见的。

男人们为了便于自卫，也除掉了身上老旧的厚重裘皮，换上了骅骊兽皮。

天气变得宁静而阴沉，拉甲巴拉尔树平坦的顶部冒出丝丝水汽。

奥多兰都在高耸的积雨云下十分宁静。猎人们都出去了。沙耶・泰尔独自坐在自己的屋子里写着什么。她不再关心自己的外表，依旧穿着陈旧的不合体的裘皮进进出出。她的脑海里，仍然回响着亡魂和她父母的幽魂发出的嘈杂声。她仍然梦想着知识，梦想着远行。

当芙芮和艾敏·理穆从上面的房间下来时，沙耶·泰尔猛地抬头厉声说道："芙芮，要是把世界的模型做成一个球体，你会怎么想?"

芙芮说："这有些意义。球体是所有形体中旋转最稳定的，而且天空中其他的巡游者都是圆形的。所以我们这个肯定也是。"

"一个圆盘？一个轮子？我们一直被教导相信原初砾石置于一个圆盘上。"

"许多我们被教导着去相信的东西都不大对头。你是这样教导我们的，圣母。"芙芮说，"我相信我们的世界围绕着哨兵旋转。"

沙耶·泰尔坐在那里，凝视着她们，她们在她的目光之下有些手足无措。这两个年轻的女子也都换下了旧的裘皮衣物，穿上了艳丽的骍骊皮衣。芙芮身上流淌着樱桃红与灰色的条纹，兽皮的耳朵装饰在她的肩头。不顾敖佐·卢恩对于学堂的严厉苛责，达斯卡把皮衣送到了她手中。她走起路更自信，也更有魅力了。

突然间，沙耶·泰尔的怒火爆发了："你们这愚蠢的荡妇，你们这些没有头脑的猎人的仆从，你们这是在否定我。别假装你们没这么做。我知道在这种逆来顺受的环境中都发生了些什么。看看你们现在的穿着打扮！我们理解了这么多却无处可去，无处可去呀。似乎每一件事都引着我们走向更错综复杂的新知识。我的心要去往锡伯纳尔，找到幽魂所说的那个巨轮。也许真正的自由、清晰的真理，就存在于那里。而这里只有被下了诅咒的愚昧……无论如何，你们俩要去哪儿?"

艾敏·理穆摊开双手证明自己的无辜，"哪儿也不去，夫人，就是去田里，看看能不能治好燕麦上的霉菌。"

她是个大块头的女孩，在最近这些日子里更显得块头大了，因为她的男人已经在她的身子里播下了种子。她恳切地站在那里，看到沙耶·泰尔的目光中流露出赞同的神情，她和芙芮赶紧仓皇逃出这令人压抑的房间。

当她们下到满是尘土的石阶上时，芙芮委屈地说："她又是那样，勃然大怒，就跟钟啸泉一样有规律。可怜的小沙耶·泰尔，有些事情真的太让她劳神费心了。"

"你说的那个池子在哪儿？以我目前的状况，我可不觉得会喜欢走那么远的路。"

"你会喜欢它的，艾敏·理穆。路程只不过比北边的田地稍远一点，而且我们可以慢慢走。我希望奥耶莉也在那里。"

空气变得浓稠起来，浓稠得连花香都容不下，散发出自身特有的质感。在光化反应产生的炫目色彩中，鹅看上去白得像是超自然的幻影。

她们穿过一片拉甲巴拉尔树桩。光秃秃的圆柱体向内凹成优美的弧线，那种几何线条更适合于冬季的景象；那些繁茂生长的枝叶与这些树桩形成了某种鲜明的对比，令人生畏。

"连拉甲巴拉尔都在变化，"艾敏·理穆说，"蒸汽从它顶部往外冒了有多久了？"

芙芮不知道，而且也没有特别的兴趣。她和奥耶莉发现了温泉池，她们至今仍然把这件事作为自己的秘密保守着。那是一处狭窄的谷地，谷口背对着奥多兰都，新的泉水从地下涌出，有的几乎达到了沸腾的温度，有些裹在一片雾气里冲下去，汇入沃雷尔河。有一口泉眼被岩石阻挡着，水流涌向另一个方向，形成了一汪僻静的水池，全然露天，四周围满了葱绿的植物。芙芮就是要带着艾敏·理穆到这个池子去。

她们拨开层层灌木，看到池水边有一条人影，艾敏·理穆不由得身子一缩，伸手捂住了嘴。

奥耶莉站在岸上，赤裸着身子。她的皮肤闪着湿漉漉的光泽，水珠从她丰满的胸部滴下。她没有一丝羞怯的样子，转过身兴奋地朝朋友们挥手。在她身后堆着骅骊皮衣。

"来呀，你们去哪儿了？今天的水很好。"

艾敏·理穆站在原地，满面通红，仍然捂着嘴。她以前从没见人赤裸着身子。

“没问题的。”芙芮看着她这位朋友的神色不由得笑了起来，“水里很好玩儿的。我要脱衣服下去了。看着我…… 如果你敢的话。”

她跑到奥耶莉站的地方，解开自己那身樱桃红与灰色条纹的衣服。骅骊兽皮都被裁剪成可以穿脱的式样，不像以前的裘皮衣那样被缝在身上。一转眼，衣服被丢到了一边，芙芮赤裸着身子站在那里，跟奥耶莉健硕的体型相比，她的线条特别纤细。她开心地笑着。

“来呀，艾敏·理穆，别那么古板。游泳对你的宝宝有好处。”

她和奥耶莉一起跳进水里。水没过大腿时，她们开心地大叫起来。

艾敏·理穆则站在那里惊恐地大叫起来。

他们狼吞虎咽，嚼着肉块就着略带苦味的水果咽下。他们的脸上泛着油光。

换季之后，猎人的身体肥大多了。所有的食物都很充足。骅骊不用追着跑就能杀掉。这些动物总是离人很近，在猎人中间蹦蹦跳跳，它们色彩斑斓的身子在它们那些死去的同伴的皮毛上打着滚儿。

敖佐·卢恩仍然穿着那件老黑熊皮衣，正在一旁跟奴隶大师高邑甲·辛说话，当奴隶大师朝远处的奥多兰都塔楼迈步走去时，一直都能看到他宽阔的脊背。敖佐·卢恩回到众人之间。他抓起一根在石头上烤得滋滋作响的肋骨坐倒在草地上。大狗克尔德在他身边撒着欢儿嗥叫着，直到敖佐·卢恩摘下一枝芬芳的犬绒蓟，把这畜生从肉骨头跟前撵开。

他友好地踢了达斯卡一脚。

“这才是生活，伙计。放松点，在冰雪回来之前能吃多少就吃多少。原初砾石在上，我这辈子永远都不会忘记这个季节。”

“太美好了。”达斯卡就说了这几个字。他停下不吃了，手臂抱着双膝，看着骅骊，那群野兽正在草丛中绕着他们打转，离他们不到四分之一英里。

“你真要命，从来都没什么话。”敖佐·卢恩心情舒畅地抱怨着，张开有力的牙齿撕扯着骨头上的肉，“跟我聊聊吧。”

达斯卡转头把脸贴在膝盖上，诡谲地瞅着敖佐·卢恩，“你跟高邑甲·辛谈了什么事？”

敖佐·卢恩的口吻立时强硬起来：“那是我们之间的私事。”

“所以，你也有不想聊的事。”达斯卡又转过脸去看小跑的骅骊，远处地平线的上空堆积着高耸的积雨云，它们就在那云团下面打转。天空中充盈着的绚丽绿光，让骅骊身上斑斓的色彩也显得黯淡了。

末了，他感觉到敖佐·卢恩阴森森的目光好像穿透了自己的肩胛骨，但他没有回头，只是说：“我正在思考事情。”

敖佐·卢恩把嚼过的骨头甩给克尔德，在鲜花盛开的大树下平躺下来。“好啦，那么想说什么就说什么吧。你要用你一辈子的时间思考什么事情？”

“怎么能抓住一头活的骅骊？”

“哈！那样对你有什么好处？”

“我也想不出有什么好，可不管怎么都比你当初把纳赫科里叫到塔楼顶上要好。”

一阵死一般的沉默，敖佐·卢恩一言不发。最后，远处传来隆隆雷声，伊莱恩·泰尔拿来了些蜜瑟尔。敖佐·卢恩用平日的语气略带愤愤地问大伙儿：“雷恩泰尔·阿耶在哪儿？我猜又是闲逛去了。他为什么不跟我们在一起？你们这些人变得太懒惰且不守规矩了。大伙儿走着瞧吧。”

他站起身来脚步沉重地走开了，克尔德跟着他，保持着敬畏的距离。

雷恩泰尔·阿耶不像他那位沉默寡言的朋友那样在研究骅骝。他正忙着其他事。

自从那晚他目睹了叔叔纳赫科里被谋杀，已经过去了漫长的四个年头，这件事一直挥之不去。但他不再因为谋杀而谴责敖佐·卢恩，因为他现在明白，作为艾姆布鲁都克的领主，敖佐·卢恩所受的折磨有过之而无不及。

“我很肯定，他觉得自己受到了诅咒。”奥耶莉曾经这么对雷恩泰尔·阿耶说。

雷恩泰尔·阿耶以更为实际的方式回应道：“就凭西边那座桥也可以宽恕他了。”但是由于他牵扯在这桩谋杀之中，他感觉自己也已经被毁了，他越来越封闭自己。

他和美丽的奥耶莉之间的纽带越绷越紧，也更加扭曲，全是因为那晚那些人灌了太多的雷瑟尔酒。他甚至对她都谨小慎微。

他跟自己讲述着这些难处：“如果要我去统治奥多兰都，就像我家族所承袭的那样，我就必须杀了我想娶的那个姑娘的父亲。这不可能。”

毫无疑问，奥耶莉也明白他的窘境。然而她注定是他的人，不会是别人的。要是有别的男人跟她腻歪，他准会要了那人的命。

他野性的那一面，他对于狡猾陷阱的敏感，对于灾难的预感，让他像沙耶·泰尔一样清楚地看到奥多兰都现在的状况极易受到攻击，而且不堪一击。在最近这段温暖的日子里，没有人预警。连卫兵都会在他们的岗哨上打瞌睡。

他向敖佐·卢恩提出过防御的问题，对方不屑一顾地说：“不管是敌人还是朋友，没有谁再想远行了。大地覆盖着一层雪的时候，会让人们轻轻松松去往任何他们想去的地方，现在所有的地方都被绿色堵塞了，被一天比一天浓密的灌木阻挡了。侵扰的时代已经过去了。”

此外，他又道：“自从圣母在鱼湖施展了她的奇迹后，就再也没有法艮侵袭了。我们比以往任何时候都安全。”说着，他递给雷恩泰尔·阿耶一大杯蜜瑟尔。

雷恩泰尔·阿耶对这番话不怎么满意。纳赫科里叔叔在那晚爬上大塔楼的楼梯时就认为自己是万无一失的。可几分钟之后，他就摔断了脖子躺在下面的小巷里。

猎人们今天出猎的时候，雷恩泰尔·阿耶连桥都没过。他从那里悄悄返回，打算好好巡视一番，看看若是遭受突然袭击该怎么办。

他开始绕着镇子外围走，他看到的第一件事物就是沃雷尔河上的氤氲雾霭。雾气沿着河流中轴形成了一条清晰的线条涌动着，不偏不倚，仿佛在奔涌的黑水上不停地推进，却又始终聚集不散。缕缕雾气顺着流水撕扯翻腾。这意味着什么，他无从知晓。他继续往前走，感觉有些心神不宁。

空气变得浓稠起来。曾经是一片建筑的土岗上冒出了树苗。他隔着纤细的栅栏望着遗存下来的塔楼废墟。敖佐·卢恩的话确实有他的道理：要想绕着奥多兰都走一圈实在不容易。

然而危险的画面在他的脑海里渐渐成形。他看到法艮骑着铠骥越过围障冲进聚居地的中心地带。他看到猎人乱成一团往家跑，却被色彩艳丽的皮衣绊住了脚，他们因为喝了太多蜜瑟尔头重脚轻。他们有足够的时间目睹自己的家园被焚烧，目睹女人和孩子死去，也会目睹自己倒在野兽的铁蹄之下。

他尽力在长满尖刺的灌木丛中找出一条路来。

法艮都是骑手吗？还有什么能比跨上铠骥、驾驭它、跟它的力量融为一体更带劲的呢？那些猛兽只听从法艮的使唤，或者说传说中是这么讲的，而且他也从没听说过有人类骑过铠骥。这种事情让人困惑。人都是徒步而行……但如果一个男人骑上铠骥，那可比法艮骑着铠骥更带劲。

北大门掩藏在灌木丛中，他透过枝叶能看到大门敞开无人防守。两只鸟栖在门上叽叽喳喳。他怀疑今天早上是否曾有卫兵在岗上，那家伙是不是溜号了？这片寂静在浓稠的空气中有着别样的质感。

一条踉跄的人影进入了他的视线。他立刻认出那是奴隶大师高邑甲·辛，他用绳子牵着梅科跟在身后。

“现在，你就在这里享受午后的工作吧。”雷恩泰尔·阿耶听到奴隶大师说道。他在大门外远远的地方停下，把法艮拴到一棵小树上。这只生物的腿脚已经上了锁链。他几乎是充满柔情地拍了拍梅科。

梅科恐惧地看着高邑甲·辛，“梅科能在这里的阳光下坐上一段时间。”

“不是坐着，要站着。你要站着，梅科，你要按我说的做，否则你很清楚会是什么后果。我们要严格按照敖佐·卢恩说的去做，否则咱俩都有麻烦。”

老法艮咆哮了一声，“在我们周围的大气音阶中到处都是麻烦。你们这些弗雷耶之子不就是最大的麻烦吗？”

“若不听话，我就剥了你这身臭皮。”高邑甲·辛语气平和，并没有开口怒骂，“你就按我们说的那样待在这儿，过一会儿你会碰到我们这些弗雷耶之子中的一个。”

他慢腾腾地迈步离开了这怪兽藏身的地方，回塔楼去了。梅科随即躺在了地上，雷恩泰尔·阿耶看不到他了。

跟沃雷尔河上凝聚的雾气一样，这件事让雷恩泰尔·阿耶浑身都不舒服。他站在那里等着，听着，思忖着。在几年前，这种充满了鸟儿欢叫的宁静，还只会被人当作是超自然的景象。他耸了耸肩，继续前行。

奥多兰都毫无防御。必须要做些什么事情来让猎人们警醒。他注意到拉甲巴拉尔树顶上有丝丝水汽往外冒。又一个他无法解释的不祥之兆。远远的北方雷声隆隆，然而这种大自然的威力却让人生出某种亲切感。

他越过一条翻着泡沫、冒着热气的溪水，蒸汽缭绕在两岸蕨类植物的枝丫间。他弯腰把手浸在水里，水挺热，但还能承受。一条死鱼漂在水面上，尾巴竖直朝上。他蹲下，看着溪水那边新出现的杂乱绿色，越过那片绿色，塔楼的顶显露出来。以前这里可没有热泉。

地面在颤抖。芦苇在水中摇荡舒展，水螈一闪而过。鸟儿惊叫着从塔楼上飞起，打个旋儿又落下。

在他等待地面再次颤抖时，钟啸泉在不远处啸响了，这是他在摇篮里的时候就已经熟悉的奥多兰都的声音。它持续的时间比以往更长。他十分肯定持续时间有多久，而这次，呼啸声比它应该持续的时间长得多。

他起身继续绕行。当他步履艰难地穿过一片几乎跟他一样高的蘘芷丛时，他听到了一些响动。借着猎人的本能，雷恩泰尔·阿耶绷紧了浑身的肌肉，他弓下身子小心翼翼地往前挪。前面的地面突兀地耸起一块平台，上面点缀着丛丛百里香。他伏下身手脚并用在这片芬芳的叶丛中爬行，轻手轻脚地往前望去。他能感觉到肚子贴着地面蠕动——在过上好日子的这段时间里，他原本精壮的小腹已经长出了赘肉，往外鼓着。

人声——女性——又一次。他抬起头从平台上望过去。

不管他盼着看到什么，这幕现实场景带来的惊喜都远超他的一切期望。他觉得眼前一阵眩晕，只看到画面中心那一片环绕着青葱草木的水池。缕缕热气从水面腾起，翻滚着飘进四周的灌木丛中，被水汽打湿的叶子又把水珠滴落在池子里。

池子对岸有两个女人正在穿骍骊皮衣，一位身材臃肿怀着孩子，他立刻就认出那是艾敏·理穆，她的同伴是芙芮。而在距离他更近的池子这边，还站着一个人，她动人的背脊对着他，正是令他倾心的奥耶莉，全身赤裸。

当他看清楚那是谁，心中无比欢悦，他趴在那里，盯着她的香肩和光洁的脊背，看着那闪着光泽的臀部和双腿，一时间激动得几乎无法呼吸了。

巴塔利克斯从一团巨大的紫色云团中破空而出，让大地沐浴在一片金色里。这个哨兵的光芒斜斜地洒在奥耶莉肉桂色的肌肤上，她的肩头闪着珍珠般的光泽，双乳淌着水珠，条条细流顺着她的胴体蜿蜒而下，汇集在她所站的那块石头上，将仿若水中仙子的她与她们所享受的这份大自然融为了一体。她的姿态很放松，双脚略分。她看着准备离去的朋友，抬起一只手抹去眼睛上的水。奥耶莉就是一只毫无防备的动物——这一刻对于即将扑上去的那个猎人还毫不知晓，但如果有必要，她会立刻摆出逃跑的架势。

她的黑发湿淋淋地贴在头上，卷曲的发梢盘绕在肩头颈间，看上去好像一只水獭。

从他的位置只能稍许看到她的面容。以前他从没见过赤裸的人体，不论男女——这是习俗，严寒让奥多兰都对裸体敬谢不敏。他彻彻底底被眼前所见征服了，他把脸贴在了芬芳的百里香中，只觉得额角突突乱跳。

当他再次抬头望去，正看到她朝着朋友们挥手道别又转过身，那微微颤动的屁股让他着了魔。他呼吸的空气似乎都变得不同了。奥耶莉现在凝视着镜面般没有一丝波纹的池水，望向清澈的池水深处，她的睫毛忽闪着。随着她的下一个动作，他像是看到了她那覆盖着一层细绒的私处，还有她那秀美的腹部，也看到了小巧可爱、小旋涡一般的肚脐。当她一甩手臂跃入池水中时，刹那间这一切全都展现了出来。

在灿烂的阳光下和水汽翻滚的灌木丛中，只剩他独自一人，片刻之后，她欢笑着又一次钻出了水面。

她爬上岸来，离他很近，她的双乳轻快地跳跃着，极富弹性。

“奥耶莉，金色的奥耶莉！”他心醉神迷地叫喊起来。

他站起了身子。

她吓得在他面前蹲了下来，胸中犹如有一柄大锤在空空地敲着。她的目光狠狠落在他身上，她的黑眼睛闪动着光彩，颈窝随着急促的呼吸而搏动着，双眼透出一丝令人心动的迷茫。他看到她小巧的鹅蛋脸如出水芙蓉般秀美，贴在头上的浓密长发勾勒出迷人的眉目。那双眉毛紧紧拧在一起，在最初的惊恐过后，她不再恐惧了，只是微启双唇盯着他，不知道他接下来会做什么。然后，稍显有些迟了，她缩着手捂住了阴部。这动作与其说是保护，还不如说是挑逗。她对自己的美貌心知肚明，索性泰然处之。

四只小小的鸟雀飞落在他们中间，被这沉闷的午后压抑得无法忍受。

雷恩泰尔·阿耶跨过草地一把抓住她，狠狠地盯着她的眼睛，隔着身上的裘皮衣感受着她的躯体。他伸手搂住她，狂热地吻在她唇上。

奥耶莉身子一退，舔了舔嘴唇，露出了微笑，她的眼睛眯缝起来。

“把衣服脱掉吧。让巴塔利克斯看看你是用什么造出来的。”她说。

这话半是邀请半是嘲弄。他解开衣带，抓住上衣的衣襟用力一扯，缝线的针脚被扯开了。随着响亮的撕扯声，上衣被扯下来丢到一边。然后他又以同样的方式褪下了裤子，把它踢到一旁。当他朝奥耶莉转过身时，才意识到自己那根玩意儿已从下身挺了起来。

奥耶莉抓住他伸开的手臂，拉扯着，踢着他的小腿，又几步跳开，然后扑过去用力扯着将他搡到了水里。

水池潮湿的边沿一下子扑在了雷恩泰尔·阿耶的头顶。水里热得不可思议。他浮出水面，大口大口喘着气。

她双手支在漂亮的膝盖上大笑着。

“你先好好洗洗吧，那样才配得上我，你这浑身虱子的武士！”

他又好气又好笑，拍打着水面朝她泼水。

当她拉着他出来的时候，她温软异常。她的身子在他怀里十分滑腻。他们跪坐在草地上，他伸出一只手滑进她双腿之间，抚弄着她娇嫩的柔体。突然间，一股浆水从他的身子里迸射出来淌在了草地上。

“喔，你真是的，你这呆子！”她叫喊起来，在他胸口捶了一拳，失望之情溢于言表。

“不，不，奥耶莉，这没什么。给我一些时间，求你了。我爱你，奥耶莉，以我之灵发誓。我一直都想要你，一直都想。到我身边来，我们再来一次。”

但是奥耶莉站了起来，又羞又怒。任凭他温言相劝也没法平息她的恼怒，这让他也有些恼怒了。他跳起来冲到她身边。

“你这该死的女人，你不应该这么可爱，你这小荡妇！”

他抓住她的手臂蛮横地把她扯过来，朝着热腾腾的水池搡了过去。她抓着他的头发又嚎又叫。他们一起跌进了水里。

他伸出一条手臂搂住了她的腰背，在水下抓住她，当他们浮出水面时他吻着她，左手揉在她的乳上。他们大笑着爬上泥泞的岸边滚在一起。他一条腿绕住她的腿翻身压住。她热切地吻着他的唇，舌头探进了他口中，甚至当他刺入体内时也没有松口。

他们在这隐秘、宁静、令人迷醉的地方尽情欢爱。身子下面的泥土抹在他们身上，发出令人惬意的声音，仿佛连里面的微生物都在享受交欢带来的欢愉之情。

她懒懒地往身上套骅骊皮衣。这件柔软的皮衣与众不同，上面是暗蓝色与明蓝色的条纹，每一根条纹的宽度都随着奥耶莉身体的线条变化着。午后的空气变得沉闷起来，闷雷在不远处隆隆作响，不时爆发出一声炸雷，就像是在抗议。

雷恩泰尔·阿耶爬到近前，半闭着眼睛注视奥耶莉的一举一动。

“我一直都想要你，”他说，“好些年了。你的身体就像一眼温泉。你要做我的女人。我们每天下午都来这个地方。”

她什么都没说。呼吸之间她唱起了歌：

溪水潺潺随波流，
带走我们的好时光……

“我每天都想你想得要死，奥耶莉。你也想要我，是吗？”

她看着他，说：“是的，没错，雷恩泰尔·阿耶，我想要你。但我不能做你的女人。”

他感觉到身下的大地在颤抖。

“你什么意思？”

她似乎犹豫了一下，然后倚到他身上。当他不由自主伸手在她身上游走时，她抽身起来，把酥胸套进了衣服里，说：“我爱你，雷恩泰尔·阿耶，但我不打算成为你的女人。

“我一直都怀疑学堂只是一种消遣——对于艾敏·理穆那样的蠢女人是一种慰藉。现在天气变好了，它已经瓦解了。说实话，只有芙芮和沙耶·泰尔在乎它——也许老戴特尼尔大师也在乎。不过我尊重沙耶·泰尔那种独立的榜样，并且也在效仿。沙耶·泰尔不会屈从于我父亲——尽管我盼着她可以疯狂地渴望与父亲在一起，就像每个人一样——而我以她为榜样：如果我变成了你的财产，我就变得一无是处了。”

他翻身起来跪在那里，看上去可怜巴巴的，“不是那样的，不是那样的。你就是……一切，奥耶莉，一切。要是我们不在一起的话，那才是巨大的遗憾呢。”

“确实会遗憾个几星期。”

“你期望得到什么？”

“我期望……”她的眼睛往上一抬，叹了口气。她抚弄着湿漉漉的头发望着远方，看着欣欣向荣的灌木丛，看着飞鸟。“我还看不到那么远。我能做的事情太少了。也许，我要是像沙耶·泰尔那样保持特立独行的话，我就能收获一些东西。”

“别说那样的话。你需要有人保护你。沙耶·泰尔、芙芮……她们可不开心。沙耶·泰尔从来都不笑，对吧？此外，她也老了。我会照顾你，让你开心。除此之外，我什么都不想要。”

她穿好上衣系上搭襻，低头瞅着她自己设计的系襻（这东西连裁缝都刮目相看），这让她可以毫无羁绊地穿脱兽皮衣。

“哦，雷恩泰尔·阿耶，我很为难。我对自己都很无奈。我并不真正知道自己想要什么。我渴望着能融化在这水中，自由自在，无拘无束。谁能知道它从哪里来？又往哪里去？——也许，是来自大地之灵的深处……我很爱你，虽然我爱你的方式很差劲。听着，我们要规划一下我们俩的未来。”

她停下手不再摆弄衣服，而是站在那里低头看着他，双手扶在胯部。

“做些伟大的、令人侧目的事情，一件大事，一件实实在在的功绩，然后我就永远是你的女人了。你明白吗？一件丰功伟绩，雷恩泰尔·阿耶——丰功伟绩，然后我就是你的了。我会做任何你希望我做的事。”

他站起身来跟她拉开些距离，凝视着她，“一件丰功伟绩？你说的是哪种伟业？原初砾石在上，奥耶莉，你真是个奇怪的姑娘。”

她一甩湿漉漉的长发，“如果我告诉了你，那它就算不上伟大了。你懂吗？此外，我也不知道自己是什么意思。努力，努力吧……你都长胖了，就跟怀孕了似的……”

他站在那里没动，脸拉得老长，“当我对你示爱的时候，你怎么能用这种羞辱人的话来回应我？”

“你对我的示爱是实话——我希望是；我也对你说实话。但我并不是在伤害你。我可是好意。你在我的身体里种下了某种东西，我不会跟任何人提起。我期盼着……不，我说不出自己在期盼什么……可能是荣耀吧。做些伟大的事情，雷恩泰尔·阿耶，我恳求你，在我们变老之前成就一番伟业。”

“比如杀死法艮？”

她突然大笑起来，笑声刺耳，笑得连眼睛都眯成了一条缝。有那么一刻，她与敖佐·卢恩的相似之处是那么的明显。“如果你只能想到这种事，那就去杀他一百万个吧。”

他看上去气馁了。

“所以，你觉得你值得上一百万个法艮？”

奥耶莉做了个用力敲脑袋的动作，就好像再也受不了他。“那不是为我，你不明白吗？那是为你自己。为你自己去完成一件伟大的事情。我们在这里，被束缚在沙耶·泰尔称之为农场的地方——至少把它变成一个富有传奇性的农场。”

地面又颤抖了起来。“真要命，”他说，“大地又在动了。”

他们站起身，暂且抛下了争论，放下了彼此。一片古铜色的云从天空中的云堡中扩散开了，紫色的云镶着金边。热气变得浓重起来，他们站在一团令人压抑的死寂当中，背靠着背，观察着周围。

一阵密集的噼噼啪啪声让他们转身望向水池。水已经搅得一团污浊，黄色的泡沫不断从下面冒出来，翻滚着，破碎着，一直清澈的池水突然变得浑浊不堪。从底下冒上来的泡沫散发出一股臭鸡蛋味儿，泡沫翻滚得越来越快，颜色越来越黑。一层厚厚的雾气弥漫在凹地中。

突然，池子里迸发出一柱泥浆喷向空中。一股股浊流四下乱飞，周围的叶子上满是泥点。两个人惊恐地跑起来，她穿着那件夏日晴空般的皮衣。

他们离开后不久，水池就变成了一塘黑乎乎的冒泡泥水。

当他们爬进大塔楼的时候，听到了上面的嘈杂声，敖佐·卢恩的声音尤为突出。他刚刚跟几个同辈的挚友一起回来，谭瑟·恩、法拉林·弗德，还有伊莱恩·泰尔，个个都是强健的武士和出色的猎人；他们的女人也跟他们在一起，冲着新拿回来的骅骊兽皮大呼小叫，还有朵儿·萨吉尔，她绷着脸独自一人坐在窗台上，全然不在意飘落的雨点。屋里还有一个人，雷尼尔·莱延，他的皮衣十分干爽；他用手指捻着胡须焦虑不安地看来看去，既不跟人说话，也没有人跟他说话。

敖佐·卢恩没瞅他的私生女，只是对雷恩泰尔·阿耶气势汹汹地说："你又开小差了。"

"开了一会儿，没错。我很抱歉。我是在检查防御状况。我……"

敖佐·卢恩大笑了两声，看着他的手下说："看到你这副模样，还有奥耶莉那身漂亮不整的衣冠，我就知道你查看的可不只是防御状况。别跟我撒谎，你这好斗的小公鸡！"

其他人大笑起来。雷恩泰尔·阿耶面红耳赤。

"我不是骗子。我去调查我们的防御措施——但我们根本就没有防御措施！当你躺在野外喝酒的时候，根本就没有哨兵，没有守卫。奥多兰都会陷落在一支武装的博里恩人手中。我们太容易丧命了，而你做了一个坏榜样。"

他感觉到奥耶莉的手沉稳地搭在他胳膊上。

"他现在都不在这里耗费什么时间了！"朵儿取笑着喊道，但这话没人理睬，敖佐·卢恩已经转身朝他的同伴们说："你们都看到了，我是怎样不得不整日忍受我这两位名义上的亲兵队长。他们总是这么无礼。奥多兰都现在被越来越高的绿色植物掩藏保护起来了。在残酷的气候回归之前——它肯定会回归的，有足够的时间准备打仗。你这是在找麻烦，雷恩泰尔·阿耶。”

“并非如此。我是在尽力消除麻烦。”

敖佐·卢恩走上前去正对着他，他那巨大的黑色身影笼罩住了这个年轻人。

“那就住嘴。别教训我。”

在倾盆大雨声中，突然传来一阵叫喊。朵儿转过身去望向窗外，随即喊叫起来，有人出事了。奥耶莉跑到了她身边。

“站回去！”敖佐·卢恩叫起来，但是，另外三个上了岁数的女人也凑了上去。屋里显得更暗了。

“我们得去看看出什么事了。”谭瑟·恩说着往楼下走去，他宽大的肩膀几乎堵住了楼梯口，法拉林·弗德和伊莱恩·泰尔跟在他后面。雷尼尔·莱延待在阴影里一动不动，看着他们离开。敖佐·卢恩像是要阻止他们，但又站在这间沉闷的屋子里犹豫不决，只有雷恩泰尔·阿耶盯着他。

雷恩泰尔·阿耶上前道：“我让火气冲昏了头，你不该说我是骗子。别让人以为我的警告不受重视。我们的责任是让这个地方像以前一样得到守护。”

敖佐·卢恩咬着嘴唇，并没怎么听。

“你的想法都是从那个该死的女人沙耶·泰尔那里得来的。”他心不在焉地说，一只耳朵始终留意着外边的动静。这时候，原先的叫喊声中多了几个男子的声音。窗前的女人们也高喊起来，在朵儿身边挤作一团。

“离那儿远点！”敖佐·卢恩叫喊着，气愤地抓住了朵儿。那条黄色的猎犬克尔德也开始嚎叫。

天地之间笼罩在擂鼓一般的雨点声中。塔楼下面的人影在大雨中成了灰色。三个魁梧的猎人中，有两人正从泥地里搬起一具躯体；法拉林·弗德正费力地搀着两个被大雨浇透的老妇人，将她们引到避雨的地方。老妇人对这雨水和泥泞浑不在意，悲痛地昂着脸，任凭雨水泼洒进她们的嘴里。认出来了，是戴特尼尔·斯卡尔的女人，还有一位老寡妇，是法拉林·弗德的姨妈。

是这两个女人把那具躯体从北大门架进来的，这一路使得她们和那具躯体满是泥水。当猎人们费力地直起身子时，那具躯体显露了出来。它的面孔扭曲着，覆着一层早已凝结的血迹，雨水都冲刷不掉。当猎人们搬起它的时候，它的头往后垂着。血迹一团团粘在脸上和衣服上，它的喉咙被咬掉了，就跟一个人咬了一大口苹果一样，咬痕齐刷刷的。

朵儿开始发抖，敖佐·卢恩把她扒拉到一边，他壮硕的肩膀挤满了窗口，冲着下面那些人叫喊着："别把那家伙弄到这边来!"

根本没人理会他。他们在找最近的能避雨的地方。大雨从楼顶的胸墙上倾泻而下。他们在泥泞中奋力挣扎着，搬运着那具沾满了泥水的躯体。

敖佐·卢恩骂骂咧咧跑出屋子下了楼梯，克尔德跟着。雷恩泰尔·阿耶也被这戏剧性的变故所吸引，追了上去，后面跟着奥耶莉、朵儿和其他女人，挤在窄窄的楼梯上乱作一团。雷尼尔·莱延慢吞吞地跟在最后。

猎人和老妇人护着死者的尸体进了低矮的牲口圈，把它放在铺散着的干草堆上。男人们分散站到四周，抹了抹脸上的雨水，尸体上渗出一小股血水打着旋儿流到一摊水里，水面上漂着一小把干草，不安地打着转，就像是一条小船要找到一个港湾。两位老妇人伏在彼此的肩头泣不成声。尽管死者的脸被血和头发糊着，但谁都能认出来，那是戴特尼尔·斯卡尔大师。克尔德在大师冰冷的耳朵上嗅着，他毫无生气地躺在众人面前。

谭瑟·恩的女人是一个美貌的女子，名叫法拉耶尔·慕斯克。她抑制不住地一声接一声号啕大哭。

没有人会认错死者脖子上的伤口，那是被法艮咬的。这种通常在帕诺威尔实行的死刑早已被玉理祭司废除了，就算有此必要，也很少使用。外面的某个地方，就在那滂沱大雨之中，乌特拉在等候着。乌特拉永远都在战斗。雷恩泰尔·阿耶想起沙耶·泰尔的警告，即乌特拉就是法艮。也许真存在着那么一位神灵，也许他真的就是法艮。他的思绪又回到今天早些时候，在他遇见赤裸的奥耶莉之前，他看到高邑甲·辛带着梅科去了北大门。谁要对此次事件负责是毫无疑问的；他想，沙耶·泰尔又会为此感到怎样的悲伤。

他看着身边那些惶恐的面孔——还有雷尼尔·莱延那张贪婪的脸——他鼓起了勇气。他用高亢的声音说："敖佐·卢恩，我宣布你正是杀害这位长者的凶手。"他用手指着敖佐·卢恩，仿佛在场的人都不知道他说的是谁。

所有的眼睛都转向了这位艾姆布鲁都克领主，他站在那里，头抵着矮屋顶的椽子，脸色苍白。他严厉地说："休想说什么反对我的话。你再敢多说一个字，雷恩泰尔·阿耶，我就教训你。"

但是，雷恩泰尔·阿耶不能停下。义愤填膺的他嘲讽地说："这是你为了反对知识下的又一次狠手吗？为了反对沙耶·泰尔？"

其余人窃窃私语着，在这狭小的空间里坐立不安。敖佐·卢恩说："这是判决。我得到消息说，戴特尼尔·斯卡尔允许外人阅读他那个匠人组织的秘籍。这是禁忌。对此进行的处罚就是死刑，跟以往一样。"

"判决?！这看上去像是判决？这就跟谋杀一样诡秘。你们全都看到了——这一切被实施得就像谋杀——"

敖佐·卢恩的攻击并非出其不意，但太凶猛了，让他根本无法防守。他反击时打在敖佐·卢恩脸上，可自己眼前一阵发黑。他听到奥耶莉惊叫着，然后一记重拳正中他的侧脸。

他看到自己孤立无援地往后退去，绊倒在潮湿的粮食堆上，有气无力地趴在了牲口圈的地上。

他意识到有尖叫声、叫喊声，有靴子在周围踩来踏去。他感觉到有人踢在自己的肋骨上。当他们把他扶起来，就像扶起那具尸体一样时，他脑子里一阵发蒙——他尽力保护着脑袋别撞到墙上——他们把他带到了外边的大雨中。他耳中只听到隆隆的雷声。

他们把他从台阶上狠狠摔在烂泥里。雨点拍打在他脸上。他趴在那里，意识到自己再也不是敖佐·卢恩的亲兵队长了。从现在起，他们之间的仇恨大白于天下。

雨继续下着。层层浓云在大陆的中心滚滚而过。奥多兰都上空的冷暖气团僵持不下。

远道而来朝气蓬勃的可赞王，赫尔-布拉亥尔·耶普利特的军队被迫放缓前进的步伐，在东方这片碎石嶙峋的山间躲避着。它的部族宁愿进入幽闭状态，也不愿冒着瓢泼大雨前行。

法艮也感觉到了大地的颤抖，那跟折磨奥多兰都的震动有着同样的源头。在遥远的北方，查奥斯古老的裂谷地带正处于剧烈的地质变化中。冰层产生的负重消失了，大地开始震颤着抬升。

在这个阶段，环绕海利科尼亚的大海里到处都是浮冰，甚至远达宽广的赤道地区，蔓延到了南北纬三十五度之间的广大海域。向西的海洋环流形成了一系列海啸，在整个星球的海岸线上肆虐着。洪水时常伴随着火山运动，改变着陆地的形态。

所有这些地质活动都有地球观测站的设备进行监测，芙芮将它称为铠骥。记录到的信息会发送回遥远的地球。银河系之中，从没有哪颗行星像海利科尼亚这样受到如此密切的关注。

栖居在坎普安莱特平原北边的耶尔克和倍耶尔克兽群数量在锐减；它们的牧场受到了威胁。而另一方面，铠骥趁着边缘地带牧草茂盛的时候大肆繁殖，那片地方至今仍然很荒凉。

在热带大陆上有两种剑族的族群：没有铠骥的定居型族群，它们生活在靠近平原的地方；另一种则是饲养着铠骥的迁移部族或游牧部族。不单由于铠骥是天生喜欢迁移的动物，它们的饲料消耗也迫使驯养人不断迁徙来寻找新的牧场。比如，这位年轻的可赞王所率领的军队，其中就包括大量承担着游牧职责的小规模族群，常常都像是准备打仗的样子。实际上，他们的圣战只是一种迁徙的形式，会花费好几十年时间来完成，从东到西掠过整块大陆。

一场地震在可赞王军队附近引发了一场雪崩，这不仅标志着这颗行星地壳隆起的剧变接近尾声，还让赫尔莱格特冰川的融水形成的一条河流改了道。一条新的峡谷打开了。新的河道从中穿过，从此它不再像以前那样往北流，而是向西流去。

这条河冲开一条路奔流直下，成为塔吉萨河的一条支流，向南汇入鹰之海。许多年里，这条河始终黑水滚滚，每天都挟带着数十吨崩碎的山体土石奔流而去。

新河流引发的洪水穿过新的峡谷，迫使一支微不足道的法艮游牧队伍偏离了东去的方向，分散到了奥多兰都方向。他们命中注定要与敖佐·卢恩有一场遭遇。尽管这时候看起来，这次路线的偏离对于剑族自身并没有多么大的影响，但它却改变了这一地区的社会历史。

“阿佛纳斯号”上有人专门研究海利科尼亚文化中的社会历史，但是只有日光仪信号员才会把他们处理的那门科学视为无价之宝——在其他所有信息明了之前。

B星，下面的当地人称之为巴塔利克斯，按照光谱分类，是一颗温和的G4级恒星。它跟太阳相比略小，半径是太阳的0.94倍，从海利科尼亚上看去，它的大小相当于从地球上看到的太阳的百分之七十六。光球层温度只有5600开氏度，因此它的亮度只有太阳的0.8倍。它的年龄大约是五十亿年。

更远的那颗恒星，当地人称作弗雷耶的那个，也就是B星所环绕的那颗恒星，从“阿佛纳斯号”上看去更为巨大。A星是一颗耀眼的亮白色恒星，光谱分类属于A类超巨星，半径是太阳的六十五倍，亮度是其六万倍。它的质量是太阳的14.8倍，表面温度11000K，相比而言，太阳只有5780K。

尽管有学者在持续研究B星，A星却始终具有更强大的吸引力，特别是现在，“阿佛纳斯号”同B星系一起，运动到了距离超巨星更近的地方。

弗雷耶的年龄在一千万年到一千一百万年之间，它已经跨越了主序星阶段，步入了暮年。

它密集的能量倾泻而下，使得海利科尼亚上看到的A星总是比B星更加夺目，不过A星看上去要小一些，全因它的距离更加遥远。它是个让剑族恐惧的东西——而对于芙芮，它值得赞美。

芙芮独自站在她居住的塔楼顶上，望远镜就放在身旁。她等待着，观察着。她感觉到由事物之间那难以捉摸的关联所造就的历史朝着明日流去，就像一条铺满了泥沙的河流；曾经新鲜的事物全都沉淀淤塞住了。在她消沉的意志下有一种尚未系统成形的渴望，渴望置身于更为宏大的事物之中，它比不完美的人类本性能够提供更加广阔纯粹的全景画面。

黑暗降临时，她将再次仰望星辰——如果云层不那么浓密的话。

奥多兰都现在被绿色的屏障环绕着。一天又一天，绿色的叶子舒展开，越长越高，就像大自然有计划地把这座镇子埋藏在森林里。一些更远处的塔楼已经被植物淹没了。

看到一只巨大的白鸟盘旋在一座山岗上空时，她并没有特别在意。她只是看着，羡慕它轻而易举就能翱翔天际、俯瞰大地。

远远传来了男人们的歌声。猎人打了骅骊返回奥多兰都，敖佐·卢恩正在举行宴会，以庆祝他的三位新任亲兵队长上任，谭瑟·恩、法拉林·弗德和伊莱恩·泰尔。他这几个发小取代了达斯卡和雷恩泰尔·阿耶，他俩被降为追猎捕手。

芙芮尽力让自己心平气和，但内心的思绪总是纠结在无望的情绪之中难以自拔——这杂乱的思绪中有她的希望，有达斯卡的希望（她看不透他到底是怎么想的，也就无法让他为自己带来勇气），还有雷恩泰尔·阿耶的希望。她的情绪倒是跟这漫漫长夜相得益彰。巴塔利克斯落下去了，另一个哨兵在一小时后也随之而去。这是男人和野兽为了战胜黑夜做准备的时刻。这个时刻，要么拿出一支残烛，随时留意那些意想不到的意外；要么干脆倒下，一觉睡到大天亮。

从她高踞的地方，芙芮看到奥多兰都的普通人正在归家——不管他是不是心怀远大的抱负。他们中间有一个瘦削的弓着腰的身影——沙耶·泰尔。

沙耶·泰尔和艾敏·理穆回到了塔楼，看上去又脏又累。自从戴特尼尔·斯卡尔被谋杀之后，沙耶·泰尔变得愈加孤僻了。沉默寡言的诅咒也落到了她的身上。眼下，她正尝试着按照那位死去大师的建议，挖一条通往丹尼斯王金字塔的通道，金字塔就屹立在祭祀场外。但尽管有奴隶协助，她还是一无所获。那些去围观她们大兴土木的人要么当面、要么暗地里嘲笑着，因为层层阶梯般的金字塔墙壁不动声色地一直往大地深处延伸下去。每掘进一尺，沙耶·泰尔的嘴角就绷得更紧一些。

芙芮胸中生出一股怜悯，内心的孤独让她更是心有戚戚，于是她索性下去跟沙耶·泰尔聊天。女术士身上似乎并没有多少魔力；在奥多兰都的女人中间她显得尤为独异，她仍然穿着老旧笨拙的裘皮衣，邋邋遢遢地耷拉在身上，令她看上去很不合时宜。别人都穿着骍骊皮衣。

这位老妇人的愁苦折磨着芙芮，她不由得提出了些自己的想法：

“你让自己如此不快乐，夫人。大地之下充满了黑暗与往昔——

不要在那里挖了。”

沙耶·泰尔带着一丝幽默说：“我俩应该都不会把快乐看作自己首要的职责。”

“你的精神太萎靡不振了。”芙芮指了指窗外，“看看那只白鸟，优雅地在空中盘旋。难道这景色不会让你精神为之一振吗？我想要成为那只飞鸟，飞上群星之间。”

多多少少让芙芮有些惊讶，沙耶·泰尔居然真的走到窗前朝芙芮所指的方向看去。然后她转回身来，撩开眉毛上的头发，平静地说：“你注意到没有？那是一只牛鹂。”

“我猜是的。怎么了？”屋里已经笼上了一层阴影。

“难道你没有回想起在鱼湖和其他地方遭遇危险时，那种鸟总是跟法艮很亲近？”

她平静地说着，依然透着学堂的超然气质。芙芮吓到了，意识到自己对于那些最显而易见的事实多么熟视无睹。她捂住了嘴，目光在沙耶·泰尔和艾敏·理穆之间来回跳跃着。

“又一次攻击？我们该怎么办？”

“很明显，我与艾姆布鲁都克领主之间的交流早已断绝了，或者说他与我的交流早已断绝。芙芮，你必须去通知他，当他跟老朋友欢宴的时候，敌人可能已经到了大门口。他该知道，不能依赖我去防御那些野兽，就像我曾经做过的那样。马上去。”

芙芮急匆匆下去之后，雨又淅淅沥沥下了起来。她循着歌声一路赶去。敖佐·卢恩和他的伙计们正坐在金属制造匠人塔楼最底层的那间屋子里。他们的腮帮子被面前丰盛的食物和蜜瑟尔塞得满满的。一只木盘上满满地堆着鹅，配着蘘芷和丝堪蒂，那是主菜；扑鼻的香气让饥肠辘辘的芙芮舌底生津。在场的人包括那三位新任亲兵队长和他们的女人，委员会最新任的大师雷尼尔·莱延，还有朵儿和奥耶莉。这两个姑娘看到芙芮进来十分开心，因为她俩在这里显得有些孤单。

正如芙芮所知——就是萝尔·萨吉尔骄傲宣称的那样——朵儿现在怀着敖佐·卢恩的孩子。

桌上已经点起了蜡烛，狗在桌下的阴影里打转。鹅肉的扑鼻香气和刺鼻的狗尿味儿混在了一起。

尽管男人们热得满面红光，可在这管道加热的屋子里，她仍然感觉不寒而栗。雨点飞了进来，石板地上污水横流。这是一间小小的肮脏屋子，每个角落都挂着蛛网。芙芮紧张地把消息告知敖佐·卢恩的时候，屋里的一切也尽收眼底。

她曾经熟知头顶每一根珩梁上每一道斧劈的痕迹。她的母亲当初是一个为金属制造者干活的奴隶，她在这间屋子里生活过，或者说生活在这里的一个角落，目睹过她母亲每晚失魂落魄的样子。

尽管敖佐·卢恩看上去早就喝得醉醺醺了，可一听这话，他立即蹦了起来。克尔德开始狂吠，朵儿踢了一脚让它安静。其他参加宴会的人傻乎乎地面面相觑，尚未反应过来芙芮带来了什么消息。

敖佐·卢恩在桌子周围大踏步地走起来，给谁下命令就拍一下谁的肩膀。

"谭瑟·恩，向所有人报警，把猎手们叫起来。神灵在上，我们为什么不好好安排守卫？在所有塔楼上安置哨兵，一切就绪之后报告。法拉林·弗德，召集所有女人和孩子，把他们锁在女人屋里确保安全。朵儿、奥耶莉，你俩留在这儿，还有你们其他几个女人。伊莱恩·泰尔，你的嗓门最大——你待在这座塔楼顶上传递消息……雷尼尔·莱延，你负责所有的匠人，让他们立刻防卫起来，快去。"

在一阵急切下达的命令后，他大喊着让所有人行动起来，自己则焦躁地踱着步子。然后他转向芙芮，"好了，女士，我想自己看看事态如何。你们的塔楼是最北边的——我就从那里看吧。所有人，行动起来，最好盼着是虚惊一场吧。"

他快步朝门口走去，那条巨大的猎犬从他身边一窜而出。芙芮最后瞥了一眼香喷喷的鹅肉，跟了上去。很快，叫喊声在古老而斑驳的建筑物之间此起彼伏。雨渐渐停了。盛开的黄色花朵在巷子里重新又挺立了起来。

奥耶莉原本跟在敖佐・卢恩身后，后来又赶到他身边，随他怎么咆哮着赶她走，她只是笑笑。她穿着那件暗蓝和明蓝条纹相间的骅骊皮衣，蹦蹦跳跳，欢欣雀跃。

“我可不常见到你毫无防备、手忙脚乱的样子，父亲。”

他黑着脸瞪了她一眼，而她却只是想到他已经步入暮年了。

在芙芮的塔楼边，他做手势让女儿待着别动，自己跑进了楼里。他顺着破败的楼梯一路攀爬向上，到了沙耶・泰尔居住的那层，她出现在了他的眼前。他只是朝她点了点头，继续往上爬。她跟他到了顶上，嗅到了他的气息。

他倚着胸墙站在那里细细查看天色渐暗的大地，双手搭在眉毛上，双肘平伸，两脚分开。弗雷耶已经偏西，光芒从西方云层的缝隙中洒下。那只牛鹂仍在盘旋，并不太远。在它翅膀下面的灌木丛中看不到有什么动静。

沙耶・泰尔在他宽厚的脊背后面说：“只有一只鸟。”

他没应声。

“所以也许并没有法艮。”

他没有转身，姿势也没有动，说道：“这地方跟我们小时候多么不同呀。”

“是呀。有时候我挺怀念那白茫茫的一片。”

他转过身来，脸上带着某种他努力掩藏的苦涩表情。

“好了，显然并没有什么危险。过来看看吧，如果你想来的话。”

然后，他头也不回地下去了，就像是后悔发出邀请一般。克尔德跟以往一样寸步不离。她跟着下去，朝着其他人等候的地方走去。

雷恩泰尔・阿耶来了，手里拎着长矛应召而来。

他和敖佐·卢恩对视了一下。两个人都没说话。然后，敖佐·卢恩抽出剑，迈着大步朝牛鹂的方向一路小跑而去。

植物很茂密，上面的雨水洒在人们身上。开路的男人扒拉开枝枝杈杈，水都迸在了后面人的脸上，跟在最后的女人最倒霉。

他们在一片新长出来的李子树丛旁转了个弯，那树干还没有人的手臂粗。那边有一座废弃的塔楼，只剩下两层了，上面爬满了植物。在它旁边，在斑驳的石头下，有一条郁郁葱葱的通道，那里正有一个法艮骑着铠骥待在那里。

透过头顶的枝条看得到那只牛鹂，正聒噪地报着警。

男人们止住了步子，女人则本能地挤作一团。克尔德弓着身子狂吠不止。

法艮高坐鞍头，两只角质化的手一齐按在鞍桥上。它的长矛拖在后面耷拉着，毫无作战准备。它大睁着鲜红的眼睛，一只耳朵不停地扑棱，除此而外，它一动不动。

雨水已经浸透了法艮的绒毛，浑身上下一绺一绺的。一根向前弯出的犄角尖挂着一串水珠。铠骥也一动不动，它的头往前伸出，犄角卷曲着弯到下巴又卷上来向上伸出。它的两肋袒露在外，身上满是泥巴和伤口，黄色的血已凝结成块。

这噩梦般的画面被沙耶·泰尔出其不意地打破了。她推开敖佐·卢恩和雷恩泰尔·阿耶挤了过去，独自一人站到了他们前面。她把右手举到头顶好似在发号施令。法艮身上没有出现什么反应，它自然也没有变成冰。

“回来，夫人!”芙芮叫起来，她知道法术已经不灵了。

仿佛是身不由己，沙耶·泰尔往前挪去，全神贯注地向那个跨坐在坐骑上的敌方骑士施加着压力。暮色渐浓，光芒渐逝：这对敌人有利，它们的眼睛能在黑暗中看得一清二楚。

她一步步向前，不得不抬起头看向法艮，小心着出现什么意想不到的状况。而那个生物的镇定让人不寒而栗。越走越近了，她看出这是一个雌性法艮，浸湿的绒毛下显露出沉坠着的棕色乳房。

“沙耶·泰尔，回来!”敖佐·卢恩喊叫着赶上前去，手握宝剑冲到她前面。

这个雌性法艮终于动了。她举起一柄弧形弯刀，一踢胯下坐骑。

铠骥以惊人的速度动了起来——刚才还呆若木鸡，刹那间就顺着小径朝人们猛冲上来，犄角冲着前方。女人们尖叫着钻进淌着水的草木丛中。克尔德不等人招呼就往上冲去，在铠骥突出的下巴底下左躲右闪，想撕咬蹄腕。

雌性法艮张嘴露出了大牙，倚着鞍子冲敖佐·卢恩刺去，他往后一闪，感觉到那柄弯刀贴着鼻子划过。后面稍远处，雷恩泰尔·阿耶把长矛的柄戳在地上，单膝跪地，矛尖指向铠骥的胸口。他就蹲在它冲击的正前方。

但是当这头猛兽从敖佐·卢恩身边轰然而过时，雷恩泰尔·阿耶伸手抓住了铠骥的肚带。就在法艮发起第二次攻击前的间隙，他顺势一荡，飞上了铠骥的后背，坐在了鞍子后面。

看上去他就要从另一侧跌下来了，但他右手搂住了雌性法艮的喉咙稳住身子，脑袋刚好让过那对致命的犄角。

法艮脑袋一晃。她的头颅跟大棒一样沉重。只要一击就能让人失去知觉，但他缩到她肩膀下面狠狠勒住了她的脖子。

铠骥像刚才突然跑起来一样又突然站住了脚，只差几寸就要撞到雷恩泰尔·阿耶的矛尖。它被克尔德纠缠之下，一个急转，狂躁地用犄角冲着那只大猎犬乱甩。就在它蹿蹦跳跃的时候，敖佐·卢恩举起宝剑，拼尽全力刺进了雌性法艮的肋骨，刺进了她体内纠结的肠子。

法艮发出刺耳的尖叫声，踩着皮革镫子站了起来，那声音充满了绝望。她胳膊一甩，把手中的弧形剑甩进了旁边的树丛里。铠骥受到惊吓后人立而起。法艮翻身滚落而下，敖佐·卢恩也被她带了下来。

跌落的时候他用力一挺身，让法艮承受了大部分冲击力，她的左肩咔的一声撞在了地上。

牛鹂从暗淡的天空中猛冲而下，狂叫着要保护它的女主人。它冲到敖佐・卢恩的脸上，克尔德高高跃起用一只前爪拍打它，牛鹂则用弯弯的长喙啄它，狂暴地用翅膀扑打它的脑袋，敖佐・卢恩一把将牛鹂抓住摔在了地上。他手腕一转扭断了它的脖子。大白鸟当即毙命，双翅一动不动扑在了泥泞的小路上。

雌性法艮也已经死了。敖佐·卢恩一脚踏在她身上，气喘吁吁。

他喘着粗气说："砾石在上，我干这种活儿太胖了。"沙耶·泰尔站在一旁哭泣不止。芙芮和奥耶莉去检查那只死去的怪兽，盯着它张着的大嘴，和嘴里渗出的黄色的体液。

他们听到谭瑟·恩在远处叫喊，回应的时候又近了些。敖佐·卢恩踢了踢死去的雌性法艮，让它翻过身躺在地上，黏糊糊的白色液体从下巴淌了出来。那张脸扭曲得很厉害，灰色的皮如同蠕虫一般绷在骨头上。它身上正在换毛，露出一坨坨斑驳的皮肤。

"也许患有某种严重的疾病，"奥耶莉说，"所以它才这么虚弱无力。咱们得离它远点，雷恩泰尔·阿耶。奴隶们会埋了这尸体的。"

不过雷恩泰尔・阿耶已经跪在那里，从尸体的腰间解下了一根绳子。他抬起目光坚定地说："你想让我完成伟大的功绩。也许我能。"

这根绳子很漂亮，如丝般光洁，比奥多兰都任何一根用刺囊兽纤维编的绳子都要漂亮。他把它绕在手臂上。

克尔德正堵着铠骥。那头坐骑比一般人的肩膀还高，站在那里浑身发抖，脑袋扬着，眼珠乱转，没有要逃跑的意思。雷恩泰尔·阿耶用绳子挽了一个套索套在它脖子上。他紧紧拉住它，一步步接近这头浑身哆嗦的动物，直到他能拍到它的身子。

敖佐·卢恩恢复了往日的镇定。谭瑟·恩回来的时候，他正把剑在腿上抹拭着，插回剑鞘。

“我们要保持警戒，但这只是一个落单的……一个快死的逃兵。我们有理由继续我们的宴会，谭瑟·恩。”

他们互相拍打着肩膀，敖佐·卢恩看了看周围。他没有理会雷恩泰尔·阿耶，而是把目光落在了沙耶·泰尔和芙芮身上。

“我们之间并没有分歧，不管你们怎么认为。”他跟那些女人说，“你们发出警报，做得很好。和奥耶莉一起加入我们的庆祝会吧——我的亲兵队长恭候你们大驾光临。”

沙耶·泰尔摇了摇头，“芙芮和我有其他事情要做。”

不过，芙芮记起了喷香的鹅肉。她似乎还能闻到它。为了这美味佳肴，什么都值得忍一忍，哪怕是那间令她厌恶的房间。她心情复杂地看着沙耶·泰尔，不过她的胃终于占了上风。她热情地吼了起来。

她告诉敖佐·卢恩：“我会去的。”兴奋得满脸通红。

雷恩泰尔·阿耶抚摸着颤抖的铠獶。奥耶莉跟他站在一起。她转向父亲冷冷地说：“我不去了。我跟雷恩泰尔·阿耶在一起更开心。”

“随你的便——一如既往。”说着，他顺着小路跟谭瑟·恩一起迈着大步走了，撇下芙芮在后面孤零零地拼命追赶。

那头铠獶站在那里，被绑住的脑袋上下甩个不停，斜眼看着雷恩泰尔·阿耶。

“我要把你养成一只宠物，”他说，“我们应该骑着你，奥耶莉和我，骑着你跨过草原和大山。”

他们一起挤过拥挤的人群，那些人挤在那里都想看看被打败的敌人的尸体。他俩一起回到艾姆布鲁都克，塔楼映在弗雷耶最后一抹阳光中，犹如糟朽的牙齿竖立在那里。他俩手拉着手漫步而行，这一刻，两人心意相通，身后牵着那头浑身哆嗦的牲口。

X

雷恩泰尔·阿耶的成就

大草原上目力所及之处，盛开的鲜花汇成层峦叠嶂的彩带，一直蔓延到任何人甩开双腿都无法到达的远方。白色、黄色、橙色、蓝色、翠绿、樱桃红，一场花瓣雨的风暴席卷了辽阔无际的大地，涤荡着奥多兰都的墙壁，把这个村落融进了色彩缤纷的波涛之中。

雨水带来了鲜花，雨水又离去。鲜花留了下来，铺满大地，直至天尽头，它们在地平线上腾腾翻滚的热气中跃动着，仿佛那辽远的距离也会给春天抹上一层别样的色彩。

这广袤的美景被拦在了外面。

雷恩泰尔·阿耶和达斯卡干完了。他俩正跟朋友们一起检查自己的成果。

他们利用树苗和荆棘修起了一圈围墙。他们砍倒新生长出来的树木，树汁从他们的刀锋流到手腕上。树苗被修剪整齐，作为围障的栏杆。纵横交错的枝条和整片荆棘绑在一起。围栏排布得几乎密不透风，足有一人多高，中间围起了一片一公顷大小的土地。

这片新修的围栏中心站立着一头铠骥，抗拒着任何想要驾驭它的企图。

铠骥的女主人，那个雌性法艮就在她倒下的地方任其腐烂，风俗历来如此。一直等到三天之后，当梅科和另外两个奴隶受命去掩埋尸体时，它已经开始发臭了。

花朵浑不在意地挂在铠骥嘴巴下面，就好像是它流下的口水。它吃了满满一嘴粉红色的花。在囚禁中吃这些花似乎并不合它的口味，这头巨大而消瘦的动物高昂着头站在那里，眼睛越过栅栏望着远方，忘了咀嚼。它偶尔高高抬腿挪动几步，然后又回到原先那个视线更好的地方，它的眼珠露着白边。

当它向下卷曲的犄角纠缠进荆棘丛里，它就耐心地晃着脑袋让自己解脱出来。它相当强壮，足以冲破栅栏奔向自由，但它缺乏这种信念。它只是眺望着自由，大张着鼻孔一声声喷出叹息。

雷恩泰尔·阿耶说："如果法艮能骑它，那我们也能。我骑过一只刺囊兽。"他拎起一桶蜜瑟尔放到那动物身边。铠骥嗅了嗅，往后退开，甩了甩头表示不喜欢。

达斯卡说："我可得去睡一觉了。"这是他好几个钟头以来说的唯一一句话。他爬着钻过栅栏，四仰八叉躺在了地上，屈着腿，膝盖支着天，双手抱在脑后，合上了双眼。飞虫在他周围嗡嗡乱响。驯服这头动物的工作让人一筹莫展，他和雷恩泰尔·阿耶唯一的收获就是身上多了几道伤口。

雷恩泰尔·阿耶抹了抹额头，开始用另一个法子对付这头猎物。

它低垂着颀长的脑袋，轻轻地喷着气。他意识到那对犄角正朝着他，于是发出诱哄的声音，摆出要蹦到一边的架势。这头巨兽甩了甩耳朵拍打着犄角根部，转过了身子。

雷恩泰尔·阿耶控制住呼吸，又往前走了几步。自从他和奥耶莉在水池边亲热后，她的美就沁入了他的精魂。那浓浓的、充满爱意的许诺就像头顶一根遥不可及的高枝，必须让自己朝着幻想之中她想要的那件丰功伟绩进发。他每天早上醒来都会感觉自己在梦里窒息于她的肉体之中，就像是埋在一大丛犬绒蓟花下面。如果他能驯服并骑乘铠骥，她就是他的了。

但铠骥依然拒绝人类所有的示好。每当他靠近，它就站在那里等着。它腿后面的肌肉抖动着。在他就要得手的时候，它却从他伸开的手边蹦开了，一跃而起躲到一旁，让他只能从它的肩头看到那对犄角。

头天夜里，他就跟它一起睡在围栏里——或者说时不时打个盹儿，生怕被它踩踏在蹄子下面。这家伙仍然拒绝从他手里接受吃喝，每次他靠近时都会躲开。这种戏码已经重复了上百遍。

最终，雷恩泰尔·阿耶放弃了。扔下达斯卡在那里睡觉，自己返回奥多兰都去想新招。

三个小时之后，当钟啸泉响起时，一个形貌古怪的法艮靠近了围场。它笨拙地挤过栅栏，一绺潮湿的黄色绒毛被荆棘扯了下来，像死鸟一样挂在枝条上。

这个怪人拖着步子朝铠骥走去。

披着这身皮很热，也很臭。雷恩泰尔·阿耶在脸上蒙了一块布，用一小丛蕤芷堵在鼻子上。他让两个博里恩奴隶去把死了三天的尸体挖出来，剥下皮。雷尼尔·莱延把这张皮用卤水浸了，去掉一些恶心的东西。奥耶莉陪着他回到围场，跟达斯卡站在一起，等着看会发生什么。

铠骥低下头疑惑地轻轻呼着气。它死去的女主人所用的鞍具配着华丽的镫子，仍然用肚带绑在它身上。雷恩泰尔·阿耶一摸到这头大惑不解的牲口，就顺势抬脚踩镫一翻身坐到了鞍子上。他终于骑了上去，在这头坐骑背上那个矮矮的单峰前面安坐下来。

法艮骑乘的时候没有缰绳，他们通常在坐骑的脖子上蜷缩着或是抓住沿后脖脊生长的粗硬卷毛。雷恩泰尔·阿耶紧紧抓住鬃毛，等着它下一个反应。他从眼角看到有其他村民来了，正走过沃雷尔河大桥跟着奥耶莉和达斯卡一起看热闹。

铠骥静静地站着，依旧低着头，好像是在试身上负担的分量。然后，它缓缓地做出了一个怪异的动作，它把脖子往下蜷，让它的头蜷到了下面，让它的眼睛能从下往上看着骑手。它的目光正对着雷恩泰尔·阿耶的目光。

这只动物一直保持着这个奇特的姿势，但身子已经开始发抖。

抖动越来越厉害，就像是随着心跳引发了全身的搏动，仿佛是一颗小小的行星在地震。不过，它的眼珠仍然死死盯着背上的那个家伙，它似乎动弹不得了。雷恩泰尔·阿耶一动不动地待着，随着铠骥的抖动也一起动了起来。他一直往下盯着它那张扭曲的脸，他后来才明白，那张脸上呈现出来的是一种紧张而又痛苦的表情。

铠骥终于动起来了，就像释放了的弹簧一样向上猛蹿。这一动简直一气呵成，它竖起身子高高跃向空中，像猫一样弓着背，把粗短的腿蜷缩在了肚子下面。这就是铠骥那种颇具传奇色彩的跳跃，如今他终于亲身体验了。这一跃轻而易举就越过了围栏，甚至都没有碰到围栏顶上的荆棘丛。

当它落地的时候，垂下的脑袋缩在两条前腿之间，犄角卷回来往上探出，于是它的脖子先着了地。一支犄角当场扎进了它的心脏。它重重跌倒，踢腾了两下。雷恩泰尔·阿耶腾身一跃，滚到一旁趴在了三叶草丛中。

在他哆嗦着站起来之前他就知道，这头铠骥已经死了。

他扯下身上腥臭的法艮皮，在头上甩个圈丢了出去，法艮皮被挂在树枝中落在了那里。他沮丧地咒骂着，感觉脑子里热得可怕。再也没有更直接的证据来表明人类与法艮之间的仇恨了，连铠骥都宁死不屈。

他朝奥耶莉迈出一步，她正向他跑来。他看到了后面的村民，还有那落英缤纷、层层叠叠的彩带。眼花缭乱的色彩乘着翅膀腾空而起，让天空变成了多彩的海洋。他向着那五彩的天空飘了上去。

足足有六天，雷恩泰尔·阿耶高烧不止，他的身上长满了火焰般的红疹。老萝尔·萨吉尔来了，把鹅油抹在他的皮肤上。奥耶莉坐在他身边。敖佐·卢恩来了，低头看着他，一言不发。敖佐·卢恩由朵儿陪着，她已经身怀六甲，他不会让她留在这里的。他离开时抹了抹胡须，若有所思。

第七天，雷恩泰尔·阿耶重新披上骍骊皮衣返回了大草原，心里又有了新的计划。

他们修起来的那道围栏看上去更浑然天成了，到处都长出了绿芽。

围场外面，成群的骅骊在色彩斑斓的草场上啃吃着嫩草。

“我不想就这么承认失败，”雷恩泰尔·阿耶对达斯卡说，“如果不能骑铠骥，那就骑骅骊。它们不是我们的敌人，跟铠骥不一样，它们的血液跟我们一样是红色的。看看咱俩能不能抓住一只。”

他俩都穿着骅骊皮衣。他们选中了一头长着白棕条纹的，手膝着地慢慢靠近它。它正在歇息。就在即将被逮住的最后一刻，它纵起身子嫌恶地跑掉了。

于是，他俩又尝试从不同方向靠近，这时候，其他的骅骊会在周围看热闹。有一回，达斯卡近得几乎能碰到那头动物的皮毛，可它龇了龇牙逃走了。

他们拿起那条从雌性法艮身上取来的绳子，试着套住那些动物。他们在平原上跑了好几个小时追赶骅骊。

他们爬上新长出来的大树，躺在枝杈中间等着，套索随时就位。骅骊活蹦乱跳地在近旁跑着，相互挤挤攘攘嘶叫着。但是，没有一只冒险跑到树下。

黄昏时分，两个人终于筋疲力尽没了热情。附近那头铠骥的尸体上聚集着几只兀鹫撕扯不休，它们风度翩翩的姿态与正在吞食的那堆金色烂肉形成了鲜明的对比。这时候，舌剑兽也来了，驱赶着这场盛宴上的鸟群，双方争执起来。天很快就要黑了。

两个人去了更为安全的围场里就寝，吃了些烙饼和咸鹅蛋，然后睡了。

达斯卡早上第一个醒来。他用一个胳膊肘支起身子，立即被眼前的所见震撼，几乎不敢相信自己的眼睛。

在寒意未退的黎明中，色彩刚刚呈现在这世界上。灰色的雾气浮在地面，把那座古老的村落完全掩藏了起来。整个世界都笼罩在一层浓浓的灰绿色雾气当中，这是这些日子里巴塔利克斯日出特有的景色。现在，就在这片围栏里，居然有四头骅骊，它们正在啃吃青草，仿佛四尊骅骊的白镴像。

他用靴子捅醒了雷恩泰尔·阿耶。他俩一起贴着地面，从湿漉漉的草地上爬行着钻出荆棘栅栏。一出围场，他们就静静地站起身来，望着对方面露喜色，相互拍打着肩膀，尽力忍住笑声。

毫无疑问，这些骅骊是为了躲避舌剑兽找到了一个避难所。可现在它们陷入了更大的麻烦。

他俩抽出刀子，割下鬃穗荆棘，浑不在意荆棘刺在身上割出伤口。这些坚韧的灌木甚至可以在冰天雪地里生长，那时候每一簇叶片芽体都卷在穗子里。现在穗子展开了，呈现出铜绿色，袒露出荆棘本身银丝般的曲线。

骅骊在围栏上冲开豁口钻了进去。用荆棘把洞口修补好费不了多少事，很快就把那四头动物圈住了。

然后，雷恩泰尔·阿耶和达斯卡就一个问题发生了争执。达斯卡认为不应该给这些动物喝水，等到它们虚弱无力时自然就驯服了。雷恩泰尔·阿耶则认为，额外的美食和成桶的水胜过对抗。最终他的想法更为坚定，占了上风。

但是，要让这些野兽成为坐骑，还有很长的路要走。接下来的十天时间，他们同心协力，夜晚一天比一天短，他们每天晚上都睡在围栏里。这些猎物成了轰动一时的新闻，所有人蜂拥着跨过沃雷尔河大桥来看这个乐子。敖佐·卢恩和他的亲兵队长每天都来。奥耶莉一开始也来看看，可骅骊总是奋力抗拒着他们想要成为骑士的努力，她终于失去了兴趣。芙芮也经常来，身边总是有艾敏·理穆陪着，艾敏·理穆怀里还抱着新生的婴儿。

最后，直到这两个年轻的猎人想到要把这片围场分隔成四块，驯化工作才终于有了进展。这些动物相互一隔开就变得垂头丧气，耷拉着脑袋站在那里，拒绝吃喝。

雷恩泰尔·阿耶已经开始用大麦面包喂它们。他给这些食物里加了雷瑟尔酒。在普拉斯特的塔楼里，雷瑟尔酒的贮存量持续增加。男人们如今都更喜欢口味更甜的蜜瑟尔或是大麦酒，艾姆布鲁都克的传统饮品已经过时了。这种状况产生了一个后果——女人从采集卜拉希米蒲碎皮的工作中解脱了出来，转而去新开垦的农田里干活。雷瑟尔酒足够富余，可以用来喂这四头骅骊。

少许酒配上面包，足以让被俘获的这几只动物开心地撒欢儿，然后醉意涌上，动作开始变得迟缓，眼皮也沉重起来。就在它们睁不开眼的时候，雷恩泰尔·阿耶在一只骅骊的脖子上套了一根皮带，他们给这只起名叫大金子。他一跃而起骑了上去。大金子用两条后腿人立而起连蹦带跳，雷恩泰尔·阿耶在它背上坚持了足有一分钟。第二次尝试的时候，他骑的时间久了些。最终的胜利者是他。

达斯卡很快就骑上了另一头，起名叫炫光。

“神灵在上，这可比坐在冒着烟的刺囊兽身上好多了！”他们驾着坐骑在围场里跑圈时，雷恩泰尔·阿耶高叫着，“我们骑着它能去任何地方——去帕诺威尔，去大地的尽头，到大海的边际！”

最后他们跃下坐骑相互捶打着，颇有成就感地放声大笑。

“让奥耶莉看到我骑着它进入奥多兰都，她就再也不会跟我作对了。”

达斯卡说：“女人会作对？这事儿可真新鲜。”

等到对坐骑有了十足的把握，他们就牵着过桥进了镇子。居民们都开心地拥了出来，仿佛感受到巨大的社会变革即将降临在他们身上。从这天开始，一切都会不一样了。

敖佐·卢恩出现了，伊莱恩·泰尔和法拉林·弗德随同左右，他宣称剩下那两只骅骊有一只是他的，那只名叫灰影。他的亲兵队长们开始为余下的那只争吵起来。

“抱歉，朋友们，最后那只是奥耶莉的。”雷恩泰尔·阿耶说。

“奥耶莉不能骑骅骊。”敖佐·卢恩说，“打消这个念头吧，雷恩泰尔·阿耶。骅骊是属于男人的……它们为我们展现了巨大的可能性。骑着骅骊，我们就能跟法艮平起平坐了，还有查奥斯人、帕诺威尔人，以及任何你叫得出名字的种族。”

他一跃跨上灰影，眺望着辽阔的大地。他展望着一个时代的到来，他率领的将不只是几个猎人，而是一支军队——上百个男人，甚至两百个，全都骑着坐骑，让敌人闻风丧胆。每一次征服都会让奥多兰都更富有，更安全。奥多兰都的旗帜将飘扬在那辽阔无际的平原上。

他垂目看了看雷恩泰尔·阿耶和达斯卡，他俩正站在街巷中间，手里握着缰绳。他黝黑的脸膛一颤，咧嘴笑了：

“你们干得很好。我们要让昨天埋葬在从前的冰雪之中。作为艾姆布鲁都克的领主，我任命你们为西部大草原的领主。”

他身子向前一探，握住了雷恩泰尔·阿耶的手。

“接受你的新头衔吧。从现在开始，你和你那位沉默寡言的朋友负责管理所有的骅骊。它们都是你们的——那是我的赏赐。我预见到你们将大有作为。你们有责任也有特权。只有我一个人可不行，你们很清楚。我希望尽可能快地让所有猎人都能骑上浑身条纹的骅骊。”

“我想要你的女儿做我的女人，敖佐·卢恩。”

敖佐·卢恩一抹胡须，“你去忙骅骊吧。我女儿的事情由我操心。”他的脸仿佛笼上了一层面纱，表明他并不赞成这门亲事；如果有什么人是他权力的竞争对手，那也不会是那三个殷勤的亲兵队长，而是雷恩泰尔·阿耶。把他跟奥耶莉绑在一起，会产生某种潜在的威胁。然而他狡猾地并没有阻止自己那个任性女儿对雷恩泰尔·阿耶的爱意。他想要的是一个百依百顺的雷恩泰尔·阿耶，还要有一支武装的大军，骑乘的武士。

尽管他的愿景宏大得不着边际，然而当所有他梦想的那些事情被其他人成百上千次尝试之后，那个纪元必然会到来。就在他和达斯卡还有雷恩泰尔·阿耶第一次骑在色彩斑斓的骅骊背上的时候，那个纪元拉开了帷幕。

为这梦想所激励，敖佐·卢恩摆脱了好天气带来的懒惰，变成了一个实干的人。他已经激励自己的臣民修建了一座桥：现在又有了一个牲口圈、一道围栏，还有了一家作坊，那里专门制造挽具和鞍具。那个死去法艮使用的鞍子带有可调整的脚镫，那就是现成的样品，便依着它给奥多兰都制造鞍具。

就像当初捕鹿时用鹿作诱饵，驯化的骅骊也用于诱捕，于是捕获了更多的野生骅骊。不管猎人们怎么反对，所有人都必须学习骑乘和驾驭。很快，每个人都有了自己的骅骊坐骑。徒步狩猎的时代结束了。

饲料是个无法回避的问题。女人们被要求去耕种更多的燕麦田，甚至连老人也被派出去干力所能及的事情，比如围着农田修起栅栏，阻挡骅骊和其他偷食的动物。考察队出去寻找更多的新生卜拉希米蒲树，一找到，骅骊就能吃磨碎的卜拉希米蒲了——在寒冷黑暗的岁月里，它们就是以幽闭兽的形态在这种植物里避难。

随着所有这些新变化，权力日益变得重要起来，而最伟大的变革莫过于建造磨坊。一头骅骊一圈又一圈转磨，把谷物磨碎，女人从长久以来的清晨琐事中解放了出来。

几个星期之内，甚至也就几天之内，骅骊引发的变革一发不可收拾。奥多兰都焕然一新。

这个地方的成员数量翻了番：因为每一个人都有了一头骅骊。在每一座塔楼的底层，骅骊跟猪与山羊豢养在一起。每条巷子里，都能看到戴着辔头的骅骊嚼着草料。顺着沃雷尔河沿岸，到处都有洗刷饮遛的骅骊，并用来进行交易。在镇子的大门外，修起了原始的围场和马戏场，骅骊成了表演的主角。到处都是骅骊。塔楼里，闲谈里，梦里。

这些衍生的变革刺激了新的野望，敖佐·卢恩推进了他把猎人变成骑兵的计划。他们不停地操练。猎人那自古以来的职责被遗忘了。肉食变得稀缺起来，能得到更多肉食的许诺倒是越来越多。为了消除抱怨，敖佐·卢恩策划了骑兵的第一次侵袭。

他和他的亲兵队长们选择了东南方一座名为范利安的小镇作为目标，那是博里恩的辖区。范利安坐落在沃雷尔河上，河流从那里进入一条峡谷。它的东面高耸着破碎的岩壁作为天然屏障，上面布满了蜂窝般的洞穴。居民们筑起堤坝拦住河水，形成一串浅浅的湖泊，他们在里面养鱼，这是他们的主要食物。有时候，商人会带着干鱼到奥多兰都。范利安有两百多居民，比奥多兰都的规模要大，但是没有能和石头塔楼相比的要塞。它会被出其不意地消灭掉。

参与突袭的骑兵有三十一个人。他们在巴塔利克斯黎明时分发起攻击，那时范利安人刚刚走出洞穴要去打鱼。尽管他们的镇子周围沟壑纵横，后面还倚着陡峭的岩壁，但骅骊轻而易举地攀爬上去，居高临下地压在了这些无助者的头上，骑手们发出狂野的吼叫，刺出手中的长矛。

两个小时不到，范利安被摧毁了。男人被杀掉，女人被蹂躏；小屋被焚烧，洞穴里腾起了火焰，围起人工湖的堤坝被破坏。废墟中举行了一场庆功宴，喝掉了许多当地自酿的啤酒。敖佐·卢恩发表了一番演说，盛赞他的手下和坐骑。骑兵没有伤亡，只有一头骅骊被一个范利安人刺了致命的一剑。

双方实力悬殊，胜利唾手而得，因为范利安人看到浑身上下色彩斑斓的人骑着颜色绚烂的坐骑冲来时，全都吓得目瞪口呆。他们大张着嘴站在那里一动不动，等待死神降临。只有少年和幼儿逃过一劫。这些人被迫聚拢起他们的牲口朝着奥多兰都去了，他们把自己的猪、山羊、牛赶在前面。六名骑兵被挑选出来看管这些人，他们花了一天时间才走完这段路，而敖佐·卢恩和他凯旋的亲兵队长们仅仅只花了一个小时。

范利安之战被盛赞为一次伟大的胜利，于是需要进行更多的征服。敖佐·卢恩巩固了他的统治权，人们则认识到了一个问题：征服需要牺牲。当骑兵又一次凯旋时，领主宣示了他的意愿：

“我们永远都不会回到过去了。”他双手叉腰，两脚分开，高声演说着。一个奴隶站在他身后牵着灰影的缰绳。“奥多兰都将成为一个伟大的地方，就像传说里那逝去岁月中的艾姆布鲁都克。我们现在跟法艮平起平坐。每个人都会惧怕我们，我们会变得富有。我们要得到更多的土地，会有更多的奴隶来照料这片土地。很快，我们就要去袭击博里恩本土。我们需要更多的人，现在还不够多。你们这些女人要给我们生更多的孩子。当我们向着遥远广阔的大地扩张时，婴儿将会在鞍子上出生。”

高邑甲·辛、梅科和其他人看守着囚徒，这些可怜的家伙挤作一团。敖佐·卢恩指着这些人说：“这些人将为我们干活，就像骅骊一样。但在一段时间里，我们所有人必须加倍努力地劳动，而吃的会少一些，好让那一切成为现实。别让我听到你们的抱怨。只要是英雄，都会渴望那即将属于我们的伟业。”

达斯卡抓挠着大腿，挑起一条眉毛看着雷恩泰尔·阿耶，“看看我们开启了什么。”

但是，雷恩泰尔·阿耶正在兴头上。不管他对敖佐·卢恩有什么感受，他相信这位长者所说的许多东西都能成真。当然了，没什么比骑在骅骊背上更带劲的，随着它欢蹦跳跃，风会吹拂脸庞，大地在脚下轰鸣。他从未有过这么美妙的感觉——除了一件事。

他把奥耶莉搂在身边，对她说：“你听到你父亲说的了。我完成了一件伟大的事情——历史上最伟大的事情之一。我驯服了骅骊。那正是你希望的，不是吗？现在你必须做我的女人。”

可她推开了他，“你闻闻自己，你就像是一头骅骊，跟父亲一样。自从你病过之后，就什么好听话都不讲了，满嘴都是那种蠢牲口，可它们有用的只有那张皮。父亲只谈论灰影，你只说大金子。做些能让生活更美好的事情吧，而不是让生活更糟。如果我是你的女人，我永远都见不到你，因为你整天都骑着坐骑在外面跑。你们男人骑上骅骊就跟疯了一样。”

女人们的感受大都像奥耶莉所说的那样。她们只感受到骅骊狂热带来的负面影响，而完全体会不到那种兴奋。她们被迫在田里干活，不再有时间享受慵懒的午后时光，以及去拜访学堂。

只有沙耶·泰尔对这些动物抱有浓厚的兴趣。野生的骅骊不再像以前那样遍地都是了。它们最后终于产生警觉，迁去了西方和南方的新草场，好躲避捕猎与屠杀。是沙耶·泰尔倡议雌雄搭配成对饲养。她在丹尼斯王的金字塔旁设了一个配种场，很快就有了新生的小驹子。那是一头家养的温驯动物，不管要它干什么都很容易进行训练。

她给其中最棒的一头雌兽取名为忠影。她精心照料着每一头怀着小驹的牲口，但忠影引起了她特别的关注。她知道要握住一根缰绳，能让她按自己的意愿离开奥多兰都，去往那遥远的锡伯纳尔。

XI

沙耶·泰尔离去

暴雨骄阳之下，奥多兰都在扩张。不等它那些勤劳的民众意识到发生了什么，它便已经跨过了沃雷尔河，跃过了遍布湿地的支流区域往北方扩张而去，蔓延到了草原的围场上以及遍生卜拉希米蒲树的丘陵地带。

更多的桥梁修了起来。但永远不如第一座那么富有传奇色彩。匠人们已经重新学会了把厚木板锯开的技艺，木匠走到了前台——既有自由民也有奴隶——对于他们来说，拱桥、榫头、连接部件几乎都不在话下。

在一座又一座桥梁的另一头，新的田地开垦出来并围上了栅栏，修起了猪圈和鹅栏。食物的生产数量自然得到了大规模增长，用来喂养不断增多的驯化的骍骊，也用来给那些照料新田地的奴隶提供食物。在田野之间、田野之外，顺着老艾姆布鲁都克的走向修筑起新的塔楼，供奴隶和他们的主人居住。这些塔楼按学堂提出的方案，用土坯而不是石头建造，只筑起两层而不是五层。有时候雨水很大，会冲毁墙壁。奥多兰都人对此并不怎么在意，因为那些新房子是让奴隶居住的。但奴隶自己很在意——经过试验，他们学会了用谷田里收割下来的秸草做茅草屋顶，有此保护的土坯房在大暴雨时也不会受到损坏。

在田野与新塔楼之外，是敖佐·卢恩骑兵巡逻的马道。奥多兰都不再只是一个镇子，也是一个兵营。未经允许，任何人不许进出，商人区除外——这里被称为通灵区——这片区域往南扩展了出去。

要养活一位高傲的骑兵武士，就要有六个人在田间辛勤耕作。不过收成很好。土地在经过长久的息耕后十分丰腴。普拉斯特塔楼在寒冷年代的首要作用是贮存盐，其次是贮存雷瑟尔酒，现在它则用来贮存粮食。塔楼外的地面被轧平，女人和奴隶在扬场劳作。男人用木铲翻动着谷物，女人用绷着皮子的木框扇着风，扇去麸皮。这活儿让人汗流浃背，以至于无暇顾及稳重端庄的仪表。女人，至少是那些年轻的女子，干脆甩掉了轻便的上衣，裸着上身干活。

尘土四起，撒落在女人汗湿的皮肤上，沾在她们脸上，仿佛给她们的肌肤抹上了一层细绒。尘埃腾起，就像一座缥缈的金字塔，在阳光下闪着金色，随风四散，沉积在楼梯台阶上，沾污了植物的叶子。

谭瑟·恩和法拉林·弗德骑乘而来，敖佐·卢恩和伊莱恩·泰尔、达斯卡以及更年轻的猎手们跟在后面。他们狩猎归来，带着几头鹿。

好一会儿工夫，他们就安逸地坐在鞍子上欣赏着劳动的女人。女人中间就有那三位亲兵队长的妻子，她们对于当家的那些说笑熟视无睹。架子扇动起飞扬的谷物，男人们惬意地把身子倚在鞍桥上，麸皮和尘土肆意飞扬，遮蔽了阳光。

朵儿出现了，慢慢走着，她怀了孩子，身子很沉，那个年老的法艮梅科走在她身边，赶着她的鹅。跟她一起来的是沙耶·泰尔，她跟丰满的朵儿站在一起更显骨瘦如柴。当这两个女人看到艾姆布鲁都克领主和他的手下时，不由得停下脚步，四目相对。

“什么都别跟敖佐·卢恩讲。”沙耶·泰尔提醒说。

“他也就是现在才显得温顺些，”朵儿说，“他希望有个儿子呢。”

她迈步向前走到了灰影身边。敖佐·卢恩看着她，什么都没说。

她拍了拍他的膝盖，“曾经有祭司以乌特拉之名保佑收成，曾经有祭司保佑新生儿，祭司照管着一切，男人和女人，高等的和低等的。我们需要他们。你就不能给我们抓些祭司来吗？”

“乌特拉！”敖佐·卢恩高喊一声，往尘土里啐了一口。

“这可不是回答。”

他浓黑的眉毛和睫毛蒙上了一层飘浮在空气中的金色粉末，他凝重的目光越过朵儿望向沙耶·泰尔站立的地方，她面色发黑，脸庞消瘦，面孔就和那空无一人的小巷一样，看不到任何表情。

“朵儿，她刚才正跟你说话来着，是吗？你对乌特拉知道些什么？在乎些什么？伟大的玉理赶走了他，我们的先辈抛弃了祭司。他们只知道饭来张口。为什么我们强大而博里恩孱弱？因为我们没有祭司。

忘掉这毫无意义的东西吧，别拿这事儿来烦我。”

朵儿噘着嘴说：“沙耶·泰尔说幽魂很愤怒，因为我们没有祭司。是这样吗，沙耶·泰尔？”她转过头顺着肩膀恳求地望向那位老妇人，她仍一动不动。

“幽魂总是很愤怒。”敖佐·卢恩说着，转身想走。

“他们在下面抽动，就像躺在长满虱子的床上。”伊莱恩·泰尔赞同着，同时指着大地大笑起来。他是个大块头，脸蛋通红，他笑的时候脸蛋不住地抖动。他越来越像是敖佐·卢恩的亲信，而另两个亲兵队长则更像是副手的角色。

沙耶·泰尔往前迈了一步，说：“敖佐·卢恩，撇开我们的繁荣不说，我们奥多兰都人总是存在着分歧。伟大的玉理不希望这样。祭司可以帮助我们成为一个更加团结的部落。”

他低头看着她，缓缓地从骅骊背上下来，面对着她站在那里。朵儿被推到了一边。

“如果我让你沉默，就等于是让朵儿沉默。没有人想要祭司回来。你想让他们回来，只是因为他们会助长你对于学习的渴望。学习是一种欲望，会从中滋生好吃懒做。你知道这点，但是你真他妈的倔强，你就是不会放弃！如果你想的话，就让你自己挨饿好了，但是奥多兰都其他人都长胖了——看看你自己。我们没有祭司，没有你的学识，却都长胖了。”

沙耶·泰尔的脸拧了起来。她用很小的声音说：“我不希望跟你争论，敖佐·卢恩。我很厌恶那样。但你所说并非实情。我们之所以能在某些方面能繁荣起来就是因为有了知识，那些桥、房子——那都是学堂为部落贡献的点子。”

“别惹怒我，妇人。”

她垂头看着地面，说：“我知道你恨我。我知道戴特尼尔大师为什么被杀。”

“我所憎恨的是分歧，没完没了的分歧！”敖佐·卢恩吼道，“我们依靠集体的努力而生存，而且总能成功。”

沙耶·泰尔说：“但我们只能通过个性来成长。”她的脸色更加苍白，而他的脸涌起了血色。

他做了个暴躁的手势，“看看你吧，玉理在上！记住当你还是个孩子时这地方是什么样子。试着理解一下我们是怎么依靠共同的努力把它建造成现在这个样子的。不要站在我面前跟我争执。看看我那些亲兵队长的女人——晃着奶子，跟其他所有人一起干活。为什么你从来都不跟她们在一起？总是那么偏激，总是有那么多不满，总是在发牢骚?!”

“要让我说，那是因为没有奶子可晃。”伊莱恩·泰尔窃笑着说。

这番议论是为了向他的朋友谭瑟·恩和法拉林·弗德打趣，但这话也钻进了年轻猎人的耳朵里，他们爆发出嘲弄的笑声——所有人，除了达斯卡，他弓着身子静静地坐在鞍子上，警觉地审视着参与这场闹剧的人。

沙耶·泰尔也听到了伊莱恩·泰尔的议论，由于他是她的远房亲戚，这话更让她觉得刺痛。她的眼睛里闪动着泪花和愤慨。

“够了！我不会再听你和你朋友的侮辱。我不再为你们操心了，敖佐·卢恩，我不再争执。这是你看到我的最后一眼，你这榆木脑袋，你真是一个令人失望、背信弃义的恶霸——你，还有你床上那头怀了孕的小母牛！在明天弗雷耶黎明时分，我将永远离开奥多兰都。我要独自离去，骑着我的坐骑忠影出发，再也不会有人见到我。”

敖佐·卢恩一挥手臂，道：“没有我的允许，任何人都不能离开奥多兰都。你不能离开这里，直到你匍匐在我的脚下求我放你走。”

沙耶·泰尔厉声道：“我们明天走着瞧！”她脚下一转，扯了扯那身黑色的裘皮衣紧紧裹住身子，朝着北大门走去。

朵儿满面通红，“让她走，敖佐·卢恩，把她赶出去。总算是走了。

‘怀孕的母牛’，真是个无情无义的东西！”

“你别掺和这事儿。我会用自己的方式处理。”

“我猜你打算杀了她，就跟对付其他人一样。”

他轻蔑地轻轻扇了她一巴掌，眼睛却定定望着沙耶·泰尔远去的背影。

入夜了，已经到了睡觉的时间，而巴塔利克斯仍然在天边熊熊燃烧。奴隶们都在暮昏天色中沉沉入睡，一些自由民仍在周围徘徊。而大塔楼顶层的屋子里，委员会正在开全体会议，参会的有七个古老匠人组织的大师，加上两个新晋的大师，那是新组建的两个匠人组织，马具和金属件作坊，以及服装作坊。在场的还有敖佐·卢恩的三个亲兵队长和一位西部大草原领主，达斯卡。艾姆布鲁都克的领主主持会议，侍女让他们酒杯里的蜜瑟尔或自酿啤酒随时都是满满的。

经过一番讨论之后，敖佐·卢恩说：“英格桑·阿缀，跟我们说说你对这个问题的看法。”

他招呼着那位年长的大师。这位大师留着灰胡须，统领着金属制造者匠人组织，到目前为止他什么都没说。岁月压弯了英格桑·阿缀的脊梁，他稀疏的头发变成了白色，让他本就宽大的头颅看上去格外显眼。为此，他被视为是很有智慧的。他总是一副慈眉善目的样子，眼睛被褶皱的眼皮盖着，看上去总有点谨小慎微。他踞坐在地板上堆着的兽皮中，这是为了让他舒服些特意堆放在那里的，被点名的他笑着说：“我的领主，艾姆布鲁都克的匠人依照传统要保护女人。不管怎么说，当猎人们去原野上时，女人是我们的劳动主力，甚至不止如此。当然，我承认，时代变了，跟沃尔·恩领主的时代不同了，但女人仍然是传承许多种知识的渠道。我们没有书籍，但女人都记得，而且还传承着部落的传奇故事，比如不论何时都会在宴会上讲述的《伟大的传说》……”

“那么您的观点，请讲，英格桑·阿缀……”

“啊，我正要讲到这个，我就要讲到了。沙耶·泰尔可能很犟，冥顽不灵，但她是一个女术士，而且也是一个有学识的女人，知识面很广。她没有害处。如果她离开，她会带走其他女人，那将是一种损失。我们这些大师冒着风险也要说，你禁止她离开这里是正确的。”

“奥多兰都不是监狱！”法拉林·弗德叫道。

敖佐·卢恩快速地点了点头，看了看众人，“召集会议是因为我的亲兵队长与我意见不合。谁跟我的亲兵队长意见一致?”

他捕捉到了雷尼尔·莱延的目光，他正紧张地抚弄着杈形胡须。

“鞣皮匠人大师，你总是喜欢发表高见——你有什么要说的?”

“关于这个……”雷尼尔·莱延不屑地做了个手势，“阻止沙耶·泰尔离开总是有些阻力。就算真那么处置的话，她也可以轻松溜走。而且有些传统的原则……其他女人会琢磨……好吧，我们不想让女人们不满。但是还有其他会思考的女人，比如芙芮，虽然很有学识，但她不找麻烦。如果你能重新考虑你的命令，很多人都会感激你……”

“说吧，别扭扭捏捏的。”敖佐·卢恩说，“现在你是大师了，尽管说吧，别那么藏头露尾的。”

再没人说话了。敖佐·卢恩盯着他们。所有人都回避他的目光，把脸埋在自己的酒杯里。

伊莱恩·泰尔说：“我们有什么可担心的？有什么关系？让她去吧。”

“达斯卡！”领主厉声喝道，“今晚你不打算说两句吗？既然你的朋友雷恩泰尔·阿耶连个面都没露。”

达斯卡放下他的敞口酒杯，盯着敖佐·卢恩：

“所有这些争论，对于原则问题的争论……都是废话。我们都知道这是你和沙耶·泰尔之间长久以来的个人恩怨。所以是你决定要怎么办，而不是我们。现在你有机会把她踢出去，为什么要把我们扯进来？”

“因为这牵扯到你们所有人，这就是为什么！”敖佐·卢恩一拳砸在地板上，“原砾在上，为什么那个女人总是对我怀恨在心，总是反对我，反对每一个人？我不明白。难道她那榆木脑袋里有恶心的蛆虫在嚼她的脑子吗？她还在继续着她的学堂，不是吗？她把自己看作那支流传久远的女性麻烦制造者血脉的继承人——劳伊·阿楠，劳伊·布莱，就是那个成了小玉理女人的妇人……但是她又何去何从？她会怎样？”

他的话似乎有些狂躁不安，而且前言不搭后语。

没有人应声。达斯卡已经替所有人说了话，当他将敖佐·卢恩的所作所为一语道破之后，所有人都暗自吃惊。敖佐·卢恩自己也没什么话好说了。会议就此中断。

当达斯卡转身要走时，雷尼尔·莱延拉住达斯卡的胳膊说：“你这番演讲真够有心机的。沙耶·泰尔上路之后，你钟情的那个人就会牵起学堂的头了，不是吗？然后她就需要你的支持……”

“心机这个词原样奉还，雷尼尔·莱延。”达斯卡说着，一把推开他，“别挡我的路就好。”

他轻而易举就找到了雷恩泰尔·阿耶。不管时间有多晚，他都知道该去哪里这个好朋友。在那破败的塔楼里，沙耶·泰尔正在收拾行李，很多朋友已经过来向她道别。抱着孩子的艾敏·理穆在这里，芙芮也在，雷恩泰尔·阿耶和奥耶莉以及另外几个女人也守在旁边。

“最终审判怎么样？”雷恩泰尔·阿耶立即来到达斯卡身前问道。

“放她离开。”

“如果她执意如此，他真的不会阻止她离开？”

“那要看这一晚他们灌了多少酒，他和伊莱恩·泰尔还有那几个人——那个让人讨厌的扈从雷尼尔·莱延。”

“她老了，达斯卡，我们应该让她离开吗？”

他耸了耸肩，做了个惯常的手势，又看了看芙芮和奥耶莉，她们正在跟前听着。“咱们跟沙耶·泰尔一起走吧，趁着敖佐·卢恩还没杀掉我们……我很有兴趣加入，如果这两位女士也来的话。我们前往锡伯纳尔，就我们这帮人。”

奥耶莉说：“我父亲永远不会杀掉你和雷恩泰尔·阿耶。这话太离谱了，不管过去发生了什么。”

达斯卡又一耸肩，“沙耶·泰尔离开之后，你准备替他的所作所为做担保吗？我们还能信任他吗？”

“那一切已经过去很久了。”奥耶莉说，“父亲现在和朵儿相处得很愉快，他们不像以前那样争吵，马上孩子就要出生了。”

雷恩泰尔·阿耶说：“奥耶莉，世界很辽阔。我们跟沙耶·泰尔一起走，就像达斯卡提议的那样，创造一个新的开端。芙芮，我们带着你一起——没有沙耶·泰尔支持，你在这里很危险。”

芙芮没有说话。若是按她以往谦逊的性子，她只会顺着他们的意思；可现在她坚定地说：“我不会离开这里。达斯卡，我很感激你这样看重我，但我必须留下，不管沙耶·泰尔去做什么。我的工作就要有个结果了，我想很快就能宣布。”

他说：“你还是无法忍受我的存在，对吧？”说话时他面色冷峻。

“哦，我差点忘了那些事了。”她甜甜地说。

她转过身避开达斯卡郁郁的目光，推开那几个女人来到沙耶·泰尔身边。

“你必须测量所有的距离，沙耶·泰尔。别忘了。每天让一个奴隶计算骅骊的步数，还有行进的方向。每天晚上把细节都记录下来，弄清楚锡伯纳尔之国有多远，尽你所能测得精确些。”

小屋里充满了呜咽与喋喋不休的嘈杂声，而沙耶·泰尔似乎不为所动。她那张鹰隼般的面孔不论何时都是一副拒人于千里之外的样子，仿佛灵魂已经离她远去。她没说几句话，而那不多的几句话里也没有一丝情感。

达斯卡呆呆地盯着墙壁看了一会儿，看着苔藓形成的纷杂图案，把头扭到一旁时，正看到雷恩泰尔·阿耶冲着门外做了个手势又冲他摇了摇头，达斯卡做了个鬼脸溜走了。他离开时甩下一句话："真可惜不能像训练骅骊一样训练女人。"

"这人一向那么讨厌。"奥耶莉轻蔑地看着达斯卡离去。她和芙芮把雷恩泰尔·阿耶带到一个角落里，跟他低声私语起来。有件事很重要，不能让沙耶·泰尔第二天出发，他必须帮忙劝说她再多等一天。

"太荒谬了。如果她想要走，那她肯定会走。我们无能为力。先是你们不走，现在你们也不想让她走。这层围障外面有一个你们全然不了解的世界。"

奥耶莉冷冷地从他的骅骊皮衣上捻起一根银丝，"是的，征服世界。我知道……我从父亲那里听得够多了。关键在于明天会有一次日食。"

"这没什么稀奇的。距离上次刚好一年了。"

"明天的这次将全然不同，雷恩泰尔·阿耶。"芙芮严肃地说，"我们只希望沙耶·泰尔延缓动身。如果她在日食发生的日子离开，人们会把这两件事联系起来。可我们知道两者毫无关系。"

雷恩泰尔·阿耶一皱眉，"到底怎么回事？"

两个女子不安地对视了一眼。

"我们认为要是她明天离开，会有不正常的事情发生。"

"哈！所以你们也相信两者有关系……女人的思维啊！如果这种联系存在的话，那我们就没有办法避免，对吗？"

奥耶莉愤慨地捂住自己的额头，"男人的思维啊……对任何理由都无动于衷，是不是？"

"你们这两个巫女会搅进跟我们无关的事情里的。"

她们俩一阵恼怒，撇下他独自站在角落里，回到了围在沙耶·泰尔四周的众人之间。

老妇人们依旧在喋喋不休，说着鱼湖奇迹，拐弯抹角地说着，偷偷摸摸地瞅着，想要看看她们的追忆是不是说到了沙耶·泰尔的心坎里。但是，沙耶·泰尔的表情根本不像是看到或听到了她们的话。

“看上去你的身子养胖了点。”萝尔·萨吉尔提醒她说，“也许等你到了锡伯纳尔的时候，你会结婚并且愉快地安顿下来——如果那里的男人跟这里一样好的话。”

“也许他们那里的更好。”另一个妇人大笑着说道。各种各样的嘱托不绝于耳。

沙耶·泰尔继续整理着，面无笑意。

她的私人物品很少。等终于整理好了两个兽皮行囊，她转向屋里的众人请她们离开，因为她想要在旅行前好好休息一下。她感谢她们所有人的到来，祝福她们，说她永远不会忘记她们。她吻了吻芙芮的额头。然后，她让奥耶莉和雷恩泰尔·阿耶来到她身边。

她伸出那双枯瘦的手握住雷恩泰尔·阿耶的双手，用不同寻常的怜爱目光望着他。等到旁边只剩奥耶莉的时候，她开口说道：

“一定要在意你的一言一行，因为你不够自私，你对自己关心得还不够。懂吗？雷恩泰尔·阿耶。我很高兴你没有为了那个生来就应该归你所有的塔楼去争斗，因为那样只会让你伤心。”

她又转向奥耶莉，面色庄重：

“你是我最心爱的小东西，我知道对于雷恩泰尔·阿耶来说你有多么可爱。临别时我要郑重忠告你：尽快成为他的女人。别在心里附加上什么条件，就像我一样，就像你父亲曾经那样——那样会导致无可避免的不幸，而我明白得太迟了。我年轻的时候太骄傲。”

奥耶莉说：“你并没有那么不幸，而且你依然很骄傲。”

“一个人可以既不幸又骄傲。把我说的话放在心上，我是那个真正理解你的人。雷恩泰尔·阿耶这个小东西就像是我的儿子。他爱你。

爱他吧——别只是动心，要全身心地爱。身体需要滋润，而不是空置。”

她低头看了看自己干枯的身体，向他们颔首道别。

巴塔利克斯正在落下，真正的夜降临了。

从四面八方前来奥多兰都的商人不断增多。颇为重要的盐商从南方和北方而来，通常他们带着山羊驮队。现在，在奥多兰都西面的草原上有了一条固定的道路，是来自恺斯的商人踩出来的。他们带来了华而不实的东西，比如宝石、彩色玻璃、玩具、悦耳的乐器，还有甘蔗和少见的水果；他们更喜欢用钱币做交易，但奥多兰都没有流通货币，所以他们接受牲口、兽皮、绒面皮革，还有粮食。有时候恺斯来的人用刺囊兽当牲口驮东西，但这种动物在气候变暖之后就变得稀有了。

依然会有博里恩的商人和祭司被引来，尽管在很久以前他们就很惧怕北方这个背信弃义的邻居。他们出售小册子和大幅的纸张，上面讲的是耸人听闻的韵文故事，还有漂亮的金属锅和平底锅。

顺着四通八达的岔路，从东方来了很多商人，有时还有商队。这些个头矮小肤色黝黑的人，带着玛第人或是法艮奴隶往返于固定的路线上，奥多兰都在这条路上只是一个经常落脚的站点。他们带来了精致的装饰品和饰物，奥多兰都的女人十分喜爱。有传言说，有些女人向那些黑人男子投怀送抱。当然，东方来的人也用玛第女人做交易，她们看上去野蛮而可爱，但关进塔楼里就日渐憔悴。尽管名声欠佳，商人们还是凭借他们带来的货物而得到容忍——货物不只是饰物，还有织毯、地毯、花毯、方巾，诸如此类奥多兰都以前从未见过的东西。

所有这些行脚客都要住宿。他们的营帐多得让人生厌。奥多兰都辛勤的奴隶修筑起独立的居住区，就在塔楼区南边，令人啼笑皆非的是，这片地方被称为通灵区。所有的贸易活动都在这里进行。狭窄的巷子里，毛皮贩子以及其他所有类型的商贩做着自己的生意，牲口圈和用餐屋就在近旁，有一段时间奥多兰都禁止商人进入。但他们的数量依然不断增长，有些人干脆就在镇子里安顿下来，带来了他们的技艺和恶习。

奥多兰都同时也学会了做生意的伎俩。新的客商跟敖佐·卢恩套近乎，请求得到特别的优待，包括铸造硬币的权力。这个问题比学堂带来的任何麻烦都让他们苦恼，学堂，他们充其量也就是把学堂当作浪费时间的去处而已。

有这么一支商队，是奥多兰都人组成的，一行六人，正舒舒服服坐在骅骊背上，他们完成了一次成功的查探之旅，正返回家园。在弗雷耶的黎明时分，他们在北方的一座小山丘上停下了脚步，这里紧靠着一片卜拉希米蒲林地，从这里能看到镇子的外围，灰蒙蒙的光线中透着寒意。空气如此宁静，声音从老远的地方传到他们耳中。

“看，”一个年轻的商人惊叫着，手搭凉棚凝视着远处，“大门那里有些乱糟糟的。我们最好走另一条路。”

“不是法艮蛮子，对吧？”

他们都凝神观看。远处聚集着一伙人，有男有女，看得出他们正从镇子里拥出来。一起走了一段路之后，他们中的一些人驻足不前了，人群分成了两伙。另一伙继续前行。

“不是什么要紧事。”年轻的商人说着，踢了踢胯下的骅骊。有一个他很想念的女人在艾姆布鲁都克，他的袋子里装着给她带来的新鲜玩意儿。沙耶·泰尔的离去对他来说无足挂齿。

很快，巴塔利克斯升了起来，追赶着天空中的那个同伴。

细雨霏霏的清晨带来丝丝寒意，即将出发去冒险，让她心中生出一丝迷茫。当她拥着芙芮无声地道别时，她并没有动任何感情。她的仆人叫梅萨·莱特拉，一个心甘情愿服侍她的奴隶，帮她把不多几件物品搬下楼。塔楼边站着艾敏·理穆，拉着沙耶·泰尔和她自己的骍骊的辔头，伤心地向她的男人和小孩道别。沙耶·泰尔想：那个人比我的牺牲更大。我是很高兴离去的。而艾敏·理穆为什么要追随我，我却一无所知。尽管她之前对艾敏·理穆还存有一丝蔑视，但现在也不由得心生好感。

有四个女人要随她走：梅萨·莱特拉、艾敏·理穆，还有两个年轻的信徒，学堂虔诚的学生。她们全都有坐骑，而且还有一个阉割了的男奴陪伴，他叫哈马德兰纳拜尔，他徒步而行，牵着两头驮运行李的骍骊，还拉着一对脖子上套着钉圈、野性十足的猎犬。

人越来越多，是一些女人和上年纪的老头儿，他们恋恋不舍地跟着，一路都在道别，在叮嘱，有的人面色凝重，有的人受不了这份沉重，在努力说笑。

雷恩泰尔·阿耶和奥耶莉等在桥边，要目送沙耶·泰尔离去的背影，他们紧紧依偎在一起，却回避着彼此的目光。

等在大门外的是敖佐·卢恩本人，他穿着黑色的裘皮衣站在那里，抱着双臂，下巴低垂在胸口上。他身后是灰影，伊莱恩·泰尔牵着，他看上去似乎比他的主子还郁闷。在这位沉静的统领身后，还有几个男人站成一堆，面色持重，双手抱在腋下。

当沙耶·泰尔出现时，敖佐·卢恩上了鞍桥缓缓前行，不是朝着她走，而是几乎与她平行着驱驰而去，要是一直这样走下去，他们会在前面某个地方，在树林的边界处会合。

不等走到那里，敖佐·卢恩调转坐骑，沿着与树林平行的路线朝她们走来。女人的队伍由艾敏·理穆打头，她无声地哭泣着，却继续顺着那条路稳稳地前行。敖佐·卢恩和沙耶·泰尔都没有要跟对方打招呼的意思，甚至不曾看对方一眼。

弗雷耶被清晨的云朵掩藏了起来，整个世界凄然失色。

地面开始抬升，道路变窄了，树丛更密了。他们来到出现褶皱的地带，这里没有了树木，眼前是一片泥沼。雾气在队伍走近时四散开去。骅骊自行循着道路穿过湿地，厌恶地蜷起脚爪，把沉积在水底的黄泥甩了上来。

泥沼地另一边的树林迫使骑手们彼此挤得更紧。仿佛这时才注意到敖佐·卢恩就在旁边，沙耶·泰尔用清脆的声音叫道："你不必跟着了。"

"我是在带路，夫人，不是跟着。我要看着你们安全离开奥多兰都。这是对您理应有的敬意。"

没再说什么，他们走得更远了，最后来到一片散布着灌木的高地。山顶上，他们能辨认出一条通往东北方的商人小路，通往查奥斯和遥远的锡伯纳尔——有多远，没人知道。往下去的坡上又出现了树丛。敖佐·卢恩先到达山顶，他在那里站定，面色冷峻，女人们通过时，他一拉灰影让开了那条顺山脊伸出去的道路。

沙耶·泰尔调转过忠影的头靠近他，她脸上的线条疏朗宁静。

"能一起走到这么远真好。"

他十分正式地说："享受一段安逸的旅程吧。"他一挺腰板，收紧小腹，"你看到了，我没有要阻止你离开的打算。"

她的声音柔和下来："我们应该永远都不会再见到彼此了，从这一天起，我们就在彼此心中消亡了。我们是不是毁掉了彼此的生命，敖佐·卢恩？"

"我不懂你在说什么。"

"你懂的。从小我们就一直在互相作对。跟我说句话吧，朋友，我就要离去了。不要那么傲慢，虽然我一直都是那么傲慢——而此时此刻的我并没有。"

他嘴角一抿，盯着她，什么都没说。

"求你了，敖佐·卢恩，说句离别时的心里话。我很清楚地知道自己拒绝了你太多次。"

他听了这话，点了点头，“这是你的真心话。”

她急切地四下看了看，然后一踢忠影，又近前一步，两头骅骊齿吻相抵。

“现在我要永远离开了，就跟我说说吧……在你心里，仍然像以前一样有那种感觉，我们年轻时的感觉。”

他哼笑了一声，“你疯了。你从来搞不清现实，一味沉浸在自己的世界中。我现在对你什么感觉都没有……你对我也是一样，可惜你并不清楚这一点。”

她伸出手去抓他，但他退开了，还对她威胁地一哼。“谎言，敖佐·卢恩，都是谎言！那临别时做点实际的事吧——跟我吻别，你这该死的，我就是那个为你受苦受难的人。实际行动比说话好。”

“可很多人并不那么想。毕竟说过的话会永远存在。”

泪水从她的眼中涌出，流淌在她消瘦的脸庞上。

“愿亡魂吞噬你！”

她猛地拉转坐骑疾驰而去，钻进树林去追赶她那一小队人马。

他在原地发呆了片刻，坐在鞍子上挺直身子，呆呆地望着前方。他手中紧握着缰绳，指节都捏得发白了。然后轻轻地，他调转灰影，哄着它进到林子里，顺着奥多兰都边界的方向走了下去，并没有理会伊莱恩·泰尔，而他一直谨慎地跟随在一段距离之外。

灰影往山下冲去，不断加速，他的主人还在不住地催打。片刻之间他们就全速飞奔起来，大地在脚下疾驰而过，所有人都飞出了视线之外。敖佐·卢恩高高举起紧握着的拳头。

他高声叫喊着：“终于摆脱这个老巫婆了！”一路狂奔，他喉咙里爆发出疯狂的笑声。

地球观测站“阿佛纳斯号”从空中掠过时，会看到每一件事的发生。所有的变化都在监测中，所有的数据都会传送回地球。“阿佛纳斯号”上有八个学科家族在忙碌，对新的知识进行综合处理。

他们用图表记录着的不止有人类运动的数据，还有法艮的，黑的白的法艮都有。每一次进步或者退步都会被转化成脉冲信号，最终穿越若干光年到达那颗遥远的星球，到达地球上的“海利科尼亚人同步学会”，并记录在计算机里。

从站上的窗口望去，队员们可以观察下面的行星，观察日食的过程，看到它那灰色的阴影在海洋与热带大陆上扩张。

在一排监测显示器上，另一个过程也处于观察之下——可赞王前往奥多兰都的圣战。圣战遵循其自身特定的行进时间，还有整整一年就能实现预期的目标：让那个古老的镇子毁灭。

这些信号经过编纂整理，分批发送回地球。许多个世纪之后，海利科尼亚的观众会齐聚一堂欣赏这场大戏的高潮。

莫迪雅特这片萧瑟之地横亘眼前，它那回声激荡的山谷，它那支离破碎的岩壁，它那死寂的泥沼，它那毫无生机的深谷之雾长聚不散，这片荒凉之地那乱石嶙峋的线条更像是由烈火、而非冰雪塑造而成的。

圣战大军也变得支离破碎了，分散成了许多各自为战的队伍，在海拔更低的地带往前行进。除了玛第人和聚集成群的鸟儿，再没有其他生灵出现在他们左右。法艮继续向东南方前进，对周遭环境漠不关心。

赫尔家族的可赞王赫尔－布拉亥尔·耶普利特带领大军一路向前。当他们寻路穿过奥多兰都平原的洪水时，复仇的信念在他们的牛头里依然强烈，然而他们中有许多都死掉了。疾病和来自弗雷耶之子的无情打击让他们损兵折将。

而且，当他们碰到一些小规模的法艮族群时也受到排斥。那些族群没有铠骥，过着定居的生活，通常有着大群大群的人类或是玛第人奴隶，对于任何侵犯领地的行为都会顽强抵抗。

赫尔－布拉亥尔·耶普利特为了最终的胜利克服了一切，只有疾病让他无能为力。由于他出兵的消息扩散得比队伍行进的速度更为迅速，道路沿途的生灵闻讯早都逃得远远的，因此，他的行动引发的涟漪扩散到了半个大陆上。

现在，众位首领和赫尔－布拉亥尔·耶普利特站在一条大河面前。河水冰冷，他们却一跃而下，尽管法艮的本能不愿如此。这水流源自恩克特莱赫克高地，距离这里不到一千英里，而那里也正是这场反抗弗雷耶之子的圣战发源地。

“就在这里，在这激流边，我们要等到巴塔利克斯两次越过天空。”赫尔－布拉亥尔·耶普利特对他的指挥官们说，“先头侦查员要分布到两岸给我们找到干燥的渡河地点，大气音阶会引导他们。”

他呼哨一声召唤他的牛鹂下来，它开始在主人的毛皮里搜寻蜱虱。对于这事儿他不怎么放在心上，作为可赞王，他有更重要的事情要操心，但那些微不足道的生物突然变得焦躁起来，也许是因为峡谷中暖热的空气包围了他们。绿色的崖壁高耸在各个方向，把令人不快的热气笼在里面，就像用手掌掬住了一捧水。第三次盲日很快就会降临。再过些时候，就必须往更为寒冷的地区撤退了。

但是，首先要复仇。

他挥了挥手让悠闲的白羽飞开，动身去了解整体局势，他的鸟儿一直在上空翱翔着，时不时扇动几下翅膀。

他们要等待这支大军的其余部分跟上来，他们在后面绵延散布了数十英里。旗帜高高升起，大军给铠骥加了饲料。近侍为头领搭起了帐篷。用餐和各种仪仗按部就班地摆设起来。

当巴塔利克斯和那个险恶的弗雷耶从营帐上空划过，赫尔家族的可赞王迈步走进他的帐篷，解下了王冠。他颀长的头颅从壮硕的双肩向前伸着，粗壮的身躯——因长途跋涉而变得消瘦了——热切而渴望地往前探着。

他那朝上弯卷的睫毛垂了下来，眯缝着的鲜红的眼珠，顺着鼻子的弧线细细打量着他那四位小宠妃。她们站在帐篷里，等候他的时候相互抓挠着，推挤着。

白羽穿过敞开的帐门猛冲进来，赫尔－布拉亥尔·耶普利特把它扫到一边。它扑扇着翅膀失去了平衡，笨拙地落到地上，摇摇晃晃走出了帐篷。赫尔－布拉亥尔·耶普利特拉下身后的毯子，遮住了帐门。他开始卸掉甲胄，脱去坎肩，解下腰带和挂在身前的皮囊，与此同时，始终目不转睛地看着那四位侍妾，粗野的目光一个个扫过去。他冲着她们抽了抽鼻子，嗅着她们的气息。

四位宠妃心神不宁，一边抓挠着身上的蜱虱，一边摆弄着长长的白毛，让丰满的乳房吸引他的眼球。她们头发上缀着的鹰羽冲着他一颤一颤。她们哼叫着，轻巧地把乳白色的黏液甩到鼻吻槽间。

“你！”他指向一个处于完全发情状态的女子。当她的同伴们依旧不死心地蹲坐到帐篷后面时，被选中的这个转过身俯下腰，让后背冲着年轻的可赞王。他走上前去，伸出三根手指深深探入这具受宠的肉体之中，然后抹在了鼻吻的黑毛上。没再啰唆，他挺身压在了她身上，他的重量让她的身子弯了下去，手足并用支在地上。当他冲刺的时候她的身子慢慢沉得更低，直到她宽大的额头抵在了毯子上。

一番欢爱之后，那几位小宠妃连忙上来紧紧依偎在这位姐妹身边，赫尔－布拉亥尔·耶普利特披挂上甲胄迈步出了帐篷。再过三个星期他才会再有性欲。

他的圣战指挥官尤赫尔－哈尔·威利耶克正呆头呆脑地等着他。两人面对面站定对视着。尤赫尔－哈尔·威利耶克冲着天空做了个手势。

“日子到了，”他说，“音阶开始收紧。”

他的可赞王转过头，冲着空中挥了挥拳头驱散了牛鹂。他抬头望着那越来越喧宾夺主的弗雷耶，感受着它如何一天比一天离巴塔利克斯更近，就像一只蜘蛛跨过网朝着中心走去。就快了，就快了，弗雷耶会把自己隐藏在它那个对手的肚子里；到那时，他们就将把此行的目标完全掌握在手心里；那时，他们将发起攻击，所有生活在赫尔-布拉亥尔·耶普利特祖父丧命之地的弗雷耶后裔都会被杀死；那时，他们要烧掉那个镇子，把它从记忆里抹掉。只有到了那个时候，他和他的追随者才会在进入幽闭时身披荣耀。这些念头在他的牛头里滋生着，就像缓缓滴下的水珠让冰凌渐渐消融，冰凌失去了往日的形态溅落在大地上，渗透进厚厚的土地里。

“两个哨兵靠在一起了！”他嗥叫一声。

片刻之后，他让一个人类奴隶吹响了一支用刺囊兽犄角做成的号角，他父亲和曾祖角质化的尊骸出现在面前。年轻的可赞王注意到这两尊圣像由于长途跋涉损毁得有多么严重，尽管他们一直都悉心呵护着。

随着族群的诸位首脑聚集在黑水河边，赫尔-布拉亥尔·耶普利特谦卑地进入了入定状态。从他的意识中看去，每一个人都变得静止不动了，仿佛冻结在了大气的海洋中。

曾祖的形象出现了，比雪兔大不了多少，四肢着地奔跑着，就像很久很久以前法艮曾经的样子，那时候巴塔利克斯还未被弗雷耶编织的那张网俘获。

“高昂利角，”那只雪兔说，“牢记仇恨，要对这铺天盖地而来的绿色心怀恨意，用弗雷耶之子鲜红的血泼洒在上面，是他们带来了绿色，让曾经永恒的白色消亡。”

角质化的父亲也出现了，他的个头几乎大不了多少，他向着儿子一躬身，让他的牛头里出现了一连串的画面。

闭着的眼睛里浮现出整个世界，它的三个部分搏动着。从它本身散发出来的蒸汽中抽出缕缕黄色的丝线，那就是大气音阶，就像是长长的丝带缠绕着紧握的拳头，缠绕着旁边另一个拳头形的世界，也环绕着令人敬畏的巴塔利克斯和那个蜘蛛般的弗雷耶。丝带上有虱子一样的小东西在奔跑，发出令人心悸的恸哭。

赫尔－布拉亥尔·耶普利特感谢父亲传递出这画面。以前他已经看过很多次了。所有在场的人对这些都了然于胸。但这些画面一定要不断重复。它们是凝聚起圣战的磁石。若是没有不断的重复，光明就会消失，让那些脑满肠肥的头颅成为遥远的洞窟，里边只剩下死蛇的尸体。

随着一遍遍的重复，有一个概念愈发清晰起来，一个法艮的需要便是整个世界的需要，就是这个曾经被称为赫尔－科尼亚的世界，赫尔－科尼亚的需要就是一个法艮的所求。现在出现了弗雷耶之子的画面：当大气音阶的色彩开始增强，遍布大地的弗雷耶之子陷入了灾病，有的病倒在地，有的死去，有的身型会变得瘦小。这样的时代曾经出现过。这样的时代很快又要到来。往昔和未来交叠并存。当弗雷耶隐藏在巴塔利克斯之中时，衰败也会开始。那个时候就是攻击的时刻——全面攻击，特别要攻击那些其先祖残害了伟大的可赞王，赫尔－特赖赫克·赫拉斯特的人。

记住。要勇武，绝不宽恕。通过无数先祖传承的计划不能偏离分毫。

画面渐渐透出一种远古时代的气息，某种遥远的事物，古旧而真实。其中有一支由天使般的先祖组成的队列，吞噬着原始的冰原。大气回转数以百万次，从不止歇。

记住。为接下来的行动做好准备。高昂利角。

年轻的可赞王从入定状态缓缓醒来。他的牛鹂早已落在左肩，弯曲的喙安抚地伸进他肩胛之间的绒毛里，开始啄食聚集在那里的蜱虱。号角再次响起，那悲凉的音调越过了冰冷的河水。

忧郁的号角声远远地传了出去，很远的地方都能听得到，那里正有一支脱离了大队的法艮小队。他们总共八个，六个雌性法艮，两个雄性法艮。他们带着一头年老的红色铠骥，已经老得无法骑乘了。它驮着武器和吃喝用具，一路被抽打着往前走。前几天巴塔利克斯在天空中耀武扬威的时候，他们捉住了六个玛第人，有男有女，他们正带着饲养的牲口跟自己的大队往查奥斯地峡一带迁徙，被落在了后面。那些牲口当时就被大快朵颐，被依照习惯咬掉了喉咙。

这些不幸的玛第人被绑在一起，跟在后面。但是想让他们老老实实跟着走可不容易，不但耽误了盛宴，最终还让他们脱离了圣战大队。他们一时疏忽，跑到了一条溪流的另一侧，而这条溪流逐渐变成了宽阔的激流。暴雨冲塌了更高处的地面，溪流发了洪水，他们被彻底阻断了。

在这个巴塔利克斯的夜晚，一片昏暗之中，法艮在拉甲巴拉尔树林里安营扎寨；他们把那些玛第人绑在一棵纤细的树上，这些初灵族挤作一团，尽自己所能睡个好觉。法艮们自己则在旁边睡下，仰面朝天平躺着；他们的牛鹂落在胸口上，脑袋和喙埋在法艮暖暖的脖子里。法艮很快就一动不动地沉入了他们那无梦的睡眠里，就好像进入了幽闭状态一样。

牛鹂的啼叫和玛第人的叫喊声惊醒了他们。玛第人在恐惧之中从树上挣脱开了，狠狠地摔在抓他们的那些法艮身上——不是因为气愤，而是为了寻求保护，想要倚仗敌人来对抗更为可怕的威胁。

一棵拉甲巴拉尔树正在破开。空气中爆发出碎裂的声音。

树干上出现了竖直的裂缝，浓稠的褐色树汁像脓液一样从裂缝中喷射而出。树干里腾出的蒸汽让那个从里面往外蠕动的东西若隐若现。

“乌特拉蠕虫！乌特拉蠕虫！”初灵族喊叫着，法艮们翻身爬起。领头的法艮奔向拴在一旁的铠骥，干净利落地抽出长矛。

那棵拉甲巴拉尔树的巨大脚鼓状树干有三十英尺高。突然之间，它的顶部爆开了，碎片像被劈开一样四下溅落，从顶部冒出一条乌特拉蠕虫朝着天空竖立起来。蠕虫特有的恶臭倾泻在空旷大地，仿佛混合着粪便、烂鱼和腐败奶酪的气味。

那只生物的脑袋像蛇头一样抬着，在阳光下闪着光泽，脖子犹如弯曲自如的柱子稳稳支撑着头部。它四下摆动时，拉甲巴拉尔树裂开了，一圈圈盘绕着的黏滑身体渐渐显露出来，松散开来，一层遗蜕也随之剥落。这个生物从地下打洞穿过拉甲巴拉尔树根钻进了树里，把这棵树当作了藏身处。不断增强的热量促使它蜕皮形变。现在它需要更多的营养来为下一步的生长提供能量，完成自己的生命周期。

这时候，法艮已经全都武装了起来。他们的头领是一个体格结实的雌性法艮，皮毛中已经显出一层黑色，她下达了命令。她手下两名最好的投掷手朝着乌特拉蠕虫投出了长矛。

那巨兽身子一扭，长矛滑落一旁，毫发无伤。这时，它看到了下面的那些身影，脑袋一扭立即蛇行而下发起了攻击。当它的脑袋转向地面上的这些家伙时，他们突然意识到了它有多么巨大——它嘴里伸出厚实的肉质触手，触手上方，四个斜斜的眼睛盯着他们。当蠕虫摆好架势准备发动进攻时，触手像手指般舞动起来。那张嘴里布满了倒卷的利齿，那形态犹如怪异的灯笼裤，从中心到四周层层皱缩起来。

那颗脑袋偏向一边，然后朝着他们横扫而来，就像是阿索金犬甩起尾巴。这一刻它还赫然耸立在树顶上——下一刻它就朝着那排法艮直冲而下。他们投出长矛。牛鹂四散飞逃。

那张动作诡异的嘴没有下巴，仿佛能无限地容纳进一切。它那满腔的利齿一口便叼起一个法艮离了地。可是这个雌性法艮太重了，那根柔韧脖子上的肌肉还不足以把她完全举起来。她闷声叫着，被拖过泥泞的地面，她用一条手臂使劲拍打那怪物的嗅觉孔。

“杀了它！”雌性法艮首领叫喊着，举起手中的刀子冲了上去。

但蠕虫那颗黏糊糊的、意识模糊的脑袋里做出了一个决定。它狂暴地嚼碎了口中噙着的肉体，任由露在外面的那一半跌落尘埃，紧接着它的脑袋往上一甩，让人无法伤到自己，黄色的血水从它的须毛上甩溅出来。而那个被咬碎了的雌性法艮残存的上半身一下子砸在地上，再也不动了。

甚至还在这蠕虫吞咽猎物时，形变就已经开始了，它一圈圈盘绕的身体重重跌落在旁边的小树丛中。尽管生性彪悍，但那七个幸存的法艮都被眼前的景象吓得瘫软在地。蠕虫正在裂开，一分为二。

它拖着血淋淋的脑袋穿过草地，和他们有些距离。随着持续不断的噪音，它身上的肉膜撕裂开来，脑袋里剥离出像是面具的东西，诡异地变成了两个脑袋。当这两个脑袋叠在一起时，它们还是组合成一个脑袋的样子。然后，上面那个新生出来的头抬了起来，组合体分解了。

新脑袋的下巴抽离出肉质触手，迅速向外伸展生长着，形成了一圈坚硬的钉状物；在这圈钉子后面是一张大口，软骨结构让这张巨口始终大张着无法闭合。脑袋的其余部分都位于这怪异的开口后面，两只眼睛水平地分布在头顶。由于薄膜撕扯开了，里边渗出来的黏液迅速干燥，身体开始显现出淡淡的色彩。一个脑袋变成了铜绿色，另一个则是斑驳的蓝色。

两颗脑袋抬了起来，相互挣扎着要分开，发出阵阵低吼。

随着这个动作，更多的皮膜顺着身体被撕扯开，逐渐露出了两条身躯，一条是绿色，另一条是蓝色，两条身躯都十分细长。它剧烈地扭动着，就像是濒死的挣扎，原先那个老的身躯不住地颤抖。两个新的标枪形的身体从旧躯体里挤了出来，抬起身子时伸展开了薄如纸张的翅膀。两个脑袋都从那棵支离破碎的拉甲巴拉尔树上抬了起来，薄如纸膜的翅膀用力扇动着。八只牛鹂在它们周围打转，大张着嘴惊叫起来。

那两个彼此抗拒的生物逐渐稳定下来。随即，它们那四下乱扫的长尾巴离开了地面。它们飞到了空中，弗雷耶的光芒照在它们的鳞片和翅膀上。那只绿色的怪物是雄性，从身体中部悬垂下一丛附生的触手；另一只蓝色的是雌性，它的鳞片稍显暗淡。

现在，它们的翅膀扇起来很有力量了，能让它们飞到树顶之上。它们身体前端的那个开口，那张嘴，不断吞吸着空气，从后端的肛门喷射而出。这两只生物在这片空地的上空盘旋着往两个相反的方向飞去，那群法艮无助地看着。这是它们的初次飞行，它们渐渐远去了。

这两只飞行动物的头朝着前方，就像是会飞的蛇，一只朝着辽阔的北方，一只向着遥远的南方，依循着它们自身那神秘的、富有韵律的大气音阶飞行，这奇异的力量令它们突然显得异常美丽。它们瘦长的身体如波纹般一起一伏，穿行在空气中。它们越飞越高，飞到了峡谷的盆地之上，然后消失不见，去遥远的两个方向寻找各自的配偶了。

这两条成虫已经忘记了它们之前的存在，忘记了那个在严寒中囚禁了许多个世纪的前身。

法艮呼噜着，把心思放到了更重要的事情上。他们的目光扫过这片空地，那头拴着的铠骥还在，静静地啃着草。那群玛第人已经不见了。这些初具灵智的家伙抓住机会逃进了树林里。

玛第人一般都是为了生活而婚配。寡妇和鳏夫很少再婚，确实，深深的忧郁会让失去配偶的那一方很快也失去自己的生命。这伙逃亡者有三男三女。年长几岁的那对被叫作凯斯尼特，这是他们婚配之后的结合名，而他们各自被称为凯斯尼特－夫和凯斯尼特－妇。

这六个玛第人都身形纤巧，肤色黝黑。这些季节性迁徙的初灵族与人类的外表稍有不同，他们按迁徙的习性组成一个部落。玛第人的嘴唇因头部骨骼和牙齿分布形状形成了皱拢的样子，让他们有了一种颇具智慧的外貌。他们的每只手都有八根手指，四四相对，使得他们的抓握方式令人惊异。他们的脚也是四根脚趾向前，四根脚趾在脚踵后面朝着后方。

他们慢跑着，保持匀速逃离了法艮歇息的那片空地，如果有需要，他们能一直保持一种步调连续跑好几个小时。他们跑过树丛和泥塘，排成两列，凯斯尼特夫妇打头，然后是年纪稍小的一对，最后那对岁数更小。有几只野生动物从他们逃跑的路线上跳开，大都是鹿。有一次他们惊起了一头野猪。他们只顾马不停蹄地往前赶。

他们逃跑的方向大致是西方，八个星期被俘的记忆让他们不敢停歇。绕过洪水，他们终于逃出了那片巨大的洼地。热气不那么重了。同时，向上倾斜的地面坡度虽然不那么陡，却很长，这消耗着他们的体力。慢跑渐渐成了快步行走。他们的皮肤犹如火烧。他们快步向前，低着头，大张着嘴痛苦地喘着气，时不时磕绊在硬邦邦的地面上。

队伍最后的那一对终于长出一口气倒在了地上，手捂着肚子躺在那里只剩喘息。他们的四位同伴抬头看了看，这里几乎是洼地的边缘，上去之后就是一马平川。他们继续前行，身子往前弓着，一从坡地爬上平地，就如同散了架般瘫在了地上。他们累得喘不上气。

从这里往回看去，清澈的空气透明得几乎有些不真实。他们下方那两位筋疲力尽的朋友，四肢伸开躺在这巨大洼地的边缘。洼地边缘到处都是水流冲出的豁槽，细流向下流入两条巨大而蜿蜒的河流之中，这河流显然是新近形成的，水里还挺立着树木。树干和碎石堆积的地方正在形成堤堰。这片洪水在远方转了一个弯，被一条山褶挡在后面，消失不见了。

空气中充斥着水声。他们看到了有树干折断、呈凹曲面形的巨大拉甲巴拉尔树丛。在那片树丛中的某个地方就隐藏着那一小队法艮，他们刚刚就是从那里逃出来的。拉甲巴拉尔树丛的后面生长着茂密的森林，覆盖了这片巨大洼地对侧的那片坡地。这片森林中的树木基本都是暗绿色，层层叠叠，其间星星点点分布着火焰般的金色叶子，就玛第人所知，那是卡丝帕桉，它那苦涩的嫩芽在饥荒时可以果腹。

但是，这片地形并没有终止于那片森林。越过森林，可以看到层层峭壁到处都有崩塌的痕迹，一条小径蜿蜒于峭壁之上，动物或人可以在上面行走。而那些峭壁是一座雄伟山脉的一部分，大山的轮廓从视野的一端绵延伸展到另一端。崩碎塌落的岩石堆积在山脚下到处都是，冲积形成的沟壑里已经生长出了绿色。在植物生长最为密集的地方，也是山体崩塌最为壮观的地方，有一条波光粼粼的水流朝着峡谷奔腾而去，翻滚着泡沫。

越过这遍体皴裂的山脉往远处看，还有更为险要、更为高峻的大山远远地矗立在更高的地方，山体都是古老的玄武岩，山脚和山侧都被这若干世纪连绵不绝的寒冰蹭出了痕迹。那些山体还没有被绿色覆盖。它们依然保留着原状，只是上面星星点点地长出了成片的黄色、橙色和白色的小小的山地花儿，就算从很远的地方看去，也看得出那色彩有多么纯净。

越过玄武岩构成的大山向上看去，更远处，呈现出一片幽蓝、萧瑟、可怖的景象，仿佛要向每一个生命证明这世界没有尽头，远处露出了一抹景致——那景致极为辽远，而且高得异乎寻常，呈现出犬牙交错的崇山峻岭。那是万物的堡垒，高耸在对流层顶部那凛冽的寒气发端之地。

玛第人用祈盼的目光急切地搜寻着，在近处的树林中能识别出一些小小的白点，就在卡丝帕桉树丛之间，沿着峭壁出现在更高的山谷之中，甚至远到峡谷中那条波光粼粼的水流上。玛第人正确无误地认出那些白色的小点是牛鹂。牛鹂所在之处必有法艮。由于远在他们视力所及的极限之外，赫尔－布拉亥尔·耶普利特的主力隐秘先头部队只能借助牛鹂被发觉。下面看不到一个法艮，但这蔚为壮观的地形可以将上万法艮隐藏其间。

玛第人歇息着观察时，不由自主地开始在身上抓挠起来。一开始只像是身上有些痒，但他们一停下就痒得越来越厉害了。很快他们就满地乱滚，抓挠着叫骂起来。他们浑身上下大汗淋漓，起了一层皮疹，皮肤上显出了一层斑纹。他们缩成一团，手脚并用抓挠起来。这种钻心的瘙痒，从他们被法艮捕获之时起就开始间歇性地发作。

他们在大腿根搜寻，或是发狂地在腋窝里摸索，或是用指甲在蓬乱的头发里抓挠，但他们从未想过其中的缘由和影响，从来都没有把这皮疹归咎于那些法艮身上滋生的蜱虱。

那种蜱虱一般来说是无害的，或者说传染到人类或初灵生物身上顶多就是引起发烧和皮疹，不会持续太多天。但当海利科尼亚越来越接近弗雷耶的时候，环境热量的平衡正在发生变化，硬蜱科生物开始大肆繁殖：雌性蜱虱产下数以百万的卵，向伟大的弗雷耶献上自己的赞歌。

那种蜱虱微不足道，生命中的大部分时间都毫不引人注目，但很快它们就会诱发一种被称作骨热病的病毒，而整个世界都会因为它而发生变化。

病毒在海利科尼亚大周期年的春季进入活跃期，就在日食发生的年份里。每个春季，人类都会因为骨热病惨遭涂炭，只有一半人有希望幸存下来。疫情十分普遍，但它的影响极为彻底，甚至连它自己都会从那些本就贫乏的记载中被抹除掉。

当玛第人在树丛里满地打滚、浑身抓挠时，根本没有去留意身后那片荒无人烟的大地。

那边，在峡谷的热气之外，生长着翠绿的草丛，散布着一排杂乱的灌木，那种生着疣瘤般的草叫猪仔艺，它的茎是空心的，长老了以后会变得异常坚韧。猪仔艺丛中突然出现了几个披着长袍、脚下蹬着翻边高鞠靴的男人。他们手里拿着绳子，朝玛第人猛扑过来。

坡下的那对玛第人趁机逃走了，虽然他们只能朝着法艮那边逃去。他们的四位朋友再次成了俘虏，依然在使劲扭动着身子。他们被病痛耗尽体力，短暂的自由也结束了。这次他们成了人类的财产，成为另一周期性事件中微不足道的一部分，那就是锡伯纳尔南下的侵袭。

他们身不由已陷入了祭司武士费提巴里德的武装殖民力量。凯斯尼特夫妇和他们的那两位同伴对此毫不关心，当他们被仰面朝天扔在地上时便弓起了身子。他们被新主人驱赶着一路向前。他们朝南方蹒跚而行，顾不上新遭受的苦难，不停地在身上抓挠着。

他们一路行进，绕过左边那片巨大的洼地，这时弗雷耶升上了天空。所有的东西都映出两重影子，当它们越升越高时，影子则变得越来越短。

远处的地面被热气映得波光粼粼。正午时分，气温愈发升得更高了。无人留意的蜱虱成群地聚集在无人留意的缝隙之中。

XII

岛上的领主

伊莱恩·泰尔是个快乐的大块头，忠诚，可靠，从来没有什么不切实际的幻想。他很有胆量，很会打猎，骑乘骅骊的样子与众不同。尽管他对于学堂心存疑虑，而且也不认字，可他的脑子里也有一些智慧的雏形。他也不鼓励他的女人和孩子去认字。他对敖佐·卢恩忠心不二，没有野心，尽心尽力侍奉他。

他也有做不到的事情，那便是无法理解敖佐·卢恩。他从自己那头色彩鲜明的坐骑上下来，耐心地站在一旁，与艾姆布鲁都克领主稍微保持着一点距离。他眼里看的只是敖佐·卢恩的脊背，而敖佐·卢恩正木呆呆地望着前方，须髯飘洒在胸前。领主跟以往一样，还是穿着他那件老旧的散发着臭味的黑色裘皮衣，但在肩头披上了一件粗糙的黄色斯塔貘皮的斗篷，想来可能是打算以某种隐晦的方式对那位离去的女术士表达敬意。那条猎犬，克尔德，卧在灰影的脚边抖着身子。

伊莱恩·泰尔就这样待在一边，一根手指塞在嘴里无聊地剔着后槽牙，无所事事。他的心里倒是没有什么杂念，简直一片空白。

敖佐·卢恩提高声音骂了几句，最后终于催动了坐骑。他扭过头往后看了一眼，浓黑的眉毛拧成一团，但是也没有向他那位忠诚的亲兵队长明确提什么事情，他对他那条狗的关注可能还要多一些。

他驱策着骅骊全速冲到陡坡的顶上，猛地勒住灰影的缰绳，灰影一惊，人立起来。

敖佐·卢恩大叫着："臭婊子！"他的声音激起阵阵回音。

听到自己那充满恨意的声音，他很解气，又不由自主冲那回音吼了回去，全然不在意这头母牲口把他带往了距离奥多兰都更远的地方，而他的狗和亲随则尽力跟着。

现在清晨刚过，可是一片阴影已经降临在这个世界，让原本生机勃勃的大地似乎一片死寂。他皱了皱眉，抬起头透过头顶长满花穗的枝条望去，只见弗雷耶似乎被咬掉了一块，被一个缓缓越过天空追赶上来的暗淡球形咬掉了一块。盲日开始蚕食了。克尔德不安地呜呜哀鸣，在骅骝脚边贴得更紧了。

一只猫头鹰从附近一株倒下的落叶松间猛冲了出来，贴着地面越飞越快。它的羽毛上带着斑点，双翅伸开比人张臂还宽。它尖叫着从灰影的腿中间掠过，然后一个转身飞上了灰黄的天空。

灰影一惊，两条前腿离了地，向上一跃，随即开始飞跑，敖佐·卢恩没有阻止，任凭它撒开了跑。他拼尽全力贴在鞍子上，骅骝则拼尽全力要把他掀下去。

伊莱恩·泰尔也被天空的异象搞得有些紧张，他跟了上去，同他胯下那匹名叫流浪汉却偏偏想要事事做主的雄性坐骑较着劲。他们犹如掠过的一阵南风，一路跑了下去，仿佛是在追逐猎物。

敖佐·卢恩终于让受惊的坐骑镇静了下来，心情却愈加阴郁。他毫无快意地大笑着，拍着自己的坐骑，对它说着话，比对自己的手下还要温和。巴塔利克斯缓慢而又诡异地吞噬着弗雷耶，毫不停歇。法艮吃太阳。古老的传说从心中冒了出来，那两个哨兵并非伙伴，而是对手，命中注定要永无休止地相互吞噬。

他耸着肩膀，任凭已经安静下来的坐骑闲庭信步。为什么不呢？他当然可以返回奥多兰都去，并且像以前一样统治它。可那地方还会像以前一样吗？现在，她走了，那个婊子！朵儿只不过是个可怜的让人乏味的东西，并不了解他本人。家里只有危险和失望。

他猛一拉骅骝的缰绳，让它穿过一片犬绒蓟和荆棘灌木丛。他闷闷不乐，任凭枝条抽打在自己脸上。这个纷乱的世界对他来说太深奥了，令他全然无法理解。树丛间满是纠结着的芦苇丛、野草和秸草。他的心情十分沉重，以致忽视了最近肆虐的洪水。

巴塔利克斯不断吞噬着弗雷耶，给自己的下面缘镶上了一道银色的火焰边。接着，它被东方卷起的一团乌云裹住了。雨淅淅沥沥大了起来，灰蒙蒙的灌木丛上腾起一层水雾，敖佐·卢恩低着头漫无目的地只管向前。大雨倾泻而下，树丛沙沙作响。乌特拉正在发泄着心中的憎恶之情。

他踹了踹骅骊，步出了矮树丛，在一片厚厚的草地上停下脚步。伊莱恩·泰尔缓缓跟在后面。雨越下越大，动物都没了踪影。穿过额前滴落的雨水望去，艾姆布鲁都克的领主看到不远处一侧的地面渐渐抬升，那边的树木生长在一片遍布砾石的坡上。在坡底，他看到一间用劈凿出的石头修建的某种房屋。更远处是一片泥沼地，水流蜿蜒其间。这幅景象在灰白色的雨丝中若隐若现，甚至连那房屋的轮廓都辨不清了——但还不至于太模糊，他还是能看到站在门口的几条身影。

那些身影一动不动。它们只是看着。它们肯定在他之前就意识到他在接近。克尔德立在当地嗥叫起来。

敖佐·卢恩没有回头，示意伊莱恩·泰尔上前，到他身边来。

“可恶的法艮蛮子。”伊莱恩·泰尔的语气相当振奋。

“它们讨厌水——这场大雨会阻住它们，没什么危险。沉着些，继续走。”

他催动坐骑迈开步子，缓缓向前，招呼着克尔德跟在脚边。

他不会转身就逃，或是表现出害怕的样子。泥沼地可能无法通行。最好是到山坡上去。一旦到了山顶——如果法艮让他们走那么远——就能撒开坐骑放胆离开了。他手无寸铁，只在腰带上别着一把匕首。

两个男人肩并肩继续前行，狗在他们身后不住地咆哮。为了上到坡上去，他们不得不斜斜擦过那栋粗陋建筑所在的方向。天色昏暗，很难看清一切，看上去似乎有五六个怪物蹲在那简陋的藏身之处。屋子后面站着两头铠骥，正晃着脑袋甩掉雨水，不时把犄角撞得咔咔作响；有一个奴隶守着它们，不是人类就是初灵族，他木然地盯着敖佐·卢恩和伊莱恩·泰尔。

两只牛鹂歇在屋顶上，挤在一起。还有两只踩在一堆铠骥粪上相互争斗着。第五只栖在远处的一块砾石上，捉到了一只小动物，正在撕扯着吃。

法艮没有动。

双方的距离近得扔块石头就会砸到对方的脑袋，骅骊已经转过步子往山坡上走去，就在此时，灰影身边的克尔德突然冲向那间屋子，还一路狂吠了起来。

克尔德的行为引来了法艮。它们从屋子里一拥而出准备发起攻击。跟以往一样，它们似乎需要外界刺激才会行动起来，仿佛它们的神经系统处于一种比最低兴奋度还要低的迟钝状态。看到它们冲上来了，敖佐·卢恩大喊一声，和伊莱恩·泰尔齐踢胯下坐骑，往坡上跑去。

在这样的地方骑乘飞奔可不轻松。树木都是新长出来的，不比人高，叶子从伞状的树冠往四下伸开，骑乘时要低下头。脚下的满地碎石给骅骊的脚爪带来了额外的负担，需要机警地引导灰影和流浪汉保持飞奔的步态。

他们身后传来了追赶的声音。一支长矛从身边一闪而过，扎在了地上，但也只有这么一支。更让人不安的是听到了铠骥的声音，还有骑手喉咙里发出的嘶吼声。在开阔地，铠骥比骅骊能跑。在矮树丛中，体型更大的动物就没什么优势了。然而哪怕像敖佐·卢恩跑得这么快，他也无法摆脱追赶者。他和伊莱恩·泰尔很快就咒骂起来，两个人和他们的坐骑一样，大汗淋漓。

他们在一道冲下山坡的水流处稍作停留。敖佐·卢恩冒险回头张望了一下。两只毛烘烘的白色怪物骑着铠骥正紧跟在身后，它们抬起一条粗壮的手臂挡在脑袋前面，把打在脸上的树枝挡开，另一只手握着长矛，垂在铠骥肋侧。它们用膝盖和角质的足驾驭着坐骑。没有坐骑的法艮则弓着身子一个劲儿地往坡上跑，但被远远甩在了后面，不会造成威胁。

“法艮蛮子们从来不会放弃。”敖佐·卢恩说，“快走，灰影，你这懒家伙！”

他们断续向前冲，但是法艮赶了上来。

大雨一度减弱，但随即下得更紧了。这什么都改变不了。当他们飞奔而过时，树木把水甩向他们。脚下的路更好走了，但大块的砾石更多了。

现在那两个骑着铠骥的法艮进入了长矛投掷的射程范围。

敖佐·卢恩紧紧抓住缰绳，站在了镫上。他能从伞状的树冠上方望向远处。在远方的左手边，茂密的树丛突然变得稀疏起来。他招呼了一声伊莱恩·泰尔，两人转向左边。有片刻的工夫他们把法艮甩在了一堆岩石后面，岩石被滂沱大雨勾勒出一层光晕般的轮廓。

他们在雨中划出一道水雾般的尾迹，不住地催动坐骑。两边的树木变得稀疏起来。前方的地面下沉，是一片泥塘。

就在两人热血上涌感觉到希望，更加奋力地驱策坐骑时，后面追赶的法艮也已经冲出了树墙。敖佐·卢恩猛一挥拳往前急冲。大黄狗顺势也冲了出去，始终跟在灰影身边，一步也不落下。

接着，就是一路向下的山坡，坡上铺着厚厚的沙砾。再往前看是一片萧瑟大地，其间点缀着笔直的拉甲巴拉尔树，由一片林立的树丛环绕着，一条宽阔的水流横在中间，给这单调的画面增添了几分灵动。柔和的绿色又将这一切加以渲染。

在这宏大的画面中，一条汹涌的大河蜿蜒其间，暴涨的洪水溢出河道，在密集的落叶松之间映出天光，投映出奇异的光影。更远的地方，树林的黑色线条渐渐隐没于雾霭之中。天空中云雾翻滚，让大地更加昏暗，也遮掩住了那两个纠缠在一起的哨兵。

敖佐·卢恩在脸上一抹，擦掉和着雨水的汗珠。他看到一处安全的地方了。河流中间有一座小岛，上面覆盖着石头和枝繁叶茂的树林。如果他和伊莱恩·泰尔能过去——小岛近侧的岸距离这边的河岸并不远——他们就能躲开这些怪物的威胁了。

他指了指前面，嘶哑地喊了一声。

与此同时，他突然意识到自己是孤身一人。他从鞍子上转过身去，眼前的情景让他险些跌倒。

流浪汉那鲜艳的水平条纹在左边一闪而过。可是牲口背上没有人，它正漫无目的地往河流方向飞奔着。

后面的坡顶上，就在树丛边缘的地方，伊莱恩·泰尔趴在了地上。那两个毛烘烘的武士围着他，其中一个从铠骥上跳下来，伊莱恩·泰尔立刻朝他踢去，但那个法艮一用力就把他拎了起来。一片红色洇在伊莱恩·泰尔肩上——它们投出的一支长矛把他打落了鞍桥。他无助地挣扎着，法艮垂下犄角准备给他致命一刺。

另一个法艮并没有等着看这边的热闹。它敏捷地拨转坐骑，动身下山朝着敖佐·卢恩追来，手中高举着长矛。

领主赶紧一催胯下的灰影。对于那位不幸的亲兵队长，他已经无能为力了。他全速冲出，朝着小岛奔去，身子往前倚着死命催动灰影，他感觉这匹牲口已经有些打蔫儿了。

追赶的法艮占了上风。铠骥在开阔地带奔跑更有优势，不管骅骊怎么拼了命跑都一样。

敖佐·卢恩黄色的斗篷在风中飘摆，他赶着坐骑朝着河岸疯跑。近了，近了，更近了！打着旋儿的河水，湿漉漉的叶子，远处那模糊的自然景色，一只啮齿鼠钻进草丛中避祸——这一切在他眼前掠过。他知道太迟了。他感觉到肩胛骨间的毛孔直冒冷汗，就等着后面的长矛给他致命的一击了。

他飞速往后瞥了一眼。那头铠骥几乎已经扑到了跟前，它抻着来的脖子和脑袋上的肌腱都能看得清清楚楚，就好像是一只缠绕在树干上的爬行动物暴起的一条条筋肉。就要齐头并进了，就要大开杀戒了！该死的东西。它的眼睛凶光四射。

尽管上了些岁数，但敖佐·卢恩的反应仍然比任何法艮都要快。

他突然猛拉缰绳，迫使灰影高高昂起头，让它在原地打了个旋儿闪到一旁。就在这刹那间，他从鞍子上一猫腰，翻身滚落在湿滑的地面缓解掉冲劲，然后纵身站到了铠骥的必经之路上。

他从肩头扯下已经湿透的斗篷，把它在身前甩开，在长矛刺下来的时候灵巧地往上一舞。粗重的衣物缠住了敌人那条伸出武器的手臂，敖佐·卢恩用力一拽。

法艮向前一滑，它用另一只手死死抓住了铠骥的鬃毛。敖佐·卢恩紧握衣物不放，又伸手扯住了衣服的另一头，把衣服紧紧勒在这家伙的喉咙上，再用力一拉，法艮被扯了下来跌倒在地，那头铁锈色的坐骑往前逃窜而去。

法艮身上那让人恶心的骚臭味让敖佐·卢恩很不舒服。他站在那里，低头看着，没有十足的把握。后面不远处，其余的法艮正赶来救援。灰影撒开腿跑掉了。他从未如此孤立无援。

他呼唤克尔德，但那只猎犬在草丛中缩成一团，浑身哆嗦着不敢出来。

这个法艮站起身来，敖佐·卢恩朝着河边跑去，手里抓着长矛。他能游到岛上去——这是他唯一的希望了。

就在他抵达河边的那一刻，他发现了游水的危险。洪水卷起团团黑色，夹带着厚厚的泥沙——不只是泥沙，水里还有淹死的动物和漂浮的树枝，在这水里游泳可得拼上性命。

他稍一犹豫，就在这电光石火之间，法艮扑上来了。

敖佐·卢恩突然想起很久以前与这样一头怪兽搏斗的情形，就在他那次见不得人地发起高烧之前。那个对手被他打趴下了。但是这个——这个可没有那么年轻力壮，当他抓住它的手臂用靴子踢过去时，他本能地感觉出来了。在其他那些法艮赶来前，他能把它扔到河里去。

但这并不容易，这畜生仍然力大过人。他们俩互有进退，各不相让。敖佐·卢恩无法举起长矛或是拔出他的刀子。他们搏斗着，吼叫着，跳来转去，那个家伙还妄想用犄角拼刺。

当法艮扭住他的一条胳膊时，他痛苦地大叫一声，不由得丢下了长矛。随着这一声大喊，他的胳膊肘挣脱出来，用力顶在对方脸上。他们各自向后退了几步，跌进了齐膝深的水里。他绝望地呼唤着克尔德，克尔德左冲右突，狂吠着不让那三个徒步的法艮靠近。

一棵大树顺水漂来，随着水流打着滚。一根手臂粗细的树枝突然从水里支棱出来，滴着水，一下子打中了在浅水滩上扭在一起的两个人。他们同时跌倒，陷入难以挣脱的水流中无法脱身，转眼便淹没在激流之中。树干随着水流翻滚着，又一根树枝从水中立起来又沉了下去，搅起一团泛着黄色的旋涡。

历时四个小时，巴塔利克斯在弗雷耶边缘一点点啃食，就像是一条猎犬在啃骨头。接着，那团更为耀眼的光芒被完全吞没了。整个下午，铁红色的阴影笼罩大地，连飞虫都寂然无声。

历时三个小时，弗雷耶从这个世界上消失不见了，从白昼的天空中被盗走了。

到了日落时分，它也只有部分重现。没人能担保它还会完整地回到世间。厚厚的云层遮蔽天空，直至天际。就这样，白昼过去了。这真是令人惊惶的一天，不管是对孩子还是成年人。奥多兰都每个人上床安歇时都惶惶不安。

这时候起了一阵风，驱散了雨，平添了几分焦虑。

在老镇子里，有三个人死了，一个是自杀，一些建筑被焚毁，有的还在冒着火苗。幸亏这场大雨，没有让情况变得更糟。

一堆火被大风吹得复燃起来，火光照亮了大塔楼外的那片积水。反射的光在天花板上投映出异样的花纹，奥耶莉毫无睡意地躺在她的卧榻上。风在吹，一扇窗页被吹得砰砰作响，火花在夜空中扶摇直上。

奥耶莉在等待着。蚊子让她心烦意乱，它们最近重返了奥多兰都。每一个星期都会有一些人们从未见识过的东西光临。

外面映出的光影在天花板上闪动着，与污渍混在一起，让她觉得那花纹是一个须发蓬乱的老人，穿着宽大的袍子。她想象着老人那张看不到的脸，因为他的头被耸起的肩膀挡住了。他正在做着什么。外边的积水被风鼓起涟漪，他的双腿也随之动了起来。他静静地行走在群星之间。

她厌倦了这个游戏，转头往另一边看去，想着她的父亲。当她的目光再次投回那里时，她发现刚才看错了，那个老人正从肩头凝视着她。岁月在他脸上留下了斑驳的痕迹，让他的面容布满了皱纹。他现在走得更快了，窗扇砰砰作响，配合着他的步子。他正迈步穿过这个世界向她走来。他的身上覆盖着一层让人厌恶的皮疹。

奥耶莉坐起身来。一只蚊子在她耳边嗡嗡着。她挠了挠头，看了看旁边的朵儿，她正喘着粗气。

“你怎么样，姑娘？”

“疼痛来得越来越频繁了。”

奥耶莉光着身子爬下床，披上一件长袍，轻手轻脚走到这位朋友的身边，朵儿那苍白的脸色在昏暗之中十分惹眼，“让我叫丝堪蒂老妈妈来吗？”

“还不用。咱们聊聊吧。”朵儿伸出一只手，让奥耶莉握在了手里，“你成了我的好友，奥耶莉。我躺在这里，心里想着那些可笑的事情。你和芙芮……我知道你们怎么看我。你们俩对我很好，可你们是那么与众不同——芙芮对自己不太自信，而你总是那么信心十足……”

“你这完全是误解。”

“好吧，我一向什么都不懂。人们相互辜负是最可怕的，对吗？我希望我没有辜负这孩子。我知道，我辜负了你的父亲。现在那个混蛋又辜负了我……真想不到，他偏偏这一夜没和我在一起。”

下面那层窗扇砰砰作响。她俩挤在一起。奥耶莉伸出一只手放在朵儿隆起的肚腹上。

“我很确定他没跟沙耶·泰尔走，如果你是在担心这事儿。”

朵儿用胳膊支起身子，把脸转向一旁，说：“我有时候甚至受不了自己的感情——相比之下，这样身体上的疼痛更好受些。我知道我连那个女人的一半都比不上。对于他，我逢迎，她不屑，终究不过如此。我总是在逢迎，可他却不在这里陪我……我觉得他从来就没爱过我……”她突然开始抽泣，泪水从她眼中簌簌而下。奥耶莉看到串串泪珠在明灭不定的光线里闪烁着，朵儿转过来，把脸埋在了奥耶莉宽宽的胸脯上。

阴风怒号，窗扇又拍打起来。

奥耶莉说：“我派奴隶去把丝堪蒂老妈妈找来吧，亲爱的。”朵儿的母亲太老了，丝堪蒂老妈妈接替了她的产婆工作。

“还不用，还不用。”朵儿的泪水渐渐止住。她长长叹了口气，“时间足够的。时间足够去做一切。”奥耶莉起身裹紧了身上的袍子，光着脚去把窗户关紧。潮湿的风从南方呼啸而来，猛烈地吹在她脸上；她畅快地在风中呼吸着。艾姆布鲁都克那永不止歇的鹅叫声传入她的耳中，那些家禽正聚在一堵篱笆下面避风。

“但我为什么要让自己孤独?”她朝着那片黑暗发问。

当她扣上窗闩时，一股夹杂着苦味的烟气冲进鼻端。附近的建筑还在闷烧，那是白天集体发疯的遗迹。

她返回破旧的房间里时，朵儿正坐在床上，抹着脸上的泪水。

“你还是去把丝堪蒂老妈妈叫来吧，奥耶莉。艾姆布鲁都克的未来领主等着降生了。”

奥耶莉吻了吻她的脸蛋。这两个姑娘都面色苍白，大睁着双眼。“他很快就会回来。男人都是……靠不住的。”她从屋里跑出去，叫上了一名奴隶。

叩击着奥耶莉窗扇的大风已经奔跑了很远的路途，注定要一直吹到奎金特山区那乱石嶙峋的石灰岩中。这股风诞生在一片浩瀚无际的大海上，未来的水手会把它命名为阿丹特海。风顺着赤道一路向西，速度和湿度不断增加，然后它遇到了坎普安莱特大陆那巨大的东部屏障，恩克特莱赫克大陆，风在那里被分为两路。

北方气流怒吼着去了查奥斯海湾，耗尽所有力量融化了锡伯纳尔春季的严寒。南方气流绕过瓦尔古斯海角，先是越过赛米塔海，接着又越过鹰之海的东北方海域，在基瓦赛恩和奥塔索尔之间的低地上空喘息，风中还夹带着海里卷起的鱼。它怒吼着越过那片有一天会成为伟大的博里恩之国的荒野，叹着气越过奥多兰都，吹得奥耶莉的窗扇砰砰作响。它继续着它的旅程，并没有停下脚步倾听敖佐·卢恩的儿子呱呱坠地的第一声啼哭。

这股暖暖的气流裹挟着鸟儿、昆虫、孢子、花粉和微生物。几个小时之后它就过去了，几乎一过去就被人遗忘，然而，它却以自己的方式改变着万物原本的进程。

这阵风经过的时候，给一个挂在树杈上的男人带来了一丝惬意。这棵树生长在洪水激流中间的一座小岛上，这道流水将成为塔吉萨河的一条支流。这个男人伤了一条腿，有些痛苦，他尽可能稳当地趴在树枝上。

树底下蹲坐着一个大块头的雄性法艮。也许他是等着发起攻击。不管他在等什么，他都只是一动不动地待着，只有耳朵偶尔扑棱一下。他的牛鹂坐在一根树枝上，尽可能远离那个受伤的男人。

这个人和法艮是被冲到小岛上的，淹得半死。男人爬上来之后，他在受伤的情况下找了个自己能找到的最安全的地方。当这阵风吹来时，他已经攀上了树枝。

而这股风对于法艮来说太暖和了。他终于动弹了，他站起来头也不回地向前走去，在这遍布乱石的狭长小岛上寻着路。牛鹂探着头端详了好一会儿，双翅一拍跟上主人也走了。

那个男人思忖起来，要是能抓住那只鸟把它杀了，也算是某种胜利——而且它还能吃。

但是，敖佐·卢恩有比饥饿更紧迫的问题。首先，他不得不战胜那个法艮。黎明到来时，透过层层叠叠的枝叶，他看到了那条让他几乎丧了命的河。河那边，在那片泥泞的地面上站着四个法艮；每个法艮都有一只牛鹂，要么栖在肩头，要么懒洋洋地在上空盘旋；有一个法艮抓着铠骥的鬃毛。他们在那里站立四个小时了，几乎一动不动，死死盯着这座小岛。

克尔德待在水边，与他们保持着安全的距离。这条猎犬不安地坐着，不住地哀鸣，时不时来回踱步，盯着处处都是漩涡的激流。

敖佐·卢恩咬着胡子拉碴的下唇，忍住伤痛，顺着树枝尽力爬远一点，好让他能观察到那个最直接的对手的动静。他走得很慢。由于岛上也没什么地方可去，他猜那头怪物可能转个圈子又会回来；要是他的身体状况再好些，就能在法艮回来的时候给他制造点意想不到的惊喜。

他眯着眼望向天空。弗雷耶正从树林后面显露出来。显然，在经历过前一天的灾难之后，它依旧完好无缺。巴塔利克斯已经升起来了，隐藏在云中。敖佐·卢恩很想睡一觉，但是不敢。法艮可能也是同样的情况。

既看不见那头怪物，也听不见异响，除了不绝于耳的汩汩水声。水冰冷刺骨——敖佐·卢恩记得很清楚。他的敌手泡在里面也算遭了大罪。看上去那个法艮似乎要给他设什么陷阱。顾不上伤痛，他有一种强烈的欲望，想要下到地上去一探究竟。决心已下，他攒了几分钟力气，一边在身上不停地抓挠。

动起来很艰难。他的四肢有些僵硬。他那身很有气势的黑色裘皮衣浸透了水，感觉变重了。最大的问题是左腿，又疼又肿又硬；膝盖僵直，弯不动。然而他还是设法滑下了树，身子平平地跌落在地。他痛苦地躺在那里，喘着气，抬不起身子，等着法艮随时跳出来杀了他。

河岸上的法艮们见他动了，立刻叫喊起来，但他们的声音不像人类那样有穿透力，隔着奔腾的河水几乎听不到。克尔德也嗥叫起来。

敖佐·卢恩站起身来。他在泛着泡沫的水边找到一根没了树皮的树枝，可以当作拐杖。恐惧、寒冷、伤痛、翻江倒海般的眩晕，这一切几乎让他崩溃。他感觉自己的身子很沉——冷一阵，热一阵。绝望之中，他四下打量了一圈，在身上挠着，大张着嘴，提防着攻击。不过，到处都看不到那个法艮的影子。

“我要打败你，你这个臭东西，如果我不是还要忙别的……我可是艾姆布鲁都克的领主……”

他一步一步往前挪，让堆在小岛中脊上的那堆乱石始终隔在自己和河岸之间，好让那伙法艮看不到他。在他右边，水中夹带着石块、碎屑，长长的草在水里漂动，随着旋涡朝对岸舞动。泛着光泽的水面上，有一层雾气随着波涛不住地翻滚。

那些发育不良的小树大树跟他一样遭受重创，很多树木都被早些时候泛滥的洪水和乱石压得七零八落。这块由大自然破坏之力造就的乱葬岗最宽处不过十二米，而它横在那里——好似一条巨大的、沉在水里的动物脊梁——在目力不及的远处把激流一分为二。

他就像一头受伤的熊跛着往前走，小心谨慎，急切地巡视着，在水边吃力地挪着步子，尽力在自己和可能发生攻击的地方之间，保留一些空间。

一只牡鹿高昂着头，眨着眼，从他眼前的一片蕨类灌木丛中蹿了出去。当它一头扎进水里时，他被吓得跌倒在地，那头鹿在激流中只露出红褐色的脑袋和三叉的犄角。它发出一阵哀鸣，再强健的身体也只能随波逐流了，洪水带着它去了一片更宽阔的河湾。这只动物没法上到对岸去，敖佐·卢恩看着它在雾中消失时，它仍然在水中用尽全力挣扎着。

过了片刻，他爬过一棵倒下的树时，又看到了牛鹂。

牛鹂正用那双宝石般的眼睛瞅着他，那双眼更像是爬行动物的眼睛，它正栖在一间用草皮和碎石铺顶的小窝棚上。窝棚的墙壁是用经过切割的石块砌成的，乱糟糟的顶篷生满了蕨类和七扭八歪的树苗，让这窝棚看上去像是自然的产物。敖佐·卢恩找路绕到它前面，他断定那个法艮就在里边。

门前不超过三英尺的地方，地面凹陷下去，水在里面打着漩儿。小岛在这里塌陷了一块，然后又在上游几米远的地方露出了地面，仿佛一条瘦长的小船载着一堆毫无用处的石头在洪水中艰难行进。小岛被一道齐膝深的水流横隔开来，分成了两个部分。这个熊一样的男人可以蹚过去，到那边比较安全。而法艮这个种族对于水的憎恶世人皆知，永远都不会跨过来。

水冰得刺骨，就像鳄鱼的牙齿咬在身上。他蹒跚着走到小岛的那面，忍不住痛吼了几声，随即跌倒在地。他趴在地上，在岩石间往前爬，不住地扭身看着那个窝棚。对手肯定在里边——也不怎么舒服，受了伤，就跟他自己一样。

他支撑着站起身来在岛上游走，吃力地搜寻着，最后用刀子削了两根结实的木桩。他把木桩夹在胳膊下面，返回那道小小的激流，支着拐杖蹒跚着蹚回去。他始终目不转睛地盯着窝棚的门。

等他到了门前，头顶出现动静。牛鹂猛冲下来，用锋利的喙使劲啄他的额角。他丢下拐杖和木桩，用刀在空中乱劈乱砍。那只鸟冲下来，他正好一刀刺进它的胸膛。鸟儿笨拙地一歪，落在一根原木上，红色的血在羽毛上洇出了斑点。

他拐着腿走上前去，把两根木桩用力插好，一根卡在门闩下面，一根卡在靠上面的一只合页下。门立刻震动起来。紧接着传出捶打声和吼叫声，那个法艮拼命要出来，可桩子把门死死卡住了。

他捡起拐杖。就在他要返回对面的孤岛时，目光落在了牛鹂身上，它还在不停地蹬腿，胸口往下淌着血。他高高举起拐杖狠狠砸下，杀了那只鸟。

他胳膊下面夹着死鸟，一瘸一拐地第三次蹚过冰冷的河水。

一到对岸，他马上坐在地上按摩双腿，想尽快恢复知觉。他不住咒骂着深入骨髓的疼痛。窝棚的门还在被大力捶打。迟早会有一根桩子松脱，但目前法艮还没法儿出来，艾姆布鲁都克的领主暂时获胜。

敖佐·卢恩拽着牛鹂，爬到了两棵紧挨着的树中间，在身边堆起一圈石头保护自己。他的身子一阵一阵发虚。他把脸埋在尚余温热的鸟羽中，睡着了。

寒冷和麻木让他醒了过来。弗雷耶低垂在西方的天空，淹没在金色的暮霭中。他在藏身处扭动了一下身子，能看到不远处的对岸，那几个法艮还等在那里。他们身后，地面缓缓抬升的地方，他能辨出伊莱恩·泰尔倒下的位置。再往远处，一片雾色中浮现出那个更为巨大的哨兵。水边看不到克尔德的影子。

腿不那么疼了。他退出自己的洞穴，拖着死鸟，站起身来。

那个法艮就在几米开外的河水对岸。他身后的窝棚门还是好好的。不过顶棚破了，石头散落一地；法艮是从屋顶钻出来的。

法艮哼哧着把头转来转去，他在做这种令人费解的动作时，犄角映着余晖寒光闪闪。他的样子挺可怜的，皮毛都被水泡得纠结成团。

当敖佐·卢恩现身时，他猛地投出一根外形蠢笨的长矛。敖佐·卢恩浑身僵硬，这长矛又出其不意，他全然来不及躲避，可那根标枪偏得太远。他看清了，其实就是他用来堵门的一根木桩子。扔得这么差劲，也许这个法艮的手臂有伤。

敖佐·卢恩舞了舞拳头。用不了多久天就要黑了。本能催促着他要生起一堆火。他让自己全力忙于这件事，感谢乌特拉，他觉得有劲儿多了，不过让人困惑的是，他还是能感觉到某种说不清道不明的不适。可能是饿了，他这么告诉自己，不过食物就在手里，只要生起火就行了。

他搜集了一些枯枝，在石头中间搭起一个避风的地方，这时候的他又是一个出色的猎人了。他把一根木棍放在双掌中间用力搓动，火绒闷燃起来了。奇迹发生了，一小丛火苗燃了起来。敖佐·卢恩看到双手间的火光，脸上坚毅的线条也柔和了少许。法艮站在远处看着，一动不动。

他喊叫起来："弗雷耶之子，你在制造温暖！"

敖佐·卢恩抬头看了看，只能看到那位对手的轮廓，在夕阳金色的天空下映出一幅剪影。

"我制造了温暖，我还要把你的鸟弄熟吃掉，法艮蛮子。"

"把牛鹂分我点。"

"洪水一两天就会退下，然后我们就都能回家了。你暂时就待在那里吧。"

法艮的发音十分模糊。他说了些敖佐·卢恩不懂的话。敖佐·卢恩坐在火边，盯着水流对面的敌手，现在他的剪影消失在树木与山丘的影子里，日暮中只剩下一团漆黑。敖佐·卢恩在身上抓来抓去，用指甲在裘皮下面挠，身子不住地摇晃。

"你，弗雷耶之子，你病了，而且今晚就会紫掉。"法艮说话的时候有些大舌头，发"呲"音有些困难，像是"滋"，把"死掉"说成了"紫掉"。

"紫掉？是的，我冻得发紫了。但我依然是艾姆布鲁都克的领主，你这臭屎。"

敖佐·卢恩开始招呼克尔德，但没有回应。天色太暗了，他看不到那群法艮是不是还守在河边。整个世界都淹没在夜色之中，只能看到朦胧的光影。

他很担心自己身体发虚的状况，他觉得那个法艮像是蹲下了，好像打算跳过那片横在他们之间的水域。

他舞起一只拳头，说："你守在你那边，我守在我这边。"

仅仅说了这么几个字，就让他觉得浑身乏力。他把手捂到眼睛上，像打一天猎的克尔德一样喘起了粗气。

那个法艮很久都没有回话，仿佛打算好好琢磨一下这个男人的话，最后决定反驳一下。他没做任何动作，只是说："我们在伤同的世界里生死，伤同的世界。这就是我们必施战斗的原因。"

这番话越过流水传到了敖佐·卢恩耳中，他无法理解其中的含意。他只记得自己曾经冲着沙耶·泰尔大吼大叫，说团结一致会让他们生存下去。现在他迷茫了。当他需要她的时候，她却遥不可及。

他转向那堆火，跪坐在地，把更多的树枝推到火里，开始切割那只血淋淋的鸟。他扭下一条腿，肌腱在上面悬着，他把它扦在一根树枝上，准备放到火上烧烤，却忽然意识到皮疹带来的折磨已经深入骨髓，他的骨骼就像被架在火上烤。一阵不适席卷全身，食欲突然变成了恶心。

他往后退了退，摇晃着身子站起身来，踩到了火里，茫然间往前一扑，倒在水中。他头晕目眩，手里还举着那根血淋淋的鸟腿。水声很大。但对于他来说，河水似乎静止不动了，小岛变成了一艘狭长的小舟，飞速穿越一片湖水，他无法控制它，而湖水永远也不会停止，径直流入一个巨大的幽黑的洞穴之中。

洞口闭上了，吞噬了他。

法艮说："你得了骨热病。"他的名字叫耶哈姆-惠利玛尔，他不是战士。他和他的朋友们是巡游的护林人和真菌贩子。他们的铠骥被偷了。当那两个弗雷耶之子出现在他们的地盘中间时，他们只是恪尽职守，结果现在耶哈姆-惠利玛尔陷入了困境。

真菌贩子因为诸多因素的侵扰，被迫迁往西边。他们循着宜人的大气音阶朝着远离不安的方向躲避，这期间他们遇到了像自己一样身份低微的居民，这些人谈论着一场伟大的圣战，战士们正一路推进，要摧毁前方的一切。尽管得到了警告，真菌贩子还是继续在这片土地上搜寻着更凉爽的地方，但却偏离路线进入了一条大气音阶已经被玷污了的长长的峡谷。洪水来了。他们被迫回撤。暴烈和混乱侵扰着他们的精魂。

他一动不动地站在水边，等待那邪恶的哨兵弗雷耶消失。它没入黑暗消失不见了，让他有了一些宽慰。等他不那么僵硬了，就去按摩受伤的手臂。夜晚真让人喜爱。

在一段距离之外，他的敌人趴在一堆石头中间。看上去对他暂时没有威胁了。说到底，尽管弗雷耶之子曾是寄生于世的诅咒之物，可他们还是会得到怜悯：他们最终全都会在剑族出现的时候病倒。这并非什么审判。耶哈姆-惠利玛尔伫立不动，任凭时间流逝。

“你病了，就要紫了！”他喊叫着。但还是能感觉到自己体内有坏朽之气。他用那只没受伤的手抓挠着脖子，注视着这片他站立其中的黑暗大地。完全的黑暗已经消散。东边的某个地方，巴塔利克斯——那个好哨兵，剑族的父亲——已经散放出淡淡的光芒，昭示着自己的存在。耶哈姆-惠利玛尔退到那间没有顶的窝棚里躺下，他那双鲜红的眼睛合上了，他睡着了，一动不动，没有梦境。

汹涌的洪水上笼罩着一层来自东方的辉光，昭示着巴塔利克斯的黎明。巴塔利克斯在洪水消退之前还会升起许多次，因为这洪水源自遥远的恩克特莱赫克大陆上面那庞大的蓄水池。洪水即将为自己找到一条奔流不息的河床。再过些时候，陆地的晃动会让河流偏向别的地方。到那时——还要过很多个世纪才会到来——当弗雷耶最为耀眼的时候，这片大地就会干涸，形成一片名为梅杜拉的荒漠，会有众多国度横亘其上，而那一切还都是遥不可及的未来。

当男人和法艮入睡时，他们都没有意识到，溢过他们这座可怜巴巴的小岛的这场大水，标志着一个时代的到来。这场大水只是暂时的，只不过会持续两百巴塔利克斯年。

XIII

一枚卢恩币

在地球观测站上，对于“骨热病”这个名词的解释十分透彻。它是一种由病毒引发的复杂病理的一部分，在“阿佛纳斯号”上的众多学者中间，它被称为“海利科病毒”，而且相比下面那颗行星上深受其苦的人，他们更加了解它的机能。

地球人通过对海利科尼亚微生物的深入研究早已知晓，这种病毒在海利科尼亚的一个大周期年中，也就是每1825小周期年中，会发作两次。然而它对于海利科尼亚人的意义则远远不止于此，其发作完全不是随机的，它们总是在标志着真正春季开端的二十次日食期间发生；而下一次发作则，是在大周期年下半年那六七次日食期间。气候的变化与日食相交叠，这仿佛成了触发病毒活动的诱因，它们互为镜像。这两次发作的影响具有同样的破坏性，尽管不同阶段的后果截然不同。

对于下面那个世界的居民而言，这两次灾难是互不相干的两种现象。两者在海利科尼亚肆虐的间隔超过五个世纪（几乎相当于地球上的七个世纪）。所以它们在不同时期有不同的名称：骨热病和肥死症。

这股病毒的洪流就像一股不可阻挡的洪水，影响着遭它蹂躏的那片大地上的所有历史。然而每一个单独的病毒就像一滴水一样，微不足道。

海利科病毒在放大上万倍后才能被人眼看到。它的尺寸是九十七纳米。它包含一个体囊，部分裹在一个由脂质和蛋白质构成的二十面体之中，里边包含着核糖核酸；它以多种方式组合成多样的海利科病毒，其作用方式类似于地球上已经灭绝的疾病——流行性腮腺炎。

“阿佛纳斯号”上的学者和地球上的海利科尼亚观众都在推断这种病毒的破坏性。就像古印度教的湿婆，海利科病毒代表着剑族破坏与维系的法则。它能置人于死地，而它那致命性的复苏和流行带来的却是延续。如果这颗行星上没有海利科病毒，无论人类还是法艮，都不可能存在。

也由于它的存在，地球人无法在海利科尼亚落脚并生存下来。在海利科尼亚上，海利科病毒是真正的统治者，它为这颗行星设置了一条防疫警戒线。

迄今为止，骨热病尚未进入艾姆布鲁都克。但它正在接近，与那个年轻的可赞王，赫尔－布拉亥尔·耶普利特的圣战一样势不可挡。“阿佛纳斯号”上的学者们心里想的只有一个问题：哪一个先到？

居住在艾姆布鲁都克的那些人则被另一个问题困扰着。处于这个摇摆不定的等级制度顶端的那些人，心中总是盘踞着那个挥之不去的问题：如何获得权力，以及获得之后又如何保住？

幸运的是，对于人类的历史来说，这个问题从来不曾有过一个永恒的答案。但谭瑟·恩和法拉林·弗德，两个贪图利益而又随和的人，对于这个问题并没有什么兴趣。时间流逝，新一年来临——新历二十六年，一个命运攸关的年份——敖佐·卢恩已经失踪半年有余，那两名亲兵队长依旧按部就班地处理日常事务。

眼下这种状况很合他俩的胃口。但这不合雷尼尔·莱延的胃口。他已经在两位摄政王与委员会跟前获得了越来越多的话语权。雷尼尔·莱延已经看到一套新的运行机制在奥多兰都成熟起来，通过推行这种机制，他可以依靠非暴力手段牢牢掌控权力，这倒是很合他的胃口。

他表现得似乎是屈从于商业上的诉求——引进了钱币来替代古老的物物贸易方式。

从现在开始，奥多兰都没有什么东西是免费的了。

面包也要用他的硬币来支付。

谭瑟·恩和法拉林·弗德满足于自己分得的那一杯羹，对于雷尼尔·莱延的计划点头表示同意。这座城市每一天都在扩张。贸易不再局限于外围，它越来越往中心地带聚拢，并且正在成为生活的中心。依照雷尼尔·莱延的创新想法，要对贸易课税。

“购买食物是不对的。食物应该自由获取，就像空气一样。”

“但通过购买我们会得到钱。”

“我不喜欢这样。倒是雷尼尔·莱延的胃口越来越大。”达斯卡说。

他和他的朋友，西部大草原的领主，正往奥耶莉住的塔楼溜达，一路巡视，履行职责。他们的职责随着奥多兰都的扩张而增加。他们在哪里都能看到新面孔。委员会的有识之士估计——掰着有些枯皱的手指头估摸着——本地出生的人占总人口的四分之一多一点。其余的都是外国人，他们中许多只是路过。奥多兰都本就坐落在这片大陆的交通要道，只是最近才开始承担起这个功能。

几个月以前还是一片开阔的地方，现在搭满了棚屋和帐篷。另外一些变化造成的影响更深。狩猎后举行或寒酸或丰盛的庆功晚宴的旧习俗消失了。雷恩泰尔·阿耶和达斯卡仍然让奴隶喂养他们的骅骝，但狩猎活动却越来越少。刺囊兽不见了，移民带来了牛群，这预示着一种更为安全的生活方式。

买卖时的相互算计毁掉了狩猎中形成的手足情。在敖佐·卢恩时代，那些在草地上放马奔腾并以此为荣的人，现在则满足于在街市上闲逛，身份变成了摊主、马夫、挑夫或是皮条客。

西部大草原的领主现在则负责这座城市正在扩张的新区域，就是坐落于沃雷尔河西边的这片广大地域。他们有若干司法官协助办事。南方来的有砖石技艺的奴隶正在为他们修建一座塔楼。采石场就在卜拉希米蒲树林那里。新塔楼是模仿着老塔楼修的，这座塔楼有三层高，俯瞰着领主管辖的那些帐篷。

查看了日常工作，跟一个监工玩笑了几句，雷恩泰尔·阿耶和达斯卡从一群朝圣的流浪者中间挤过，朝着老镇走去。做生意的帐篷支起来了，准备用来接待行脚客。每一个摊位都要由雷恩泰尔·阿耶的办公室发放许可证，相应的号码贴在圆牌子上。

这伙朝圣的人蜂拥向前。雷恩泰尔·阿耶给他们让开路，后背靠在一顶新帐篷上。他突然感觉脚后跟踩空了，脚下一滑，跌进一个坑里——那个帐篷正好把坑挡住了。他顺势抽出宝剑。帐篷里边是三个肤色苍白的小伙子，都光着膀子，当他转身面对着他们时，那三人望着他惊恐万状。

坑有齐腰深，大小如一间小屋子。

这几个人的额头正中画着第三只眼。

达斯卡出现在帐子角上，低头看着这个坑，看到好朋友失足的样子，咧嘴笑了起来。

“你们在干什么？”雷恩泰尔·阿耶问那三个人。

那三人从惊诧中回过神来，稳了稳情绪。其中一个说：“这将是一座圣坛，向纳巴的阿克哈献祭。这里是神圣之地。我们要求你们马上离开。”

“我拥有这片地方。”雷恩泰尔·阿耶说，“出示你们租用这块地的许可证。”

这几个小伙子交换着眼神。又有些朝觐者聚集在了坑洞周围，一边看一边嘀咕着，他们都披着黑白相间的袍子。

“我们没有许可证。我们不售卖任何东西。”

“你们从哪儿来？”

一个大块头的男人站在坑边，头上裹着一块黑布，身旁还跟着两个上了岁数的女人，她们带着一个尺寸挺大的东西，就放在她俩中间。他低着头用一种很浮夸的声音说：“我们是伟大的纳巴的阿克哈之追随者，我们正向南进发，传播真知。我们打算在这里树立起一座小小的教堂，希望你赶快把你那卑贱的身躯挪出去。”

“我拥有这片地方，每一铲土都是我的。既然你们要树立起一座教堂，为什么要往下挖？你们这些外国人难道不知道建筑要从大地向天空伸展出去吗？”

一个年轻的挖掘者略带歉意地说：“阿克哈是大地之神，居于地下，我们就生活在大地的脉络之中。我们要把他的喜讯传遍大地。我们就是来自帕诺威尔的收取者。”

“没有许可，你们不能挖这个坑！”雷恩泰尔·阿耶吼道，“出去，你们所有人都出去！”

那个举止浮夸的大块头开始喊叫，但是达斯卡抽出宝剑向前刺了出去。两个老妇人带着的那个东西用布蒙着。达斯卡用剑尖把那块布挑开。一个粗拙的雕塑显露出来，是一尊半蹲着的似人非人的塑像，青蛙一样的眼睛明明看不到东西却在注目凝视着。它是用一块黑石头雕刻的。

“真是个美人！”达斯卡大笑起来，“这么丑陋的鬼脸就得盖着点儿！”

那群朝觐者骚动起来。阿克哈被亵渎了，阳光从不允许触及阿克哈。几个男人冲向达斯卡。雷恩泰尔·阿耶大喝一声从坑里跳出来，用剑锋挡开这些人。小小的骚乱引得一名司法官带着两个部下赶了过来，他们拿着棍棒，不大会儿工夫，朝觐者就被揍得服服帖帖，承诺以后一定老老实实。

雷恩泰尔·阿耶和达斯卡继续向奥耶莉的新房子走去，它就位于芙芮的塔楼里，那座塔楼正在翻修。奥耶莉已经搬家了，因为大塔楼周围的广场变得太嘈杂，到处都是木头搭起的货摊和小酒肆。跟奥耶莉一起搬家的还有朵儿和她的小儿子拉斯迪尔·卢恩·丹，以及朵儿的老母亲萝尔·萨吉尔。随着敖佐·卢恩消失的时间越来越久，朵儿住在那栋建筑里越来越担心自己的安全，因为那里还住着两个越来越不管事的亲兵队长，法拉林·弗德和谭瑟·恩。

这座塔楼仍然被叫作沙耶·泰尔之塔，塔楼入口处有四名年轻力壮、恢复了自由身的博里恩奴隶把守。这是雷恩泰尔·阿耶的安排。他和达斯卡进去时，奴隶向他敬了个礼。

“奥耶莉怎么样了？”他一边往楼上走一边问。

“正在恢复。”

他看到自己的爱人躺在床上，与芙芮在一起，一旁还有朵儿和萝尔·萨吉尔。他向她走去，她伸出双臂搂住了他。

“哦，雷恩泰尔·阿耶——太可怕了。我吓坏了。”她盯着他的眼睛。他瞅着她的脸，看到了疲惫，看到了她眼窝下面淡淡的黑晕和细纹。所有去和父辈交流的人都会因为这种经历而变得苍老。“我以为我永远都回不到你身边了，我的爱人。”她说，“每下去拜访一次，下界都会变得更糟糕一些。”

岁月让萝尔·萨吉尔变得弓腰驼背。长长的白发盖着她的脸，让人只能看到她的鼻子。她窝在床边照看着她的外孙，说道：“只有那些上岁数的人才不会返回世间，奥耶莉。”

奥耶莉坐起来，几乎把全身的重量都挂在了雷恩泰尔·阿耶身上。他能感觉到她在颤抖。

“这次似乎更是可怕到了极点——那是一个没有太阳的宇宙。下界跟我们的世界正好相反，原初砾石就像是太阳，处于万物的下方，它一片漆黑，散发着黑色的光芒。所有悬在那里的亡魂就像是星星……不是悬在空中，而是悬在岩石里。所有的一切都被缓缓吸入那砾石的黑洞之中……它们是那么恶毒，它们憎恨生灵。”

“没错。”朵儿很赞同，她抚慰着自己的老母亲，“它们憎恨我们，一有可能就会吞吃掉我们。”

“它们会在你经过的时候抓你。

“它们的眼睛里满是邪恶的尘埃。

“它们的下巴也——”

“那你父亲呢？”雷恩泰尔·阿耶转过话头，让她回到正题，为什么要进入通灵。

“我在下界见到了我的母亲……”好一阵子奥耶莉都说不出话来。尽管她紧紧依偎着雷恩泰尔·阿耶，可在她看来，他所属的这个由大气构成的世界并不比她刚刚离开的那个世界更真实。她的母亲没有一句和蔼可亲的话，只有责备和痛斥，带着一种生者不太敢显露的强烈憎恶。

“她说我给她的名字蒙了羞，让她带着耻辱进入了坟墓；她说是我害死了她，我对她的死负有责任，从第一次感觉到我在子宫里的颤动，她就嫌恶我……我在孩提时做过的所有坏事……我的无助……我的屎尿……喔，喔，我都没法对你讲说……”

她号啕大哭起来，伤心欲绝，发泄着心中的悲伤。

芙芮上来帮着雷恩泰尔·阿耶扶住她，“那不是真实的，奥耶莉，那都是幻象。”但是她被自己这位哭泣的挚友推搡到了一边。

这里的每一个人都曾在某个时候进入过通灵。每一个人都怀着阴郁的怜悯看着她，心中各有所思。

“可你的父亲呢，”雷恩泰尔·阿耶再一次问道，“你见到他了吗？”

她缓了缓心神，抓着他伸直手臂，满是血丝的眼睛盯着他，鼻涕、眼泪在她脸上抹得到处都是。

“他不在那里，感谢乌特拉，他不在那里。他还没到沉入下界的时间。”

听到这消息，人们惊诧得面面相觑。为了掩饰敖佐·卢恩可能终究是跟沙耶·泰尔一起走了的这种可能性，奥耶莉继续说着：

“他自然不会变成那种邪恶的幽魂，他活得可是够丰富多彩的，不会变成那么一团恶毒的东西，不是吗？至少他已经暂时避免了那种命运。可是这些日子以来他在哪里呢？”

朵儿听到消息立即抽泣起来，她从母亲手中夺过拉斯迪尔·卢恩，抱在怀里摇晃着说："他还活着吗？他在哪里？说实在的他算不上太坏…… 你能不能确定他真的不在下面？"

"都跟你说了他不在。雷恩泰尔·阿耶，达斯卡，我们能够确定他仍然在这个世界上的某个地方吧，尽管只有乌特拉知道他在哪儿。"

萝尔·萨吉尔号啕大哭起来，现在她的一举一动不再被那个婴儿拖累了。

"我们迟早全都会下到那个可怕的地方。朵儿，朵儿，下一个就要轮到你可怜的老母亲了…… 答应我，你会来看我，答应我，我也答应你绝不会对你恶语相向。我永远不会因为你与那个可怕的男人搅在一起而责备你，虽说这打乱了我们所有的生活……"

朵儿安慰着母亲，雷恩泰尔·阿耶则尽力抚慰着奥耶莉，可她突然一把将他推开，从床上爬起来，抹了一把脸深深呼吸了几下，"别碰我…… 我浑身都是下界的恶臭。让我好好洗洗。"

在他们沉浸在哀伤中的这段时间里，达斯卡始终站在屋子后面，他粗壮的身子倚着粗硬的墙壁，脸上木呆呆的，没有表情。这时，他走上前来。

"安静，你们所有人，好好想想吧，我们的处境还很危险，我们必须利用这个消息反客为主。如果敖佐·卢恩还活着，那我们就得有一个行动计划，直到他回来——如果他能回来的话。也许是法艮蛮子把他抓走了。

"我警告你们，法拉林·弗德和谭瑟·恩谋划着要接手统治奥多兰都。首先，他们打算建一个铸币厂，雷尼尔·莱延对于管理铸币厂是很热心的。"他扫了芙芮一眼，又移开了，"雷尼尔·莱延已经让金属制造者忙起来了，开始铸造钱币。等他们控制了铸币并给自己人好处时，他们就大权独揽了。他们肯定会在敖佐·卢恩返回时杀了他。"

"你怎么知道？"芙芮问道，"法拉林·弗德和谭瑟·恩是他多年的朋友。”

“怎么说呢……”达斯卡说，“冰在消融之前，一直都是固体。”

他警觉地站在那里，盯着每一个人，目光最终落在了雷恩泰尔·阿耶身上。

“现在我们必须证明我们真正的价值。我们不能告诉任何人敖佐·卢恩还活着。谁都不告诉。他们不知根底的话对我们更有利。让所有人心里都没底。奥耶莉的消息会刺激亲兵队长立刻谋权篡位。他们会在他回来之前先发制人。”

“我并不觉得……”雷恩泰尔·阿耶话只说了一半，达斯卡就斩钉截铁地打断了他：

“如果敖佐·卢恩死了，谁是最好的接班人？你，雷恩泰尔·阿耶。还有你，奥耶莉。劳伊·阿楠的儿子和敖佐·卢恩的女儿。朵儿的这个小宝宝会成为一个危险的反制手段，委员会会拿他做手脚。雷恩泰尔·阿耶，你和奥耶莉必须马上联手，我们已经犹豫得有些太久了，应该立即举行仪式，召集十几名博里恩来的祭司，宣布说老领主已经死了，这样你们才能接替他来进行统治。你们会被众人接受的。”

“法拉林·弗德和谭瑟·恩也能接受？”

“我们能制住法拉林·弗德和谭瑟·恩。”达斯卡无情地说，“还有雷尼尔·莱延。他们得不到广泛的支持，而你们则不然。”

他俩肃穆地相互对视着。最终，雷恩泰尔·阿耶说话了：

“我不打算在敖佐·卢恩还活着的时候接任他的大位。我感谢你的机敏，达斯卡，但我不会执行你的计划。”

达斯卡把手扶在后胯上嘲讽地说：“我懂了。所以你也不在意亲兵队长是不是会接任大位？他们会杀了你，还有我……如果他们……”

“我不相信。”

“你只相信你希望发生的事情，他们当然会杀了你。还有奥耶莉，还有朵儿和这个孩子，可能也包括芙芮。别再做梦了。他们心狠手辣，而且肯定很快就会动手。盲日，还有骨热病的传言……他们会在你优柔寡断的时候动手的。”

奥耶莉说道：“最好把我父亲找回来。”她审慎地看着达斯卡，而不是雷恩泰尔·阿耶，“情况会不断变化——我们需要一个真正强有力的统领。”

达斯卡听了这话，酸溜溜地笑了起来，什么都没说，只是观察着这番话在雷恩泰尔·阿耶身上是否有影响。

一时间屋里悄然无声，雷恩泰尔·阿耶笨嘴拙舌地打破了寂静：“不管亲兵队长会做什么或是不会做什么，我都不打算争权。那样只能造成分裂。”

“分裂？”达斯卡说道，“这个地方已经分裂了，外国人已经让这地方变得一团糟。你要是还相信敖佐·卢恩那番关于团结的言论，就太傻了。”

争论进行的过程中，芙芮始终在翻板门边。抱着双臂倚着墙，不动声色地站立着。这时，她走上前来说道：“你犯了个错误，只想着眼前的事情。”

她指了指那个婴儿，说：“当拉斯迪尔·卢恩出生的时候，他的父亲就已经消失了。那是三个季度之前的事了。双日齐落的日子已经过了。所以我要提醒你们，距离上次日食已经过去了三个季度。或者说上次盲日，要是你们更喜欢老说法的话。

“我必须警告你们，又一次日食正在临近。奥耶莉和我进行了计算……”

朵儿的老母亲放声痛哭起来，“那些年里我们从来没有经受过这种折磨……我们都干了些什么呀，要遭这样的报应！再来一次盲日，会让所有人都完蛋的。”

芙芮说道：“我无法解释为什么，我只是刚刚才开始学习解释盲日如何发生。”她朝那位老妇人投去怜悯的目光，“如果我是对的，下一次日食将会比上一次持续得更久，弗雷耶会完全消失超过五个半小时，这个过程会占据白昼的大部分时间，它在日出时就会开始。你想象得出那会引发什么样的恐慌。”

萝尔·萨吉尔和朵儿又开始哭泣起来。达斯卡突然大喝一声让她们安静，然后说：“持续一天之久的日食？以后几年的时间里我们什么都没法干了，只会没完没了地说日食。如果你是对的，这次还是弗雷耶完全消失的日食。你因何做出这样的判断，芙芮？”

她面对着他，目不转睛地望着他那张黝黑的脸，可她只看到了狂热和暴躁。她故意用他无法理解的语言答道：“因为宇宙不是随机的。它是一台机器。因此，一个人可以了解它的运动方式。”

在奥多兰都，已经很久没有听到过这样极具变革的话语了。它全然超出了达斯卡所能理解的范畴。

“如果你确定的话，那我们必须做出牺牲，必须全力保护自己。”

芙芮没有费心争辩，她转向其他人说：“日食不会永远持续下去。它只会持续二十年，在第十一次过后就会越来越短。二十次之后，它就不再出现了。”

众人觉得她这话只是为了安慰大家。他们脸上的表情流露出了内心深处的苦涩：二十年后，他们中可能没有人还会活在世上。

“你怎么能知道未来会发生什么，芙芮？就算沙耶·泰尔也做不到。”雷恩泰尔·阿耶沉重地说。

她真想伸手安抚一下他，但是她太羞怯了，“这就是观测和搜集远古事件的意义所在，把所有的因素都放在一起进行思考。理解我们所知道的，看清楚我们所看到的，这至关重要。弗雷耶和巴塔利克斯相距很远，即使它们看起来紧紧贴在一起的时候也是如此。它们各自在一个巨大的椭圆形平面的边缘运行。这两个平面相互倾斜了一个角度。在它们相交的地方，就会发生日食，因为这时候巴塔利克斯正好位于我们与弗雷耶的连线之间。你们能理解吗？”

达斯卡来来回回踱着步子，他焦躁地说：“听着，芙芮，我禁止你在公众面前说这些疯狂的言论。人们会杀了你的。这就是学堂引导你的后果。我不想再听到这种话了。”

他阴沉地看了她一眼，目光中带着苦涩，却也流露出古怪的祈求之情。她悚然无语。达斯卡没再说什么，径自离开了房间，身后只留下一片寂静。

他走了不过几分钟，外边的街上就一片骚乱。雷恩泰尔·阿耶立即跑下去看发生了什么。他以为达斯卡在处理，可他的朋友完全不见踪影。有个男人从坐骑上摔倒在地，大声嚷嚷着求救——从装束打扮来看是个外国人。一群人围着他，其中有不少雷恩泰尔·阿耶熟悉的面孔，但没人上去帮忙。

“是瘟疫。”一个男人告诉雷恩泰尔·阿耶，“不管谁去帮这个无赖，等到弗雷耶落下时自己都会被染上的。”

雷恩泰尔·阿耶叫来两个奴隶，把病人搬进了收容所里。

这是奥多兰都第一次在公共场合出现骨热病。

当雷恩泰尔·阿耶返回奥耶莉屋里时，她已经脱掉了骅骊皮衣，正在一大盆水里沐浴，隔在一张幕帘后面跟朵儿和芙芮说话。

朵儿的脸上长着酒窝，表情很夸张。她把正在吃奶的拉斯迪尔·卢恩从乳房上抱开交给母亲，说：“听着，我的朋友，你必须行动起来，召集大家发表讲话，进行解释。别在乎达斯卡。”

“你应该这么做，雷恩泰尔·阿耶！”奥耶莉叫喊着说，“提醒每一个人，敖佐·卢恩是如何建设奥多兰都的，而你是他手下多么忠诚的亲兵队长。别按达斯卡的计划干，向每个人保证，说敖佐·卢恩没有死，他很快就会回来。”

“没错。”朵儿说，“提醒人们，大家是多么为他担忧，说说他是如何建造那座桥的。人们会听你的。”

“你们已经理清了我们的麻烦，”雷恩泰尔·阿耶说，“但你们犯了个错误。敖佐·卢恩失踪太久了。几乎有一半人都没听说过他的名字。他们都是生人，路过的商人。去通灵区问问你见到的第一个人，谁是敖佐·卢恩——他肯定说不上来。这就是权力之门大开的原因。”他一动不动地站在她们面前。

朵儿冲着他挥了挥拳头，“你竟然敢这么说！这是谎言……当他回来的时候，他还会像以前一样统治。我也会看着他把法拉林·弗德和谭瑟·恩踢出去。别忘了还有那个卑鄙小人雷尼尔·莱延。”

“也许会这样，也许不会，朵儿。关键在于他根本不在这里。想想沙耶·泰尔吧，她也已经走了那么久，如今谁还谈论她？也许你仍然想念她，芙芮，但是别人不会。”

芙芮摇了摇头，平静地说：“如果你想听真话，我告诉你，我既不想念沙耶·泰尔，也不想念敖佐·卢恩，我觉得他们俩毁了我们的生活。我相信是她毁了我的……噢，我这么说欠妥，我知道，而且我欠她很多，我本身只是一个女奴的女儿。但我跟随沙耶·泰尔的时候太盲从于她。”

“没错！”老萝尔·萨吉尔叫嚷起来，一边晃着怀里的宝宝，“她是一个坏榜样，芙芮……过于贞洁以至于不完整，那就是我们的沙耶·泰尔。你也走上了同样的路。现在你准得有十五岁，差不多已近中年了，但还没跟男人亲热过。赶快吧，别等到太迟了。”

朵儿说：“妈说的没错，芙芮。你看到了，达斯卡是怎样走出去的，怒气冲冲，就因为你跟他争执。他深爱着你，就是这么回事儿。尽量顺从些，那才是女人的职责，对吧？向他张开你的双臂，他会给你想要的一切。我觉得他可是充满欲望的。”

“要张开你的双腿抱住他，而不是双臂，这是我的建议。”萝尔·萨吉尔咯咯笑着说，“现在奥多兰都到处都有讨人喜欢的女人招摇过市……一点都不像我们年轻时那样了，那时候想要寻欢可不容易。

现在那种事情在大市集里到处都是！毫无疑问，她们要的是钱。我很清楚她们会往那道缝缝里塞进——”

“够了，”芙芮双颊绯红，“没有你们这些粗鲁的建议，我一样会把自己的生活安排得很好。我尊重达斯卡，但我完全不钟情于他。换个话题吧。”

雷恩泰尔·阿耶抚慰地拉住芙芮的手臂，奥耶莉此时从幕帘后面出来了，头发盘在头顶上。她已经脱掉了骅骊皮衣，在奥多兰都的年轻人中间，那多多少少有些过时了。她穿着一件绿色的编织毛衣，几乎拖到地上。

“她们建议芙芮赶紧找个男人……就像你一样。”雷恩泰尔·阿耶告诉她。

“至少达斯卡足够成熟，而且也很了解自己的内心。”

雷恩泰尔·阿耶一听，冲着她一皱眉。他转过身背对着奥耶莉，问芙芮道：“跟我解释一下二十次日食。我不懂你在讲的东西。宇宙怎么是一台机器？”

她皱了皱眉，然后说：“以前你已经了解过其中的要素，但就是不愿意听。你必须做好准备，相信这个世界比你所笃信的更加奇异。我会尽力解释清楚。

“想象一下大地音阶伸展到了高空的大气之中，就像深入大地那样。想象一下这个世界，法艮称这个世界为赫尔-科·尼亚，这个世界因循着它自身富有规律的音阶活动。实际上，它的音阶一圈一圈地绕着巴塔利克斯。如你所知，赫尔-科·尼亚每四百八十天环绕巴塔利克斯一周——也就是我们的一年，巴塔利克斯并不移动，是我们在动。”

“那巴塔利克斯落下时，每天晚上又是什么在主宰？”

“巴塔利克斯在天空中是不动的。运动的是我们。”

雷恩泰尔·阿耶笑起来，“那么双日齐落呢？那又是什么在动？”

“一样，是我们在动。巴塔利克斯和弗雷耶保持着静止。如果你不相信，我就没法继续解释下去了。”

“我们所有人都看到是哨兵在运动，我亲爱的芙芮，我们生命中的每一天都是如此。所以还有什么？假设我相信它们会变成冰块？”

她迟疑了一下，接着说道：“好吧，实际上，巴塔利克斯和弗雷耶确实在运动，因为弗雷耶变得更加明亮了。”

“天呐……开始你让我相信它们不动，然后它们又动起来了。打住，芙芮……我会相信你预言的日食，但只会在日食发生之后，而不是之前。”

她不耐烦地哀叹了一声，把瘦骨嶙峋的手臂举过头顶，“哦，你们真是傻瓜。让艾姆布鲁都克衰落吧，这又有什么关系？你连一个简单的事实都无法理解。”

她离开屋子的时候甚至比达斯卡火气还大。

“也有一些简单的事情是她不懂的。”萝尔·萨吉尔搂着宝宝说。

芙芮的老房子体现着奥多兰都的变化。它不再那么凄凉了。从各处搜罗来来的七零八碎的物品装饰着这间屋子。她继承了一些沙耶·泰尔的财物——其中也有劳伊·阿楠的。她也在市场上交易来了一些东西。她绘制的星图挂在窗边，上面绘着两个太阳的黄道。

一面墙上挂着一幅古老的地图，是一位新出现的仰慕者送给她的。它是用彩色墨水在一张羔羊皮纸上绘制的。这是来自奥塔索尔的地图，描绘出了整个世界，对于上面所画的，她始终心存疑惑。这个世界被绘制成圆形，陆地被大海环绕着。世界坐落在原初砾石之上——它比世界更大——整个世界从它上面生长出来，或是喷吐出来。陆地的轮廓被简单勾勒出来，上方标记为锡伯纳尔，下面是坎普安莱特，底部还有一块单独分开的大陆叫赫斯帕戈尔特。还有一些岛屿也被标记出来。唯一一个标明的城镇是奥塔索尔，位于球形的中心。

她怀疑要从多远的距离观察，一个人才会看到世界是这种样子。依着她的理解，另外两个球形是巴塔利克斯和弗雷耶。但是它们的底部没有原初砾石支撑，那为什么这个世界就要有东西支撑着？

在地图旁边的一个小龛里立着一尊小小的雕像，是达斯卡送给她的。她把它取出来，心不在焉地把玩着。这尊雕塑是一对蹲卧在那里交欢的男女，两个人是从同一块石头里雕刻出来的。不知有多少只手摩挲过，他们的面孔已经模糊，久远的岁月把它的细节也侵蚀了。这个雕塑代表着两个人在一起的最高境界，芙芮把它放在掌心，满眼渴望地端详着。“这就是浑然一体。”她用低低的声音说着。

由于朋友们对她的取笑，她迫切地想着要体验这石头所代表的一切。当沙耶·泰尔还在奥多兰都的时候，她就深知通往知识的路是一条孤独的路。

这尊雕塑所刻画的这对早已在久远岁月中被忘却了姓名的男女，是不是一对真正的爱侣？这很难讲。

往昔岁月隐藏着许多关于未来的答案。她无望地看着那只她正尽力用木头打造的天文钟，就放在桌子上，紧靠着窄窄的窗户。不单是因为不擅于木工，她对这个世界的运行规则也难以把握，三个相互环绕的世界，两个依照路径运行的哨兵。

突然，她察觉出这些球体之间的紧密关联——它们都出自同一种材料，就像那对爱侣是用同一块石头雕刻而成的。有一种像是性欲般强大的力量神秘地把它们维系在一起，强制它们运行。

她在桌边坐下，开始摆弄那些操纵杆和环形部件，想把它们的顺序重新调整一下。

就在她沉迷其中时，她的屋门有了动静。雷尼尔·莱延鬼鬼祟祟侧身而入，小心翼翼地打量着周围，看屋里还有没有别人。

他看到她坐在窗前，窗外是淡蓝色的晴空。她就像是坐在画框里，光线笼着她的剪影。她的一只手抓着一个木球。就在他进来的那一刻，她差点蹦了起来——他观察人很仔细——她那天生的矜持有一刻消失不见了。她紧张地笑了笑，整理了一下骅骊皮衣胸口的线条。他关上了身后的门。

鞣皮匠人大师在最近的日子里僭取了高位。他的权形胡须用两条丝带系着，这是他跟外国人学来的。他穿着丝织裤子。近来他对芙芮大献殷勤，比如送她了那幅奥塔索尔的地图，那是从通灵区弄来的，而且很乐于聆听她的理论。对于这一切，她有些莫名的兴奋。尽管她并不喜欢他那虚伪的举止，可她挺开心，他对她所做的一切都有着十足的兴趣。

他说："你干得太辛苦了，芙芮。"说着，他冲她翘起了一根手指，挑了挑眉毛，"多花些时间到外面去，会让这可爱的脸蛋多些色彩。"

"你知道我有多忙，学堂的事情要忙，现在艾敏·理穆和沙耶·泰尔都走了，我自己的事情也要忙。"

学堂从来没有如此兴盛过。它有了自己的建筑，由芙芮的一个助手扩大规模并维持运转。她们吸引着有学识的男人来此演讲，她们会去接触任何路过奥多兰都的人。很多设想都在讲堂下面的作坊里进行试验。雷尼尔·莱延本人则始终关注着这一切。

他的眼睛什么都没落下，一眼就瞅到了那张小桌子中间的石头雕塑，他凑上去细细看着。她脸一红，有些坐立不安。

"这很有些年头了。"

"但依然很流行。"

她干笑了几声，"我是说那件东西本身。"

"我是说它描绘的事物本身。"他把雕塑放下，狡黠地看着她，把身子抵在了桌边，让自己的腿碰到了她的腿。

芙芮咬着嘴唇，低下了头。她对这个自己极其不喜欢的男人有了性欲的幻想，而且那些幻想疯狂地在她心里涌动。

但是雷尼尔·莱延轻车熟路，又换了花招。沉默片刻，他动了动腿，清了清喉咙，严肃地开口了：

“芙芮，那些刚从帕诺威尔来的朝圣者中间有个男人，他跟他们那伙人中的其他人不一样，没有被宗教迷惑。他会制造钟表，用金属进行精密的制造。你要想制造钟表，木头可不够好。我把这个能工巧匠引荐给你吧，你可以指导他按着你的意思专业地建造你那个模型。”

“我造的不单纯是钟表，雷尼尔·莱延。”当他紧贴着她的椅子站在一边时，她抬起头看着他，心中思忖着自己和他是否会被看作是用同一块石头刻出来的。

“这个我知道。你可以指导那个人来造你想要的机器。我付钱给他。很快我就会得到一个重要的职位，得到我期望的领导权。”

她站起身来，这样能更好观察他的反应。

“我听说你要管理铸币厂。”

他眯起眼睛注视着她，似笑非笑，“谁告诉你的？”

“你很清楚消息是怎么散播的。”

“法拉林·弗德又在胡说八道了。”

“其实你并没有觉得是他或者是谭瑟·恩告诉我的，对吧？”

他做了个轻蔑的手势，然后抓住她的手，“我每时每刻都在想着你。我会有权力的，而且，不像那些傻瓜——不像敖佐·卢恩——我相信知识与权力结合在一起能够加强权力……做我的女人吧，你会得到你希望的一切。你应该活得更好。我们会一起发现一些事情。我们会打开那座金字塔，那是我的前任戴特尼尔·斯卡尔从来都没打算做的事情，他只知道空谈。”

她偏过脸，心中想着自己瘦弱的身子、麻木的阴部能否吸引一个男人，满足一个男人。

她把手抽了出来，退后几步。她的双手现在自由了，像鸟儿一样扑到脸上，掩饰着心中的不安。

“别诱惑我，别戏弄我。”

“你需要诱惑，我的小母羊。”

他眯着眼睛，解开腰带上的荷包，取出一些硬币。他把它们递到她眼前，就像一个男人用食物引诱野生的骅骊。她谨慎地察看着。

“新的流通货币，芙芮，硬币。拿着。它们将在奥多兰都流通。”

这三枚硬币是不标准的圆形，冲压得挺粗糙。一枚小小的青铜硬币上面印着“半卢恩”；大一些的铜币上印着“一卢恩”，一枚小金币上印着“五卢恩”。每一枚硬币的中央都是一圈铭文：

奥
多　　兰
都

芙芮看着硬币，兴奋地大笑起来。在一定程度上，钱就代表着权力、先进和知识。“卢恩！”她叫起来，“这代表财富！”

“代表财富再合适没有了。”

她把钱币摆在自己那张破旧的桌子上，“我要用它们测试一下你的智慧，雷尼尔·莱延。”

“你对付男人真有一手！”他笑起来，但她那张细长的面孔十分严肃。

“半卢恩代表我们的世界，赫尔－科·尼亚。大点的一卢恩是巴塔利克斯。这枚小金币是弗雷耶。”她用手指按着半卢恩绕一卢恩转，“我们就是这样在高空的大气中运动。一圈就是一年——在这段时间里，半卢恩像小球一样转动四百八十次。明白吗？当我们看到一卢恩在运动时，实际上是我们自己在半卢恩上运动。然而那个一卢恩并非是静止不动的。这里包含着一个普遍的法则，就像是爱，就像是一个孩子围绕着母亲生活，半卢恩就是这样围绕着一卢恩——而一卢恩也是这样，至于五卢恩，我很确定。”

“你确定？基于猜想？”

“不，基于简单的观测。尽管道理简单，可如果没有理论模型，观测也是徒劳。在冬至与春分之间，半卢恩移动到了一卢恩两侧最远的地方。”她用手示范着轨道的直径，“想象一下，在五卢恩后面立着无数小小的杆子，代表着固定不动的星星。然后想象你站在半卢恩上。你能想象得出来吗?”

“不止如此，我还能想象你和我一起站在上面。”

她心中一动，这男人的思维真够快的，她的声音不由得颤抖起来，“我们站在那里，半卢恩先是到了一卢恩这边，然后又到了另一侧……我们会观察到什么？而那个五卢恩在固定不动的星星背景下看上去是移动的，这又是为什么?”

“只是看上去?”

“这个嘛，没错。这种移动既表明弗雷耶比那些星星距离更近，也表明其实是我们在运动，而不是哨兵在动。”

雷尼尔·莱延凝视着那几枚硬币。

“但你说这两枚小硬币在围着五卢恩转动?”

“你知道的，我们共同分享着一个罪恶的秘密。你的前任非法地把你们匠人的书献给沙耶·泰尔……从丹尼斯王的记载中我们了解到，按他所定，今年应该是446年。这个年份应该是从某个人……纳迪尔……算起……”

“我能更好地解释那些让你冥思苦想的难题，我的小母羊，而且有其他日期跟它进行对照。从丹尼斯历法来看，纪元零年，那是最寒冷最黑暗的一年。”

“确实如我所想。现在是从弗雷耶最衰弱时期算起的446年。巴塔利克斯的光照强度从来都不变化，而弗雷耶在变——由于某种未知的原因。我曾经相信它是随机地明暗交替，但现在我认为，宇宙并不会比一条河更加随机。万事皆有因由，宇宙是一台机器，就像这个想要模拟它的天文钟一样。弗雷耶之所以正在变亮，是因为它正在靠近我们——不，恰恰相反——是我们在接近弗雷耶。当思维深深扎根在语言之中时，很难摆脱旧有的思维方式。在新语言中，就应该说是半卢恩和一卢恩正在靠近五卢恩……”

他拨弄着胡须上的小丝带，芙芮观察着他思考的样子。

“为什么彼此接近的理论更适用于解释明暗变化的理论？”

她双手一拍，“问得好！如果巴塔利克斯没有发生明暗变化，为什么弗雷耶就要有？尽管一卢恩一直在运动中远离半卢恩，它却始终在一卢恩的周围。所以我认为，一卢恩也是以同样的方式围绕着五卢恩运动——而且是带着半卢恩一起。就是这种运动带来了日食。”她又让那两枚小硬币彼此环绕着动起来。

“你看到了吧？由于这种运动方式，半卢恩每年都会到达一个点，在那里，半卢恩上面的观察者——你和我——就看不到五卢恩了。这就是日食。”

“那为什么不是每年都有日食呢？如果有一部分讲不通，就从根本上破坏了你的理论，就好像一头骅骊不会用三条腿奔跑一样。”

她心想，他真聪明——比达斯卡或者雷恩泰尔·阿耶更聪明——而我喜欢聪明的男人，哪怕这个人有些缺德无耻。

“噢，有一个原因，可我还没法很好地证实，所以我才会想要建造这个模型。我很快就会向你展示的。”

他笑了，握住了她纤柔的手。她的身子颤抖起来，就像那天在卜拉希米蒲树下。

“明天你就会得到那个工匠，为你的模型进行十分专业的工作，如果你愿意成为我的女人，并且让我公布这个消息。我想要……在床上紧紧抱着你。”

“哦，你必须等等……求你……求……”他一把搂住她，她颤抖着跌进他的怀里。他的双手在她身上游走着，摩挲着她那纤瘦的线条。他真的想要我，她想，急不可待，他用达斯卡不敢用的方式要我。他更成熟，更有智慧。他并不像他们所说的那么坏。沙耶·泰尔弄错了。

她很多事情都弄错了。此外，奥多兰都现在的风尚也不一样了，如果他想要我，他应该让我……

“床上。”她喘息着，撕扯着他的衣服。“快，在我改主意之前。我太孤寂了……快，我准备好了。来吧。”

“哦，我的珍宝，当心……”他被她的不矜持逗乐了。她感觉着，她看到了，当身体压在她身上时他兴奋了起来。他笑起来的时候她呻吟着。她的眼中幻化出他俩的身影融合成了一副躯体，被宇宙那伟大的力量所引导，随着星辰旋转着，无名无迹，永世不休……

收容所是新建起来的，尚未完工。它矗立在镇子边缘，是从那座曾被称为普拉斯特塔楼的地方扩建出来的。这里收留的是一些在旅途中生病的旅行者。隔着街道是一个兽医诊所，接收生病的动物。

收容所和兽医诊所名声不佳——据说他们一套工具共用。但收容所由药剂师匠人组织的第一位女性成员很有效率地管理着，她是产婆，也是学堂的一位教师，所有人都称她为丝堪蒂老妈，用花朵的名字尊称她，因为她管理的病房总是用这种花儿装饰着。

一名奴隶将雷恩泰尔·阿耶领到了她的面前。她是一位身形高大壮实的中年妇人，胸部饱满，面容和善。她的一位姨妈是纳赫科里的女人。多年来，她跟雷恩泰尔·阿耶相处融洽。

“有两个病人在隔离病房，我想让你看看。”说着，她从腰带上的钥匙串里挑出一把。她已经舍弃了骅骊皮衣，换上了一身长长的藏红花色的围裙式工作服，几乎拖到地上。

丝堪蒂老妈打开她办公室后侧一扇厚实的门。

他们进入古老的塔楼，顺着坡道一直走到顶层。

从他们下方的什么地方传来歌曲的声音。雷恩泰尔·阿耶听出了曲调：“停下，停下，沃雷尔河。”旋律十分轻快，却带着一股忧郁之情，有着一种随波逐流无可奈何的意境。河水奔流，不会停下，不，不会为了爱或是它自己的生命停下……

塔楼的每一层都被分隔成小小的病房或是单间，每一间都有一扇门，上面装着格栅。丝堪蒂老妈没说话，拉开格栅上的小门让雷恩泰尔·阿耶往里看。

单间里有两张床，躺着两个男人。那两人几乎全身赤裸。他们在床上动弹不得，全身僵硬，却又不停地抽动。靠近门的那个人长着一头浓密的黑发，双手抱在头上，弓着身子躺在那里。他不停地在石头墙壁上蹭着四肢的关节，蹭出的血顺着他手臂的蓝色静脉纹络淌了下来。他的头僵硬地扭来扭去，甚至到了难以想象的奇怪角度。看到格栅前的雷恩泰尔·阿耶，他的眼神想固定在这边，可脑袋却不由自主继续缓缓地扭动着，颈部突起的动脉就像细细的绳索。

第二个病人躺在窗子下面，双臂紧紧抱在胸前。他把自己缩成一团又伸展开，同时来回摆动着双脚，骨头咯咯作响。他的目光异常狂乱，不停地在天花板和地板间游走。雷恩泰尔·阿耶认出这就是那个倒在街上的人。

这两个男人的肤色一片死灰，浑身是汗，散发出的刺鼻气味在单间里弥漫。雷恩泰尔·阿耶拉上格栅小门的时候，那两人继续跟看不见的攻击者进行着搏斗。

他说："骨热病。"他站在丝堪蒂老妈跟前，在浓重的阴影里观察着她的表情。

她默默地点了点头。他跟着她下了坡道。

撕心裂肺的歌声仍在唱着：

为何你那样匆忙？
如此急切地把我带到她身旁；
为何不让我去那……

丝堪蒂老妈扭过头说："他们中的第一个是两天前到的……我昨天就应该叫你来。他们不吃东西，甚至连水都喝不进去。这很像是慢性肌肉痉挛。他们的意识也受到了影响。"

"他们要死了吗？"

"得了骨热病的人只有一半能存活下来。他们中有的会失去三分之一的体重，只剩下一口气，之后，他们就那么瘦骨嶙峋地恢复过来。其他人不是疯了就是死了，就好像骨热病钻进了他们的牛头，杀死了他们。"

雷恩泰尔·阿耶咽了咽口水，觉得喉咙很干。回到她的办公室后，他凑到窗台上那一大束丝堪蒂和蕤芷跟前深深吸了几口气，让鼻子清爽清爽。房间四壁涂得雪白。

"他们是谁？商人吗？"

"他们都是从东方来的，分别跟着不同的玛第人队伍一起走。一个是商人，一个是吟游诗人。两个人都有法艮奴隶，目前都在兽医诊所。可能你知道骨热病会快速传播，成为严重的瘟疫。我想让那些病人搬出我的收容所。我们需要一个地方，远离镇子，我们能在那里隔离他们。这可不是孤立事件。"

"你跟法拉林·弗德谈过吗？"

她一皱眉，"不如不说。他一听，没说别的，就跟谭瑟·恩说疾病绝不能从这里扩散出去。然后他们建议杀掉病人，把尸体丢进沃雷尔河。"

"我看看能做什么。大约五英里外有一处废弃的塔楼，也许那里合适。"

"我就知道你会帮忙的。"她笑着伸出手抚着他的袖子，"有些东西把疾病带进来了，在适宜的条件下，它会像大火一样扩散开。有一半人会死掉——我们知道这是不治之症。我坚信是那些肮脏的法艮把它带进来的，也许是他们皮毛上的气味。一会儿会有两个小时的弗雷耶之夜，在那段时间里，我要把兽医诊所的两个法艮杀死埋掉。我想跟掌权的人说说，所以我告诉了你。我知道你会站在我这边。”

“你认为他们会让骨热病进一步扩散?”

“我不知道。我只是不想冒险。也许诱因完全不是这么回事……可能是盲日引起的，也可能是乌特拉把它派来的。”

她抿了一下嘴唇。他在她的脸上看到了忧虑。

“把他们深埋在狗都刨不出来的地方。我要去看看给你用的那座废弃塔楼的情况。你难道预计……”他略一迟疑，“很快还会有更多的病人?”

她不动声色地说：“显而易见。”

当他离开时，那悲伤的曲调仍在吟唱，从塔楼深处悠悠传来。

雷恩泰尔·阿耶没有抱怨丝堪蒂老妈，在弗雷耶之夜，他花了两个小时执行他们的计划。

早晨，就在奥耶莉为了找到父亲深入通灵返回之后，达斯卡的那番话让雷恩泰尔·阿耶心烦意乱。他看到了那番争执产生的强烈后果，说他和奥耶莉一起能够代表奥多兰都的领导权。一般来说，他想要的是那些他合法拥有的东西，就跟其他所有人一样。当然，他想要奥耶莉，但他是否想要统治奥多兰都呢?

达斯卡的话似乎让形势发生了微妙的变化。也许现在他就能通过夺取权力赢得奥耶莉。

当他忙着去做丝堪蒂老妈吩咐的事情时，那些念头充斥在他心里，而现在要忙的这件事情则关乎每一个人。骨热病不只是一个传说，也是一种任何人都未曾经历过的事实，这种事实让传说变得愈加黑暗了。人们会死去。瘟疫像是自然进程产生的狂躁跃动。

所以他毫无怨言地忙碌着，还让高邑甲·辛一起来搭把手。雷恩泰尔·阿耶和这位驱奴者一起把那两个骨热病受害者的法艮奴隶带了出来，让他们去了隔离单间。法艮被驱赶着把生了病的主人用席子卷起来从收容所搬走。席子看上去没什么危害，不会引发恐慌。

这支小队带着病人出了镇子，朝着雷恩泰尔·阿耶知道的那座废弃塔楼走去。跟他们一起的还有那个步履蹒跚、上了岁数的法艮奴隶，梅科，他临时被拉来搬运病人。本打算赶紧把这事儿办完，可梅科太老了，行动很慢。

高邑甲·辛也上了岁数，他的头发又长又枯，披散在肩上，这让他看上去也像是那些可怜的俘虏中的一个。他狠狠抽打着梅科，但鞭挞和咒骂都无法让这个负着重物的老奴隶加快脚步。梅科蹒跚向前，没有怨言，尽管他扣着脚镣的肢体被抽得毛发乱飞。

雷恩泰尔·阿耶暗暗告诉自己：我的麻烦在于，既不想使用鞭子，也不想挨鞭子。更深层的想法在他心头浮现出来，就像宁静的早晨浮起的迷雾。他反应过来，自己缺乏必要的领导特质。他所求不多，满足于得过且过的日子。

我猜我是太容易满足了，知道奥耶莉爱我并且能躺在她的怀里就足够了；敖佐·卢恩曾经像父亲一样就足够了；气候发生了变化就足够了；乌特拉命令他的哨兵待在天空中就足够了。

现在乌特拉任由他的哨兵迷失方向。敖佐·卢恩失踪了。而奥耶莉先前说着那么尖刻的话——说达斯卡内心成熟，言外之意就是说我不成熟咯？哦，我那位沉默寡言的朋友，那就是成熟吗？内心深处隐藏着一股机灵劲儿？知足就是不够成熟吗？

在他心中有着太多祖父小玉理的影子，而祭司玉理的影子太少太少。长久以来，他头一次回忆起他那位性情温和、总是与劳伊·布莱斯守在一起的祖父，以及他们是如何愉快地在那间装着瓷窗的屋子里相处。那已经是另一个时代了。那时候每一件事情都是那么单纯。那时候他们是多么知足，所求是多么少啊。

他现在不满足于就这样死去，不满足于被亲兵队长杀死，如果他们认定他跟达斯卡的谋反牵扯在一起，杀他恐怕是必然的。而且他也不满足于死在骨热病上，比如被这两个可怜的家伙传染到。他估计距离那个老塔楼还有三英里。

他停下脚步。法艮和高邑甲·辛搬着那些肮脏的病人和席子自行跟着他。在这里，又一次，他再一次顺服地去做要求他做的事情。这毫无理由。他必须改掉这种愚蠢的只会服从的习惯。

他冲着法艮叫喊起来。他们脚下一顿，停住了。他们站在原地，一动不动，只有肩上的重物窸窸窣窣。

这一小队人马站在一条窄窄的小路上，两边都是茂密的犬绒蓟。几天前，有一个孩子在这里被吃掉了，证据表明凶手是一头舌剑兽——食肉动物来到了人类聚居地附近，而现在野生的骍骊又十分稀少，所以现在这边没什么人走动了。

雷恩泰尔·阿耶钻进了灌木丛。他让法艮把他们生病的主人搬进树丛放下。那两个怪物漫不经心地照吩咐做着，那两人滚到了地上，身子仍然僵硬无比。他们嘴唇发青，紧紧皱缩着，露出了发黄的牙齿和牙床。他们的四肢扭曲着，骨节咯咯作响。他们多多少少能意识到周遭的环境，然而却无法止住持续的抽搐，这使得他们的眼珠在扭曲的面部皮肤下惊恐地滚来滚去。

“你知道这些人有什么问题吗?”雷恩泰尔·阿耶问道。

高邑甲·辛点了点头，邪恶地笑了，以此证明自己有着超乎常人的学识。“他们生病了。”他说。

雷恩泰尔·阿耶也没有忘记自己曾经从一个法艮身上染到过热病。

“杀掉这两个人。让法艮用手挖个坟。尽快干。”

“我明白。”奴隶大师脚步沉重地走上前来。

雷恩泰尔·阿耶靠着一根树枝站在那里，看着那位肥胖的老人遵循着他的吩咐忙碌，高邑甲·辛一直以来就是这么做的。每做一步，雷恩泰尔·阿耶就发布一条命令，命令就会被执行。他感觉自己彻底被牵扯进了所有的事情里，无法脱身。高邑甲·辛抽出一把短剑，依次插进病人的心脏。法艮用他们角质化的手挖出了墓穴——两个白色的法艮，还有梅科，他跟他的主人一样过分肥胖，因为年老而变黑的毛发十分蓬乱，他慢吞吞地干着活儿。

这几个法艮的腿上都戴着镣铐。他们把尸体滚进墓穴，把土踢到尸体上面，然后按他们惯有的方式一动不动地站着，等着下一道命令。他们得到命令在灌木丛中再挖三个墓穴。他们照做了，就像牲口一样一声不响地干着。高邑甲·辛把剑刺进那两个外来法艮的肋骨间，他们头朝下跌倒时，他顺势抹净了剑锋上的血迹，法艮的毛发染上了黄色的体液。

梅科则被驱使着把他们推进墓穴里，用土盖上。

他站起身来，面对着雷恩泰尔·阿耶，乳白色的黏液甩在鼻吻槽上。“现在别杀梅科，大师。卸掉我的链子让我自行死去。”

“什么?！扣了这么多年后松开你？你这老家伙。”高邑甲·辛生气地说着，举起了剑。

雷恩泰尔·阿耶叫他停下，盯着那个老法艮。这家伙在他还是小孩子的时候让他骑过。梅科没有提起这事儿，这一点打动了他。他没有流露出脆弱的情感。相反，他一动不动地站着，不管有什么事情降临到身上，他都等着。

“你多大了，梅科？”他想，情感，我的情感无法面对处死梅科的命令，对吗？

“我是囚犯，不计算年数。”那嘶哑的嗓音好像他的喉咙里飞着蜜蜂，“曾经，我们剑族统治着艾姆布鲁都克，而你们，弗雷耶之子是我们的奴隶。问问圣母沙耶·泰尔吧……她都知道。”

“她告诉我了，而且你们杀死我们就像我们杀死你们一样。”

绯红的眼睛眨了眨。这东西嗥叫了一声，说道：“在弗雷耶衰败的时候，我们让你们活了许多个世纪，这真太傻了。现在你们这些弗雷耶之子都要染病死了。卸掉我的链子，让我在幽闭中死去吧。”

雷恩泰尔·阿耶冲着敞开的墓穴做了个手势，对着高邑甲·辛命令道：“杀了他。”

梅科身子一挺，毫不反抗。高邑甲·辛把这庞大的身躯踢进坑里，用靴子把土堆在上面。然后他面对着雷恩泰尔·阿耶站在丛林中，舔了舔嘴唇，浑身不自在地看着他。

“从你还是个小孩子的时候我就认识你了，长官。我对你很好。至于我自己，我一直都在说你应该是艾姆布鲁都克的领主……你可以去问我的老伴。”

他没有露出任何要用宝剑自卫的样子。剑从他手中跌落，他跪倒在地，哭泣着，垂下了满头灰发的脑袋。

雷恩泰尔·阿耶说：“梅科显然是对的。我们显然已经让自己染上了瘟疫。我们的行动显然已经太迟了。”他没再多看一眼，撇下高邑甲·辛留在原地，径自回到了拥挤的城里，对于自己没下狠手十分生气。

当他回到自己的屋里时，已经很晚了。他四下看了看，脸色依然阴沉。弗雷耶斜斜的光线照亮了远处的角落，闪耀着一团亮光，给屋里其他地方投下令人不快的阴影。

他在水盆里开始洗脸和手。他捧起冰冷的水让它从眉毛、眼皮、脸颊流过，从下巴滴落。他不断捧起水冲洗着脸，深深地呼吸着，感觉热气离开了身体，而心中的愤怒依然如故。最后他抹了一把脸，发现双手不再颤抖了，觉得十分满意。

落在墙角的光芒移到了墙上，幻化成一团燃烧的金色，犹如方盒子般大小，然后那团金色缓缓褪去。他在屋里走了一圈，找了几样随身物品，几乎没去考虑手头的工作。

有人敲门。奥耶莉推门往里看了看。就像是感觉到了屋里的气氛很紧张，她停在了门口。

“雷恩泰尔·阿耶，你去哪儿了？我在等你。”

“我得去办些事情。”

她一只手扶着门闩，仍然待在门口，她看着他，叹了口气。光线从他身后照来，让她无法透过空气中厚厚的尘埃看清他的表情，但她察觉到了声音里的蛮横。“出什么事了，雷恩泰尔·阿耶？”

他把那条老旧的猎人毯子放进背包，使劲塞了塞。

“我要离开奥多兰都。”

“离开？你要去哪儿？”

“哦……咱们这么说吧，我要去找敖佐·卢恩。”他苦涩地说，“我已经对这里的每一件事……失去了兴趣。”

“别傻了。”说着，她往前一步，更清楚地看着他，心中却想，他在这间低矮的屋子里竟然显得这么高大，“你怎么在荒野里寻找他？”

他转过身来面对着她，把背包挂在肩上，“你是不是觉得在真实世界里寻找他更蠢？还不如像你一样进入通灵在幽魂间寻找？你总是告诉我要做件伟大的事情，可什么都满足不了你……好吧，现在我走，去做或是去死。这是不是伟大的事情？”

她无力地大笑起来，说：“我不想让你走。我想要……”

“我知道你想要什么。你认为达斯卡成熟，而我不成熟。好吧，去他的。我受够了，我要走，长久以来我一直都想这么做。试试你和达斯卡的好运吧。”

“我爱你，雷恩泰尔·阿耶。你现在的举止就像是敖佐·卢恩。”

他一把抓住她，“别再把我跟其他人比较。也许你不像我想象的那么聪明，否则你伤害到我的时候就应该会知道。我也爱你，可是我打算……”

她尖叫起来，“你为什么这么蛮不讲理？”

“我已经跟蛮不讲理的人一起生活太久了，别再问愚蠢的问题。”

他伸开双臂紧紧搂住她，用力吻在她嘴上，挤开了她的双唇让他们的牙齿撞在了一起。

他说：“我希望能回来。”听到自己说出这种蠢话，他尖刻地笑了起来。

最后又瞥了一眼，他转身离去，用力摔上身后的门，把她留在空荡荡的屋子里。那团金色早已只剩灰烬。天色几乎全黑了下来，她只能在外边的街道上看到几点火光。

“哦，你这个臭东西！”她骂道，“诅咒你……也诅咒我自己。”

然后她回过神来，跑到门前，一把拉开门冲着他喊起来。雷恩泰尔·阿耶正顺着楼梯往下跑，没有应声。她跟在他身后，抓住了他的袖子，“雷恩泰尔·阿耶，你这白痴，你要去哪儿？”

“我要去给大金子备鞍！”

他怒冲冲地说着，用手背抹了抹嘴。她在原地呆立了片刻，随即心里冒出一个念头，她必须去找达斯卡。达斯卡知道怎么对付他这个发了疯的朋友。

就在最近，达斯卡变得行踪不定。他有时睡在沃雷尔河那边尚未建成的房子里，有时在这座塔楼，有时又在那座塔楼，有时在一个新冒出来的令人生疑的地方。这一刻她所能想到的地方就是去沙耶·泰尔的塔楼，看看他是不是跟芙芮在一起。很幸运，他在。他正跟芙芮吵架，而她满脸通红，浑身哆嗦，就好像达斯卡揍了她。达斯卡看上去气得脸色煞白，但是奥耶莉冲进来打断了他们，冲口说了刚才的事情，不知不觉让他们忘了自己的麻烦。达斯卡闷哼了一声。

“我们不能让他现在走，正是乱成一团的时候。”

达斯卡狠狠瞪了一眼芙芮，冲了出去。

他一路跑到了牲口厩，雷恩泰尔·阿耶正牵着大金子出来。他们正好打了个照面。

“你真够疯的，朋友……理智些，没人想让你走。恢复理智吧，关心一下你自己。”

“每一个人都想要利用我做事情，这让我感到恶心。你想让我留在这里，是因为你需要我在你的计划中扮演角色。”

“我们需要你盯着谭瑟·恩和他那个老伙计，还有那个虚伪卑鄙的雷尼尔·莱延，别让他们控制每一件我们已经得到的东西。”他露出苦涩的表情。

“你没有机会了。我要去找敖佐·卢恩。”

达斯卡嘲讽道：“你疯了。没有人知道他在哪里。”

“我相信他跟沙耶·泰尔去了锡伯纳尔。”

“你这傻瓜！忘了敖佐·卢恩吧……他的星宿陨落了，他老了。现在是我们的天下。你要脱离奥多兰都，因为你害怕了，不是吗？很巧，我还有几个没有背叛的朋友，其中一个就在收容所里。”

“什么意思？”

“我知道的跟你一样多。你要脱身，是因为你害怕瘟疫！”

接着，雷恩泰尔·阿耶怒气冲冲地跟他理论起来，他随即意识到，这个达斯卡已经不是平日里那个城府很深的达斯卡了。这一刻，他只想按照自己的本能行事。他用尽全力朝达斯卡打了过去，伸开右手自下而上用掌缘狠狠地劈在了他这位挚友的鼻子下面。他听到了骨头碎裂的声音。

达斯卡当即仰面跌倒，双手捂住脸，血涌了出来，顺着他的指头缝滴下。雷恩泰尔·阿耶纵身上鞍，催动大金子挤出了围拢过来的人群。围观的人兴奋地议论着，围住了受伤的人。达斯卡摇摇晃晃站起身来，又痛得弓下了身子，不住地咒骂。

雷恩泰尔·阿耶心头的火气依然很盛，径直驾着坐骑出了镇子。他没带几样原本打算带的东西。依着他现在的情绪，离开的时候最好什么都不带，只要有宝剑和毯子就足够了。

当他离开的时候，感觉到口袋里有个小东西，他掏出来一看，是一尊小小的雕塑。暮光之中，他几乎无法辨出它的形状——但从幼年的时候他就对其了如指掌了。那是一只小狗，尾巴上下晃动的时候，下巴也会跟着动。从他祖父逝世的那天起，它就跟着他。

他抬手把它丢进了身边的灌木丛里。

XIV

穿过针眼

人类惧怕法艮那致命的一咬，但更为可怕的却是法艮蜱虱的一咬。

法艮蜱虱的叮咬不会导致法艮发炎，对于人类来说其实也并不会严重到哪儿去。它的口器经过千万年的进化，已经可以最为轻微地刺透皮肤，吮吸它所需的血液以推进其自身复杂的繁殖周期，而被叮咬的人却毫无痛楚。

蜱虱拥有精细复杂的生殖器官，但是没有头。它的口器分成两对，其中一对包含经过进化改良的钳螯，可以刺穿皮肤并向肌体注入一种混合有局部麻醉剂和抗血凝剂的液体；而这一敏感器官的另一部分则生有一个长满了利齿的复杂舌状结构，这些利齿向后弯曲，可以让蜱虱舒舒服服地挂在宿主身上。

蜱虱一旦挂在宿主身上便很难赶走，只有吃饱了才会脱落——除非牛鹂用那张利嘴把它啄食出来大快朵颐。

艾姆布鲁都克人多且杂，而病毒就隐藏在蜱虱的细胞里。病毒驻留在那里，却并没有活力，只是等候着时机将它引入生命的交响乐中。尽管在雌性法艮宿主的发情期里，病毒也会被激发，进入类活性状态，但那完全不可同日而语。在海利科尼亚的大周期年中，活跃状态只会出现两次，只有那时才会激活病毒进入活跃阶段。

一系列即将发生的连锁事件将会决定整个世界的命运。乌特拉，哲人可能会说乌特拉就是一种海利科病毒。

依从于外界变化的信号，病毒从蜱虱的细胞中流入口器，进入人类宿主的身体，然后顺着血管流动。就好像是依循着它自身的大气音阶运行，侵蚀的力量游走于身体直至新宿主的脑干，进入下丘脑，引发严重的大脑炎症，通常会导致死亡。

一旦进入下丘脑，进入那个古老的开启意识的部位，控制住了狂怒与欲望的部位，病毒就会开始大肆繁殖，其剧烈程度只有恩克特莱赫克的风暴可以与之媲美。

入侵人类细胞代表着一种基因系统侵入了一种全新的系统环境，遭受侵袭的细胞彻底屈服，几乎完全变成了一种新的生物组织，从而结束了其自身的自然历史进程。这非常类似于在一场历时久远的战争中，一座城市的控制权易手，起先属于一方，然后又属于另一方。

侵入，飞速繁殖，然后就会出现由这些事件造成的一系列外在表现。受害者的肌肉表现出狂躁性的僵硬与紧张，正如雷恩泰尔·阿耶在收容所里目睹的那样——在他之前还有很多前辈目睹过。基本上可以说，那些目睹过这种症状的人都没有留下什么记录，其原因不言而喻。

这些事实都已经由耐心的观测和细致的推论得到确认。“阿佛纳斯号”上的学者家族所受的训练就是为了处理这类事情，而且还有精密的仪器作为辅助手段。无法造访行星表面所导致的局限性，因此得到了一定程度的弥补。

但禁锢在“阿佛纳斯号”上，带来的不仅仅是显而易见的心理隔阂。要想给各种假说找到第一手证据也是绝无可能的。

他们对那种被称为骨热病的疾患的理解，最近由于进一步的深入研究而变得有些混乱。各种情况表明，一场争论又要由此引发。由于品氏家族已经指出，在发生二十次日食以及同时发生病毒侵袭的时期，人类的一种主要饮食发生了变化——至少在奥多兰都是如此。雷瑟尔酒不再流行。卜拉希米蒲这种作物富含维生素，在漫长的冬季时代维持着部落的所需，如今却已不受日常喜爱了。品氏提出，是否这种饮食变化让人类变得更适合蜱虱的口味，抑或是更适合蜱虱体内的寄生物，也就是那种病毒的生存？这个问题引发了热烈的讨论。一些头脑发热的人又一次提出，应该采取一些有违常规的行动，派遣探险队下到海利科尼亚表面去，尽管这么做很危险。

并非所有染上骨热病的人都会死。值得注意的是，那些患者以不同的方式倒下。有些人意识到自己曾经接触过病人，早早便预见了自己的结局，并不会去谴责乌特拉，这要视他们的脾气而定；另一些人原本活蹦乱跳的，突然之间就会崩溃，毫无征兆——在跟朋友交谈时，在田间行走时，甚至是躺在爱人的怀里时。对于幸存者来说，是渐渐死去还是突然暴毙，谁也不敢担保。然而他们患上疾病后，都只有一半人能挺过来。其余的，幸运的话会埋在一个浅浅的墓穴里——就像从丝堪蒂老妈的收容所抬出来的病人那样；在大范围疫情引发的恐惧中，所有人都离开家园仓皇而逃，却在路上投入了瘟疫的怀抱，许多人就像腐肉一样被弃于道边。

这种状况存在的时间，与人类在海利科尼亚上存在的时间一样久远。这种流行病的幸存者会失去三分之一的正常体重——“正常”这个词在这里只是一个相对的说法。他们再也无法恢复到原先的体重，他们的孩子也不会，孩子的孩子也不会。春季终于到来了，夏季近在咫尺——这时候，外形形变带来的是适应性。然后这种瘦削体型在人类中间会持续多代，尽管随着皮下脂肪的积累，体型的问题逐渐不再那么明显，但疾病却始终潜伏着，就由这些幸存者携带在神经细胞中。

这种状态将一直持续到大周期年的夏末，然后肥死症接踵而至。

就像是为了补偿两种季节的极致所造成的差异，海利科尼亚上的两种性别在身高、体型以及大脑重量方面都很相似。两种性别成年时的平均体重都在十二斯泰尼左右，这是奥多兰都古老的计量单位。如果人们熬过骨热病，就会变得异常消瘦，只剩下八斯泰尼或更轻，下一代人会有着骨瘦如柴的外形，之后的一代又一代人体重会缓慢增加——直到更为令人厌恶的肥死症带来又一次剧变。

在这种流行病这一周期的第一轮攻击中，敖佐·卢恩幸存了下来。在他之后，成千上万的人注定要遭受磨难，要么死去，要么熬过来。

有些人，那些躲藏在这个世界偏远角落中的人，可能会完全避开这场瘟疫，但他们的后裔在那个新世界里将举步维艰，他们会被视为畸形儿，能延续血脉的可能性微乎其微。以蜱虱作为载体而流行开来的两种疫情实际上是同一种疾病，而这种疾病可以说是各种疾病中的湿婆，是毁灭者也是救世者，让人类在这颗行星尤为极端的自然环境之下得以苟延残喘。

依照地球时间来推算，在两千五百年中有两次契机，海利科尼亚的人类不得不穿过那个由蜱虱所把守的针眼。这正是它们存在的意义，正是它们不断进化的意义。在这场屠杀中，在表面的不和谐之下，潜藏着一种和谐——仿佛在倍受痛苦折磨的尖叫声中，有一种令人宽慰的声音从最深的泉水里缓缓升起，低声吟诵着说，一切都美好无比。

对于这样的宽慰，自然是信则有，不信则无。

当肌肉爆裂的声音渐渐消失，会有一种潺潺流水般的妙音飘过。疼痛的折磨过后，感官会流畅地运行，对于敖佐·卢恩来说，最先清晰起来的是听觉。而他那正在恢复的视觉呈现出来的是一团团捉摸不定的圆形，无数斑点，无数条纹，或是均匀而模糊的色调。它们毫无意义，他也并不指望有什么意义。他只是待在原地，蜷缩着身子，大张着嘴，等待着，直到他的眼珠不再滚来滚去，让他能集中视线。

柔顺的和声帮助他恢复了意识。尽管还无法协调身体，他却已经开始意识到手臂有些不听使唤。莫名其妙的念头不断冒出来。他看到小鹿在奔跑，看到自己在奔跑、跳跃、攻击；一个女人在笑，他跨着坐骑，阳光从高高的树冠透射下来。他的肌肉在痉挛，疼痛难忍，就像睡在篝火边的老狗一样抽搐着。

圆滚滚的形状幻化成了泡沫。他被挤在中间，仿佛自己也变成了没有生命的事物。一棵小树从远远的上游被连根拔起，树皮被剥得干干净净，裹缠在岩石和沙砾中间不得脱身。他倚靠着它，跟它一样被裹缠在里边，手被别在头顶的什么地方。

浑身上下都在疼，他小心翼翼地把四肢收拢。他坐起身来，停了一会儿，把手臂搁在膝盖上，久久地望着汹涌的河水。听着水流的声音，一股愉悦之情涌上心头。他手膝着地往前爬去，感觉裘皮衣松垮垮地挂在身上，他爬向一条比手掌宽不了多少的窄河滩。盯着那片无休无止的溪流，他心中生出一股莫名的感激之情。夜幕降临，他把脸贴着砂石躺下了。

晨曦初露。两颗太阳的光芒照在身上，他感觉暖和了些。他站起身来，倚着一根支棱着的树枝稳住了身子。

他摇了摇须发蓬乱的脑袋，又能够行动自如让他觉得很开心。几米之外，隔着一条泛着泡沫的水流，那个法艮站在那边看着他。

它说："你又活扩来了？"

回溯到许多年以前的古代，在海利科尼亚的很多地方都有这么一种风俗，特别是坎普安莱特大陆，那就是杀死那些看上去已经上了岁数的国王，只不过评判衰老的标准和处置方式在不同的部落有所不同。尽管国王被视为是在阿克哈或者乌特拉的授意之下降临大地，可他们的生命却会出其不意地被终结。一旦他长出灰发，或者无法用一柄利斧砍下人头，或者无法满足妻子的性欲，或者再也跳不过一条溪流或是裂缝——或是依据那个部落可能信奉的不管什么样的评判标准——这个国王就会被绞死、投毒，或是用其他方式处置。

部落会用同样的方式来处置那些看上去得了不治之症的人，一旦他开始扭动、开始呻吟，就会被立刻处理掉。在早些年间，何为仁慈，无人知晓。焚烧是常见的方式，因为人们相信火焰中孕育着治愈的力量，患者家庭与房屋常常一同被送进火葬的柴堆。这种野蛮的"安抚仪式"极其有效地阻隔了流行病的传播，于是，最先将疾病来袭的消息传播出去的，常常是烈焰腾起时哔哔剥剥的声音。

历经各种磨难，人类一代又一代缓慢成长，越来越文明。如果我们考虑到文明的第一个象征是对于同伴的同情心、对于彼此的弱点热情相助，那么这种成长就显得尤为可贵了——没有这种同情心，人们就无法生活在一起，人与人之间就只会剩下混乱与绝望。现在，已经出现了医院，还有医生、护士，以及祭司——所有这些都专注于缓解痛苦，而不是粗暴地加以终结。

敖佐·卢恩没有得到这样的帮助就恢复了过来，也许是强壮的身体帮助了他。他没理会法艮，步履蹒跚地走到泛着灰色的水流边，缓缓弯下身子，用两只手掬起一汪清水抿了几口。

一串水珠从他指间溜走，从唇边流到了胡须上，又从胡须上被风一吹泼洒开，溅落回汹涌的流水重归大河。那些不经意落下的水珠却被仔细欣赏着。有数百万双眼睛看到了那小小的水花。有数百万双眼睛紧盯着敖佐·卢恩的每一个动作，看着他在那个狭长的小岛上站起来，看着那张湿漉漉的嘴喘着粗气。

地球观测站上的监视器阵列对很多东西都保持着密切的关注，包括艾姆布鲁都克的领主。将海利科尼亚表面接收到的所有信号全都传送回“海利科尼亚人学会”，正是“阿佛纳斯号”的职责所在。

学会的接收器设在冥王星的卫星卡戎上，那是太阳系遥远的边缘地带。它运行所需的大部分资金来自于它的娱乐性教育频道，有关海利科尼亚人的传奇故事通过它，持续不断地发送给地球和太阳系其他行星上的观众们。在每一个行政区里，都有一座宏伟的剧场像倒立在沙滩上的海螺壳一样矗立着，每一座都能容纳数万观众。高耸的穹顶指向天空，指向内容发送的方向。

有时候，这些剧场一连数年空无一人，几近荒废。然后，一旦那颗遥远行星上的一些事态有了进展，观众会再次拥入。人们蜂拥而至，就像是朝圣。海利科尼亚是地球上的最后一种伟大的艺术形式。地球上的人，从统治者到清洁工，无不对海利科尼亚人的生活面貌了然于胸。敖佐·卢恩、沙耶·泰尔、芙芮，还有雷恩泰尔·阿耶这些名字挂在每一个人的嘴边。地球上的神灵早已逝去，现在，新的形象取代了神灵。

观众把敖佐·卢恩当作自己人，只是置身于另一颗星球上，就像是柏拉图式的设想，将自己的影子投射在剧场这个巨大的洞穴里。观众席又一次坐满了观众。他们穿着凉鞋款步而入。即将侵袭的瘟疫，即将到来的日食，种种传言在奥多兰都传播的同时也在地球上传播，诱惑着无数人，他们的生活因对海利科尼亚的种种猜想与挂怀发生着改变。

这些前来观看的朝圣者中，一些人由于宇宙尺度带来的悖论出了丑。“阿佛纳斯号”上的八个学者家族跟海利科尼亚人生活在同一时期。这两者的生活与每一种感受都是同步进行的，尽管因为海利科病毒，他们注定只能永远同他们所研究的那颗类地行星相互隔绝。

这八大家族早已将这颗遥远的星球当作了自己的家乡，然而家乡却又可望而不可即！他们把信号传送回地球的时候还没有建造起第一座剧场，甚至连剧场的策划者都还没出生。信号要花费一千年跨越两个星系之间的空间。在这一千年中，发生变化的并不单单只有海利科尼亚。

那些人现在悄无声息地坐在剧场里看着全息屏幕上敖佐·卢恩巨大的身影，看着他啜饮的水从唇边坠落回流水中，这一切其实都发生在一千年前，一千光年之外。

他们所看到的那些被禁锢的光影，那些正在经历的生活，其实是一种科技的奇迹，一种科学体系的胜利。只有那些全知哲学家说得出在水滴落回河水的那一刻，谁还活着：是敖佐·卢恩，还是欣赏着他的观众。然而有一件事情并不需要费尽心机地依靠争辩去加以推断证实，尽管视角的局限性造成了认知模糊，但宏观世界和微观世界仍然是有联系的，比如海利科病毒那样的事物会把两者的命运交织在一起，毕竟这是所有文明都要遭受的命运。尽管只有在意识层面才可以察觉得到，但宏观世界与微观世界通过那个针眼实现了协调统一。从神圣的大尺度去理解，就可以化解文明之间那难以计量的空间距离所带来的隔阂。大脑的思维方式可以把往昔与现实融会在一起。

起作用的是想象力，病毒只是想象力的推动者。

两头耶尔克兽平伸着脖子轻快地奔跑着。它们张着鼻孔喷着气，因为已经跑了好半天了，它们通身是汗。

骑着耶尔克兽的两名骑手，穿着翻边的高筒靴和灰布长袍。他们的面孔十分英武，肤色发灰，下巴上留着小胡子。没有人会认错，他们就是锡伯纳尔人。

大山的影子投在他们正在行走的石子路上，耶尔克的蹄子踏在上面发出规律的嘚嘚声，在这片点缀着树木与河流的荒野上远远地传了出去。

这两人是隶属于武士祭司费提巴里德军队的侦察兵。驾驭着坐骑一路向前，呼吸着新鲜的空气，他们很享受。两人几乎一语不发，敏锐的眼神始终警惕着可能的敌人。

他们身后的小路上尾随着步行的锡伯纳尔人，带着一队俘获的初灵族。

小路蜿蜒向下，伸到一条河边，河那边是耸立的岩壁。崖壁上层层叠叠的，全是破碎的沉积岩，崖壁几乎完全垂直，上面点缀着矮粗的树木。这里就是费提巴里德管辖的聚居地。

侦察兵从河滩浅处蹚着水过了河。耶尔克打量着崖壁，小心翼翼地在岩层间找着路，它们是北方平原上的动物，一点都不喜欢走山路。它们和同类随着移民侵袭从北方大陆被带到了南方，进入查奥斯以及紧邻帕诺威尔的地区，于是，耶尔克就来到了如此靠南的地方。

后卫部队沿着小路出现了。四名手持长矛的士兵看守着他们中间那些不幸的初灵族俘虏，那是他们在巡逻时抓获的。在这些俘虏中间，凯斯尼特－夫妇迈着沉重的步子，尽管已经身为俘虏走了好几个星期，他们依然不停地在身上挠来挠去。

他们被长矛驱赶着，蹚过浅滩，被迫找路往崖壁走去，经过了一名守卫之后，到了一个叫作新阿斯基托什的地方。

就是这片浅滩，这个险峻的地点，很多个星期之后，雷恩泰尔·阿耶到了这里。眼下的雷恩泰尔·阿耶，就算是他的挚友都不敢相认了。他的体重掉了三分之一，骨瘦如柴，肤色惨白，眼神已经与过去全然不同。尤为特别的是他身体动作的方式——毫无特征反而成了最好的伪装。他得了骨热病又恢复了过来。

离开奥多兰都时，他是朝着东北方向走的，跨过那片后来被称为卢恩湿地的野沼，顺着沙耶·泰尔和她随从所走的方向一路走来。他走岔了路。从幼年时他就对这片乡野了如指掌，当时它是白茫茫的一片，全然袒露在天空下，如今却早已被葱郁的绿色掩盖了。

曾经的荒凉之地如今遍布危险。他意识到那变化无休无止，蹂躏这片地方的不只是动物，还有人类、半人类、剑族，以及随着这季节变换大潮苏醒的一切事物。每一个转弯处的树丛中，都有充满敌意的面孔盯着。每一株灌木上不单有浓密的叶子，还隐藏着无数耳朵。

大金子在树林里十分紧张。骅骊是生活在旷野上的动物。它变得越来越倔强，雷恩泰尔·阿耶只得下了鞍子，发着牢骚，牵着牲口往前走。

他发现自己最终到了一座石头塔楼旁边，他似乎是越过无边无际、长满了蕨类和白桦树的森林才来到这里。他把大金子绑在一棵树上，进去查看。天地间一片宁静。他进了空荡荡的塔楼，在里边歇了一下，感觉很不舒服。当他爬到楼顶时辨认出了周围的环境：以前在他无忧无虑四处闲游的时候曾到过这座塔楼，那时，从这里望出去是一片光秃秃的地平线。

心烦意乱中，他离开了塔楼。他浑身困倦委顿了下来，想舒展一下身子，却发现没法让手臂收拢。痉挛开始折磨他，阵阵燥热袭来，他的身子疯狂地往后弓了起来，像是要把自己的脊柱折断。

一些身形矮小、肤色黝黑的男男女女从藏身之处钻出来盯着他，悄无声息地爬上前来。他们是楠第人部落的初灵族，浑身毛发，站起来还不到雷恩泰尔·阿耶的腰部高。他们的手有八根手指，被手腕上像护腕一样长长的绒毛盖住了大部分。他们的脸很像是阿索金犬，嘴部往前突出，看上去就像玛第人心急火燎时的样子。

他们的语言中夹杂着哼哼声、呼哨声和吸气声，尽管与奥洛奈茨语早就有了或多或少的交流融会，可是跟那种古老的语言完全没有相似之处。他们彼此商议了一番，最后决定把这个弗雷耶人带回去治疗，因为他本身的音阶还算完好。

塔楼后面的山梁上长着一排壮观的拉甲巴拉尔树，树干被一片白桦林挡住了。在其中一棵拉甲巴拉尔树下，楠第人走进了他们的巢穴之中，他们拖着雷恩泰尔·阿耶，哼哼唧唧地说笑着自家的琐事。大金子打着响鼻徒劳地甩着缰绳跳来跳去——它的主人不见了。

在那些巨树的树根中间，就是楠第人安全的居所。这里被称为八十重暗洞。他们睡在蕨类制成的床上，好避开那些与他们分享这片地盘的啮齿类动物。

他们的行为完全受习俗所支配。按照习俗，一些人一出生便是国王和武士，负责统治与保护部落。这些统治者受过残酷的训练，不时在八十重暗洞中相互进行殊死的搏命。但国王充当了部落其他人的代理人，暴力被局限在内部，于是，八十重暗洞的普通百姓都温顺而充满爱心，相互依附而没有什么个体的概念。他们的本能是敬畏和节约生命，雷恩泰尔·阿耶的生命还有挽救的余地，不过要是他死了的话，他们会把他吃得一根脚趾头都不剩。这是习俗。

一个女性开始给雷恩泰尔·阿耶治疗，她紧挨着他躺着，亲抚他，安慰他，给他冷敷退烧。他癫狂的抽搐渐渐变成了窒息般的喘息，细微时如同老鼠，粗重时犹如大山。当他在黑暗中醒来时，发现有一个异种的同伴如影随形、不离左右。为了救他，为了让他恢复如初，那个人什么都愿意做。他觉得自己就要变成幽魂了，一想到那个天堂与地狱共存的世界，他便狂躁地吼叫起来。

他尽可能搞明白那个词语的含意，望闻人，意思是一种治疗师：也指窃贼、商贩，而最重要的意思是触摸。

他躺在黑暗中不停地抽搐，四肢扭曲变形，大汗淋漓，浑身虚脱。病毒肆无忌惮地大发淫威，逼迫他穿过湿婆的那个针眼。看上去他就像是一堆扭曲在一起的肌腱，将各种痛楚纠结在一起。然而那个神秘的望闻人就在那里，给予陪伴，他并非全然孤独。她的礼物就是治疗。

痛楚适时地消退了。八十重暗洞里的声音渐渐清晰起来，他开始模模糊糊地意识到发生了什么。楠第人那种奇特的语言中没有表示食物、饮料、爱、饥饿、冷、暖、憎恨、希望、绝望和伤痛的词语，而那些在远处黑暗中争斗的国王与武士之中似乎有人会说这些词。相反，部落的其他人都会奉献出自己所有的空余时间，这些时间可是不少，无休止地讨论关于大终极的问题。生活的必需品中不包括词汇，因为这无足轻重。大终极问题才是最重要的事情。

雷恩泰尔·阿耶一直都没有掌握足够的语言去理解大终极，他始终被身边那位女妖压抑得喘不上气。不过，那个终极问题争论的焦点似乎在于是否要让所有人的精神融为一体，进入一种共同的存在状态，让伟大的黑暗之神威瑟莱姆身居其中，还是孕育一种新的、截然不同的存在状态。这种讨论已经沿袭了无数世代，早已成为一种习俗。

关于另一种状态的论述持续了很久，甚至在楠第人吃饭的时候都不会中断。他们吃掉了大金子，而雷恩泰尔·阿耶对此毫不知情。他根本就没有胃口。关于另一种状态的冥思如流水般拂过他的心头。

这种状态在一定程度上等同于另一些伟大的事物，某些极度令人不适的东西，包括光明与战斗；它是一种国王和武士才被赋予的状态，可能会被粗糙地翻译为个性。个性与威瑟莱姆意愿相悖。但是，与威瑟莱姆意愿相悖的事情也会以某种方式发展，就像四下散布的树根般相互纠缠在一起。

这里所有的一切都让人困惑，特别是当一个人的怀里还躺着一个小小的、毛乎乎的望闻人。

她不是第一个死的。他们都平静地死去了，死亡在八十重暗洞中四散开来。起先，他意识到争论的声音渐渐少了，然后那个望闻人也变得僵硬起来。他紧紧搂住她，被心灵极度的痛苦所折磨，他从不知道自己能忍受这么大的痛苦。可是，楠第人对于雷恩泰尔·阿耶带到他们土地上的疾病没有抵抗力，生病与康复可不是他们的习俗。

没等多少时间，她也死了。雷恩泰尔·阿耶坐起身子，不由自主抽泣起来。他从来都没有看到过她的脸，但手指的触摸已经熟悉了她那矮小的身材和清瘦的体型，而这瘦小外表的内在却是那样的丰富。

有关大终结的讨论彻底终结了。残存的吸气声、哼哼声、呼哨声，都消失在了八十重暗洞里。什么都没有决定下来，说到底，个体连死亡都不应擅自决定。大终极问题既是个体的，也是共有的。威瑟莱姆可以私下述说自己是不是感到开心，而作为神灵，威瑟莱姆在大终极的话题上却始终保持沉默。

雷恩泰尔·阿耶的内心无比震动，他努力拼凑起破碎的意识，手脚并用地爬过那些救了他的人的尸体，寻找着出路。八十重暗洞那铺天盖地的恐怖气氛笼罩了他。

他自言自语着，尝试着继续那个争论的话题："不论我那些亲爱的楠第人朋友有了什么麻烦，我终于有了个性。我知道我还是我自己，我无法不成为我自己。而我因此必定要与自身和平相处。我不必经历他们所经历的那些无休止的争辩。这就是我这具皮囊所包含的一切。不管我身上发生了什么，我都所知极少。我就是我；不论是死是活，我都能引导我自己。寻找敖佐·卢恩徒劳无益。他并非我的主人，我才是我的主人。奥耶莉也没有无上的权力来阻止我自我流放。履行义务并不等同于成为义务的奴隶……”

相似的话说了又说，直到那些话对他来说不再有什么意义。树根从生的迷径之间找不到出口。有很多次，狭窄的通道都向上弯折，他随之满怀希望地往上爬去——结果只是到了一个到处都蜷曲着尸体的死胡同，啮齿动物在尸体的内脏里进行着它们自己的辩论。

穿过一间宽阔的厅室，他绊倒在一个国王身上。在黑暗里，体型大小不像在明亮处那么重要。当这个国王吼叫着伸手抓来时，他感觉对方身形十分巨大。雷恩泰尔·阿耶滚到一边，踢着，叫喊着，挣扎着拔出匕首，而那个可怕的家伙径直朝他的喉咙扑咬下来。他努力挺直身子试图打倒对手，可没什么效果。偶尔一肘顶在了攻击者的眼睛上，这才让对方暂时消停了一会儿。混战再次开始，探出的匕首被踢到了一边。他用手指摸索到了一条树根，于是拉着树根紧紧靠了上去，把那个国王的一条手臂拧在上面，用力敲打那个尖削的脑袋。接着，那个狂怒的家伙又挣脱开，死死贴在雷恩泰尔·阿耶身上拼命厮打。两条身影扭打在一起，又摔在土地上、脏东西上和七零八落的物件上。

被骨热病折磨之后十分虚弱，加上长时间的禁食，让雷恩泰尔·阿耶根本没有战斗的意志。突然有什么东西插进了扭打在一起的两具身躯之间。空气中弥漫着狂野的嘶吼和粗重的呼吸。他头晕目眩，花了好半天工夫才意识到黑暗中出现了第三个攻击者——一名楠第人武士。这名武士的怨恨大部分都集中在那个国王身上。他感觉自己就像是夹在两头豪猪中间。

雷恩泰尔·阿耶连踢带滚从这场争斗中脱出身来，手中抓着匕首，努力让自己挤进一个偏僻的角落里。他蜷起来用小腿护住身子和脸，然后他发现了一个窄窄的洞口，就在头顶上。他小心翼翼地摸索着，往上爬进了一条比他身子宽不了多少的通道。在患热病之前，他绝对想不到自己能钻进去。现在他像蛇一样扭动着身子拼命往里挤，终于挤进了土地之中一间小小的圆形厅室。他感觉到手底下是枯死的树叶。他躺在那里，喘着气，惊恐地听着不远处的打斗声。

“哦，光！哨兵的光芒！”他喘着气叫起来。一道微弱的、灰蒙蒙的迷雾渗进了黑暗之中。他拼尽全力终于爬到了八十重暗洞的边缘。

对于黑暗的恐惧让他朝着光线爬去。他蠕动着钻出了土地，哆嗦着站在一株拉甲巴拉尔树那光秃秃的凹曲型树干旁。灿烂的光芒从清澈的天空之湖倾泻而下。

好半天，他只是不停地深呼吸，抹了抹脸上沾着的血和土。他低头看了看脚下，一只貂鼬正仰着惊恐的脸盯着他，一转眼又不见了。他逃出了楠第人的国度，他的造访让那里尸横遍地。

一个哨兵正在头顶。另一个，巴塔利克斯，悬在地平线上，它的光线透过巨大而宁静的森林几乎水平地照射过来，让那无边无际的叶丛幻化成了汹涌的大海，呈现出一种凶险的美感。

他的皮肤满是伤痕。那个国王抓过的地方撕出了长长的口子，渗着血。

他四下看了看，招呼着大金子，却没没抱什么希望。他并不指望还能再见到他的骅骊。猎手的天性告诉他别待在原地，如果他一动不动，就会变成什么东西的猎物，而他也觉得自己已经虚弱得没法再打一场了。

他听了听拉甲巴拉尔树传来的声音。里边有什么东西在隆隆作响。楠第人对于这些树十分看重，他们就生活在这些树根中间，按照他们的说法，威瑟莱姆神就生活在拉甲巴拉尔树鼓状的顶部之上，时不时会愤怒地闯出去，去到外面那个对初灵族的来说极不安全的世界。所有的楠第人全都死去后，威瑟莱姆会做什么？他思忖着，也许威瑟莱姆自身会被迫成为一个全新的个体。

他对自己说："快醒醒吧。"他意识到自己的内心有多么迷乱。他看不到一丁点那座废弃塔楼的影子，本可以通过它确定一下自己的方位的。于是他背对着巴塔利克斯，抬腿在这片色彩斑驳的树丛中向前走去，被迫减重的身体充盈着一种轻飘飘的快感。

日子一天天过去。他躲开一队队法艮和其他的敌人。他不觉得饥饿；疼痛让他没有了食欲，却让他的头脑十分清醒。他发现自己的心里全都是芙芮、沙耶·泰尔、他的母亲和他的祖母对他说过的话。他欠这些女人多少情啊……又欠那个望闻人多少情……认知一个新的地方,就像认知一个新的世界。而所有那些新事物全都是属于他的非凡财富，每天都会发生不期而至的事情。呼吸像潮水一样冲刷着他的肺。他深知自己交了好运。一个世界包裹孕育着另一个世界，一重又一重，无穷无尽，而他正穿行于这些世界之中。

就这样，他迈着轻快的步伐来到了锡伯纳尔人聚居地前方的这片浅河滩，这片聚居地被称为新阿斯基托什。

新阿斯基托什从来都是一派热火朝天的气象。移民们喜欢这种调调。

聚居地覆盖了好大一片地方，它依着地势尽可能排成圆形。棚屋和栅栏沿着圆周修建起来，间隔不远就有一座瞭望塔，中间分布着农田，从中心沿半径伸展出来的小路就像轮辐，把田地分隔开来。中心地带是一片建筑和仓库，还有牲口圈，圈里关着俘获的猎物。所有这一切都围绕着聚居地正中心排布着，正中心是一座圆形的教堂：象征着强盛与和平的盛和大教堂。

男男女女有条不紊地来来去去，各司其职。不允许有人闲逛。敌人无时不在——锡伯纳尔总是有敌人——既有内部的，也有和外部的。

外来的敌人可能是锡伯纳尔之外的任何事物或任何人。并非锡伯纳尔人存有敌意，而是他们的宗教教导他们要谨慎，特别是要小心任何从帕诺威尔来的人，还有法艮族类。

在远离聚居地的地方散布着一队队骑着耶尔克的侦察兵，他们定时带回消息；有零散的法艮朝着聚居地进发，他们从大山上下来，身后跟随着全副武装的剑族军队。

根据这些消息，管理者会有条不紊地发布警报。每一个人都会得到警报，不会出现惶恐的局面。尽管锡伯纳尔移民对于长着两根犄角的入侵者心怀敌意，而且对方也是，但他们发展出了一种松散的联盟关系，将冲突降到最低程度。和艾姆布鲁都克的人不同，没有一个锡伯纳尔人巴望着去跟法艮打一仗。

相反，他们会去做交易。移民们知道他们的处境有多么危险，知道退回锡伯纳尔是不可能的——身为反叛者和异教徒，如果他们返回，根本不会受欢迎。他们用来做交易的是一条一条性命，不管是人类的还是半人类的。

移民们总是吃不饱，哪怕是在好年月里。这批移民是素食者，每一个男人都是技艺高超的农夫。他们的庄稼长得很好，不过，这些庄稼还要拿出相当一部分来喂养坐骑。数量庞大的耶尔克、骅骊，以及铠骥（这是法艮示好的礼物），都必须好好喂养，这样才能让部落生存下去。

侦察兵一直都在邻近地带巡查，让聚居地能够随时知晓别的地方发生了什么，也会捕捉那些闯入他们视野的东西。中心区域的牲口圈就被临时关押的囚犯塞得满满当当。

犯人们会被当作大礼献给法艮。作为交换，法艮不会滋扰聚居地。为什么不呢？武士祭司费提巴里德颇有心计地把聚居地建立在一个不和谐的音阶上，法艮可没有兴趣侵犯这种地方。

但营地内部还是有敌人存在。两个名叫凯斯尼特－夫和凯斯尼特－妇的初灵族一到营地就病倒了，而且很快就死掉了。牲口圈的主人已经叫了医师祭司，他认出那是骨热病。一星期又一星期，热病不断扩散。这天早上，有人发现一名侦察兵倒在了临时住所里，四肢紧缩，眼珠乱滚，浑身冒汗。

麻烦的是，这场灾难发生在移民正在为法艮那即将到来的圣战准备献礼的节骨眼儿上，他们已经知晓了剑族那位武士祭司的名字，正巧就是那位可赞王，赫尔－布拉亥尔·耶普利特。死太多人会毁掉这份献礼。根据至高的费提巴里德的命令，每当有人病倒，都要进行额外的祈祷。

雷恩泰尔·阿耶步入聚居地的时候正好听到了祷告声，他听到这声音十分欣喜，颇有兴趣地看着周围的一切，并没在意有两名手持武器的卫兵护送着他去到中心的警卫室，警卫室外面有一些囚犯在忙着耙粪堆。

卫兵队长被这么一个人搞得有些糊涂了，这个人不是从锡伯纳尔来的，而是自己走进营地的。他跟雷恩泰尔·阿耶谈了一会儿，还想威吓一下，然后他派手下请来了一位祭司军士。

借着这段时间，雷恩泰尔·阿耶让自己去适应这变化了的现实。以他病后重生的新眼光看来，那些没有遭受过瘟疫侵害的人看上去胖得不自然。祭司军士看上去更是胖得邪乎。他有几分挑衅地面对着雷恩泰尔·阿耶，问了一些自以为很聪明的问题。

“我遇到了一些困难。”雷恩泰尔·阿耶说，“来这里是希望找到一个避难所。我需要衣物。树林对我的生活习惯来说太过不适了。我想要一匹坐骑，最好是骅骊，我会为此干活，然后就离开。”

“你是哪种人？是从遥远的赫斯帕戈尔特来的吗？你为什么这么瘦？”

“我得过骨热病。”

祭司军士嘴唇一缩，“你是战士吗？”

“最近我杀死了另一种族的一整个部落，是楠第人……”

“所以你不害怕初灵族?”

“完全不怕。”

他们给他派了一个活儿，看守牲口圈，并且给那些可怜的囚犯喂食。作为交换，他们给了他一身羊毛织的灰色衣服。祭司军士的想法很简单：一个得过热病的人可以照看囚犯，却不必担心会被传染或死掉。

可是有越来越多的移民和囚犯病倒了。雷恩泰尔·阿耶注意到盛和大教堂里的祷告更加虔诚而热切了。与此同时，人们越来越只顾自己。他可以去任何他想去的地方，没有人阻止。他觉得自己在一定程度上来说早已过完了令人陶醉的一生，现在的每一天都是礼物。

侦察兵把坐骑都放在围场里。雷恩泰尔·阿耶负责管理一伙囚犯，而囚犯的工作则是把干草和饲料扛到牲口那里。聚居地的饲料成了大问题。一英亩绿草地一天能喂养十头牲口。为了在越来越大的地域内进行巡查，聚居地里养了五十头牲口，它们每年的消耗相当于两万四千英亩，也可能要少一些，因为有时候是在外面吃食的。这意味着，盛和大教堂里常常会被饥饿的农夫挤满——就算是在海利科尼亚上，这也是很少见的现象。

雷恩泰尔·阿耶不愿意对着囚犯叫嚷，考虑到他们的凄惨处境，其实已经干得够好了。守卫都待在一定距离之外，天上下点儿小雨他们就会耷拉着脑袋。只有雷恩泰尔·阿耶会在牲口聚过来的时候去注意它们，它们软软的鼻吻拱上来，柔柔地呼吸着，想要让人喂喂自己。这一刻终于到了，他完全可以挑一头牲口逃走。一两天后，守卫就会松懈下来，让他有机可乘，这一切取决于事情发展的走向。

他又看了一眼那头母骅骊。他抓起一块糕饼朝它走了过去。这头牲口从头到尾都是橙色与黄色的条纹间夹杂着深粉蓝色。

“忠影!”

母兽来到了他身边，叼走了糕饼，把鼻子顶到他手臂下面。他俯在它耳朵上亲吻着。

“沙耶·泰尔呢?”他问。

但是答案显而易见。锡伯纳尔人抓住了她，把她拿去跟法艮做了交易。现在她永远都无法到达锡伯纳尔了。此时此刻，沙耶·泰尔已经成了幽魂。她还有她那支小小的队伍，无人幸免。

卫兵队长的名字叫斯吉特舍瑞尔。他和雷恩泰尔·阿耶之间发展出了一种谨小慎微的友谊。雷恩泰尔·阿耶看得出斯吉特舍瑞尔吓坏了，他不触碰任何人，还在衣领上缀着蕤芷与丝堪蒂花，他那高高的鼻子总是在上面嗅来嗅去，希望借此保护自己远离瘟疫。

他问：“你们奥多兰都人会敬拜神灵吗?”

“不，我们能照顾自己。我们时常会说起乌特拉，这是事实，不过几代人之前，我们就把祭司踢出了艾姆布鲁都克。你们在新阿斯基托什也应该这么做——你们会生活得更轻松。”

“野蛮人的行径！所以你们才会染上瘟疫，你们惹怒了神灵。”

“昨天有九个囚犯死了，另外还有六个你们的人。你们祈祷得那么卖力，可并没带来什么好处。”

斯吉特舍瑞尔看上去挺生气。他们站在开阔地上，一阵清风拂起他们的大氅。祈祷的歌声从教堂飘来。

“你不羡慕我们的教堂吗？我们只是一个务农的部落，可我们有一所很好的教堂。我打赌，在奥多兰都没有这样的东西。”

“那是监狱。”

但就在他说这话时，教堂里传来了一阵庄严的旋律，让他被一种神秘感所笼罩。乐声和着人声，缓缓升起。

“别那么说……我会揍你的。生命就在教堂里。教堂是喀尔纳巴尔巨轮那完美的圆，是我们信仰最神圣的所在。若不是有巨轮，我们依然被冰雪所困。”他一边说着话，一边用食指在额头画了一个圆形。

“那是怎么回事？”

“正是巨轮让我们一直向着弗雷耶移动。你们不知道吗？当我还是孩子的时候，他们带我进入施芬宁克山去那里朝圣。你若不去朝圣，就不是真正的锡伯纳尔人。”

之后的一天，又有七个人死去了。斯吉特舍瑞尔负责葬礼，加上玛第人囚犯，也没有足够的人手来挖坟。

雷恩泰尔·阿耶说：“我有个朋友被你们的人抓了。她希望去锡伯纳尔朝圣，向你们那个巨轮的祭司请教。她认为他们可能是一切智慧的源头。然而你们的人却让她成了囚犯，并把她卖给了恶心的法艮。你们就是这样对待他人的吗？”

斯吉特舍瑞尔耸了耸肩，“别责怪我。她肯定是被当作帕诺威尔的探子了。”

“她怎么会被认错？她骑着骅骊，她的同伴也一样。帕诺威尔人有骅骊吗？我从没听说过。她是一位优雅的女士，而你们这些土匪把她交给了法艮蛮子。”

“我们不是土匪。我们只是希望在这里和平地安顿下来，等到土地枯竭之后再继续前行。”

“等到你们奴役并灭绝所有本地人之后吧？你们居然想得出用女人换取平安。”

斯吉特舍瑞尔不自然地笑了笑，说：“你们这些坎普安莱特的野蛮人呀，根本不珍视自己的女人。”

“我们极为珍视她们。”

“她们统领你们吗？”

“女人不做统领之事。”

“在锡伯纳尔地区的一些国家，她们一言九鼎。在这个聚居地上，看看我们是如何照顾女人的。我们还有女祭司。”

“我一个都没见过。”

“那是因为我们照顾着她们。”他身子向前一靠，“听着，雷恩泰尔·阿耶，从各方面来看，你都不是坏人。我打算信任你。我知道这里的状况。我知道有多少侦察兵出去之后就再没回来。他们得上了瘟疫，凄惨地死在了一片树丛里，曝尸荒野，他们的尸体可能成了鸟或是另族的美食。就在我们坐在这里时，事情还在变得越来越糟。我是一个虔诚的教徒，我相信祈祷，但是骨热病太厉害了，以至于祈祷都无济于事。我有一个深爱的妻子。我希望能跟你做笔交易。”

斯吉特舍瑞尔说话的时候，雷恩泰尔·阿耶正站在一个小土岗上，低头看着一小片伸向水流的坡地，一片荆棘林沿着岸边生长着。石头凌乱地散布在坡上，囚犯们正在刨土，开阔的地面上摆着七具尸体等着下葬——锡伯纳尔人的尸体用布单裹着。他心中暗道，我能理解这个肥头大耳的家伙为什么想要逃走，可他跟我有什么关系？对我来说，他完全比不上沙耶·泰尔、艾敏·理穆和其他那些人。

“你拿什么做交易？”

“四头耶尔克，喂得很好。我、我妻子、她的女仆，还有你，我们一起走——他们会让我通过边界，不会有任何麻烦。我们跟着你骑行回奥多兰都。你知道路，我保护你，你还会有一匹好坐骑。否则，你永远都不会被允许离开这里——你太有价值了——特别是情况变得越来越糟的时候。你同意吗？”

“你计划何时走？”

斯吉特舍瑞尔把鼻子埋在那束花里，抬眼打量着雷恩泰尔·阿耶，“你要是跟别人提起一个字，我就杀了你。听着，概据侦察兵报告，法艮的可赞王，赫尔-布拉亥尔·耶普利特所率领的圣战大部队，在弗雷耶日落前就会经过这里。我们四个就跟在他们后面——只要我们跟在后面，法艮就不会攻击我们。圣战大军将会去它想去的地方，我们则前往奥多兰都。”

“你计划去那么一个野蛮的地方生活?”雷恩泰尔·阿耶问。

“在我能回答之前，必须亲眼去看看它到底有多野蛮。别挖苦你的监管人。你同意吗?”

“我更喜欢骅骊，而不是耶尔克，让我自己选一头吧。我从来没骑过耶尔克。我还需要一把剑，白色金属打造的，不是青铜的。”

“很好。这么说你同意了?”

“我们要握手确认吗?”

“我不碰别人的手。口头达成就行了。很好。我是一个信神的人，我不会背叛你，你别背叛我就行。把那些尸体埋了吧，我得去让妻子为动身做好准备。”

身材高大的锡伯纳尔人一离开，雷恩泰尔·阿耶就招呼囚犯们停下。

“我不是你们的主人。我和你们一样是囚犯。我讨厌锡伯纳尔人。把那些尸体扔到水里去，用石头压上——这么做你们能省些力气。干完之后洗洗手。”

他们的目光中没有一丝感激，反倒满腹狐疑——他穿着灰色的羊毛衣，个头很高，站在岸上，居高临下，还跟锡伯纳尔的守卫平起平坐地聊天。他感觉到了他们的敌意，但不为所动。如果连沙耶·泰尔的生命都那样低贱，那么生命就都很低贱。当他们在尸体周围忙碌时，裹着一具尸体的布单一角掀了起来，他看到了里面那张灰色的面孔，僵硬地保持着痛苦的表情。然后他们搬着尸体的肩膀和脚，把它扔进了河里，水花飞溅，急流涌了上来，在尸体周围激荡着，尸体开始翻滚，无拘无束地顺流而下。

河道画出了新阿斯基托什的地界，在对岸，越过那道潺潺细流，无人的荒野蔓延开去。

等这些事情做完之后，玛第人谋划着蹚水逃走。有些人主张就走这条路线，便站在水边召唤同伴。胆小的犹豫不决，示意那边有着未知的危险。所有人都不安地望着雷恩泰尔·阿耶，而他就只是站在原地，抱着双臂。他们脑袋里在想什么真是显而易见：应该单独行动还是一起行动他们拿不定主意，结果什么都没做，只剩下争论，为了到底是下到水里还是上岸走争论不休，到头来还是一如既往地拿不定主意。

他们的犹豫是有理由的。对岸远处那片荒野之地，到处都是向西移动的身影。飞在头前的鸟群被持续不断的上升气流扰动着，在天空中盘旋一阵又向地面落下。

地面在不远处抬升，形成一道隆脊横在眼前，最高处映出一些鼓状的线条，那是正在散发着水汽的拉甲巴拉尔树冠。越过那团蒸汽，远方是一片更为宏大的景观，山岭层峦叠嶂，在迷蒙的光线中安详宁静。雕工古拙的远古巨石耸立各处，标示出了大地音阶和大气音阶的行迹。

逃亡者往西边进发，扭过头不去看新阿斯基托什，仿佛是惧怕它的名声。他们有时候是单独行动，但更多的是结伴而行，常常会结成庞大的队伍。有些人赶着牲口，或是让法艮跟随着他们。有时候是法艮说了算。

行进并非一直持续着。有一支大队伍停在了一道坡上，和雷恩泰尔·阿耶站立的地方有些距离。他敏锐的目光看到了令人哀伤的事，有些身影在队伍中不停地俯下身子又挺立起来。其他的队伍络绎不绝地从他们身边经过，人们时不时从一支队伍跑到另一支队伍。瘟疫在他们中间横行。

他发现自己正在眺望远方，似乎是望向这些难民来的地方。他感觉自己在两座大山之间的蜿蜒回转中看到了白雪皑皑的山峰。这座山峰上的光影不住地变幻，仿佛那高坡上幻化出莫测的光影。未知的恐惧充斥在他的心里，直到他意识到看见的并不是山峰，而是更近的地方有某种不住幻化的东西：是一群飞翔的牛鹂，它们在空中聚散不定。

最终，他回过神来不再怅惘。任由那些初灵族在水沟里争执，他自管回到守卫的小屋。

对他来说有一件事是明白无误的，这些难民许多都染上了瘟疫，而他们必然会出现在奥多兰都。他必须尽可能快地回去，警告达斯卡和那两位亲兵队长，否则，奥多兰都会淹没在蜂拥而来身患疾疫的人类与非人类大潮中。对于奥耶莉的渴望也牵引着他，自从经历了那个望闻人之后，他就很少想到她了。

两颗太阳让他的脊背暖烘烘的。他感觉很孤独，但此时此刻这种孤独却无药可医。

他在守卫室无聊地待着，想听听教堂的音乐，可那个方向只有一片寂静。他并不确定斯吉特舍瑞尔和他的妻子在这宽阔的圆形地带住在什么位置，他只能等着这对夫妇出现。等待让他平添了几分不安。

三名侦察兵徒步进入了聚居地，带着一对俘虏，其中一个当时就垮了，倒在了守卫室墙边的草堆上。侦察兵得了病，而且筋疲力尽。他们跌跌撞撞进了守卫室，瞧都没瞧雷恩泰尔·阿耶一眼。而他则漠然地看着那个依旧挺立着的囚犯；这名囚犯跟他毫无干系。可是他又瞧了一眼。

这名囚犯双脚分立而站，一副桀骜不驯的姿态，尽管他的脑袋耷拉着，一副疲惫不堪的样子。他身材高大，瘦削的身形表明他也患过骨热病，并且挺了过来。他穿着臃肿的黑色裘皮大衣，松松垮垮地裹在身上。

雷恩泰尔·阿耶把头探进守卫室的门，刚刚回来的侦察兵正倚着桌子喝根汁啤酒。

“我要带个囚犯去外边干活——这事儿很急。”

不等他们应声，他就抽身走了。

雷恩泰尔·阿耶朝那人招呼了一声，领着他径直去了盛和大教堂。

祭司正在中心的祭坛上，但雷恩泰尔·阿耶带着这名俘虏去了靠墙边的一个座位，那里光线昏暗。那个男人感激地一屁股坐下，就像一麻袋骨头堆在了那里。

那是敖佐·卢恩：面容憔悴瘦削，脖子上的皮肉往下垂着；他的胡须几乎完全成了灰白色；但是，他眉毛和嘴角的姿态依然有着艾姆布鲁都克领主的气质。一开始，他没认出这个穿着锡伯纳尔衣服的精瘦汉子是雷恩泰尔·阿耶。等他认出之后，禁不住呜咽起来，一把抓住了他，身子不住地颤抖。

过了好一会儿，他终于定下神来，向雷恩泰尔·阿耶讲述发生了什么，他是怎么搁浅在洪水中间的小岛上。当他从热病中恢复过来后，他意识到那个跟他一起搁浅在这里的法艮就要饿死了。这个法艮不是武士，而是低微的真菌贩子，名叫耶哈姆－惠利玛尔，他害怕水，这让他没法捕鱼。由于患过骨热病的人都有一定程度的厌食，敖佐·卢恩倒是几乎不需要吃东西。他俩隔着河水交谈，最终敖佐·卢恩跨过水去到了那个更大些的岛上，和之前的敌人结成了盟友。

一次又一次，他们一看到有人类和法艮在河岸上，便冲对方喊叫求救。但是，没有人跨过激流来帮他们。他们一起试着做了一条船，这让他们头疼了好几个星期。

第一次尝试无果而终。借助缠绕在一起的枝条，用干泥巴做内衬，他们最终造好了一条能浮起来的小船。在极力劝说之下，耶哈姆－惠利玛尔爬了进去，但随即因为恐惧又蹦了出来。一番争辩之后，敖佐·卢恩只得独自出发。在河中间，泥土全都泡散了，小船沉了。敖佐·卢恩拼尽全力游到了下游的岸上。

他打算找帮手回去救耶哈姆－惠利玛尔，但他碰上的人不是对他充满敌意，就是看到他后仓皇而逃。徘徊了很久，他被锡伯纳尔的侦察兵抓住了，带到了新阿斯基托什。

“我们要一起回艾姆布鲁都克去。”雷恩泰尔·阿耶说，“奥耶莉会很高兴的。”敖佐·卢恩起先没有反应。

“我不能回去……我不能……不能撇下耶哈姆-惠利玛尔……你不懂。”他的双手在膝盖上不住地揉搓。

“你仍然是艾姆布鲁都克的领主。”

他垂着头，叹着气。他被击垮了，打败了。他只希望能有一个安稳避难的地方。他的手又一次在膝盖上、在破旧的熊皮上不知所措地揉搓起来。

“没有一直平安无事的避难所，”雷恩泰尔·阿耶说道，“每件事都在变化。我们要一起回艾姆布鲁都克，一等我们能动身就走。”

既然敖佐·卢恩的意志已经舍弃了他，他就必须替领主做决定。他将从守卫室里弄一身锡伯纳尔人的衣服，这样敖佐·卢恩就能装扮起来，加入斯吉特舍瑞尔的队伍。失望地离开敖佐·卢恩，这可不是他期望的状况。

教堂外面，等着他的是另一件意想不到的事情。在环绕着教堂的木屋之外，许多居住于此的移民正在聚集起来。他们默不作声，面朝外站着，望着远处开阔的旷野，他们灰色的衣衫单调而沉闷。

那位年轻的法艮可赞王的圣战队伍就要从这里经过。

圣战队伍前面的躁动仍然此起彼伏。偶尔有一头牡鹿跳跃着穿过人类、初灵族和另族的队伍。不时有难民走在赫尔-布拉亥尔·耶普利特先锋部队中的法艮身边。在这个过程中有一件事情人们视而不见，就好像这事无足轻重——数量上带来的震撼让人无视队伍中的纪律松散。

法艮的队伍散布在广袤的荒野大地上，表面看是毫无规律地分布着，实则依据大气音阶的走向列队。每一片土地上，他们都迈着缓慢而坚定的步伐，那步伐有着非人类的姿态。他们苍白的牛头里不会有丝毫迟疑。

绵延的道路从恩克特莱赫克那几乎直抵平流层的高度穿过重重大

山一路蜿蜒而下，直到奥多兰都平原，足有三千五百英里。和徒步跋涉在环境恶劣之地的人类行军一样，圣战大军每天行进超不过十一英里。

他们极少一天行军能超过二十英里，大多数时间都耗费在了必不可少的东奔西跑之上，沿途要不断劫掠，还要充分休息。

为了获得给养，他们围困了沿途附近的几个贫瘠山镇，与岩石和山崖一道，等待镇子里弗雷耶之子敞开大门抛下武器。他们捕猎那些游牧民，那些人尚未进化到具有人性的程度，还不懂得种子的力量，因此只能过着居无定所的生活，这些人为了果腹，在险峻的山道上追逐，就为了捕获几只皮包骨头的艾羚。这支大军在出发的时候被大雪围困，而随着日益接近目的地，更严重的情况是身处不断收缩的赫尔格莱特冰川两侧，又被那些奔腾的洪流所围困。

圣战者也遭受疾病、意外和抛弃，也被一路经过的那些部落袭击。

现在，依据现今的历法，是446大气回转。按照剑族的原圣思维，这时候是大灾变以来5634000大周期年度的小盛世后367年。自从刺囊兽的号角沿着故乡冰川那冰雪皑皑的峭壁吹响，已经过去了十三个大气回转。当圣战队伍迈着沉重的脚步踏上这最后一段路程时，巴塔利克斯和阴险的弗雷耶低垂在西方天空，紧靠在一起。

和已经跨越的那片地势更为高峻的莫迪雅特比起来，这片大地柔软得就像女人的大腿，极少流露出狂野的力量。然而它被冲刷，被翻耕，变化的季节树木将它装点起来，耀眼的绿色斑斑点点平铺大地，就像是被看不见的大气音阶约束着，但绿叶无法掩盖住那下面的地质结构，那种结构在最近的几个世纪中也被寒霜侵蚀。这是一片物产丰富的地方，无需去吞噬智慧生灵，无论是哪种形态的生灵。这里构成了乌特拉伟大故事未经修编的底本。法艮大军粗壮的身躯正是本就属于这片富饶的地方。

再看看聚居地里的这些居民，他们不过是穿着灰色外衣、影影绰绰的陪衬，与那些从这个聚居地边界经过的过客比起来，更易消逝。

雷恩泰尔·阿耶沿着教堂和圆形分布的办公室、守卫室、仓库之间形成的弧形街道走着，臂弯夹着一套给敖佐·卢恩拿的锡伯纳尔衣服。在他行走的时候，瞥见了建筑物之间的一个场景。

所有的新阿斯基托什居民都聚集在那边，看着圣战部队经过。他怀疑他们之所以这样是因为恐惧，想要亲眼确保人类给剑族大军的献礼能保证他们的安全。

那些白色的猛兽静悄悄地从聚居地两边掠过。他们的目标十分明确，他们对这里毫无兴趣，只是看着前方。他们中很多都很消瘦，毛发在脱落，光秃秃的脑袋尤显硕大。在他们上空，牛鹂漫天飞舞喧嚣不止。许多牛鹂漫无目的地乱飞，扑向聚居地堆放的粪堆，尖叫着扑打翅膀争抢。

雷恩泰尔·阿耶从教堂里出来时，人们开始唱歌。歌词不是奥洛奈茨语。那刺耳又奔放的神韵配合着强劲的旋律，使得这歌声游走在挑衅与顺服之间，其精髓在于左右逢源。女人嘹亮的嗓音清晰地飘荡在低沉的声音之上，渐渐成为一种更像进行曲的慢板赞歌。

那支憔悴的猛兽大军中间不时会看到一些骑着铠骥的——现在已经不像一开始的时候有那么多了，但亮个相还是够用的。在队伍中心更有秩序的地方，赤风不紧不慢迈着步子，耷拉着红色的脑袋，驮着年轻的可赞王。在可赞王后面是他的将军们，再之后是他的小爱妃——只有两个活了下来，她们如今都已成年了。人类囚犯在这如潮的大军中间随波逐流，埋头行走，扛着行李物品。

赫尔-布拉亥尔·耶普利特高昂着头，他的王冠在黯淡的阳光中闪着光辉。白羽在他上方飞翔着，就像一面旗帜。可赞王没有屈尊往向他献礼的人类聚居地投去一瞥目光。然而，那迎候他的粗重低沉的歌声越过大地滚滚而来，让他的灵魂之中升起了某种情愫，当走到一个与盛和大教堂高度相当的地方时，他伸出右手高举宝剑——这是在问候还是在威吓，无从知晓。他没有停留，继续前行。

雷恩泰尔·阿耶小心翼翼地让敖佐·卢恩一直待在自己身边，带他一同去了守卫室。他们在那里等到斯吉特舍瑞尔来，他带着妻子和一个背着行李的女仆。

“这是谁？”斯吉特舍瑞尔指着敖佐·卢恩问道，“你想要单方面破坏我们的协议吗？野蛮人。”

“他是我的朋友，不会拖累咱们的。你们那些法艮朋友要去哪里？”

锡伯纳尔人耸了耸一侧的肩膀，就好像这问题都不值得耸起两个肩膀。

“我为何要知道？你要是好奇，就去叫住他们问问好了。”

“他们正朝着奥多兰都走。你不知道吗？你们这群土匪，跟那些野兽如此友好，还向他们的首领献歌。”

“如果我知道野蛮人的每一座小镇在荒野中位于何处，我就不会要你来带着我去其中的一座了。”

他们气哼哼地对峙着，斯吉特舍瑞尔的妻子走上前来说道：“你吵什么，巴鲍伊？咱们按计划行事就是了。如果这个人说他能带我们去昂多罗，那就鼓励他这么做好了。”

“当然了，亲爱的。”斯吉特舍瑞尔说着，冲她龇牙一笑。他恼怒地瞪了雷恩泰尔·阿耶一眼，又匆匆离开，不一会儿带着一名侦察兵回来了，还牵着几头耶尔克。他的妻子打量着雷恩泰尔·阿耶和敖佐·卢恩，不声不响，眼中带着蔑视。

她是一个壮实的女人，几乎跟丈夫一边高，罩着灰色的外套，看不出体型。让雷恩泰尔·阿耶印象深刻的是她富有气质的直发和碧蓝的眼睛；除了她的表情有些刻薄之外，她的样子还是挺让人愉快的。他热情地对她说道：“我会安然无恙地把你们带到奥多兰都。我们的镇子美丽而热情，有令人自豪的间歇泉和石头塔楼。钟啸泉会让你惊叹的。你会为看到的一切赞叹不已。”

“我不会对任何事情赞叹不已。”她严厉地说。随后好像又有些后悔这么回答，她用稍显热情的语气问了他的名字。

“咱们出发吧，日落开始了。”斯吉特舍瑞尔简洁地说，“你们两个野蛮人要骑着耶尔克——搞不到骅骝。这个侦察兵会陪着我们。他有纪律，不管遇到什么麻烦都会坚定不移。”

那个披着斗篷的侦察兵说：“不管遇到任何麻烦都会坚定不移，一点不假。”

等弗雷耶沉下地平线，他们动身了，六个人，还有七头耶尔克，一头专门驮行李。他们毫无阻碍地通过了聚居地西边的大门岗哨。卫兵低头站在那里，在渐渐衰微的光线中只剩下一团影子，直勾勾地盯着愈来愈浓的夜色。

这一小队人马走进了荒野之中，追随着可赞王大军的尾巴。被无数双脚踩踏之后的地面早已泥泞不堪。

雷恩泰尔·阿耶引领着众人。他没太在意耶尔克鞍子的不适。当他想到狂野的法艮大军就在前方某处，一股令人窒息的沉重感压住了他的心头和灵魂，他下定决心一定要回到奥多兰都，不管最终等着他们的是什么。想到这里，他不由得催动坐骑加快步伐，绕过圣战大军，警告那座城市。他狠狠踹了踹耶尔克两肋，恨不得那里生出双翅。

奥耶莉和她那笑盈盈的眼睛代表着那座城市一切的可爱事物。他消失了这么久，可他并不后悔，因为这让他对于自己有了新的了解，也对她的内心有了前所未有的尊重。她看到了他的不成熟，看到了他对于其他人的依赖，希望他能更好，虽然她也许没能清楚地表达出那种希望。他的返回至少会将他如今某些更好的品质献给她，可这取决于他能否及时返回。

他们进入了一片昏暗的树林，当巴塔利克斯在金色的夕阳中落下时，能看到一排闪着微光的脚印穿过这片林地。林子里的树木无一例外都很年轻，像野草般生长，树冠比乘着坐骑的人高不了多少。幽灵般的影子在前方闪过。初灵族踩出的那排脚印向东延伸出去，它依循着自己那神秘的音阶，在一定程度上避开了可赞王，并且蜿蜒曲折地在他松散的队伍中间穿过。枯槁的面孔隐蔽在树苗中一闪而过。

他坐在鞍子上，弓着瘦削的身子往后看了看，侦察兵和敖佐·卢恩押尾，朦胧中几乎看不清楚。敖佐·卢恩垂着头，看上去毫无生气，仿佛是在梦游了。然后是那个女仆，牵着驮行李的耶尔克。雷恩泰尔·阿耶背后就是斯吉特舍瑞尔和他的妻子，两人的脸裹在灰色的斗篷里。他的目光扫到了她那张苍白的面孔。她碧蓝的眼睛闪烁着微光，但凝结在她神色间的什么东西让他恐惧。死亡已经降临到他们身上了吗？

他又踢了踢动作迟缓的耶尔克，让它朝着危险重重的前方继续进发。

XV

焚烧的恶臭

寂静笼罩了奥多兰都。街上没有几个人。稀稀拉拉走在街上的人也大都在脸上裹着一些秘方之类的东西，有时候是用面具把那些药捂在口鼻上。草药被视为最高级的，它们能阻挡瘟疫、苍蝇，以及灼烧的焦臭。

两个哨兵高悬在屋顶上方，紧贴在一起，就像一对瞪着下方的眼睛。瓦片和板岩堆砌而成的高墙之下，人们静候着。但凡能够同心协力去做的事情都已经做了，现在能做的只有等待。

病毒从城市的一个区域流窜到另一个区域。有一个星期，大多数死者都被停放在南区，就是那个被称作通灵的地区，这样，城市的其他地方就可以畅快地呼吸了。还有沃雷尔河对面的区域，受到了严格限制——为了让中心城区缓解一下压力。但用不了几天，瘟疫就可能闪电般地出现在意想不到的地方。街上传来哀歌，甚至是从家里传出，似曾相识的哭泣声前不久才刚刚在那里出现过。

由谭瑟·恩和法拉林·弗德——这两位艾姆布鲁都克的亲兵队长同那位铸币厂大师雷尼尔·莱延一起，还有达斯卡，西部大草原的领主，组成了一个热病委员会。他们统领着其他一些颇有实干能力的公民，比如收容所的丝堪蒂老妈。一些来自帕诺威尔的朝圣者留在奥多兰都宣讲布道，抵制这里的堕落，他们就是收取者。在他们的协助之下，委员会制定法律来对抗热病的蹂躏。这些法律由特别的警察队伍强制执行。

大街小巷到处贴着告示，警告说瞒报死亡情况和实施抢劫同罪：由法艮之咬处以极刑——这种原始的惩罚让那些富商战战兢兢。告示也贴在城外，警告那些打算进城的人，这里正瘟疫肆虐。没有多少来自东方的难民会鲁莽地无视那些警告：他们在额头画着圈绕过城市。可令人怀疑的是，这些告示能否有效地对付那些对这个地方心怀不轨的恶徒。

在奥多兰都看到的第一批大车都是装着两个轮子的粗笨家伙，由骅骊拖着，定时在街上隆隆驶过。上面堆着当天收集的尸体，有一些裹着布被摆在街边，有一些被粗鲁地扔出门外，或是干脆从楼上的窗口赤条条地扔下来。那些母亲、丈夫或是孩子，活着的时候有人深爱着，病重将死的时候却令人嫌恶，死后的境遇就更糟了。

尽管热病的来由人们无从知晓，却生发出了许多理论。每个人都相信这疾病有传染性，有些人甚至坚信看一眼尸体都会被传染。另一些听说过纳巴的阿克哈的人则相信，是纵欲让热病横行——这个教派突然之间有了极强的说服力。

不管他们相信什么，他们无一例外确信处理尸体最好的方式就是火。大车把尸体载到远离城市的地方，然后扔进火堆。火葬的柴堆接连不断燃起。大量的浓烟和焦黑油脂散发出刺鼻的气味，飘过门窗紧闭的街道，时时刻刻提醒着人们，他们有多么脆弱。因此，那些活下来的人让自己陷入一个极端，或是另一个极端——有时两者兼备——他们进行极端的禁欲和纵欲。

到目前为止，还没有人相信热病已经达到了最高峰，大家普遍相信事情会变得更糟。这种恐惧被内心的希望调和着——因为人口数量在增加，主要是年轻人，他们在海利科病毒所造成的最严重的情况下存活下来，体型变得瘦削，满怀信心地穿行在城市之中。他们当中就有奥耶莉。

她生病时跌倒在了街上。那个时候朵儿·萨吉尔照顾着她，奥耶莉浑身僵硬，极度痛苦。朵儿不惧自身安危地照料着她，那种持之以恒而又不作计较的态度正是朵儿的作风。与朋友们的揣测截然不同，朵儿并没有病倒，而且亲眼看着奥耶莉穿过了那个针眼，缓过来的奥耶莉身形变得纤瘦，甚至骨瘦如柴。朵儿唯一的谨慎之举就是把她的孩子，拉斯迪尔·卢恩，留在艾敏·理穆的男人那里，跟他的孩子在一起。现在孩子也回来了。

两个女人带着一个孩子，整日待在屋里消磨时间。等待的感觉，末日来临的感觉，让人百无聊赖。无聊乏味充塞了生活的每一个角落。她们与那个小男孩一起玩耍，简单的游戏让她们回到了自己的童年。芙芮不时加入进来，但她这些天心不在焉，匆匆开口说话，说的都是她的工作，还有她渴望去做的事情。有一次，她滔滔不绝、热情洋溢地坦白了她跟雷尼尔·莱延的关系，对于那个人，她们以前可没说过什么好话。这件事让她烦乱不已，常常觉得很厌恶；当他不在跟前的时候，她恨那个男人；可是当他出现的时候，她又不由自主扑进他怀里。

“我们都是那样的，芙芮。”朵儿评论道，“只是你开窍有点晚了，所以这种事伤你伤得更深。”

“我们做得都还不够。”奥耶莉平静地说，“我现在已经没有那种渴望了。那种欲望已经离我而去……我现在所渴望的就是能够有所渴望。只有雷恩泰尔·阿耶回来，那种渴望才会回来。”她望着窗外碧蓝的天空。

“可我的心太受折磨了。”芙芮这样说着，却并不愿意从自己的烦恼中抽离出来，“我再也无法镇定自若，就像以前那样。我再也不认识我自己了。”

在芙芮倾诉的时候，她没有提到任何关于达斯卡的话，那两位女士也心照不宣。如果她不挂怀达斯卡，这份爱会更轻松一些，她的良心对他过意不去只是一个方面；另一方面，他也早就习惯于痴迷地追随她了。她担心会出事，于是劝说雷尼尔·莱延去秘密的地方约会，而不是在他们自己的房间里，这倒不难，因为他也对这事多多少少有些紧张。她和她那位留着杈形胡须的爱人每天都在那个秘密的房间幽会，与此同时，灾难笼罩着城市，配着鞍鞯的牲口那来来去去的踏步声飘进他们敞开的窗口。

雷尼尔·莱延希望把这扇窗户闭上，可她不让。

“动物会传染疾病，”他抗议道，“咱们离开这里吧，我的小母羊，离开这座城市——远离灾病和其他让我们烦恼的所有事情。”

“我们怎么活下去呢？这里才是我们归属的地方。这里，这座城市里，拥在彼此的怀抱中。”

他冲着她不自然地笑了笑，“在彼此的怀抱中传染疾病?”

她猛地起身坐在床上，她的双乳在他眼前跳动着，“那我们就相拥着死去，就在欢爱中死去，见鬼！提起精神，雷尼尔·莱延，满足我的肉体。让你的欲望尽情发泄吧——永远不要停下!”她用手揉搓着他毛发浓密的下身，伸腿勾住了他的腰背。

“你这不知足的母猪。”他赞叹着，一翻身把她压在了下面。

达斯卡坐在床沿上，脑袋埋在双手里。他什么话都没说，床上的那个姑娘也没说话；她把脸从他身上转开，双膝抱在胸前。

他猛然站起身开始穿衣服，看到他突如其来决心已下的样子，她才郁郁地说：“我没有染上瘟疫，你知道的。”

他回头苦涩地看了她一眼，什么都没说，继续匆匆忙忙穿衣服。

她晃了晃脑袋，把垂在脸上的几缕长发甩开，“你到底怎么了，达斯卡?”

“没什么。”

“你真不像个男人。”

他拉上靴子，似乎他更关心靴子而不是她。

“胡说八道，你这娘们儿，我不想要你——你不是我想要的人。记住这话，赶紧出去吧。”

他从嵌在墙上的一个小橱里取出一把制作精良的曲刃匕首，匕首的寒光在刻着蠕虫纹饰的橱门映衬下更觉逼人。他把它别在腰带上。她嚷着问他要去哪里，他没搭理，猛地摔门飞步下了楼梯。

自从雷恩泰尔·阿耶离开之后，自从发现了芙芮的背叛之后，他在接下来的几星期里就没浪费一丁点儿时间。他花了很多时间在奥多兰都的年轻人身上来取得他们的支持，巩固自己的地位，与那些因为奥多兰都强加限制而心怀恼怒的外国人建立起盟友关系，和那些由于引进铸币让劳动变得更为艰辛、破坏了自己原有生活方式的人意气相投——这种人可不少。铸币厂的大师，雷尼尔·莱延是一个他常常挂在嘴边的笑柄。

他大踏步走进小巷，一切都很平静，边路岔道里一片死寂，只看得到一个人，因为达斯卡付钱让他守着门。市场上，人们为了平日所需而来，打算寻点日常用品。小小的药店壮观地排列着无数药锅，此时正是他们生意好的时候。仍有商人背着精致的小玩意儿披着漂亮的袍子四处兜售。同样地，还有些人扛着货物走动，打算在情况变得更糟以前离开这座被瘟疫威胁的城市。

达斯卡对这一切熟视无睹。他像是自动运行的机器一样走着，目光呆滞，盯着前方。城市中的紧张氛围与他自己的紧张情绪融为了一体。他已经到达了一个不能再继续容忍这一切的极限。他要杀了雷尼尔·莱延，如果需要，也会杀了芙芮，就这么了结。他的嘴唇绷得紧紧的，露出了牙齿，在心里一遍又一遍预想着即将发生的事情，不是你死就是我活。人们从他身边让开，他那僵硬的姿态让每一个人都感到害怕，那种姿态通常是热病的征兆。

他知道芙芮的秘密房间在哪里，他的探子一直在给他送信。他在心里自言自语着，如果我统治了这个地方，为了所有人好，我会关闭学堂。没人有勇气去做这个决定，而我会。现在正是发起进攻的时刻，理由就是学堂里的课程让灾难扩散。这会让她真真正正受到伤害。

“好好想想，兄弟，好好想想！与收取者一起祷告就能得到宽恕，听伟大的纳巴的阿克哈的话……”

他与道旁的传道者擦身而过。他也要让这些傻瓜离开这里的街道，如果他统治的话。

在玉理巷的骅骊牲口厩那里，一个他认识的男人走上前来，那是一个唯利是图的牲口贩子。

“怎么样？”

“他现在就在上面，先生。”那个男人的眉毛挑了挑，示意了一下牲口厩对面的一栋木头建筑，上面阁楼的窗户敞着。这些房子大都是客栈、分租房或是酒铺，前面是体面的充满音乐的房间，后面则是淫窝。

达斯卡不动声色地点了点头。

他掀开珠帘进了酒铺，珠帘上系着新鲜的澳凌花和丝堪蒂。狭窄昏暗的屋子里没有一位顾客。墙上挂着动物的头颅，龇出干巴巴的微笑。主人倚在柜台后，抱着双臂呆立着。他早已跟这里打过招呼，现在掌柜的索性垂下头，双下巴贴在了胸口上，这意思就是说，达斯卡想干什么只管干好了。达斯卡从他身边走过，上了楼梯。

垃圾和更让人恶心的东西散发出陈腐的气味，扑面而来。他顺着墙往前走，脚下的板子吱吱作响。他在最里面的那扇门口听了听，有声音。出于紧张的心理，雷尼尔·莱延肯定会把门闩上。达斯卡敲了敲布满裂纹的门板。

“有您的消息，先生。”他压低声音说，“很紧急，从铸币厂来的。”

他诡秘地笑了笑，听到里边门闩响动的声音时又站近了些。门刚打开一条缝，他就把门撞开，猛扑了进去。雷尼尔·莱延向后跌倒惊叫起来，他看到了匕首，连忙跑到窗边大喊着求救。达斯卡一把卡住他的脖子，把他扔在了床上。

“达斯卡！”芙芮正坐在床上，赶忙拉了一张被单裹住裸露的身子，“从这里出去，你这畏畏缩缩的老鼠！”

作为回应，他一脚把门踢上，并没有左顾右盼。他朝正哼哼着爬起来的雷尼尔·莱延扑去。

“我知道你要杀我，我明白，我敢这么说。”铸币厂大师说着，哆哆嗦嗦伸出手保护着自己，“放过我吧，求你了，我不是你的敌人。我能帮你。”

“我要以你杀害前任大师戴特尼尔的罪名杀了你。”

雷尼尔·莱延缓缓起身，遮掩住赤裸的身子，警惕地盯着对方。

“我可没干那事。不是我本人干的。是敖佐·卢恩下令处死他。那是合法的，真的。法律被违背了。杀死我可不合法。告诉他，芙芮。听着，达斯卡……戴特尼尔大师泄露了匠人的秘密，他把匠人的秘籍展示给沙耶·泰尔看。不是全部。还不算最糟。你应该知道这事儿。”

达斯卡停了下来，“那个世界已经死去了，还有所有那些该死的匠人。你知道我对匠人是什么态度。过去的那些大师都已经成了亡魂，都已经死去了，你也快了。”

芙芮捕捉到了他的犹豫。她已经恢复了镇定。

“听着，达斯卡，听我给你解释。我们能帮助你，我们俩。匠人的书里有一些东西是戴特尼尔大师不敢揭示的，甚至不敢向沙耶·泰尔说起。那是在很久以前发生的事情，但往昔岁月依然与我们同在，而我们可能有希望让事情不再那样发生。”

“要是这样的话，那你早该接受我的爱。长久以来我都渴望着得到你。”

雷尼尔·莱延拽起袍子裹在身上，振作起精神说道：“你的怨气是冲着我的，不是冲着芙芮。在不同的匠人书里都记载着艾姆布鲁都克的往昔岁月。它们证明这里曾经是一座法艮统辖的城市。可能就是法艮建造了这座城……记录有些缺损。自然，他们也拥有这座城市，那时候匠人和平民都居住在里边。法艮把人类当作奴隶。”

达斯卡站在那里，阴沉沉地盯着他们。他的脑海中响着一个声音，我们都是奴隶——这真是一件蠢事。

“如果他们曾经拥有艾姆布鲁都克，那么是谁杀了他们？是谁把城市赢回来的？丹尼斯王吗？”

“这件事发生在丹尼斯王之后的时代，秘籍里说得很少，而且那些事情只是附带着说说而已的历史记录。我们只知道是法艮决定退出这里的。”

“他们不是被打败的？”

芙芮说：“你很清楚，我们对于那种野兽的了解少得可怜。也许他们的大气音阶变化了，他们就全都转移了。但是，他们在这里的时候肯定是很强大的。如果你研究过那座古老神庙里的乌特拉神像，就会知道这些。乌特拉就是法艮王的化身。”

达斯卡伸出手腕抵在眉头上，“乌特拉是法艮？不可能。你们太离谱了。这些该死的学问……它们只会颠倒黑白。所有这些来自学堂的东西毫无意义。我要消灭它。如果我有权力，我就消灭掉这些东西。”

“如果你想要权力，我会站在你这边。”雷尼尔·莱延说道。

“我不需要你站在我这边。”

“好吧，当然了……”他沮丧地做了个手势，揪了揪胡须的末梢，“你看，我们有个问题要解决，因为法艮似乎正在返回这里。也许他们要重新宣布对这座城市的所有权。这是我的猜想。”

“你这又是什么意思？”

“很简单。你肯定听说过那些谣言。奥多兰都就是靠谣言活着的。有大批法艮军队在逼近。去跟城外那些路过的人聊聊吧。麻烦的是，谭瑟·恩和法拉林·弗德根本不会保护这座城市，他们太沉迷于自己的嗜好了。他们才是你的敌人——不是我。如果有一个强大的、能够干掉亲兵队长的人来接管这座城市，那他就能拯救它。这只是我的建议。”

他严肃地看着达斯卡，看着对方脸上表情的变化。他勉强笑了笑，知道自己的话起作用了，自己的性命保住了。

“我会帮你的，”他说，“我站在你这边。”

芙芮说：“我也站在你这边，达斯卡。”

他阴沉地瞪了她一眼，“你永远都不会站在我这边。就算我为你赢得了整个艾姆布鲁都克，你也不会。”

法拉林·弗德和谭瑟·恩正聚在双面啤酒屋里。女人、朋友、谄媚者围在他们四周，享受着这个夜晚。

双面啤酒屋，是如今为数不多还能听到欢声笑语的地方之一。酒馆是新成立的行政楼的一部分，楼里还安置着铸币厂。这栋建筑基本上是由富商资助修建的，其中一些人跟他们的妻子也在场。屋里摆放着近来才被奥多兰都所知晓的新式家具——椭圆桌、沙发、餐柜，墙上挂着华丽的织毯。

从外地引进的酒水源源不断地送上，一位姿态优雅的外国青年演奏着掌中竖琴。

窗子闭着，挡住了彻骨的夜风，也挡住了巷子里飘来的恶臭。在主桌上燃着一盏油灯，食物摆在灯周围，尚未开席。一位商人正在讲一个包含着谋杀、背叛和旅行的冗长故事。

法拉林·弗德穿着一件绒面皮夹克，没系扣子，露出里边那件织毛衬衫。他的胳膊肘支在桌子上，心不在焉地听着故事，眼神在小屋中游移。

谭瑟·恩的女人法拉耶尔·慕斯克在旁边静静地走动时，法拉林·弗德表面上正盯着一个奴隶把窗扇关好。法拉耶尔·慕斯克是谭瑟·恩和法拉林·弗德两人的远房亲戚，都是沃尔·恩领主家族的后嗣。尽管算不上美貌，可法拉耶尔·慕斯克既聪明也很有性格，这使得她对于某些人来说很值得欣赏，有些人则不以为然。她举着一只烛台，走动的时候用一只手挡着火苗。

烛光让她的面孔明灭不定，在脸上投下难以捉摸的影子，抹上了一丝神秘的气息。她感觉到了法拉林·弗德的目光却并不打算回视，她很清楚自己故作冷漠的价值。

他的反应跟以往一样，他不止要拥有自己的女人，还要得到法拉耶尔·慕斯克，而且他的女人也容忍他这么做。撇开这件事所带来的危险不谈，他已经跟她发生过好几次私情了。但现在时日已经无多。他们在未来几天随时可能死去，喝多少酒也不会让这种念头消失。他渴望着与她再次相拥。

他猛地站起身来大步出了屋子，朝她投去意味深长的一眼。那个故事正讲到一个小高潮，一个主要人物看到了一头绵羊的死尸，惊得透不过气。桌子周围爆发出笑声。然而，那些机警的眼睛都看到亲兵队长不见了——而且与他情如手足的另一位亲兵队长的夫人，慎重地稍候片刻也出去了。

“我还以为你不敢跟出来呢。”

“好奇心胜过了怯懦。我们的时间很紧。”

“就在这里吧，就在楼梯下面。就在这个角落里，看。”

“就这么站着，法拉林·弗德?”

“感觉一下，臭娘们儿——它已经起来了，是不是?”

她叹了一声靠在他身上，双手抓住他伸出来的那玩意儿。他回想起之前的那几次，这个女人的呼吸有多么甜美。

“那就在楼梯下面吧。”

她把烛台放到地上。她扯开胸衣，露出一对豪乳。他伸出一条手臂把她拖进角落，兴奋地亲吻起来。

当一支十二人的小队在达斯卡的带领下，刀剑出鞘，高举火把，从街上闯进来的时候，就是在那里抓住了他们俩。

经过一阵无效地抗议，法拉耶尔·慕斯克和法拉林·弗德还是被带了回去。在被扔回会议室之前，他们几乎都没时间把衣服拉上。会议室里，刀剑已经抵在了亲兵队长的脖子上。

“这完全合法，”达斯卡说着，盯着他们，就像饿狼盯着艾羚的幼崽，“我将接管艾姆布鲁都克的统领权，直到真正的领主敖佐·卢恩回来。我是被他罢免的，却是效力最久的亲兵队长。我要让这座城市严防入侵者来袭。”

他身后站着雷尼尔·莱延，他的宝剑还在鞘中。他大声说道：“我支持达斯卡·丹。达斯卡·丹领主万岁！”

达斯卡的目光已经发现了藏在阴影里的谭瑟·恩。那位比较年长的亲兵队长并没有跟其他人一起站起来。他仍坐在桌子上首的座位上，双手抓着椅子扶手。

达斯卡叫道：“你胆敢反抗我?!”他举着宝剑跃到了那个男人的跟前，“站起来！废物！”

谭瑟·恩一动不动，只是痛苦地龇着牙咧着嘴，脑袋猛地往后扬了起来。达斯卡踢在椅子上时，他的眼珠开始滚动，接着就僵硬地滑倒在地，一点都没有挣扎。

“骨热病！”有人喊叫，“就在我们中间！”

法拉耶尔·慕斯克尖叫起来。

到了早晨，又有两条生命逝去了，焚烧的气味再一次污浊了奥多兰都的空气。谭瑟·恩躺在收容所里，勇敢的丝堪蒂老妈照料着他。

一大群人丝毫不顾传染的恐惧，聚集在了河岸大街听达斯卡颁布他的统领公告。曾几何时，这种集会都是在大塔楼外面举行的。那种日子已经过去了。河岸大街更宽阔，也更典雅。在大街的一侧，有几个牲口圈分布在河岸边。鹅仍然在那里昂首阔步，彰显着它们自古以来的权利。另一侧是一排新修的建筑，古老的石塔楼在它们后面巍然矗立。就在这里，搭建着一座公众平台。

雷尼尔·莱延站在平台上，身体的重量在两只脚上换来换去，法拉林·弗德倒剪双臂站在那里，有六名年轻的武士站在台上，他们是达斯卡的卫兵，腰间配着长剑，手里握着长矛，面无表情地注视着人群。卖花人穿梭在人群里，兜售防止传染的鲜花。为了朝圣四处云游的收取者也在那里，穿着他们与众不同、黑白相间的袍子，举着旗子劝说人们要忏悔。孩子们在人群周围玩耍，看着大人们道貌岸然的样子笑个不停。

钟啸泉响了起来，达斯卡登上平台开始向人群讲话。

“为了这座城市的利益，我将接过统领奥多兰都的重任。”达斯卡慷慨陈词，他那经年不变的沉静似乎离他而去了。他滔滔不绝地讲了起来。然而他站在那里一动不动，没有手势、没有肢体语言来为他壮声威，似乎沉默的习惯只是离开了他的舌头。“我并不希望篡夺艾姆布鲁都克真正领主敖佐·卢恩的位子。等他返回之后——如果他能返回——原本属于他的权力就将交还给他。我是他合法的代表。那些由他赋予了使命的人滥用了他的权力，把这恩赐扔进了臭水沟。我无法坐视不理。我们在这艰难的日子里要坚守忠贞。”

人群中有人喊道：“那为什么雷尼尔·莱延站在你身边，达斯卡？”同时还有其他的议论，达斯卡尽力压了下去。

“我知道你们心有疑问。之后我会倾听你们的话——现在，你们要听听我的道理，我要判决谋篡敖佐·卢恩位子的这位亲兵队长。伊莱恩·泰尔有勇气追随领主进入荒野，而这两个家伙则留在家里。谭瑟·恩得了热病，遭了报应。这里站着的这位是他们中的第三位，最坏的一位，法拉林·弗德。看看他这副畏畏缩缩的样子吧。他什么时候跟你们讲过话？他总是忙着在屋里干那些见不得人的淫乱之事。

“我是一名猎手，你们都知道。雷恩泰尔·阿耶和我驯化了西部大草原。法拉林·弗德将像他的老朋友谭瑟·恩一样，死于疫病。你们想要一具死尸当统领吗？我不会患上疫病。乱性才会传染疾病，而我没有这种隐患。

“我首先要做的事情，就是恢复艾姆布鲁都克整个周边的防御措施，并且训练专门的军队。就目前的状况来看，不管碰到什么样的敌人我们都会一败涂地——不管是人类，还是非人类。我们宁愿在战斗中死去，也不要在床上死去。”

最后这番话引起了一阵不自在的骚动。达斯卡停了停，低头看着他们。奥耶莉和朵儿站在人群中间。朵儿怀里抱着拉斯迪尔·卢恩。奥耶莉在达斯卡发言暂停时，大声喊了起来：“你才是篡位者。你能比谭瑟·恩和雷尼尔·莱延好到哪里去？”

达斯卡走到了平台边缘。

“我什么都没有窃取。我只是捡起被别人丢弃的。”他指着奥耶莉说道，“你作为所有人中的一员，奥耶莉，作为敖佐·卢恩的私生女，应该知道，我会在你父亲返回时把属于他的东西全都交还给他。他会希望我这么做的。”

“你不能在他离开的时候替他代言。”

“我能，而且我这么做了。”

“那么你说的就是不对的。”

那些对于这番争论的意义知之甚少的人，还有那些根本不在意谁是敖佐·卢恩的人，全都叫嚷了起来，高声抱怨着。有人扔出一只熟透了的果子。卫兵推搡着人群，可是收效甚微。

达斯卡的脸色变得煞白，他激动地把拳头高举过头顶：

“非常好，你们这些废物，那我要向你们公布一件一直都秘而不宣的事情。我才不会害怕。你们认为敖佐·卢恩那么伟大，你们认为他那么令人尊敬，可我要告诉你们，他到底是什么样的人。他是杀人凶手！甚至比那更糟，他是双重杀人凶手！”

众人静了下来，他们的脸都仰了起来，仿佛一群围绕着他的鹅。

现在他浑身发抖，似乎意识到自己开启了什么，“你们以为敖佐·卢恩是怎么获得大权的？靠的是谋杀，血腥的谋杀，在夜幕下谋杀！你们中有些人还记得纳赫科里和克里厄斯，就是在那已经消逝的岁月里老德莱赛尔的儿子。当艾姆布鲁都克还只是一个农场的时候，纳赫科里和克里厄斯统治着这里。在一个漆黑的夜晚，敖佐·卢恩——那时的他还很年轻——趁这两兄弟喝醉了酒，把他们从大塔楼上扔了下去。真是残忍到无以复加！谁在那里目睹了这一切？谁看到了整件事情？我就在那里……她也在……就是他的私生女。”他带着谴责的姿态向下指着奥耶莉那瘦瘦的身影，她现在已经惊恐地缩在了朵儿怀里。

“他疯了！”一个男孩在人群边缘喊叫着，“达斯卡疯了！”人群乱了起来，人们四散奔逃。混乱迅速扩散开，在这群乌合之众的一个角落，有人开始打斗起来。

雷尼尔·莱延想让人群重新聚集，于是他一挺颇具影响力却并无武力的身子，大声喊道：“支持我们吧！我们也会支持你们！我们将守卫奥多兰都！”

这一切发生的时候，法拉林·弗德就静静地躺在平台后面，双臂被捆着，一名卫兵牢牢抓着他。现在他看到自己有机可乘了。

“把达斯卡赶走！”他叫喊起来，“他从未得到过敖佐·卢恩的认可，他也不应该得到我们的认可！”

达斯卡以猎人的敏捷转过身来，抽出了那柄曲刃匕首，扑到亲兵队长身上。一声刺耳的尖叫从站在人群里的法拉耶尔·慕斯克口中传来，同时有好几个声音高喊着：“把达斯卡赶走！”

达斯卡那突如其来的行动一下子让他们静了下来，人们全被镇住了。寂静之中，一阵烟雾飘过。没有人动。达斯卡呆呆地站着，背对众人。有好一会儿，法拉林·弗德也一动不动，然后他猛地一仰头，发出了窒息般的闷哼。血从他口中喷了出来。他委顿下去，卫兵松手任其倒在达斯卡脚下。

一阵喧嚣。鲜血让人群骚动了起来。

雷尼尔·莱延叫道：“你这傻瓜，他们会宰了我们的！”他跑到平台后面跳了下去。不等有人阻止，他就已经消失在了街角。

当人群拥上平台时，那个卫兵不顾达斯卡的命令拔腿就跑。法拉耶尔·慕斯克尖叫着让大家抓捕达斯卡。眼看大势已去，他也跳下平台拔腿就跑。

在人群后面，围在牲口圈旁边的小男孩儿们又蹦又跳，兴奋地拍着手。集会变成了暴乱，这可比等死有意思多了。

至于达斯卡，只能耻辱地逃走。他跑得上气不接下气，嘴里不知所云地咕哝着，穿过空无一人的街道，他的三条影子——双日高照依次映出的半影、本影、半影——在他脚下变幻着扑朔迷离的形态。他的思绪急速飞转，拼命逃避他惨遭失败的现实，他干呕着，像是要把内心的恐慌全都挤压出来。

一队队陌生人从他身边经过，他们的财物装在一辆颇为古老的雪橇上。一位老人带着一个小孩子迎面走来，老人冲他喊道："法艮蛮子正往这边过来!"

他听到人群在他后面奔跑的声音——一群怀着满腔怒火的乌合之众。有一个地方他能去避祸，有一个人，一个希望。他口中咒骂着她，脚下却朝着芙芮那里跑去。

她早就回到了自己的老塔楼里，心乱神迷中意识到——而且对自己所意识到的东西十分恐惧——艾姆布鲁都克正滑向危险的深渊。当达斯卡砸门的时候，她让他进来，心中似乎感到了一些宽慰。而当他瘫倒在她的床上哭起来时，她站在那里，既不同情也不嘲讽。

"这是动乱，"她说，"雷尼尔·莱延呢?"但他只是哭，用拳头砸着被褥。

她温和地说："歇歇吧。"她在屋里踱着步子，抬眼望着满是污迹的天花板，"我们就生活在这样的一场动乱之中。我真希望自己能超然于世，毫无情感。人类是如此不安分。在大雪纷飞、冰天雪地的年代，我们反而过得更好，即便那时的我们……毫无盼头！我真希望世界上只有知识，纯粹的知识，而没有任何情感。"

他坐了起来，"芙芮……"

“别跟我说话。你对我来说一文不值，永远都不再有一丝一毫的分量了，你必须接受这一点。我不想听你那些非说不可的话。我也不想知道你都干了些什么。”

外面的鹅一阵狂叫。

他从床上站了起来，大喊道：“你只能算是半个女人。你冷若冰霜。我一直都知道的，可当我在你身边时，我总是情不自禁地感受到……”

“冷若冰霜？你这傻瓜，我的热情就像拉甲巴拉尔树升腾的热气！”

街上的嘈杂声越来越响，足以让人分辨出其中的细节。达斯卡跑到了窗前。

他的人现在都在哪儿呢？人群从大街小巷蜂拥而出，但都是他不认识的。他看不到一张熟悉的面孔——没有他的人，没有雷尼尔·莱延——而这并不是最让他惊讶的——他最惊讶的是，居然没有一个他认识的人。曾几何时，这里的每一张面孔他都了如指掌。现在，喧叫着要让他流血的都是陌生人。如若是他的野心葬送在一个朋友手中，他也许会感受到恐惧。可是被陌生人所憎恨……这真是难以让人忍受。他倚在窗前，轻蔑地挥舞着拳头，诅咒着他们。

一张张脸往上扬了起来，几乎不约而同张大了嘴，就像是一大群鱼。他们嗥叫着驻足不前了。

在一片嘈杂声里，他垂下拳头缩了回去，这并非意味着他被吓倒了，他是打算去拼命。他靠在墙上，检视着自己那双僵硬的手，血仍渗在指甲缝里。

当他听到下面传来芙芮的声音时才意识到，她早已离开了房间。她已经敞开了塔楼的大门，站在平台上对着人群宣讲。这群乌合之众不断向前拥，因为后面的人不断往前挤，想要听清她说的话。一些人嘲讽地叫嚷着，但是被其他人制止了。她的声音清澈而尖锐，飘荡在攒动的人头上空：

“为什么不停下来想一想，你们都在干些什么？你们不是动物，尽力做一个人吧。如果我们马上就会死去，就让我们带着人类的尊严死去，不要让我们的手掐在别人的喉咙上。

“你们意识到了苦难。苦难与意识都是你们人性的象征。要有自豪感，你们这些堕落的人——跟着那些知识一同死去吧。记住，那个有幽魂等待着你们的下界只有利齿的撕咬，因为死者对它们自己的生活感到憎恶。这不可怕吗？对于你们来说，感觉到憎恶不可怕吗？对于你们自己的生活感到憎恶与蔑视不可怕吗？要从内心深处改变你们自己的生活。永远不要去介意外界气候的变化，不管下雪下雨还是阳光灿烂，永远都不要介意，要去接受，但要转变你内心的自我。要在你的灵魂中创造宁静平和。要去思考。达斯卡或是他的谋杀行径是否有让你摆脱困境的力量？不，只有你自己才有这样的力量！

“你们认为事情变得越来越糟。而我必须警告你们，更具挑战性的事情马上就要到来。我之所以能告诉你们这些事情，是因为有整个学堂在我身后支撑着我。明天，明天中午，二十盲日的第三次将会发生，而且是最为严重的一次。它是无法阻挡的。人类并不拥有天空的力量。那个时候你们要怎么办？你们会疯狂地跑上大街，割开别人的喉咙，砸烂东西，烧毁那些漂亮的房子吗？就好像你们比法艮更坏？现在就决定吧，决定明天你们会有多么肮脏！多么无耻！”

下面的人们面面相觑，窃窃私语。没有喊叫。她等待着，本能地抓住恰当的时机再次转入另一个话题：

“许多年前，女术士沙耶·泰尔向奥多兰都的居民们宣讲过。我清清楚楚地记得她的话，因为我崇敬她所说的每一句话。她赐予我们知识的宝藏。只要你谦卑地向它伸出你的手，那宝藏就可以属于你。

“好好理解我对你们说的话。明天的盲日并不是什么超自然的事情。它是什么？只不过是两个哨兵交叠在了一起，那两颗太阳你们从出生之日就十分熟悉了。我们的这个世界是圆形的，就和它们一样圆。想象一下吧，我们的世界是一个多么巨大的球体，我们都不会从上面跌落下去——然而跟那两个哨兵比起来，它又小得可怜。哨兵看上去很小，只不过是因为它们很远。

“沙耶·泰尔在时曾说过，在往昔的岁月里发生过一场灾难。我相信事情并非全然如她所说。我们完善了她的知识。乌特拉安置好了他的世界，让所有的事物各司其职、持续不断地运动着。你的毛发在头上、身体上生长，如同太阳升起又落下。在乌特拉眼中，没有什么行为是孤立的。我们的世界围绕着巴塔利克斯转圈，还有其他像我们一样的世界也是这般运动着。与此同时，巴塔利克斯绕着一个更为巨大的圆形围着弗雷耶运行。你们必须要接受这一点，我们的农场并非宇宙的中心。”

人们的抗议声越来越大。芙芮提高了声音压过他们：

“你们能理解吗？理解比割开喉咙更难，是吗？领悟一下我告诉你们的话，你们必须先理解，然后用想象力领悟其中的道理，这样才能让事实生根。我们的一年是四百八十天，这是我们所知道的。这是我们在赫尔－科·尼亚上面环绕巴塔利克斯整整一周所需要的时间。但还有另外一个周期你们要知晓，巴塔利克斯和我们的世界环绕弗雷耶一圈的周期。你们准备好听下面的话了吗？那是一千八百二十五个小周期年……想象一下这个大周期年吧！”人们静了下来，注视着她，又一位女术士出现了。

“一直到我们的时代，都没什么人能去做如此的想象！因为我们每个人只有可怜巴巴的四十年寿命，这个世界环绕弗雷耶的一圈要花费我们四十六辈的生命。我们之中的很多生命并没有对这更为伟大的事物产生共鸣，然而却在不知不觉中成为它的一部分。因此，知识很难被掌握，在恶劣的年代里却又极容易失去。”

她被自己那新生的力量攫住了，被自己内心的声音说服了。

“恶劣的是什么？沙耶·泰尔告诉我们的那场灾难又是什么？那灾难大得足以让我们失去那么重要的知识，为什么？只不过是弗雷耶的光芒随着大周期年的进程而变化。我们在那暗淡的光芒下已经生活了许多世代，一直生活在冬季之中，大地覆盖在大雪之下，了无生机。明天，当日食降临，你们应当庆贺——盲日，遥远的弗雷耶滑行到巴塔利克斯后面——因为那是一个信号，弗雷耶的光芒将会变得更近……明天我们就将进入大周期年的春季。欢庆吧！带着感知，带着知识，欢庆吧！抛去你们生命中由无知愚昧引发的混乱，欢庆吧！更加美好的日子即将降临到我们所有人身上！”

猪仔芑让他们偏离了道路。当他们走到地势更低的地方后，猪仔芑灌木连成了一片茂密的树丛。灌木丛形成了难以穿越的植被。现在他们想要找到一条路，能让他们穿过这片障碍重重的地方。

植物越来越高，遮盖了他们的头顶。只有一个个的小丘上稍显空旷，他们不时爬上去分辨一下方位。猪仔芑上缠绕着细瘦的棘刺，让前进的过程又困难又痛苦。法艮的先头部队走的是另一条路。他们只能被迫顺着由动物踩出来的更加曲折蜿蜒的小径走，而这些道路对于耶尔克来说也是困难重重。它们对草地十分紧张，似乎不喜欢刺激气味；它们又长又弯的犄角时不时会勾住藤蔓，脚下的荆棘也会刺进它们蹄瓣间柔软的部位。于是人们只得下了坐骑，牵着这些尸生兽徒步前行。

“野蛮人，还有多远？”斯吉特舍瑞尔问道。

雷恩泰尔·阿耶应道：“不远了。”这是对这个一成不变的问题一成不变的回答。他们在森林里睡得不舒服，早上醒来时衣服都被雾气打湿了。虽然他感觉自己焕然一新，对于自己变得轻巧的身形感到欣喜，但他看到了其他人有多么疲惫，一天比一天疲惫。敖佐·卢恩跟以前相比简直瘦成了一道影子，在夜里他还会嚷出奇怪的语言。

他们到了湿地，每个人都感觉到一阵舒畅，因为猪仔苣的树丛不那么浓密了。他们停下脚步看了看，一切都是那么平静，于是继续前进，小鸟在他们前面四散飞逃。前方出现了一条峡谷，两边缓缓隆起了山丘。他们走进峡谷，没有走上更高的地方，因为他们太疲惫了。但是一进峡谷口，寒风就裹住了他们，刺骨的寒风吹在身上，就像是被野兽咬进了骨头里。他们低垂着脑袋，在寒风中痛苦地挣扎着。

风带来了雾气，雾裹住了他们的身体，而他们的脑袋都浮在雾气之上。雷恩泰尔·阿耶很了解这种风，知道这是有一层冷空气倾泻而下，就像是从他们左侧远方的群山倾泻而下的大水。冷空气扑过山丘流入峡谷，涌向地势更低的地方。这是当地特有的风，他们要赶在被冻僵之前尽快离开。

斯吉特舍瑞尔的妻子轻轻叫了一声，停下了脚步，扶着她的耶尔克坐骑把脸埋在了臂弯里。

斯吉特舍瑞尔关切地回到妻子身边，从灰色的袍子里伸出手臂搂住她。冰冷的气流在他腿边的袍子上打着转。

他忧心忡忡地抬起头看着雷恩泰尔·阿耶。“她没法再走了。”他说道。

“待在这里就会死。”

他甩掉眼睛上的水汽，望向前方。几小时后峡谷就会变得暖和起来，不再有危险。可现在它就是一个死亡陷阱。他们正在阴影里。两个太阳的光芒斜斜越过他们头顶上方峡谷左面的山坡，光束中映出一簇粗大的立柱，那是光束在对面山崖上投出了一丛巨大的拉甲巴拉尔树的影子。拉甲巴拉尔在清晨的阳光中已经开始蒸腾出水汽，蒸汽升腾飘入天空，投下气浪滚滚的影子。

他认识这个地方。在大雪覆盖大地的时候，他就十分熟悉这里的地势了。这里本是一片招人喜爱的地方——当一名猎手即将进入矗立着奥多兰都的那片平原大地时，必先经过这里。现在他太冷了，甚至都无力颤抖，寒风夺走了身体的热量。他们没法继续前行。斯吉特舍瑞尔的妻子病恹恹地倚在尸生兽身上，现在她做出了好榜样，她的女仆也趁机将自己的痛苦发泄出来，背对着寒潮站在那里放声尖叫。

“我们要上到那片拉甲巴拉尔树丛里去！”他冲斯吉特舍瑞尔的耳朵喊着。斯吉特舍瑞尔点点头，与妻子搂在一起，努力帮她在鞍上坐稳。

“所有人，上坐骑！”雷恩泰尔·阿耶叫道。

就在他喊叫的时候，一道白影晃入他的视线。

在他们左侧的山麓上出现了牛鹂，正在跟下沉的寒气搏斗着，随着它们越飞越高，飞进了拉甲巴拉尔树丛在对面投下的阴影里，它们的羽毛也由白转灰。鸟群下面有一队法艮。他们都是武士；他们手中握着长矛，随时准备战斗。他们走到了山丘边缘，一到那里便如顽石般凝立不动了。他们低头看着下面那些裹挟在滚滚雾气之中的人类。

“快，快，上去，别等我们受到攻击！”就在雷恩泰尔·阿耶叫喊的时候，他看到敖佐·卢恩抬起头看着那些猛兽，面无表情，一动不动。

他跑到敖佐·卢恩跟前，在他背上拍了一掌。

“上去。我们就要从这里出去了！”

敖佐·卢恩的喉咙里咕哝了些什么。

“你被迷惑了，伙计，你学会了一些他们那种受到诅咒的语言，它让你失去了力量。”

雷恩泰尔·阿耶强行把他的这位老朋友推上鞍子。侦察兵依样对付着女仆，她在恐惧中只剩下了呜咽。

“往坡上跑，到拉甲巴拉尔树丛里去！”雷恩泰尔·阿耶喊叫着。他对着敖佐·卢恩的坐骑那瘦骨嶙峋的屁股抽了一鞭子，然后跑回去跳上了自己的坐骑。这些牲口开始勉为其难地朝上攀爬。他用力踹了踹坐骑，收效甚微，要是有骅骝就轻快多了。

“他们不会攻击我们的。”锡伯纳尔人说道，“要是有麻烦，我们就把女仆敬献给他们。”

“我们的坐骑。他们会为了这些坐骑杀掉我们的。他们可以拿去骑或是拿去吃。如果你那么想的话，就待在后面试试好了。”

斯吉特舍瑞尔不满地瞥了他一眼，摇着头上了鞍。

他牵着妻子的坐骑，第一个上了山坡，侦察兵和女仆紧随其后。敖佐·卢恩慢吞吞地跟队伍拉开了距离，让彼此走出了视野之外，雷恩泰尔·阿耶的叫喊声让队伍聚而不散。他牵着驮行李的耶尔克断后，不时回头看看身后的高地。

法艮依然一动不动。他们可不在乎寒风，他们本就是寒冷中的生物。他们站立不动不需要什么理由。根本无从知晓这些野兽的心思。

他们就这么一路上行，很快就从寒气中脱出身来，缓了口气，可双手依然紧张万分地拼命扯着缰绳。

等他们到了山脊上，阳光随即映入眼帘。两个太阳靠得很近，光晕仿佛已经融在了一起，在巨大的树木之间闪耀着。有那么片刻的光景，金色的日轮中间有一些形体在舞动，轻盈而流畅——是另族在举行神秘的庆典，然后很快就消失了，仿佛是那刺目的阳光让它们消融了。队伍走进能起些保暖作用的树桩之间，却仍然感到寒冷。随着树顶蒸腾的水汽笼罩天空，他们仿佛进入了一间天神居住的大厅。这里大约有三十株巨树。树丛外面是开阔的大地和通往奥多兰都的路。

法艮小队动了起来，前一刻还全然静止不动，突然间就迅速动作起来。那群野兽行动一致，奔下他们所处的山坡。他们之中只有一个骑着铠骥，他自然一马当先。牛鹂在峡谷上空尖叫着。

雷恩泰尔·阿耶绝望地四下寻觅藏身之处。什么都没有，只有拉甲巴拉尔树。拉甲巴拉尔的树身内部正发出隆隆的响声。他抽出宝剑冲向锡伯纳尔人，他正把妻子从坐骑上扶下地来。

“我们要死守，要战斗。你准备好了吗？他们一两分钟就到了。”

斯吉特舍瑞尔抬起头看着他，脸上表情痛苦。他的嘴大张着，仿佛要发出痛苦的咆哮。

“她得骨热病了，她就要死了。”他说。

他的妻子目光呆滞，身体僵硬地扭曲着。

雷恩泰尔·阿耶焦急地打了个手势，冲着侦察兵叫道：“那就只有你和我了。盯紧点——他们上来了！”

作为回应，侦察兵冲他露出了凶狠的笑容，同时用手指做了个割喉的手势。雷恩泰尔·阿耶登时斗志高涨。

他在树根下四处寻找，寻找那些消失在树下的另族。他觉得就在这里，近在咫尺的地方可能就有藏身之处——有藏身处，还有望闻人，但永远不会是他的那些望闻人，永远都不会是。

那些另族一闪即逝，没有留下任何踪迹。好吧，还是得战斗。毫无疑问，他们都会死。可他要死战到底，等到剑族的长矛从他的每一处伤口中抽出，他才会停止呼吸。

当敌人出现时，他由侦察兵护在身旁，走到小岗边缘迎击他们。

在他身后，拉甲巴拉尔树干里的隆隆声越来越响。粗大的树木已经不再喷出蒸汽，而是爆发出一阵雷鸣般的巨响。在他脚下，紧紧依偎在一起的两颗太阳斜射而下的光芒终于有一缕照到了谷底，光束照亮了那些正在穿越寒气的法艮，雾气缭绕在他们那健硕的身躯周围，他们身上粗硬的毛发随着奔跑微微飘摆。他们抬头往上看了看，看到有两个人类的身影，便发出一阵让人颤抖的号叫，然后开始朝着山头跑上来。

这一事件被地球观测站所目睹，而且，在一千年后，也被地球上的那些穿着凉鞋、漫步去大剧场的人所目睹。剧场在那个时候比上一个世纪的任何时候都要爆满。已经消失了十个世纪的真实事件通过这种方式进行着宏大的重现，而观赏这画面的人们，在内心深处都希望他们始终欣赏的那些人类会幸存下来——他们一直都在用未来时态描述画面中的一切，对于这些直立行走的智人来说，这是自然而然的事情，即便那些事件早已过去很久了。

从他们的特殊视角来看，越过拉甲巴拉尔树丛还有其他别的事物——越过无边无际的平原，越过那片曾经彰显威力的鱼湖，然后就会望到奥多兰都。

这宏伟大地上遍布着无数身影。年轻的可赞王正等着对那座城市发起最后一击，在那里，他那位显赫一时的祖父被毁灭了，生命和幽闭皆荡然无存。他只需等待那个征兆的降临。尽管他的大军没怎么依照军事规则列队，军队本身也更像是漫无边际的畜群，不总是朝着一个方向，不过单是它的数量就足以令人望而生畏了。大军会像洪水一般涌过古老的艾姆布鲁都克，然后不带一丝怜悯地踏过坎普安莱特大陆，一直向西南方的沿海地带进发，直抵克莱蒙特大洋东岸的悬崖绝壁，如果有可能，还要一直去往赫斯帕戈尔特大陆，还有怪石林立的先祖家乡，帕古温。

由于法艮圣战的这种无组织状态，旅行者便有了可乘之机——主要是逃亡者——他们可以毫无障碍地在各种畜群和部族之间穿行，而丝毫不影响圣战前行的脚步。一般来说，这些心惊胆战的队伍都由玛第人带领，他们对于大气音阶十分敏感，可以避开赫尔－布拉亥尔·耶普利特旗帜下那些身型庞大的猛兽。现在就有这样一支小小的队伍，留着杈形胡须的雷尼尔·莱延把一个战战兢兢的玛第人推在身前走着。队伍从距离年轻的可赞王很近的地方走过，但可赞王一动不动，对这一小队人马没有任何兴趣。

年轻的可赞王倚着赤风那历尽沧桑的身子站着，与幽闭中的父亲和曾祖进行着交流，他们又一次给他忠告和建议。在他身后站着的是他的将军们，再后面是他那两位幸存下来的宠妃。他很少临幸这些雌性法艮，不过令人兴奋的是，发情期又要到了。首先必须明确未来的两个音阶，是胜利还是死亡，如果他循着胜利的音阶走下去，那必然会奏响交配的乐章。

他一动不动地等着，不时把一些黏液甩在鼻吻黑色绒毛的下面。征兆将会出现在天庭之上，大气音阶会使自身拧一个结，他和他所统领的那些人会奔拥向前，焚毁那座古老的该死的城市，它曾经是艾姆-布鲁·都克。

在这片古老的战场上，人与法艮遭遇的机会比双方想象的要频繁得多，越过这无边的战场，只见雷恩泰尔·阿耶和锡伯纳尔侦察兵持剑站在那里，准备迎击第一个爬上山岗的法艮。在他们身后，拉甲巴拉尔发出雷鸣般的声响。敖佐·卢恩和女仆蹲在一株大树底下，不论发生什么事都认命了。斯吉特舍瑞尔轻轻地、缓缓地放下妻子已经僵硬的身体，用衣服遮住她的脸免受渐渐爬上天顶、正在进入遮蚀的双日暴晒。然后他也抽出宝剑，和两个同伴站在了一起。

攀爬上山的过程打乱了法艮的队形，更健壮的先爬到了顶上。领头的一露出头和肩膀，雷恩泰尔·阿耶就跑上前去。要把他们一个一个地干掉，这是他们唯一的希望——他数了数，有三十五个，或者更多，而且他不愿去做无谓的冒险。

法艮舞动着手臂上来了。那手臂能弯到人类手臂无法达到的角度，但雷恩泰尔·阿耶一伏身子钻到了长矛下面，让它无处着力，然后伸臂一刺。当剑锋刺入肋骨之间的时候他感到手肘一震，黄色的血液喷涌而出。他突然想起了老猎手的传说，所说剑族的肠子在肺的上面；当他披着法艮的皮去驯铠骥的时候，证实了这个传说。

法艮那骨骼突兀的脑袋往后一仰，嘴唇向上翻卷，露出了黄色的牙齿，显出痛苦的样子。它向后一跌滚落山坡，滚到了正在消散的雾气下面。

但又有几头猛兽露出了半个身子。锡伯纳尔侦察兵正在奋力拼杀，时不时用自己的方言咒骂几句。雷恩泰尔·阿耶大吼一声猛扑了上去。

突然，天地间爆发出一阵惊天动地的巨响。

那声音震耳欲聋，近在咫尺，以至于战斗立刻停了下来。第二声爆炸传来。无数黑石头从头顶飞过，大都落到了峡谷对面的山坡上，四下顿时一片混乱。

战斗双方都被自己的生物本能驱使着做出了反应：法艮突然之间站立不动，而两个人类立刻趴在了地上。

他们趴下的时机正好，就在这时，爆炸声又连连响起。黑色的石头四下乱飞，有几块击中了法艮，当时就把他们从山丘边缘砸落下去，死尸横飞。其余那些法艮立刻掉头就跑，连滚带爬，一溜烟儿地躲回峡谷里去了。牛鹂尖叫着飞到了空中。

雷恩泰尔·阿耶趴在那里一动不动，双手捂着耳朵，惊恐地向上张望着。拉甲巴拉尔树正从树顶开始四分五裂，就像爆开的木桶，树干犹如木桶的板子纷纷爆裂剥落。在海利科尼亚大周期年的上一个秋季，它们把果实累累的枝条收缩进了树干顶部，把树冠用一汪树脂密封了起来，然后一直等到春分时节。在整个冬季世代，内部的热量顺着根系不断从地下的岩石间抽吸上来输入树干内部，就是为了这一刻的爆裂做准备。

雷恩泰尔·阿耶头顶的这棵树如雷鸣般爆裂开。他看到种子四下喷射，有些向上飞去，大多数朝着四面八方飞散。喷射的力量把这些黑色的种子喷出去足有半英里远，一时间蒸汽弥漫。

当天地间再次沉寂下来之后，总共有十一棵树爆开了。它们那深色的果荚从树顶脱落，一顶更为纤细的树冠从树干里冒了出来，泛着白色，顶着新绿。

这一层新绿注定要让现在还只是一片树桩子的丛林变得郁郁葱葱，浓密的枝条叶片将会遮蔽大树的根部，让它免受即将到来的烈日暴晒，那时候，海利科尼亚将会移动到距离弗雷耶更近的位置——那时的距离如此之近，不论是人类、兽类还是植物，都不再适合生存在大地之上。不论是谁在拉甲巴拉尔树的阴影下生活或是死去，它自有其生存之道。

这些拉甲巴拉尔树形成了新世界植被的一部分，等到弗雷耶巡游在海利科尼亚那云雾迷蒙的天空中时，那个新世界便会出现。与新出现的动物一起，它们将与巴塔利克斯独自统治天空时形成的那个旧世界秩序展开无休止的生态竞争。双星系统造就了双重的生态系统。

那些种子，表面是斑驳的黑色，生来就仿如石头，每一颗都有人头大小。在接下来的六十万天里，其中一些会存活下来并长成大树。

雷恩泰尔·阿耶心不在焉地踢开一颗种子，过去查看那名侦察兵。侦察兵受了伤，被法艮锋锐的犄角豁开了一道口子，斯吉特舍瑞尔和雷恩泰尔·阿耶帮着他回到敖佐·卢恩和女仆所在的地方。他情况很糟，血流不止。他们无助地围在他身边，看着他的生命从精魂之中流逝。

斯吉特舍瑞尔开始进行一种繁杂的宗教仪式，雷恩泰尔·阿耶对此暴跳如雷。

“我们必须尽快赶到艾姆布鲁都克，你不明白吗？就把尸体留在这里吧，让这个女人留下照看你的妻子。你跟着我和敖佐·卢恩一起赶路。时间很紧了！”

斯吉特舍瑞尔朝着尸体一摆手，“这是我欠他的。这会花些时间，但这一切必须心怀虔诚去做。”

“法艮蛮子随时会回来的。他们可没那么容易就被吓跑，下一次我们可没什么希望再交好运。我要跟敖佐·卢恩赶紧上路了。”

“你已经做得很好了，野蛮人。去吧，也许我们还会再次相见。”

雷恩泰尔·阿耶转身离去的时候停步回头看了看，“对于你的妻子我很遗憾。”

敖佐·卢恩在拉甲巴拉尔爆开时，残存的意识让他牢牢牵住了两头耶尔克。但其余的牲口都被吓跑了。

“你能骑吗？”

“能，我能骑。帮我一把，雷恩泰尔·阿耶。我会恢复的。学习法良的语言是为了用不同的方式看这个世界。我会恢复的。”

“骑上去，咱们走。我担心我们的警告对于艾姆布鲁都克可能有些迟了。”

他们跨上坐骑急速上路，一前一后离开了树林的阴影。锡伯纳尔人灰色的身影跪在那片树荫里，做着祈祷。

两头耶尔克稳步前行，垂着脑袋，眼睛空洞洞地望着前方。当它们拉下粪便，甲虫立刻从地里钻出来，把这宝贝滚到地下的仓库里，无意间为未来的森林播下了种子。

平原上一道道起伏的山脊让视线看不了很远。大地遍布着石头雕凿的纪念碑，已经存在了很多世代了，上面的圆环符号被风雨或是陆生地衣所侵蚀。雷恩泰尔·阿耶一马当先，警惕着周围的危险，不住回身催促敖佐·卢恩跟上。

平原上有旅行者朝着各个方向行走，不过跟他们留下了足够宽阔的安全距离。他们时不时见到一些枯骨，身上仍披着外衣；肥硕的鸟儿毫不知情地栖在这些遗骸身边，等着它苏醒过来，他们还碰到了一只鬼鬼祟祟的舌剑兽。

一股冷锋气流像是一块披肩从他们肩后涌起，朝着北方与东方涌去。有一块天空仍然清澈，看得到弗雷耶与巴塔利克斯已经挤成一团，分辨不出那两轮太阳谁是谁了。耶尔克已经走过了鱼湖地区，那里，就在早已消失的水中，竖立着一堆石块纪念着许多个冬季之前沙耶·泰尔的奇迹。他们攀过一道陡峭的山脊时起风了，天色暗了下来。

雷恩泰尔·阿耶下了坐骑，站在那里抚摸着耶尔克的口鼻。敖佐·卢恩仍然无精打采地坐在鞍子上。

日食正在进行着。又一次如芙芮所预言的那样，巴塔利克斯犹如法艮的一咬，蚀去了弗雷耶那光辉灿烂的轮廓。这个过程缓慢而绝不停息，最终，弗雷耶将会完全消失五个半小时。就在不远的几英里之外，可赞王得到了他期盼已久的征兆。

双日正在吞噬着自己的光芒。一股可怕的恐惧感攫住了雷恩泰尔·阿耶，让他的灵魂冻结了。有好一会儿，天空中亮起了星辰。然后，他闭上眼睛贴在耶尔克身上，把脸埋在了粗硬的绒毛里。二十盲日降临在了他的身上，他在心中向乌特拉大喊着，一定要在天庭的战争中取胜。

但是，敖佐·卢恩敬畏地抬起头望向天空，晃着瘦削的身子，朗声宣告："现在，艾姆－布鲁·都克即将死去!"

时间似乎停止了。缓缓地，明亮的光辉消失在了暗淡昏黄之中。白昼突然之间形如死灰。

雷恩泰尔·阿耶从恐惧中挣扎出来，抓住了敖佐·卢恩瘦骨嶙峋的肩膀，审视着那张熟悉而又陌生的面庞，"你刚才对我说什么?"

敖佐·卢恩茫然地说："我会好起来的，我会重新成为我自己。"

"我问你刚才说了什么?"

"是的……你知道他们有多么臭，那浑浊的气味附着在所有的东西上面。他们的语言也是一样。它让每一件事物都变得不同。我和耶哈姆－惠利玛尔在一起共处了半个大气回转的时间，我们交谈了很多事，很多我自己的奥洛奈茨语无法表达其含义的事情。"

"不用在意。对于艾姆－布鲁·都克你都说了些什么?"

"对于耶哈姆－惠利玛尔来说，那就是某种必然会发生的事情，就像是早已发生过，而并非发生在未来。法艮会毁掉艾姆－布鲁·都克……"

"我必须继续走。如果你愿意就跟上我。我必须回去警告所有人。奥耶莉……达斯卡……"

敖佐·卢恩猛地抓住了他的手臂。

“等等，雷恩泰尔·阿耶。过一会儿我就会是我自己了。我得过骨热病。我耗尽了自己的精力。寒冷刺入了我的心。”

“你从不为别人找借口。现在你是在给自己找借口。”

当这位老者盯着雷恩泰尔·阿耶的时候，他内心深处的豪情又回到了脸上，“你是一个好人，你承载着我的荣耀，我曾经是你的领主。听着，我所说的一切都是我从未想过的，直到我在那个孤岛上待了半个大气回转。一代又一代人出生，走上人生之路，然后落入下界。无可逃脱。只有在一切全都终结后，才会有一点赞誉之词。”

“我会赞美你的，可你还没死呢，伙计。”

“剑族知道这个时刻到来了。对于我们人类来说,更好的时代来临了。太阳、鲜花、柔弱的事物。在我们被遗忘之后。直至赫尔-科尼亚全都变得空荡荡。”

雷恩泰尔·阿耶一把推开他，嘴里咒骂着，不明白他在说什么。

“不要在意明天和所有的一切。现在这个世界依然存在着。我正骑向艾姆-布鲁·都克。”

雷恩泰尔·阿耶重新跨上耶尔克的鞍子，脚一踹镫向前走去。敖佐·卢恩仿如大梦初醒，懵懂着依样跟他前行。

天地间的灰色愈加浓重，就像是在发酵。又过了一个小时，弗雷耶已经被蚀去了一半，那寂静愈发令人紧张。两个人从成群的被这暮昏之景吓得僵硬的生灵身边经过。

即将到达目的地的时候，他们看到有一个人徒步而行，越走越近。他缓步行走着，毫不迟疑，双臂双腿不停地摆动。他停在一道山梁上望着他们，又紧张地跑开了。雷恩泰尔·阿耶的右手不由得扶在了剑柄上。

即使在这暮昏的光线里他也不会认错那肥胖的身形，雄狮般的头颅上留着权形的胡须，已经成了斑驳的灰白色。雷恩泰尔·阿耶喊叫着他的名字，催动坐骑赶了上去。

雷尼尔·莱延花了好一会儿工夫才算是确认了雷恩泰尔·阿耶的身份，又花了更多的时间才辨认出眼睛里早已没了神采的、骨瘦如柴的敖佐·卢恩。他小心翼翼地让过耶尔克的犄角，伸出一只潮乎乎的手抓住了雷恩泰尔·阿耶的手腕。

“要是我走上另一条路，我早就与我们的先祖为伴了。你们俩都染上过骨热病而且活了下来。我可能不会那么幸运。过度劳累会让情况更糟，是他们说的……过度的性爱或是禁欲。”他用手按着胸口气喘吁吁，“奥多兰都被灾病侵蚀了。我没能及时逃走，我真是傻。这正是天空中那令人惊骇的征兆所明示的。我犯下过罪行——尽管我绝不像你那么坏，敖佐·卢恩。那些信仰宗教的朝圣者说的没错。对我来说，那就是幽魂。”

他瘫倒在地，抱着脑袋痛苦地喘着粗气，用一只手肘撑在行李上歇着。

“跟我说说城里的消息。”雷恩泰尔·阿耶不耐烦地说。

“什么都别问我，让我……让我死掉吧。”

雷恩泰尔·阿耶下了坐骑，在这位铸币首脑的屁股上踢了一脚。

“城里怎么样了？除了灾病的影响。”

雷尼尔·莱延那张通红的脸一转，抬了起来，“里边的敌人……就好像热病还不够糟糕似的，你的那位好朋友，西部大草原的另一位领主，想要篡夺敖佐·卢恩的位子。我对于人性已经绝望了。”

他把手伸进腰间的荷包，取出一些金币，这是他的铸币厂里新铸出来的卢恩币。

“让我买下你的耶尔克吧，雷恩泰尔·阿耶。用不了一个小时你就能到家，不再需要它了。但是我需要……”

“多跟我说些消息，你这混账东西。达斯卡怎么了？死了吗？”

“谁知道？现在很难说……我是昨晚离开的。”

“法艮的部族就在前方吗？你是怎么超过他们的？是收买了一条出路吗？”

雷尼尔·莱延伸出一只手做了个手势，同时顺手把钱藏了起来，“在我们与城市之间的法艮确实不少。我让一个玛第人作向导，他能避开他们。他很清楚那些肮脏的家伙会怎么走。”仿佛突然想起了什么，他又说：“要明白，我这么做不是为了我自己的利益，而是为了那些我有责任保护的人。我的队伍中还有其他人，就在我后面。昨天动身没多久，我们的骅骊就被偷走了，于是我们的脚程……”

雷恩泰尔·阿耶像野兽一样吼了起来，一把抓住那家伙的喉咙把他摔在了地上。

“其他人？其他人？谁跟你一起？你还要带谁逃走？你这混蛋，芙芮跟你在一起吗？”

那张脸扭曲得变了形，“放我走吧。芙芮更喜欢她的天文学，跟她发生关系我很伤心。她还在城里。感谢我吧，雷恩泰尔·阿耶，我救了些朋友，而且确定是你和敖佐·卢恩的至亲。所以请把你那头让人难以忍受的耶尔克赏给我……”

“回头再跟你算账。”他把雷尼尔·莱延推到一边，跳上了耶尔克。猛踹了一脚坐骑。他越过山脊朝着下一道山梁飞驰而去，一路高声喊叫着。

在山脊的斜坡上，他发现了三个大人和一个小孩正躲藏在那里。一个玛第人向导趴着，把脸埋在了地里，他被天空的异象震慑住了。在他身边是抱着莱斯迪尔·卢恩的朵儿和奥耶莉。小男孩正在哭。两个女人惊恐地看着雷恩泰尔·阿耶跳下坐骑朝着她们跑来，当他一把抱住她们大叫着她们的名字时，她俩才认出他来。

奥耶莉也钻过了热病的针眼。他们站在那里彼此打量着，笑着，嚷着，议论着骨瘦如柴的身子。然后她悲喜交加地大哭大笑起来，依偎在了他的怀里。当他们靠在一起，把脸贴在彼此的身上时，敖佐·卢恩走上前来拉住他小儿子的手腕，搂住了朵儿，泪水从他饱经沧桑的脸上流了下来。

两个女人大概讲述了奥多兰都近期以来的痛苦历史；奥耶莉述说了达斯卡那次失败的夺权阴谋。达斯卡仍在城里，跟其他很多人在一起。当雷尼尔·莱延找到奥耶莉和朵儿时，提出会保护她们的安全，她们接受了他的提议。尽管她们怀疑这个男人只是为了让自己安全脱身，可她们十分担心莱斯迪尔·卢恩会患上热病，于是她们接受了雷尼尔·莱延的建议，仓促地跟他上了路。由于他缺乏经验，她们的行李和坐骑几乎转眼就被博里恩土匪偷走了。

“那法艮呢？他们要攻击城市了吗？”

女人们能说得清的就是城市还在，不过城墙里边已经一片混乱了。当然，在她们逃出来的时候，城外有无数可怕的法艮蛮子。

“我必须要回去。”

“那我跟你回去——我不想再离开你了，我的宝贝。”奥耶莉说，“雷尼尔·莱延爱怎么着就怎么着吧。朵儿和孩子跟父亲待在一起。”

正当他们拥抱在一起说话的时候，从西方飘来了一团烟雾，飘过平原。他们太开心了，太专注了，并没有注意到。

敖佐·卢恩说道：“当我看到我儿子的时候，我终于清醒了过来。”他抱着孩子用袖子抹了抹眼睛，“朵儿，如果你能放下过去，我会为了你成为一个更好的男人。”

“你这话是在忏悔吗，父亲？”奥耶莉说，“那应该我先忏悔。我终于明白了我对雷恩泰尔·阿耶是多么任性，差点让我失去了他。”

当雷恩泰尔·阿耶看到她眼中的泪水时，他不由想起了拉甲巴拉尔树下泥土之中的那个望闻人，意识到正是因为奥耶莉差点失去他，才让他们现在能找到彼此。他抚慰着她，但是她挣脱出他的怀抱，说：“原谅我，我是你的人了——我不会再任性，我发誓。”

他搂住她，笑着说：“坚守你的心，那是必须的。我们还有很多东西要学，必须随着时代的变化而做出改变。我很感激你的理解，感激你让我付诸行动。”

他们充满爱意地拥在一起，搂着彼此瘦骨嶙峋的身子，吻着对方纤柔的唇。

玛第人向导开始恢复意识了。他起身呼唤雷尼尔·莱延，但铸币大师已经逃走。现在，烟更浓了，本就惨白的天空变得灰蒙蒙的。

敖佐·卢恩开始向朵儿讲述他在孤岛上的经历，但雷恩泰尔·阿耶打断了他的话：

“我们又聚在一起了，这真不可思议。但是奥耶莉和我必须尽快回到艾姆-布鲁·都克去，那里肯定需要我们。”

两个哨兵消失在了烟雾之中。一阵微风荡起，翻搅着平原大地。这阵风是从艾姆布鲁都克方向吹来的，带来了火的信息。现在烟更浓了，遮天蔽日，让各种生灵模糊不清，不知是敌是友。浓烟在辽阔的平原上扩散开，所有的一切都被裹挟其中。随着烟雾，还飘来了燃烧的焦臭味儿。鹅越过头顶，朝着东方展翅飞去。

在两头长着犄角的牲口中间聚在一起的正是三代人的象征。当大地被烟雾遮蔽，他们开始动身穿越这片大地。他们会活下来的，哪怕其他所有人都会死去，哪怕可赞王会凯旋，因为这一切终会降临。

甚至在大火笼罩的艾姆布鲁都克之中，新的生命体系也正在诞生。躲在乌特拉面具背后的剑族，还有湿婆——毁灭与重生之神——正在海利科尼亚上肆意横行。

现在，日全食开始了。

第一卷　终

……如若不然，你相信这全然一样的事物以前都曾存在，但是人类种族曾被酷热所灭绝，或城市被大范围的地震所掩埋，或是连绵不断的大雨让洪水泛滥漫过堤岸将城市吞没。那么，所有的证据都证实了我的观点，你需得承认天地必将全部毁灭。如果世界确实曾为那样的瘟疫与灾难所侵袭，那只需一个更为剧烈的打击来袭，它就会在更为广大的灾难中全然崩溃。

卢克莱修：《物性论》，公元前55年

答谢

以下诸位在创作前期提供了极有价值的讨论，特别感谢汤姆·施贝教授（历史比较语言学家）、J. M. 罗伯茨博士（历史学家）和戴斯蒙德·莫里斯先生（人类学家）。我还想要感谢B. E.朱尔－詹森博士（病理学家）和杰克·科汗博士（生态学家）提出了中肯的建议。那些富含历史比较语言学的内容来自于汤姆·施贝教授，他充沛的热情提供了巨大的帮助。

海利科尼亚星球本身——从它的地质环境到气候环境，是由彼得·卡特摩尔博士设计的。而宇宙学与天文学方面则承蒙伊恩·尼克尔森博士之惠，我特别感激他经年的耐心。

米克·凯利博士和诺曼·梅耶斯博士两位对于冬季提出了极为有益的看法，是其他人难以比拟的。巨轮的结构大都归功于乔恩·拜姆贝克博士。詹姆斯·拉夫洛克善意地允许我在这部小说中使用他的盖娅思想。赫尔·沃尔夫冈·约施卡从一开始就对这项计划怀着极大的兴趣，他的帮助不可或缺。对于J. T. 福莱瑟博士和大卫·温罗福（他多才多艺）二人，我用写作来报答他们的友情。

向我的妻子玛格丽特致以浓浓的爱意，感谢她允许海利科尼亚占据了我这么长时间，她一直与我并肩作战。

给儿子的一封信

我亲爱的克莱夫：

在我最近的小说《西方的生活》中，我在寻求描绘那种难以捉摸的事物席卷世界的情形，我感觉自己很有信心去描绘一幅壮阔的画卷。

某种程度上我获得了成功，这让我雄心勃勃，并且有了更大的野心。我决意再次启程。所有的艺术形式都是一种隐喻，但是，有些艺术形式比其他的更具隐喻性；我认为要是用更间接的手法也许我能做得更好。所以我构想出海利科尼亚：一个跟我们的世界很像的地方，只有一个因素发生了变化——一年的长度。这是那种在我们的时代会涉身其中的戏剧舞台。

为了获得某种真实感，我向专家们咨询请教，他们说服了我，说那个小小的海利科尼亚只是一个幻想，我需要某种更纯粹更实在的东西。

创造取代了寓言。这也是好事。随着科学的促进推动，整个有所关联的一系列新想象在我的意识中涌现出来。我尽我所能利用它们。当我笔下与最初的想法离题千里——到达我创作初衷的远日点时，我发现自己正在表达一种两重性，既与人类息息相关，也与海利科尼亚息息相关。

几乎不可能有例外。对于海利科尼亚人，以及那颗星球上面的非人类生物、野兽和其他角色，必须让他们跟我们身边的事物有所对应才会让人们有兴趣。没人会申请一本护照去一个由会说话的鼻涕虫统治的国度。

所以我把这本书献给你，希望你从中获得的认同感比《西方的生活》更多些——得到的快乐也更多。

你最慈爱的父亲

于牛津，贝格布洛克